Julia Karnick

Man sieht sich

Frie heißt eigentlich Friederika, macht bald Abi und schreibt ihrem Schulfreund Robert zum Achtzehnten: *Ich habe dich lieb*. Was will sie ihm damit sagen? Der stille Robert ist gut in Latein, kann aber das Mädchen nicht verstehen, in das er heimlich verliebt ist. Frie geht als Au-pair nach Sydney, Robert als Zivi nach Hamburg. Er lernt einen alten Generalmajor kennen, der seine Zukunft entscheidend beeinflussen wird. Als Frie zurückkehrt und in Hamburg zu studieren beginnt, ist Robert ein anderer geworden. Einer, für den sie doch mehr empfindet. Aber die zwei verpassen auch diese und weitere Chancen – bis sich ihre Wege nach zwanzig Jahren erneut kreuzen. Robert und Frie, beide fünfzig, merken sofort: Da ist noch etwas zwischen ihnen. Was machen sie daraus?

Julia Karnick wurde 1970 in Hamburg geboren, wo sie nach ihrer journalistischen Ausbildung in Berlin und einem mehrjährigen Ausflug nach Düsseldorf wieder lebt – und schreibt. Unter anderem Kolumnen, lange in der BRIGITTE, inzwischen in der FÜR SIE. Und auch Belletristik. Nach ihrem erfolgreichen Debüt ›Am liebsten sitzen alle in der Küche‹ erzählt sie in ihrem SPIEGEL-Bestseller-Roman ›Man sieht sich‹ klug und warmherzig von zwei Liebenden, die Jahrzehnte und viele Umwege brauchen, um zueinanderzufinden.

Julia Karnick

MAN SIEHT SICH

Roman

dtv

Von Julia Karnick
ist bei dtv außerdem erschienen:
Am liebsten sitzen alle in der Küche

MIX
Papier | Fördert gute Waldnutzung
FSC® C019821

Ungekürzte Ausgabe 2025

Tumblingerstraße 21, 80337 München
produktsicherheit@dtv.de

Lektorat: Matthias Teiting
Umschlaggestaltung: Stephan Schöll / schoelldesign
nach einem Entwurf von Karoline Istanbuli
Umschlagmotiv: fStop Images GmbH / Alamy Stock Foto
(Fotograf: Jonathan Gelber)
Gesetzt aus der Stempel Garamond
Satz: Fotosatz Amann, Memmingen
Druck und Bindung: Druckerei C.H.Beck, Nördlingen
Printed in Germany · ISBN 978-3-423-22139-9

Für Anton und Ernestine,
die vieles anders machen und manches besser

Ich möchte leben.
Schau, das Leben ist so bunt.
Es sind so viele schöne Bälle drin.
Und viele Lippen warten, lachen, glühn
Und tuen ihre Freude kund.
Selma Merbaum

Behalte den Flug im Gedächtnis!
Der Vogel ist sterblich.
Forugh Farrochsād

Mai 2022

Eine Frau macht sich fertig

Das Wasser ist so heiß, dass es fast wehtut.

Frie mag es, wie die Hitze sie erst beißt und sich dann, nach dem ersten Schock, in ein Liebkosen verwandelt. Aber die Zeiten, in denen man so lange so heiß duschen konnte, wie man wollte, ohne sich deshalb schlecht zu fühlen, sind vorbei, außerdem sind heiße Duschen nicht gut für die Haut.

Sie dreht das Wasser aus.

Nee, denkt Frie, nicht schon wieder.

Das ist ihr schon gestern und vorvorgestern passiert, dass sie unter der Dusche stand und nicht wusste, was das Shampoo und was die Spülung war. Die zwei Flaschen sind nicht zu unterscheiden – außer durch die Beschriftung, die zu klein ist für Fries Augen. Nackt und nass huscht sie über die Flurdielen ins Schlafzimmer, wo sie die Brille abgelegt hat.

Nach den Haaren wäscht Frie sich das Gesicht und unter den Armen und jenen Teil ihres Körpers, der in ihrer Kindheit *unten* hieß: *Friederika, wasch dich bitte gründlich, auch unten nicht vergessen!* Als Emma klein war, hieß er *Mumu*. Inzwischen studiert Emma im fünften Semester Physik und sagt *Vulva* dazu, so wie sie ihren Mund *Mund* nennt und ihren Rücken *Rücken*, Frie gewöhnt sich nur langsam daran.

Eigentlich müsste sie sich rasieren, unter den Armen und unten und die Beine. Aber sie ist eh schon spät dran. Sie muss spätestens um Viertel nach aus dem Haus, und heute Abend ist sowieso niemand da, dem sie ihre Beine oder Achseln zeigen möchte.

Und unten schon mal gar nicht.

Frie trocknet sich ab, kämmt sich, putzt die Zähne, schlüpft in den Slip und trägt Deo auf. Eines der Häkchen am BH ist verbogen. Während sie es in die Öse fummelt, guckt sie in den Spiegel über dem Waschbecken. Sie mag ihre grünen Augen und dass ihre Schlüsselbeine sich so deutlich abzeichnen. In der Mitte zwischen den Schlüsselbeinen hat sie eine ausgeprägte Vertiefung, auf die sie stolz ist seit jenem Frühsommerabend vor hunderttausend Jahren, in der Robert plötzlich den Arm nach ihr ausgestreckt und sie berührt hat, nachdem sie in Pottloch baden waren.

Frie erinnert sich so gestochen scharf daran, wie man sich nur an die bedeutsamsten Erlebnisse erinnert, zum Beispiel daran, wie es war, ganz jung zu sein, weil da fast alles bedeutsam war. »Du hast ein schönes Jugulum«, hatte Robert gesagt und seine ostseekalte Zeigefingerspitze in die Kuhle unter ihrem Hals gelegt, zart, nur einen Augenblick lang, und Frie hatte gelacht, weil er plötzlich so ernst aussah, fast traurig. Am nächsten Tag war sie zu Hause ans Bücherregal im Wohnzimmer gegangen, in dem das Lexikon stand. Sie hatte erst den richtigen Band und dann darin das Wort gesucht und gefunden: *Jugulum [lat.] das, Drosselgrube, Kehlgrube, Grube oberhalb des Brustbeins zw. den Schlüsselbeinen.*

Gut, dass Robert nicht kommt, denkt Frie.

Sie knöpft das weiße Hemd mit den breiten Manschetten zu und überlegt, wie lange es her ist, dass sie ihn zuletzt gesehen hat. Fast zwanzig Jahre.

Emma hat geschrieben: *Viel Spaß!*

Frie markiert die Nachricht ihrer Tochter mit einem Herzen und antwortet: *Danke, werde berichten. Küsschen,*

Mama. Sie bezweifelt, dass sie viel Spaß haben wird auf ihrem dreißigjährigen Abitreffen. Sie hat noch nie verstanden, warum man wild darauf sein soll, lauter Menschen wiederzusehen, die man vor langer Zeit aus den Augen verloren hat – aus guten Gründen, sonst hätte man ja noch Kontakt. Der Sinn eines solchen Treffens kann nur darin bestehen, dass man sich gegenseitig versichert, man sei zufrieden, selbst wenn man in Wahrheit froh ist über jeden, dessen Leben noch mittelmäßiger verlaufen ist als das eigene.

Frie hat sich nur angemeldet, weil Anneke sie dazu bequatscht hat. Aber nun hat Anneke abgesagt, im letzten Augenblick.

Frie versucht, sich vorzustellen, mit wem sie wohl stattdessen rumstehen, Bier trinken und an früher denken wird. Vielleicht mit Andi Stubbe, Mareike Kupsky und den anderen und mit Christoph, dessen Nachname ihr gestern Abend wieder eingefallen ist, aber erst, als sie aufgehört hat, sich unbedingt an ihn erinnern zu wollen. Wenn Frie an die Leute aus ihrer Schulzeit denkt oder von ihnen erzählt, dann immer mit Vor- und Nachnamen. Robert ist der Einzige, an den sie nur mit seinem Vornamen denkt, geht ihr auf, als sie sich die Wimpern tuscht.

Er ist auch der Einzige, nach dem sie sich bei Sebastian Bruns erkundigt hat.

Danke für die Orga, viele Grüße und bis dann, Friederika, hat sie geschrieben. *P. S. Hast du zufällig etwas von Robert gehört?* Sebastian antwortete zwei Tage später: *Robert Haase? Ja, er hat sich für die Einladung bedankt, kann aber leider nicht kommen.*

Frie entscheidet sich für den rostroten Lippenstift und sucht in der ganzen Wohnung nach dem Schlüsselbund. Sie findet ihn in der Tasche des Blousons, den sie längst übergezogen hat.

Sie schließt oben ab und unten das Fahrradschloss auf. Bis gerade eben war der Himmel bedeckt, nun ist er wolkenlos. Aus einem fahlen Tag ist ein leuchtender Frühlingsabend geworden, als hätte er im allerletzten Augenblick entschieden, sich doch zu etwas Frohsinn aufzuraffen.

So ähnlich wie ich, denkt Frie.

Sie fährt an der Diako vorbei, in der sie zur Welt gekommen ist, und biegt ein in die Toosbüystraße. Linker Hand grüßen die Zartrosa und Schneeweiß tragenden Bäume und Sträucher, zwischen denen hindurch ein Weg zu der Parkbank führt, auf der sie mit Oliver Grothe geknutscht hat, was nicht mal halb so romantisch war, wie sie es sich ausgemalt hatte. Der Fahrtwind streichelt Fries Gesicht, die abendliche Maisonne taucht die Stadt in ein zuversichtliches Strahlen. Ihr bleibt nichts anderes übrig, als gute Laune zu bekommen. Als das Rad immer schneller wird, bremst sie ab. Früher hat sie sich auf den steilen Straßen der Westlichen Höhe ungebremst bergabwärts rollen lassen, oft mit Anneke hinter sich, weit abgeschlagen. Anneke, die sich nicht mal als Kind getraut hat, bergabwärts zu rasen, und die später eine der Ersten war, die sich einen Fahrradhelm kaufte. Nur Robert war genauso furchtlos wie Frie: »Wer als Erstes unten ist!«

Einmal ist er morgens um vier auf die Schiffbrücke gerast, ohne nach rechts und links zu schauen, er wäre fast überfahren worden. Frie wird heute noch flau, wenn sie daran denkt.

Sie denkt fast jedes Mal daran, wenn sie hier entlangfährt.

Vielleicht ist es doch ein bisschen schade, dass Robert nicht kommt, denkt Frie.

Vielleicht ist es auch beides, schade und gut so.

So ist es ja eigentlich immer gewesen zwischen ihnen, schade, aber eigentlich gut so.

Eigentlich gut so. Aber auch schade.

Sie umrundet die Hafenspitze und fährt am Ostufer zwischen Lagerhallen und Kränen geradeaus, bis am Ende des Kais ihr Ziel auftaucht, ein vor einigen Jahren auf Brachland errichtetes Ausflugslokal. Frie ist noch nie dort gewesen, dabei hat sie auf dem Rad keine fünfzehn Minuten gebraucht. Vor dem Lokal sitzen und stehen schon viele Leute mit Gläsern oder Tellern in der Hand. Frie ist noch zu weit weg, um jemanden erkennen zu können, aber nah genug dran, um zu hören, dass die Stimmung gut ist und die Musik schlecht.

Irgendein schlimmer Achtzigerjahre-Hit.

Die Sackgasse weitet sich am Ende zu einem Wendehammer, an dessen Rand Brombeeren so dicht und hoch wuchern, dass man sich dahinter verstecken könnte. Vor den Brombeeren steht ein perlweißes Rad, auf dem Rahmen der Schriftzug eines sehr guten Hotels. Links liegt das Hafenbecken. Auf den Steinen, die hier an der Kaispitze die Böschung befestigen, sitzt jemand und schaut aufs Wasser.

Ein Hinterkopf aus gewellten braunen Haaren, noch dicht, aber schon ziemlich grau. Ein Mann.

Würde er rauchen, wäre Frie sicher, dass er es ist.

Sie schiebt das Rad in seine Richtung, da dreht er sich um.

»Hey«, sagt Robert. »Wollen wir nicht lieber woandershin?«

DAMALS

1988–1991

August 1988

Die unbekannte Nummer

Das froschgrüne Portemonnaie hatte zwei Geldscheinfächer, groß genug, um einen Hunderter hineintun zu können, ohne ihn falten zu müssen. Einen Hundertmarkschein hatte er aber erst ein einziges Mal darin gefunden, letztes Jahr kurz vor Weihnachten. Meistens enthielt das Fach nur zwei, drei Zehner oder zwei Zwanziger. Die Geldscheine verwahrte seine Mutter im vorderen der beiden Fächer, ins hintere steckte sie das wertlose Papier. Kassenbons, Fahrkarten, Einkaufslisten. Zettel mit Notizen, manche mehrmals gefaltet.

Die gefalteten Notizen bewahrte Robert sich immer bis zum Schluss auf.

Er goss zwei Fingerbreit kalte Milch ins Glas und rührte drei Teelöffel Schovit hinein, bis eine sämige dunkle Soße entstand. Dann schenkte er weiter rührend Milch nach. So machte er es immer, wenn er keine Lust auf Klümpchen hatte. Nach der Schule, wenn er mehr Zeit hatte, goss er das Glas gleich voll, gab das Kakaopulver hinein, beobachtete, wie es in der Milch versank, sich auflösend und hellbraune Schlieren ziehend, und rührte erst dann um. Aber egal, wie sorgfältig man rührte, bei dieser Methode blieben immer Kakaoklümpchen auf der Oberfläche zurück, die erst im Mund platzten.

Robert nahm alle Zettel aus dem Portemonnaie.

Die meisten kannte er schon, es waren seit dem letzten

Mal nur drei neue Objekte dazugekommen. Ein Kassenbon von Aldi und eine am Sonnabend gelöste Fahrkarte, da war Mama zu Elke gefahren. Und ein Stück Zeitung, das gefaltet worden war, bis es die Form eines winzigen schiefen Tortenstücks hatte. Auf den unversehrten Rand hatte jemand gekritzelt: *11101*. Es war nicht seine Mutter gewesen. Mama schrieb die Null oval mit einem kleinen Kringel rechts oben. Diese Null war kreisrund und ohne Kringel. Später, heute Nachmittag, konnte er in Ruhe darüber nachdenken, was die Zahlen zu bedeuten hatten, aber vorher musste er seinen ersten Tag hinter sich bringen.

Robert sah zur Küchenuhr.

Er steckte die Zettel wieder ins Portemonnaie und legte es an seinen Platz, auf die Flurkommode. Zurück in der Küche, strich er Margarine auf zwei Brotscheiben und nahm vier Scheiben Lyoner aus der Packung. Seit Mama krank war, brauchte sie viel Schlaf, wegen der Medikamente, deshalb konnte sie ihm kein Frühstück mehr machen, kein Schulbrot mehr schmieren und ihn nicht zur Tür bringen, wenn er losmusste, auch nicht am ersten Morgen nach den Sommerferien.

Nicht mal an seinem ersten Tag in der neuen Schule.

Zu Beginn der Zehnten, noch auf der alten Schule, war ein neuer Mitschüler in Roberts Klasse gekommen. Fünf Minuten nach Unterrichtsbeginn hatte die Schulsekretärin an die Tür des Klassenzimmers geklopft und ihn mit den Worten »Hier, der angekündigte Neuzugang« in Richtung Tafel geschoben. Frau Sengelmann hatte ihn begrüßt und ihn gebeten, ein paar Sätze zu seiner Person zu sagen. Schon als der fremde Junge mit der Sekretärin hereingekommen war, war es sehr ruhig gewesen. Als er sich vorstellen sollte, verstummte noch das letzte Flüstern und Stuhlrücken. Alle starrten nach vorn, auch Robert, der nicht hätte sagen können, was größer war, seine Fremdscham oder seine Neugierde. Unter allen denkbaren Peinlichkeiten war es eine der furchtbarsten, vor dreißig fremden Gleichaltrigen zu stehen und über sich selbst reden zu müssen, aber spannend war es natürlich doch.

Wie genau würde der Neue sich blamieren und wie schlimm?

Der Neue zog die Augenbrauen hoch.

»Na gut.« Er räusperte sich. »Tja, also, ich bin Thomas, hat Frau Sengelmann ja schon gesagt.« Direkt hinter Robert landete ein Bleistift mit dem für gefallene Bleistifte typischen brüchigen Klang auf dem Linoleum. »Mein Vater ist bei der Marine, Fregattenkapitän, er ist versetzt worden von Wilhelmshaven, da haben wir die letzten Jahre gewohnt.« Rechts brummte jemand etwas, das nach *sehr interessant* klang. »Ich sehe nicht so richtig geil aus, seht ihr ja selbst.« Links ein Kichern. »Ich bin auch nicht so irre klug oder steinreich oder so und nur so normal sportlich, bisschen Tennis, bisschen Fußball.« Mehr Kichern, neben Robert ein Grinsen, vor ihm Getuschel, die Lehrerin lächelte. Thomas blieb ernst, nur seine Augen verrieten ihn. »Ja, was soll ich noch sagen? Ich bin leider, glaube ich, einfach nur ganz nett – und manchmal ganz lustig vielleicht, also – ich kann verstehen, wenn ihr mich erst mal ignoriert, null Problemo. Aber vielleicht hat ja nach den Herbstferien irgendwann mal jemand Lust, mit mir zu reden.«

Die Klasse lachte, auch Robert.

Gleich in der ersten großen Pause war Thomas von zwei der beliebtesten Mädchen zum Bäcker mitgenommen worden, und am Ende der ersten Schulwoche hatte er sich morgens vor Unterrichtsbeginn unter die anderen gemischt, als gehörte er seit der Siebten dazu.

Robert stieg zwischen unbekannten Gesichtern die breiten Granitstufen hoch zu dem pompösen Eingang, der in das altehrwürdige Backsteingebäude führte, das von nun an seine Schule war, und dachte daran, wie Thomas sich sofort in der Klassengemeinschaft aufgelöst hatte.

Er selbst war mehr so der Klümpchentyp, jemand, der erst mal abgekapselt zwischen den anderen herumschwamm, statt sich wie von selbst mit ihnen zu verbinden. So war es auch beim Praktikum gewesen. In der ersten Woche hatte er sich in seiner Fremdheit wie in einer durchsichtigen, aber stabilen Hülle durch die Büros bewegt. Diese Hülle war nur allmählich löchriger geworden, mit jedem an ihn gerichteten freundlichen Wort, mit jeder Nachfrage, ob das Kantinenessen geschmeckt habe, mit jedem Lob und jedem Dank, bis sie in der zweiten Woche endgültig fadenscheinig geworden war.

Vielleicht braucht es hier ja auch nur ein bisschen Geduld, bis das Schlimmste vorbei ist, dachte Robert.

Zum Glück hatte die Sekretärin keine Zeit, ihn irgendwohin zu bringen. »Hier steht alles drauf.« Sie streckte ihm einen Zettel entgegen, auf dem *Robert Haase, 11b (Latein), Hr. Rasmussen, Raum 1.2.8* stand. »Hauptgebäude, Treppe hoch, zweiter Stock und dann rechts ganz hinten, ist leicht zu finden, sonst fragen Sie sich durch.« Vor dem Sekretariat stieß er mit Karsten zusammen, der auf der Schiller in seine Parallelklasse gegangen war und auch gewechselt hatte, aber nicht wegen Latein, sondern wegen Informatik.

»Moin«, sagte Karsten.

»Moin moin.« Robert nickte Richtung Treppe. »Ich muss.«

»Und ich muss dahin.« Karsten nickte Richtung Sekretariat. »Man sieht sich.«

Auf der Treppe nahm Robert immer zwei Stufen auf einmal. Als er im zweiten Stock ankam, zweigte ein Flur nach links ab, aber keiner nach rechts. Geradeaus ging es noch ein paar Meter weiter, allerdings nur zu den Toiletten und zu einem Putzraum. Robert ging links an Klassenräumen vorbei, die noch verschlossen waren. Auf dem Flur lärmten Schülerinnen und Schüler, die aussahen wie zwölf oder dreizehn und sich benahmen wie kleine Kinder. Sie tobten und schrien, warfen Jacken, zeigten mit dem Finger aufeinander und streckten die Zunge raus. Robert suchte Raum 1.2.8, fand aber nur einen Raum 2.2.8. Er ging zurück. Erst ins erste Stockwerk, wo die Raumnummerierung mit 2.1.1 begann, dann wieder ganz runter ins Erdgeschoss. Dort blieb er stehen in der Mitte eines Stromes aus Kindern, Jugendlichen und wenigen Erwachsenen, der in alle möglichen vom Eingang wegführenden Richtungen floss. Seine unsichtbare Hülle hatte jetzt die Konsistenz einer Eierschale. Er versuchte, sich umzuschauen, ohne auszusehen wie einer, der zu blöd war zu verstehen, wo er hinmusste.

»Weißt du nicht, wo du hinmusst?« Das Mädchen war ungefähr so alt wie er.

»Nicht so ganz«, sagte Robert. »Zu Herrn Rasmussen, 11b, Raum – warte –«

Das Mädchen zog ihn am Ärmel mit sich. »Ich weiß schon. Du bist einer von den Lateinfreaks? Komm, ich bin im selben Flur, wir müssen die Treppe da hinten nehmen. Bist du eben da hoch?«

»Ja.«

»Da geht's in den Neubau. Die Oberstufe ist im Hauptgebäude, hier entlang.«

Unter der hohen, schmalen Taille ihrer Jeans sah der Po des Mädchens aus wie ein sehr rundliches, auf den Kopf gestelltes Herz, das im Takt der Stufen sanft hin und her pendelte. Die blonden Haare reichten bis zur Mitte ihres

Rückens. Die Füße waren auffällig breit und groß, mindestens Größe vierzig, vielleicht sogar größer. Das Mädchen ging ein bisschen zu sehr nach außen, wie eine Ballerina, aber schlurfte dabei ganz leicht – in dunkelgrauen Espadrilles, die mit unterschiedlichen Garnen geflickt und auf die Blumen aus Perlen und das Friedenszeichen gestickt worden waren. Ihr Gang erinnerte ihn an den einer Ente.

Raum 1.2.8 lag ganz am Ende des Flurs, dort herrschte eine erwachsenere Sorte Lärm als im Neubau. Tiefere Stimmen, weniger schrilles Gelächter, mehr Unterhaltungen und nur im Vorbeigehen hörbare dünne Musikreste, die aus Sony-Kopfhörern rieselten. Sie schlängelten sich durch Trauben von Schülerinnen und Schülern. Das Entenmädchen winkte immer wieder, manchmal rief sie »Hi!« oder »Moin!«. Sie durchquerten eine Cool-Water-Duftwolke, die von dem Geruch nach scharfen Putzmitteln und altem Rauch verdrängt wurde, der aus einer halb geöffneten Toilettentür kam. Im Toilettenraum sah Robert ein älteres Mädchen vor einem angeschlagenen Spiegel stehen, das sich mit großer Konzentration Lipgloss auftupfte, schon fast eine Frau.

Vor dem vorletzten Klassenraum machte das Entenmädchen halt.

»Hier.«

»Danke«, sagte Robert.

Die Tür zum Klassenraum stand offen. Im Raum saßen vor zum Lüften weit geöffneten Fenstern seine zukünftigen Klassenkameraden, darunter nur wenige zukünftige Kameradinnen. Ein überraschend junger Mann in einem Hemd mit hochgekrempelten Ärmeln beugte sich über das Lehrerpult und suchte etwas zwischen losen DIN-A4-Blättern, die in einer behördengrünen Pappmappe lagen. Das Entenmädchen lächelte mitleidig.

»Neu sein ist beschissen. Aber deine Klasse ist ganz okay. Viel Glück.«

»Danke, wird schon.« Er nickte Richtung Tür. »Man sieht sich.«

Das Entenmädchen hob den Daumen und lachte, als hätte er etwas Witziges gesagt. Dann hastete sie, sprang geradezu in den nächsten, den letzten Klassenraum ganz am Ende des Flures. Robert sah ihr nach. Selbst wenn er sie immer nur von Weitem wiedersähe, bliebe sie die Erste an seiner neuen Schule, die an der Eierschale gekratzt hatte.

Es war also möglich, auch hier.

»Und deine neuen Mitschüler, wie sind die so?«

»Ganz in Ordnung.«

»Wie schön.« Mama tat, als ob *ganz in Ordnung* dasselbe wäre wie *super.* »Da ist noch ein bisschen Teig. Willst du noch einen?«

Sie trug diesen scheußlichen Hausanzug aus violettem Samt, den sie anzog, wenn sie nicht im Bademantel herumlaufen wollte, aber zu müde war, sich was Richtiges anzuziehen, und darüber die uralte geblümte Schürze, an der sie so hing, weil Oma sie ihr geschenkt hatte.

»Ja, bitte«, sagte Robert, obwohl er eigentlich satt war und sie eine Fertigmischung benutzt hatte, weshalb die Pfannkuchen nicht halb so gut schmeckten, wie wenn sie den Teig aus frischen Zutaten anrührte. Aber Mama hatte den Hausanzug angezogen und ein Mittagessen vorbereitet für ihn, also würde er alles aufessen, was sie ihm anbot. Beim Aufstehen stützte sie sich seufzend auf dem Küchentisch ab. Er fragte nicht, wie es ihr heute ging, sie würde sowieso nicht die Wahrheit sagen. Ein paar Minuten später saß sie wieder auf ihrem Küchenstuhl vor der Heizung und sah ihm, die knorrigen Hände im Schoß, dabei zu, wie er

Zimt und Zucker auf den letzten Pfannkuchen streute, den sie für ihn in der Rührschüssel zusammengekratzt hatte.

»Dein Klassenlehrer, ist der auch nett?«

»Ich glaube, ja. Er ist noch ganz jung.«

»Wie heißt er?«

»Herr Rasmussen. Ich habe da so einen Elternbrief, den musst du unterschreiben.«

Sie tätschelte seinen Unterarm und guckte, als wollte sie ihn vorsorglich um Entschuldigung bitten für das, was gleich kommen würde. »Gucke ich mir später an, ja? Aber erst lege ich mich noch mal ein bisschen hin. Machst du bitte den Geschirrspüler an?«

»Okay«, sagte er. »Ich bin nachher mal weg, bei Heiko.«

Er sah ihr die Erleichterung an.

Er räumte die Küche auf, wusch die Pfanne ab und machte sich einen Klümpchenkakao. Nachdem er ihn getrunken hatte, sortierte er die obere, schon volle Schublade des Geschirrspülers um, bis dort Platz für ein weiteres Glas war, dann stellte er ihn an und schloss sich mit dem grünen Portemonnaie im Bad ein, aber das Tortenstückchen aus Zeitungspapier war nicht mehr darin. Nicht im Zettelfach und auch nicht im Münzfach oder in dem Fach für die Bankkarte. Sie musste die Notiz herausgenommen haben, als er in der Schule gewesen war, vielleicht weil sie die Nummer gebraucht hatte. Eins, eins, eins, null, eins. Er schrieb die Nummer unter *M* in sein Adressbuch.

Danach öffnete er so geräuschlos wie möglich die Tür zum Wohnzimmer.

Seine Mutter hatte die Vorhänge halb zugezogen und das Gesicht zur Sofalehne gewandt, unter der bunt karierten Wolldecke zeichnete sich ihr Körper ab. Ihr Kopf mit den immer grauer werdenden, früher dunklen Locken, die er von ihr geerbt hatte, lag auf einem Sofakissen. Ihr Atmen klang zwischendurch ein bisschen wie das Schnurren von Heikos Kater. Robert schloss die Tür und ging in ihr Schlafzimmer. Auf dem Nachtschrank lagen ein benutztes Taschentuch und *Das Parfum*, das sie von Elke zum Geburtstag bekommen hatte. Robert zögerte nur kurz, dann zog er umso entschlossener die Schublade des Nachttischs auf.

Sie war fast leer.

Nur ein Feuerzeug, eine Dose Atrix, eine angebrochene Packung Tempos und eine von irgendwas abgerissene Verpackungsfolie lagen darin – und ein kleiner, fester Klumpen aus zusammengeknülltem rotem Stanniolpapier. Robert sah seine Mutter vor sich, wie sie im Bett saß und heimlich Lübecker Marzipan aß, und bereute es bitter, die Schublade geöffnet zu haben. Mama konnte es nicht leiden, wenn man im Bett aß. Das sei unzivilisiert, hatte sie mal gesagt. Wenn sie ihn erwischte dabei, bekam sie diesen harten, schmalen Mund, der ihm mehr Angst machte als das melodiöse Geschimpfe, mit dem sie ihn zurechtgewiesen hatte, als er noch klein gewesen war und sie gesund. Und nun hatte er dieses Bild im Kopf, das Bild seiner unzivilisierten Mutter, und er schämte sich.

Das muss aufhören, dachte er, obwohl ihm klar war, dass er selbst es war, der damit aufhören musste.

Es machte nichts besser, sondern alles schlimmer.

Robert schob die Schublade wieder zu.

Draußen, auf dem Spielplatz vor dem Haus, fing ein Kind an, so gellend zu heulen, dass es klang, als hätte ihm jemand einen Finger abgehackt, mindestens. Robert schaute aus dem Fenster, aber es war nur der kleine, fette Dennis, der zwei Hauseingänge weiter wohnte. Dennis torkelte mit einem kräftigen langen Stock fuchtelnd hinter einem anderen, viel schnelleren Jungen her, der zwischendurch immer wieder stehen blieb und lachte, um genau in dem Augenblick weiterzurennen, in dem Dennis ihn endlich in Reichweite seiner Waffe wähnte.

Wut kann mehr wehtun als alles andere, kam es Robert in den Sinn, während er die kleinen Jungen beobachtete. Er wusste nicht, wie der Satz in seinen Kopf gekommen war, nur dass es sich lohnte, über ihn nachzudenken.

»Wolltest du nicht zu Heiko?«

Ihm schoss die Glut ins Gesicht, noch während er sich umdrehte.

»Das Geschrei da hat mich geweckt«, sagte sie, als wäre sie diejenige, die sich rechtfertigen müsste.

Mama hatte den schmalen Mund, aber etwas in ihrem Blick war rund und weich, und ihre Stimme klang warm, das verwirrte Robert. Sie kam ans Fenster und guckte mit ihm nach draußen, wo Dennis seine vergebliche Jagd aufgegeben hatte und mit seinem Stock die Teppichklopfstange verprügelte. Sie hob die Hand, um ihn zu streicheln, und er war froh, die Finger nicht sehen zu können. Er gruselte sich vor ihnen, auch wenn das gemein war, denn ihre Hände machten immer noch oft das Essen für ihn. Ihre Fingerspitzen fuhren über die frisch geschnittenen, ganz kurzen Haare in seinem Nacken.

»Das fühlt sich immer so schön an«, sagte Mama.

In diesem Augenblick brach Dennis' Stock. Er fing wieder an zu schreien wie ein Verrückter, dann schmiss er sich in den Sand, wo er sein Gesicht in den Armen vergrub, seine Schultern bebten.

»Der Arme«, sagte Robert.

»Ja«, sagte seine Mutter.

Es gab zwei nette und unscheinbare Mitschülerinnen in seiner neuen Klasse, die ihm alles zeigten, was er wissen musste, um sich zurechtzufinden. Robert fragte sie hin und wieder, wo das Sprachlabor war oder wie man an Wertmarken für den Getränkeautomaten kam. Ansonsten versuchte er, sie zu meiden. In den großen Pausen stieg er so zielstrebig die Treppe hinunter zur Pausenhalle, als wartete dort irgendwer auf ihn. Dabei stand er immer nur allein in einer Ecke, von der aus er das Treiben der anderen beobachtete, bis der Gong den Beginn der nächsten Unterrichtsstunde ankündigte.

Am dritten Tag in der ersten großen Pause wurde er von Karsten entdeckt.

Obwohl sie einander noch nie etwas zu sagen gehabt hatten, stellte Karsten sich zu ihm und drängte ihm mit der Frage »Na, wie isses?« ein Gespräch auf über die zwei ganz neuen Personalcomputer im Informatikraum, die eklige Akne eines Mitschülers und eine rattenscharfe Referendarin. Eigentlich war es eher ein von Karsten gehaltener Monolog. Als er fertig war, sagte er: »Na, gut. Man sieht sich!«, und zog wieder ab.

»Besser nicht«, murmelte Robert.

Er dachte daran, wie das Entenmädchen am Montagmorgen gelacht hatte, als er *Man sieht sich!* gesagt hatte. Er sah sie ab und zu, wie sie allein oder mit anderen durch Flure oder die Pausenhalle ging oder wie sie mit zwei Schülerinnen aus ihrer Klasse, die so was wie ihre besten Freundinnen zu sein schienen, auf einer der Beetumrandungen auf dem Schulhof saß und quatschte oder wie sie sich nach Schulschluss an den Fahrradständern mit einem Mädchen traf, das nicht in ihre Klasse ging, sondern in die 11a. Die beiden fuhren oft zusammen nach Hause, wo immer das sein mochte. Das Entenmädchen schien ihn nie zu sehen, nur einmal hatte sie ihn im Vorbeigehen kurz angelächelt.

Am Donnerstag in der zweiten großen Pause wurde er schon wieder von Karsten vollgelabert, diesmal ging es um das einzige Mädchen in seinem Informatikkurs und darum, dass er morgens schon zwei Mal zu spät gekommen war, weil er auf den Schultoiletten nicht kacken konnte und das deshalb unbedingt zu Hause erledigen musste.

Allein rumstehen war scheiße. Noch viel beschissener wäre es, wenn irgendwer auf die Idee käme, er und der Computerdepp wären alte Freunde. Dann lieber weiter einen auf einsamen Wolf machen, da standen angeblich auch die Mädchen drauf, jedenfalls die, die Hermann Hesse mochten, hatte Heiko behauptet. Aber bestimmt nur, um ihn zu trösten.

Am Montag nahm Robert ein Buch mit in die Schule, das er für fünfzig Pfennig auf dem Flohmarkt gekauft hatte. In den großen Pausen setzte er sich damit vor den Klassenraum, in dem er als Nächstes Unterricht hatte, und las. Wobei er eher so tat, als würde er lesen, das Buch war sterbenslangweilig. Nur die ersten zwei Sätze, in denen der Ich-Erzähler vom Tod seiner Mutter erfuhr, berührten ihn. Aber dann beschrieb der Sohn, wie er Urlaub eingereicht hatte wegen der Beerdigung und wie er dahin fuhr, wo die Beerdigung stattfand, und wie das Heim aussah, in dem die tote Mutter gelebt hatte, und während Robert sich durch diese Schilderungen quälte, hatte er die ganze Zeit Karstens Stimme im Kopf, wobei das, was Karsten erzählte, fast noch interessanter war.

Vielleicht war es bei Weltliteratur so, dass man sie erst mal ganz lesen musste, um sie zu verstehen, aber zu Hause hatte er immer Besseres oder Dringenderes zu tun oder einfach keine Lust, und in den Pausen kam er nie weit, weil er die Lektüre für jede noch so harmlose Ablenkung unterbrach. Wenn zum Beispiel jemand vorbeiging, schaute er immer kurz vom Buch auf und versuchte, anhand der Schuhe und Hosenbeine zu raten, wer es war.

Braune Lederschuhe, khakifarbene Stoffhose: der JuLi-Typ aus der 11a.

Dunkelblaue Pumps, dunkelblaue Strümpfe, dunkelblauer Faltenrock: Frau Matthies.

Bestickte graue Espadrilles, Pedal Pusher: das Entenmädchen.

»Hallo!«, rief Robert.

»Hi!«, rief das Entenmädchen und ging weiter.

Am vierten Tag der zweiten Schulwoche saß Robert in der großen Pause an die Wand gelehnt vor dem Physikraum, als eine ausgewaschene graue Röhre in spitzen schwarzen Schnallenschuhen an ihm vorbeiging.

Keine Ahnung, dachte er.

Er wollte gerade hochschauen, als die Schnallenschuhe vor ihm stehen blieben, mit den Spitzen in seine Richtung. »Was liest du da eigentlich immer?«

Robert klappte das schmale schwarz-weiß-rote Taschenbuch über seinem linken Daumen zusammen und zeigte es dem Jungen.

»Oh, là, là, der Fremde liest *Der Fremde*, wie passend.« Der Junge machte ein Gesicht, von dem Robert nicht wusste, ob es Spott oder Anerkennung ausdrücken sollte. »Und ist gut?«

»Geht so. Aber vielleicht bin ich auch einfach zu doof.«

»Wusstest du, dass Robert Schmidt auch erst siebzehn war, als er es gelesen hat? Im Original. Aber du bist Lateiner, oder?«

Robert war froh, auf die zweite Frage mit Ja antworten zu können, statt die erste Frage mit Nein beantworten zu müssen. Es klang, als müsste man Robert Schmidt kennen.

»Magst du The Cure?«, fragte der Junge. »*The Head On The Door* ist meine Lieblingsplatte.«

»Schon. Wegen *Killing An Arab* habe ich mir das Buch

gekauft, aber ich bin noch gar nicht angekommen an der Stelle, ich find's, ehrlich gesagt, ziemlich öde. Keine Ahnung, was Robert–« Plötzlich kapierte Robert Haase, wer Robert Schmidt war. »Mann, ich schnall's jetzt erst. Du meinst Robert Smith?«

»Klar, wen denn sonst? Ich heiße übrigens Christoph. Und du?«

»Ich heiße auch Robert.« Er stand auf, weil er das Gefühl hatte, dass dies ein feierlicher Moment war und dass man feierlichen Momenten im Stehen statt auf dem Fußboden sitzend begegnen musste. »Aber Robert Rabbit, nicht Robert Schmidt.«

In den Herbstferien reihte sich ein goldener Oktobertag an den anderen, zum Ende der Ferien schlug das Wetter um. Am Montag wurde Robert von einem schneidenden Ostwind durch das frühmorgendliche Halbdunkel geschoben. Es schien, als ließen die Bäume alle gleichzeitig ihre Blätter fallen, die nun massenhaft raschelnd durch Straßen und über Grünstreifen tobten. Beim Frühstück hatte er im grünen Portemonnaie eine Rechnung gefunden, die ihn noch mehr beschäftigte als die unbekannte Nummer auf der Zeitungsecke, von der er wahrscheinlich niemals erfahren würde, was sie zu bedeuten hatte. Die Rechnung war mit blauem Kuli auf einen Zettel gekritzelt worden, so unleserlich, dass Robert die wenigsten Wörter hatte entziffern können. Aber ihm war klar, dass es sich um eine Restaurantrechnung über 89,80 Mark handelte. Der Zettel trug das Astra-Logo und stammte von einem dieser kleinen rechteckigen Blocks, auf denen in Kneipen und Gasthäusern die Bestellungen notiert wurden.

Wo in der Stadt trank man Astra? Robert hatte den ganzen Schulweg lang darüber nachgedacht.

Er war trotzdem gut gelaunt, als er ankam, zehn Minuten zu früh. Wichtiger als das miese Wetter und Scheißchemie und die neueste Heimlichkeit seiner Mutter war, dass er einen neuen Freund gefunden hatte, vielleicht wartete Christoph sogar schon auf ihn. Christoph, der alle sieben Platten von The Cure besaß und der vor den Ferien dafür gesorgt hatte, dass Robert zu Mareikes Party eingeladen wurde, Christoph, der ihn gefragt hatte, ob er Lust habe, eine Woche nach Westerland zu fahren, zu seinen Großeltern, die dort eine Pension führten. Natürlich hatte Robert Lust, auch weil er sonst die ganzen Ferien zu Hause hätte verbringen müssen. Gemeinsam machten sie an den Vormittagen die Besorgungen, mit denen Christophs Oma sie beauftragte. Nachmittags machten sie sich über die hübschen, hochnäsigen Hamburger Mädchen lustig, die die Ferien mit ihren Familien auf Sylt verbrachten und am Strand voll genervt hinter den Eltern und dem Hund herlatschen mussten. Abends knackten sie Strandkörbe, rauchten und tranken den Apfelkorn vom Opa, und seine Mutter war irgendwann in diesen Tagen irgendwo essen gegangen mit irgendwem, obwohl sie sich Restaurantbesuche nicht leisten konnten, und wenn, dann nicht so teuer und nur zu besonderen Anlässen wie zu ihrem vorletzten Geburtstag.

Roberts Finger waren im Ostwind steif gefroren, aber wenigstens wurde es allmählich heller.

Er brauchte lange, um sein zu kurzes, störrisches Fahrradschloss zu schließen. Als er es endlich geschafft hatte, versuchte zwei Meter weiter ein Mädchen mit blauem Rucksack und Jeansjacke und ohne Haare den Vorderreifen seines Rades in eine der ewig verbogenen, andauernd zu engen Radhalterungen zu quetschen. Das heißt, Haare hatte das Mädchen schon noch, aber sie waren blond und fast so kurz wie bei dieser glatzköpfigen Sängerin aus Irland, deren

Vornamen keiner richtig aussprechen konnte. Es war das Entenmädchen, dessen Namen er wusste, seit er Christoph danach gefragt hatte.

Friederika. Sie hatte ihre langen Haare abgeschnitten.

Robert kannte kein anderes Mädchen mit einer solchen Frisur, falls man überhaupt Frisur dazu sagen konnte, aber sie stand ihr. Sie hatte einen wohlgeformten Hinterkopf, nicht so platt wie seiner, sondern schön rund, und jetzt erst fiel ihm auf, was für einen langen, schmalen Hals sie hatte. Links und rechts des Halses baumelten zwei große silberne Kreolen, und in der Mitte von allem lagen wie zwei große dunkelgrüne Murmeln ihre Augen.

»So schlimm?«, fragte Friederika.

»Nein. Wieso?«

»Du guckst so entsetzt.« Die Murmeln wurden vor Verlegenheit noch größer. »Wenn du mich weiter so anstarrst, traue ich mich nicht rein.«

»Nein, nein, gar nicht. Es sieht schon ungewohnt aus, aber–« Robert dachte daran, dass er kein Fremder mehr war auf dieser Schule, sondern jemand mit einem Freund, dem er nachher erzählen konnte, ob er sich getraut hatte oder nicht, und mehr Spaß bringen würde das Erzählen, wenn er sich trauen würde. »Sieht toll aus, echt, super.«

»Puh!« Friederika wirkte erleichtert, was Robert freute. »Dann können wir ja jetzt rein. Was hast du in der Ersten?«

Sie stiegen die breiten Granitstufen hoch, drinnen trennten sich ihre Wege. Robert musste in den Chemieraum im Neubau, Friederika in ihren Klassenraum im Oberstufenflur.

»Na, dann«, sagte Robert.

»Man sieht sich.« Friederika lachte.

Sie ging auf ihre seltsam süße Art mit dem schönen Kopf

auf dem langen Hals durch die Schuleingangshalle zur Treppe. Mit den ganz kurzen Haaren sah sie jetzt nicht mehr aus wie ein Entenmädchen, fand Robert. Eher wie die Königin unter den Enten.

Friederika, die Entenkönigin.

November 1989

Die Pumps und der Patriarch

Die Absätze ihrer neuen Pumps sanken bei fast jedem Schritt im aufgeweichten Boden ein. Im Dunkeln konnte Friederika nicht genau erkennen, wie schlimm verdreckt sie waren. Hoffentlich kriegte sie das Wildleder morgen wieder sauber.

Wenn rauskommt, dass ich sie heute schon angezogen hab, dann–

»Willst du mich entführen?«, rief sie, um nicht darüber nachdenken zu müssen.

»Willst du denn entführt werden?« Oliver blieb stehen.

Von dir schon, aber das dachte sie nur.

Oliver war vom Gehweg neben der Straße auf die abschüssige Wiese abgebogen. Sie folgte ihm, langsam, weil sie die matschigsten Stellen zu umgehen versuchte. Sein Ziel schien der Fußweg zu sein, der am Fördehang entlangführte. »Und wisst ihr auch, wie der Weg heißt?«, hatte Vater sie neulich abgefragt. »Bummelgang.«

Ihr Bruder hatte total übertrieben gelacht. »Bei uns heißt der Fummelgang, weil, auf den Bänken, da kann man so geil knutschen und so.«

Mutti, mit Fräulein-Rottenmeier-Gesicht: »Michael, bitte! Wie redest du denn?«

Ihre Empörung war von Vaters belustigtem Grunzen beiseitegewischt worden, Michi hatte vor Stolz über diesen Erfolg rote Wangen bekommen. Als ob es auch nur ein

Mädchen gäbe, das Lust hatte, mit diesem verpickelten Volltrottel rumzufummeln. Aber vielleicht hatte er trotzdem recht, was den Ruf des Bummelgangs anging. Hoffentlich. Es sah ganz so aus.

Die feuchte Sitzfläche der Bank, vor der Oliver stehen blieb, war von jenem Algengrün überzogen, das im Laufe des kommenden Winters immer glitschiger werden und sich erst im Frühling wieder verziehen würde, nach und nach, aber nie ganz.

»Aber lass mal auf die Lehne setzen«, sagte Friederika.

Oliver hielt ihr die Zigaretten hin, bevor er sich auch eine nahm. Erst gab er ihr Feuer, danach zündete er seine an. Ein gut erzogener junger Mann, würde Vater sagen. Sie rauchten und betrachteten die Lichter unter ihnen. Das Licht, das warm und eckig aus den nahen Hinterhoffenstern schaute. Die vielen weißlichen Lichtpunkte, die zum dahinterliegenden Hafen gehörten. Oliver strich sich durch die Haare, seine Lederjacke quietschte. Friederika hatte ihn noch nie darin gesehen, aber sie sah ihn ja auch nicht mehr so oft, seit er Abi gemacht hatte. Vielleicht war die Jacke neu, genau wie ihre Schuhe. Vielleicht hatte er besonders gut aussehen wollen, genau wie sie. Es war ihm gelungen. Keiner, den sie kannte, sah besser aus als Olli, wie er da auf der Lehne saß und rauchte. Sogar seine Hände waren schön, kräftig und gleichzeitig irgendwie vornehm.

Vielleicht passierte gleich was. Es musste doch mal endlich was passieren.

Es lag in der Luft wie die kalte Feuchtigkeit, die überall war. Sie drang durch das Nylon von Friederikas Strumpfhose, kroch unter ihren Minirock und legte sich auf die nackte Haut im Ausschnitt ihres Bodys. In der einen Hand hielt sie die Zigarette, mit der anderen zog sie ihren Mantel über der Brust zusammen. Sie hatte ihn in einem Secondhandladen gekauft, obwohl er nur dann gut aussah, wenn sie ihn nicht zuknöpfte. Ihre Zehen waren nicht kalt, die waren taub. Sie hätte die Pumps eine halbe Nummer größer nehmen sollen, aber sie hatte sich lieber eingeredet, vierzig würde reichen. Friederika musterte die erdverschmierten Spitzen ihrer Schuhe, nahm noch einen Zug und schnipste die fertig gerauchte Zigarette auf den Bummelgang zu den vielen anderen Filtern, die dort lagen.

Stummelgang wäre auch ein passender Name.

Wahrscheinlich wäre schon längst was passiert, wenn sie kleine Füße und große Brüste hätte, so wie Sabine. Bei ihr war es genau andersherum. Sie war sehr intelligent, behauptete Vater, aber ihre Füße waren groß und ihre Brüste klein, deshalb hatte sie immer das Gefühl, sich bei den Jungs besonders anstrengen zu müssen. Nächsten Monat hatte sie Geburtstag, und vorher wollte sie endlich Sex gehabt haben, richtigen Sex, wenigstens ein Mal. Das war der Plan, aber wenn Olli sie nicht gleich mal küsste, könnte es knapp werden mit der Umsetzung.

Um die Sache zu beschleunigen, bibberte sie extra auffällig.

»Ist dir kalt?« Oliver sah Friederika von der Seite an mit seinen Oliver-Augen, die sie jedes Mal wie eine Faust in den Magen trafen, mit dieser Mischung aus hellblauem Selbstbewusstsein, fast onkelhafter Freundlichkeit und etwas unwiderstehlich Düsterem. Vor Aufregung vergaß sie zu frieren, dafür zitterte sie umso mehr. Er legte seinen Arm um sie. Sie wagte es, ihren Kopf an seine Schulter zu legen. Seine Fingerkuppen streichelten die Haut unter ihrem rechten Ohr.

Es passierte.

Ihr war fast schlecht vor Aufregung.

Er hob ihre linke Hand und bedeckte die Haut über ihrem Puls mit erst zarten, dann nassen Küssen. Das kannte sie noch nicht. Die anderen hatten immer nur ihren Mund geküsst oder ihr Gesicht oder ihren Hals. Das hier war eine erwachsenere Art Kuss; sie hatte sie in Filmen gesehen, aber nicht geahnt, wie gut sie sich anfühlte. Oliver wusste das, klar, er war ja auch schon einundzwanzig.

Ihr wurde warm.

Es passierte wirklich. Jetzt.

Die Wärme stieg ihren Arm hoch und zog ins Dekolleté hinein über ihren Bauch in die Strumpfhose, wo sie sich prickelnd zwischen ihren Schenkeln sammelte. Olivers Mund befahl ihr wortlos, den Kopf von seiner Schulter zu heben, sodass er unterhalb ihres Ohres weitermachen konnte. Friederika hörte sich seufzen. Er rutschte von der Lehne und stellte sich vor sie. Er drängte sich zwischen ihre Beine und küsste sie normal, auf die übliche Weise. Er schob seine Zunge in ihren Mund, aber dann schob er auch schon ihren Mantel zur Seite und die Hand in den Ausschnitt ihres Bodys und den Ausschnitt über ihre Brust, die flach und weiß aus all dem Schwarz starrte mit ihrem dunklen Stielauge. Er starrte zurück, dann verschluckte er sie mit einem so selbstvergessenen Geräusch, dass ihr plötzlich wieder kalt wurde. Sie schaute sich um, zum Glück war da niemand. Sie bemerkte den Altkleidergeruch, der aus dem Kragen ihres Mantels stieg.

»Hör auf, bitte. Olli, nicht hier«, flüsterte sie.

Er hörte nicht auf sie, sondern schob seine Hand unter ihren Rock.

»Oliver, Mann! Lass das!«

Er ließ nicht ab von ihr. Er drückte sein Schnaufen und Schmatzen in sie hinein, während sie sich mit beiden Händen an die Lehne klammerte.

Wenn ich loslasse, falle ich runter, dachte sie, dann ist auch noch der Mantel versaut.

Sie holte so weit wie möglich mit dem Kopf aus und rammte ihr Kinn in seine Schläfe.

Scheißfummelgasse. So ein Wichser.

Das konnte sie Robert natürlich nicht erzählen, dass er richtiggelegen hatte mit der Behauptung, Oliver sei ein schleimiger Schönling und sie eines von viel zu vielen Mädchen, die auf Arschlöcher standen. »Keine Ahnung, wieso«, hatte er gesagt, »aber ihr wollt anscheinend alle einen, der euch schlecht behandelt.«

Nee, dachte Friederika, ganz sicher nicht.

Sie hatte einfach nicht damit gerechnet, dass so etwas passieren würde.

Als sie am Gartentor ankam, war ihr nach Heulen zumute. Das ging jetzt aber nicht, denn Heulen machte Geräusche. Erst mal musste sie es unbemerkt ins Bett schaffen. Unbemerkt vom Gartentor in ihr Zimmer war ein Parcours, den sie seit Jahren trainierte, immer dann, wenn sie ihre Eltern lieber im Unklaren ließ darüber, wann oder in welchem Zustand sie nach Hause kam – seit sie mit fünfzehn das erste Mal hatte ausgehen dürfen und zwanzig Minuten zu spät nach Hause gekommen war. Damals hatte sie sich überlegt, dass es das Beste wäre, wenn es ihr gelänge, ins Haus zu schleichen und sich bettfertig zu machen und erst dann ihren Eltern Hallo zu sagen, die im Wohnzimmer saßen und fernsahen.

»Ach, bist du doch schon da?« Mutti hatte gelächelt und gleich wieder zum Fernseher geguckt, obwohl sie noch nicht fertig gewesen war mit Reden. »War schön?«

Aber Vater hatte sie durchschaut, natürlich.

Er musterte sie mit gerunzelter Stirn, als wäre irgendetwas an ihr anders. Dann nickte er fast unmerklich wie jemand, der sich selbst dazu gratulierte, etwas Kompliziertes am Ende doch noch verstanden zu haben. Friederika bemerkte, dass sie komisch atmete, flacher und schneller.

»Einen schönen Abend hattest du also.« Es war klar, dass ihm egal war, wie ihr Abend gewesen war. Das Einzige, was ihn interessierte, war, ob sie sich an das gehalten hatte, was er ihr mit auf den Weg gegeben hatte. *Bis halb neun, keine Minute später.* »Aber wieso hast du nicht gleich gesagt, dass du nach Hause gekommen bist?«

»Weiß nicht. Ich hab gedacht–« Friederika dachte, dass sie darüber vorher hätte nachdenken sollen.

»Nun lass sie doch, Harry, sie ist ja jetzt da.« Mutti berührte seinen Unterarm und redete in diesem sanft flehenden Tonfall, in dem man sonst Mütter mit trotzigen Kleinkindern sprechen hörte. »Pass lieber auf jetzt, es wird gerade spannend. Möchtest du noch Wein?«

»Na gut«, sagte Vater.

Na gut, heute hast du Glück, Friederika.

Na gut, Heidi, ich trinke noch was, statt auszurasten.

Obwohl der Film gerade spannend wurde, stand ihre Mutter auf und bedeutete Friederika, ihr zu folgen. In der Küche lehnte sie die Tür an. Sie nahm den Weißwein aus dem Kühlschrank und legte ihre freie Hand auf Friederikas Wange. Die Hand war kühl und erinnerte Frie daran, wie gern sie als Kind krank gewesen war, weil Mutti sie dann immer so verwöhnt und ihr zwischendurch das heiße Gesicht gestreichelt hatte. »Nächstes Mal kommst du lieber pünktlich, du weißt doch, wie er ist. Morgen ist er beim Boot, dann erzählst du mal in Ruhe. Waren nette Jungs da?« Ihre Mutter hatte verschwörerisch gezwinkert. »Und jetzt ab ins Bett, Mäuschen.«

Friederika hatte nicht einschlafen können, sondern über ihren Vater nachgedacht, wie unlogisch es war, dass man jemanden lieb und trotzdem Angst vor ihm haben konnte.

Wenn ihr Vater friedlich war, konnte sie ihn liebhaben, aber sobald er ihr Angst machte, war das gute Gefühl verschwunden.

Jener Abend lag fast drei Jahre zurück.

An den Wochenenden, die auf dieses erste Mal folgten, hatte sie immer neue Diskussionen darüber ausgefochten, wie lange sie ausgehen durfte. Um jede Viertelstunde hatte sie kämpfen müssen. In jeden einzelnen Kampf war sie gezogen wie in eine womöglich vernichtende, aber unausweichliche Schlacht. Sich damit abzufinden, abends immer als Erste nach Hause zu müssen, war einfach nicht infrage gekommen.

Wieder und wieder baute sie sich vor ihrem Vater auf: »Wann muss ich heute zu Hause sein?«

Wie er reagierte, blieb unberechenbar.

Mal nannte er eine lächerlich frühe Uhrzeit und wurde sauer, wenn sie widersprach. Andere Male schaute er kaum von der Zeitung auf, fragte, was sie für angemessen hielt, und nickte ihre Antwort geistesabwesend ab. Manchmal war er, eben noch mürrisch, überraschend in bester Verhandlungslaune, fast wie ein Basarhändler, der sie verschmitzt zum Feilschen ermunterte. Es gab Tage, an denen war sie dreister als sonst und erzielte damit sensationelle Erfolge. Dann wieder verhandelte sie besonders vorsichtig und übersah dennoch eine unsichtbare rote Linie, woraufhin ihr Vater wie eine Tretmine explodierte. An diesen Tagen hasste sie ihn. Wenn er sie gewinnen ließ, war sie so dankbar, dass sie ihn liebte, aber niemals länger als bis zum nächsten Freitag oder Samstag, wenn sie erneut vor ihm stand – äußerlich tapfer, innerlich bebend.

Am Ende hatte sie gesiegt.

Es war Vater gewesen, der diesen Kampf aufgegeben hatte.

Wenige Monate nach ihrem siebzehnten Geburtstag hatte er sie wieder mal so durchdringend gemustert, dass sie sich wie nackt gefühlt hatte. Dann war sein Blick müde, fast traurig geworden. »Was fragst du eigentlich immer noch?« Er machte eine resignierte Handbewegung. »Du machst doch sowieso, was du willst.«

Ihn schwach zu sehen, war neu für Friederika, es beunruhigte sie. Aber als sie das Haus verließ, hörte sie, wie er Mutti anherrschte, die Frauen in diesem Haus hätten sich gegen ihn verbündet. Nach diesem Abend erhöhte Vater seine Kampfbereitschaft auf den anderen Konfliktfeldern. Andauernd warf er ihr vor, sie lerne zu wenig, rauche zu viel, renne unmöglich herum. Als sie sich die Haare abschnitt, bekam er einen Wutanfall und redete tagelang nicht mit ihr. Aber wann sie nach Hause kam, dafür interessierte er sich seltsamerweise nicht mehr. Und wie sie nach Hause kam, das hatte ihn noch nie gekümmert. Oft hörte sie ihn schnarchen, wenn sie die Treppe hochschlich.

Friederika machte kein Licht an, sicherheitshalber.

Sie hätte den Parcours auch mit geschlossenen Augen gehen können. Sie kannte jede Schwierigkeit und jede Methode, sie zu meistern. Das Gartentor musste man anheben, damit es nicht quietschte, nicht zu sehr, nur ganz leicht, aber egal, wie leise man es öffnete, Lotta hörte es und kam von irgendwoher geschlichen, um einem miauend um die Beine zu streichen und dann wieder in die Nacht zu verschwinden. Die alte Haustür drückte man am besten mit dem ganzen Körper ins Schloss und drehte den Schlüssel erst dann zu, so sprang sie auf keinen Fall wieder auf. Die Holztreppe schlich Friederika auf Nylon und so nah wie möglich an der Wand hoch, und die letzte Stufe vor dem ersten Stock ließ sie ganz aus, die knarzte auch an den Rändern. Im Zimmer warf sie die dreckigen Pumps auf den

Teppich, um die würde sie sich morgen kümmern. Sie zerrte sich Rock, Strumpfhose und Body vom Leib, dieses blöde Scheißteil, das unten in die Poritze rutschte und das man oben mit einem einzigen Handgriff ausziehen konnte. Sie zog das Snoopy-Shirt an und kroch ins Bett zu Teddy, der nach früher roch, als auch nicht alles heil, aber trotzdem in Ordnung gewesen war. Sie hielt ihn mit geschlossenen Augen im Arm und sah Oliver, der sich an ihr festgesaugt hatte wie ein ausgehungertes Riesenbaby.

Es ist ihm gar nicht um mich gegangen.

Es war ihm um die Brust gegangen, die zufällig ihr gehörte, diese Brust, von der sie immer gedacht hatte, sie sei viel zu klein.

Vielleicht stimmte das ja gar nicht.

Es klopfte.

»Friederika!« Mutter. »In zehn Minuten gibt's Frühstück.«

Frühstück? Sie hatte doch noch gar nicht geheult.

Sie musste eingeschlafen sein, während sie darauf gewartet hatte, weinen zu können, und nun steckte das Weinen in ihr fest, eine zähe, graue Traurigkeit, trostloser als jedes heulende Elend. Aber das Sonntagsfrühstück war unverhandelbar. Um zehn hatte man am Esstisch zu sitzen, gekämmt und angezogen. Egal, wann man am Abend vorher ins Bett gegangen war. Egal, wie es einem ging.

»Okee.« Ihre Antwort wurde von den Daunen halb verschluckt.

»Friederika? Hast du gehört?«

»Ja-ha, Mann! Gleich!« Sie ließ den Kopf zurück aufs Kissen fallen.

Sonst versuchte Mutti sonntags immer, ihr das Aufstehen zu versüßen. Mit einem Kuss, manchmal sogar mit frischem

Orangensaft und meistens mit diesem Ausdruck im Blick, der bedeutete: *Ich weiß, Liebes, aber es geht nun mal nicht anders.* Als ob sie immer noch ein Kind wäre, dem man weismachen konnte, dass die sinnlosen Regeln und quasiheiligen Rituale, an die man sich in dieser Familie zu halten hatte, so was wie gottgegebene Gesetze waren.

Es war nicht Gott, der sie sich ausdachte, sondern ihr Vater.

Und auch wenn ihm einige Dinge inzwischen egal waren, es erfasste ihn ein gottgleicher Zorn, wenn sie gegen eines seiner Gebote verstieß. Zum Beispiel gegen das Gebot: *Du sollst die teuren Schuhe, die ich dir bezahlt habe, damit ich an meinem Fünfzigsten eine anständig angezogene Tochter vorzeigen kann, nicht schon vorher heimlich ruinieren.*

Die Wut im Gesicht ihres Vaters war das Erste, was sie sah, als sie das Esszimmer betrat, weil sein Gesicht noch immer das Erste war, wonach ihr Blick suchte.

Das zweite waren die Pumps.

Sie standen auf dem Frühstückstisch, an ihrem, Friederikas, Platz, da, wo normalerweise für sie gedeckt war. Anstelle von Set, Serviette, Teller, Tasse und Besteck lag dort eine Plastiktüte. Auf der Tüte stand der Schuhkarton. Der Karton diente als Podest für die Pumps, in die das pastellrosa Seidenpapier zurückgestopft worden war, das sie gestern Abend herausgenommen hatte. Sie waren so ordentlich nebeneinander auf dem Karton abgestellt worden, als handele es sich um Ausstellungsware in einem Schuhgeschäft.

Oh Gott, dachte Friederika.

Die Schuhe sahen wirklich schlimm aus.

Die schmalen Augen ihres Vaters auch.

Sie fragte nicht, wie die Schuhe aus ihrem Zimmer hierhergekommen waren, sondern blieb stumm vor dem Esstisch stehen. Michael pulte am Sieben-Minuten-Ei herum und rutschte immer tiefer in seinen Stuhl. Auf Muttis Beistand, das sah Friederika sofort, konnte sie diesmal nicht hoffen, die machte ihr *Das hast du dir ganz allein eingebrockt, Friederika, da kann ich dir leider nicht helfen*-Gesicht. Lotta sprang von der Heizungsverkleidung, huschte unter den Teewagen und verharrte dort mit gesenktem Kopf, angelegten Ohren und großen schwarzen Pupillen.

»Ich kaufe die neu.« Jetzt half nur noch Reue. »Von meinem Taschengeld.«

Ihr Vater griff nach dem Zucker, ohne sie aus den Augen zu lassen.

»Ach, Friederika«, sagte Mutti mit einer Stimme so geduckt wie die Katze. »Das hättest du dir vorher– Du weißt doch– Ich glaube nicht, dass es die noch mal in deiner Größe–«

Friederika wartete, dass das Brüllen losging.

Es blieb still.

Durch die Stille flog der Zuckertopf.

Der Deckel landete auf der Tischkante, von der er aufs Parkett sprang und zerbrach. Der Topf selbst flog über Muttis Kopf. Es regnete Zucker, und bevor das Porzellan an der Wand zerschellte, streifte es den Rahmen des Gemäldes, das ihren Urgroßvater in dunkelgrauem Dreiteiler zeigte: Asmus Carstensen, Erbe eines Kaufmannes, der mit dem Export von Rumverschnitt reich geworden war. Friederikas Uropa hatte die Villa bauen lassen, in deren Speisezimmer sein Enkel Harald »Harry« Carstensen soeben mit einer Zuckerdose nach seinem Porträt geworfen und es nur knapp verfehlt hatte.

Oder hatte er etwa nach Mutti gezielt? Was, wenn er getroffen hätte?

Sein Brüllen war sie gewohnt. Das hier war etwas anderes.

Als wäre die Zuckerdosenattacke der Blitz gewesen, begann nun endlich der Donner.

»Warum hattest du die Schuhe an, verdammt? Die waren für meine Feier gedacht! Wo bist du gewesen damit? Ist dir klar, dass man die jetzt in den Müll werfen kann? Hast du gar keinen Sinn dafür, was die Dinge wert sind? Hat deine Mutter dich wirklich so verwöhnt, oder was ist in dich gefahren? Du hast mich hintergangen!«

Sie stand da in einer Rüstung aus Verachtung und eisernem Schweigen und nahm zum ersten Mal wahr, wie alt und hässlich ihr Vater aussah, wenn er wütete. Ihre Angst war weg, oder jedenfalls fast. Sie hatte keine Ahnung, warum, vielleicht weil er es mit der Zuckerdose wirklich übertrieben hatte. Sein Zorn begann zu verebben, sein knallrot verzerrtes Gesicht glättete sich allmählich, in seine Stimme mischte sich etwas Jämmerliches, und sie wusste: Gleich ist es vorbei.

»Du musst doch irgendeine Erklärung haben. Ich verstehe dich nicht, Friederika.«

Gleich würde Mutti den Löffel aus der Butter ziehen, die Scherben einsammeln, den Zucker mit dem Tischfeger von der Decke kehren und immer wieder kurz zu Vater schauen, vorwurfsvoll, aber nur, wenn er es nicht bemerkte. Sobald er doch etwas mitbekam, würde er sie anfahren: *Was?* Sie würde *Nichts!* murmeln und weiter Ordnung schaffen, und Vater würde so etwas sagen wie: *Na gut, wir reden später vernünftig darüber.* So war es immer, erst tickte er komplett aus, dann tat er, als wäre nichts passiert, nur dass er sich nach seinen schlimmsten Anfällen manchmal Mühe gab, ein bisschen netter zu sein als sonst.

Lotta kam unter dem Teewagen hervor und flitzte in den Flur.

»Nun sag was dazu.« Vaters letzter, schon ganz matter Befehl.

Aber Friederika hatte nichts zu sagen.

Und in nicht mal einem Monat würde auch er ihr nichts mehr zu sagen haben.

Sie war noch nicht oft zu Robert gefahren, und wenn, dann nur, um ihn abzuholen. Er wollte sich immer woanders verabreden, in Kneipen, draußen oder bei ihr zu Hause. Am Anfang hatte sie angeboten, sie könnte ja auch mal zu ihm kommen. Er hatte sie abgewimmelt. Seine Mutter sei immer da, das würde nerven.

»Aber meine doch auch«, hatte Frie geantwortet.

»Aber die ist anders«, hatte Robert gesagt.

Diesen Sommer waren sie oft nach Solitüde gefahren. Meistens hatte er mit seinem Rad schon vorn an der Bismarckstraße gestanden, wenn sie kam. Zwei-, dreimal war sie zu früh gewesen und hatte unten geklingelt. Aber weiter als bis ins Treppenhaus hatte sie es nie geschafft und nur ein einziges Mal bis vor seine Wohnungstür, wo Robert sie gebeten hatte zu warten, seine Mutter sei krank und nicht ordentlich angezogen. Da hatte sie verstanden. Nicht nur hinter ihrer Haustür gab es Sachen, die keiner sehen sollte.

Aber das hier ist ein Notfall, rechtfertigte sich Friederika vor sich selbst.

Bevor sie die Klingel drückte, musste sie kurz überlegen, welche die richtige war: *Haase*, nicht *Hase.* Lustiger Zufall, dass neben den Haases ausgerechnet ein Herr Hase wohnte. Friederika dachte daran, wie sie Robert nach seinem Nachnamen gefragt hatte.

»Hase wie Hasenfuß?«

»Nein, mit Doppel-a. Aber wie kommst du jetzt gerade auf Hasenfuß?«

Sie hatte nicht erklären können, warum sie nicht Hase wie Igel oder wie Hasenbraten gesagt hatte. Vielleicht weil er ihr zuerst so scheu vorgekommen war. Er hatte es sich gemerkt. In den Herbstferien war er wie schon im Vorjahr mit Christoph auf Sylt gewesen und hatte ihr eine Karte geschrieben: *Du hast gewonnen! Ich habe mich doch nicht mehr ins Wasser getraut. Bis Montag, dein Robert (Haasenfuß)*

Friederika war froh, als der Türöffner summte.

Noch froher war sie, als sie Robert sah. Er stand mit ungekämmten Haaren und verschränkten Armen in der Wohnungstür und guckte verwirrt.

»Moin. Was machst du denn hier?«

Er sprach so gedämpft, dass sie es ihm automatisch nachtat.

»Moin. Ich wollte eigentlich anrufen von unterwegs, tut mir leid.« Sie hatte es so eilig gehabt, von zu Hause fortzukommen, dass sie nicht daran gedacht hatte, ihr Portemonnaie oder ein paar Münzen für die Telefonzelle einzustecken. »Mein Vater ist eben so richtig übel ausgeflippt, ich wollte nur noch weg.«

»Und da kommst du zu mir?« Jetzt sah er erfreut aus.

Friederika antwortete nicht, weil sie nicht wusste, was sie antworten sollte, ohne dass es klang, als wäre Robert nur ein Lückenfüller oder bekanntermaßen Experte für Scheißeltern.

Beides traf zu, jedenfalls ein bisschen.

Caro war auf einem Chorwochenende, Sandra bei ihrem Vater in Kappeln und Mareike immer so nervig stolz auf ihre nette *Mams* und ihren super *Paps*, also nicht die Richtige für dieses Thema. Zu Anneke hätte sie können, aber mit Anneke verabredete Friederika sich nur noch ganz selten und wenn, dann aus schlechtem Gewissen. Das Einzige, was sie noch regelmäßig machten zu zweit, war, zusammen zur Schule zu fahren oder zurück. Anneke rauchte nicht, trank nichts, ging nicht gern auf Partys, erst recht kiffte sie nie, denn sie hatte *Wir Kinder vom Bahnhof Zoo* gelesen und war sicher, dass ihr erster Zug an einem Joint auch der erste Schritt auf dem Weg zum nächsten Babystrich wäre. Wahrscheinlich war sie schon immer langweilig gewesen, aber Friederika hatte das erst in der Oberstufe bemerkt.

»Komm rein, aber leise«, flüsterte Robert. Er tat, als hätte er nie etwas dagegen gehabt, von Friederika besucht zu werden, was schräg war, aber auch sehr gut. »Kann sein, dass Mama noch schläft.«

»Darf ich mal aufs Klo?«

Friederika ließ die Schuhe vor der Wohnungstür stehen. Sie versuchte, möglichst leise zu spülen, aber es rauschte alles Wasser auf einmal mit einem Riesenradau aus dem Toilettenkasten, der aus derselben weit entfernten Vergangenheit stammte wie die babyrosa Fliesen. Hier war alles so klein und viel weniger hübsch als bei ihr zu Hause. Zum Glück tauchte Frau Haase nicht auf, als sie vom Klo über den engen Flur huschte.

Robert war nicht in seinem Zimmer.

Friederika schaute sich um. Das Zimmer war höchstens halb so groß wie ihres. Links vor einer schwarz gestrichenen Wand stand sein Bett, über dem Bett hing ein R. E. M.-Poster. Vor dem Fenster ein winziger, unordentlicher Schreibtisch, die Tischplatte tapeziert mit massenhaft alten Werbeaufklebern. Sie hatte in der Fünften und Sechsten auch Aufkleber gesammelt, aber ihr Vater hatte es ihr verboten, sie irgendwohin zu kleben. Rechts an der Wand gab es ein fast volles Schallplattenregal mit einem Technics-Plattenspieler. Über dem Plattenspieler hing ein Foto, das Robert mit einer Stecknadel an die Raufasertapete gepinnt hatte: Robert und sie, eine Großaufnahme ihrer Gesichter. Wange an Wange, beide gebräunt, mit nassen Haaren und albern aufgerissenen Augen und Mündern. Aus Roberts Mund guckte das Ende eines Noggers, aus ihrem ein Twister. Andi hatte das Foto im Sommer gemacht, aber Monate gebraucht, um den Film zum Entwickeln zu bringen, und dann noch mal Wochen, um Abzüge nachmachen zu lassen. Ihrer lag in einer Schreibtischschublade.

Das Zimmer war ungelüftet, das Bett zerwühlt.

Vor dem Bett, auf dem hellbeigen Teppich, stand ein Bierglas, darin der dunkel schlammige Bodensatz eines ausgetrunkenen Kakaos, daneben ein Teller mit einem halb aufgegessenen Brot. Tütengraubrot. Friederika zog die Bettdecke notdürftig zurecht und setzte sich mit dem Teller aufs Bett. Das Brot schmeckte auf eine billige, fast anrüchige Weise köstlich.

»Hunger?« Robert trug ein Tablett mit Bechern, Stövchen und einer Teekanne, aus der drei Teebeutel-Etiketten hingen.

»Oh, entschuldige, ja. Ich habe noch gar nichts gefrühstückt.«

Robert stellte das Tablett auf dem Schreibtischstuhl ab.

»Du hast ja das Foto da aufgehängt.« Sie sprach aus, was ihr unausgesprochen irgendwie komisch im Magen lag.

»Ja, stimmt«, sagte Robert. »Soll ich dir noch eins machen?«

Friederika nickte. Sie schenkte sich ein und überlegte, wie viele Jungs sie kannte, die Tee machten und anderen Brote schmierten. Er kochte sogar manchmal, hatte er erzählt. Zwar nur einfache Sachen, aber sie selbst konnte nur Mirácoli und Tiefkühlpizza und ihr Bruder nicht mal das.

Und Vater weiß bestimmt nicht mal, wie man Wasser zum Kochen bringt.

»Erzähl«, sagte Robert, als sie nebeneinander auf dem Bett saßen.

Er sagte, was ihre Freundinnen sagten, wenn sie wild darauf waren, das Neueste zu hören. Aber Robert war keine Freundin, und er wirkte nicht wie jemand, der auf irgendwas wild war, sondern wie ein Freund, der bereit war zuzuhören. Damit hatte sie nicht gerechnet. Sie hatte gedacht, sie würden sich erst mal warm reden, über andere, harmlose Sachen, und erst dann würde sie sich ein bisschen ausführlicher auskotzen über ihren Vater. Der Ernst, mit dem er sich ihrem Problem widmete, machte sie so verlegen, dass sie sich hinter einem Lachen verstecken musste.

»Ach, ich hab mich schon wieder einigermaßen abgeregt. Mein irrer Vater hat den Zucker durchs Esszimmer geworfen und fast seinen Opa getroffen. Ist ja auch ein bisschen lustig eigentlich.«

»Der lebt noch?«

»Nein!« Sie lachte, bis das Honigbrot auf ihren Beinen wackelte, erleichtert über das Missverständnis, das der Situation etwas von ihrer Schwere nahm. »Der hängt doch bei uns im Esszimmer. Das alte Bild mit dem Mann im Anzug.«

»Und wieso ist dein Vater so durchgedreht?«

»Weil ich neue Pumps gekriegt habe, für seinen Geburtstag, aber ich habe die total versaut gestern. Also so richtig.«

»Wo warst du denn?«, fragte Robert.

»Gestern? Im Kino.«

»Ach, ja, mit Oliver.« Wenn Robert den Namen aussprach, sah er immer ein bisschen so aus, als äße er etwas Versalzenes.

»Und auf dem Nachhauseweg sind wir über eine matschige Wiese gelaufen. Immerhin hat er mit dem Zuckertopf nicht meine Mutter getroffen, war aber ganz schön knapp.« Das mit dem Lachen funktionierte nur noch so halb.

»Echt? Ich dachte, der brüllt nur rum?«

Roberts Erschrecken war wie ein Bühnenstrahler, in dessen gleißendem Licht ihr Kummer zum einzig Wichtigen im Raum wurde. Er war größer, als sie gedacht hatte.

»War ja auch das erste Mal.« Ihre Stimme begann zu zittern.

»Abgefahren. Und deine Mutter, was sagt die dazu?«

»Nichts.«

»Also, ich mag deine Mutter.«

Wenn Robert zu ihr kam, plauderte er immer mit Mutti und schwärmte hinterher von ihr. Das nervte auch sonst, aber heute besonders. Sie atmete und wartete, bis sie sich sicher war, das Zittern im Griff zu haben. Sie wollte nicht traurig, sie wollte wütend sein.

»Meine Mutter traut sich nicht, was gegen meinen Vater zu sagen, die ist feige und vor lauter Feigheit viel zu nett, und ich weiß, das ist voll ungerecht, aber manchmal bin ich so sauer deswegen, da würde ich sie am liebsten anschreien.«

»Ich meine auch. Die ist immer müde.«

Robert schaute zum Fenster, wo es nichts zu sehen gab außer einem regnerischen Himmel hinter einer staubigen Jalousie.

Friederika sah zu Robert.

Er sah nicht so wahnsinnig gut aus wie Oliver, aber auch echt nicht schlecht mit diesem Gesicht, das man eine Weile angucken musste, bevor man das Gefühl hatte, es zu verstehen. Seine Augen waren groß mit langen Wimpern, die Lippen fast mädchenhaft voll, aber das Kinn war eckig und die Nase sehr groß, besonders im Profil. Das Erste, was ihr an ihm aufgefallen war, war, dass er oft nachdenklich wirkte, wenn er sich unbeobachtet fühlte. Außerdem konnte sie besser mit ihm reden als mit anderen Jungs. Als er sich in der Schule eingelebt hatte und lockerer wurde, hatte sie entdeckt, dass man mit ihm auch gut feiern oder rumhängen konnte. Er war keiner von den Typen, die immer schneller und lauter sein wollten als die anderen, deren Wettbewerb er lieber vom Rand aus verfolgte, um dann einen Spruch rauszuhauen. Das mochte sie, sogar sehr. Eine Weile hatte sie gehofft, sie würde sich in ihn verlieben, aber das, was am Verliebtsein das Wichtigste war, der Grund, warum man sich verlieben sollte, blieb aus, sie konnte nichts dafür: Das große Kribbeln, das fehlte. Nur ganz manchmal zog es ein bisschen in der Magengegend, wenn sie angeheitert war oder die Musik besonders romantisch. Oder der Sonnenuntergang war ganz besonders schön oder die Stimmung war – so wie jetzt gerade – irgendwie besonders, sodass in der Folge auch Robert etwas Besonderes umgab und er plötzlich aussah wie jemand, von dem Friederika gern gewusst hätte, wie es sich anfühlte, ihn zu küssen. Er selbst hatte noch nie etwas in dieser Richtung unternommen, und sie hatte ihn inzwischen zu gern, um selbst den ersten Schritt zu machen.

Ein Kuss ist schließlich auch ein Risiko, dachte sie.

Und es war cool, mit einem Jungen nur platonisch befreundet zu sein, statt sich wie so ein Null-acht-fünfzehn-Mädchenmädchen sofort in alle zu verknallen.

Roberts Nase war wirklich riesig. Eine richtige Hakennase.

Im Flur klingelte das Telefon.

Das kleine Ziehen in Friederikas Bauch war schon wieder weg.

Robert sah zur Zimmertür. Er wollte sich gerade vom Bett aufrappeln, da brach das Klingeln ab. Man hörte leise eine Frau reden, aber nur kurz. Jemand ging in die Küche, eine Schranktür klappte, Wasser lief, eine Tür wurde zugezogen. Robert guckte wieder aus dem Fenster.

»Ich glaube, sie ruft manchmal bei der Telefonseelsorge an«, sagte er zu den Regenwolken.

»Glaubst du oder weißt du?«

»Glaube ich.«

»Wie kommst du darauf?«

»Nur so.«

Das war keine sehr logische Erklärung, aber weil Robert nicht aussah, als wollte er darüber reden, hakte sie nicht nach.

»Ist das nicht für Leute, die sonst niemanden zum Reden haben? Sie hat doch diese Elke? Warum sollte sie da anrufen?«

»Weiß nicht. Sie ist manchmal komisch.«

»Frag sie doch mal.«

Er verzog das Gesicht, als wäre das ein total dämlicher Vorschlag, und das war es wahrscheinlich auch. Sie traute sich ja auch nicht, Mutti zu fragen, warum sie sich nicht von Vater trennte. Sie traute sich nicht mal zu fragen, warum sie ihn geheiratet hatte. Aber sie traute sich, ihren Kopf an Roberts Schulter zu legen, um zu bekräftigen, dass sie Freunde waren, zwei, die nichts voneinander wollten und sich deshalb jederzeit aneinander anlehnen konnten.

»Alles scheiße, echt.«

»Wie war's denn sonst so gestern Abend? Also mal abgesehen von den Schuhen und deinem Vater und so.«

»Auch scheiße.«

Robert legte seine Wange auf ihre Haare.

Als er seine Hand anhob, fürchtete sie, er würde sie auf ihre Hand oder ihr Bein legen und beweisen, dass all die Leute und Filme recht hatten, die behaupteten, es wäre unmöglich, mit einem Jungen nur befreundet zu sein. Aber er pflückte nur einen Tabakkrümel von seiner Hose.

Ihr fiel ein, dass sie noch etwas Dringendes mit ihm besprechen musste.

Ihr Vater wurde nächste Woche fünfzig, feierte groß und

hatte sich gewünscht, dass seine Kinder *etwas zum Gelingen des Festes beitragen*. Friederika hatte gestöhnt und mit den Augen gerollt, aber Mutti hatte sie gebeten, ihm den Wunsch zu erfüllen.

»Dir fällt bestimmt was Schönes ein.«

»Ganz sicher nicht«, hatte Friederika gesagt.

»Ach, komm, du willst ihm doch nicht den Abend verderben?«

Da hatte sie recht. Vater den Geburtstag zu verderben, hieße, ihn Mutti noch viel mehr zu versauen und wahrscheinlich den nächsten Tag gleich mit, vielleicht sogar die ganze Woche. Sie dachte an den Zuckertopf und wie er wenige Zentimeter über die Dagmar-Berghoff-Frisur ihrer Mutter geflogen war.

Robert stand auf und holte die Teekanne.

»Am besten irgendein Lied für ihn, bei dem alle mitsingen können«, sagte Friederika. »Ich dachte, vielleicht hast du eine Idee?«

Eine von Roberts Locken fiel nach vorn, als er sich über die Gitarre beugte und horchte, ob sie richtig gestimmt war. Es war sein erster Auftritt, seit er mit Gitarre angefangen hatte. Er schien kein bisschen nervös zu sein, anders als sie. Mit klopfendem Herzen wartete Friederika darauf, dass auch die letzten Geburtstagsgäste aufhörten zu reden. Das Vereinshaus war voller Menschen, die eng an den drei langen gedeckten Tafeln saßen, fast alle guckten Richtung Tresen, zu Robert und ihr. Verwandte, Nachbarn, Kollegen, Freunde, darunter jene, die es nur im Doppelpack gab, Gisela-und-Jürgen, Ella-und-Klaus, Renate-und-Bertram. Irgendwo hinten, wo es zu den Toiletten ging, hörten ein paar Kinder nicht auf zu gackern, obwohl eine Frau »pssst!« und »leise!« zischte.

Vater saß ganz vorn, am Kopfende des mittleren Tisches. Er hatte den Stuhl zu ihnen gedreht und guckte gespannt. Als das Kichern nicht endete, stand er auf, klatschte knallend in die Hände und rief so dröhnend, dass Friederika innerlich zuckte: »Ruhe, auch die kleinen Nervensägen da hinten!«

Robert, der mit der Gitarre auf einem Barhocker saß, nickte ihr zu und fing an zu spielen. Als das Intro von *Marmor, Stein und Eisen bricht* vorbei war, nickte er noch mal. Sie begann zu singen, und alle sangen mit bis auf Michael, der natürlich so tat, als ob er ihren Auftritt total peinlich fand.

Weine nicht, weil du fünfzig bist – dam dam, dam dam.
Auch wenn vieles jetzt schwerer ist – dam dam, dam dam.

Die Gäste schauten singend auf die kopierten Liederzettel.

Ölzeug an und Leinen los,
Luv und Lee statt Hände im Schoß.
Segeln, Segeln hält dich fit!
Harry, nimm uns mit!

Mutti lächelte. Vater lachte breit. Michael grinste verächtlich.

Heidi schaut lieber vom Ufer zu – dam dam, dam dam.
Bist du an Bord, hat sie ihre Ruh – dam dam, dam dam.

Beim zweiten Mal schmetterten die Gäste den Refrain. Beim dritten Mal grölten sie ihn, am Ende der letzten Wiederholung ging das Grölen in Jubel und Applaus über. Auch Vater applaudierte begeistert, sah dabei aber unglücklich aus, fast gequält. Immer weiter klatschend ging er zu Robert, um ihm mit der einen Hand die Schulter zu drücken und mit der anderen die Hand. Dann kam er zu Friederika. Er sah sie mit verkrampftem Mund und einem Schimmern in den Augen an, von dem sie wusste, dass es ihre Belohnung war, aber es fühlte sich an wie etwas, das so schnell wie möglich vorbei sein sollte. Der Kuss, den er ihr auf die Stirn gab, war zu lang, sein Flüstern zu heiser: »Friederika, meine Große, ich danke dir.« Er wischte sich über die Augen. Dann drehte er sich um. Die weiblichen Hälften von Gisela-und-Jürgen und Ella-und-Klaus steckten die Köpfe zusammen, während sie verzückt zu Friederika schauten, und als Vater wieder auf seinem Platz neben Mutti saß, riefen sie Heidi-und-Harry etwas Anerkennendes zu ihrem *Töchterchen* zu.

Es war kurz nach halb acht. Einige Gäste schielten gierig zum Büfett, aber bevor es eröffnet werden konnte, wollte der Vorsitzende des Segelvereins noch seine Rede loswerden. Er legte dar, warum es nicht nur ein glücklicher historischer Zufall sei, dass die deutsch-deutsche Grenze ausgerechnet am fünfzigsten Geburtstag des langjährigen Jugendwarts des Förde Regatta Vereins geöffnet worden war, sondern eine seinen Verdiensten angemessene Fügung: »Denn auch du, mein lieber Harald, stehst für Offenheit und Verständigung. Mit deiner Gabe, bei Konflikten immer sachlich zu bleiben, sorgst du mit dafür, dass Trennendes in unserer Gemeinschaft gar nicht erst entstehen kann, oder nicht dauerhaft jedenfalls. Und wenn's doch mal hoch hergeht, glättest du die Wogen ganz fix mit deiner besonnenen, humorvollen Art. Im Namen des FRV sage ich Danke für alles. Auf Harry! Auf Einheit und Zukunft unseres Vereins und unseres Landes!«

Friederika lenkte sich ab, indem sie ihre Mutter beobachtete, deren Miene zu etwas Undurchsichtigem gefroren war. Kaum war die Rede vorbei, zupfte sie Robert am Ärmel des Hemdes, das er extra für sie angezogen hatte. Sie nickte Richtung Terrassentür. Trotz des Windschutzes war es so stürmisch, dass sie mehrere Versuche brauchten, bis beide

Zigaretten brannten. Sie musste einen tiefen Zug nehmen, bevor sie sprechen konnte.

»Weißt du, was ich eben die ganze Zeit gedacht habe?«

»Ich glaube, ja«, sagte Robert.

Sie hatte gedacht: Von wem redet der Typ da bloß?

Juni 1990

So viel Verpasstes

Der Einundzwanziger war gerade abgefahren.

Fuck, nee, Mann, wie ätzend.

Robert sah dem Bus nach, der Richtung Wellenbad verschwand. Als er vor Stunden hier ausgestiegen war, hatte er vergessen, nach den Abfahrtszeiten zum ZOB zu gucken. Der Nächste fuhr erst in einer halben Stunde. Wie jedes Mal, wenn er sich vom Zufall unfair behandelt fühlte, war er im ersten Augenblick unmäßig frustriert, fast niedergeschmettert.

Und ich habe noch nicht mal mein Buch dabei.

Ob er zum Strand laufen sollte? Aber was sollte er da? So tun, als wäre er nicht achtzehn, sondern acht und eine Sandburg bauen? Sich ein Eis kaufen, auf das er keinen Appetit hatte? Die Segelboote angucken, die weiß auf der blauen Förde kreuzten, und *Wie schön!* sagen, so wie es seine Oma getan hatte, wenn sie sonntags spazieren und danach zum Jugoslawen gegangen waren?

Robert setzte sich ins Wartehäuschen.

Arme verschränken, Beine ausstrecken, Augen schließen.

Es war noch warm, die Sonne würde erst in Stunden untergehen. Das erste Bundesland hatte schon Sommerferien, Robert hatte es an den vielen Cola-Gläsern und Eisbechern bemerkt und an den Essensresten, viel mehr Nudeln mit Tomatensoße und Fischstäbchen als sonst. Man sah es auch an den komischen Autokennzeichen auf dem überfüllten

Parkplatz: RY, LEV, CAS. Wie immer nach der Arbeit war er fix und fertig und hatte einen Bärenhunger, aber viel unangenehmer war das Gefühl, schmutzig zu sein. Nicht auf eine gute Weise, so wie früher, wenn er vom Spielen nach Hause gekommen war, sondern so eklig schmierig wie die Berge an dreckigem Geschirr, die in den letzten Stunden durch seine Hände gewandert waren.

Seit Ostern hatte er einen Aushilfsjob im Strandhotel Baltica.

Sonntags und an Feiertagen stand er von mittags bis zum frühen Abend in der fensterlosen, mit Dampf und Maschinenlärm gefüllten Spülküche des Hotelrestaurants. Schweißüberströmt schrubbte er Pfannen und Töpfe, während die Köche nebenan nach sauberem Kochgerät schrien. Er fischte Besteck aus der heißen Seifenlauge, in die die Kellner es warfen, sortierte glitschige Teller in den Spülkorb ein, so fix, aber auch so vorsichtig wie möglich, damit nicht andauernd etwas zerbrach, eine Kunstfertigkeit, die er noch lange nicht perfekt beherrschte. Kam das Geschirr nach wenigen Minuten aus dem riesigen, ohrenbetäubend lauten Spüler, bestand die Kunst darin, es ebenfalls schnellstmöglich, aber ohne sich die Finger zu verbrennen, auf den Geschirrwagen zu räumen. Es war ein mieser Knochenjob, aber er brauchte Geld, er hatte nie genug. Für Klamotten, für Gitarrensaiten, Noten und Platten, zum Ausgehen, für den Führerschein, für die Reise, die er nach dem Abi machen wollte. Das kostete alles so viel, das kriegte er nie und nimmer mit Latein-Nachhilfe zusammen.

Die drei Haupttellerwäscher waren allesamt nette Kerle, besonders Olu, der von allen Spülern am schlechtesten Deutsch sprach, aber Robert trotzdem andauernd zum Lachen brachte. Das Beste war, dass er in den Ferien so viel arbeiten konnte, wie er wollte. Fünf Tage die Woche mal mindestens acht Stunden, also fünf Wochen mal vierzig und pro Stunde fünffünfzig, schwarz. Was dabei herauskam, hatte Robert schon x-Mal ausgerechnet; es machte ihn immer vorfreudig, sich diese Summe vorzusagen. Er rechnete auch jetzt, während er mit geschlossenen Augen und müden Armen im Schatten des Wartehäuschens saß.

Tausendeinhundert.

Eigentlich fuhr er die gut zehn Kilometer zum Baltica immer mit dem Rad, aber heute hatte er einen Platten gehabt, den musste er nachher noch flicken, sonst musste er morgen zu Fuß zur Schule. Hätte er seinen Führerschein schon, hätte er Mamas Auto nehmen können, eine uralte Ente, die sie nie benutzte und trotzdem nicht verkaufte. Aber er war gerade erst mit Theorie fertig, für den praktischen Teil fehlte noch Geld, trotz des Geschenks seines Vaters, von dem er sonst immer nur Kleinigkeiten bekam. Der Brief hatte auf dem Küchentisch gelegen, als Robert an seinem Geburtstag aus der Schule kam. Er hatte ihn geöffnet, während sie den Kuchen aßen, den Mama gebacken hatte. Aus der *Endlich 18!*-Karte fiel ein Zettel zu Boden. Mama hob ihn auf, zog die Augenbrauen hoch und reichte ihn an Robert weiter, der gerade die Karte las: *Lieber Robert, alles Gute zur Volljährigkeit. Mach was draus. Papa*

Ein Verrechnungsscheck der Sparkasse Südholstein über siebenhundert Mark.

»Da war er ja mal großzügig«, sagte Mama.

Abends hatte Robert seinen Vater angerufen, um sich zu bedanken. Papa ließ sich mehrmals bestätigen, dass er das Geld gut gebrauchen konnte. »Ja, klar, danke noch mal«, sagte Robert und sehnte das Ende des Telefonats herbei. Siebenhundert waren zu viel für die seltenen Male, die sie sich sahen, für ihre wortkargen Unterhaltungen zu mühsam zusammengekratzten Gesprächsthemen, für den knappen

Geburtstagsgruß. Papas Geschenk war unverhältnismäßig und hatte darum einen Beigeschmack nach Bestechung, Sühne oder sogar nach einem Abschied. Erst als er Tage später in der Sparkasse stand und die siebenhundert Mark schwarz auf weiß auf der Habenseite seines Sparbuchs sah, fing er an, sich richtig zu freuen. Abends hatte er Papa noch mal angerufen, aber da war er nicht zu Hause gewesen, und als der Anrufbeantworter angesprungen war, hatte Robert aufgelegt.

»Hallo?« Robert brauchte kurz, um zu begreifen, dass er gemeint war. Er war fast eingedöst. »Kannst du mal Platz machen?«

»Oh, ja, klar. Sorry.« Er rückte mit dem Rucksack ganz nach rechts. Die junge Frau setzte sich nach ganz links, zog ihren Kopfhörer auf, stellte den Walkman an, starrte geradeaus und wippte zur Musik. Die nackten, wippenden Beine, die aus ihrem kurzen Schottenrock guckten, waren lang, glatt und braun. Robert machte die Augen wieder zu und versuchte, an etwas anderes zu denken.

Eine Fliege landete auf seiner Wange. Oder eine Wespe? Er presste die Lippen aufeinander und hielt still, das hatte Mama ihm beigebracht: Keine Panik, einfach nichts tun, bis sie von selbst wieder wegflog. Die Insektenbeine kitzelten ihn zart, aber umso stärker, je näher sie seinem Mund kamen, es fühlte sich an, wie wenn man neben einem langhaarigen Mädchen lag, das einen von oben anschaute, sodass seine Haarspitzen einen im Gesicht berührten. Hinter Roberts geschlossenen Augen beugte sich die junge Frau über ihn, alles an ihm war todmüde, aber ihr nackter Körper war so glatt und braun wie ihre Beine, und egal, wie tot er sich ansonsten fühlte, ein Körperteil war immer noch quicklebendig.

Bitte nicht jetzt.

Er zog den Rucksack auf seinen Schoß und traute sich nicht, die Augen aufzumachen, auch nicht, als die Wespe oder Fliege wieder weg war.

»Ey, der Bus ist da.«

Er murmelte ein Danke, ohne die junge Frau anzugucken, und ging nach hinten durch. Die Sitzreihe am Ende des Busses war besetzt von einem mittelalten Paar im Sommersonntagsausflugskostüm, aber direkt davor gab es einen freien Doppelplatz. Er lehnte sich mit wieder ausgestreckten Beinen in den Winkel zwischen Sitz und Fenster, und dann sah er es, das längliche Plakat, das an der Fensterscheibe schräg gegenüber klebte, weiße Schrift auf Grün: *Greif zur Strippe, nicht zum Strang! Ruf die Telefon-Seelsorge an,* und dazu die Nummer.

Sofort vergaß er das Mädchen, das Geld, seine müden Arme.

Er legte die Stirn gegen die Scheibe des Busfensters, damit keiner der anderen Fahrgäste es sehen konnte – sein in einen alten Schrecken abgestürztes Gesicht. Hinter dem Busfenster leuchtete das Knallgrün der Junibuchen.

Robert wusste schon lange, was das für eine Nummer war.

Er wusste es, seit er letzten Herbst am Schaukasten der Sankt-Jürgen-Kirche vorbeigegangen war und hinter dem Glas ein paar Zahlen gesehen hatte, die ihn dazu gebracht hatten, sich den Aushang genauer anzuschauen. Die Zahlen standen wie eingeklammert zwischen zwei Telefonhörern, darunter das Wort *Telefon-Seelsorge* und der Spruch *Kein Ausweg? Rufen Sie an bei Tag und Nacht!* Damals hatte er seit Monaten nicht mehr an die abgerissene Zeitungsecke im froschgrünen Portemonnaie gedacht, auch weil er lieber nicht daran denken wollte, wie komisch er mal drauf gewesen war. Trotzdem erkannte er die Zahlenkombination sofort. Zu Hause suchte er lange nach seinem Adressbuch. Als er es fand, hoffte er, dass sein Gedächtnis ihn trog. Aber da standen sie, die fünf Zahlen, unter *M* wie Mama: *11101*. An jenem Abend hatte er lange nicht einschlafen können.

Draußen flog die verkohlte Ruine des Alten Meierhofs vorbei, dahinter blitzte die unvergängliche Förde auf, um gleich wieder hinter Bäumen zu verschwinden.

Nachdem Robert herausgefunden hatte, was für eine Nummer es war, die seine Mutter sich notiert hatte, war es wochenlang gewesen, als würde er sich im Schatten einer schwarzen Wolke bewegen. Einmal war er kurz davor gewesen, sein düsteres Geheimnis mit Friederika zu teilen, an jenem Sonntag, als sie unangekündigt bei ihm aufgetaucht war.

Hinter Solitüde begann die Stadt, erst Einfamilienhäuser in großen Gärten, dann immer mehr Wohnblocks, die Marineschule, gleich danach der riesige Reichsadler aus Stein über dem Tor der Fernmeldeschule.

Sie hatten auf seinem Bett gesessen, erst hatten sie geredet, dann waren sie verstummt, ohne dass es peinlich gewesen war. Robert erinnerte sich an diese Stille wie an eine offene Tür, durch die Friederika und er in einen neuen, unbekannten Raum gelangt wären, wenn er sich dazu überwunden hätte, sie einzuweihen. Aber er hatte einen Rückzieher gemacht. Seine Mutter mochte es nicht, über sich zu reden, bestimmt würde sie es noch viel weniger wollen, dass er mit anderen über sie redete. Und selbst wenn: Wie sollte er die schwarze Wolke beschreiben, ohne sich anzuhören wie einer, der die Dinge zu schwernahm, jedenfalls nicht so leicht wie Friederika, die sogar über ihren Vater lachte. Und wie sollte er es schaffen, ihr die Wahrheit zu sagen und sie gleichzeitig zu verschweigen? Zur Wahrheit gehörte, peinlicherweise: Er hatte mit vierzehn angefangen, seiner Mutter hinterherzuschnüffeln wie so ein komplett Gestörter, weil sie, als sie derart krank geworden war, dass sie nicht mehr arbeiten konnte, auch aufgehört hatte, ehrlich zu sein oder durchschaubar für ihn. Eine Zeit lang war es wie eine Sucht gewesen, und auch wenn er inzwischen damit aufgehört hatte, gab es immer noch Augenblicke, in denen es ihn all seine Selbstbeherrschung kostete, nicht rückfällig zu werden.

Der Bus hielt und öffnete mit lautem Aufseufzen die Hintertüren. Es stiegen mehr Leute ein als aus, und obwohl genug andere Plätze frei waren, blieb ein älterer Mann vor Roberts Doppelsitz stehen. Robert hob den Rucksack vom Nebensitz, setzte ihn sich auf die Knie und umarmte ihn. Er drehte dem Mann den Rücken zu und legte die Stirn zurück an die Fensterscheibe, hinter der die Stadt sich schon wieder in Bewegung gesetzt hatte.

Vielleicht hätte Friederika die schwarze Wolke ja einfach weggelacht.

Zum Glück hatte sie sich mit der Zeit auch von selbst aufgelöst.

Langsam war es wieder heller geworden in ihm, allmählich hatte er sich beruhigt. Seine Gedanken kreisten immer seltener um Mama und dafür wieder ständig um die, an die zu denken ihm nie zu viel wurde, an die er nicht nur mit dem Kopf dachte, sondern mit dem ganzen Körper. Mit den Händen, wenn sie beim Fernsehen das Samt des Sofas streiften. Mit der Nase, wenn er sich ein gelbes Wrigley's in den Mund steckte, denn ihr neues Parfum roch ein bisschen nach fruchtigem Kaugummi. Mit den Ohren, sobald er *Somebody* anmachte, das eindeutig allerschönste Liebeslied aller Zeiten, obwohl er Depeche Mode eigentlich gar nicht mochte. Mit den Augen, wenn ihm im Stadtpark ein Stockentenpaar über den Weg lief. Friederika die Entenkönigin, die, an die er dachte, auch ohne zu denken.

Der Bus bog ab und rollte abwärts Richtung Hafen.

Sie selbst nannte sich neuerdings Frie – seit der Spießerparty ihres Vaters, der kurz vor ihr Geburtstag gehabt hatte. Das einzig Gute war das Essen gewesen. Er hatte so viel Kasseler und Kochwurst mit Grünkohl und Drillingen verschlungen, dass er kurz davor gewesen war, kotzen zu müssen. Nach dem Essen klauten sie einen eiskalten Helbing und stellten sich auf die Terrasse vor das Vereinsheim, obwohl Windböen Schauer von Sprühregen unters Vordach wehten. Sie waren allein, alle anderen rauchten lieber drinnen.

»Prost!« Robert trank aus der Flasche. »Die nächste Party ist deine. Weißt du, was du kriegst?«

»Nee, Mama steht auf Überraschungen. Ich glaub, einen Ring oder so, irgendein Erbstück.«

»Freust du dich über so was?« Er versuchte, nicht verächtlich zu klingen.

»Geht so. Nö. Aber das, was ich mir am allermeisten wünsche, bekomme ich auf jeden Fall.« Sie nahm ihm den Helbing ab. »Noch siebzehn Mal schlafen, dann kann ich endlich tun und lassen, was ich will.«

»Was willst du denn?« Er war nicht nur pappsatt, sondern schwer angetrunken.

Sie gab ihm den Helbing zurück und zuckte mit den Schultern. »Weg. Also nach dem Abi, irgendwohin, wo mein Vater nicht ist, egal, Hauptsache, ich bin frei.«

Da hatte er für sie gesungen, obwohl sie noch gar nicht Geburtstag gehabt hatte.

»She want's to break free«, sang er in den Schnapsflaschenhals. Dank des Helbings gelang es ihm ziemlich gut, wie Freddie Mercury zu klingen: *»She want's to break free! She want's to break free from her dad!«*

Friederika, die mindestens so betrunken war wie er, riss die Arme hoch.

»*Yeah, I am free!*«, rief sie in den Wind.

Ihr Lachen war albern und ansteckend.

»Ja, du bist *free*!«, bekräftigte Robert.

Sie streichelte sich selbst den Kopf. Ihre Haare waren immer noch sehr kurz, aber inzwischen eher wie bei Annie Lennox als bei Sinéad O'Connor. Sie sah nachdenklich aus, dann fing sie an zu strahlen. In der Mitte ihres Strahlens saß die Lücke zwischen ihren Schneidezähnen, die Robert zuerst zu groß gefunden hatte und an der er sich inzwischen nicht mehr sattsehen konnte.

»Friederika gibt's ab sofort nicht mehr. Darf ich vorstellen?« Sie zeigte auf sich selbst. »Das ist Frie. Und Frie findet es langsam echt ungemütlich hier. Komm, lass mal wieder rein.«

»Und was machst du morgen, Frie?« Er malte sich aus, am Meer entlangzulaufen mit ihr, vielleicht in Holnis.

»Ich bin–« Sie blieb stehen. »Oliver hat gestern angerufen, das erste Mal seit Ewigkeiten, und hat gefragt, ob – also, wir gehen morgen spazieren, auf der Birk, voll spießig, oder? Ich weiß nicht, warum ich Ja gesagt habe, aber er war so–« Sie machte ein zerknirschtes Gesicht. »Findest du mich jetzt schlimm scheiße?«

»Nein. Wieso?« Wieso hatte er sie nicht schon vorgestern gefragt?

»Danke.« Unterhalb ihrer Schläfen erschienen die Minigrübchen, die dort nur auftauchten, wenn sie mehr mit den Augen lachte als mit dem Mund. Dann hatte sie sich bei ihm eingehakt, und sie waren reingegangen zu den anderen.

Die vielen Bilder in seinem Kopf, jetzt hier im Bus, hätten gereicht, um noch ewig weiterzufahren. Es war ein unerklärlich angenehmer Zustand, wie versteinert dazusitzen und die Stirn an die kühle Härte des Glases zu drücken, aber der Fahrer verkündete: »Nächste Haltestelle Ballastbrücke!« Robert drückte und stellte sich vor den Hinterausgang. Noch mal zehn Minuten zu Fuß, dann war er zu Hause. Hoffentlich war Mama zu müde, um mit ihm Abendbrot zu essen.

Hatte sie etwa schon mal allen Ernstes daran gedacht, sich–? Er schaffte es nicht, den Satz zu Ende zu denken.

Am nächsten Morgen schwänzte der Sommer seinen Auftritt, so als hätte auch er keinerlei Lust auf die neue Schulwoche. Entgegen allen Vorhersagen war es bewölkt und kühl, zwischendurch regnete es sogar. Der Montag schien einer jener faden Tage zu werden, die man irgendwie rumkriegen musste, um sie bereits beim Einschlafen vergessen zu haben, doch dann bekamen sie Latein wieder. Sie hatten eine Passage aus den *Metamorphosen* übersetzen und anhand des Textes die für Ovid typischen Stilmittel erläutern müssen. Die Arbeit sei schlecht ausgefallen, warnte Herr Rasmussen, aber als er Robert seine korrigierte Klausur gab, sagte er: *»Tibi gratulor!«*

Er hatte 13 Punkte, die erste Eins, die er im Leistungskurs geschafft hatte.

»Du ekliger Streber! Ich hasse dich!« Frie boxte in der Pause den Muskelkater in seinem Arm und lachte das helle Glucksen, mit dem sie Kränkungen in Komplimente verwandelte. Es hörte sich immer an, als würde sie sich gleich verschlucken.

Mit Christoph, der nach der Schule auf ihn wartete, sprach er nie darüber, wer in was wie gut oder schlecht war, sondern über Mädchen, Bücher und vor allem über Musik. »Ich habe die neue Sonic Youth vorbestellt, bei Schauland«, sagte Christoph. »Kommst du noch mit? Einen Kaffee holen und eine rauchen?«

»Nee, ich muss schnell nach Hause«, behauptete Robert.

Seiner Mutter hätte es genügt, dass er das Gymnasium irgendwie schaffte, um stolz auf ihn zu sein. Umso größer fiel ihre Freude aus, wenn er gute Noten bekam, und eine Eins in Latein würde sie in ungläubiges Staunen versetzen. Latein war etwas, das man im Alltag kein bisschen gebrauchen konnte und das ihr gerade deshalb höchsten Respekt einflößte. In der Siebten hatte er es nur gewählt, um nicht Französisch lernen zu müssen – diese Sprache, von der fast alle Mädchen behaupteten, sie sei die schönste der Welt, während er fand, dass sie nach gespreiztem kleinem Finger klang und nach einer zu heißen Kartoffel im Mund. Die Mädchen brauchten Französisch, um im Campingurlaub an der Côte d'Azur mit Claude oder Gilles zu flirten oder weil sie davon träumten, als Au-pair nach Paris zu gehen. Robert brauchte nur irgendeine zweite Fremdsprache, weil das der Lehrplan so vorschrieb. Also nahm er Latein, zumal es ihm vorteilhaft erschien, dass man es nur lesen, nicht schreiben und sprechen lernen musste.

Dass es sein Lieblingsfach werden würde, darauf hätte er keinen Pfennig verwettet.

Was er an der lateinischen Sprache mochte, war, dass sie tot, also unveränderlich und damit unmissverständlich war. Jeder Satz war ein Rätsel, das man lösen konnte, wenn man das nötige Handwerkszeug besaß und es mit kühlem Kopf Schritt für Schritt benutzte: Verben finden, den Hauptsatz und seine Nebensätze identifizieren, Subjekte und Objekte bestimmen, die ergänzenden Informationen und die dann noch fehlenden Wörter übersetzen. Latein zu verstehen, konnte einfach sein oder auch sehr kniffelig, aber immer war es so logisch wie eine Matheaufgabe, während die gesprochenen Sprachen so irrational und zweideutig sein konnten wie die Lebenden, die sich ihrer bedienten. Wenn zum Beispiel Frie den Brief, den sie ihm zum Achtzehnten geschrieben hatte, mit *Ich habe dich lieb!* unterschrieb, wie konnte er wissen, was genau sie ihm damit sagen wollte? Oder wenn er seine Mutter fragte, wie es ihr ging, und sie *Ganz gut* antwortete, dann konnte das alles Mögliche bedeuten. Dass sie ihn nicht merken lassen wollte, dass ihre Schmerzen noch schlimmer waren als gestern. Dass sie keine Lust hatte zu reden. Oder dass es ihr tatsächlich besser ging als gestern. Wenn Mama gleich *Das gibt's ja nicht, Robert!* sagte oder *Ich kann es gar nicht fassen, dass ausgerechnet ich so ein kluges Kind habe!*, wäre allerdings sonnenklar, was sie damit meinte, nämlich dass sie glücklich war.

Aber sie war nicht da.

Auf der Kommode im Flur: keine Handtasche. Am Schlüsselbrett: kein Mama-Schlüsselbund, auch kein Autoschlüssel. Auf dem Herd: ein Topf voll lauwarmer Kartoffelsuppe. Nirgendwo: eine Nachricht, die Auskunft darüber gab, wo Mama war. Vielleicht war sie einkaufen, aber das machte sie eigentlich nie, wenn er aus der Schule kam. Vielleicht war sie bei Elke, aber Elke musste arbeiten. Vielleicht hatte sie einen Arzttermin, aber Ärzte hatten mittags zu. Vielleicht hatte sie mal wieder keinen Ausweg gesehen, aber wohin ging man, wenn man nicht weiterwusste?

Vielleicht steht ja was in ihrem Kalender, dachte Robert, während er Suppe aß.

Als der Teller leer war, war sein Kopf vollständig ausgefüllt von der Idee, den Sekretär nach dem goldenen Taschenkalender zu durchsuchen, den seine Mutter sich jedes Jahr zu Weihnachten wünschte. Der Sekretär stand im Wohnzimmer, und wie immer, wenn Mama keine Glückwunschkarten schrieb oder Überweisungen ausfüllte, war er verschlossen. Robert wusste, wo der Schlüssel lag, in ihrem Nachtschrank. Erst als er den Türgriff zu ihrem Schlafzimmer in der Hand hielt, fiel ihm wieder ein, dass er sich geschworen hatte, mit diesem Scheiß aufzuhören. Nicht so sehr aus Rücksicht auf Mama, sondern weil er es nicht mehr ertrug, sich vor sich selbst zu ekeln. »Nein, Robert«, sagte er laut und ließ den Türgriff wieder los. »Nein!« Er gehorchte, ging in sein Zimmer und übte Gitarre.

Das tat er immer, wenn er rückfällig zu werden drohte, genauso besessen, wie er früher das andere getan hatte. Nur er wusste, was es zu bedeuten hatte, dass er es auf diesem Instrument in eineinhalb Jahren weiter gebracht hatte als viele andere in der doppelten Zeit. Er war kein Genie, wie Frie behauptete, er war jemand, der das Schlechte in sich in etwas Schönes verwandelte. Aber heute schaffte er es nicht, sich zu konzentrieren, er verspielte sich andauernd, an den einfachsten Stellen. Nach einer Viertelstunde legte er die Gitarre beiseite und holte das Telefon aus dem Wohnzimmer. Das Kabel reichte einen halben Meter weit in sein Zimmer hinein, aber um es mit aufs Bett oder an den Schreibtisch zu nehmen, war es nicht lang genug, also telefonierte Robert immer auf dem Teppich sitzend, ans Bett gelehnt.

Will ich das jetzt wirklich?, fragte er sich.

Ja, er wollte es. Seit er herausgefunden hatte, zu wem die Nummer gehörte, hatte er immer wieder daran gedacht, es zu tun, auch wenn er nicht so genau wusste, was er sich davon versprach. Wollte er, dass ihm jemand versicherte, nicht alle Anrufer seien verzweifelt, oder wollte er einfach mal wissen, wie es war, dort anzurufen? Oder glaubte irgendwas in ihm doch daran, er könne etwas über seine Mutter herausfinden, was eine wirklich hirnrissige Hoffnung war, es war ja alles anonym. Streng genommen wusste er nicht mal, was er eigentlich sagen wollte, aber was sollte schon passieren? Schlimmstenfalls würde er einfach auflegen. Er wählte, die Wähltöne klimperten aus dem Hörer, *da-da-da-di-da*, es klingelte, er spürte sein Herz schlagen.

»Guten Tag, hier die Telefonseelsorge, mein Name ist Jochen.« Die Stimme erinnerte ihn an die von Herrn Rasmussen, aber in viel älter. »Möchten Sie sich aussprechen?«

Mit dieser Frage hatte Robert nicht gerechnet und mit einem Mann auch nicht. Aus irgendwelchen Gründen war er davon ausgegangen, dass bei der Telefonseelsorge nur Frauen arbeiteten, ganz schön bescheuert eigentlich.

»Ich bin hier und höre Ihnen zu«, sagte der Mann, dessen Namen Robert schon vergessen hatte.

»Hallo. Hier ist Robert.«

»Hallo, Robert.«

Robert überlegte fieberhaft, wie er anfangen sollte. Mit Mamas Krankheit? Mit dem Portemonnaie? Mit der Busfahrt gestern? Oder gleich wieder auflegen?

»Lassen Sie sich ruhig Zeit«, sagte der Mann. »Es kann schwer sein, die richtigen Worte zu finden. Ich warte gern, bis Sie so weit sind, kein Problem.«

Der Mann siezte ihn, auch das brachte ihn aus dem Konzept. Er konnte sich doch nicht wie ein Erwachsener behandeln lassen und sich dann darüber ausheulen, dass seine Mutter verschwunden war. Aber auflegen wollte er jetzt auch nicht mehr. Er wollte mehr von dieser ruhigen, geduldigen Stimme, und dafür musste er ihr etwas von sich geben.

»Ich bin in meine beste Freundin verliebt.«

»Wie gut, dass Sie mir das so sagen können. Und die Freundin weiß das nicht?«

»Nein. Ich traue mich nicht, ihr das zu sagen.«

»Warum nicht? Können Sie das erklären?«

»Weil ich Angst habe, dass ich alles kaputt mache.«

»Was meinen Sie damit, mit *alles kaputt machen*? Wollen Sie mir vielleicht ein bisschen mehr erzählen?« Wie es wohl wäre, einen Vater zu haben, der mit einer solchen Stimme solche Fragen stellte?

»Ich glaube, sie ist nicht verliebt in mich. Also, ich weiß es. Sie mag mich zwar wirklich gern, das schon, aber verlieben tut sie sich immer nur in andere.«

»Und woher wissen Sie das?«

»Das merkt man doch, ich bin ja nicht blöd, und sie ist auch immer mal wieder mit jemandem richtig zusammen, also nie so lang, aber trotzdem. Aber wenn dann Schluss ist, kommt sie zu mir und sagt so Sachen wie: Gut, dass wir kein Paar sind, dann müssen wir uns nie trennen, sondern können für immer Freunde bleiben.«

Der Mann sagte nichts, sodass Robert sich verpflichtet fühlte, weiterzureden.

»Aber das ist eigentlich nicht das, was ich will.«

Wieder wartete der Mann, dann antwortete er: »Ich verstehe. Das ist sicher eine ganz schwierige Situation für Sie. Wie geht es Ihnen damit?«

»Nicht so gut eigentlich. Also, jetzt auch nicht immer ganz schlecht, aber–«

Spes est, quae pascat amorem, hatte Ovid geschrieben.

»Robert?«, fragte der Mann.

Die Hoffnung ist es, die die Liebe ernährt.

»Möchten Sie mir noch mehr erzählen?«

»Ich weiß nicht.«

»Das ist in Ordnung, Sie müssen nichts sagen. Ich bin trotzdem da.«

Robert lauschte, wie der Mann sich räusperte und atmete, wobei nur sein Ausatmen zu hören war, und dann hörte er, wie die Wohnungstür aufgeschlossen und wieder zugemacht wurde. Mamas Schlüsselbund klimperte, als sie ihn ans Schlüsselbord hängte.

»Ich muss jetzt Schluss machen«, flüsterte er.

Seine Mutter saß an ihrem Sekretär und suchte etwas in einer der drei kleinen Schubladen.

»Hallo.« Sie sah müde aus, aber nicht traurig. »Hast du gesehen? Da ist Suppe.«

»Ja, ich hab schon gegessen. Wo warst du?«

Sie suchte weiter im Sekretär herum, bis sie einen Prittstift gefunden hatte, erst dann antwortete sie. »Ich hatte eine Verabredung.«

»Mit wem?«

»Kennst du nicht.« Auf Mamas Gesicht breitete sich Misstrauen aus. »Ist irgendwas? Ist in der Schule was passiert?«

»Nein, aber warum hast du mir keinen Zettel hingelegt?«

»Ich dachte, ich bin früher wieder zu Hause, tut mir leid.« Sie runzelte die Stirn. »Aber du bist doch kein Kind mehr, du kommst doch wohl mal eine Stunde ohne mich aus? Was ist denn los, Robertle?«

Robertle nannte sie ihn nur noch, wenn sie sich Sorgen machte.

»Nichts, schon gut«, sagte Robert. »Ich hab eine Eins minus in Latein.«

Die vorvorletzte Schulwoche ging schneller rum, als Robert befürchtet hatte.

Am Freitagabend traf er sich mit Frie im Croqueladen, um etwas zu essen und zu überlegen, was sie mit dem Abend anfangen sollten. Seit das Mirage zugemacht hatte, war es nicht mehr so einfach, darauf eine Antwort zu finden. Frie legte den Rest ihres Croque Monsieur auf den Teller, schob ihn in Roberts Richtung und verschränkte die Arme, die vor ihrem weißen T-Shirt noch brauner aussahen als sowieso, obwohl der Sommer gerade erst begonnen hatte. Ihre Unterarme waren bedeckt mit einem goldenen Flaum, und um das eine Handgelenk trug sie mehrere Gummibänder, rote, grüne und blaue. Er wunderte sich, wieso sie das tat und warum an ihr sogar Gummibänder sexy aussahen.

»Also«, sagte Frie, »wo wollen wir jetzt hin?«

»Ins Crypton?«

»Nee, weiß nicht. Da sind am Wochenende auch immer so viele Soldaten.«

»Dann ins Roxy?« Robert aß das restliche Croque auf. »Da wollte Christoph hin, und Mo und Mucki sind eigentlich auch immer da.«

»Aber da ist heute Gothic Night, oder?« Frie schüttelte den Kopf. »Und, nein, ins House will ich auch nicht, auf keinen Fall.«

»Wieso nicht?«

»Bitte frag nicht, ich will nicht darüber reden.«

Letztes Wochenende waren sie im House gewesen, wo Frie ab halb zehn wie festgeklebt auf einem Barhocker gesessen und sich mit dem neuen Typen hinter dem Tresen unterhalten hatte. Als Robert und die anderen weiterzogen, wollte Frie nicht mit, sondern ihren Mojito austrinken und dann ins Bett.

»Echt?«, rief Robert, die Musik war höllisch laut. »Aber dann musst du den ganzen Weg allein nach Hause.«

Sie legte ihren Arm um seine Schulter und schrie: »Du bist süß, aber ich brauche keinen Babysitter. Sag mal, schnallst du eigentlich, dass diese Swantje was von dir will?«

»Meinst du?«

»Klar, du Blitzmerker.« Frie lachte ihr Grübchenlachen. »Nun geh schon! Aber du musst dich morgen melden und erzählen, was gelaufen ist, ja?«

Obwohl er nichts zu erzählen hatte, rief Robert sie am Sonntagnachmittag an. Er erkundigte sich, ob gestern alles gut gegangen war bei ihr.

»Ja, sehr gut. Sehr, sehr gut sogar.«

Er war sicher gewesen, dass er das Eigentliche ihrer Antwort nur an ihrem Gesicht hätte ablesen können, aber inzwischen schien es sich mit dem *Sehr gut* schon wieder erledigt zu haben.

Robert zahlte mit zwei von den drei Zehnern, die er letzten Sonntag im Baltica bekommen hatte. Frie kramte in ihrem Portemonnaie ihren Anteil zusammen. Er überlegte, ob er sie einladen sollte, dann dachte er daran, was er zu dem Mann von der Telefonseelsorge über Frie gesagt hatte. Sie ständig zu behandeln, als wäre sie seine Freundin, ohne ihr Freund zu sein: Das war nicht, was er wollte. Er konnte es sich auch eigentlich nicht leisten, schon wieder für sie zu zahlen; außerdem hatte sie das echt nicht nötig, sie hatte immer viel mehr über als er. Als Frie ihm das Geld hinlegte, das sie ihm schuldete, zwang er sich, es einzustecken, aber es fühlte sich nicht so richtig an, wie er gehofft hatte. Fast nahm er es ihr ein bisschen übel, dass sie aus ihm einen Buchhalter machte, einen, der Großzügigkeit gegen Gefühle aufrechnete.

»Ich hab's«, sagte Frie. »Wir gehen zu Birgers Party.«

»Welcher Birger?«

»Der Cousin von Tina, der feiert heute groß, weil er zum Wehrdienst nach Kiel muss oder so. Der wohnt in so einem schicken Bungalow, da gehen wir hin.«

»Aber wir sind doch gar nicht eingeladen. Oder bist du?«

»Nein, aber ist doch schnuppe, wir gucken einfach mal.«

Die Party war schon zu hören, bevor der Bungalow zu sehen war. Obwohl es erst halb elf war, lag Birger sternhagelvoll auf einer überbreiten Sonnenliege, die auf der Terrasse stand. Halb neben, halb auf ihm lag ein Mädchen, das noch betrunkener war als er. Birger hielt in der einen Hand ein Glas mit Eiswürfeln und etwas Klarem darin und in der anderen eine Fernbedienung, mit der er versuchte, die Markise im Rhythmus der Musik rauf- und runterfahren zu lassen. Vielleicht war er auch nicht nur betrunken.

»Moinsen, schönfrau«, lallte Birger. »Sachma, dubissoch Friederike?«

»Nein, ich heiße nicht Friederike«, sagte Frie.

»Ahso, ichdachte. Abadannkennichdichwohldochnich.« Birger starrte sie an. »Machnix. Ichkennhiegansvieleleudenich.« Er seufzte und sah selig aus dabei. »Dannma vieschpas. Aba nichalles kaputtmachn, oke?«

»Okay«, sagte Frie. »Komm, Robert, mal sehen, wer da ist.«

Alle waren da oder so gut wie.

Es war die beste Party, auf der Robert je gewesen war, es war mehr als das.

Es war eine Offenbarung aus alles durchdringender Musik, stampfenden Bässen und mitgegrölten Songzeilen, aus Körpern, die in Rhythmen und Umarmungen versanken, aus enthemmtem Geschrei, wildem Gelächter, schweißfeuchter Haut, verschüttetem Bier und dem Geruch nach Nikotin, Deo und Gras. Es war ein Paralleluniversum aus rücksichtslosem Vergnügungswillen, wahllosen Verbindungen und gedankenloser Gegenwärtigkeit, von dem Robert sofort geschluckt wurde, als er es betrat. Die Schule, seine müde Mutter, sein Unbehagen vorhin beim Bezahlen im Croqueladen und der Knochenjob, zum dem er morgen um halb elf im Baltica antreten musste: Scheiß drauf. Auch dass er unglücklich verliebt war, war plötzlich unwichtig, fast unwirklich, weil Frie neben ihm die gleichen großen Augen machte wie er selbst. Mit ihr zusammen an einem Ort zu sein, an dem alles egal war, hieß, dass alles möglich war.

Sie besorgten sich ein Bier und guckten erst mal nur.

Robert hatte nicht gewusst, dass es Häuser wie dieses gab. Das Wohnzimmer war riesig und hatte eine bodentiefe Fensterfront mit einer großen Schiebetür, durch die man auf die Terrasse gelangte. Die zwei Sofas, beige Monsterkissen auf Beinen aus Chrom, waren an der Seite zusammengeschoben worden, um in der Mitte eine Tanzfläche zu schaffen und am Rand eine Liegewiese für Tanzmüde und Knutschwillige. Der Couchtisch war aus Milchglas. Neben dem deckenhohen Bücherregal stand ein Fernseher, der nicht aussah wie ein Fernseher, sondern wie ein edles Möbelstück, ein schlichter schwarzer, fast brusthoher Kasten, in den eine tiefschwarze Mattscheibe eingelassen war und auf dem man super sein Bier abstellen konnte. Es gab einen Kamin, in den die, die beim Tanzen rauchten, ihre Kippen zu werfen versuchten, wobei sie selten trafen. Zum Glück war der Boden im ganzen Haus aus Stein. Was Robert am meisten faszinierte, war die Anlage, ein schwarz-weiß gestreifter Turm aus Plattenspieler, Kassettendeck, CD-Player und Verstärker, der ihn an *Star Trek* erinnerte und seinen Eindruck bestätigte, auf einem fremden Planeten gelandet zu sein. Zur Anlage gehörten zwei gigantische Boxen in Form von sechseckigen Säulen, auf denen ebenfalls Gläser und Bierflaschen standen, und aus diesen Boxen kam richtig laut richtig geile Partymusik, so unwiderstehlich geil, dass Frie und er gleichzeitig zu tanzen begannen.

Sie hatten schon oft zusammen getanzt. Diesmal tanzten sie füreinander, so kam es Robert vor. Sie berührten einander kaum, aber all ihre Bewegungen, das Kreisen von Fries Oberkörper, das Strecken ihrer Arme, das Wippen seiner Schultern und seines Kopfes schienen aufeinander bezogen zu sein und ihre Blicke auch. Sonst tanzte Robert gern mit geschlossenen Augen, um ganz eintauchen zu können in die Musik, aber heute öffnete er sie ständig wieder, um sich zu vergewissern, dass Frie immer noch da war. Sie war da, jedes Mal, und lachte ihn an. Sie lachte begeistert, dann, nachdem sie an einem Joint gezogen hatten, lachte sie für eine unbestimmbare Zeitspanne ziemlich hemmungslos albern, später beseelt. Jeder dieser Augenblicke war so perfekt, dass es Robert vermessen vorgekommen wäre, ihn noch verbessern zu wollen durch eine Berührung oder eine Bemerkung, die sich als zu viel entpuppen könnte. Er wollte nur, was er bekommen konnte, es war mehr als sonst, und es reichte, um ihn wieder hoffen zu lassen. Sie tranken etwas, dann tanzten sie wieder, bis die Polizei zum dritten Mal kam und den Verstärker mitnahm, und da war sie zu Ende, die beste Party seines Lebens, die die schönste Dreiviertelnacht gewesen war, die Robert je erlebt hatte.

»Bist du müde?«, fragte er und hoffte: Bitte sag Nein.

»Nein«, sagte Frie. »Ich bin total aufgekratzt.«

»Ich auch. Aber ich habe keine Lust mehr auf die anderen. Komm, wir verschwinden schnell von hier, und dann überlegen wir weiter.« Sein Herz raste, so verwegen kam er sich vor bei dem Versuch, sie zurück in die Zweisamkeit zu lotsen.

Bitte sag Ja, hoffte er.

»Ja«, sagte Frie. »Aber ich habe schon wieder Hunger.«

Bei Birger hatte es viel zu trinken gegeben und nichts zu essen, nur Chips und Erdnussflips.

»Wollen wir zur Schiffbrücke und gucken, ob's da noch was gibt?«

Es war kühl und begann gerade zu dämmern. Ab und zu erklang ein zaghaftes Zwitschern, so als wären die Vögel unsicher, ob sie nicht doch zu früh dran waren. Die Straßen lagen so leer da, als wären sie nur für sie geebnet worden.

»Wer als Erstes unten ist!«, rief Robert.

»Ich!«, rief Frie.

Aber diesmal war er schneller. Er war sehr schnell. Er

hob ab und flog, und da war endgültig alles gut. Was immer er mit Frie hatte, es war gut so. Er selbst war gut so, wie er war. Sein ganzes, auf öde Weise kompliziertes Leben war gut, gut genug jedenfalls, um in diesem Moment glücklich zu sein. Und weil alles gut war, gab es nichts Besseres, als in den Sonnenaufgang hineinzufliegen, auch wenn Frie wild kreischte hinter ihm, und dann quietschten Reifen, ein lautes Hupen schlingerte erstaunlich dicht hinter ihm vorbei, und dann passierte alles gleichzeitig, Roberts Herz setzte kurz aus, oh, dachte er, oh Gott, scheiße, er bremste so doll, dass er sich fast überschlug, aber nur fast, ein Auto blieb stehen, jemand schrie: »Sag mal, hast du komplett den Arsch offen, du Vollidiot, was sollte das denn bitteschön werden?«

Der Autofahrer meinte offenbar ihn, aber viel wichtiger war, dass jetzt Frie vor ihm stand und ihr Rad fallen ließ und dass ihr Weinen ebenfalls ihm galt. Sie nahm ihn in den Arm und umarmte ihn so fest und so lang, wie sie ihn noch nie umarmt hatte, und schluchzte in sein Sweatshirt, und Robert, der immer noch den Lenker umfasst hielt, legte seine Nase in ihren Nacken und bewegte sich nicht, denn sie roch nach Rauch und nur noch ganz schwach nach Kaugummi, und hinter beidem lag etwas, das nach Nähe und Liebe duftete.

Nach Frie, die seinetwegen weinte.

Dezember 1990

Lieben oder brauchen

Mutter öffnete die Flügeltür.

Als sie noch Vaters *seute Deern* gewesen war, hatte das erwartungsvolle Kribbeln in genau diesem Moment seinen Höhepunkt erreicht. Inzwischen jedoch war sie die geworden, die ständig aufpassen sollte, in welchem Ton sie mit ihrem Vater redete, und das Auseinanderschieben der Flügeltüren war der Auftakt zu einem Theaterstück, in dem sie nur noch widerwillig mitspielte.

Das Stück hieß: Die heilige Familie.

Noch ein Mal, dachte Frie, nächstes Jahr bin ich endlich weg.

Sie trat hinter Michi ins Wohnzimmer. Wie immer kam das einzige künstliche Licht von der Tischlampe und von draußen, von den Straßenlaternen, ansonsten: Kerzenschein. Das Räuchermännchen qualmte an seinem Stammplatz auf dem Beistelltisch vor sich hin, es lief leise irgendeine klassische Chormusik. Auf dem Couchtisch standen der Flaschenkühler, Sektgläser und der Teller mit den Vanillekipferln und Zimtsternen. Lotta lag auf ihrem Lieblingssessel, und unter dem Tannenbaum, dem Epizentrum des Funkelns, türmten sich die Geschenke.

Kulisse konnten ihre Eltern, das musste man ihnen lassen.

Die Tanne war wie üblich prächtiger als alle Weihnachtsbäume, die Frie bei anderen gesehen hatte, stuckdeckenhoch und von regelmäßigem Wuchs. Wie immer hatte Vater sie am Sonntag vor Heiligabend besorgt. Früher war er allein aufgebrochen zu diesem rituellen Beutezug, der damit begann, dass er den Dachgepäckträger aus dem Keller holte und auf seinen jeweils aktuellen BMW montierte. Vor ein paar Jahren hatte er beschlossen, Michael sei alt genug, um zu lernen, wie man einen Baum schlägt. Seitdem begleitete ihr Bruder ihn zu dem Bauern irgendwo an der Geltinger Bucht, der auch Weihnachtsbäume anbaute. Michi musste die von Vater auserwählte Tanne fällen, aufs Autodach hieven und zu Hause in die Garage tragen. Dort blieb sie, bis sie am Heiligabend im halbrunden Erker ihren großen Auftritt hatte. Die brennenden Kerzen und das Glitzern der Christbaumkugeln wurden von den Erkerfenstern noch einmal vervielfältigt. Den Baum zu schmücken, war Mutters Rolle. Fries Part war es, den geschmückten Baum zu bewundern.

»Ich glaube, einen so schönen hatten wir noch nie.«

»Sag ich doch«, sagte Vater zu wem auch immer.

»Die Silbersterne sind von Karstadt, sind die nicht schön?«, fragte Mutti.

»Ja, die sind toll.« Sie waren tatsächlich hübsch.

Großvater hatte die Aufgabe übernommen, alle fünf Minuten zu fragen, wann es endlich was zu essen gab. »Sag mal, Heidi, braucht deine Gans noch lange?«

»Eine halbe Stunde ungefähr. Sonst nimm dir doch schon mal ein paar Kekse.« Mutti schob ihren Vater zu einem der Sessel.

»Nein, ich habe richtigen Hunger. Hast du ein Käsebrot?«

»Ich mach schon.« Frie war froh über jede Minute, die sie sich abseilen konnte.

»Danke, mein Schatz«, lächelte Mutti.

»Liebe Friederika, bringst du bitte den Korkenzieher mit?«, bat Vater.

»Und Cola? Und Eiswürfel?«, rief Michi. »Bitte, bitte, Schwesterherz!«

Alle gaben sich große Mühe, und das war das Schlimmste, fand Frie, dass man merkte, wie sie sich anstrengten und die auswendig gelernten Freundlichkeiten aufsagten, weil die Sache sonst jederzeit schiefgehen konnte.

Zum Beispiel wenn sie aussprechen würde, was sie dachte.

Fängst du jetzt schon vor dem Festessen an, dir den Abend schön zu trinken, Vater?

Hey, Arschgesicht, hol dir deine verfickten Eiswürfel doch einfach selbst.

»Okay«, sagte Frie und ging das Käsebrot schmieren.

Früher hatte die Bescherung vor dem Essen stattgefunden. Inzwischen warteten sie damit bis nach dem Hauptgang. Es gab einen Augenblick der Anspannung, als Vater die Gans kritisierte.

»Dieses Jahr ist sie ein bisschen trocken, Heidi. Hast du sie zu lange im Ofen gelassen?«

»Nein? Tut mir leid, wenn sie nicht so saftig ist wie sonst.«

Ihre Mutter guckte so betreten, dass es Frie rasend machte.

»Lern du doch mal endlich kochen.« Sie starrte ihren Vater an.

»Pass auf, wie du mit mir redest, Friederika.« Er starrte übers Rotweinglas zurück.

»Hört auf. Beide. Nicht heute Abend.«

Mutter klang so ungewohnt entschlossen, dass sie gehorchten und weiteraßen.

»Kann ich mal die Klöße?«, fragte Michi erleichtert. »Bitte.«

Nach dem Essen döste Großvater, nun wunschlos satt, auf dem Sessel ein, noch bevor die erste Schleife gelöst worden war. Lotta hatte es sich auf seinen Knien gemütlich gemacht.

»Wer bringt Opa denn nachher nach Hause?«, fragte Mutti.

»Ich fahre, dann können wir alle trinken!«, scherzte Vater zum Frie-wusste-nicht-wievielten Mal.

»Ich will gar nichts trinken«, sagte sie, »lass mich ihn mal lieber bringen.«

»Ach, das ist lieb von dir«, lächelte Mutti.

In spätestens einer Stunde war Opa bettreif. Wenn sie langsam fuhr, brauchte sie hin und zurück eine gute Stunde, und um zehn wäre das Theater schon fast vorbei, hoffte Frie. Auf dem Weg zurück, wenn sie allein durch die Nacht fuhr, würde sie sehr laut möglichst unheilige Musik hören und sich die klebrige Weihnachtsstimmung von der Seele singen. Sie konnte es kaum erwarten.

Vater machte sich daran, die nächste Flasche zu öffnen.

Frie betrachtete ihren Geschenkehaufen und versuchte zu erraten, was in welchem Paket sein könnte, um sich auf eventuelle Enttäuschungen vorzubereiten. Mit Schaudern erinnerte sie sich an jenen Heiligabend vor fünf Jahren, an dem sie sich den Winterpulli von Benetton gewünscht hatte.

Sie hatte ihn auf dem Holm in einem Schaufenster entdeckt. Er war dick und bunt, und die Gefühle, die er in ihr auslöste, ähnelten denen, die sie gegenüber süßen, aber unerreichbaren Jungs empfand. Ständig malte sie sich aus, wie es wäre, wenn er ihr gehörte, überzeugt, dass er ihre triste Teenager-Existenz in pure Seligkeit verwandeln würde. Als am Heiligabend ein großes, nachgiebiges Paket für sie unterm Baum lag, wusste sie, dass der Beginn ihres neuen, glücklichen Lebens unmittelbar bevorstand. Sie schlug das

Geschenkpapier auseinander, und da lag der Pullover, dick und bunt – und das ganz und gar Falsche, ein Wolle gewordener Albtraum, ein Missverständnis, so fundamental und tragisch, dass es Frie die Sprache verschlug.

»Ja, da staunst du!« Mutti strahlte. »Das war wirklich eine Heidenarbeit. Und ich konnte ja immer nur stricken, wenn du nicht da warst. Gefällt er dir?«

»Ja«, sagte Frie und fing an zu weinen, was Mutti traurig gemacht und ihren Vater zu einer Moralpredigt über Undankbarkeit veranlasst hatte.

Ja, die Sache konnte schiefgehen.

Dieses Jahr freute sich Frie aufrichtig über alle Geschenke, besonders über die Ohrringe, das Partyspiel, das sie Silvester mit nach Dänemark nehmen würde, und über den Eastpak-Rucksack, von dem Mutter dreimal betonte, falls sie den falschen ausgesucht habe, könne Frie ihn umtauschen.

Frie gab ihr einen Kuss. »Nein, nein, der ist genau richtig, danke.«

»Ich habe ihn bezahlt.« Vater hielt ihr die Wange hin.

»Schon klar, danke schön«, sagte Frie.

Von Robert bekam sie wie immer eine Schallplatte, diesmal *Diana & Marvin*,, ein Album aus den Siebzigern, von dem er behauptete, wer es nicht kenne, dürfe nicht zum Abitur zugelassen werden. Bei ihrem letzten unausgepackten Geschenk handelte es sich der Form und dem Gewicht nach um ein nicht sehr dickes Buch.

»Ist das auch noch von euch?«, fragte Frie.

»Nein«, sagte ihre Mutter. »Das lag im Briefkasten, mit deinem Namen dran.«

Es war ein Taschenbuch, ein Sachbuch. Auf der allerersten Seite stand eine Widmung: *Liebe Frie, wenn du mal etwas Anspruchsvolles lesen willst, solltest du auf dieses Buch zurückgreifen. Frohe Weihnachten, deine Anneke*

Blöde Kuh, dachte Frie.

Sie wollte sauer sein auf Anneke, die ihr etwas geschenkt hatte, obwohl sie gar nicht abgemacht hatten, einander wieder zu beschenken, aber wenn sie ehrlich war, musste sie zugeben: Sie hatte keine Sekunde an ein Geschenk für Anneke gedacht, sie hatte Anneke vergessen. Aber Anneke hatte an sie gedacht, natürlich.

»Können wir mal lüften?«, fragte Frie.

»Was ist das für langweiliger Mädchenquatsch?« Michael griff nach dem Buch.

»Finger weg, dafür bist du eh zu doof.«

»Wollt ihr, dass ich schlechte Laune bekomme?«, fragte Vater.

Ihr Bruder ließ von ihr ab und trollte sich mit seinem neuen Gameboy aufs Sofa.

»Wir können jetzt nicht lüften, Friederika«, sagte Mutter. »Erst wenn die Kerzen aus sind.«

»Harald, fährst du mich gleich?«, fragte Opa.

»Nein, ich fahre dich«, sagte Frie. »Aber vorher muss ich kurz frische Luft schnappen.«

Auch dieses Weihnachten hatte es nicht geschneit. Immerhin war es einigermaßen kalt und trocken. Sie atmete die Kälte ein wie eine Ertrinkende. Hinter der Hausecke, wo der Bewegungsmelder ansprang, setzte sie sich auf die Kellertreppe, zündete sich eine an und betrachtete das Buch. Es war von einem Erich Fromm: *Die Kunst des Liebens*.

Das erste Mal las sie es am ersten Weihnachtstag.

Das zweite Mal las sie es am zweiten Weihnachtstag.

Sie las langsamer als sonst, trotzdem verstand sie vieles nicht, manches wollte sie auch gar nicht verstehen. Den Abschnitt zur *Nächstenliebe* zum Beispiel fand sie langweilig. Von den vielen Seiten über die *Liebe zu Gott* las sie nicht mal die Hälfte, es ging darin viel um Aristoteles, Laotse und Marx – Namen, von denen sie ungefähr wusste, warum man sie kennen sollte, aber mehr auch nicht, weshalb sie in ihr das ungute Gefühl hervorriefen, ungebildet zu sein. *Die Praxis der Liebe* enttäuschte sie auch diesmal. Statt Beziehungstipps zu geben, riet der Autor zu Disziplin und Konzentrationsübungen, an manchen Stellen klang er wie ihr Vater. Trotzdem befand sie sich dank Erich Fromm in einem Zustand der Erleuchtung und damit auch ein bisschen wegen Anneke.

Kaum hatten am Donnerstag die Geschäfte geöffnet, kaufte sie in der Stadt schwarz-blaue Burlingtons, packte sie ein und fuhr zu Anneke, obwohl sie auch hätte zu Fuß gehen können, aber mit dem Rad brauchte sie nur fünf statt zehn Minuten. Sie wollte schnellstmöglich wieder zurück sein. Annekes Mutter öffnete die Tür des Reihenhauses, in dem die Johannsens wohnten.

»Friederika, frohe Weihnachten! Wir haben uns ja lange nicht mehr gesehen, wie schön. Geht es dir gut und deiner Familie auch?«

Obwohl Frau Johannsen das ohne jeden anklagenden Unterton sagte, bekam Frie ein noch schlechteres Gewissen. Bis zur Zehnten hatte sie mehrmals in der Woche an dieser Tür geklingelt, manchmal sogar zwei- oder dreimal täglich.

»Ich wollte nur was für Anneke abgeben.«

»Oh, da wird sie sich aber freuen, ich ruf sie mal.« Frau Johannsen ging durch den kurzen Flur zur Treppe und schrie: »Anne-ke! Für di-hich! Be-su-huch!«

Frie schloss die Haustür, blieb in Schuhen und Jacke im Flur stehen und wich Frau Johannsens freundlichem Blick aus, als sie sagte: »Aber ich kann leider nur ganz kurz.«

Anneke kam die Treppe heruntergehüpft in diesem fidelen

Galopp, in dem sie in der Grundschule zusammen auf dem Pausenhof rumgesprungen waren, wenn sie Ponyhof gespielt hatten. Sie trug einen französisch geflochtenen Pferdeschwanz und einen dunkelgrünen Strickrolli, vorn drauf ein rotnäsiger Elchkopf.

»Wow«, sagte Frie.

Anneke zog den Pullover glatt und sah an sich selbst hinunter: »Lustig, oder? Hat mein Cousin aus England geschickt. Frohe Weihnachten!«

Frie reichte ihr das Päckchen. »Ich hab's am Vierundzwanzigsten gekauft, aber dann leider im Geschäft liegen lassen, Entschuldigung. Ich bin manchmal so ein Schussel!«

Die Freude, die Anneke über die Strümpfe an den Tag legte, war so groß, dass es Frie unangenehm war; vermutlich spiegelte sie das Ausmaß der Enttäuschung wider, das ihre älteste, aber nicht mehr beste Freundin empfand.

»Dein Buch ist echt auch ganz toll, danke noch mal, ich hab's schon durch«, sagte Frie.

»Ja, ich fand's auch spannend. Besonders den Gedanken, dass die meisten sich immer nur damit beschäftigen, was sie tun müssen, um geliebt zu werden, statt damit, wie man liebt.«

»Das habe ich mir auch unterstrichen. Na ja, aber ich muss jetzt wieder los, leider.«

»Dann sehen wir uns bestimmt erst im neuen Jahr, oder wann fahrt ihr?«

»Übermorgen, Samstag. Aber wir müssen noch einkaufen. Und packen natürlich, das dauert bestimmt auch noch mal einen halben Tag«, fügte Frie hinzu, sicherheitshalber.

Zu Hause las sie das Buch ein drittes Mal.

Beim zweiten Mal hatte sie die Sätze, die ihr wichtig schienen, unterstrichen, neben manche hatte sie ein bis drei

Ausrufezeichen gesetzt. Nun schrieb sie die allerwichtigsten ins Tagebuch ab, um sie sich einprägen oder später zumindest schnell nachlesen zu können. Es waren Sätze wie Enthüllungen; Sätze, die sie klar sehen ließen, wo sie bisher nichts oder nur Unscharfes gesehen hatte; Sätze wie diese: *Unreife Liebe sagt: »Ich liebe dich, weil ich dich brauche.« Reife Liebe sagt: »Ich brauche dich, weil ich dich liebe.«*

Wieso las man *das* nicht in der Schule?

In wenigen Tagen wäre nicht nur das alte Jahr zu Ende, dank dieser Sätze war es auch mit der alten Frie vorbei. Sie würde den Jungs nicht mehr hinterherlaufen auf der Suche nach Bestätigung. Nach dem Abend mit den Pumps hatte sie genau gewusst, dass Oliver ein selbstgefälliger Lackaffe war, trotzdem hatte er nur mit dem Finger zu schnipsen brauchen, und sie hatte ihm wie so ein dämliches Huhn sofort wieder zu Füßen gelegen, quasi willenlos, nur weil sie endlich zu jemandem gehören wollte.

Und natürlich wegen der Oliver-Augen.

Und weil das mit dem Sex endlich passieren sollte.

Beim ersten Mal war es okay gewesen, danach sogar oft richtig schön, aber der ganze Rest hatte mit Oliver schnell überhaupt nicht mehr funktioniert. Nur weil er fast vier Jahre älter und der Erste war, mit dem sie geschlafen hatte, tat er so, als hätte er von allem und jedem viel mehr Ahnung als sie. Ständig erklärte er ihr, warum es kindisch, falsch oder irgendwie psycho sei, was sie dachte und fühlte, und wie sie stattdessen zu fühlen und zu denken hatte. Je länger sie mit ihm zusammen war, desto kleiner, dümmer und verkorkster kam sie sich vor. Mit Freunden traf sie sich kaum noch, und Robert fragte eines Tages, ob alles in Ordnung sei, sie würde viel seltener lachen als früher. Erst als er das sagte, fiel ihr auf, dass das stimmte und dass Oliver sie nie so besorgt anschaute wie Robert, sondern immer nur gierig oder geringschätzig.

Trotzdem log sie, es gehe ihr prima. Sie schämte sich, zuzugeben, wie unglücklich sie war mit dem Typen, vor dem er sie immer gewarnt hatte. Wenn das rauskam: Wenn rauskam, wie klein, dumm und verkorkst sie offenbar tatsächlich war, würde vielleicht nicht mal mehr Robert sie mögen.

Zum Glück tauchte dann Hannes auf. Sie verliebte sich wie von Sinnen in sein breites Grinsen, seine Komplimente und sein taktvolles Begehren, und obwohl er sich noch viel schneller als Olli als Fehlgriff entpuppte, weil er nicht nur sehr nett, sondern auch sehr schlicht gestrickt war, war sie heilfroh, ihm über den Weg gelaufen und kurzzeitig verfallen zu sein, denn seinetwegen schaffte sie es, von Oliver loszukommen, der zu ihrer Verblüffung verzweifelte, als sie Schluss mit ihm machte. Sie sei die klügste und tollste Frau, die er je getroffen hätte, behauptete er auf einmal.

Nur drei Wochen war Frie mit Hannes zusammen gewesen, dann hatte sie sich auch von ihm getrennt – unter dem Vorwand, sie sei doch noch nicht ganz über Oliver hinweg und müsse erst mal allein sein. Seitdem war sie Single, obwohl sie gern was Festes gehabt hätte. Insbesondere deshalb, weil Robert inzwischen eine feste Freundin hatte, die ständig überall dabei war und ihm immer klettenmäßig um den Hals hing.

Frie wäre gern in der Ente seiner Mutter mitgefahren. Aber neben Robert würde Swantje sitzen, und die Plätze hinten hatte Andi für sich und Carola reserviert: »*Lovemobile to Denmark*! Komm, Caro!« Bevor irgendwer Einspruch erheben konnte, saßen die beiden auf der Rückbank, wo sie jetzt abwechselnd knutschten und lachten.

»Achtung, Achtung, Pärchenterror«, murmelte Mareike.

»Zur Not sperren wir sie in der Sauna ein«, schlug Frie vor.

Julia kicherte, und Sandra pustete in ihre alberne Partytröte. Sie hatte eine ganze Tüte mit solchem Zeug dabei, Luftschlangen, Bleigießen, Wunderkerzen, Konfetti. Christoph zuckte mit den Achseln. Todde schleppte noch eine Bierkiste an, obwohl der Volvo von Mareikes Eltern schon bis unters Dach mit Taschen, Alkohol- und Lebensmittelvorräten vollgestopft war. Auf der anderen Straßenseite drückte Robert den Kofferraum der Ente zu, dann ließ er sich von Swantje an die Hand nehmen und zu Frie und den anderen führen.

»Wir fahren schon mal, ihr holt uns ja eh ein.« Swantje schob ihren Arm um Robert und rüttelte an ihm. »Lass uns mal los!«

Sie gingen zurück zur Ente, wo Swantje Roberts Gesicht zu sich nach unten zog und ihm einen kinoreifen Abschiedskuss gab, bevor das Schicksal sie zwang, sich von ihm zu trennen und einzusteigen – vorn, auf den Beifahrersitz. Hätte diese Swantje es nicht doch noch geschafft, ihn rumzukriegen, würde jetzt sie dort sitzen. Robert hupte, Swantjes kurzer Arm winkte aus der Ente.

Echt abgefahren, dachte Frie.

Natürlich hatte sie Robert eine Freundin gewünscht, schon lange; seine letzte hatte er auf der alten Schule gehabt. Und, ja, sie hatte ihn immer wieder damit aufgezogen, dass Swantje hinter ihm her war. Aber nur, weil sie nie im Leben darauf gekommen wäre, dass er ausgerechnet mit der etwas Ernstes anfangen könnte. Swantje hatte den ganzen Sommer an Robert rumgebaggert, so hartnäckig, dass es zu einem Running Gag in ihrer Clique geworden war: *Na, Robert, wird mit der Lütten heute noch geknutscht?* Robert hatte abgewinkt oder den Kopf geschüttelt, bis er Ende September Händchen haltend mit ihr aufgetaucht und Frie aus allen Wolken gefallen war.

»Warum hast du mich nicht vorgewarnt?«

»Weil ich es auch erst seit gestern weiß?«, hatte Robert gelächelt, verlegen und ein wenig stolz, also wie jemand, der von sich selbst überrascht worden war.

Frie hatte nicht nur mit sich selbst gewettet, dass das Ganze keine zwei Wochen halten würde, aber inzwischen waren die beiden über drei Monate zusammen.

»Lustig, Swantje ist total anders als du«, hatte sie neulich gesagt, als sie sich endlich mal wieder zu zweit getroffen hatten.

»Aber wer ist denn nicht total anders als ich?«, hatte Robert gefragt, und Frie hätte fast gesagt: *Ich!*

Dabei war auch sie ganz anders als er, aber auf ganz andere Weise, es war schwierig zu erklären.

»Ich muss noch mal schnell«, sagte Frie zu Sandra.

So verlieben sich zwei Menschen ineinander, wenn sie das Gefühl haben, das beste Objekt gefunden zu haben, das für sie in Anbetracht des eigenen Tauschwerts auf dem Markt erschwinglich ist.

Ganz klar, Robert unterschätzte seinen Marktwert, sonst hätte er sich nicht in Swantje verliebt. Er war nicht gerade Slash, aber er war groß, sehr lieb und auf seine leise, ein wenig schräge Art sehr lustig, und wenn er so weitermachte, konnte er bald fast so gut Gitarre spielen wie der Guns-n'-Roses-Gitarrist, eine Band hatte er ja schon. Swantje dagegen war winzig, fordernd und vorlaut, ein Zwergenmädchen mit Riesenego. Okay, sie hatte ein ganz hübsches Gesicht und konnte witzig sein, wenn sie was getrunken hatte.

Das war aber auch schon alles.

Wenn Robert sie küssen wollte, musste er sich einen Meter zu ihr runterbeugen, es sah lächerlich aus. Sie hatte einen zu breiten Hintern und eine schrille Stimme. Obwohl sie so winzig war, spielte sie Handball, und zwar andauernd, seit wann stand Robert auf Sportlerinnen? Das Schlimmste: Swantje war gerade erst siebzehn geworden. Frie hatte gehofft, Swantjes Eltern würden es ihr verbieten, mitzufahren, so wie ihr Vater ihr in dem Alter verboten hätte, mit lauter Achtzehn- und Neunzehnjährigen vier Nächte in einem Ferienhaus zu verbringen. Aber Pustekuchen.

Als Frie vom Klo zurückkam, standen die anderen alle vor dem Volvo.

»So, wir können jetzt auch mal«, sagte Todde. »Den Ghettoblaster müsst ihr auf den Schoß nehmen, die Kassetten nehme ich mit nach vorn.«

»Wieso sitzt du vorn?«, fragte Frie.

»Weil Männer nicht gern hinten sitzen«, sagte Sandra. »Schlimm genug, dass er sich von Mareike fahren lassen muss.«

»Hast du ein *Emma*-Abo zu Weihnachten bekommen, oder was?«, fragte Todde. »Ich bin einfach der Breiteste. Mit mir will sich bestimmt keiner zu viert auf die Rückbank quetschen.«

»Beschwert euch bei Roberts Mutter«, sagte Mareike und rasselte mit dem Autoschlüssel. Roberts Mutter hatte ihre altersschwache Ente nur unter der Bedingung verliehen, dass auf keinen Fall mehr als vier Leute darin fuhren. »Aber Julia hat bestimmt nichts dagegen, mit dir hinten zu fahren, oder?« Mareike stieß ihrer Hamburger Cousine den Ellbogen in die Seite, woraufhin Julia vorschlug, sie könne sich ja bei Todde auf den Schoß setzen.

»Es sind ja nicht mal hundert Kilometer, und ich wiege fast nichts.«

Es regnete, fast ununterbrochen.

Zum Strand zu laufen, dauerte eine Viertelstunde, aber nur Mareike, Robert und Swantje hatten Regenjacken dabei. Alle anderen waren nach fünf Minuten völlig durchnässt. Den Tag nach der Ankunft bekamen sie ganz gut rum mit Essen, Trinken, Rauchen, Quatschen und mit dem Testen der Sauna, die klein war und Unmengen Strom fraß. Ihre Begeisterung für diese Sorte Zeitvertreib flaute schnell ab.

Am Silvestertag war das Wetter noch schlechter.

Es war kurz vor halb zwei. Frie saß mit Mareike und Julia am Esstisch und trank Kaffee, der wieder zu dünn war, obwohl sie Julia gesagt hatten, sie solle mehr Pulver in den Filter geben, aber wenn es um Lebensmittel ging, schien die dünne Julia sich grundsätzlich zurückzuhalten. Frie kam sich neben ihr total verfressen vor. Der karge Wohnraum sah bei Tageslicht schmuddelig aus. Der Wind peitschte Regen gegen die Fenster, die Terrasse war überflutet, der Rasen schwamm, und die Aussicht reichte keineswegs bis zu jenem Horizont, der vor Fries innerem Auge aufgetaucht war, wenn sie sich auf ein Insel-Silvester gefreut hatte. Alles, was sie sahen, waren die nächsten Reihen Ferienhäuser, die genauso hässlich waren wie ihres.

»›Riesig und spottbillig‹ hätte uns zu denken geben müssen«, hatte Christoph festgestellt.

»Hey, wir sind jung, wir brauchen nichts, um Spaß zu haben«, hatte Sandra behauptet.

Ein bisschen Sonne würde aber helfen, dachte Frie.

Sie schnippelte Banane in eines der angeschlagenen Schälchen, die sie erst mal alle gründlich abgewaschen hatte. Mareike und Julia waren genauso verkatert wie sie. Keine sagte etwas, während sie ihr Müsli löffelten. Julia kicherte nur ein bisschen, als man Sandra leise »Hilfe!« rufen hörte. Sandra und Frie teilten sich das Stockbett, das in dem Minizimmer mit den Pu-der-Bär-Bildern an der Wand stand. Sandra hatte unbedingt oben schlafen wollen, nun schien sie es zu bereuen: »Hilfe, ich komm hier nicht runter, ohne zu kotzen!« Im anderen Kinderzimmer, dem mit dem Donald-Duck-Poster, schliefen Christoph und Todde. Es gab noch ein Zimmer mit zwei Einzelbetten, das Mareike und Julia bezogen hatten, und zwei Zimmer mit Doppelbetten. Die waren, na klar, an die Pärchen gegangen. Die Tür zu Donald Duck ging auf, Todde und Christoph kamen heraus, Christoph schon wieder im schwarzen Rolli. Er schien nichts anderes mitzuhaben.

»Moin.« Todde schlurfte zum Toaster.

»Kann mir jemand Tee bringen?«, hörte man Sandra flehen.

Mareike erbarmte sich.

Christoph holte sich einen Kaffee, guckte zur Terrassentür und fragte: »Wer hatte noch die Scheißidee, hierherzufahren?«

»Andi, aber der schläft noch«, sagte Todde, dabei waren sie alle dafür gewesen, ein Haus in Dänemark zu mieten. Nur Christoph hatte lieber *was richtig Aufregendes* erleben und in die neuen Bundesländer fahren wollen.

Es roch angebrannt.

»Todde, dein Toast!«, sagte die dünne Julia und leerte ihre nur halb leere Schüssel in den Müll.

»Scheiße!« Todde kratzte das Schwarze von den verkohlten Scheiben in die Spüle, schmierte dick Nutella auf die Toasts und fragte: »Will noch jemand ein Bier?«

Die nächste Stunde verbrachten sie damit zu überlegen, wie sie Silvester feiern wollten, wobei es da nicht viel zu überlegen gab. Bei dem Wetter konnten sie höchstens auf der Terrasse ein paar Böller zünden.

»Wer kocht?«, fragte Sandra, die es aufs Sofa geschafft hatte, wo sie käsebleich unter ihrer Bettdecke lag und Pfefferminztee schlürfte.

»Niemand«, sagte Mareike. »Es gibt Hotdogs und Pommes, was willst du denn da kochen?«

Frie schaute auf die Uhr, erst kurz vor halb drei. Es war, als würde sich das alte Jahr verzweifelt an seine letzten Stunden klammern. Sie zündete sich eine an.

»Wo sind eigentlich Robert und Swantje?«

»Spazieren«, sagte die dünne Julia.

»Schon die ganze Zeit? Bei dem Regen?«

»Wieso nicht, die haben ja Regenjacken, ist doch romantisch.«

»Geht so«, fand Frie und versuchte, einen Kringel zu rauchen.

Robert hatte es ihr schon oft gezeigt, aber es gelang ihr nie, es war wie verflixt. Vielleicht war ihre Mundanatomie nicht geeignet fürs Kringelrauchen, so wie es angeblich Frauen gab, die unten so gebaut waren, dass sie keinen Orgasmus bekommen konnten. Sie stellte sich Robert mit Swantje vor, aber Romantik war nun wirklich das Allerletzte, was ihr zu den beiden Regenjacken einfiel. Robert wirkte eher wie jemand, der sich aufgegeben hatte. Ständig entschied Swantje, was er zu tun und zu lassen hatte, und er fügte sich: *Komm, Robert. Hier, Robert. Los, Robert.* Bestimmt war es ihre Idee gewesen, bei dem Wetter rauszugehen.

Aber Robert, ich möchte auch mal was mit dir allein machen.

»Ich geh mal duschen«, sagte Frie.

Als sie mit nassen Haaren zurückkam, waren Robert und Swantje wieder da.

»Warst du auch draußen?«, fragte Swantje.

»Ich bin doch nicht verrückt«, sagte Frie.

»Aber es war toll, oder, Robert? Müsst ihr auch mal machen, ihr könnt unsere Jacken haben.«

Mein Gott, dachte Frie, wie kann man nur so penetrant patent sein.

»Ich kenne ja noch was, das tut auch sehr gut, aber da kann man im Bett bleiben«, verkündete Andi, der so plötzlich in der Küche stand, als hätte ihn jemand hingebeamt. Er trug nichts als eine klein karierte Boxershorts, reckte sich geräuschvoll, rieb sich mit beiden Händen die bleiche, behaarte Brust und grinste dämlich.

»Bitte, Andi, erzähl uns Genaueres«, bat Mareike. »Wie oft hast du denn schon?«

»Keine Ahnung, hab nicht gezählt.« Andi gähnte, ohne sich die Hand vor den Mund zu halten, goss den letzten Kaffee in zwei Becher und verschwand wieder.

»Mir ist kalt, komm, Robert, wir gehen in die Sauna«, sagte Swantje und zupfte an ihm herum.

Fries mit Ach und Krach auf Mittelmaß gehaltene Laune rauschte in den Keller wie einer dieser Fahrstühle im Kino, die an einem brüchigen, aber noch nicht ganz gerissenen Stahlseil hängen, aber dann gibt es die nächste Erschütterung und zack, rast man abwärts.

»Schluss mit Kuscheln«, sagte sie. »Wollen wir nicht mal alle zusammen was machen? Ich habe ein Spiel dabei.«

»Bin dafür«, verkündete Mareike.

»Was für ein Spiel?«, fragte Julia.

»Tabu«, antwortete Frie.

»Soll ganz gut sein«, meinte Christoph.

»Ich sag Andi und Caro Bescheid«, sagte Robert.

»Wir wollten doch in die Sauna«, nörgelte Swantje.

»Können wir ja später noch.«

Das Zwergenmädchen guckte so eingeschnappt, dass Fries Laune sich sofort ein bisschen hob. Und kurz darauf dachte sie nicht mehr daran, dass sie gerade eben noch am liebsten abgereist wäre.

Sie war dran als Tippgeberin.

Die Mannschaften hatten sie ausgelost. Die eine bestand aus Swantje, Todde, Christoph, Caro und Julia, die andere aus Sandra, Andi, Mareike, Robert und Frie. Sie lagen vorn. Frie saß hochkonzentriert da, die Finger griffbereit am Kartenhalter. Sie wollte noch besser sein als Robert eben, der sieben Punkte geholt hatte. Sie wollte mit ihm zusammen gewinnen, gegen Swantjes Mannschaft, gegen Swantje.

»Auf die Plätze, fertig«, sagte Caro, die über die Sanduhr wachte. »Los!«

Der erste Begriff lautete: *KIRSCHE.* Nicht sagen durfte Frie: *OBST, BAUM, ROT, MUND, MARMELADE.* Sie schaute Robert an.

»Prince singt unter welchem Mond?«

»*Cherry Moon*«, sagte Robert. »Kirschmond – Kirsche!«

Frie nickte und nahm die nächste Karte auf. »Da warst du früher oft samstags. Als du noch auf dem Schiller warst. Am Sender!«

»Fußball?«

»Fußballspielen? Fußballplatz? Bundesliga?«, schlug Andi vor.

»Bolzplatz!« Robert ließ Frie nicht aus den Augen.

Nächste Karte. »Wirft mit Zucker rum.«

»Krümelmonster?«, fragte Mareike.

»Dein, also – Vater«, antwortete Robert.

»Ganz, ganz weit weg, weiter weg geht fast nicht, da will ich unbedingt mal hinfliegen.«

»Australien!«

Als Caro »Stopp!« rief, lächelten Frie und Robert sich an. Sie hatten acht Punkte geholt. Sie waren ein unschlagbares Team, weil er sie und sie ihn schon so lange und gut kannte, viel länger und besser als diese Swantje, die immer so tat, als würde Robert ihr allein gehören, und die jetzt dran war. Mit hochrotem Kopf saß sie da, ihr Blick irrte zwischen Kartenhalter, Sanduhr und Mitspielern hin und her, aber sie kriegte kaum mehr raus als *Äh, Mist* und *Ach Mann, scheiße!* Die ersten zwei Karten legte sie weg, auch zur dritten fiel ihr erst nichts ein, dann stotterte sie: »Ganz hoch oben, sieht so ähnlich aus wie ein ganz großer, äh, Ballon.«

»Wolke?«

»Hubschrauber?«

»Ufo?«

»Nein, kein Ufo.« Sie rutschte hin und her. »Ein, ach Mann, scheiße – ein Transportmittel für Menschen, also, äh, ich glaube, bevor es so richtig große Flugzeuge–«

Robert drückte auf das Quietschding. »Tabu! Flugzeug ist tabu!«

»Gar nicht wahr!«, protestierte Swantje. »Das steht hier nicht auf der Karte.«

»Da steht fliegen, und man darf auch keine Wörter benutzen, die zum selben Wortstamm gehören, auch keine Komposita, also auch nicht Flugzeug.«

Endlich, dachte Frie. Endlich wehrt er sich mal.

Swantje funkelte Robert an. »Was soll das? Wieso bist du plötzlich so?«

»Aber wie bin ich denn?«, fragte Robert.

»Ein bescheuerter Korinthenkacker. Ihr gewinnt doch sowieso.«

Nicht nur ein nerviges Großmaul, sondern auch noch eine schlechte Verliererin, dachte Frie. Ganz schlechte Mischung.

Mareike legte die Sanduhr hin. Alle guckten Swantje und Robert an, aber Robert zuckte ratlos mit den Achseln. Was sollte man auch dazu sagen, wenn die neue Freundin sich derart zum Affen machte? Er sah unglücklich aus, und daran war dieses zu kurz geratene Trampeltier schuld. Frie hatte gleich gewusst, dass sie die Falsche war, so wie Robert es bei ihr und Oliver gewusst hatte.

»Reg dich ab, Swantje«, sagte sie. »Das hier ist nur ein Spiel, und bei jedem Spiel gibt es Regeln, an die man sich– « Sie verstummte, weil Swantjes Blick nun auf sie gerichtet war und nicht mehr funkelte, sondern loderte.

»Ich bin Handballerin. Du musst mir nicht erklären, was Spielregeln sind.«

»Ho, ho«, murmelte Todde.

»Fresse, Mann«, flüsterte Mareike.

»Ey, Leute«, sagte Caro, aber keiner hörte auf sie.

»Offensichtlich doch«, sagte Frie.

Mit Wut kannte sie sich aus, von Swantjes Wut ließ sie sich nicht beeindrucken. In Sachen Wut war sie durch eine harte Schule gegangen, und jetzt wandte sie das Gelernte an. Es war so einfach, wenn man erst mal raushatte, wie es ging, man musste es nur schaffen, ruhig zu bleiben.

»Halt den Mund, du blöde Kuh.« Swantjes Unterlippe zitterte.

»Wie bitte?«, fragte Frie.

»Sag mal?«, sagte Robert.

Swantje fing an zu weinen.

Alle erstarrten, bis auf Robert, der sich umdrehte und auf die Terrasse ging. Frie wäre am liebsten mitgegangen, traute sich aber nicht. Vor wenigen Sekunden hatte sie sich noch vollkommen im Recht gefühlt, aber Swantjes Tränen verwässerten ihr Überlegenheitsgefühl. Sie blieb stumm und regungslos sitzen und starrte auf die Tischplatte, darauf hoffend, dass der Tiefpunkt erreicht war.

Aber es war zu spät.

»Ja, Frie, du hast ganz richtig gehört!«, schrie Swantje. »Du bist eine blöde, scheinheilige Scheißkuh. Du tust die ganze Zeit so, als wärest du eine supergute Freundin, aber in Wirklichkeit bist du–« Dann flennte sie so richtig los, mit Schluchzen und verzogenem Mund und Schleim, der aus der Nase lief. Sie wischte ihn mit dem Handrücken ab. »In Wirklichkeit bist du nur–«

Na los, durchzuckte es Frie, nun drück schon ab.

Aber Swantje schaffte es nicht. Entweder fehlte ihr die Entschlossenheit, oder sie kriegte nichts mehr raus vor lauter Schluchzen. »Hey«, sagte Sandra und streichelte ihre Schulter – und da brach Swantjes Gesicht endgültig zusammen. Mit einer Art Jaulen schubste sie sich selbst vom Stuhl, der Stuhl fiel um, sie rannte aus dem Wohnraum. Gleich darauf fiel mit einem Knall die Haustür zu.

Christoph machte ein Geräusch wie ein aufgestochener Autoreifen.

»Die Arme«, sagte Sandra zum Stuhl und hob ihn auf.

»Scheiße«, sagte Caro zur Esstischlampe.

»Na ja, aber schon auch ein bisschen übertrieben«, sagte Julia zu der Spielkarte, die sie mit dem Zeigefinger auf der Tischplatte hin und her schob.

»Frauen, ey«, sagte Andi, wahrscheinlich zu Christoph und Todde.

»Haben wir eigentlich auch Schnaps?«, fragte Todde.

»Ade, frohes Neues«, sagte Mareike zu sich selbst.

Mit Frie sprach niemand, und sie ahnte, dass das besser so war.

Robert stand immer noch auf der Terrasse und wollte sich gerade eine Neue anzünden. Es wurde schon wieder dunkel. Immerhin hatte es aufgehört zu regnen, auch der Wind hatte sich gelegt.

Die ersten Züge rauchten sie, ohne etwas zu sagen.

Frie dachte an Swantje, deren Riesenego binnen Sekunden zu einem Häufchen Elend geschrumpft war, nur weil ihr Freund nicht nett genug zu ihr war – na ja, unter anderem. Sie dachte an ihren Vater, ihre Mutter, dachte an Roberts Eltern und daran, dass es eigentlich keinen einzigen Erwachsenen gab, der ihr glücklich verheiratet vorkam, außer ihrem Deutschlehrer, der nach den Ferien immer berichtete, wohin er diesmal mit seiner Frau und ihrem Wohnmobil gefahren war. Sie dachte an die vielen Jungs, in die sie verliebt gewesen, und an die wenigen dieser Jungs, mit denen sie zusammen gewesen war. Die Verliebtheit hatte nie gehalten. Mal war sie den Jungs abhandengekommen, mal ihr selbst. *Es gibt kaum ein Unterfangen, das mit so ungeheuren Hoffnungen und Erwartungen begonnen wird und das mit einer solchen Regelmäßigkeit fehlschlägt wie die Liebe.*

»Wir hätten ihr den Punkt lassen sollen«, sagte Robert.

Frie war ihm dankbar für das *Wir. S*ie nahm die Mitschuld bereitwillig auf sich, wenn Robert es ihr erlaubte, die Sache zusammen mit ihm zu bereuen. »Das kann man ja aber auch nicht ahnen, dass sie wegen so was so wütend wird.«

»Wut ist halt nur eine andere Form von Schmerz«, sagte Robert. »Und sie ist gar nicht so selbstbewusst, wie es aussieht, sie ist ganz schön empfindlich.«

»Ja, das habe ich dann auch gemerkt. Tut mir leid, das wollte ich nicht.«

Sie hatte Swantje ein bisschen ärgern, aber sie hatte sie nicht fertigmachen wollen.

»Wenn du sie irgendwann besser kennst, wirst du merken, dass sie wirklich klug und lustig ist.« Robert schien sich nicht weiter zu interessieren für Fries Entschuldigung.

Es ist ihm so wichtig, dass ich sie mag, erschrak Frie, natürlich ist ihm das wichtig.

Sie hatte es nicht geschafft, sich ihm zuliebe zusammenzureißen und halbwegs nett zu sein zu dem Mädchen, in das er sich nun mal verliebt hatte. Sie hatte sich aus egoistischen Gründen eingemischt, statt zu warten, bis sich die Sache von selbst erledigte, so wie es Robert bei Oliver getan hatte.

»Vielleicht bin ich ja nur ein bisschen eifersüchtig«, gab Frie zu.

»Eifersüchtig? Du?«

Robert starrte sie an wie ein Astronom, der im Fernrohr ein neues, allen bisher gültigen Erkenntnissen widersprechendes Phänomen entdeckt hat.

Sofort kam sie sich total bescheuert vor.

»Na ja, nicht richtig eifersüchtig, ich freue mich natürlich für dich. Aber ich hatte dich immer für mich allein, und jetzt muss ich dich mit ihr teilen. Ich weiß, blöd von mir. Und es war ja auch sonst immer umgekehrt, aber ich muss mich halt, glaube ich, erst mal dran gewöhnen.«

»Ach so. Okay.« Robert warf seine Zigarette auf den Boden und trat darauf, obwohl sie wegen des Regenwassers, das auf den Betonplatten stand, sofort erloschen war. »Ich gehe sie mal suchen.«

Es fing nicht wieder an zu regnen.

Robert und Swantje tauchten wieder auf, Händchen haltend.

Alle taten so, als wäre nichts passiert, auch Frie, obwohl es ihr falsch vorkam, aber sie wollte nicht schon wieder diejenige sein, die den Mund nicht halten konnte. Nach dem Essen beschlossen sie, das neue Jahr doch am Strand zu begrüßen, und brachen mit Taschenlampen, Sektflaschen, Böllern und Raketen beladen Richtung Meer auf. Die letzten zehn Sekunden zählten sie laut rückwärts, bei null jubelten alle, Böller knallten, Korken flogen, Flaschen kreisten, Freunde wurden gedrückt. Nur die Pärchen mussten sich erst mal tief in die Augen schauen und gegenseitig abschlecken, bevor sie den anderen um den Hals fallen konnten. Als Robert sich von Swantje gelöst hatte, umarmte er Christoph, Mareike und Sandra, dann kam er zu Frie: »Frohes neues Jahr.«

Sie drückte ihn fest und küsste ihn auf die Wange. »Dir auch. Frohes Neues.«

Swantje beobachtete sie misstrauisch, fast feindselig.

Über ihrem Kopf stiegen Feuerwerkskörper auf und verschossen silberne und goldene Spermien, die ins Meer fielen. Frie ging auf Swantje zu. »Ich bin manchmal richtig doof, Entschuldigung«, sagte sie und breitete die Arme aus. Sie war in Weltumarmungslaune, weil es nun wirklich und wahrhaftig da war: das Jahr, in dem sie alle mit der Schule fertig und endgültig erwachsen werden würden.

Alle bis auf das breitärschige Zwergenmädchen.

Mit dem Fuß stieß sie das quietschende Gartentor auf. Bei der Haustür angekommen, ließ sie die Reisetasche fallen und suchte nach dem Schlüssel. Sie wäre gern länger geblieben, am liebsten noch die ganze Woche. Gestern, am Neujahrstag, waren sie unter einer fahlen Wintersonne den Strand nach Norden hochgelaufen, wo es nur Wellen, Wolken und Wind gegeben hatte. Danach hatten sie gekocht. Andi hatte freiwillig Zwiebeln geschnitten, und Swantje und sie hatten nicht viel, aber halbwegs normal miteinander geredet, nachdem sie in der Silvesternacht und beim Frühstück noch ziemlich verkrampft gewesen waren.

Die Reise hatte nicht gerade optimal angefangen, aber dann war sie doch noch wie ein Vorgeschmack gewesen auf das Leben, wie Frie es sich vorstellte, wenn sie erst mal ausgezogen war – eine Zukunft, in der sie andauernd mit

Freunden Spaß haben und zusammensitzen, essen und reden würde, statt ständig die Musik leiser machen, den Müll rausbringen und die Dusche beim Einseifen ausdrehen zu müssen, um heißes Wasser zu sparen.

Hoffentlich ist keiner da, dachte Frie.

Kaum hatte sie die Haustür hinter sich zugemacht, hörte sie ihren Namen.

Mutti saß auf dem Sofa, in der Hand eine Kaffeetasse, auf ihren Knien der *Stern*. »Ich wünsche dir ein frohes, glückliches, erfolgreiches neues Jahr, Liebelein. Möchtest du?« Sie nickte Richtung Thermoskanne. »Dann musst du dir eine Tasse holen. Aber Kekse habe ich nicht, ich muss die Weihnachtspfunde wieder loswerden. Komm, setz dich.«

Ihre Mutter legte den *Stern* auf den Sofatisch, auf dem Beckenbauer, Genscher und Claudia Schiffer abgebildet waren, offenbar *Die Deutschen des Jahres.* Viel interessanter fand Frie die kleinere Schlagzeile: *Die erogene Zone – Sexwelle im Osten.*

»Hattet ihr ein schönes Silvester, trotz des schlechten Wetters?«, fragte ihre Mutter.

»Ja. Und ihr?« Erst jetzt fiel Frie die Wohnzimmertür auf. Im weißen Türblatt war eine Art Delle, eine leichte Vertiefung aus eingedrücktem, zersplittertem Holz und rissigem, hier und da abgeplatztem Lack, vielleicht dreißig oder vierzig Zentimeter über dem Boden. In Fußtritthöhe. In Fries Brust schnürte sich etwas zusammen. Sie zeigte auf das kaputte Holz.

»Was ist da passiert?«

»Wo?«

»Da an der Tür«, sagte Frie, obwohl klar war, dass ihre Mutter wusste, was sie meinte.

»Ach, das. Das hatte ich schon wieder vergessen.« Ihre

Mutter zog die Illustrierte wieder auf den Schoß. »›Tetsches Tierleben‹ ist diesmal so niedlich–«

»War er das?«

»Nun dramatisiere doch nicht immer so, das kann man reparieren.«

»Wieso lässt du dir das gefallen?« Die Frage platzte aus ihr heraus wie etwas, das plötzlich zu groß oder zu viel geworden war. Frie war davon so überrascht wie ihre Mutter.

»Friederika, ich weiß schon, was ich mir gefallen lasse, aber das Jahresende ist in der Firma eben besonders stressig, und ich war wohl auch etwas dünnhäutig.«

»Wieso ziehst du nicht aus?«

»Liebling.« Ihre Mutter wirkte besorgt und ungeduldig, so als wäre ihre Tochter das Problem. »Das ist nicht so einfach, wie du dir das vorstellst.«

»Doch, das ist so einfach. Du packst und gehst.«

»Und wohin? Und was mache ich dann da den ganzen Tag? Und was ist mit euch? Und dem Haus? Das ist hier mein Zuhause, ich will hier nicht weg.«

Ihre Mutter warf die Zeitschrift auf den Tisch.

Sie ist sauer, begriff Frie. Etwa auf mich?

»Das ist vielleicht schwer zu verstehen, wenn man so jung ist wie du, aber wenn man so lange verheiratet ist, trennt man sich nicht mal eben, nur weil es ab und zu Probleme gibt. Dein Vater liebt mich, auch wenn er sich manchmal nicht so benimmt. Und ich liebe ihn.«

»Du liebst ihn nicht. Du brauchst ihn nur. Sein Geld und sein Haus und das alles, und deshalb bildest du dir lieber ein, dass du ihn liebst, statt dich zu trennen.«

Ihre Mutter wirkte kurz empört, dann sah sie wieder aus, wie sie immer aussah, wenn ein Streit eskalierte, wie eine, die auf Gnade angewiesen war.

Frie stand auf.

In ihrem Zimmer setzte sie sich an den Schreibtisch, schlug das Tagebuch auf, schrieb *2. Januar 1991* auf die neue Seite und darunter: *Guter Vorsatz für mein ganzes Leben: Ich will irgendwann wirklich richtig lieben, deshalb muss ich es schaffen, frei und unabhängig zu sein.*

Februar 1991

Die besten Wochen

»Es ist wegen ihr.« Keine Frage, eine Feststellung.

Es war das Erste, was Swantje sagte, nachdem Robert ausgesprochen hatte, was er in Gedanken wieder und wieder geprobt hatte. Allerdings hatte er seine Mitteilung nicht annähernd so mannhaft formuliert, wie er es sich geschworen hatte.

Was er hatte sagen wollen: *Ich möchte nicht mehr mit dir zusammen sein.*

Was er gesagt hatte: »Und ich muss arbeiten und auch noch richtig viel lernen, da können wir uns echt nicht so oft sehen, also, ich glaube, na ja, es wäre wahrscheinlich besser, wenn wir vielleicht erst mal so was wie eine Pause machen würden.«

Swantje hatte geschwiegen und ihre grauen Augen wie zwei Bohrer in seinen Kopf geschraubt, als wollte sie in seinem Hirn nachgucken, ob sich dort noch mehr fand, das ähnlich verachtenswert war wie der verdruckste Bandwurmsatz, den er gerade ausgewürgt hatte.

Egal, tröstete er sich, Hauptsache, es ist raus.

»Sag schon, es ist wegen ihr.«

»Was ist wegen wem?«

»Frie. Du machst ihretwegen Schluss, gib's zu.«

Er registrierte dankbar, dass Swantje es ihm abgenommen hatte, im Indikativ über das Ende ihrer Beziehung zu sprechen, wohingegen er den Konjunktiv benutzt hatte, so als wäre dieses Ende nur eine Möglichkeit – die Alternative dazu, es *noch mal miteinander zu versuchen*, wie Christoph es nannte, wenn er doch wieder mit Gunda im Bett gelandet war. Swantje starrte auf die krümeligen Strümpfe am Ende ihrer ausgestreckten Beine. Sie saß auf dem Bett, Robert hockte auf dem Sitzsack. Er hatte darauf bestanden, zu ihr zu kommen, den Tipp hatte er von Christoph: »Nachher flippt sie wieder so aus wie Silvester, und dann kannst du gehen, das ist viel leichter, als sie wegzuschicken.«

Trennte er sich wegen Frie?

»Tu nicht so, als müsstest du darüber nachdenken«, zischte Swantje.

Aber das musste er tatsächlich.

Ja, Frie hatte etwas zu tun damit, dass er gerade eines dieser Gespräche führte, die man anscheinend früher oder später zu führen hatte, sobald man kein Kind mehr war. Offenbar gehörte es zum Erwachsensein dazu, andere zu verletzen, und auf eine bestimmte Weise war das schwerer, als wenn man der war, dem wehgetan wurde, fand Robert.

Aber war Frie schuld an alledem?

»Nein«, behauptete er, »ich mache nicht ihretwegen Schluss.«

»Das glaubst du doch selbst nicht.« Swantje setzte die Bohrer wieder an. »Ich bin nicht verblödet. Ich habe doch die ganze Zeit gemerkt, dass sie nicht nur irgendeine Freundin von dir ist.«

»Nein, da ist nichts, es liegt nicht an ihr«, wiederholte Robert mit dem Nachdruck dessen, der erleichtert feststellt, nicht lügen zu müssen. »Das hat nur mit dir und mir zu tun.«

Obwohl er damit gerechnet hatte, stresste es ihn, dass sie zu weinen begann.

Robert kämpfte mit dem Sitzsack.

Es war schwer, Haltung zu bewahren auf diesem Ding, das einen dazu verführte, sich in seine Weichheit fallen zu lassen. Aber er konnte es sich schlecht gemütlich machen, während Swantje die Nase hochzog. Er wünschte, er hätte sie trösten können. Aber alles, was er tun konnte, war, möglichst gerade zu sitzen, ihr verständnisvoll beim Weinen zuzusehen und nicht daran zu denken, wie Christoph ihm neulich bekifft aus einer alten *Titanic* vorgelesen hatte, einen sehr lustigen Text, in dem das Wort *Exsitzsackbesitzertochter* vorgekommen war.

Als Swantje sich wieder ein bisschen beruhigt hatte, fragte sie: »Aber wieso dann? Was ist denn passiert?«

»Nichts. Du kannst nichts dafür. Es war schön mit uns, wirklich, aber ich bin einfach nicht mehr so verliebt in dich, das ist ja manchmal so. Tut mir leid.«

»Dein Mitleid kannst du dir sonst wohin stecken«, schluchzte Swantje. »Und schlag jetzt bloß nicht vor, dass wir Freunde bleiben.«

Das hatte Robert sowieso nicht vorgehabt.

Ein letztes Mal hörte er die Wohnungstür ins Schloss fallen, hinter der Swantje nun allein in ihrem Zimmer saß und vermutlich versuchte, ihn zu hassen. Es war, als hätte er sich mühsam, aber gerade noch rechtzeitig aus einer Falle befreit. Diese Empfindung verstärkte sich, als er die Einbahnstraße hinter sich ließ, in die er monatelang zwei-, dreimal die Woche eingebogen war, zuerst aufgeregt, dann schnell wie selbstverständlich und im Laufe des Winters immer beklommener, schon seit Silvester eigentlich. Er hatte viel zu lange gebraucht, um sich einzugestehen, dass seine Beklommenheit dem Wunsch entsprang, wieder umzukehren und ganz woanders hinfahren zu können, irgendwohin, wo er nicht so tun musste, als würde er lieben.

Er fuhr direkt zu Christoph.

»Wie viele schwarze Rollis hast du eigentlich?«, fragte Robert, als Christoph ihn reinließ.

»Drei. Ich habe noch einen von meinem Opa geerbt. War hart?«

»Ja«, sagte Robert, dabei begann die Erleichterung die Erinnerung an sein Stottern und Swantjes Starren und Schluchzen schon zu überlagern. Christophs Eltern waren arbeiten, sie setzten sich in die Küche. »Sie hat geheult. Und sie wollte wissen, ob ich mich wegen Frie trenne.«

»Shit, aber war klar, dass sie was merkt. Das sag ich dir ja schon ewig. Frie ist wie so eine chronische Krankheit, wegen der verpasst du noch das Leben, du musst was dagegen tun.«

»Hab ich doch.«

»Was denn?« Christoph hielt Robert die Zigaretten hin, er lehnte ab.

»Ich hab's mit Swantje versucht. Ich dachte, vielleicht hilft das.«

»Hat es aber leider nicht.« Christoph öffnete das Fenster und setzte sich auf die Fensterbank.

»Doch, eine Zeit lang. Swantje ist nett, und sie hat einen echt süßen Arsch, ich war schon richtig ein bisschen verknallt am Anfang, aber dann – weißt du, was für ein Poster sie im Zimmer hat?«

»Grönemeyer?«

»Ein Handballposter.«

Christoph verzog schockiert das Gesicht. »Was hast du ihr denn nun geantwortet?«

»Na, die Wahrheit. Dass es nicht stimmt, dass ich mich wegen Frie trenne.«

»Aber hast du doch.«

»Nein. Habe ich doch gerade gesagt.«

»Hä?«

»Frie ist der Grund, warum ich es überhaupt mit Swantje probiert habe, aber sie ist nicht der Grund, warum ich Schluss gemacht habe. Schluss habe ich gemacht, weil es nicht funktioniert mit uns.«

»Kumpel, das klingt ziemlich nach Haarspalterei.«

»Nein, das ist Psychologie.« Robert nahm jetzt doch eine Zigarette.

»Na, wenn's dir besser geht damit. Aber wenn du so ein Psychoprofi bist, müsste dir allmählich mal klar sein, dass das nie was wird mit euch. Entweder es knallt sofort wie bei Gunda und mir, oder es knallt gar nicht. Sag mal, kennst du schon die neue Morrissey? Leider nicht halb so gut wie seine erste.«

Im März schrieben sie Abi.

»Sind alle so weit?« Herr Rasmussen sah sich im Klassenraum um.

Elf Köpfe nickten in prüfungsgroßem Abstand voneinander.

»Noch mal, Sie haben fünf Stunden plus fünfzehn Minuten, um zu entscheiden, welche Aufgabe Sie bearbeiten wollen, und es kann immer nur einer auf Toilette. Haben Sie noch Fragen?«

Drei Schülerinnen und acht Schüler, darunter Robert, schüttelten die Köpfe.

»Dann viel Erfolg.« Sein Lateinlehrer goss sich Tee ein.

Robert entschied sich gegen die Geschichtsschreibung Caesars, für die Lyrik Ovids.

Aspice, ut in curru modo det fluitantia rector lora, modo admissos arte retentet equos. sunt quibus ingrate timida indulgentia servit et, si nulla subest aemula, languet amor. Er legte seinen Stowasser zurecht, zog den Deckel vom

Füller und übersetzte. *Sieh, wie der Wagenlenker bald die Zügel locker lässt, bald die jagenden Pferde kunstfertig zurückhält,* schrieb er. *Es gibt solche (Mädchen/Frauen?), die sind undankbar für schüchterne/furchtsame ~~Schonung~~ Nachsicht. Gibt es keine Rivalin, erkaltet die Liebe.*

Von Konzentration gesättigte Stille. *Analysieren Sie das metrische Schema.* Das Rascheln von Seiten. Räuspern. Kohlensäure, die einer Flasche entwich. Der Pausengong, dem kein Pausenlärm folgte. *Arbeiten Sie die Hyperbata und andere Stilmittel aus der Textstelle heraus und erklären Sie.* Das Kratzen von Füllfederspitzen. Leises Aufstöhnen. Der Pausengong. Ein Federtaschenreißverschluss. *Stellen Sie anhand Ihrer Lektüre dar, welchen analogen Rat Ovid in* ars amatoria III *den Frauen gibt.* Der Pausengong. Trinkgeräusche. Der Pausengong. *Vergleichen Sie die folgenden Verse von Catull und Ovid und stellen Sie dar.* Gähnen. Ein Martinshorn. Der Pausengong. Der Schmerz in Roberts rechter Hand. »Noch fünfzehn Minuten«, sagte Herr Rasmussen. »Bitte kommen Sie zum Ende.«

Frie wartete vor der Schule.

»Geschafft!«, jubelte sie.

»Na ja, nicht ganz.« Er war müde.

»Ach, komm, mündlich ist doch ein Klacks, für dich sowieso. Schriftlich ist scheiße, aber ich habe ein ganz gutes Gefühl, also jedenfalls kein ganz schlechtes. Und du?«

»Keine Ahnung.«

Er war gut vorbereitet gewesen, und das Thema hatte ihm gelegen. Als er abgegeben hatte, war er davon überzeugt gewesen, die beste Lateinklausur seines Leben geschrieben zu haben, aber beim Anblick der Lücke zwischen Fries Schneidezähnen war er sich nicht mehr so sicher, ob er nicht lauter Stuss geschrieben hatte, ausschweifendes, gefühlsduseliges Zeug, das mehr mit ihrer Zahnlücke zu tun hatte als mit Ovid und Catull: *Jener scheint mir gleich wie ein Gott, jener scheint mir, wenn es möglich ist, die Götter zu übertreffen, der dir gegenübersitzt und dabei dich fortwährend anschaut und hört.*

»Entweder es ist richtig gut geworden oder richtig schlecht, kann auch sein.«

»Bestimmt richtig gut«, sagte Frie.

»Weiß nicht. Aber ich muss nach Hause, ich verhungere gleich.«

»Ich auch, meine Mutter macht Lasagne zur Feier des Tages.«

Lasagne war das Köstlichste, das Robert sich vorstellen konnte, seit er es zum ersten Mal bei Frie gegessen hatte. Er hatte Frau Carstensen um das Rezept gebeten, aber es klang so schwierig, dass er sich nicht traute, es nachzukochen. Außerdem brauchte man frischen Parmesan und Mozzarella, das war teuer.

»Mal sehen, was es bei mir gibt«, sagte er.

Im Tiefkühlfach lagen noch Hacksteaks, dazu eine Dose Erbsen und Möhren, das ging schnell.

»Also, dann.« Frie küsste ihn auf beide Wangen. »Man sieht sich.«

»Ja, man sieht sich. Vielleicht nachher im Porticus? Ich ruf dich an.«

Als er aufs Rad stieg, hörte er Frie rufen. »Robert?«

Frau Carstensen wischte die Hände an der Schürze ab, um ihm die Rechte zu geben, die immer noch feucht war. »Robert, wie schön, dich zu sehen.« Sie zeigte Richtung Esszimmer. »Friederika, holst du Wasser? Michael, du kümmerst dich bitte um Geschirr und Besteck für Robert, ja? Ich muss noch den Salat anmachen.«

Frie verschwand im Keller. Michael zog eine Fresse, nur andeutungsweise, aber unübersehbar.

»Lass mal, das kann ich auch selbst.« Robert ging in die Küche, wo Frau Carstensen eine Zitrone auspresste.

»Drückt Michael sich wieder? Die tiefen Teller sind da oben, die Salatschälchen daneben, und wo die Gläser sind, weißt du ja, oder?«

Robert stellte die Sachen auf den Esstisch und kehrte in die Küche zurück. »Kann ich noch was helfen?«

»Nein, aber lieb, dass du fragst, das bin ich von meinen Männern gar nicht gewohnt. Deine Mutter scheint da was besser gemacht zu haben als ich.« Frau Carstensen sah von den geraspelten Möhren und Äpfeln auf, unter die sie Zitrone und Öl mengte, und legte einen Blick auf ihn, unter dem er innerlich zu einem kleinen Jungen zusammenschrumpfte. »Wie geht es ihr denn?«

Er straffte den Rücken. »Sie wird wahrscheinlich bald operiert, am Knie, und danach muss sie in die Reha.«

»Das tut mir leid. Aber bestimmt geht alles gut. Und bist du dann die ganze Zeit allein zu Hause?«

»Was denn sonst?« Frie war in die Küche gekommen. »Wir sind neunzehn.«

»Natürlich, entschuldige, Robert. Ich vergesse immer, dass ihr schon so erwachsen seid. Aber du kannst jederzeit kommen und mit uns essen, wenn du möchtest.«

»Mutti, such dir jemand anderen zum Betüdeln.«

»Danke, Frau Carstensen. Ich komme bestimmt mal vorbei, gern.«

»Siehst du?« Fries Mutter drückte Frie die Salatschüssel in die Hand.

»Hunger!«, krähte Michael im Esszimmer.

Den Nachtisch durften sie mit nach oben nehmen. Sie setzten sich auf Fries Bett, von dem aus man aus der Gaube hinaus in die Krone der Blutbuche gucken konnte, die den Mittelpunkt des Gartens bildete. Der uralte Baum war noch kahl; er würde erst ausschlagen, wenn es richtig warm wurde.

»Weißt du eigentlich schon, wo du genau hinreisen willst?« Frie schlürfte Eis und heiße Kirschen vom Teelöffel.

»Ich mache jetzt doch keine Reise. Ich brauche mein Geld für den neuen Gitarrenlehrer.«

Zuerst hatte er sich das Gitarrenspielen selbst beigebracht. Dann hatte Mama ihm alle vierzehn Tage eine Stunde bei einem Studenten bezahlt, aber der hatte ihm nach eineinhalb Jahren nichts mehr beibringen können. Seitdem ging Robert einmal pro Woche zu dem Diplomgitarristen, den ihm ein Bandkollege empfohlen hatte. Man lernte wahnsinnig viel bei ihm, aber er nahm vierzig Mark. Fünfundzwanzig musste Robert selbst bezahlen, fast das ganze Geld, das er sonntags im Baltica verdiente, ging dafür drauf.

»Du spielst lieber Gitarre, als die Reise zu machen, von der du seit einem Jahr redest? Geht das nicht beides?«

»Ich überlege, ob ich Musik studiere, aber dann muss ich auch noch Klavier lernen.« Nein, Reisen, Gitarrenunterricht und dann auch noch Klavierstunden, das konnte er sich nicht leisten. Er hatte keine Eltern, denen ein Haus gehörte. Und keine Lust zu erklären, was Frie nicht von selbst verstand. »Und du? Willst du immer noch als Au-pair weg?«

»Auf jeden Fall. Ich weiß nur nicht genau, wohin, nach Paris oder nach London. Oder auch Edinburgh oder Nizza oder so was, mal sehen.« Sie schaute ernst, den Teelöffel zwischen den Lippen, den sie erst aus dem Mund nahm, als sie weitersprach. »Kommst du mich besuchen?«

»Klar.« Robert stellte sich vor, wie sie an der Seine sitzen und Rotwein aus der Flasche trinken würden. Der Wein war billig, aber trotzdem gut, sie hatten ihn in einem kleinen Geschäft gekauft, wo er es Frie hatte überlassen müssen, den netten älteren Ladenbesitzer um Rat zu bitten, vielleicht hätte er doch Französisch nehmen sollen.

»Endlich weg von hier, wo man jede Straßenecke kennt.« Sie kratzte ihr Schälchen aus. »Dann wohnst du bei mir, ja? Und wir gehen feiern im Quartier Latin. Oder bummeln in Camden Town.«

»Okay.« Er sah Frie und sich in einem Zimmer, das eng und heruntergekommen war, aber das störte ihn nicht, denn das Zimmer lag über den Dächern von Nizza, Paris oder London oder irgendwo anders, wo es wunderschön und aufregend war, und sie lagen darin auf dem Bett.

Es klopfte an der Tür. Michael.

»Du sollst mal runterkommen, Mutti will was.«

»Wieso klopfst du eigentlich, wenn du sowieso gleich reinkommst?«, schnauzte Frie.

»Habt ihr auf einmal was zu verstecken, oder was?«

»Was will sie denn?«

»Keine Ahnung, aber ist irgendwie dringend.«

Frie stöhnte. Sie stand auf und sammelte genervt die Dessertschälchen ein. »Man sieht sich.«

Robert hörte durch die halb zugezogene Tür, wie die Treppe unter ihren Schritten knarzte. Sein Blick wanderte, bis er sich in der Buche verfing. Mit ihm und Frie war es so ähnlich wie mit der Natur und den Jahreszeiten. Es gab Phasen, in denen mickerten seine Gefühle für sie nur noch ganz schwach vor sich hin, manchmal schienen sie sogar ganz abzusterben, dann gab es nur noch sein Wissen darum, dass sie tief in ihm existierten, wie Blumenzwiebeln im Winterschlaf.

Aber sobald Frie ungewohnt nett war zu ihm, ihm mehr

erzählte oder ihn länger anguckte als sonst, sobald sie besonders laut lachte über seine Witze oder ihn einlud, sie in Paris oder London zu besuchen, war es jedes Mal, als wäre von jetzt auf gleich ein Frühling ausgebrochen, dann blühte seine Verliebtheit wieder auf. Dann musste er sich ständig fragen, was das denn nun war zwischen ihm und ihr. Wie konnte es sein, dass Frie sich so benahm, wo er nur ihr bester Freund war? Konnte das denn wirklich sein? *Entweder es knallt sofort, oder es knallt gar nicht*, hatte Christoph gesagt, aber bestimmt gab es Ausnahmen, so wie es immer von allem Ausnahmen gab. Es gab zum Beispiel Klaus Lage, der wusste, dass es manchmal *1000 und 1 Nacht* brauchte, bis es *Zoom!* machte, und auch wenn dieser Song voll scheiße war, so bewies er doch, dass es auch mal sehr lange dauern konnte, bis Freunde entdeckten, dass sie zu Verliebten geworden waren, wobei es in ihrem Fall nur Frie war, bei der das dauerte, aber wieso sollte es nicht auch das geben, dass einer viel länger brauchte als der andere?

Wo blieb die denn so lange?

Robert lauschte, aber er hörte nichts. Wie ihr Kissen wohl roch? Er zog es zu sich und sah das Buch, das bis eben vom Kissen verdeckt gewesen war. Ein Notizbuch, fester schwarzer Einband, rote Ecken und ein Etikett, auf das Frie *TAGEBUCH* geschrieben hatte. Er starrte es an. Womöglich, bestimmt, ganz sicher enthielt es die Antwort auf die eine große Frage, auf die alle Fragen hinausliefen, die ihr zu stellen er sich nicht traute.

Ihr Tagebuch, eine dunkle Versuchung auf blütenreiner Baumwolle.

Nein, Robert. Nein!

Aber da hielt er es schon in der Hand.

Er schlug es auf, ungefähr in der Mitte, und der Augenblick, in dem er es teilte, war der Augenblick, in dem auch sein Ich in zwei Hälften zerfiel. Der eine Robert ekelte sich, als würde er in der Schweinetonne der Baltica-Küche nach Essbarem wühlen. Der andere, der Zombie-Robert, gierte so sehr nach Gewissheit, dass ihn nichts stoppen konnte. Er hatte ihr nicht nachgestellt, aber nun war er plötzlich allein mit ihr im Raum, und sie lud ihn ein, sich zu nehmen, wonach ihn verlangte, sie drängte sich ihm auf, die Gewissheit, ihre Lippen lagen an seinem Ohr und flüsterten:

Willst du mich?

Die Seiten, die sich ihm als Erstes öffneten, waren unbeschrieben. Er blätterte hektisch zurück, bis er auf den letzten Eintrag stieß, schon Monate alt. Er stammte vom 2. Januar, dem Tag, als sie von dieser schrecklichen Silvesterreise zurückgekommen waren. *Guter Vorsatz für mein ganzes Leben: Ich will irgendwann wirklich richtig lieben, deshalb muss ich es schaffen, frei und unabhängig zu sein,* stand da in Fries Schrift. Was meinte sie damit? Dieser Tagebucheintrag warf nur noch mehr Fragen auf, er war wie die Strafe, die aus einem erfolglosen Vergehen ein komplett sinnloses machte.

Er blätterte weiter zurück, aber bevor er etwas von dem erfassen konnte, was dort stand, knarzte die Treppe. Als Frie ins Zimmer kam, lagen Buch und Kissen an ihrem Platz, und Robert saß mit verschränkten Armen da und mit einem Herzen, das vor Scham und Panik raste.

»Oh Mann, die nervt mich so tierisch.« Sie runzelte die Stirn. »Ist irgendwas?«

Er hielt es nicht aus, so von ihr angeguckt zu werden.

»Nee, weiß auch nicht, ich bin nur fix und fertig auf einmal. Ich gehe jetzt mal.«

Normalerweise war es ein Leichtes für ihn, die Sankt-Jürgen-Straße zügig hochzufahren. Heute musste er absteigen und schieben, so schwach fühlte er sich. Am Flatzbygang blieb er stehen. Die Gasse führte über eine Treppe hinunter zum Hafen und gab den Blick frei auf die Westliche Höhe und die markante Silhouette seines Gymnasiums, das oben auf dem Fördehang vor einem Frühlingshimmel thronte. Noch gut zwei Monate, dann hatte er sein Abi, dann würde er nicht länger morgens zur Schule fahren, dann würde er Frie nicht mehr fast jeden Tag sehen.

Ist wahrscheinlich besser so, dachte Robert.

Aber vorher warteten die besten Wochen in dreizehn Jahren Schule auf ihn, und die würde er genießen, auch ohne Frie zu verstehen.

Mitte Mai wurde Roberts Mutter operiert. Eine Woche nach Beginn ihrer Reha hatte der Abijahrgang 1991 seinen letzten Schultag.

Sie riefen das Motto *Asterix und Obelix* aus, verkleideten sich als Gallier und Römer, mauerten die Tür zum Lehrerzimmer zu, feierten die ganze Nacht und hörten nicht mehr auf damit. Wenn sie nicht schliefen oder so taten, als würden sie für die Mündliche lernen, trafen sie sich und hatten Spaß. Sie trafen sich tagsüber und abends, zu fünft oder fünfzehnt oder mit fast allen aus der Stufe, um zu reden, zu trinken oder zu tanzen.

Um zusammen zu sein, solange sie noch zusammengehörten.

Es war ein ungewöhnlich kühler Juni, das Thermometer kletterte kaum je über fünfzehn Grad, nachts herrschten fast winterliche Temperaturen. Einmal, in Wassersleben, entzündeten sie ein Lagerfeuer, um nicht zu erfrieren. Robert spielte Gitarre, die anderen sangen oder summten mit.

Frie hatte sich in eine Decke gehüllt, aus der nur ihre Hände und ein Bier herausschauten und ihr Gesicht, das im Schein des Feuers glühte. Sie sah ihn fast ununterbrochen an, und als er was von Donovan spielte, loderte etwas in ihren Augen, von dem er hoffte, es habe mit ihm zu tun. Ein anderes Mal feierten sie bei ihm, bis die Nachbarin vor der Tür stand und sich beschwerte. Frie kotzte neben das Klo, schließlich schlief sie neben ihm ein. Er hielt sie im Arm, streichelte ihre Haare und wünschte sich, die Nacht hätte hundert Stunden. Sie atmete mit offenem Mund, ihr Speichel befeuchtete sein T-Shirt, die Haut ihres Beines lag an seiner. Kurz hatte er Angst, einen Ständer zu bekommen, aber sie war zu bedürftig, um ihn zu erregen, so wie es ja auch nicht klappte, sie als Wichsvorlage zu benutzen. Als er ganz frisch in sie verliebt gewesen war, hatte er es versucht, aber es war nicht das, was er wollte, er wollte richtig mit ihr schlafen, und so stellte er sich halt weiter die geilen Riesentitten von Sabine vor.

»Oh Gott«, sagte Frie, als sie aufwachte, »ist was passiert, was ich wissen muss?«

»Nein«, sagte Robert. »Was soll denn passiert sein?«

Sie ließ den Kopf zurück auf seine Brust fallen und schenkte ihm weitere zehn Minuten, bevor sie ihn um eine Aspirin bat.

Am Tag, bevor Roberts Mutter nach Hause kam, trafen sie sich bei ihm, schon nachmittags und nur zu viert – Christoph, Mareike, Frie und er. Es war der erste halbwegs warme Tag seit Wochen, und irgendwer schlug vor, die letzte Gelegenheit zu nutzen und mit der Ente einen Ausflug zu machen. Sie klappten die Autofenster hoch und bogen hinter Glücksburg Richtung Ostsee ab. Das Festland war hier viel lieblicher und welliger als das glatte, stahlfarbene Meer. Wegen der anhaltenden Kälte hatte die Rapsblüte spät begonnen, sie fuhren an gelb geschwungenen Feldern, an Auen, Reetdächern und Buchenwäldchen vorbei, immer möglichst nah an der Küste. Rehe sprangen, Schwalbenhorden flatterten. Sie verirrten sich voll Freude auf engen, von blühenden Knicks gesäumten Straßen, die durch winzige Dörfer namens Rüde, Geil oder Freienwillen führten. Sie hatten keine Landkarte dabei, und selbst wenn, sie hätten sie nicht benutzt. Irgendwann kamen sie in Langballigau heraus, wo sie Eis aßen, dann fuhren sie weiter, die Sonne im Rückspiegel, der Asphalt vor ihnen oft zu schmal für zwei Autos. Wenn sie an eine Kreuzung kamen, nahmen sie immer die kleinere Straße. Auf der Birk rief jemand: »Ich will baden!«, und sie folgten dem nächsten Wegweiser *Zum Strand*.

So landeten sie in Pottloch.

Die Ostsee war eisig, und sie hatten kein Badezeug dabei, nur ein großes Handtuch. Sie hielten die Zehen ins Wasser und beratschlagten, ob oder ob lieber doch nicht. Am Ende liefen sie alle vier gleichzeitig hinein, schreiend, Hand in Hand, sich gegenseitig mitziehend, einander beweisend, dass sie für nichts, was vor ihnen lag, zu feige waren. Als die Eiseskälte ihn erst geißelte und dann verschluckte, war Robert sich sicher, jung sterben zu müssen, so was konnte kein Herz überleben, auch kein neunzehnjähriges. Als er merkte, dass es weiterschlug, fühlte er sich stark und lebendig wie nie. Christoph und Mareike planschten nur kurz, Robert aber schwamm mit raschen Zügen gegen das Frieren an, hinaus aufs Meer. Als er umkehrte, hatten Mareike und Christoph sich schon wieder angezogen und rannten um die Wette am Wasser entlang. Frie war gerade dabei, durch das immer flacher werdende Wasser an Land zurückzuwaten.

Es war das erste Mal, dass sie zusammen nackt waren.

Vorhin, als sie sich ausgezogen hatten, hatten sie sich bemüht, bestmöglich aneinander vorbeizuschauen. Nun, wo Frie es nicht sah, studierte er ihren Körper, so gut es ging, aus der Entfernung. Ihren glatten weißen Rücken mit den geraden Schultern, ihren kugeligen Po, ihre fraulichen Hüften, ihre kräftigen, festen Schenkel. Am Strand angekommen, rannte er zu seinen Sachen und zog die Boxershorts an. Frie stand ins Handtuch gewickelt daneben.

»Du willst dich aber auch noch abtrocknen, oder?«, bibberte sie.

Er nickte zitternd. Sie löste das Handtuch, dann hatte sie auch schon Slip und T-Shirt an. Er hätte ihr gern gesagt, wie schön er ihre Brüste fand, aber weil das unmöglich ging, tippte er in die kleine ovale Vertiefung in der Mitte ihres Ausschnitts, froh, ihr ein unverfänglicheres Kompliment machen zu können.

»Du hast ein wirklich schönes Jugulum.«

Sie lachte ein Zahnlückenlachen, vielleicht wegen des seltsam klingenden Wortes.

»So heißt das. Jugulum. Von *iungus*, die Kehle.«

Sie lachte noch lauter und zog sich ihre Jeans an. »Spinner.«

Typisch, dachte Robert.

Diese Mädchen, die ständig behaupteten, sie seien zu dick oder dünn oder zu klein oder groß oder sonst irgendwie nicht richtig, aber wenn man dann mal was Nettes über ihr Äußeres sagte, machten sie sich über einen lustig. Bei Swantje war es genauso gewesen.

Erst als sie beide angezogen waren, wurde Frie ernst.

»Hey, Entschuldigung«, sagte sie. »Danke.«

Sie küsste ihn. Nur ganz kurz, aber auf den Mund. Ihre Lippen waren kühl und aufgesprungen, ihr Atem war warm, ihr Haar roch nach Algen, seine Verliebtheit detonierte mit der Sprengkraft einer Bombe. Wie sie sich letzte Woche betrunken an ihn geschmiegt hatte. Wie sie ihn am Lagerfeuer angeschaut hatte, als er Gitarre gespielt hatte. Und jetzt das.

Plötzlich wusste er, was er zu tun hatte.

She's gorgeous and sharp
She's kind, smart and tough
She isn't Deborah, Jane or Julie
So I guess it is love
But, hey, she wants to be free.

She's gorgeous and sharp
She's kind, smart and tough
With her I'm the man I should be
So I guess it is love
But, hey, no chance, cause she's Frie.

Den Refrain hatte er schnell fertig.

Für den Rest des Textes brauchte er einen Großteil der Zeit, in der er endlich hatte Mathe lernen wollen. Er schaffte mit Ach und Krach fünf Punkte. Das vermasselte ihm das Einser-Abi, das er dank der vierzehn Punkte in Latein hätte schaffen können, aber für die Musikhochschule war der Schnitt sowieso egal.

Den Song zu komponieren, war das Schwerste.

Er musste perfekt werden, eingängig, aber nicht platt, anrührend, aber nicht kitschig, raffiniert, aber nicht verkopft, schließlich war es ein Liebeslied. Sein Liebeslied für Frie.

Am Abend vor dem Abiball war Robert endlich zufrieden.

Er trat mit der Oberstufen-Band auf. Sie trug ein schwarzes, schulterfreies kurzes Kleid, dick Wimperntusche und einen knallroten Lippenstift, und sie klatschte wie wild.

»Ich habe einen Song geschrieben«, rief er, als die Eltern und Großeltern alle gegangen waren und der DJ endlich halbwegs ordentliche Musik auflegte. »Soll ich ihn dir vorspielen?«

»Klar!«, rief Frie. »Jetzt?«

»Nachher! Aber nur dir! Ich will erst mal wissen, wie du ihn findest.«

Drei Stunden später standen sie an der Garderobe, um ihre Jacken auszulösen, die fast die letzten waren, die dort hingen. Das Knallrot war von ihren Lippen verschwunden, die Wimperntusche ein wenig verschmiert, sie sah nicht mehr so wunderschön aus wie vorhin, aber dafür wieder wie die Frie, für die er den Song geschrieben hatte, den er ihr gleich vorsingen würde. Er war aufgeregt und seelenruhig. Aufgeregt, weil er Angst hatte davor, wie sie reagieren würde. Seelenruhig, weil er fest entschlossen war, es trotzdem zu wagen. Es wurde schon wieder hell, sie setzten sich auf die Kaimauer und rauchten erst mal.

»Ich habe auch was, was noch keiner weiß.« Sie schaute ihn nicht an, sondern aufs Wasser. »Ich habe meine Traum-Au-pair-Stelle bekommen, rat mal, wo.«

»In Paris?« Nach Paris waren es gut tausend Kilometer. Mit der Ente war das vielleicht an einem Tag zu schaffen. Falls seine Mutter sie ihm überhaupt lieh für diese weite Strecke. Sonst musste er mit der Bahn fahren, ab Hamburg gab es einen Nachtzug.

Frie schüttelte den Kopf und versuchte, einen Kringel zu rauchen, wie immer vergeblich.

»London?« Das wäre komplizierter. Fliegen war teuer, und mit der England-Fähre brauchte man ewig, zweiundzwanzig Stunden allein von Hamburg nach Harwich, zur Not ging es halt nicht anders.

Nach dem zehnten Versuch gab er auf.

»Sydney.« Sie guckte, als hätte sie Applaus dafür verdient, dass sie ihm mit einem einzigen Wort das Herz brach. Der Flug würde bestimmt über tausend Mark kosten, mal abgesehen davon, dass.

Ach.

»Sydney wo?« Vielleicht gab es in England auch ein Sydney?

»Na, in Australien, wo sonst? Ich habe mir überlegt, es ist doch Quatsch, nach Paris oder London oder so zu gehen, da kann ich ja später noch mal hin, aber jetzt will ich erst mal ganz weit weg, so weit weg wie möglich von allem und allen hier.«

So weit weg wie möglich. Von allen.

»Und weißt du, was das Beste ist?«, fragte Frie. »Ich fliege schon nächste Woche.« Er sagte nichts. »Nun freu dich doch mal mit. Ich komm ja wieder.« Er nickte. »Aber was ist denn jetzt eigentlich mit dir? Wolltest du mir nicht was vorspielen?«

»Ja«, sagte Robert. »Aber nee. Lieber ein anderes Mal.«

Sie durchquerten das Terminal. Frie rannte ihnen fast weg, dabei hatte sie noch massenhaft Zeit, bis ihr Flug ging. Robert lief mit Mareike und Sandra hinterher und dachte, dass er ihr nie gesagt hatte, dass sie ein bisschen watschelte, weil sie dann bestimmt beleidigt wäre.

Frie, die Entenkönigin, auf dem Weg ins Land der Kängurus.

Vor der Sicherheitskontrolle stellte sie den Rucksack ab.

»Am besten bringen wir es so schnell wie möglich hinter uns.«

»Wir haben noch was für dich.« Mareike zog einen Plüschhasen und Luftpostpapier aus ihrer Umhängetasche. »Damit du nicht so einsam bist am Anfang.«

»Schreib uns mal, ja?«, sagte Sandra.

Die Mädchen umarmten sich, dann machten sie Platz für Robert.

»Hey«, sagte Frie. »Grüß deine Mutter ganz lieb und sag ihr Danke, dass ihr mich in ihrem Auto bringen durftet.«

Er gab ihr das Mixtape, das in seiner Hosentasche steckte. Auf der Hülle stand: *Der beste Juni unseres Lebens*. Es war all die Musik, die sie zwischen letztem Schultag und Zeugnisübergabe ständig gehört hatten. Und *Catch the wind*, aber gecovert von Rickie Lee Jones.

»Damit du uns nicht so schnell vergisst«, sagte er.

Damit du mich nicht so schnell vergisst.

Sie drückten einander lange und fest. Frie setzte den Rucksack auf, holte Ticket und Pass aus der Bauchtasche und gab die Dokumente dem Mann, der den Zutritt zur Gepäckkontrolle überwachte. Sie reihte sich in die Schlange ein und winkte ihnen immer wieder zu. Kurz bevor sie den Handgepäck-Scanner erreichte, drehte sie sich noch einmal um und schickte mit beiden Händen einen Schwarm Luftküsse über die Köpfe derer hinweg, die hinter ihr warteten.

»Man sieht sich!«, rief Frie.

Und dann war sie weg.

1993

Januar 1993

Heimkommen, um fortzugehen

Der Malaysia-Airlines-Flug MH2471 startete pünktlich um null Uhr fünf Ortszeit von Terminal 1 des Sultan Abdul Aziz Shah Airport in Kuala Lumpur. An Bord der Boeing 747 mit Ziel Istanbul befanden sich fünfhundertdreiundfünfzig Passagiere aus vierunddreißig Ländern.

Unter ihnen Frie.

Zwei Geburtstage nacheinander hatte sie ohne Familie gefeiert. Ihre Mutter hatte ihr Päckchen geschickt, darin deutsche Bücher, Pumpernickel und Nimm Zwei.

Sie war einundzwanzig Jahre alt.

Von dem Acht-Quadratmeter-Zimmer in Surry Hills, in dem sie zuletzt gewohnt hatte, bis in die malaiische Hauptstadt hatte sie knapp zwölf Stunden gebraucht. Vor ihr lagen ein dreizehneinhalbstündiger Flug zum Atatürk Airport, knapp zwei Stunden Aufenthalt in Istanbul und nochmals drei Stunden und fünfzehn Minuten bis nach Hamburg.

Frie war eineinhalb Jahre weg gewesen, davon fünfzehn Monate in Australien, unterbrochen von einer zwölfwöchigen Reise durch Südostasien nach dem Ende ihrer Au-pair-Zeit. Mit einem Touristenvisum war sie wieder eingereist und ein weiteres Vierteljahr in Sydney geblieben, wo sie sich mit illegalen Aushilfsjobs über Wasser gehalten hatte.

Sie hatte in zwei Familien als Au-pair-Mädchen gearbeitet.

In der ersten Familie war sie knapp vier Wochen geblieben, dann war die Mutter der drei Kinder zwischen eins und acht, für deren Betreuung Frie vierzig Stunden in der Woche zuständig war, ausgegangen. Als die Kinder endlich alle schliefen, kam der Vater angetrunken von einer Büroparty nach Hause und versuchte, Frie zu küssen. Die Familie, in die sie nach diesem Vorfall wechselte, hatte einen Sohn und eine Tochter, sieben und neun Jahre alt, auf die sie maximal dreißig Stunden pro Woche aufpassen musste. In dieser zweiten Familie verbrachte sie elf Monate. Der Mann arbeitete als Augenarzt in einer Klinik. Die Frau war Anwältin. Sie verdiente besser als er, worüber beide ungeniert sprachen, und war darüber hinaus hübsch, schlau, nett und lustig, sodass Frie entschied, auch Anwältin sein zu wollen. Anfang Januar hatte Fries Mutter die Unterschrift ihrer Tochter auf den Bewerbungsunterlagen für einen Studienplatz in Jura gefälscht und sie per Einschreiben an die Universität Hamburg geschickt.

In Sydney hatte Frie drei Freundinnen gefunden, von denen sie, während sie über den Golf von Bengalen flog, glaubte, sie werde sie in ihren Heimatländern besuchen oder von ihnen in Deutschland besucht werden. Sie hatte mit zehn Männern etwas gehabt, der jüngste war achtzehn gewesen, der älteste vierunddreißig. Mit sechs dieser zehn Männer hatte sie nur rumgemacht; mit vieren hatte sie geschlafen. In drei Fällen hatte der Sex im Rahmen dessen stattgefunden, was ihre Mutter, hätte sie davon erfahren, eine Romanze genannt hätte. Mit einem Mann, einem Physikstudenten namens Alfie, hatten sie eine ernsthafte, acht Monate dauernde Beziehung geführt. Nachdem Alfie sie verlassen hatte, hatte Frie dreizehn Tage lang Liebeskummer gehabt. Dann lernte sie in der Marble Bar den Vierunddreißigjährigen kennen, einen in Bombay geborenen Unternehmensberater, dessen Schlafzimmer im elften Stock eines Apartment-Hochhauses am Circular Quay eine fantastisch tröstliche Aussicht auf die Harbour Bridge bot.

Anneke hatte ihr zweimal geschrieben, Mareike vier-, Sandra fünf- und Robert siebenmal, erst zwei Briefe, dann fünf Ansichtskarten, vorn drauf der Michel, die Reeperbahn oder die Alsterarkaden, hinten immer kürzer werdende Grüße, alle in den ersten fünf Monaten. Danach hatte Frie nicht wieder von ihm gehört. Wahrscheinlich, weil sie ihm nur dreimal geantwortet hatte und dann – nachdem sie mit Alfie zusammengekommen und mit ihm, ihrem Reiserucksack und der *Yellow Bible* von *Lonely Planet* von Bangkok aus bis nach Bali gereist war – gar nicht mehr. Ihre Eltern und ihren Bruder hatte sie nie vermisst, aber auch ihre alten Freunde waren ihr immer unwichtiger geworden. Sie hatte deshalb einen kurzen Anflug von schlechtem Gewissen gehabt, aber entschieden, gnädig mit sich selbst zu sein.

Man flog nicht ans andere Ende der Welt, um in Gedanken ständig zu Hause zu sein.

Das funktionierte einfach nicht. Es musste reichen, wenn man sich in Erinnerung brachte, sobald sich die Heimkehr abzeichnete.

Anfang Dezember hatte Frie Robert eine *Merry Christmas!*-Karte geschickt. Darin wünschte sie ihm ein frohes Fest und ein neues Jahr, das hoffentlich so gut weiterginge, wie es begann, nämlich mit ihrer Rückkehr. Ob er Lust habe, sie vom Flughafen abzuholen und sie für ein, zwei Nächte zu beherbergen? Dann könnten sie ihr Wiedersehen ordentlich feiern, bevor sie weiterführe Richtung Norden, zu ihren Eltern.

Das wäre doch toll.

Dann wird es keine ganz so harte Landung, hatte sie gehofft.

Robert schrieb nicht zurück. Zwei Wochen vor ihrem Rückflug rief Frie Frau Haase an, die so freundlich und kraftlos klang wie immer, und bat um seine Nummer. Beim dritten Versuch erwischte sie ihn, wobei eine halbe Ewigkeit verging, bis er der Aufforderung seines Mitbewohners folgte, ans Telefon zu kommen.

»Robert? Mann, Robert, bist du taub?«, hörte sie Hendrik rufen, oder wie auch immer der Typ hieß, der abgehoben hatte. Dann von weiter weg: »Irgendne Frieda oder so, von Sonstwoher, du sollst schnell machen, ist teuer, sagt sie.«

»Hallo?«

Als sie endlich seine Stimme hörte, waren die Zwei-Dollar-Münzen, die sie eigens für diesen Anruf eingewechselt hatte, fast zur Hälfte aufgebraucht.

»Ich bin's, Frie! Ich kann nur ganz kurz, sorry, gleich ist das Geld alle. Ich wollte nur wissen, ob meine Weihnachtskarte angekommen ist?«

»Ja, ist sie, danke.«

»Und holst du mich ab?«

»Nee, leider nicht. Ich muss arbeiten.« Er klang anders, als sie ihn in Erinnerung hatte, tiefer, als hätte er einen weiteren Stimmbruch gehabt. Vielleicht lag es an der Leitung.

»Und wenn ich vom Flughafen zu dir komme und auf dich warte?«

Es waren nur noch vier Dollar übrig.

»Nee, ist schlecht an dem Wochenende, ehrlich gesagt.« Es knackte und rauschte, plötzlich klang er sehr weit weg. »Ich bin Samstag eingeladen und muss vorher noch proben. Und meine Mutter wollte vielleicht kommen, mal sehen. Meld dich doch, wenn du im Lande bist, okay?«

»Okay. Ich freue mich ganz doll auf dich!«

Bevor Robert *Ich mich auch!* sagen konnte, war das Geld weg und die Leitung tot.

»Wir holen dich ab, Schätzchen, was anderes kommt nicht infrage!«, hatte Fries Mutter beschlossen. Die letzten gut einhundertfünfzig Kilometer vom Flughafen bis in ihr altes Kinderzimmer würde sie also im Auto zurücklegen, in dem neuen 3er BMW in Mauritiusblau metallic, den ihr Vater sich letztes Jahr gekauft hatte.

Aufregenderes schien daheim nicht passiert zu sein während ihrer Abwesenheit.

Die Stewardessen verteilten dünne Decken, das Licht ging aus, die Notbeleuchtung an. Frie setzte die Schlafbrille und die Kopfhörer des Discman auf, den sie in Singapur gekauft hatte, und bedauerte es, dass sie die Kassette nicht mehr besaß, die Robert ihr zum Abschied geschenkt hatte. Sie hatte sie nur drei- oder viermal gehört, bevor sich das Tonband im schon länger immer mal wieder leiernden, dann endgültig kaputten Walkman verheddert und sie beides am Manly Beach in einen Mülleimer geworfen hatte.

Mareike studierte Medizin in Göttingen und war in eine Affäre mit einem frisch verheirateten Assistenzarzt verstrickt. Sandra hatte als eine von sehr wenigen Westdeutschen ein Architekturstudium in Weimar begonnen, überlegte aber, an eine andere Uni zu wechseln, weil sie dort keine richtig guten Freunde fand. Christoph war nach seinem Zivildienst in Hamburg nach Berlin gegangen, wo er an der Humboldt-Uni Politik und Philosophie studierte und für sein Zimmer in einer Altbauwohnung in Mitte nur hundertvierzig Mark zahlte, aber mit Kohlenheizung und Außenklo. Todde hatte sich bei der Luftwaffe verpflichtet und war irgendwo bei Köln stationiert. Andi machte eine Ausbildung bei der Dresdner Bank und war abgetaucht, seit er mit seiner neuen Freundin zusammengezogen war. Caro, die ihn mit ihrem Tennistrainer betrogen hatte, lebte seit

Kurzem in London und träumte davon, dort auf irgendeine Modeschule zu gehen.

Nur Anneke wohnte immer noch zu Hause.

Sie studierte Grundschullehramt an der Pädagogischen Hochschule und berichtete all diese Details über ihre ehemaligen Mitschüler, ohne dass sich Frie erschloss, woher ausgerechnet ihre als Einzige in der Stadt verbliebene älteste Freundin so gut informiert war.

»Keine Ahnung, was man halt so mitkriegt.« Anneke zuckte mit den Schultern und schlürfte ihren Milchkaffee. »Und hast du schon was zum Wohnen gefunden?«

»Noch nicht, aber ich habe morgen ein paar Besichtigungstermine.« Frie hatte sich am Wochenende das Abendblatt und die Annoncen Avis gekauft, hatte ein Dutzend Nummern abtelefoniert und fünf Termine verabredet. »Ich fahre ganz früh. Mal sehen, vielleicht habe ich ja Glück.«

»Ich drücke dir die Daumen. Triffst du dich mit Robert?«

»Ja, bin schon gespannt. Aber nur kurz. Er leiht mir sein Rad. Abends muss er arbeiten, deshalb fahre ich nachmittags schon wieder zurück.«

»Stimmt, Robert jobbt in irgendeiner angesagten Kneipe.« Anneke, die Allwissende.

»Na ja, ich werde ihn ja noch genug sehen.«

»Samstag feiern ein paar Kommilitonen von mir im Soldatenheim. Willst du mit?«

»Ich guck mal«, sagte Frie. »Wollen wir uns ein Stück Käsekuchen teilen?«

Sie saßen im Kritz.

Frie hatte vorgeschlagen, sich dort zu treffen. Sie mochte die stylische Atmosphäre, das helle Holz, den weiß getünchten Putz, die ochsenblutrot gestrichenen Säulen, die Halogenstrahler, den Cappuccino und die Musik, die gespielt wurde, wenn das Café sich abends in eine Kneipe verwandelte. Vor allem mochte sie es, dass das Kritz erst nach ihrer Abreise eröffnet worden war. Das Lokal war etwas Neues in einer Umgebung, die sich kein bisschen verändert hatte, der einzige Ort in der Stadt, der sie nicht deprimierte.

Am deprimiertesten war Frie, wenn sie von irgendwoher in das Haus zurückkehrte, in dem ihr Bett von ihrer Mutter mit der Peanuts-Bettwäsche bezogen worden war. Zurück zu ihrem Bruder, der dieses Jahr Abi machte, zwar eine neue Brille, aber immer noch keine Freundin hatte und pampig war wie eh und je. Zu Mutti, die jetzt Bridge lernte, aber bevor sie aus dem Haus ging, richtete sie für ihren Mann das Abendbrot an, und alle paar Tage fragte sie Frie: »Willst du nicht mal dein Zimmer aufräumen?« Zu Vater, der ein bisschen abgenommen hatte, aber seine Herrschsucht war noch größer als früher, oder vielleicht kam ihr das auch nur so vor, nachdem sie elf Monate lang in einer Familie gelebt hatte, in der die Eltern wie Freunde miteinander umgegangen waren statt wie Vorgesetzter und Untergebene.

»Friederika, da bist du ja wieder, das wurde aber auch mal Zeit!«, hatte die Nachbarin gerufen. »Ja«, hatte Frie geantwortet. »Wedder trüch? Versteihst du jetzt, wat ik di vertellt hebb, as du wegwullst?«, hatte der Kioskbesitzer gefragt. »Noord und Süüd, de Welt is wiet, Ost un West, to Huus is best.« – »Na ja«, hatte Frie gesagt. Und an der Windfangtür hing immer noch das *Willkommen zu Hause!*-Plakat, das ihre Mutter gemalt hatte. Frie hatte so getan, als würde sie sich darüber freuen. In Wahrheit war es wie bei Michaels Konfirmation, als sie sich in das dunkelblaue Kleid hatte zwängen müssen, aus dem sie, wie sie erst beim Anziehen bemerkte, herausgewachsen war, aber sie besaß kein anderes, und ihre Mutter hatte beschlossen: »Ach, das passt schon noch für dieses Mal!« Wieder zu Hause zu sein bedeutete: Bauch einziehen, stillhalten und die Minuten zählen, bis die Sache überstanden war und man sich endlich vom Acker machen und wieder atmen konnte.

Noch fünf Wochen, dachte Frie, als sie von dem Treffen mit Anneke kam. Höchstens sechs.

Sie huschte an der Küche vorbei, in der ihre Mutter mit dem Geschirr klapperte und sie auffordern würde, ihr zur Hand zu gehen, sobald sie ihr Heimkommen bemerkte. Ihr Vater war anscheinend im Wohnzimmer und in Vortragslaune. Seine Stimme hämmerte gleichmäßig und in mittlerer Lautstärke auf irgendwen ein, so wie es typisch war, wenn er jemanden belehrte, Michael vielleicht oder am Telefon einen Kollegen aus dem Segelvereinsvorstand. Am ersten April begann das Semester, spätestens dann war sie weg von hier. Notfalls musste sie Robert bitten, ihr vorübergehend Unterschlupf zu gewähren.

Hoffentlich finde ich morgen ein Zimmer, dachte Frie.

Sie ließ sich auf Charlie Brown, Lucy, Linus, Woodstock und Snoopy fallen und starrte die Dachschräge an, die zwischen ihr und dem Himmel stand.

Der Morgenzug fuhr um kurz vor halb acht.

Frie wanderte fast einmal ganz durch den InterRegio, bis sie in einem der mintgrün-altrosa Großraumabteile eine Sitzecke mit Tisch fand, die sie mit niemandem teilen musste. Bis Rendsburg hörte sie Madonna und guckte aus dem Fenster. Nachdem sie den Nord-Ostsee-Kanal überquert hatten, holte sie den Collegeblock mit ihren Notizen zu den *Zimmer frei*-Inseraten hervor und listete die Besichtigungstermine auf, die sie verabredet hatte, jeweils mit Uhrzeit, Ansprechpartner, Telefonnummer, Adresse, Größe, Preis und sonstigen Details.

Weil ihr der erste Listenentwurf nicht übersichtlich genug schien, knüllte sie das Blatt nach drei Terminen zusammen und begann von vorn. Als sie zufrieden war, schrieb sie *ZIMMERSUCHE* über die Liste und unterstrich das Wort in Rot und mit Lineal, aus Gewohnheit. Dieser Handgriff war in der Vergangenheit der Auftakt jeden Neuanfangs gewesen: Jedes neue Schuljahr mit seinen neuen Schulheften und der immer neuen Chance, es diesmal besser zu machen, hatte so begonnen. Allerdings sah der rote Strich sehr nach der Schülerin aus, die es nicht mehr gab, nicht nach der Jurastudentin, die sie schon fast war. Sie hatte aber keine Lust, die ganze Liste nur wegen eines roten Strichs noch einmal zu schreiben. Also faltete sie sie zusammen und schob sie zum Stadtplan in die Außentasche ihres Rucksacks.

In Altona sollte sie aussteigen und fünf Haltestellen mit dem Fünfzehner fahren, hatte Robert am Telefon erklärt. »Nummer sechsunddreißig, schräg gegenüber vom Getränkenotdienst, das graue Haus, und dann bei Neumann, Möller, Sekup klingeln, mein Name steht nicht dran, dritter Stock.«

Der Türöffner summte.

Das Wohnhaus sah drinnen so runtergekommen aus, wie die Fassade vermuten ließ. Die alten Fliesen im Eingang waren stumpf, die Briefkästen verbeult oder mit *Gorleben soll leben*- und *FC St. Pauli*-Aufklebern tapeziert, die Wände im Treppenhaus schmutzig. Die Stufen waren ausgetreten, das braun lackierte Geländer abgestoßen. Es roch nach altdeutscher Küche, getragenen Schuhen und kaltem Rauch. Als Frie den Treppenabsatz erreichte, der in den dritten Stock führte, rechnete sie fest damit, gleich Robert zu sehen, wie er mit verschränkten Armen im Türrahmen lehnte, so wie er es immer getan hatte, wenn sie ihn besuchte. Aber sie sah nur zwei geschlossene Wohnungstüren, die in demselben aus der Mode gekommenen Kackbraun gestrichen waren wie die Treppe. Vor beiden Türen lagen abgewetzte Fußmatten, vor der linken stapelten sich leere Pizzakartons, vor der rechten standen zwei Paar Männerturnschuhe.

Vielleicht doch eins höher?

Dann entdeckte Frie das Stück Kreppband, das auf der Tür mit den Turnschuhen klebte und auf das jemand mit Kuli *NeuMöSe* gekrakelt hatte. Sie überlegte, ob das ein Versehen oder ein Witz war, und falls Letzteres, was man bitte witzig finden konnte daran, und dann merkte sie, dass sie aufgeregt war, aber nicht vor Neugierde oder Wiedersehensfreude.

Seit sie aus dem Bahnhofsgebäude in einen sonnenlosen, kaltkahlen Februarvormittag hinausgetreten war, fühlte sie sich wie ein ungebetener Gast. Die vielen Passanten, die starr geradeaus guckend in alle Richtungen gestrebt waren. Die abgerissenen Gestalten, die vor dem Bahnhof lagen oder lungerten. Die unschöne Hauptverkehrsstraße, die der Bus im stockenden Großstadtverkehr hinunterschlich. Die gleichgültigen, hinter Zeitungen oder halb geschlossenen Augen versteckten Gesichter. Dieses schäbige, abweisende Haus. Diese ganze großstädtisch selbstbewusste Hässlichkeit schien ihr klarmachen zu wollen: Denk bloß nicht, dass wir hier auf dich gewartet haben.

Was, wenn Robert schon ganz und gar dazugehörte?

Frie drückte den uralten auf dem Türrahmen montierten Klingelknopf, aber es blieb still. Entschieden klopfte sie gegen ihre Unsicherheit an.

Wenn der nicht gleich aufmacht.

Dann gehe ich halt wieder.

Dann musste sie mit Bus und Bahn von Termin zu Termin fahren, statt mit Roberts Rad, und das wäre so was von nervtötend, schließlich kannte sie sich noch nicht aus in dieser Stadt. Sie hatte keine Ahnung, mit welchen Bussen und Bahnen man von A nach B kam. Sie würde sich durchfragen müssen und am Ende bestimmt x-mal länger brauchen, als es dauerte, die fünf Adressen mit dem Rad abzuklappern. Vielleicht käme sie zum dritten, ziemlich eng getakteten Besichtigungstermin sogar zu spät, dabei war ausgerechnet das das Zimmer, das am besten klang. Aber wenn aus Robert irgend so ein Vollidiot geworden war, der dachte, er könnte sie Stunden vor seiner Wohnungstür rumstehen lassen, und das auch noch, nachdem sie sich ewig nicht gesehen hatten, dann blieb ihr–

»Hi.« Der Typ in der offenen Tür war älter, bestimmt schon Mitte zwanzig. Er trug schwarze Boxershorts und ein löchriges Ramones-T-Shirt und sah aus, als hätte er bis gerade eben im Bett gelegen. »Willst du zu Robert?«

»Allerdings«, sagte Frie.

»Der telefoniert noch. Komm rein.«

Der Typ führte sie durch den Flur in die Küche, wo er auf die Stühle zeigte, die um den Tisch herumstanden. »Er kommt gleich, soll ich dir sagen.«

»Bist du Hendrik?«, fragte Frie. »Ich bin Frie.«

»Welcher Hendrik? Meinst du Henning? Der wohnt hier nicht mehr. Na gut, ich leg mich mal wieder hin.« Der Namenlose hob zum Abschied lahm beide Augenbrauen und die eine Hand und ließ Frie allein in der Küche zurück.

Flachwichser, dachte sie.

Sie zog ihre Jacke aus und suchte nach einem sauberen Glas, aber alle Gläser standen schmutzig in und neben der Spüle. Sie wusch eines ab, füllte es mit Leitungswasser, leerte den überfüllten Aschenbecher in die Plastiktüte, die am Türgriff zur Abseite hing und als Müllbeutel diente, weil der Beutel im Eimer schon voll war, und klemmte sich eine

Zigarette zwischen die Lippen. Als sie brannte, lehnte Robert mit verschränkten Armen in der Küchentür. Er trug Jeans und eine dunkelgrüne Trainingsjacke und die Haare viel länger als früher, fast schulterlang, und er lächelte.

»Moin, lange nicht gesehen. Mensch, bist du braun.«

Frie hatte es völlig vergessen, aber jetzt fiel es ihr wieder ein, wie sehr sie es mochte, dieses verhaltene, freundliche Lächeln, das seinen Mittelpunkt nicht in Roberts Mund, sondern in seinen dunklen Augen hatte und das immer versuchte, ein bisschen spöttisch zu wirken, ohne jeden Erfolg. Sie hatte ihn anmotzen wollen, stattdessen parkte sie ihre Zigarette im Aschenbecher und ließ sich von ihm in den Arm nehmen und sagte nichts, so überrascht war sie davon, wie sehr sie ihn vermisst hatte.

»Du rauchst noch«, stellte Robert fest. »Ich hatte schon Angst, dass du aufgehört hast. Sind die nicht auch so streng damit in Australien?«

Frie lachte.

Sie hatten sich ewig nicht gesehen. Sie hatte sehr viel zu erzählen. Darüber, wie es war, in Sydney zu leben, im Pazifik zu schnorcheln, durch das Outback zu trampen und den Ayers Rock zu besteigen. Über die schwimmenden Märkte Bangkoks, das glasklare, badewannenwarme Meer und die weißen, menschenleeren Strände auf Pulau Perhentian Besar und davon, wie fantastisch es gewesen war, auf einer Enduro zwischen Reisterrassen entlangzubrettern, im Tropenregen, ohne Helm, nur in Shorts und Top. Aber Robert interessierte sich als Erstes dafür, ob sie noch rauchte.

»Willst du eine?«, fragte sie.

»Gleich«, sagte er. »Ich mache uns erst mal Kaffee. Du hast voll lange Haare.«

»Und du erst«, antwortete Frie.

»Sieht gut aus.«

»Du auch.«

Um genug Wasser in den Wasserkocher füllen zu können, musste Robert einen Teil des dreckigen Geschirrs aus der Spüle räumen. Weil auch die Abstellfläche neben der Spüle voll war mit schmutzigen Tellern und Gläsern, stellte er es auf die Fensterbank neben die Yuccapalme, die dort in einem viel zu großen Übertopf schief vor sich hin siechte. Frie schenkte der Palme das restliche Wasser in ihrem Glas und verkniff es sich, mit dem Zeigefinger über den pelzigen Belag zu fahren, der oben auf dem Rand des Fliesenspiegels klebte. Neben dem alten, lauten Bosch-Kühlschrank, aus dem Robert die Milch holte, hing eine Uhr mit einem Zifferblatt, das aus zwölf Vieren bestand, in der Mitte stand: *Ab vier gibt's Bier.*

»Gemütlich habt ihr es hier.«

»Ja, oder?«

Robert goss kochendes Wasser in den Filter, dann wandte er sich ihr wieder zu. Fries Sorge, er könne sich nicht freuen, sie wiederzusehen, war verflogen. Es gab keine Fremdheit zwischen ihnen, es gab nur viel aufzuholen. Es war schön mit ihm. Schade, dass sie nur so wenig Zeit hatte.

»Ich bin hier über Roland rangekommen, also an die WG«, erklärte Robert. »Du weißt, wer, oder? Christophs großer Bruder. Der hat doch hier Kunstgeschichte studiert, aber nach seinem Magister ist er zum Promovieren nach Frankfurt, da konnte ich sein Zimmer haben, also nicht offiziell. Offiziell ist er immer noch Mieter.«

»Zu wievielt wohnt ihr hier?«

»Zu dritt. Na ja, eigentlich zu viert. Tobis Freundin ist ja immer hier.«

»Ist Tobi der, der eben die Tür aufgemacht hat?«

»Nee, das ist Stefan. Der hätte auch gern eine Freundin, aber keine will ihn.«

»Kein Wunder. Und du?«

»Was ich?«

»Hast du eine Freundin?« Eine der wenigen Fragen, die Anneke nicht hatte beantworten können. »Oder will dich auch keine?« Es klang nicht so lustig, wie Frie gedacht hatte, also fügte sie hinzu: »Scherz.«

»Im Moment nicht.«

Er hat also eine gehabt, dachte Frie. Mindestens eine.

»Aber nicht, weil mich keine will. Mit Milch?«

Frie hätte Robert gern weiter ausgefragt, aber das wäre ein bisschen so, als würde sie sich im Stockdunkeln in einem unbekannten Raum bewegen. Sie wusste nicht, wie forsch und wie weit sie gehen konnte, bevor sie sich stieß oder etwas kaputtging. Robert wusch zwei Kaffeebecher ab. Er war winterblass und dünner und eckiger als früher. Sein Kehlkopf stach deutlicher hervor, und es kam ihr vor, als wäre er noch einmal ein wenig gewachsen. Natürlich konnte das genauso wenig sein wie ein zweiter Stimmbruch.

»Fuck!« Robert war der fast leere Milchschlauch beim Einschenken aus dem Behälter gerutscht. »Jetzt musst du ihn doch schwarz trinken. Aber Zucker haben wir.«

Er wischte die weiße Pfütze auf, setzte sich mit den vollen Kaffeebechern an den Tisch, schob ihr den einen hin, schaufelte zwei Teelöffel Zucker in seinen und zündete sich eine von ihren Zigaretten an. Dann lächelte er wieder.

»Tut mir leid, dass ich eben noch telefonieren musste.«

»Wer ruft dich denn so früh an? Deine Mutter?«

»Nein, der alte Mann, zu dem ich nachher gehe. Ich soll ihm eine Flasche Asbach Uralt mitbringen, aber dann wollte er mir auch noch erklären, warum deutscher Weinbrand nicht Cognac heißen darf, und ich mochte ihn nicht abwürgen.«

»Warum nicht?«

»Weil er nett ist und sonst niemanden hat.«

»Nein, ich meinte, warum darf deutscher Weinbrand nicht Cognac heißen?«

»Ach so, irgendwas mit dem Versailler Vertrag.«

»Bist du immer noch nicht fertig mit Zivildienst?«

»Doch, doch, schon seit über zwei Monaten, aber bei Herrn Selk bin ich trotzdem noch weiter.« Robert schenkte Kaffee nach aus der geblümten Kanne, die irgendein WG-Bewohner von seiner Oma geerbt hatte. »Er hat einen Flügel, auf dem übe ich für die Prüfung an der Musikhochschule. Ich will ja immer noch Gitarre studieren.«

»Ich dachte, du hast dich schon längst beworben.«

Robert schüttelte den Kopf. »Die Aufnahmeprüfungen für dieses Jahr waren gerade, aber ich bin noch nicht gut genug in Klavier. Außerdem hatte ich Lust, erst mal hier zu bleiben nach dem Zivildienst und mich nicht so zu stressen. Geld verdienen, Musik machen, feiern und so.«

»Dir gefällt es hier?«

»Ja. Ich bewerbe mich auch woanders, aber eigentlich hoffe ich, dass ich es schaffe, hier angenommen zu werden.« Er streckte die Beine aus und spielte mit dem Feuerzeug. »Aber du bist doch die mit den Abenteuern. Ich habe nur mit alten Leuten auf Parkbänken rumgesessen und mir ihre Kriegsgeschichten angehört. Erzähl mal. Wie war's?«

»Die beste Zeit meines Lebens.« Frie sah auf die *Ab vier gibt's Bier*-Uhr. »Aber scheiße, ich glaube, das lohnt nicht, dass ich jetzt noch anfange zu erzählen. Ich muss um halb zwölf in Eimsbüttel sein.« Sie zog ihre Liste aus dem Rucksack. »Im Hellkamp. Kennst du den? Wie lange brauche ich bis dahin?«

»Das ist bei der Lutterothstraße, oder? Nicht so lang, Viertelstunde, zwanzig Minuten oder so.«

»Ich fahr lieber gleich los, nachher verfahre ich mich noch.« Frie legte die Terminliste auf den Küchentisch und entfaltete den Falkplan.

»Geile Liste«, sagte Robert trocken. »Besonders die Überschrift.«

Fries Gesicht kribbelte vor Verlegenheit. Sie schaute vom Stadtplan auf, um sich zu vergewissern, dass sein Spruch blöd war, aber nicht böse gemeint. Tatsächlich lächelte er, aber diesmal unverhohlen spöttisch. Wie ein Robert, der etwas an ihr entdeckt hatte, das ihm nicht gefiel.

Wie ein Robert, den sie noch nicht kannte.

»Die habe ich im Zug geschrieben«, sagte Frie, als würde das irgendwas erklären.

»Alle Achtung!« Sein Lächeln wurde noch herablassender, er sah jetzt aus wie der supercoole Sänger dieser ganz neuen englischen Band, die erst eine einzige Single veröffentlicht und deren Namen sie vergessen hatte. »Ein Lineal hast du also auch dabei. Dann kann ja nichts schiefgehen beim Jurastudium.«

Mehr als sein Spott selbst kränkte es sie, dass er nicht merkte, wie sehr er sie damit verwirrte. Oder, schlimmer, dass er womöglich genau das wollte: sie verunsichern. Sie schauten sich an, als würden sie sich erst jetzt, erst in dieser Sekunde, wiedersehen und feststellen, dass sie einander kaum noch erkannten. Gleich darauf boxte Robert sie freundlich, beugte sich über den Stadtplan und sagte mit seiner vertrauten, normal netten Stimme: »Na, komm, ich zeig dir, wo du fahren musst, und dann gebe ich dir das Rad. Ich hab's extra noch mal aufgepumpt.«

Das Zimmer im Hellkamp war groß, hell und billig, und der Typ, der eine Untermieterin suchte, sah wahnsinnig gut aus. Aber dann fragte Frie, ob sie die Toilette benutzen dürfe, und fand in dem Zeitungsstapel, der neben der Kloschüssel lag, mehrere Ausgaben der Zeitschrift *Praline.*

Danach guckte sie sich eine Einzimmerwohnung an, die im Souterrain einer Stadtvilla nahe dem Klosterstern lag. Die Wohnung war hässlich und dunkel, und die Besitzer signalisierten, dass nur solche Interessenten als Mieter infrage kämen, die sich bereit erklärten, täglich ihren noch jungen, sabbernden Bernhardiner auszuführen, der offensichtlich gar nicht hörte, weder auf seinen Namen, Beethoven, noch auf sonst jemanden.

Der dritte Besichtigungstermin in Winterhude endete schon auf der Türschwelle der schönen und günstigen Altbauwohnung mit Balkon, als die sympathische Hauptmieterin, eine Germanistikstudentin, Frie mitteilte: »Es tut mir so leid, ich hätte dir echt gern Bescheid gesagt, aber das Zimmer ist schon weg. Die Frau, die vorhin da war, da passte einfach alles, der habe ich ganz spontan zugesagt.«

»Kein Problem«, sagte Frie. Sie machte kehrt und beeilte sich, schnellstmöglich die nächste Hausecke zu erreichen, hinter der sie unbeobachtet in Tränen ausbrechen konnte.

Bis zum vierten Termin im Grindelviertel war noch über eine Stunde Zeit. Frie fuhr zur Rechtswissenschaftlichen Fakultät, riss ein paar Telefonnummern von Zimmerangeboten ab, die am Schwarzen Brett aushingen, und versuchte, sich vorzustellen, dass sie hier in Zukunft so selbstverständlich ein und aus gehen würde wie die anderen jungen Leute.

Die gute halbe Stunde, die sie danach immer noch rumkriegen musste, verbrachte sie mit einem Milchkaffee in einem Café namens Backwahn, das gegenüber der Straße lag, in der sie ein Fünfzehn-Quadratmeter-Zimmer besichtigen wollte. Der Kaffee war lecker, und die Vorstellung, hier zu sitzen und Gesetze auswendig zu lernen, gefiel ihr.

Nicht so gut gefiel ihr die Zweizimmerwohnung in der

Sedanstraße. Das Zimmer kostete dreihundertfünfzig warm, und mit dem Rad waren es keine zehn Minuten bis zur Uni, aber die Wohnung lag in einem Gelbklinkerhaus aus den Fünfzigern, das Frie ein bisschen an Roberts altes Zuhause erinnerte. Es gab weder Stuck noch Holzfußboden, nur graue Auslegware und niedrige Decken, und die Biologiestudentin, die eine Mitbewohnerin suchte, schien nett, aber auch langweilig zu sein. »Super«, sagte Frie. »Aber ich bin immer so schlecht darin, mich schnell zu entscheiden. Kann ich vielleicht kurz nachdenken, eine Stunde oder so?«

»Klar«, sagte die Biostudentin, die langweilig war, aber auch nett.

Den letzten Besichtigungstermin hatte Frie im Schanzenviertel in einer Fünfer-WG. Die Küche war noch dreckiger und chaotischer als Roberts. Während Frie sich darin umschaute, ging ihr auf, dass ihr Bedürfnis nach Ordnung und Sauberkeit ausgeprägter war, als sie gehofft hatte, was bedeutete, dass sie wohl nicht der Typ war für große Wohngemeinschaften. Sie verabschiedete sich, fuhr zu Robert, schloss das Rad an den Laternenpfahl vor seinem Haus an, gab den Schlüssel beim Getränkenotdienst ab und stieg in den nächsten Bus Richtung Bahnhof, wo es sicher eine Telefonzelle gab, aus der sie die Biostudentin anrufen und ihr absagen könnte. Sie hatte ja noch die Nummern vom Schwarzen Brett. Die Biostudentin ging sofort ran und ließ Frie nicht zu Wort kommen.

»Warte, was ich total vergessen habe, dir zu sagen: Das Zimmer ist ja schon frei, also, du könntest sofort einziehen, quasi morgen, wenn du willst.«

Frie sah den Menschen hinterher, die mit leblosen Augen an der Telefonzelle vorbeieilten und den humpelnden Obdachlosen ignorierten, der sie mit einem Pappbecher in der Hand anbettelte. Aber nicht mal dieser Anblick war so niederschmetternd wie die Tatsache, dass sie sich in zwanzig Minuten in einen InterRegio setzen und zurück in das Haus mit der Peanuts-Bettwäsche fahren musste.

»Okay«, sagte Frie. »Morgen ist ein bisschen schnell, wahrscheinlich erst nächstes Wochenende, aber ja, supergern, ich nehme das Zimmer.«

Anneke half ihr beim Packen.

Ihr Vater drohte am Morgen ihres Auszugs: »Und dass ihr mir ja den Transporter heil zurückbringt, sonst kürz ich dir den Unterhalt!« Er wünschte Frie viel Erfolg beim Studium, tätschelte mit schiefem Mund ihre Wange und fuhr in den Segelclub, obwohl es dort in dieser Jahreszeit nichts zu tun gab, außer mit ein paar anderen Vereinskollegen im Vereinsheim herumzusitzen und auf den Frühling zu warten.

Ihre Mutter stand am Gartentor, als sie losfuhren.

Michael saß neben Frie im Transporter und schmollte.

Sie hatte ihn nicht ans Steuer gelassen. Sie wollte selbst fahren, auch wenn sie Angst hatte vor diesem riesigen Wagen, vor der Autobahnfahrt und vor allem vor dem Großstadtverkehr und am allermeisten vor dem Einparken dort. Das durfte sie sich allerdings nicht anmerken lassen vor Michi, der eben behauptet hatte, er wäre der bessere Autofahrer. Dabei hatte er seinen Führerschein noch nicht mal ein Jahr.

Ihr Vater hatte Frie erlaubt, den Firmen-Ford zu nehmen, um ihre Sachen zu transportieren, ein paar Kartons mit Klamotten und Büchern, das Bücherregal, ihren Schreibtisch, ein paar kleine Einrichtungsgegenstände und ihre Poster. Das Bett nahm Frie nicht mit. Sie wollte endlich eine breite Matratze. In den Zeitungsanzeigen hatte sie eine fast neue, trotzdem spottbillige, einen Meter zwanzig breite gefunden, die sie abholen mussten, bevor sie auf die Autobahn fuhren. Die würde sie erst mal auf den Boden legen. Für ein neues Bettgestell hatte sie kein Geld, nicht mal für ein gebrauchtes. Die fünfzig Mark, die Opa ihr zum Auszug geschenkt hatte, hatte sie für neue Bettwäsche ausgegeben.

Robert und Heidrun, die Biostudentin, halfen beim Ausladen.

Zu viert brauchten sie nicht mal eine halbe Stunde. Als alle Möbel, Lampen und Kartons in Fries Zimmer standen, setzten sie sich in die Küche. Frie holte für jeden ein Flens aus dem Kühlschrank und den Nudelsalat und die Frikadellen, die ihre Mutter ihr mitgegeben hatte. Robert ließ seine Flasche aufploppen und zog seine Zigaretten aus der Hosentasche.

Heidrun verzog bedauernd das Gesicht. »In der Küche nicht, bitte.«

Robert sah zu Frie, so als wäre sie die, die das Sagen hatte, aber das war sie nicht. Sie wohnte noch nicht mal eine Stunde hier, als Heidruns Untermieterin. Wie hatte sie nur vergessen können, das Thema anzusprechen?

Wie blöd kann man bitte sein?, fragte Frie sich selbst.

»Dann gehen wir halt in mein Zimmer.«

»Ach so. Also eigentlich«, sagte Heidrun. »Na gut, aber mach die Tür zu und das Fenster auf, ja?«

Michael schaufelte sich Nudelsalat rein und verfolgte interessiert, wie das Gespräch sich entwickelte. Frie nahm eine Untertasse aus dem Geschirrschrank.

»Komm!«, sagte sie zu Robert.

Frie zog die Zimmertür nicht nur wegen des Rauches zu, sondern auch damit in der Küche nicht zu hören war, was Robert gleich sagen würde. Aber er machte nur das Fenster auf und lehnte sich raus. Schlagartig wurde es eiskalt im Zimmer.

»Schöne Straße«, sagte er.

»Findest du?«

»Ja. Nicht so irre laut wie unsere. Und so viele Bäume. Wenn die erst mal grün sind.«

Frie lehnte sich ebenfalls aus dem Fenster und guckte hinaus. Vielleicht hatte Robert recht, vielleicht konnte es doch ganz erträglich werden hier. Und die Hauptsache war sowieso, dass sie was hatte für den Anfang.

»Ich feiere nächsten Samstag«, sagte Robert.

»Was wünschst du dir?«, fragte Frie.

Nur ein Hauch von Spott lag in Roberts Lächeln. »Dass du ohne deine Mitbewohnerin kommst. Und dass du was zu essen mitbringst.«

Sie wusste nicht genau, womit sie gerechnet hatte, jedenfalls nicht damit, dass Robert seinen Geburtstag derartig groß feiern würde. Woher kannte er all die Leute? Es waren so viele, dass sie es kaum aus der Küche schaffte, wo sie die Mousse au Chocolat abgestellt und sich ein Holsten vom Balkon geholt hatte. Der vollgequalmte Flur war voller Menschen, zwischen denen Frie sich hindurchzwängen musste. Männer und Frauen, die sich an ihrem Kopf vorbei mit Frauen und Männern unterhielten und einander zum Lachen brachten, während sie Gläser, Flaschen und Zigaretten über Fries Kopf in die Höhe hielten. Männer und Frauen, die Frie nicht kannte und die sie nicht kannten. Darunter viele schöne Frauen und gut aussehende Männer. Aber selbst die nicht gerade gut aussehenden Männer und die nicht so schönen Frauen wirkten attraktiv dadurch, dass sie so selbstverständlich und selbstbewusst mit schöneren Menschen auf einer Party herumstanden und die gleiche gute Laune hatten wie sie. Manche waren auf eine Weise zurechtgemacht, die Frie für schräg oder schlechten Geschmack gehalten hätte, wenn sie sie woanders so gesehen hätte. Aber weil sie in diesen Klamotten auf dieser offenbar sehr coolen Party herumstanden, musste sie sich geirrt haben, und das bedeutete:

Sie hatte irgendetwas Wichtiges noch nicht verstanden.

Frie zwängte sich Richtung Musik, in der Hoffnung, Robert dort zu finden. Er hatte sie kurz begrüßt und sich von ihr dazu gratulieren lassen, dass er jetzt endlich auch einundzwanzig war. Dann war er verschwunden und nicht wieder aufgetaucht. In dem Zimmer, in dem getanzt wurde, war er auch nicht. Warum lud er sie ein, wenn er sich nicht um sie kümmerte?

Nun sei nicht albern, dachte sie. Hier sind mindestens fünfzig Leute, der kann sich doch nicht um alle einzeln kümmern.

Sie schaute sich um und überlegte, mit wem sie wohl am einfachsten ins Gespräch kommen könnte, da entdeckte sie in dem Zimmer, das links neben der Küche lag, eine sehr dünne, hübsche Frau mit langen, glatten Haaren, die mit großen Augen über irgendetwas kicherte, das ihr ein kleiner, untersetzter Typ erzählte.

»Hey, Julia!«

Julia brauchte kurz, um zu begreifen. Dann zeigte sie mit dem Finger auf Frie.

»Hi! Hammer! Du bist so braun, und du hast so lange und so blonde Haare bekommen, ich hab's gar nicht gerafft! Du siehst irre gesund aus!«

Aus dem Munde einer auf so ungesunde Weise schön aussehenden Frau klang das nicht gerade nach einem Kompliment, aber Frie konnte es sich nicht leisten, eingeschnappt zu sein. Julia war ihr Rettungsring. Sie brauchte sie, um nicht unterzugehen.

»Aber ich habe dich sofort erkannt. Du siehst immer noch ein bisschen aus wie Kate Moss.« Julia winkte genauso angeblich bescheiden und offensichtlich begeistert ab, wie Frie es sich vorgestellt hatte. »Ich wusste gar nicht, dass du auch hier bist. Aber ich habe echt noch nicht viel mitbekommen, ich bin ja erst seit Ende Januar zurück und vor einer Woche hierhergezogen.«

»Ja, das hat Robert erzählt, dass du wieder da bist und jetzt mit Jura anfängst.«

»Ich geh mal tanzen«, sagte der kleine Mann.

»Und seht ihr euch oft, du und Robert?«, fragte Frie.

»Geht so. Schon ab und an, aber jetzt auch nicht andauernd. Robert hat ja auch immer so viel zu tun.« Julia guckte über Fries Schulter hinweg Richtung Flur. »Sieh mal einer an, da ist er ja. Aber mal wieder viel zu beschäftigt, um Zeit für uns zu haben.«

Frie drehte sich um.

Robert küsste eine gelockte Frau, die mit dem Rücken zur Zimmerwand stand, beide Hände in seinen Nacken gelegt. Er knabberte an ihren Lippen, leckte kurz ihren Mundwinkel und küsste weiter, während er ihren Po knetete, der in einem sehr kurzen Jeansrock steckte. So hatte Frie ihn noch nie küssen sehen. Mit Swantje hatte es immer so ausgesehen, als würde er nicht selbst küssen, sondern sich nur küssen lassen.

»Seine Neue?«, fragte Frie.

»Nicht, dass ich wüsste. Glaube nicht. Der will nur seinen Spaß, und den hat er, soweit ich weiß. Gibt ja genug Frauen, die auf ihn stehen.«

»Auf Robert?«

»Klar. Ich meine, guck ihn dir an.«

Frie trank ihr Bier aus und guckte zu, wie Robert das Küssen unterbrach, um sich eine Strähne hinters Ohr zu streichen. Er sah der Frau kurz in die Augen, lächelte, biss ihr zärtlich in die Nase und küsste weiter.

»Wenn wir nicht schon was miteinander gehabt hätten, würde ich mich sofort in ihn verknallen«, sagte Julia.

»Ja, Robert hat sich echt gemacht.«

Frie fragte sich, was sie wohl noch alles noch nicht verstanden hatte.

September 1993

Schmerz und Leidenschaft disziplinieren

Robert klingelte nicht, er hatte einen Schlüssel.

Die Stadtvilla stammte aus der Gründerzeit, ebenso wie die Nachbarhäuser. Die schwere Eichentür war schmucklos bis auf ein schmales Fenster mit nikotingelb getöntem Strukturglas, unter dem ein Messingschild befestigt war, darauf die Gravur: *F. A. Selk*.

Als Robert die Tür öffnete, dachte er an die Carstensens.

Fries Elternhaus war das schönste und größte Haus, in dem er als Schüler ein und aus gegangen war, aber die Stadtvilla von Herrn Selk war noch älter und herrschaftlicher. Robert stellte die Fahrradtasche in der Diele ab und zog seine Jeansjacke auf einen der vielen Holzbügel, die an der Garderobe darauf warteten, von Nutzen zu sein – meist vergeblich.

Herr Selk wurde nur noch von den immergleichen fünf Leuten besucht.

Der Gärtner kam alle vierzehn Tage, die Putzfrau, die Herr Selk seine *Zugehfrau* nannte, an zwei Vormittagen pro Woche. *Doktor von Reckwitz* schaute jeden zweiten Mittwochnachmittag vorbei, um das neue Schmerzmittelrezept abzugeben, Blutdruck zu messen und fünf Minuten zu plaudern. Der aktuelle Zivi, *der nichtsnutzige Neue*, kam zu denselben Zeiten wie Robert, als er noch Zivildienst gemacht hatte: Montags und donnerstags von zehn bis elf machte er Erledigungen oder ging mit Herrn Selk im Innocentiapark spazieren.

Robert, mein Junge durfte jeden Dienstag- und Freitagnachmittag kommen, um auf dem Bechstein zu spielen, der im Wohnzimmer stand. Das tat er schon seit vergangenem Sommer, seit er Friedhelm Selk davon erzählt hatte, dass er Klavier lernen müsse, aber keine Möglichkeit habe zu üben. »Dann machen Sie das hier«, hatte Herr Selk angeordnet. »Der Flügel freut sich. Steht ja sonst nur rum. Hat den Krieg und sogar die Engländer überlebt, aber ich war immer ein lausiger Pianist, leider. Ich lasse ihn stimmen, dann legen Sie los.«

Heute jedoch war Sonntag, und Robert war nicht zum Üben gekommen.

Statt Klaviernoten befanden sich in der Fahrradtasche zwei Stück Kuchen, ein T-Shirt und ein Kapuzenpulli für nachher sowie Anzug und Krawatte für gleich. Das Hemd hatte er schon an, die Lederschuhe auch. Er hängte die Jeansjacke neben den Wildlederblouson und den Derrick-Mantel, den die Zugehfrau durch einen grünen Dufflecoat ersetzen würde, sobald es kalt wurde. Dann machte er sich auf die Suche nach Herrn Selk.

Als Robert die Villa zum ersten Mal betreten hatte, am zweiten Tag seines Zivildienstes, hatte er seine Jacke auf den Stuhl neben der Garderobe gelegt und sich dafür den ersten Anschiss eingehandelt.

»Nein, nein, Herr Haase«, wies Herr Selk ihn zurecht. »Hier werden die Dinge nicht irgendwo hingeworfen. Hängen Sie die Jacke dorthin, wo sie hingehört, auf einen Bügel.«

Friedhelm Selk, geboren 1916, sei ein alleinstehender, kinderloser Generalmajor a. D. mit Granatsplittern im rechten Bein und einem schroffen Ton, hatte die Leiterin der Sozialstation gewarnt. Robert solle sich nicht beeindrucken lassen, aber höflich bleiben, dann würden sie sich schon aneinander gewöhnen.

Die nächste Rüge hatte Robert nur wenige Augenblicke später kassiert.

Herr Selk führte ihn an einem Flügel vorbei durchs Wohnzimmer, das eher einer Bibliothek glich, in einen weiteren großen Raum. Dort gab es einen Schreibtisch und ein mit militärhistorischen Fachbüchern und Leitz-Ordnern gefülltes Regal, außerdem einen Barwagen und einen Schallplattenschrank, mit Stereoanlage, alles aus Teak. Über der Anlage hing hinter rahmenlosem Glas ein altes Poster. Auf dem leicht vergilbten Papier stand *THE NEW TRIO OSCAR PETERSON* – Werbung für ein Konzert, das 1966 in München stattgefunden hatte.

Friedhelm Selk lief humpelnd und mit Stock. Als er sich in einen der Sessel setzte, stöhnte er leise.

Robert musste an seine Mutter denken.

»Nehmen Sie Platz«, befahl Herr Selk. »Ich will Sie ein bisschen kennenlernen. Mich interessiert zum Beispiel, warum Sie mit so was da herumlaufen.« Mit der Spitze seines Gehstocks tippte er gegen Roberts olivgrüne Umhängetasche. »Französische Armee, Zweiter Weltkrieg, wenn ich mich nicht irre, woher haben Sie die?«

»Vom Flohmarkt.«

»Wieso läuft jemand, der sich weigert, Soldat zu werden, mit einer Militärtasche herum?«

»Ich fand sie cool. Schick, meine ich.«

»Herr Haase, ich weiß, was cool bedeutet, aber lassen Sie sich eins gesagt sein: Nichts am Militär ist schick. Das Militär ist eine bedauerliche Notwendigkeit. Eine schreckliche Pflicht, die verweigern zu können nicht das Menschenrecht ist, für das Sie es halten, sondern der größte denkbare Luxus. Weil sich der Zeitgeist zwar immer wieder ändert, aber eins ändert sich leider nie: *Homo homini lupus.*« Herr Selk verschränkte die faltigen Hände. »Sie wissen, was das bedeutet?«

»Plautus, aus einer seiner Komödien. Wobei es im Original ein bisschen anders lautet. *Lupus est homo homini, non homo, quom qualis sit non novit.* Kein Mensch ist der Mensch dem Menschen, sondern ein Wolf, wenigstens solange er den anderen nicht kennt.«

Anders als Mama glaubte, konnte man Latein doch zu etwas gebrauchen, zum Beispiel dazu, einen Generalmajor vom hohen Ross zu holen.

Friedhelm Selk fixierte Robert, als hätte er etwas unerwartet Interessantes entdeckt. Dann zog er ein frisches Stofftaschentuch aus der Cordhose und putzte langwierig seine runde Hornbrille.

»Möchten Sie mich auch etwas fragen, Herr Haase?«

Es klang, als wäre es unklug, dieses Angebot auszuschlagen.

Robert zeigte auf das Plakat. »Sie mögen Jazz?«

»Nein, ich liebe ihn. Ich lege großen Wert auf Disziplin, wie Sie vielleicht bemerkt haben, aber zwei Leidenschaften gönne ich mir, eine davon ist Jazz.«

»Und die andere?«, fragte Robert. »Falls ich fragen darf?«

»Fragen dürfen Sie immer alles, Herr Haase. Ich spiele gern.«

»Klavier, meinen Sie?«

»Nein, kein Instrument. Ich spiele Roulette.«

Robert wusste nicht, was er dazu sagen sollte.

»Sie brauchen sich nicht zu erschrecken, immer nur am ersten Sonntag im Monat«, fuhr Herr Selk fort. »Und ich nehme grundsätzlich nur zweihundert Mark in bar mit, keinen Pfennig mehr, keinen Eurocheque und keine Bankkarte. Je größer eine Leidenschaft, desto festere Regeln braucht sie, aber jetzt haben wir genug geschwatzt, holen Sie mal bitte die Einkaufsliste vom Schreibtisch.«

Der Zivildienst hatte fünfzehn Monate gedauert.

An jedem ersten Montag im Monat hatte Robert sich erkundigt: »Und, Herr Selk, wie ist es beim Roulette gelaufen?« Gelegentlich erwiderte Herr Selk: »Sehr erfreulich, Herr Haase, diesmal sehr erfreulich!« Etwas häufiger allerdings sagte er so etwas wie: »Das war leider nicht mein Tag, ich war schnell wieder zu Hause.« Meistens teilte er mit: »Ganz wie das Leben selbst, mein Junge, wie gewonnen, so zerronnen.« Egal, ob der Generalmajor Glück oder Pech gehabt hatte, nie zeigte er Freude oder Ärger. Es schien ihm gleichgültig zu sein, ob er sein Geld vermehrt oder verloren hatte. Warum, das hatte Robert erst vor einem halben Jahr, am ersten Sonntag im vergangenen März, verstanden.

Am Freitag zuvor hatte er sich nach dem Üben vom Generalmajor verabschiedet und ihm viel Erfolg beim Roulette gewünscht.

»Ich werde berichten, danke. Ich hoffe, Sie haben auch etwas Schönes vor?«

»Ja, habe ich. Ich habe Sonntag Geburtstag, ich feiere rein.«

»Und wie alt werden Sie?«

»Einundzwanzig.«

»Einundzwanzig! Zu meinen Zeiten wurde man da ja erst volljährig. Wenn Sie mich fragen, das hätte man so lassen sollen. Wissen Sie schon, was Sie an Ihrem Geburtstag machen, also tagsüber?«

»Ausschlafen und aufräumen. Und danach mal schauen.«

»Sehr gut. Dann seien Sie doch um halb vier bei mir und bringen Sie uns zwei Stück Torte mit, aber nicht von einer dieser Bäckerketten, sondern von einer anständigen Konditorei, Geld kriegen Sie wieder.«

Es war eine dieser Selk'schen Ansagen, die keinen Widerspruch duldeten. Und es war die Lösung für etwas, das umso mehr zum Problem geworden war, je näher sein Geburtstag rückte: Wie sollte er den Sonntagnachmittag herumbekommen, wenn alle Freunde partymüde zu Hause rumhingen, der Vater bestenfalls eine Karte schickte und die Mutter weit weg wohnte? Er solle ihr bitte nicht böse sein, hatte Mama am Telefon gesagt, aber die Fahrt sei ihr zu anstrengend, sie würden schön nachfeiern, wenn er das nächste Mal da sei.

Robert fuhr zu Lindner und kaufte Herrentorte und Nuss-Marzipan.

Meist war der Generalmajor in seinem Arbeitszimmer, wenn er kam. Häufig hörte er Musik, Nat King Cole, Ahmad Jamal, Charlie Parker oder auch Nina Simone. Manchmal saß er am Schreibtisch und rief von dort aus eine Begrüßung. An Roberts Geburtstag kam er ihm ausnahmsweise entgegen. Mit der Rechten stützte er sich auf den Gehstock, mit der anderen schüttelte er Roberts Hand.

»Verzeihen Sie, dass ich Ihnen die Linke gebe, aber dafür von Herzen, mein Junge. Ich gratuliere. Von nun an können wir von Mann zu Mann miteinander reden, sehr gut.«

Sie saßen in den zwei Sesseln und tranken zu Kaffee und Kuchen einen Single Malt, der fast zehn Jahre älter war als Robert. Robert rauchte Lucky Strike, Herr Selk Zigarillo. Er erkundigte sich, wie die Party gewesen war, zu was für Musik die jungen Leute heutzutage tanzten und ob auch die Schulfreundin dabei gewesen sei, der Robert neulich beim Umzug geholfen habe, die junge Dame, die so lange in Übersee gewesen war und nun Jura studierte.

Erstaunlich, was der Generalmajor sich alles merkte.

Herr Selk unterbrach sich selbst und schaute auf sein Handgelenk.

»Wir müssen uns fertig machen, um zehn vor kommt das Taxi.«

»Wo wollen Sie denn hin?«, fragte Robert.

»Na, ins InterConti, das wissen Sie doch. Ins Casino.«

»Ach so, ich wusste nicht, dass das schon nachmittags aufhat. Ich dachte, da geht man abends hin.«

»Es öffnet um drei, aber ich gehe immer um fünf. Dann schaffe ich es meist, zur Tagesschau wieder zu Hause zu sein.«

Robert stellte das Geschirr aufs Tablett.

»Na, dann viel Glück, Herr Selk, und danke für die Einladung. Brauchen Sie noch Hilfe? Soll ich warten, bis das Taxi da ist, oder störe ich?«

Mit jedem dieser Sätze zog der Generalmajor die Augenbrauen weiter zusammen. »Aber was reden Sie denn da, Robert? Sie sind heute meine Begleitung. Ich dachte, das wäre klar. Aber Sie müssen was Ordentliches anziehen, sonst lassen die Sie nicht rein. Mein Kleiderschrank ist voll mit alten Anzügen und Hemden, da findet sich schon was.«

Um Punkt fünf stieg Robert in etwas zu großen Lederschuhen und einem perfekt sitzenden dunklen Anzug aus den Sechzigern samt schmalem Schlips und weißem Hemd vor dem überdachten Eingang des InterContinental aus dem Taxi. Der Page öffnete die Tür des Taxis und grüßte Herrn Selk wie einen alten Bekannten. Durch eine große Drehtür gelangten sie nach drinnen, links lag der Empfangsbereich, rechts die Hotellobby. Der Generalmajor blieb stehen und zog einen Umschlag aus der Innentasche seines Jacketts.

»Aber Sie haben mir schon den Anzug und die Schuhe

geschenkt«, wehrte Robert ab. »Und das Hemd. Und die Krawatte.«

»Papperlapapp, das war zu meiner eigenen Entlastung. Außerdem habe ich selbst am meisten davon, wenn Sie ausnahmsweise mal adrett angezogen sind, ich muss Sie schließlich die ganze Zeit angucken. Also, Sie können das Geld verspielen, Sie können es vertrinken, Sie können alles behalten. Es ist Ihres, machen Sie damit, was Sie wollen. Hauptsache, Sie genießen den Abend. So, wir müssen in den neunten Stock.«

Herr Selk humpelte so unbefangen wie zielstrebig durch die Lobby des InterContinental zu den Fahrstühlen. Robert dackelte eingeschüchtert hinterher und sah sich dabei in der Eingangshalle um, aber Udo Lindenberg war nirgends zu sehen.

Zuerst beobachtete Robert nur.

Wie der Generalmajor – die Jetons für die erste Runde zwischen Daumen und Fingerspitzen haltend – abwog und dann setzte. Wie er sich zurücklehnte, als die Roulettescheibe sich drehte. Wie er den Lauf der Kugel verfolgte, umso ernster, je langsamer sie wurde, gespannt, aber nicht angespannt. Wie gelassen er es hinnahm, als er dreimal nacheinander verlor. Wie zufrieden er aussah, als er die Verluste beim Setzen auf eine andere Zahlengruppe mehr als kompensierte. *»Faites vos jeux!«* Herr Selk kniff Augen und Mund zusammen, dann zwinkerte er Robert über den Spieltisch hinweg zu und ließ den kompletten Gewinn auf die ersten vier Zahlen setzen: *»Les quatres premiers«*, bestätigte der Croupier. *»Rien ne va plus!«* Das lautlose Kreisen der Scheibe, die Kugel, die rollte, dann sprang und klackerte, zuerst in der Neunzehn landete und in der Zwei liegen blieb.

»Ja!«, flüsterte Robert.

Herr Selk ballte die auf dem Spieltisch abgestützte dürre Hand zur Faust.

Mehr offenen Triumph erlaubte er sich nicht, aber Robert sah die fast kindische Freude, die in den Augen des Generalmajors blitzte, als der Rechen des Croupiers ihm vier Stapel Jetons zuschob. Er dachte daran, dass er eine Zeit lang als Grundschüler in allen Pausen Murmeln gespielt hatte, fast wie besessen. Dieses erhebende Gefühl, wenn man in die Erdkuhle greifen und die ganze Handvoll kühler Glaskugeln einsacken durfte, die sich darin angesammelt hatte.

Robert ging zur Kasse und tauschte einen der Fünfziger im Umschlag in Jetons um.

Als sie das Casino zwei Stunden später verließen, hatte er alles verloren. Das ganze geschenkte Geld war weg, genauso wie Herrn Selks zweihundert Mark, der zwischendurch fast fünfhundert gewonnen, aber am Ende wieder verspielt hatte, indem er zweimal nacheinander auf *Cheval* gesetzt hatte, auf zwei nebeneinanderliegende Zahlen. Sie saßen auf der Rückbank des Taxis. Herr Selk beklopfte Roberts Knie, nur kurz.

»Sehen Sie, Sie haben zwei Betrachtungsmöglichkeiten. Sie können sich jetzt natürlich grämen. Oder Sie könnten sich sagen: Das Geld ist weg, weil ich es gegen etwas Besseres getauscht habe, gegen ein paar unvergessliche, belebende Stunden.«

Das Taxi bog in die Hallerstraße ein.

»Aber ich bin natürlich auch ein alter Mann, der kein Geld braucht. Geld habe ich genug«, fügte der Generalmajor hinzu. »Was ich brauche, ist ab und zu ein bisschen Aufregung. Sie sind jung, bei Ihnen ist es umgekehrt.«

Links das Funk-Eck, rechts der Norddeutsche Rundfunk.

Das Taxi hielt, Herr Selk zahlte.

Robert brachte ihn ins Haus und holte seine Fahrradtasche. »Danke«, sagte er.

»Nichts zu danken, mein Junge. Ich habe den Abend genossen. Ich hoffe, Sie auch ein wenig. Und wenn Sie wieder mal Lust haben, immer gern, und natürlich sind Sie dann wieder mein Gast.«

»Aber ich kann doch nicht–«, hatte Robert gesagt.

»Kein Aber!«, war der Generalmajor ihm ins Wort gefallen. »Und bestimmt gewinnen Sie auch mal.«

An diesem Tag fand Robert ihn auf der Terrasse, in dem schweren Lehnstuhl unter der apfelsinfarbenen Markise, leise schnarchend. Beruhigt ging er zurück und setzte Kaffee auf. Herr Selk wirkte verwirrt, als er ihn weckte, noch viel älter als die siebenundsiebzig Jahre, die er inzwischen erreicht hatte. Aber er fing sich gewohnt schnell.

»Robert, mein Junge. Wie spät haben wir es?«

»Kurz nach halb vier.«

»Dann habe ich zwei Stunden geschlafen. Ich brauche dringend einen Kaffee.«

»Läuft schon durch. Wollen Sie draußen bleiben?«

»Gern, aber könnten Sie bitte die Markise hochkurbeln und meine Strickjacke suchen? Der Nichtsnutz hat sie verlegt.«

Warum Robert Herrn Selk so sehr mochte, war schwer zu erklären. Es hatte etwas mit der kritischen Beharrlichkeit zu tun, mit der er ihn nach seinem Alltag und seinen Ansichten befragte – eine für Robert ungewohnt ernsthafte Form von Wohlwollen. Außerdem zog ihn die Gediegenheit der Villa an. Bei Herrn Selk war alles still, fest, satt und voller Vergangenheit. Hier konnte er ausruhen von der manchmal maßlosen Anstrengung, die es bedeutete, jung zu sein und noch alles vor sich zu haben.

Zudem hatten sie neuerdings ihr gemeinsames Hobby.

Sie saßen in der fast schon herbstlichen Nachmittagssonne und tranken zu Kuchen und Kaffee einen kleinen Whisky, wie jedes Mal, bevor sie ins Casino gingen. Der tiefe, dadurch zu Unrecht schmal wirkende Garten wurde am Ende durch mächtige Rhododendren begrenzt, vor deren düsterem Grün gelbe und violette Blumenwolken standen.

»Das Hemd macht einen wirklich ansehnlichen jungen Mann aus Ihnen«, sagte Herr Selk. »Sie sollten es später anbehalten.«

Später, nach dem Roulette, wenn Herr Selk *Tatort* guckte, war Robert noch mit Frie verabredet.

»Eher nicht«, sagte Robert.

»Aber junge Damen mögen klassisch gekleidete Männer, zumal wenn sie Jura studieren. Ihrer Freundin würde es sicherlich gefallen.«

»Friederika ist eine Freundin, nicht meine Freundin.«

»Was nicht ist, kann ja noch werden.« Herr Selk nippte am Single Malt. »Sie sind jedenfalls verliebt.«

Robert lachte. »Nein!«

»Doch, doch, ich habe es bemerkt, als Sie das erste Mal von ihr erzählten. Man hört es, wenn Sie ihren Namen aussprechen: Friederika. Und wie Sie dann aussehen. So übertrieben unberührt. So guckt man nicht bei jemandem, mit dem man nur befreundet ist. Vorgespielte Gleichgültigkeit ist die untauglichste Strategie, um ein Geheimnis zu wahren, merken Sie sich das. Die besten Lügen sind die, die so wahr wie möglich sind, und die beste Tarnung ist immer die, sich zwischen ganz viel Wirklichem zu verbergen.«

»Okay.« Robert zögerte. »Ich war mal in sie verliebt, sehr sogar.«

»Unsinn, Sie sind es immer noch.« Selk war nicht bereit, auf seinen eigenen Trick hereinzufallen. »Unglücklich?«

»Herr Selk! Seit wann interessieren Sie sich für solche Themen?«

Herr Selk lehnte die Spitzen seiner Finger dachförmig gegeneinander. Er trug keinen Ehe-, aber einen Siegelring. »Zugegeben, es ist sehr lange her. Aber ich habe natürlich auch schon einmal unglücklich geliebt.«

Mit gegeneinandertippenden Zeigefingern und vorgeschobener Unterlippe musterte er Robert, der sich vorkam, als hätte er sich um etwas beworben, für das er nicht ausreichend qualifiziert war. Er nahm sich noch eine Zigarette, obwohl er eigentlich nicht rauchen wollte. Herr Selk schob ihm das Tischfeuerzeug hin.

»Ende der Fünfziger. Er hieß Patrick. Aus London. Er war Reporter, beim *Daily Telegraph*.«

»Ah«, sagte Robert, weil er sonst *Oh* gesagt hätte.

Gut, dass das Feuerzeug immer wieder ausging, so hatte er eine halbe Minute lang etwas zu tun. Er hatte nichts geahnt, obwohl alle immer behaupteten, man würde es irgendwie merken.

»Ja, ja«, sagte der Generalmajor.

»Und?«, fragte Robert, um irgendetwas zu fragen.

»Und was?«

»Na ja.« Jede weitere Frage wäre eine dumme Frage.

»Es waren die Fünfziger, mein Lieber. Patrick war Brite, und ich war Deutscher und dann auch noch bei der Bundeswehr. Es war eine ganz und gar unmögliche Liebe, in wirklich jeder Hinsicht, das können Sie sich sicher vorstellen.«

Der Generalmajor schaute dorthin, wo die Blumen blühten, inbrünstig besungen von einer Amsel. Dann schenkte er ihnen einen Schluck Whisky nach und erzählte von der größten Liebe und dem größten Verzicht seines Lebens.

»Das tut mir total leid«, sagte Robert.

Seine Worte ließen den schmalen Herrn Selk in dem großen, gut gepolsterten Lehnstuhl noch verlorener wirken, obwohl er mit einem Lächeln antwortete.

Manchmal reicht es nicht, etwas zu sagen, dachte Robert.

Manches ließ sich nur wortlos ausdrücken, das hatte er von Mama gelernt, wenn sie ihn früher auf ihrem Schoß gewiegt hatte, und auch von Frie, die manchmal schweigend ihren Kopf an seine Schulter lehnte oder sich bei ihm einhakte. Aber diese Art von Verständigung war schwierig zwischen Männern und ganz und gar unmöglich zwischen dem Generalmajor und ihm, sowieso und jetzt noch ein bisschen mehr.

Robert schämte sich sofort für diesen Gedanken.

Als ob.

»Und wissen Sie, was aus ihm geworden ist?«

Herr Selk schüttelte den Kopf. »Er hat mir noch einige Male geschrieben, aber ich habe die Briefe nicht gelesen. Konsequente Abstinenz ist die einzig effektive Methode, um eine Liebe zu vergessen.«

»Ich weiß«, sagte Robert.

»Nun gut, aber wir sollten allmählich aufbrechen.« Der Generalmajor drückte sich ächzend aus dem Sessel hoch. »Wissen Sie schon, wie Sie heute setzen werden?«

Nach Fries Abflug hatte Robert sich erst einmal verkrochen, niedergedrückt von der Leere der Tage und von einer Sehnsucht, die einem Schweben geglichen hatte, solange wenigstens theoretisch alles möglich gewesen war, die sich aber nun, im Aggregatzustand der Hoffnungslosigkeit, zu etwas Lähmendem verdichtete.

Draußen protzte der Sommer.

Drinnen lag Robert auf seinem Bett, rauchte und hörte Musik.

Immer wenn seine Mutter an die Tür klopfte, hatte er

Angst, sie könnte wissen wollen, was los sei. Aber sein Zustand schien ihr zu vertraut, um Fragen aufzuwerfen, jedenfalls erkundigte sie sich immer nur danach, ob er mit ihr essen wolle, und ab und zu schickte sie ihn einkaufen. Er versuchte, Gitarre zu üben, aber es gab niemanden mehr, für die es sich zu spielen lohnte. Einmal ging er mit Todde saufen, aber jetzt, wo sie nicht mehr mit den anderen zur Schule gingen, fiel auf, dass das ihr einziges gemeinsames Interessensgebiet war. Todde schien es ähnlich zu gehen, er meldete sich nicht mehr. Sonntags schleppte Robert sich ins Baltica, wo er nur noch selten Geschirr zerbrach. Sein Chef hatte ihn vor Beginn des Sommers angefleht, mehr zu arbeiten, Robert hatte abgelehnt. Er hatte die Wochen zwischen Schule und Zivildienst auskosten wollen, diese Zeit der vollkommenen Freiheit, die sich nun als völlige Verlorenheit entpuppte.

Meistens hörte er *Closing Time,* meistens x-mal nacheinander. Tom Waits war Anfang zwanzig gewesen, als er sein erstes Album komponiert hatte, das genauso alt war wie Robert und auf genauso verrauchte Weise schwermütig. Robert fühlte sich und seinen Kummer darin geborgen wie in einem die Generationen verbindenden Ritus.

Er hörte Musik und rauchte.

Er rauchte und hörte Musik.

Er hörte Musik und rauchte.

Bis er an einem brüllend heißen Julinachmittag, als die CD mal wieder zu Ende war, keine Lust mehr hatte, aufzustehen, nur um noch mal auf Play zu drücken und sich die nächste Zigarette anzustecken. Er hatte die Schnauze voll.

Vom vielen Tom Waits.

Vom vielen Rumliegen.

Vom vielen Rauchen und Fühlen.

Er hatte sich am eigenen Elend überfressen. Alles schien

plötzlich besser, als weiter nichts zu tun, außer zu leiden. Wie die meisten seiner Freunde hatte er auf den Wehrersatzdienst fast so wenig Bock gehabt wie auf den Bund, aber als Christoph ihm vom WG-Zimmer seines Bruders erzählte, das zum ersten Oktober frei würde, griff er zu und besorgte sich die Stelle in der Sozialstation. Den Zivildienst in einer größeren, aufregenderen Stadt ableisten zu können, war ein weiterer Pluspunkt. Nun bedauerte Robert, dass es bis dahin noch über zwei Monate hin war.

Er zündete sich doch noch eine an.

Er rauchte und hörte draußen, durchs offene Fenster, Autos fahren, Kinder spielen, Mülltonnen klappern. Er duschte, zog frische Sachen an, trank einen Kakao, aß ein Brot und fuhr zum Baltica, um zu fragen, ob er nicht doch mehr arbeiten könnte. Sie behielten ihn gleich da.

Er arbeitete sechs Tage pro Woche, von morgens bis nachts.

Er kam kaum noch dazu, nachzudenken. Wenn er etwas dachte, dann meistens an Frie. Ein paarmal schrieb er ihr zu lange Briefe. Nur zwei schickte er ab, jene, in denen er es ausnahmsweise geschafft hatte, auf knapp zwei Seiten dies und das zu berichten und den Aufruhr in seinem Inneren in einem einzigen Satz zu verstecken: *Ohne Dich ist es hier ziemlich öde!* Und, fast schon zu gewagt: *P. S. Vergiss mich nicht, okay?* Frie antwortete erst auf den zweiten Brief, und der gut gelaunte Text, den sie auf ihre Karte gekrakelt hatte, bot nicht die kleinste Möglichkeit, zwischen den Zeilen zu lesen. Er zerriss erst die Postkarte und gleich danach das Strandfoto, das Andi vor Ewigkeiten von Frie und ihm gemacht hatte und das seither über dem Plattenspieler hing. Er hätte nicht sagen können, auf wen er wütender war, auf Frie oder auf sich selbst, aber er wusste, dass die Wut ein Anfang war. Ein neues Gefühl, das er päppeln musste, bis es stark genug war, um das alte kleinzukriegen – diese zähe Verliebtheit, die sich längst anfühlte wie eine schlechte Angewohnheit.

In Hamburg schaffte er es, sie loszuwerden.

Die Sozialstation, bei der er Zivildienst machte, lag in einer der wohlhabendsten Gegenden der Stadt. Einige der Alten wohnten in Acht-Zimmer-Jugendstil-Altbauwohnungen oder, wie der Generalmajor, allein in riesigen Häusern, manchmal mit einem oder mehreren Tieren, so wie Frau Gartow, die ihr Pflegebett mit drei Katzen teilte, die Robert ebenfalls zu füttern hatte. Roberts Lieblinge waren Herr Selk und die klitzekleine Frau Dr. Pingel, die es liebte, im Regen rauszugehen, weil sie so gern in Pfützen hüpfte, weshalb Robert sie dazu überredete, Gummistiefel zu kaufen. Weil Frau Dr. Pingel Schuhgröße vierunddreißig trug, landeten sie in der Kinderabteilung, wo sie sich rote Stiefel mit weißen Punkten aussuchte.

Um ferne Welten zu entdecken, brauchte man gar nicht sonst wohin zu fliegen.

Robert verstand sich gut mit seinem Mit-Zivi Christian und seiner WG und lernte Leute kennen, die in Bars und Clubs gingen statt in Kneipen und Diskos. Er fand Freunde und eine neue Band, mit der er nicht mehr in einem Partykeller probte, sondern in einem Bunker. Je weniger fremd er sich fühlte, desto seltener sehnte er sich nach Frie. Je kleiner seine Sehnsucht wurde, desto größer wurde seine Wut darüber, wie lange er ihr hinterhergelaufen war und dass sie die ganze Zeit so getan hatte, als merkte sie nichts. Um ihr zu beweisen, dass es ihm gut ging, schickte er ihr spießige, ironisch gemeinte Ansichtskarten mit Anekdoten aus seinem neuen Großstadtleben. Immer häufiger begegnete er Frauen, die ihn mit zur Seite geneigtem Kopf anlächelten und zu seinen Lieblingsbands und Lieblingsbüchern, seinem Zivildienst und seinen Zukunftsplänen befragten und schließlich dazu, ob er nicht Lust habe, mal ins Kino zu gehen oder so.

Als er das erste Mal mit einer im Bett landete, hielt er das für ein erfreuliches Missverständnis. Das legte sich mit der Zeit. Und als sogar Julia was von ihm wollte – Mareikes Cousine, die in Dänemark alle Jungs total scharf gefunden hatten und die ihm eines Samstagnachts auf dem Kiez über den Weg gelaufen war –, kapierte er es endlich: Dass Frie ihn nicht gewollt hatte, hieß nicht, dass er keine anderen attraktiven Frauen haben konnte.

Das mit Julia war vorbei, bevor etwas Ernstes daraus werden konnte. Nach einer kurzen Phase des Rausches schliefen sie immer seltener miteinander, wenn sie sich sahen. Und dann sahen sie sich immer seltener, bis Julia eines Tages feststellte: »Ich glaube, wir sind doch kein Paar, oder?« Sie hatte ihn geheilt und nach der Heilung ganz unkompliziert wieder entlassen. Dafür war er ihr dankbar, er hatte keine Lust mehr auf große Gefühle.

Große Gefühle hatte er lange genug gehabt.

Seine Wut legte sich. An Frie dachte er nun wie an eine unreife Neigung, für die er zu alt geworden war – mit großem Verständnis für sein früheres Ich und voller Genugtuung darüber, ein anderer geworden zu sein. Er hörte auf, ihr zu schreiben, und dann vergaß er sie, zumindest fast, bis zu jenem Tag, an dem Henning an seiner Zimmertür klopfte und fragte, ob er taub sei.

»Ich bin's, Frie!« Ihre Stimme hatte einen leichten Akzent gehabt, den Robert albern und entzückend gefunden hatte. »Holst du mich am Flughafen ab?«

Das Café, in dem sie sich trafen, lag an einer Kreuzung. Obwohl es dunkel wurde, saß Frie draußen an einem der

Tische, die unter alten Linden standen. Sie rauchte und bemerkte sein Kommen nicht, weil sie in ein Buch vertieft war. Robert schloss sein Rad an einem Zaun auf der anderen Straßenseite an.

Bestimmt wieder irgendein Jurakram.

Frie kam erst ins zweite Semester, tat aber immer so, als könnte man dieses Studium unmöglich bewältigen, wenn man nicht ständig Fachliteratur mit sich herumschleppte, um in jeder freien Sekunde darin zu lesen. Damit ging sie ihm ziemlich auf die Nerven. Fast so sehr, wie es ihn nervte, wenn sie sich mal wieder über die angebliche Unterdrückung der Frauen aufregte.

Auf dem Trip war sie, seit einer ihrer Professoren seine Erstsemestervorlesung mit den Worten begonnen hatte: »Guten Tag, meine Herren. Die Damen begrüße ich gar nicht erst, die werden ja hoffentlich bald alle glücklich verheiratet sein.«

»Nun sag schon, ist das nicht unglaublich?«, hatte Frie gerufen. Ihre Frage hatte einen vorwurfsvollen Unterton gehabt, so als wäre Robert mitverantwortlich für das, was irgendein reaktionärer Prof an Schwachsinn von sich gab. Kurz danach war sie einer Gruppe namens Jurafrauen beigetreten. Die Jurafrauen trafen sich jeden Dienstag in wechselnden Kneipen und Küchen und versorgten Frie mit Empörungsnachschub: Das Rousseau'sche Frauenbild und seine Auswirkungen auf die Erziehung von Mädchen! Die Mordmerkmale im deutschen Strafrecht, die vor allem Täterinnen benachteiligten! Das Ehegattensplitting! Im Frühjahr war sie zum Feministischen Juristinnentag nach Frankfurt gefahren, danach war Robert ihr drei Wochen aus dem Weg gegangen.

Was ihm außerdem auf den Sack ging: dass Frie sich immer in diesem Café treffen wollte. Angeblich weil der

Espresso so gut war, aber das nahm er ihr nicht ab. Man ging nicht wegen des Kaffees hierher, sondern wegen der Pseudointellektuellen und Möchtegernkünstler, die hier herumhingen, Weißwein tranken, *Spex* oder *taz* lasen und angestrengt an allen vorbeischauten, die sie nicht so geil fanden wie sie sich selbst.

Was ihn am allermeisten nervte: Herr Selk hatte recht.

Trotz allem, was ihn an Frie nervte, klopfte sein Herz, sobald er sie sah. Nicht so schlimm wie früher, aber immer noch ein bisschen. Dabei hatte er wirklich und wahrhaftig gedacht, er wäre über sie hinweg.

Sie hatte das eine Bein angewinkelt, das Schienbein drückte gegen die Tischkante, ihr Kinn lag auf dem Knie. Zwischen Zeige- und Mittelfinger ihrer einen Hand klemmte ein Bleistift, mit der anderen kratzte sie sich am Hals.

Jetzt schaute sie hoch.

Jetzt sah sie ihn.

Jetzt begann sie zu strahlen.

Immer noch der schönste Zahnlückenaufgang der Welt.

Die Szene wurde begleitet von der Musik, die Robert sich für die Fahrt hierher ausgesucht hatte. Mit *Flavor Of The Month* auf den Ohren war es, als würde er sich selbst spielen in einem Kinofilm, von dem er gehofft hatte, er sei vorbei. Aber mit Fries Rückkehr hatte die Fortsetzung begonnen – allerdings ohne dass irgendwas Neues passierte, es war der langweiligste Teil II aller Zeiten, *Boy Meets Girl* in Dauerschleife.

Er hatte es so satt und kriegte trotzdem nicht genug davon.

Immer wenn sie unangemeldet vor seiner Tür stand, weil sie gerade in der Nähe gewesen war. Wenn er im Mojo arbeitete und sie mit einer Freundin dort auftauchte. Wenn sie anrief, um zu fragen, was er am Wochenende machte.

Dann sagte er: *Hey, komm rein! Hi, was wollt ihr trinken? Samstag bin ich im Soul Kitchen, komm doch auch.* Und jedes Mal dachte er: Ich hatte mir dich endlich abgewöhnt, mir ging es so gut ohne dich. Wieso lässt du mich nicht einfach in Ruhe? Aber bitte bleib!

Er kriegte nie genug von Frie und hatte sie deswegen so satt.

Robert zog sich die Posies vom Kopf und setzte sich. Er entschuldigte sich nicht dafür, dass er sie hatte warten lassen, sondern trank ihr Bier, ohne zu fragen, ob das okay sei. Sie sah ihn trotzdem freundlich an.

»Schickes Hemd«, sagte sie. »Steht dir.«

Ihre Haare waren kürzer als letztes Mal, das stand ihr noch besser als ganz lang. Sie trug Lipgloss. Die oberen Knöpfe ihres Jeanshemdes waren offen, ihre Haut war vom zu Ende gehenden Sommer gebräunt. In der Kuhle zwischen ihren Schlüsselbeinen lag der Anhänger ihrer kurzen Kette, ein winziges goldenes Herz.

Voll kitschig, dachte Robert.

Er stellte sich vor, wie er das Herz mit der Fingerspitze beiseiteschieben würde, um Platz zu machen für seine Zunge.

»Schlechte Laune?« Sie sah ihn mitleidig an.

»Nee. Wieso?« Er merkte, dass ihm nur ein schiefes Lächeln gelang.

»Du siehst irgendwie so aus. Ärger mit dem General?«

»Nee, gar nicht. War nett.« Er redete nicht gern mit Frie über Herrn Selk, Herr Selk gehörte ihm allein. Sie wusste auch nichts von den Casinobesuchen, er hatte ihr nur erzählt, dass er sonntags manchmal Kaffee trank mit dem Generalmajor. »Gleich ist es dunkel. Wollen wir nicht lieber mal rein?«

Drinnen war schon fast alles voll mit den *Spex*-Typen. Sie

tranken weiter Bier und redeten über alles Mögliche, bis Robert hungrig wurde. »Hast du Lust auf Asia Imbiss?«

In der Bartelsstraße saßen sie auf leeren Astra-Kisten vor Fried Rice und einer Tom Kha Gai, von der Frie behauptete, sie sei fast so gut wie die, die sie in Surat Thani gegessen habe. Danach gingen sie zur Daniela Bar, aber die war noch fast leer, also gingen sie weiter, dorthin, wo Robert sowieso am allerliebsten saß und trank. Die Musik im 439 war immer gut, manchmal grandios, und die Gin Tonics waren legendär. Sie bestanden aus genauso viel Gin wie Tonic.

Ein Gin Tonic reichte, um gute Laune zu bekommen.

Als der zweite halb leer war, kam es Robert absurd vor, jemals schlechte Laune gehabt zu haben. Und das wegen Frie, seiner besten Freundin, die sich Erdnüsse in den Mund schob, bevor sie weiter über den arschteuren Computer redete, den ihr Vater ihr spendiert hatte, damit sie ihre erste Hausarbeit nicht auf der Schreibmaschine tippen musste, und danach über die erste Freundin ihres Bruders.

»Oder jedenfalls seine erste offizielle, er hat sie sogar meinen Eltern vorgestellt. Aber wenn er vorher schon mal was gehabt hat mit irgendwem, dann hat er das echt erfolgreich verheimlicht.« Frie nahm den nächsten Schluck und beugte sich zu Robert vor. »Wer weiß, vielleicht hat sie Michi ja sogar entjungfert, ich hatte schon lange den Verdacht: Der redet so viel übers Vögeln, der hat bestimmt noch nie, der war immer voll der Spätzünder. Laufen hat er auch erst mit zwei oder so gelernt.«

»Und wie alt warst du?« Robert hatte so eine Ahnung, sicher war er sich nicht.

Das Thema Sex hatten sie immer vermieden.

»So ganz normal alt, muss ich mal meine Mutter fragen. Eineinhalb?« Frie lachte, als sie begriff. »Ach so. Aber das weißt du doch, das hast du doch mitbekommen damals – das mit Oliver? Ganz kurz vor meinem Achtzehnten.«

Tatsächlich mit diesem Vollidioten, dachte Robert.

Er probierte aus, ob sich die Wehmut in seiner Brust zu Eifersucht steigern ließ, aber Oliver war zu lange her, und Frie war zu nah. Sie saßen Arm an Arm auf der niedrigen Fensterbank, an die Bistrogardinen aus dickem nachtblauem Samt gelehnt, die Frie so schön fand, dass sie sie immer ein Mal streichelte. Zum Geplapper lief Coltrane, eine Platte, die Herr Selk auch manchmal hörte. Ab und zu schepperte es, wenn der nie lächelnde Barmann das Trinkgeld in den Zinkeimer warf, der hinter der Theke an der Wand hing. Die fast zwei Gin machten aus alledem den einzigen Ort auf Erden, an dem Robert in diesem Moment sein wollte.

Frie rempelte ihn zurück ins Gespräch.

»Und falls du jetzt auch noch wissen willst, wie es war: ziemlich scheiße, so von heute aus betrachtet. Aber ich war total verknallt und hatte ja keinen Vergleich, und deshalb fand ich es trotzdem ganz schön. Und bei dir?«

»Ziemlich – ich sag mal, speziell«, sagte Robert.

Er war noch fünfzehn gewesen. Heiko, Andrea, Nicole und er hatten sich zu viert getroffen bei Heiko zu Hause, seine Eltern waren verreist. Heiko und Andrea waren schon lange zusammen, über drei Monate, Robert und Nicole, Andreas beste Freundin, erst kurz, ein oder zwei Wochen. Die Mädchen hatten die Idee gehabt, einen Pärchenabend zu veranstalten. Sie guckten *Crocodile Dundee*, aßen Pizza, tranken Cola mit Apfelkorn und kuschelten. Als der Film zu Ende war, legte Heiko Musik auf, und alle fingen an, wie wild zu knutschen, und als aus dem Knutschen Gefummel wurde, wurde es zu eng auf dem Sofa. Nicole stand auf und zog Robert hinter die Couch, wo sie sich auf den Teppich legten und weiter rummachten und Nicole ihn irgendwann aufforderte, nicht so schüchtern zu sein, und dann rutschte ihr Rock hoch und seine Hose runter, und dann lag er zwischen ihren Beinen, und dann war er in ihr drin, und dann war es auch schon wieder vorbei.

»Was?« Frie lachte so kreischend, dass der grimmige Barmann ihnen einen seiner finstersten Blicke zuwarf. »Dein erstes Mal war zu viert? Wie konnte das denn passieren?«

»Weiß auch nicht. Ist eben einfach so passiert.«

»Und dann?«

»Wurden die Mädchen von Nicoles Vater abgeholt, und dann bin ich auch nach Hause, zu Fuß.«

»Und die anderen haben nichts mitbekommen?«

»Die waren voll beschäftigt, und es ging ja auch so schnell.«

»Voll irre. Und wie fandst du's?«

»Nicht so gut zuerst. Ich hab erst mal ein bisschen geheult, also als ich bei Heiko raus und allein war.«

»Wirklich? Warum?«

»Weil ich mir mein erstes Mal irgendwie anders vorgestellt hatte?«

»Romantischer?«

Seltsam, er hatte noch nie darüber nachgedacht. »Ja. Glaub schon.«

Er lehnte sich zurück gegen den blauen Samt.

Sie guckten in die in Rotlicht getauchte Bar, wo alle weiterredeten bis auf das entrückte Paar, das am Tresen saß. Ein Typ in schwarzem T-Shirt kam vom Klo und prüfte erst mitten im Raum, ob sein Reißverschluss richtig zugezogen war. Der Barmann warf die nächsten Münzen in den Trinkgeldeimer und öffnete eine neue Flasche Gordon's.

»Aber dann war ich irgendwie doch erleichtert, dass ich es hinter mir hatte«, erinnerte sich Robert. »Und als ich zu

Hause angekommen bin, war ich richtig stolz und habe gedacht, das mache ich jetzt öfter. Aber Nicole hat sich gleich Montag von mir getrennt, und dann musste ich ziemlich lange warten bis zum nächsten Mal. Mann, ich hatte schrecklich schlimmen Liebeskummer.«

»Aber du hast einen auf supercool gemacht, damit keiner was merkt, oder?«

Bevor Robert antworten konnte, war Frie auch schon bei ihrem verdammten Lieblingsthema. Beim letzten Treffen der Jurafrauen hätten sie über die männliche Geschlechterrolle diskutiert und darüber, dass Jungs immer tapfer und stark sein müssten und Mädchen hübsch und brav und so weiter und so fort. Robert konzentrierte sich auf die Beseitigung der letzten noch nicht ganz geschmolzenen Eiswürfel in seinem Glas und hoffte, dass sie gleich fertig war, aber als er das nächste Mal hinhörte, kam sie erst so richtig in Fahrt.

»Kein Wunder, dass es in unserem Fachbereich keine Professorin gibt, nur Männer! Die einzige Juraprofessorin ist letztes Jahr nach Siegen gegangen, aber nun sag doch auch mal was.«

»Seit letztem Jahr haben wir eine Bundesjustizministerin«, sagte Robert. »Und die alten Säcke sterben doch bald von selbst aus.« Sie warf ihm vor, sie nicht verstehen zu wollen, weil er nicht betroffen sei, da reichte es ihm. »Jetzt hör aber mal auf. Wo bist du denn benachteiligt? Du hast reiche Eltern und fliegst nach dem Abi erst mal nach Australien. Und ich? Ich muss Geld verdienen und über ein Jahr Zivildienst machen.«

»Dafür muss ich später die Kinder bekommen!«

»Musst du nicht, oder zwingt dich etwa jemand?«

Fast bekamen sie sich richtig in die Haare, die Leute neben ihnen am Tisch guckten schon komisch, aber dann stand Frie auf und kam mit zwei neuen Gin Tonics zurück.

»Hier. Mein Bonzenvater gibt uns eine dritte Runde aus.«

Als sie ihre Räder die Vereinsstraße hinunterschoben, hielt sie sich an ihrem Lenker fest wie an einem Rollator.

»Ich habe zu viel getrunken«, stellte sie vor Roberts Haustür fest.

»Willst du hier schlafen?«, bot er an.

»Willst du mir ein Kind machen?« Sie klimperte mit den Augen und schwankte leicht.

»Nein, kann ich mir nicht leisten. Außerdem bist du unzurechnungsfähig, nachher verklagst du mich noch.« Wäre er nüchtern gewesen, hätte er es ihr übel genommen, dass sie sich über ihn lustig machte, aber er war fast so betrunken wie sie und außerdem todmüde. »Stefan ist bei seinen Eltern, du kannst ja bei ihm im Zimmer schlafen.«

»Ih, nee, Stefan stinkt. Und überhaupt, wenn du mir kein Kind machen willst, will ich in mein Bett.«

»Soll ich dich nach Hause bringen?«

»Und mir da ein Kind machen? Au ja!« Sie gackerte. Dann krümmte sie sich plötzlich mit gekreuzten Beinen. »Scheiße, ich mach mir gleich in die Hosen.«

Sie schaffte es irgendwie hinter den Vorbau des nächsten Hauses. Robert hob ihr Rad auf. Als sie wieder auftauchte, wirkte sie ein bisschen sortierter. Sie übernahm das Rad, streckte ihren Arm nach ihm aus und berührte schon wieder seine Haare.

»Aber wenn ich mir irgendwann mal ein Kind machen lasse, dann auf jeden Fall von jemandem, der genauso romantisch ist wie du und mich auch immer sicher nach Hause bringen will«, flüsterte sie. »Brauchst du aber nicht, ist ja nicht weit, und ich hab Pfefferspray.«

»Aber du schiebst, okay?«, fragte Robert.

»Versprochen. Man sieht sich.«

Sie küsste ihn auf die Wange, stieg aufs Rad und fuhr los.

Oktober 1993

Original und Fälschung

Als Frie zum ersten Mal die Augen öffnete, stand der Radiowecker auf *10:41*.

Durch die Ritzen der Jalousie sickerte Sonne. Sie versuchte, sich daran zu erinnern, was sie an diesem Samstag vorhatte. Abends war sie mit Alexander verabredet, für tagsüber hatte sie keine Pläne. Sie machte die Augen wieder zu und überlegte, welchen Grund es gab, aufzustehen.

Keinen. Jedenfalls keinen guten.

Der einzig zwingende Tagesordnungspunkt bestand darin, das Notwendigste fürs Wochenende einzukaufen. Und Lernen ging natürlich immer. Am Ende des gerade begonnenen Wintersemesters standen die ersten Klausuren in Strafrecht und Öffentlichem Recht an. Es wäre gut, die Notizen aus der ersten Vorlesungswoche auf Karteikarten zu übertragen und das, was sie noch nicht ganz verstanden hatte – leider fast alles –, in den Lehrbüchern und Skripten nachzulesen. Aber bei Penny Joghurt und Tütentortellini zu besorgen, nur um sich danach mit den Definitionen von *Notwehrlage* und *Notwehrhandlung* zu befassen, dafür stand an einem Samstagmorgen doch niemand auf.

Hätte sie noch in der Sedanstraße gewohnt, säße jetzt sicher Heidrun in der Küche, mit der sie Kaffee trinken und plaudern könnte, was nie interessant, aber ein dennoch angenehmer Start in den Tag gewesen war – eine sanfte Annäherung an eine geschäftige Außenwelt, in der man sich schnell verloren fühlte, wenn man selbst nicht auch etwas zu tun hatte, und sei es, sich die langatmigen Gutenmorgengeschichten seiner Mitbewohnerin anzuhören. Aber Frie wohnte nicht mehr bei Heidrun, sondern in einer Einzimmerwohnung in der Felix-Dahn-Straße.

An die Wohnung war sie über Alexander gekommen. Eine Kommilitonin hatte einen Nachmieter gesucht, und Alex hatte Frie ins Gespräch gebracht, obwohl sie sich damals gerade erst kennengelernt hatten. Die Wohnung hatte Nachtspeicheröfen, aber auch Holzdielen und eine Küche, von der aus man in einen grünen Innenhof gelangte, und Frie konnte darin so viel rauchen und Bier im Kühlschrank lagern, wie sie wollte.

Allein zu wohnen, bedeutete, dass man endgültig erwachsen war.

Es bedeutete auch, dass man sein Zuhause ganz allein mit Leben füllen musste.

Frie merkte, dass sie wieder wegzudämmern drohte. Wenn das passierte, würde sie in ein oder zwei Stunden mit einem fetten Schlafkater aufwachen, und der Tag wäre so gut wie gelaufen. Gerade noch rechtzeitig kam ihr die Idee, in die Innenstadt zu fahren und nach dem Kleid zu suchen, das sie sich eigentlich erst von den hundert Mark hatte kaufen wollen, die sie immer von Opa zum Geburtstag bekam. Notfalls musste sie ihr Konto überziehen und nächsten Monat mit dem Geburtstagsgeld wieder ausgleichen.

Frie strampelte die Decke weg.

Gleich im ersten Geschäft fand sie das perfekte Kleid. Es war schwarz mit Blümchen und Spaghettiträgern. Weil es nur neunundvierzig Mark kostete, kaufte sie sich auch noch ein schwarzes Shirt mit langen Ärmeln und rundem Ausschnitt und bei Karstadt eine blickdichte schwarze Strumpfhose. Danach stand sie mit der Tüte am Lenker auf der

Mönckebergstraße und überlegte, was sie als Nächstes tun sollte. Es war erst später Mittag, und das blau-goldene Wetter kam dem Verbot gleich, nach Hause zu fahren.

Ich schaue einfach mal bei Robert vorbei.

An der Uni hatte Frie schnell ein paar Leute kennengelernt, darunter vier Mitstudentinnen, die sie als Freundinnen betrachtete. Mit diesen Freundinnen trank sie zwischen den Lehrveranstaltungen Kaffee, sie gingen in die Bibliothek und diskutierten in Kneipen und Küchen über Jura, Politik und Gleichberechtigung. Aber mit keiner ihrer neuen Freundinnen war sie so eng, dass sie, wann immer ihr danach war, bei ihr geklingelt hätte.

Das traute sie sich nur bei Robert.

Oder besser gesagt: Zu niemandem sonst wollte sie, wenn sie sich ein bisschen verloren fühlte.

»Der ist in der Küche.«

Susann, Tobis nur mit einem Slip bekleidete Freundin, ließ sie rein und verschwand im Bad.

»Moin«, sagte Robert.

Er hörte gerade laut De La Soul, aber als er Frie sah, drehte er die Musik leiser. Er trug seine schwarzen Levi's, ein graues T-Shirt und keine Strümpfe und hatte den Küchentisch von der Wand gerückt. Auf dem Tisch lagen Schrauben, eine Bohrmaschine und anderes Werkzeug. Auf dem Boden der Staubsauger, an die Wand gelehnt ein hässliches u-förmiges Regal aus dunklem Holz.

»Störe ich?« Frie schwenkte die Tüte. »Ich habe schon richtig was geschafft. Und als ich eben hier vorbeigekommen bin, dachte ich, ich guck mal, ob du auch schon wach bist.«

»Ich wollte das da gerade anbauen, stand beim Generalmajor rum, hat er mir geschenkt.« Robert wählte einen

Bohrkopf aus und zeigte mit dem Kinn Richtung Tüte. »Seit wann kommt man denn bei mir vorbei, wenn man von Karstadt zu dir fährt?«

»Na gut.« Frie lachte. »Kleid kaufen ging schneller als gedacht, und ich wusste nicht, was ich sonst noch tun soll, um nichts für die Uni machen zu müssen – außer bei dir Kaffee schnorren.«

»Wenn du mir hilfst, kriegst du gleich einen.«

Robert strich sich die langen Haare hinter die Ohren und stieg mit der Bohrmaschine auf den Küchenstuhl, wo er den Motor aufheulen ließ und in die Luft bohrte. Es sah ein bisschen so aus, als hielte er ein Maschinengewehr.

»Rambo, wo ist dein Stirnband?«, fragte Frie.

»Um das Bohren zu überleben, muss man selbst zum Bohrer werden«, verkündete Robert.

Frie lachte wieder. Er setzte den Bohrer an und zog konzentriert die Stirn in Falten. Als er fertig war, saugte er das Bohrmehl aus dem Loch und pustete noch einmal hinein, bevor er einen Dübel darin versenkte. Er schob einen zweiten Stuhl an die Wand, sagte Frie, sie solle sich daraufstellen, und hob das Regal hoch. »Halt du mal da fest.« Es wog nicht sonderlich viel. Sie schoben es zurecht, bis das linke obere Loch in der Hinterwand exakt über dem Bohrloch lag.

»Und wer hat dir das beigebracht?«, fragte Frie.

Seine Mutter bestimmt nicht, und seinen Vater hatte er schon ewig nicht mehr gesehen, soweit sie wusste. Jedenfalls hatte Robert sich vor Kurzem darüber beschwert, dass er noch nie nach Hamburg gekommen war.

»Wer hat mir was beigebracht?«

»Wie man ein Regal anbringt.«

»Ich habe neulich mal bei einem Freund zugeguckt.«

»Du hast das noch nie gemacht?«

»Nö, aber ist ja nicht so schwer.« Robert begann erneut zu bohren.

Frie goss sich den kalten Kaffee ein, der auf dem Herd stand, und zündete sich eine an.

Schon wieder was Neues, dachte sie.

Der Robert, dem sie seine Klasse gezeigt hatte, war ein schlaksiger, zurückhaltender Junge mit einer beachtlichen Plattensammlung und einer seltsamen Vorliebe für Fremdwörter gewesen, der gut zuhören und Pfannkuchen machen konnte. Im Laufe der Oberstufe bekam er kräftigere Arme und ein stabileres Selbstbewusstsein. Seine Witze wurden nicht lauter, aber lustiger. Er begann, selbst Musik zu machen, und er wurde immer besser. Manchmal sagte er ziemlich schlaue Sachen, und aus fast nichts konnte er etwas Essbares zubereiten. Nur cool sein konnte er nicht. Das hatte er erst nach dem Abi gelernt.

Und wie er das gelernt hat, dachte Frie.

Robert bohrte so routiniert, dass sie an die letzte Seite in der *Hörzu* denken musste: *Original und Fälschung*. Als Kind hatte sie es geliebt, dieses Rätsel zu lösen, fasziniert davon, dass etwas auf den ersten Blick genau gleich aussehen konnte, aber wenn man die Unterschiede einmal entdeckt hatte, waren sie nicht mehr zu übersehen. So ähnlich war es mit Robert.

Im ersten Augenblick war der Hamburg-Robert nicht zu unterscheiden gewesen vom Schul-Robert. Aber je genauer und länger sie hinsah, desto mehr Veränderungen bemerkte sie. Der neue Robert reagierte lässig in Situationen, in denen das Original unsicher gewesen war. Er strich sich die Haare aus dem Gesicht auf eine Weise, die vermuten ließ, dass er wusste, wie gut er dabei aussah. Er wurde nach wie vor nie grob, aber, das war neu, öfter bissig. Wenn er anderer Meinung war, fragte er nicht mehr: *Aber findest du nicht auch?*

Er sagte: *Nein, das finde ich nicht.* Er hatte viele Freunde, kurioserweise auch einen steinalten Ex-Soldaten. Er wusste, wie man Frauen anmachte, sich gut anzog und Butter Chicken kochte, und Regale anbringen konnte er neuerdings auch.

Vielleicht war es ja gar nicht Robert, scherzte Frie im Stillen, sondern eine sehr gut gemachte Fälschung. Eine, die keineswegs schlechter war als das Original. Neulich waren sie im 439 abgestürzt, er hatte so rührend von seinem seltsamen ersten Mal erzählt und dabei so süß ausgesehen, dass sie ihn danach betrunken angebaggert hatte, so albern und dreist, dass er es nicht ernst genommen hatte. Zum Glück, es war ja nur ein peinlicher Spaß gewesen.

»So, jetzt wird's noch mal laut, und dann kriegst du deinen Kaffee.« Ein schreckliches Geräusch, ein fluchender Robert. »Fuck, Mann! So ein Dreck!«

Ein Krater in der Wand, dort, wo der Bohrer auf Widerstand gestoßen und abgerutscht war.

»Das musst du zuspachteln«, stellte Frie fest. »Habt ihr Moltofill?«

»Würde mich wundern. Ich fahre lieber noch mal schnell zu Tausend Töpfe.«

Frie zeigte auf die *Ab vier gibt's Bier*-Uhr. »Aber die Läden haben schon zu.«

Es war fünf nach zwei, schon fast Nachmittag. Robert hatte ihr mal wieder geholfen, in die Welt zu finden. Wenn sie jetzt nach Hause fuhr, konnte sie noch ein paar Stunden Karteikarten schreiben, bevor sie ihr neues Kleid und die schwarze Strumpfhose anzog.

»Ich gehe dann mal«, sagte Frie.

»Wolltest du nicht noch einen Kaffee?«

»Nee, doch nicht. Ich habe mir überlegt, dass ich lieber noch ein bisschen lerne.«

»Ich bin heute mit meinen Jungs im Kir, bei der Newcomer Night. Wenn du Lust hast?«

»Geht nicht, bin schon verabredet.«

»Was machst du?«

»Wir gehen ins Nil.«

Robert fragte nicht, wer *Wir* war, er schnalzte nur pseudobewundernd mit der Zunge.

»Wir gehen ins Nil!« Da war sie wieder, seine neue Bissigkeit.

»Bist ja nur neidisch, Küchenrambo.« Frie schickte ihm einen Luftkuss.

»Ganz genau.« Er begann aufzuräumen. »Na dann, hau rein, man sieht sich.«

Frie nahm die Tüten und winkte.

Zum Kleid würde sie die schwarzen Schnürstiefel und die Bikerjacke aus schwarzem Leder tragen, ein Schnäppchen aus dem Kleidermarkt. Genau das richtige Outfit für ihr Date im Nil.

Eva und die anderen Freundinnen behaupteten, es gäbe die Liebe auf den ersten Blick. Sie betraten einen Club, einen Seminarraum oder eine feiervolle WG-Küche, kamen mit jemandem ins Gespräch und wussten nach spätestens fünfzehn Minuten: Den – oder bei Eva: die – will ich.

Aber da geht's doch nur um Sex, fand Frie.

Verliebtsein hieß doch nicht, mit jemandem ins Bett zu wollen. Es hieß, sich danach zu sehnen, am nächsten Morgen mit ihm bei Penny fürs Wochenende einzukaufen. Es konnte dauern, bis es bei ihr so weit war, und war trotzdem kein schleichender Prozess, eher ein Ereignis. Wenn Frie sich verliebte, dann, weil es irgendwann diesen Moment gab, in dem ein Mann etwas tat oder sagte, das sie im Innersten anrührte.

Nie waren es große Worte oder Gesten, es waren lächerliche Kleinigkeiten, die diese Wirkung auf sie hatten. Bei Oliver, Frie erinnerte sich genau, war es ein bestimmter Tonfall gewesen, als er ihr von seinem uralten, fast blinden Hund erzählte. In Hannes hatte sie sich so schnell verliebt wie in keinen sonst, und zwar in jenem Moment, in dem er sich verlegen dafür entschuldigte, ihr ohne ihr Einverständnis einen Rest Schokolade vom Mund gewischt zu haben. Bei Alfie war es die Art, wie er, als sie zu spät zum Treffpunkt kam, an eine Mauer gelehnt einem Flugzeug hinterherschaute, mit den Händen in den Hosentaschen und einer Sehnsucht im Gesicht, die sie bis dahin nie an ihm bemerkt hatte. Solche rätselhaft magischen Kleinigkeiten konnten der Auslöser dafür sein, dass ein Mann in Fries Augen plötzlich viel mehr war als nur begehrenswert, interessant, sympathisch oder bestenfalls alles zusammen – ein in seiner Verletzlichkeit unwiderstehlich unvollkommener, einzigartiger Mensch.

Bei Alexander würde der Augenblick bald kommen, war Frie zuversichtlich.

»Gut, oder?«, fragte er.

»Und wie«, sagte sie. »So lecker.«

Sie saßen im Nil auf der Empore, Alex vor einem Ossobuco vom Lamm mit Bohnen, Auberginen und Rosmarinkartoffeln, Frie vor Huhn in Mohn mit Lauchnudeln und glasierten Äpfeln. Sie war noch nie im Nil gewesen oder in irgendeinem Restaurant, das so war wie das Nil, gleichzeitig extrem cool und sehr edel. Alle wollten mal hierher, aber die wenigsten, die sie kannte, konnten es sich leisten, oder wenn, dann nur superselten und zu superbesonderen Gelegenheiten.

Oder man ließ sich einladen.

Bisher hatten Alex und sie sich nur ein einziges Mal

geküsst, kurz, beim Abschied vor ihrer Haustür. Als sie sich am Montag danach in der Uni begegneten, hatten sie getan, als wäre nichts passiert, und sich für Mittwoch in der Mensa im Curiohaus verabredet, wo Frie in ihrem Risi-Bisi herumgestochert und Alex vorgeschlagen hatte, sie sollten lieber mal richtig essen gehen, er werde sie auch einladen. »Aber du hast mir doch schon die Wohnung besorgt, eigentlich schulde ich dir eine Einladung«, hatte Frie sich geziert, aber schnell nachgegeben.

Alex gabelte drei Bohnen auf und hielt auf halbem Weg zum Mund inne.

»Du siehst wirklich hübsch aus in dem Kleid.«

Frie lächelte und bemühte sich, wie eine Frau zu wirken, die es gewohnt war, dass man ihr Komplimente machte. »Hab ich neu.«

Alex trug ein hellblaues Hemd, dunkelblaue Jeans und braune Lederschuhe, aber zum Glück keine Barbourjacke, sondern eine Harrington. Er hatte sie ermuntert, eine Vorspeise zu nehmen, sie hatte mit dem Feldsalat mit Preiselbeervinaigrette, Maronen, Birne und Brie geliebäugelt, aber dann behauptet, das sei ihr zu viel, lieber nehme sie noch einen Nachtisch.

Allein die zwei Hauptspeisen kosteten zusammen mehr als ihr Kleid.

Sie hatte Alexander in der Bibliothek kennengelernt, als ihr der Filofax ganz blöd hinter den Kopierer gefallen war. Alex hatte ihr geholfen, ihn zu bergen, und dann gesagt: »Wo du gerade deinen Kalender in der Hand hast, kannst du mal gucken, wann du nächste Woche Zeit für einen Cappuccino hast?« Er war fast sechsundzwanzig, im elften Semester, HiWi am Lehrstuhl für Europäisches Recht und wollte in Brügge seinen LL.M. machen.

Während er seine Vorspeise aß, hatten sie darüber gestritten, wie glaubwürdig die Liebesgeschichte zwischen Holly Hunter und Harvey Keitel in *Das Piano* war, waren sich jedoch anschließend einig gewesen, dass sie seit Langem nichts Kurzweiligeres als die *Stadtgeschichten* von Armistead Maupin gelesen hatten. Als der Hauptgang serviert worden war, kamen sie von seinen LL.M.-Plänen auf das Maastricht-Urteil zu sprechen, und nun erläuterte Alex, warum das Bundesverfassungsgericht richtiglag damit, dass die Abtretung nationaler Souveränitätsrechte an die EU keine verfassungsrechtlich relevante Minderung des Grundrechtsschutzes nach sich ziehe. Frie versuchte, schlaue Fragen zu stellen, die Antworten zu verstehen und die Reste ihres Essens so vollständig und unauffällig wie möglich vom Teller zu kratzen. Als die Kellnerin abräumte, bestellte Alex zwei Espressi und eine Crème brûlée. Sie schwiegen. Er faltete seine Serviette. Sie sammelte Krümel von der Tischdecke.

»Und wie geht's gleich weiter?« Mit der Spitze seines Zeigefingers malte er zart einen Kringel auf ihren Handrücken.

Sie hoffte, der Moment wäre gekommen, aber dann hob er den Kopf und schaute ihr so tief in die Augen, dass sie sich wie ein aufgespießtes Insekt fühlte und ihm die Hand entzog.

»Meanie Bar?«, schlug er vor.

»Glaube nicht«, sagte Frie.

Die Kellnerin brachte den Kaffee und die Crème brûlée.

Frie vertiefte sich in den Nachtisch und überlegte.

Auf die Meanie Bar hatte sie keine Lust, auch nicht auf irgendwelche anderen Bars und schon mal gar nicht darauf, zu ihm oder zu ihr zu gehen, dafür war es in jeder Hinsicht zu früh, auch wenn es bereits ihre fünfte Verabredung war. Frie wollte ihm lieber den Teil ihres Lebens zeigen, der mit Uni und Jura nichts zu tun hatte, schon allein, um herauszufinden, wie er sich da so machte.

Wie er wohl tanzte und was er für einen Musikgeschmack hatte?

»Lass mal ins Kir. Da spielen heute ein paar neue Bands, und Robert ist auch da, mein bester Freund.«

»Okay.« Alex signalisierte, dass er zahlen wollte, und schaute sie dann wieder an. »Dein bester Freund muss mich natürlich kennenlernen.«

Die Newcomer Night hatte vor einer Stunde begonnen. Vor der Kasse stand eine mittellange Schlange, drinnen war es voll. Besonders dicht standen die Leute vor der Bühne. Es spielte eine Band, die anscheinend wie die Lassie Singers zu klingen versuchte, aber nicht mal halb so gute Texte hatte. Die Stimmung war wohlwollend. Frie stellte sich auf Zehenspitzen, um besser Ausschau halten zu können nach Robert.

»Soll ich dich hochheben?« Alex umfasste ihre Hüften.

Massenhaft Köpfe, keiner gehörte Robert.

Die Stimme der Frontfrau überschlug sich, als sie mit dem Ausruf »Hut ab, Heide, weiter so!« das letzte Stück beendete. Üppiger Applaus, in den sich ein Bravo!-Ruf und Pfiffe mischten. Frie entdeckte Tobi, Susann und Stefan und einige andere von Roberts Freunden, aber die standen ganz weit vorn. Sie spürte, wie Alex unter ihrem Gewicht zu zittern begann, und beeilte sich, ihm zu sagen, er solle sie wieder runterlassen. Auf der Bühne begann der Umbau.

»Ich weiß nicht, wo der ist. Bestimmt holt er gerade Bier oder so. Am besten besorgen wir uns auch erst mal was zu trinken.«

Die Getränkeschlange war lang. Frie guckte sich immer wieder nach Robert um, und Alex guckte ständig zu ihr, auf diese bedeutungsvolle Weise, auf die sehr selbstbewusste

Männer einen ansahen, wenn sie noch etwas vorhatten mit einem. Es dauerte, bis hinter ihnen mehr Leute standen als vor ihnen. Alex legte seine flache Hand auf ihren Rücken.

»Was möchtest du denn trinken?«

»Ein Bier. Aber diesmal zahle ich. Was willst du?«

»Sag ich nicht«, sagte er.

Noch drei Leute, dann waren sie endlich dran.

»Und gleich«, verkündete eine Männerstimme, »schon fast eineinhalb Jahre zusammen, aber heute zum ersten Mal öffentlich zu hören: die fünf Jungs von Lost Primroses!«

Die Ankündigung traf Frie so unerwartet wie der Laternenpfahl, gegen den sie neulich in der Schanze gelaufen war, und fast so blamabel. Warum hatte ihr bester Freund ihr nicht gesagt, dass er einen Auftritt hatte? Der Idiot! Oder gab es noch eine Band, die so hieß oder so ähnlich? Frie gab Alex ihr Portemonnaie.

»Bestell mal. Bin gleich wieder da.«

Die Lost Primroses waren schon auf der Bühne. Schlagzeug, Keyboard, Bass, zwei Gitarristen, einer davon Robert. »Darf ich mal?«, bat sie wieder und wieder. »Entschuldigung.« Zwischen denen, die keinen Platz machten, quetschte sie sich durch. »Sorry, geht nicht anders.« Einer Frau schlug sie fast das Bier aus der Hand, dann war sie weit genug vorn, um gute Sicht zu haben.

Der Drummer hatte hinter seinem Schlagzeug Platz genommen, der Keyboarder stand bereit, Robert justierte das Mikro. Ein paar Meter vor ihr, jetzt ganz am Bühnenrand, standen Tobi und die anderen, Robert grüßte sie mit einem Nicken. Frie entdeckte er nicht. Er trug ein Holzfällerhemd offen über einem weißen T-Shirt, dazu Jeans und Reebok, ein Outfit, das Frie noch nie an ihm gesehen hatte, genauso wenig, wie sie ihn schon mal auf einer Bühne hatte stehen sehen. Zu Schulzeiten hatte er immer nur im Kreis von

Freunden gespielt, meistens wenn sie am Strand oder auf einer Wiese zusammensaßen. Den einzigen Auftritt seiner ersten Band im JUZ, kurz nach dem schriftlichen Abi, hatte sie verpasst, weil sie zu einer Taufe nach Hannover gemusst hatte. Und hier in Hamburg war seine Musik bisher nur so etwas wie eine allgegenwärtige Theorie gewesen.

In seinem Zimmer standen eine E- und eine Akustik-Gitarre, auf der er manchmal was Kurzes spielte, aber nur, wenn man ihn darum bat oder jemand Geburtstag hatte. Das Übenmüssen und die Bandproben gehörten zu seinem Alltag, wie es zu ihrem gehörte, zu lernen und Scheine zu machen, aber natürlich schauten sie einander dabei nicht zu. Dass sie mitbekommen hatte, wie er Musik machte, statt ihn nur darüber reden zu hören, war ewig her, und noch nie hatte sie ihn so gesehen: in den letzten langen Sekunden vor dem ersten Akkord in einem Raum voller Menschen, deren zweihundertfach gespannte Blicke ihm galten, auch seinen Bandkollegen, aber Robert war der Leadsänger, so viel wusste sie.

Robert schloss die Augen und verschwand, irgendwohin, wo niemand war außer ihm selbst, seinem Instrument und dem, was er der Welt gleich von sich zeigen würde.

Was, wenn er nicht gut war? Frie zündete sich eine an, um ihre Nerven zu beruhigen.

Nach nicht mal einer halben Minute wusste sie, dass ihre Angst unbegründet war. Sie ließ die Zigarette fallen. Sie brauchte freie Hände, um tanzen zu können. Das Stück machte Spaß, aber immer wieder blitzte auch etwas Wehmütiges auf, wie bei einer richtig guten Party, bei der man immer genau dann, wenn es am allerschönsten war, auch ein bisschen traurig wurde, weil es nicht ewig so weiterging. Roberts Stimme war tief und kraftvoll, aber manchmal bekam sie etwas Heiser-Schüchternes, besonders in den höheren Lagen. Der nächste Song war noch schneller und mitreißender. Das Publikum verschmolz im Gute-Laune-Taumel zu einem Organismus. Als auch dieser Song zu Ende war, gab es eine kleine Unterbrechung. Robert benutzte sein Hemd, um sich den Schweiß von der Stirn zu wischen, zog das Mikro zum Mund und sagte, mehr zu sich selbst als zu den Zuhörern: »So, jetzt wird's deutlich ruhiger. *She's free* – so heißt das Stück, das wir jetzt für euch spielen.«

Johlen loderte auf und erlosch gleich wieder.

Dann war der magische Moment da. Nur dass er nichts mit Alexander zu tun hatte, der irgendwo mit einem Bier und ihrem Portemonnaie auf sie wartete, sondern mit dem Mann vorn auf der Bühne, der nicht wusste, dass sie da war.

Robert?

Robert, von dem sie bis heute Mittag nicht gewusst hatte, dass er Regale anbringen konnte, und nun sang er auch noch ein wahnsinnig schönes Liebeslied, so samtig und stolz, dass es Frie nicht nur anrührte, sondern zugleich die Gewissheit in ihr erschütterte, sich nicht in ihn verlieben zu können.

Immer mehr Leute schwenkten brennende Feuerzeuge. Pärchen schmiegten sich aneinander. Frauen ließen sich lächelnd in die Melodie fallen. Männer nickten mit weichem Blick den langsamen Takt mit und versteiften dabei ihre Unterkiefer, um nicht gefühlsduselig zu wirken. Nur Frie stand ganz still, vollauf beschäftigt mit dem Versuch zu verstehen, was in diesem fast drei Minuten langen Augenblick geschah, vorn auf der Bühne und mit ihr. Robert war ihr total vertraut und völlig fremd. Er klang nach *Lass-uns-einkaufen-und-dann-was-kochen*, das hatten sie früher oft getan und taten es immer noch manchmal, und ein paarmal in all den Jahren waren sie auch schon zusammen irgendwo aufgewacht. Aber er klang auch nach etwas ganz anderem, nach etwas, das sie noch nie miteinander gemacht hatten, und womöglich war das ein Fehler gewesen.

Scheiße, dachte sie.

Aber die Musik war zu schön, um sich mies zu fühlen.

Kurz vor Ende des Stücks kehrte Robert von dem Mädchen, das *gorgeous and sharp, kind, smart and tough* war, zurück zum Publikum. Während er ein letztes Mal den Chorus sang, wanderte er mit seinen dunklen Augen über die vielen Gesichter vor ihm, er kam Frie immer näher, sie war sehr aufgeregt. Sie rechnete damit, dass er lächeln würde, sobald er sie entdeckte, wenigstens ein bisschen, nur für sie erkennbar. Aber sein irritierter Blick sprang schnell weiter, nur um gleich wieder zu ihr zurückzukehren, wahrscheinlich um sich zu vergewissern, ob tatsächlich sie es war.

Diesmal blieben seine Augen in ihren hängen, ernst.

»So I guess it is love«, sang er. *»But, hey, no chance, cause she's free.«*

Er ist sauer, weil ich zuerst nicht kommen wollte, dachte Frie.

Sie musste es ihm erklären, aber erst mal musste sie sich um was anderes kümmern.

Alex reichte ihr eine handwarme Bierflasche und mühte sich, nicht zu zeigen, wie sauer er war.

»Wo warst du so lange?«

»Ey, das ist Robert, der da singt, das musste ich mir von ganz vorn anschauen, tut mir leid. Ich habe das nicht gewusst, dass er hier auftritt, sonst–«

»Verstehe. Na ja. War nicht schlecht.«

»Das war ja wohl super.« Lächerlich, dass Alex das nicht zugeben wollte. »Hör zu, das war Roberts allererster Auftritt und gleich so sensationell, ich muss zu ihm, wenn die fertig sind, gratulieren und anstoßen. Ich habe sonst ein total schlechtes Gewissen.«

»Wo sind die denn jetzt?«

»Ich glaube«, Frie strich besänftigend über den hellblauen Oberarm, »wir müssen die Fortsetzung unseres Abends ein bisschen verschieben.«

Alex guckte auf seine Uhr. »Wie lange brauchst du, was meinst du?«

»Nee, ich meinte, vielleicht können wir ja nächstes Wochenende–?«

»Du willst lieber allein–?« Endlich kapierte er es.

»Nein, du kannst natürlich gern mitkommen, ist doch klar, aber du kennst die ja alle noch gar nicht, und ich weiß nicht, ob das jetzt so der richtige Anlass – nicht, dass du dich dann–«

»Schon klar.« Alex gab ihr das Portemonnaie, an das sie gar nicht mehr gedacht hatte. »Danke fürs Bier und viel Spaß noch.«

Die Lost Primroses wurden mit Jubel verabschiedet.

Als Frie Robert zu fassen bekam zwischen all den anderen, die ihn beglückwünschen oder irgendwas fragen wollten, drückte sie ihn fest.

»Gratuliere, du wirst reich und berühmt, ich weiß es, aber sag mal, du Spacko, fast hätte ich dich verpasst. Wieso hast du mir denn nichts gesagt von eurem Auftritt?«

»Habe ich doch.« Robert guckte nur wenig freundlicher als eben auf der Bühne.

»Nein, hast du nicht. Du hast nur gesagt, du bist mit ein paar Leuten im Kir.«

»Bei einem Newcomer-Abend, und wen soll ich denn sonst gemeint haben mit meinen Jungs?«

»Tobi und Stefan oder irgendwelche anderen von deinen Kumpels, was weiß denn ich. Du musst doch mitbekommen haben, dass ich's nicht geschnallt hab.«

»Ich hab mitbekommen, dass du schon verabredet warst.«

»Ja, und? Das hätte ich sofort verschoben.«

»Sicher?«

Er tat, als würde er sie besser kennen als sie sich selbst, das ärgerte sie, aber jetzt war nicht der richtige Zeitpunkt für eine Diskussion. »Ja, sicher.«

»Mit wem warst du denn da eigentlich?«

»Mit einem aus der Uni, egal, ist schon weg. Geht ihr gleich noch feiern?«

Um kurz nach Mitternacht schoben sie sich mit zehn Leuten in den schon vollen Sorgenbrecher und stießen zum x-ten Mal auf die Lost Primroses an, allesamt Kette rauchend und bester Dinge. Robert redete und lachte so viel wie selten.

Wie hinreißend er ist, dachte Frie und trank Bier.

Sie war heilfroh, dass er ihr nicht mehr böse war, und zuversichtlich, dass es eine lange Nacht werden würde. Das war gut. Sie brauchte möglichst viel Zeit mit ihm.

Es gab einiges, was sie herausfinden musste.

Vom Sorgenbrecher aus ging einer ins Bett, weil er um sechs aufstehen musste, zwei mussten noch auf eine Geburtstagsparty, die übrigen sieben zogen um auf die andere Straßenseite, in den Tempelhof. Sie fingen sofort an zu tanzen, Robert genauso überschwänglich, wie er eben noch geredet und gelacht hatte. Gegen zwei teilte Susann mit, sie sei gestern schon so lang feiern gewesen, sie müsse jetzt sofort nach Hause, weil sie sonst im Stehen einschlafe. Tobi musste mit. Wenig später wollte das andere Pärchen mal gucken, wie die Stimmung oben im Camelot war, und Stefan hatte schon länger niemand mehr gesehen, der war mit einer großen Braunhaarigen verschwunden und nicht wieder aufgetaucht. Um halb drei standen Robert und Frie an der Theke und bestellten zwei Cola Light.

»Komm mal mit raus«, sagte Robert.

»Wieso?«

»Sag ich dir gleich.«

»Komm mit«, sagte er draußen noch einmal und führte sie weg von den Leuten, die vor dem Tempelhof standen, fast bis zur nächsten Straßenecke. Er fummelte eine schwarze Filmdose aus der Hosentasche, darin ein Päckchen Alufolie, das er entfaltete. Das Ergebnis präsentierte er auf seiner Handfläche: zwei Pillen auf einem silbernen Miniaturtablett. Sie erinnerten Frie an die Brausepulvertabletten, die sie sich früher von ihrem Taschengeld gekauft hatte. Allerdings waren diese hier weiß und viel kleiner, und auf einer war irgendein Zeichen eingeprägt. Was genau, konnte sie nicht erkennen.

»Was ist das?«

»Ecstasy.« Robert strahlte wie ein Kind, das meinte, einen Schatz gefunden zu haben.

»Woher hast du die?«

»Vom guten Freund eines sehr guten Freundes.«

»Und was willst du damit?«

»Jurastudentinnen schocken.« Er lachte. »Nehmen natürlich.«

»Jetzt?«

»Klar.« Er nickte.

»Mit mir?«

»Ohne dich jedenfalls nicht.«

»Ich weiß nicht. Ich habe so was noch nie gemacht.«

»Komm schon, ist total harmlos.«

»Hast du schon mal?«

»Nur ein einziges Mal, aber das war gigantisch. Man hat keine richtigen Hallus oder so was, es ist nur das pure, unverdünnte Glück, das musst du mal erlebt haben.«

»Ich weiß nicht«, wiederholte Frie. »Ich bin eigentlich

glücklich genug. Wollen wir nicht einfach noch was trinken?«

»Geht auch, klar.« Robert war enttäuscht. »Aber das ist wie Verreisen ohne Wegfahren, man ist ganz woanders, also natürlich nicht, aber alles ist viel, viel schöner. Die Musik ist tausendmal geiler, tanzen ist tausendmal geiler, die anderen Leute sind super, man selbst ist total super, sogar die Mülltonne da ist auf einmal so super, dass man sie heiraten möchte.«

»Aber ich glaube, ich traue mich nicht.«

Das sollte Nein heißen. Robert nahm ihre Hand.

»Hey, Frie, nicht vergessen, ich bin hier der Hasenfuß, nicht du.«

Unter seinem liebevollen Spott schnurrte ihre Ablehnung zu einem Zögern zusammen. Er ließ sie los und hob seine Rechte wie zum Schwur.

»Ich bin kein Drogentyp, ich habe echt null Bock, so was andauernd zu machen, aber alle Jubeljahre mal, wenn es was Besonderes zu feiern gibt? Vertrau mir einfach. Ich bin hundertpro sicher, du findest es großartig.«

Er lächelte, ihr Zögern löste sich in Nichts auf. Robert lud sie zu einem Abenteuer ein und versprach, dass sie es nicht bereuen würde. Natürlich ließ sie sich darauf ein, er war der Mann, in den sie verliebt war, höchstwahrscheinlich.

»Na gut, aber nicht da drinnen, da sind mir zu viele Leute fürs erste Mal.«

Als Frie in der Felix-Dahn-Straße in ihr Bett fiel, stand der Radiowecker auf *07:12*.

Sie konnte sich nicht daran erinnern, jemals so fertig gewesen zu sein, aber als sie die Augen wieder aufmachte, war es erst *07:26*. Langsam wurde es hell. Frie wälzte sich hin und her, bis es *08:42* war und dann *13:22*. Sie musste doch noch eingeschlafen sein, obwohl sie hätte schwören können, nicht geschlafen zu haben oder zumindest nicht richtig. Der Schlaf war ein kühles, dunkles Meer, in das sie gern tief eingetaucht wäre, aber sie war nur schwitzend an seiner Oberfläche herumgedümpelt, den Kopf voll mit Szenen aus der vergangenen Nacht.

Sie waren sofort wieder da, die Bilder.

Robert, wie er in einer holzvertäfelten, sagenhaft verqualmten Eckkneipe Schlager mitsang und Dieter Thomas Heck imitierte. Die Oma mit dem bombastischen Spitzbusen, die klatschte und ihnen Kurze ausgeben wollte. Der elefantengraue, bescheidene Laternenmast, den Frie umarmte und dem sie offiziell – mit Robert als Zeugen – verzieh, dass er und seinesgleichen überall im Weg herumstanden. Der Spielplatz in einem Hinterhof, in dem nur ein einziges Klofenster beleuchtet war. Frie wollte nicht aufhören zu schaukeln, weil sie sich unmöglich vorstellen konnte, jemals etwas Großartigeres zu erleben als das gleichmäßige Emporsteigen und Hinabsinken durch die Nacht unter dem zärtlichen Blick eines goldgelben Auges. Wie Robert sie endlich von der Schaukel lockte, indem er ihr ein Eis versprach. Wie sie liefen und liefen und die Schönheit der Stadt priesen. Den Wohlklang der Motoren, die Verlässlichkeit der Ampeln, die Kühnheit der Gebäude, die Freundlichkeit der Bäume, die Beredtheit der Leuchtreklamen, die Präzision, mit der die Fahrbahnmarkierungen auf den Asphalt aufgetragen worden waren. Ohne dass sie es planten, liefen sie zum Altonaer Balkon. Vor ihnen lag der Hafen. Die Containerkräne arbeiteten rund um die Uhr, wie schillernde langbeinige Insekten trugen sie ihre Beute hin und her, und die Köhlbrandbrücke war ein aus der Elbe emporgestiegener Lindwurm, auf dessen Rücken Lichter einsam den Nachthimmel querten.

»Mein Gott«, sagte Frie.

»Aber Eis gibt's hier auch nicht«, antwortete Robert.

Sie hatte schon nicht mehr an das Eis gedacht, als sie von der Schaukel geflogen war, Robert aber hatte es nicht vergessen, und das war so lustig, dass sie nicht aufhören konnte zu lachen.

»Es ist viel zu kalt für Eis«, sagte sie, als sie sich wieder beruhigt hatte.

»Das ist nun auch wieder wahr«, sagte Robert.

Sie musste wieder lachen, schlimmer als vorher, zwanzig oder zwei Minuten, sie konnte es nicht sagen. Während sie lachte, ließ Robert Kiesel übers Balkongeländer fliegen, um dem Aufprall zu lauschen, dann setzten sie sich auf eine Bank.

Sie rauchten nicht. Rauchen war eklig.

»Jetzt *Unten am Hafen* hören, wäre toll«, sagte Robert.

»Was ist das?«

»Kennst du nicht? Schon älter, von Bernd Begemann.«

»*In diesen Nächten lief ich ziellos durch die Straßen. Manche Träume lassen dich nicht schlafen. Die Frauen standen vor den Türen, und sie taten so, als würden sie in Wirklichkeit gar nicht warten*«, sang Robert und spielte Luftgitarre, und Frie sang den Refrain mit, weil er leicht war und sie anders als sonst plötzlich singen konnte: »*Unten am Fluss, unten am Hafen, wo die großen Schiffe schlafen.*«

Sie sangen das Stück zweimal, dann hörten sie wieder der Stadt zu.

»Ich wusste gar nicht, was für eine wahnsinnig schöne Stimme du inzwischen hast«, sagte Frie. »Und dieses Liebeslied vorhin, das war so der Hammer. Ich habe mich fast in dich verliebt.«

Robert antwortete nicht.

Das Kreischen einer Möwe, obwohl die Vögel doch eigentlich alle schliefen, aber vielleicht gab es ja auch Möwen, die sich nicht hielten an das, was man tat, wenn man ein vernünftiger Vogel war.

Frie legte ihren Kopf an Roberts Schulter.

Robert legte seine Wange an ihren Kopf.

Mehrere große Autos fuhren hintereinander über die Köhlbrandbrücke.

Lastwagen, dachte Frie und wie ungerecht es war, dass es Menschen gab, die nachts arbeiten mussten, während sie auf eine weitere Glückswelle hoffte. Anfangs hatte das Glück sie geflutet. Dann hatte es sich ein wenig zurückgezogen, sie jedoch lange immer wieder überrollt, bis die Wellen allmählich flacher geworden waren, und nun ließ die nächste so lange auf sich warten, dass etwas sehr Unangenehmes aufzutauchen drohte: die Wirklichkeit.

Bitte, bitte, noch eine Welle, dachte Frie.

Sie drehte den Kopf und drückte ihre kalte Nase an seinen Hals, wo es warm war und wahnsinnig gut roch, vertraut und irre aufregend, es gab nichts Aufregenderes als das Unvorstellbare, und wenn es schiefging, ging es halt schief, egal, Hauptsache, sie musste nicht länger warten. Sie küsste die Wärme mit trockenen Lippen, einmal, dreimal, dann biss sie vorsichtig hinein. Als Robert sich ihr entzog, dachte sie, schade, was sag ich denn bloß, wenn er wissen will, was das soll? Er nahm ihr Gesicht in beide Hände. Während er sie ungläubig betrachtete, war es, als würde er das Liebeslied noch einmal singen, nur für sie und nur mit seinen dunkelbraunen Augen, und dann küssten sie sich.

Es war der schönste erste Kuss, den zwei Menschen sich jemals gegeben hatten, und er hatte eine Stunde gedauert, mindestens. Es kribbelte zwischen Fries Schenkeln, als sie um *13:24* an diesen Kuss dachte und daran, was sie mit Robert täte, wenn er jetzt neben ihr läge. Sie war so erleichtert über ihre Lust auf ihn, dass sie schlagartig hellwach war. Sie musste sofort zu ihm fahren und es ihm sagen, dass sie nicht mehr nur seine beste, sondern seine Freundin sein wollte, seine Geliebte.

Sie war sich jetzt ganz sicher, anders als letzte Nacht.

Letzte Nacht auf dem Altonaer Balkon war alles zu viel und zu durcheinander gewesen, um etwas wissen zu können. Als ihr erster Kuss schließlich doch zu Ende gewesen war, hatte sie ihren Kopf zurück an Roberts Schulter gelegt und er seine Wange wieder an ihren Kopf, sie hatten dagesessen wie vorher, nur dass Robert ihre Hand gehalten und irgendwann gesagt hatte: »Das Liebeslied, das habe ich für dich geschrieben.«

»Wirklich?« Frie kam es schon wieder vor, als wäre sie gegen einen Laternenpfahl gerannt.

»Ich wollte es dir nach dem Abiball vorsingen, weißt du noch? Aber dann hast du mir erzählt, dass du nach Australien gehst, und dann habe ich das lieber gelassen.«

»Oh«, sagte Frie. »Oh, Mann.«

»Als du weg warst, dachte ich, ich bin über dich weg.«

»Pssst«, sagte Frie und küsste ihn wieder.

Sie wollte, dass er aufhörte zu reden, sie wusste ja schon jetzt nicht mehr, was sie zu ihm sagen sollte. Robert war in der Schule in sie verliebt gewesen, so viel begriff sie, ansonsten türmten sich die Fragen in ihr auf, sie würde Tage brauchen, um auf die Antworten zu kommen, so fühlte es sich an. Hatte er sich im Abifrühling in sie verliebt oder schon vorher? Warum hatte er nichts gesagt? Wieso hatte sie nichts bemerkt? Oder hatte sie es etwa nicht merken wollen? War das ein Grund, glücklich zu sein, oder ein

Grund, Panik zu bekommen? Wollte sie wirklich die sein, die wahr werden ließ, wovon er offenbar schon ewig träumte? War das nicht eine viel zu schwere Verantwortung, das Gegenteil von der Leichtigkeit des Verliebtseins? Und dass es trotz all dieser Fragen so einfach und schön war, ihn zu küssen, lag das wirklich nur an ihm und ihr, oder war das diese verkackte Droge, die einen dazu brachte, sogar mit einem verdammten Laternenpfahl zu kuscheln?

»Nimmst du mich mit zu dir?«, flüsterte Robert zwischen zwei Küssen.

»Weiß nicht«, sagte Frie und trocknete sich den Mund.

Sie musste erst mal runter von diesem Trip, ihren Kopf und ihre Gefühle klarkriegen. Robert hatte bestimmt Liebeskummer gehabt ihretwegen. Unter keinen Umständen durfte sie jetzt etwas tun, das ihn erst recht und noch viel schlimmer verletzen könnte, zum Beispiel, restbedröhnt mit ihm zu schlafen und dann nüchtern Zweifel zu bekommen, ob das das Richtige war. Frie rückte von Robert ab und streichelte seine Wange.

»Ich würde so gern, echt, aber es geht nicht. Ich muss erst mal allein sein.«

Sie hatten sich ein Taxi geteilt. Sie hatten schweigend auf der Rückbank gesessen, diesmal war sie es gewesen, die seine Hand genommen hatte. Robert war zuerst ausgestiegen.

»Ich melde mich morgen, okay?«, hatte sie gefragt.

Er hatte ihr einen Zehner gegeben und so müde und traurig ausgesehen, wie sie sich gefühlt hatte.

Beim Zähneputzen überlegte Frie, was genau sie gleich sagen wollte.

Robert, das war gestern der schönste Kuss meines Lebens. Es tut mir leid, dass ich so lange gebraucht habe, um dich endlich zu küssen, und dass ich erst mal drüber schlafen musste, aber ich wollte nicht schon wieder was Falsches tun, etwas, was dir wehtut. Aber jetzt bin ich total sicher, dass ich dich noch ganz oft küssen will und nicht nur das.

Sie schminkte sich, sorgfältig, aber nicht zu stark. Sie zog ihre hübscheste Unterwäsche an und entschied sich für Jeans, eine rote Kapuzenjacke und die schwarzen Stiefel, die sie letzte Nacht zum Kleid getragen hatte.

Wieder war es Susann, die die Tür aufmachte.

Frie klopfte an Roberts Zimmertür und hörte ein »Ja?«.

Er saß am Schreibtisch. Er schaute nur kurz auf und widmete sich gleich wieder dem Notenblatt, auf das er irgendwas kritzelte. Sie küsste sein Haar und setzte sich auf die Kante seines Bettes.

»Na, wie geht's?« Dass er ihr den Rücken zuwandte, machte sie kleinlaut.

»Geht so.«

»Ich bin auch ziemlich fertig, aber – na ja, also, warum ich gekommen bin, ich muss mit dir reden, wegen letzter Nacht. Robert, das war gestern– «

»Ist egal, es gibt nichts zu reden.«

Noch ein Laternenpfahl, unerwarteter und härter als alle anderen. Vor lauter Benommenheit fiel ihr nichts anderes ein, als aufzulachen.

»Robert, nun hör mir doch erst mal zu.«

Er drehte sich auf dem Schreibtischstuhl zu ihr.

»Nein. Hör auf zu lachen. Und hör auf, mich durcheinanderzubringen. Ich habe in sechs Wochen Aufnahmeprüfungen, ich kann das echt nicht gebrauchen. Bitte geh. Und ehrlich gesagt, am besten kommst du auch nicht mehr wieder.« Sein Mundwinkel verriet, dass es ihm schwerfiel, das zu sagen. »Mir ging es echt so viel besser ohne dich.«

Sie stand auf und machte einen Schritt auf ihn zu.

Er stand ebenfalls auf und öffnete die Zimmertür.

Er blieb dort stehen, bis sie gegangen war.

1997–1998

Dezember 1997

Geschenke und eine falsche Antwort

Sonst war Robert immer schon ein paar Tage vor Weihnachten nach Hause gefahren, dieses Jahr klappte das nicht. Am Dreiundzwanzigsten musste er noch auf dem Empfang einer Steuerberatungsgesellschaft spielen. Die Steuerberater residierten in Blasewitz, in einem futuristischen Neubau, der zwischen den märchenhaften Villen ringsherum wie ein in einer versunkenen Epoche gelandetes Raumschiff wirkte.

Als Robert nach Dresden gekommen war, hatten die meisten der herrschaftlichen Villen grau und wie verwunschen hinter rostigen Zäunen oder bröckelnden Sandsteinmauern gestanden, oft bewohnt von Studenten, die sich die riesigen Wohnungen darin teilten, die Gärten verwildern ließen und ihre Fahrräder kreuz und quer auf den Grundstücken parkten. Inzwischen wurde immer mehr saniert. Vor der Sanierung zogen die Wohngemeinschaften aus, hinterher war die Fassade neu verputzt, die Mauer wieder sandfarben, der Rasen gestutzt, und statt der Räder standen schwarze Limousinen auf neu gepflasterten Auffahrten.

Die Angestellten der Steuerberatung ließen lustlos die Mundwinkel und Gläser hängen, in denen sich meist Orangensaft statt Sekt befand. Auch die Häppchen rührten sie kaum an, während Robert mit einer Querflötistin für die Hintergrundbeschallung sorgte – weihnachtlich angehauchte Jazzstandards. Er sah ihnen an, dass sie lieber Feierabend gemacht hätten, ihm ging es genauso. Aber es gab zweihundert Mark für jeden, davon konnte er sein Zimmer zwei Monate bezahlen, und so hatte er seiner Mutter mitgeteilt, er könne leider erst Heiligabend kommen und müsse bereits am zweiten Weihnachtstag zurück nach Dresden. Silvester hatte er eine noch besser bezahlte, allerdings viel anspruchsvollere Mugge auf dem Ball im Bellevue, für die sie die schwarze und die blaue Mappe draufhaben und noch mehrmals proben mussten.

Falls Mama enttäuscht gewesen war, hatte sie es sich nicht anmerken lassen.

Am Vierundzwanzigsten nahm Robert den Zug, der einmal täglich ab Dresden-Neustadt bis nach Hamburg durchfuhr. Der EC 178 *Carl Maria von Weber* war nach demselben Komponisten benannt wie die Hochschule, an der er studierte, und kam aus Prag – planmäßige Ankunft in Hamburg-Dammtor sechzehn Uhr drei, wo er in den InterRegio nach Fredericia umsteigen und zur Abendbrotzeit sein Ziel erreichen würde. Er mochte diesen Zug, der die Tschechische Republik mit Dänemark verband, den Osten mit dem Norden, den Aufbruch mit dem Beständigen. Genau das entsprach seinem Lebensgefühl. Irgendwann, hatten Doreen und er sich vorgenommen, würden sie mal in die andere Richtung fahren, und nicht nur bis Prag, sondern bis nach Rumänien ans Schwarze Meer und nach Odessa oder sogar bis auf die Krim.

Aber jetzt musste er erst mal zu Mama, allein.

Doreen war schon gestern zu ihrer Familie gereist, zusammen mit ihrem Mitbewohner Björn, der mit dem Auto in dieselbe Richtung fuhr. Ihre Familie bestand aus ihrer verblüffend jungen Mutter, ihrem dicklichen Stiefvater und ihren beiden kleinen Zwillingshalbbrüdern. Robert hatte sie alle im Sommer kennengelernt, als Doreen und er mit dem Rad von Berlin durch die Uckermark bis nach Usedom gefahren waren, wo die vier auf einem Zeltplatz Urlaub machten. Er beneidete Doreen darum, dass sie eine richtige Familie hatte, in der man nicht immer selbst reden musste, damit es nicht still wurde, und darum, dass ihre Mutter, die bis zur Wende in einer Betonfabrik gearbeitet hatte und jetzt bei Lidl an der Kasse saß, es völlig normal fand, dass ihre Tochter Bühnenbild studierte.

Der Zug fuhr in den Hamburger Hauptbahnhof ein.

Der nächste Halt war Bahnhof Dammtor. Robert packte den Discman, die Tupperdose und die Thermoskanne ein, die er auf jede Reise mitnahm, seit er mit Doreen zusammen war. Sie hatte ihm beigebracht, immer genug Proviant mitzunehmen. Es war ihr unbegreiflich, warum es Menschen gab, die sich beim Bäcker belegte Brötchen und überteuerte Getränke kauften, wo es doch ein Leichtes war, sich zu Hause eine Stulle zu schmieren und Wasser oder Tee einzupacken.

Das ist doch total dekadent, für so was Geld auszugeben.

Robert hatte ihr recht geben müssen.

Am Dammtor-Bahnhof hatte er zwanzig Minuten Zeit. Er nahm die Rolltreppe runter in die Bahnhofshalle, kaufte sich die kalte Cola, von der er schon seit Berlin träumte, und dachte an das Geschenk für seine Mutter, das zwischen einem Kapuzenpulli, einem T-Shirt und einer Jeans in seinem Rucksack lag und von dem er Doreen nichts erzählt hatte, weil er fürchtete, sie würde auch das dekadent finden. Meissner Porzellan, zwei Kaffeegedecke in einem blau-weißen Muster, die er im Schaufenster eines Antiquitätenladens auf dem Weißen Hirsch entdeckt hatte.

Robert war mit zweiundzwanzig zum Studieren nach Dresden gezogen. Jetzt war er fünfundzwanzig und im siebten Semester.

Beworben hatte er sich zudem in Hamburg, Berlin und Weimar. Nach der Zusage aus Weimar hatte er eine Absage aus Berlin erhalten und dann die aus Hamburg. Zu seiner eigenen Überraschung war er erleichtert gewesen.

Konsequente Abstinenz ist die einzig effektive Methode, um eine Liebe zu vergessen.

Nach der Nacht, in der sie zusammen Ecstasy genommen hatten, hatte er jeden Kontakt zu Frie abgebrochen. Er weigerte sich, sie in die Wohnung zu lassen, um »wenigstens noch mal in Ruhe über alles zu reden«. Er ließ sich am Telefon verleugnen. Den Brief, den sie ihm geschrieben hatte, zerriss er ungeöffnet. Anders als nach dem Abi überließ er sich seinen Gefühlen nicht einfach, er hatte sie im Griff, aber solange er mit Frie in derselben Stadt lebte, konnte er sich nie ganz sicher fühlen. Ein paarmal sah er sie irgendwo zufällig und verdrückte sich gerade noch rechtzeitig, nur einmal war es dafür zu spät, da stand Frie im 439 plötzlich hinter ihm, als er sich etwas zu trinken bestellte.

»Hallo, Robert.«

Sie trug die Haare wieder fast so kurz wie damals als Entenkönigin und sah noch besser aus im Schummerlicht der Bar, als er sie in Erinnerung hatte, sodass er schroffer reagierte, als er es sich für den Fall des Falles vorgenommen hatte.

»Das hier ist meine Lieblingsbar, also such dir eine andere.«

Er hatte sie stehen lassen und war zu seinen Leuten gegangen, sie hatte ihren Mantel und ihre Freundin geholt und war verschwunden. Diesmal war es nicht Frie, die entschied, was passierte oder eben nicht. Er war es. Das hatte die Situation nicht nur erträglich gemacht, es hatte ihr etwas Heroisches verliehen, und nun würde der Held die Kämpfe der Vergangenheit endgültig hinter sich lassen und in die Ferne ziehen.

Prenzlauer Berg und Mitte, das konnte jeder.

Sachsen war das echte Abenteuer.

Nachdem auch Dresden eine Zusage geschickt hatte, hatte Robert sich für die Großstadt entschieden und gegen die Ausbildung in Weimar, das noch weniger Einwohner hatte als seine Heimatstadt und nach ewigem Deutschunterricht klang. Sein Diplomstudiengang an der Hochschule für Musik Carl Maria von Weber hieß *Tanz- und Unterhaltungsmusik*, kurz: *TUM*, wurde aber sofort, nachdem er zu studieren begonnen hatte, umbenannt in *Musikpädagogik mit dem Hauptfach Plektrumgitarre Jazz/Rock/Pop.* Das war allerdings eine Irreführung, begriff er schnell. In Dresden wurde fast ausschließlich Jazz unterrichtet, aber kein Songwriting, weder Rock noch Pop. Das musste man sich selbst beibringen, wenn man es lernen wollte. Als Nebenfach wählte Robert Gesang.

Bei den Sessions im riesa efau lernte er die Leute kennen, mit denen er sich zu einer fünfköpfigen Band zusammentat – Bass, Schlagzeug, Klavier, Saxofon und er selbst, Gitarre und Gesang. Sie nannten sich Easy Moves. Dieses Jahr hatten sie zwei Gigs in Berlin gehabt, einmal in einem kleinen Club in Mitte und im September im Frannz als Vorgruppe von Buddy Miles. Nach ihrem Auftritt war ein Typ von einem Indie-Label auf sie zugekommen, hatte ihnen seine Visitenkarte gegeben und sie aufgefordert, ihm ein Demotape zu schicken. Sie waren sehr aufgeregt gewesen, nachdem sie das Tape in die Post gegeben hatten, und sehr enttäuscht, als sie keine Rückmeldung erhielten. Immerhin waren sie einem Plattenprofi aufgefallen, das war vermutlich ein gutes Zeichen.

Die anderen Bandmitglieder kamen aus dem Osten, genauso wie die zwei anderen Gitarristen in Roberts Jahrgang. Vor seinem Umzug nach Dresden hatten seine Hamburger Freunde geunkt, als Wessi werde er es dort sicher schwer haben. Aber das stimmte nicht, jedenfalls nicht, was die Hochschule anging und die Leute, mit denen er studierte. Die größte Bewunderung erregten die, die am virtuosesten ihr Instrument beherrschten, egal, woher sie stammten, aber Robert gehörte weder zu den allerbesten noch zu den schlechtesten Musikern. Er wurde weder verehrt noch verachtet, er gehörte einfach dazu.

Das Wohnzimmer der Wohnung, in der er aufgewachsen war, war zu klein, um darin einen Esstisch unterzubringen, sie aßen immer in der Küche. Nur Heiligabend deckte Mama stattdessen den Couchtisch, dann konnten sie beim Essen den Weihnachtsbaum anschauen, der auf einem Hocker stand. Seit Robert ausgezogen war, trug der Baum eine Lichterkette, was Mama damit begründete, die könne sie auch mal brennen lassen, wenn sie auf dem Sofa einschlafe. Nur auf dem Tisch flackerte eine fast heruntergebrannte Kerze.

Robert vermisste das warme Licht und den Geruch nach Wachs.

Seine Mutter saß auf dem Sofa, er auf dem Sessel, der Abstand zwischen den Tellern auf dem niedrigen Tisch und ihren Mündern war groß. Wie immer aßen sie Kartoffelsalat und Frikadellen. Wiener Würstchen hatte Robert schon als Kind nicht gemocht. Beide mussten aufpassen, keinen Kartoffelsalat auf den Teppich oder ihre Knie fallen zu lassen, besonders Mama, die das Besteck nicht mehr so gut halten konnte. Vor seiner Ankunft war sie mit Elke in der Christvesper gewesen und berichtete davon, wie ein älterer Gottesdienstbesucher sich an zwei Kindern gestört hatte, die nicht still sitzen wollten.

»Dabei heißt es doch, lasset die Kinder zu mir kommen.«

Sie hatte genug Kraft, um sich aufzuregen, das freute Robert.

Nach dem Essen tauschten sie Geschenke. Mama hatte das *New Real Book* besorgt, das er sich gewünscht hatte. Sie schlug die Hände vor dem Mund zusammen, als sie die Kuchenteller und Kaffeetassen sah, und da war Robert endlich doch in Weihnachtsstimmung.

»Aber du sollst doch nicht! Das war bestimmt teuer!«

»Schon ein bisschen«, räumte er ein, um die Bedeutung seines Geschenks zu bestätigen. »Aber ich verdiene gerade ganz gut.«

»Trotzdem. Ich will nicht, dass du so viel ausgibst für mich.«

Mamas Gesichtsausdruck widersprach ihrer Rüge.

»Mache ich ja sonst auch nie.«

»Spar das Geld lieber. Wer weiß, ob es immer so gut weitergeht bei dir. Wie lange hast du noch?«

»Drei Semester.«

Anfang des Jahres hatte Robert ein Auslandssemester gemacht, an der Belmont University in Nashville, deswegen hatte er seinen Abschluss um ein Jahr verschieben müssen.

»Hast du denn allmählich mal eine Idee, was du dann machen willst?«

Nicht schon wieder, dachte Robert.

Die Frage machte ihn besonders deshalb fuchsig, weil er keine Antwort darauf hatte. Wieso interessierte Mama sich so brennend dafür, was er in eineinhalb Jahren vorhatte, aber kein bisschen dafür, wie sein Leben zurzeit aussah? Früher hatte sie immer mal wissen wollen, wie es in der Schule oder mit seinen Freunden lief, aber seit er studierte, fragte sie kaum noch, wie es ihm ging.

Vielleicht, um nicht selbst danach gefragt zu werden.

Mit dem roten Kerzenstummel ging es zu Ende. Der Rand war an einer Stelle in sich zusammengesackt, das flüssige Wachs lief aus und sammelte sich auf dem Untersetzer. Als der Docht rußend aufflackerte, pustete Mama ihn aus.

»Es geht mir übrigens gut«, sagte er. »Studieren macht Spaß, die Band auch. Wir haben tolle Auftritte, es hat sich sogar zum ersten Mal ein Plattenmensch für uns interessiert.«

»Wie schön, das freut mich.«

Er wartete, ob seine Mutter noch etwas sagen würde, aber sie war mit dem Versuch beschäftigt, den noch weichen Rand der Kerze zu flicken.

»Und wieso fragst du mich dann nicht?«, fragte er.

»Was meinst du?«

»Wieso fragst du mich nie, wie es mir geht?«

»Ich habe dich doch vorhin gefragt, wie deine Fahrt war.«

»Mama, man kann einen Fensterplatz in Fahrtrichtung haben und einen netten Sitznachbarn und keine Verspätung, und es geht einem trotzdem schlecht.«

»Aber das würde ich doch merken.«

»Nein, würdest du nicht. Es ist mir schon öfter nicht besonders gut gegangen, und du hast nichts gemerkt. Oder so getan, als würdest du nichts merken. Also, wieso fragst du mich nie?«

Von Frie hatte er nichts mehr wissen wollen, also hatte er sich geweigert, sie wiederzusehen. Mit seiner Mutter wollte er reden, sie würde er nicht davonkommen lassen.

»Weil ich denke, dass du mir das schon von selbst erzählen würdest. Hast du ja jetzt auch.«

»Aber interessiert dich das denn nicht?«

»Doch, Liebling, natürlich interessiert es mich.«

Sie fummelte weiter an der Kerze herum, als gäbe es nichts anderes auf der Welt. Robert konnte den Blick nicht von ihren Fingern wenden – diese verkrüppelten Finger zeigte sie schamlos her, wohingegen sie ihr Inneres sorgfältig verbarg und das Gleiche offenbar von ihm erwartete.

»Davon merkt man aber nicht viel«, sagte er.

»Wovon?«

Er antwortete nicht, er seufzte bloß.

Sie ließ von der Kerze ab.

»Robert, ich bin immer für dich da, aber du bist doch erwachsen. Du musst schon den Mund aufmachen, wenn du mir etwas zu sagen hast.«

Dieser Satz ausgerechnet von seiner Mutter verblüffte Robert so sehr, dass er am liebsten laut aufgelacht hätte. Stattdessen nahm er eine Marzipanpraline und schnitt sie in dünne Scheibchen, die er sich langsam in den Mund steckte.

»Na, aber nun erzähl doch mal.«

Sie hatte die Hände im Schoß übereinandergelegt und lächelte, aber es war kein echtes Lächeln, sondern ein pädagogisches. Eben noch war er versucht gewesen, ihr wirklich etwas zu erzählen, zum Beispiel das mit dem Zettel, den er vor sehr vielen Jahren in ihrem Portemonnaie gefunden hatte – und wie besorgt er um sie gewesen war in einem Alter, in dem man mehr als genug Sorgen hatte mit sich selbst. Nun verwarf er diese Idee. So ein Gespräch würde eine Nähe zwischen ihnen schaffen, die er sich plötzlich unerträglich vorstellte. Ihn überkam ein gewaltiges Verlangen danach zu rauchen, aber sie hatten keinen Balkon, und im Wohnzimmer durfte er sich keine anzünden. Robert wickelte die nächste Marzipanpraline aus, so bedächtig und lächerlich sorgsam, wie Mama vorher an der Kerze herumgebastelt hatte.

»Schon gut. Gibt eigentlich auch gar nichts zu erzählen.«

»Wie du willst.« Sie stand mühsam auf. »Ein andermal vielleicht. Ich hole mal eine neue Kerze.« Im Vorbeigehen küsste sie seinen Kopf. »Ich hab dich lieb, das weißt du hoffentlich.«

Robert strich das Marzipanpralinenpapier glatt, und aus dem Nichts tauchte eine Szene vor ihm auf, an die er sehr lange nicht gedacht hatte: Er selbst, wie er an einem grauen Oktobernachmittag in Hamburg an seinem Schreibtisch gesessen und immer weiter irgendwelche Crescendi und Sprünge in seine Noten eingetragen hatte, um Frie nicht ansehen zu müssen.

Ist egal, es gibt nichts zu bereden.

Er war sich stark und aufrecht vorgekommen, als er das gesagt hatte, und noch viel stärker und aufrechter, als er sie damals rausgeschmissen und später im 439 hatte stehen lassen und noch lange Zeit danach – bis gerade eben. Aber eigentlich hatte er nur Angst gehabt davor, ihr zuzuhören, so wie Mama sich offenbar fürchtete vor dem, was er ihr zu sagen hätte.

Sie saß auf der anderen Seite des Tisches auf dem Sofa und beobachtete ihn unsicher.

»Ich geh mal kurz runter«, sagte Robert, »eine rauchen.«

»Nein, bleib ruhig hier«, bat seine Mutter und stand schon wieder auf. »Ich hole den Aschenbecher, es ist ja Weihnachten.«

Als Robert sich am Morgen des zweiten Weihnachtstages verabschiedete, lag in seinem Rucksack ein immer noch unausgepacktes Geschenk. Er nahm einen Zug früher, als nötig gewesen wäre, um in Hamburg den EC zurück nach Dresden zu bekommen, obwohl das hieß, dass er schon um Viertel nach neun losmusste. »Dann können wir ja nicht mal mehr gemütlich frühstücken«, hatte Mama bedauert.

»Ja, doof, aber eine andere Verbindung gab es heute nicht.«

Sie würde niemals überprüfen, ob das stimmte.
Es stimmte nicht.
Am Dammtor angekommen, verließ er den Bahnhof Richtung Bushaltestelle. Zwanzig Minuten später klingelte er bei Herrn Selk, *kurz lang kurz* – das Morsezeichen für *R wie Robert*, damit der Generalmajor wusste, dass er es war, der vor der Tür stand. Er wartete eine Weile und klingelte noch einmal, wieder *kurz lang kurz*, aber niemand öffnete.
Robert hatte es nicht anders erwartet.
Es war kurz vor zwölf. Um zwölf aß der Generalmajor zu Mittag. Wahrscheinlich bereitete er sich gerade darauf vor, das Essen warm zu machen. Bis vor zwei Jahren war Herr Selk um diese Uhrzeit ins Funk-Eck gegangen, wo es nicht nur Frühstück und Kuchen gab, sondern auch einen täglich wechselnden Mittagstisch. Inzwischen aber war er nicht mehr ausreichend sicher auf den Beinen, um allein das Haus zu verlassen, zumal er es ablehnte, einen Rollator zu benutzen. Er bekam jetzt Essen auf Rädern.
Robert hatte immer noch einen Schlüssel.
Er war sich sicher gewesen, Herrn Selk zu Hause anzutreffen, wo sollte er sonst sein an einem Feiertag? Trotzdem war Robert erleichtert, als er leise das Radio laufen hörte, auf dem Herr Selk, sobald er sich in der Küche zu schaffen machte, den Deutschlandfunk anstellte. Es bedeutete, dass sein Plan aufgehen und der Abstecher in die Werderstraße eine echte Weihnachtsüberraschung werden konnte.
Herr Selk hatte den Gehstock gegen die Arbeitsplatte gelehnt und war gerade dabei, den Deckel von der Aluschale zu entfernen.
»Hallo?« Robert klopfte gegen den Türrahmen. »Hier kommt der Weihnachtsmann!«
»Robert.« Der Generalmajor ließ ab von der Menüschale, griff zum Stock und humpelte zum Küchenstuhl, auf

dem er Platz nahm und ihn ansah, mit mürrischem Mund und einem heiteren Funkeln in den Augen.

»Ja, ich bin's«, sagte Robert. »Frohe Weihnachten, Herr Selk!«

Herr Selk schüttelte langsam den Kopf.

»Na, so was. Ich dachte schon, ich hätte Gespenster gehört. Sie sind mir ja einer! Frohe Weihnachten, mein Junge. Gut, dass wenigstens mein Herz noch halbwegs beisammen ist, sonst müssten Sie mich jetzt wahrscheinlich wiederbeleben.«

»Kein Problem, einmal Zivi, immer Zivi.«

»Ob das eine realistische Selbsteinschätzung ist, zeigt sich erst im Ernstfall, und der möchte ich möglichst nicht sein«, scherzte Herr Selk.

Robert kannte ihn gut genug, um zu sehen, wie sehr er sich freute. »Ich dachte, ich überrumpele Sie zur Abwechslung mal, Sie beschweren sich ja immer, es würde bei Ihnen zu wenig Aufregendes passieren.«

»Keine Sorge, mein Junge, jetzt, wo ich überlebt habe, bin ich weit davon entfernt, Sie zurechtweisen zu wollen.«

Bei ihrem letzten Telefonat war nicht klar gewesen, ob Robert es schaffen würde, Herrn Selk zu besuchen. Um ihm eine Enttäuschung zu ersparen, hatte er behauptet, er könne Weihnachten nicht kommen, und dann hatte er die Idee gehabt, Herrn Selk in diesem Glauben zu lassen – obwohl keineswegs festgestanden hatte, dass der Generalmajor es mochte, überrascht zu werden.

»Soll ich mal das Essen warm machen?«

»Gern. Der vermaledeite Deckel geht immer so schwer ab.«

Herr Selk beobachtete Robert vom Küchenstuhl aus. Sein Mund verzog sich immer weiter, seine Augen funkelten immer mehr, bis er aussah wie ein extrem vergnügter Karpfen.

Zur Feier des zweiten Weihnachtstages gab es eine Scheibe blassrosa Kasseler, eine Kochwurst, angebrannte Bratkartoffeln und einen Haufen Grünkohl, der Robert an einen alten Kuhfladen erinnerte. Außerdem an eine ewig zurückliegende Geburtstagsfeier, auf der Frie gesungen und er sie begleitet hatte, aber er schob diese Erinnerung schnell beiseite. Der Küchentisch war schon gedeckt. Ein Teller, Besteck, eine benutzte Stoffserviette, der Zuckertopf, ein Bierglas, eine Flasche Warsteiner.

»Guten Appetit«, sagte Robert.

»Den Senf habe ich vergessen. Seien Sie bitte so nett.«

Robert holte das Senfglas. »Ich habe leider nur eineinhalb Stunden, dann muss ich wieder los, mein Zug fährt um kurz vor zwei. Nächstes Mal bleibe ich länger, dann gehen wir endlich mal wieder ins Casino.«

»Das wäre sehr schön.« Herr Selk rührte einen gehäuften Teelöffel Senf unter den Kuhfladen und bestreute ihn mit Zucker.

Robert legte unbeholfen das Geschenk auf den Küchentisch. »Hier, für Sie.«

»Nun lassen Sie mich doch erst mal essen.«

Die Kochwurst schmeckte Herrn Selk. Er schnitt noch ein Stück ab und kaute lange, bevor er schluckte und mit Bier nachspülte. »So viele Überraschungen an einem Tag, das muss einer ja erst mal verknusen. Wollen Sie nicht auch was trinken? Da steht noch ein Warsteiner im Kühlschrank.«

Herr Selk packte erst aus, als sie im Wohnzimmer saßen.

Die einzige Weihnachtsdekoration waren ein Weihnachtsstern und die Weihnachtspyramide, die auf der Fensterbank standen. Herr Selk betastete das Paket.

»Kein Buch«, stellte er fest.

Wenn Robert ihm in den letzten Jahren etwas geschenkt

hatte, waren es fast immer Sachbücher von irgendwelchen Politikern a. D. gewesen. Die Tesastreifen pulte Herr Selk so langsam vom Papier, dass Robert ungeduldig wurde.

Vielleicht sollte das Auspacken nicht so schnell vorbei sein.

Der Schal war aus Wolle und in gedeckten Farben gestreift.

»Oha. Der passt hervorragend zu meinem Wintermantel.«

In den kalten Monaten trug Herr Selk immer noch den grünen Dufflecoat, den Robert während seines Zivildienstes im Frühjahr in die Reinigung hatte bringen müssen. Er hielt den Schal ausgebreitet in die Luft, dann legte er ihn sich um den Hals.

»Sehr weich, trägt sich gut, danke vielmals, mein Junge. Sehr schöne Farben. Da haben Sie genau meinen Geschmack getroffen.« Herr Selk räusperte sich und nickte anerkennend. »Leider habe ich nichts für Sie, das ist mir ausgesprochen unangenehm.«

»Quatsch, muss es nicht.«

»Na, ich werde mich bei Gelegenheit revanchieren. Aber nun erzählen Sie mal, was macht das Leben in Dresden? Sind Sie so glücklich dort, wie es diese herrliche Stadt verdient?« Herr Selk war ein einziges Mal dort gewesen, neunzehnhundertdreißig, mit seinen Eltern zur Eröffnungsausstellung des Hygiene-Museums.

»Ja. Ich fühle mich sehr wohl, und ich bin immer noch mit Doreen zusammen. In den nächsten Semesterferien wollen wir zusammen nach London. Sie ist jetzt schon ganz aufgeregt, sie ist noch nie geflogen.«

»Dann soll sie sich gar nicht erst daran gewöhnen«, befand Herr Selk. »Wo der Mensch nicht zu Fuß oder auf Rädern hinkommt, hat er nichts zu suchen. Dieses ganze

Gerede von: die Welt kennenlernen. Wer fremde Länder und Kulturen kennenlernen will, soll Bücher lesen und nicht mit einem Heidenkrach die Luft verpesten, aber das ist wohl eine altmodische Ansicht, dessen bin ich mir bewusst.«

»Ja, ist es«, bestätigte Robert. »Wir wollen noch ganz viel zusammen reisen.«

»Na, dann bringen Sie Ihre fesche Doreen doch mal zum Kaffee mit nach Hamburg. Sie scheinen sie ja sehr gern zu haben.«

Robert stellte sich Doreen vor, wie sie in Herrn Selks riesigem Wohnzimmer sitzen und sich hinterher maßlos darüber aufregen würde, dass jemand allein in einem gigantischen Haus wohnte; er bezweifelte, dass er es jemals so weit kommen lassen würde. Trotzdem freute er sich über Herrn Selks Einladung. Er nahm sie als Beleg dafür, dass das mit Doreen jetzt offiziell etwas Ernstes war.

»Ich muss mal los, sonst verpasse ich meinen Zug.«

»Darf ich Ihnen ein Taxi spendieren? Dann könnten Sie noch ein wenig bleiben?«

»Lassen Sie mal, Herr Selk, mit dem Bus dauert es auch keine zwanzig Minuten. Nächstes Mal melde ich mich vorher an, und dann machen wir einen Ausflug ins InterConti, okay?«

»Ich bitte darum. Und sehen Sie es mir bitte nach, dass ich lieber sitzen bleibe. Gute Fahrt, und richten Sie Ihrer Herzensdame unbekannterweise meine Grüße aus. Vielleicht schicken Sie mir ein Foto?«

Frie hatte Herr Selk nie kennenlernen wollen – Robert fiel es auf, als er an der Bushaltetselle saß. Dabei hätte er sich bestimmt gut verstanden mit ihr. Vermutlich sogar besser als mit Doreen. Frie hätte wie selbstverständlich auf seinem Sofa Platz genommen, die Torte gelobt und sich bereitwillig nach ihrem Studium ausfragen lassen. Falls sie Herrn Selks Ansichten für die eines kauzigen alten Knackers gehalten hätte, hätte sie es ihm freundlich ins Gesicht gesagt, und wahrscheinlich wäre der nicht entrüstet, sondern beeindruckt gewesen. Duckmäusertum verachtete der Generalmajor, aber Chuzpe wusste er zu schätzen. Warum nur hatte er Frie nie mitgenommen zu Herrn Selk?

Und warum denke ich heute eigentlich ständig an sie?

Robert bemerkte, wie er schlechte Laune bekam.

Irgendwo vor Berlin ging die Dezembersonne unter, ohne sich vorher noch mal gezeigt zu haben. Als Robert aus dem Bahnhof Dresden-Neustadt trat, war es früher Abend und dunkel wie mitten in der Nacht. Der Bahnhofsvorplatz lag so karg beleuchtet vor ihm, wie man es im Westen mit den helleren Straßenlaternen nicht mehr gewohnt war. Es hatte nicht geschneit, war aber eiskalt und ein wenig neblig.

Den Weg vom Bahnhof bis zu seiner WG hätte er abkürzen können, wenn er ein Stück Straßenbahn gefahren wäre. Aber er hatte mit Doreen abgemacht, gleich nach seiner Ankunft zu ihr zu kommen, und so ging er zu Fuß zur Alaunstraße, in der sie und Björn sich eine Zweieinhalbzimmerwohnung teilten. Zusammen mit den Atemwolken, die er und die wenigen anderen Passanten ausstießen, hing der Geruch nach Braunkohle in der frostigen Luft. Wenn Robert gute Laune hatte, fand er das romantisch, aber heute verstärkte dieses Detail sein Gefühl, an einem falschen, freudlosen Ort angekommen zu sein, an dem die Winter nicht nur sehr dunkel und oft bitterkalt waren, sondern viel Arbeit machten. Noch monatelang würde er Kohlebriketts aus dem Keller in den vierten Stock des Altbaus schleppen müssen, in dem er mit einem anderen Musikstudenten wohnte, um damit die Kochhexe in der Küche anzufeuern – und an den

Wochenenden, an denen es so eisig war wie heute, zusätzlich den Kachelofen in seinem Zimmer.

Die rotte Haustür in der Alaunstraße war wie immer nur angelehnt, weil das Schloss klemmte. Weder Doreen noch Björn waren da, aber sie hatte auf der Papierrolle an ihrer Wohnungstür eine Nachricht hinterlassen.

Sind in der 100. Bis gleich!

Es ärgerte Robert, dass Doreen vorgegangen war. Er hatte gehofft, von ihr erwartet zu werden, stattdessen hatte sie es nicht abwarten können, auszugehen. Sie war sich offenbar sicher, dass er schon nachkommen würde. Kurz überlegte er, einfach nach Hause zu laufen statt in die 100. Aber allein in seinem ausgekühlten WG-Zimmer zu hocken, das hätte ihm noch schlechtere Laune gemacht.

Doreen saß mit Björn und ein paar anderen zusammen. Sie rauchte und trug ihren viel zu großen grauen Rollkragenpullover, in dem sie noch zarter und heller wirkte als sonst. Robert schob den Kragen nach unten und pustete ihr von hinten in den Nacken. Sie sprang auf und gab ihm einen dieser Küsse, die so typisch für sie waren, lustvoll und zielstrebig, so etwas wie entschiedene Hingabe. Wann ein Kuss begann und wann er endete, bestimmte eigentlich immer Doreen.

»Frohe Weihnachten. Mann, ich habe mich so urst über die Fahrradtasche gefreut, danke!«

Robert wollte weiterküssen, aber Doreen wich ihm aus.

»Und ich habe dir nur was gebastelt, magst du es trotzdem?«

Robert versicherte, der Kalender sei der Hammer, erst dann war Doreen bereit, ihn noch mal zu küssen, länger als eben und so fordernd, dass er einen Ständer bekam. Sie blieben noch eine Stunde, dann gingen sie zu Robert und schliefen miteinander, diesmal bestimmte er das Tempo, schnell und hart. Doreen unter ihm guckte ihn fragend an, so kam es ihm vor, dann fügte sie sich und kam fast gleichzeitig mit ihm. In dieser Hinsicht war sie unkomplizierter als alle Frauen, mit denen er je Sex gehabt hatte, und nicht nur das, sie war auch klug und selbstbewusst.

Und verdammt schön.

Ihrer Schönheit wegen war sie ihm aufgefallen, als er sie auf einer Party der Hochschule für Bildende Künste zum ersten Mal gesehen und Bruno gefragt hatte, ob er die Frau in dem hautengen, ärmellosen Minikleid kenne, die ein paarmal kurz zu ihnen hinübergeschaut hatte. Bruno verneinte. Ihre Arme und Beine waren weiß und dünn, ihre Hüften unter dem schwarzen T-Shirt-Stoff knabenhaft schmal, aber die Taille war noch viel schmaler, sodass Robert sich fragte, ob er sie wohl mit beiden Händen umfassen könnte – und über all dieser Schmalheit ein großer, runder Busen. Er musste sich zwingen, ihn nicht wie hypnotisiert anzustarren und sich stattdessen auf ihr Gesicht zu konzentrieren, ein längliches Oval mit einer spitzen Nase und einem knallroten Mund, das einzig Bunte an ihr. Die aalglatten, feinen Haare waren kinnlang und fast weißblond, ebenso wie die Wimpern über ihren hellgrauen Augen. Aber das sah er erst, nachdem er zu ihr gegangen war und es bei ihr mit der, seiner Erfahrung nach, erfolgversprechendsten Anmache versucht hatte, mit der Wahrheit.

»Entschuldigung, ich will nicht nerven, aber ich dachte, ich rede lieber mit dir, statt dich weiter anzustarren, das kommt ja immer ziemlich blöd rüber. Ich bin Robert.«

»Danke für die Info, Robert«, sagte Doreen und prostete ihm zu.

Robert musste lachen, so verblüfft war er über ihre Stimme, die unmöglich aus diesem zerbrechlich, fast gläsern anmutenden Körper kommen konnte. Es war der Bariton eines Bauarbeiters aus dem Mund einer Elfe.

»Was gibt's da zu lachen?« Doreen leerte ihr Weißweinglas.

In ihrem Nasenflügel glitzerte ein winziger Stein.

»Erkläre ich dir später. Willst du noch einen Wein?«

Noch am selben Abend küsste sie ihn das erste Mal.

Am Wochenende darauf fuhr Doreen mit dem Rad die gut zwanzig Kilometer nach Pirna, wo Robert im Jugendhaus einen Auftritt hatte. Sie hatte ihn unbedingt spielen sehen wollen, aber daraus wurde nichts. Stattdessen sah sie, wie schnell Robert sich aus dem Staub machen konnte, wenn es sein musste.

Die fünf Glatzen waren noch während des Soundchecks aufgetaucht. Sie schrien »Sieg heil!«, spuckten in Biergläser, warfen Stühle durch die Gegend und sahen sich nach Langhaarigen und anderen Zecken um, denen sie mit ihren Baseballschlägern das Nasenbein zertrümmern konnten, mindestens. Robert und die anderen türmten durchs Fenster. Schneller, als er es jemals bei den Bundesjugendspielen geschafft hatte, rannte er in die Richtung, in der er eine Telefonzelle vermutete, seine Kollegen rannten hinterher, aber der Polizeibeamte am anderen Ende der Leitung war unfreundlich und konnte nicht helfen.

»Wir sind zu wenig, nur zu zweit und nur ein Auto.«

Sie warteten, bis sie halbwegs sicher waren, dass die Luft wieder rein war, dann trauten sie sich zurück. Vor dem Eingang zum Jugendhaus stand Doreen, die durch die Eingangstür in eine andere Richtung geflohen war, noch viel weißer als sonst, falls das überhaupt möglich war.

»Diese Drecksnazis.« Sie strich ihm die noch schweißfeuchten Haare aus der Stirn und küsste ihn, bis er schon wieder kaum noch Luft bekam, und zwischen zwei Küssen fragte sie mit ihrer Bauarbeiterstimme: »Willst du mit mir schlafen?«

Robert hatte sie von sich weggeschoben, dämlich grinsend, verwirrt, überfordert, begeistert und dann doch noch so schlagfertig, dass er sie zum Lachen brachte.

»Ja, klar, die letzte halbe Stunde habe ich an nichts anderes gedacht.«

Obwohl es so kalt war in Roberts Zimmer, wie er befürchtet hatte, hatte Doreen sich nur halb zugedeckt. Der Anblick ihres nackten, zarten Oberkörpers mit dem filigranen Gesicht und den unglaublichen Brüsten löste in ihm ein Gefühl aus, für das ihm nur eine treffende Beschreibung einfiel: Besitzerstolz. Wenn Doreen das wüsste, würde sie ihn wahrscheinlich ohrfeigen.

Sie legte Wert darauf, mehr zu sein als die Hälfte eines Paares.

Obwohl sie nur zehn Minuten voneinander entfernt wohnten, sahen sie sich nicht täglich. Am Wochenende musste Robert abends oft spielen, und Doreen hatte Freundinnen und Freunde, die sie auch ohne ihn traf. Sie war gern allein, dann las oder zeichnete sie oder bastelte in ihrem Zimmer an irgendwelchen Modellen oder anderen Sachen herum. Als ihr vorheriger Mitbewohner beschloss, umzuziehen, hatte sie sein Zimmer an Björn vergeben, ohne es Robert anzubieten. Er hätte abgelehnt, trotzdem, wenigstens gefragt werden wollte er, aber das behielt er für sich. Allerdings, wenn sie sich dann wiedersahen, war Doreen immer umso bereiter, mit ihm zusammen zu sein. Dann gab sie ihm diese zielstrebig gierigen Küsse, die ihn immer noch anmachten, aber auch schon genervt hatten, er war ja kein Selbstbedienungsautomat, in den man oben die Zunge reinsteckte, und dann kam unten raus, worauf man Appetit hatte. So war es ihm in letzter Zeit manchmal vorgekommen, vor allem seit er von seinem Auslandssemester zurückgekommen war.

Doreen drückte ihre Zigarette aus, drehte sich zu ihm und sah ihn an. »Woran denkst du?«

Er war sechs Monate weg gewesen, ein halbes Jahr, in dem sie sich viel geschrieben und alle zwei Wochen höchstens fünf Minuten telefoniert hatten, gerade lang genug, um sich einander ihrer Sehnsucht zu versichern. Er war ihr treu geblieben, obwohl sie sich vor seinem Abflug nichts versprochen hatten und er mehr als eine Gelegenheit gehabt hatte, untreu zu werden. Er war stillschweigend davon ausgegangen, dass das dazugehörte, wenn man ein Paar war und bleiben wollte, aber er hatte sich nie getraut, sie zu fragen, ob sie es genauso gehalten hatte.

Diese Frage hatte er nur sich selbst gestellt.

Er stellte sie sich immer noch manchmal, auch jetzt, während Doreen mit ihrem schmalen, langen Zeigefinger langsam über seine Brust strich. Robert zog ihre Hand zu sich und legte seine Wange darauf. Diese zarte Hand, in deren Mulde sein Gesicht lag wie in einem warmen Nest.

Doreen war die Einzige, die die Antwort auf seine Frage kannte.

»Als ich weg war, in Amerika«, sagte Robert, »hast du da eigentlich zwischendurch mal was mit jemand anderem gehabt?«

Der Blick ihrer hellgrauen Augen veränderte sich – von zärtlich zu prüfend, unsicher oder mitfühlend? Er konnte es nicht deuten.

»Willst du das wirklich so genau wissen?«, flüsterte Doreen.

Nein, dachte er und sagte: »Ja.«

Das Paar war nicht mehr jung, aber jünger als fast alle anderen Ballgäste. Er trug einen schwarzen Anzug, sie ein fließendes violettes Kleid mit einem tiefen Rückenausschnitt, in dem die Hand des Mannes schon den ganzen Abend umherwanderte. Beim Tanzen lag sie auf den Schulterblättern der Frau, wenn die beiden saßen, streichelte er ihre Wirbel, beim Gehen ruhte seine Hand in der Wölbung ihres Kreuzes, und eben, als die beiden nebeneinander am Büfett anstanden, hatte sie sich unter den Stoff ihres Kleides Richtung Po geschoben, aber dem machte die Frau schnell ein Ende. Sie entzog sich ihm, lachend und schimpfend. Mit ihrer henkellosen Handtasche haute sie dem Mann gegen die hemdweiße Brust und gab ihm gleich darauf einen Kuss.

Robert hatte das Paar schon seit Stunden im Blick, während er mit dem Salonorchester im festlich illuminierten samtrot-goldenen Saal des Bellevue auf einem Podest stand und Swing, Tango, Strauss und Jazz spielte, aber er sah in den beiden immer nur das eine: Doreen, wie sie den anderen anlachte und sich von ihm anfassen ließ. Die Hand auf ihrer weißen Haut, sich unter den Stoff schiebend. Wie Doreen mit zu dem anderen ging, wie sie auf dem anderen Bett lag, wo der andere die Geheimnisse ihres Körpers aufspürte, wie Doreen ihm erlaubte, sie zu finden.

Doreen, wie sie ihn mit Markus betrog.

Die Gitarre war ein Werkzeug, das Robert mittlerweile so sicher beherrschte, dass er es bei Bedarf auch im Halbschlaf bedienen konnte. Er spielte die Stücke wie ferngesteuert runter, aber sein Gesicht hatte er offenbar nicht so gut im Griff. »Robert, du guckst die ganze Zeit, als wäre das hier eine Beerdigung, das geht nicht«, fuhr die Geigerin ihn an, als sie das letzte Set vor Mitternacht beendet hatten und kurz Pause machten. »Reiß dich mal zusammen.«

Noch fünf Minuten bis zum Jahreswechsel.

Die mit Wunderkerzen gespickte Eisbombe wurde reingetragen, das neue Jahr begrüßt, dann begann der lockere Teil des Festes. Robert tauschte die akustische gegen die E-Gitarre, der Pianist das Klavier gegen Keyboards, und dann spielten sie nur noch Schlager und Achtzigerjahre-Hits – drei Sets à fünfzig Minuten, jeweils zehn Minuten Pause. Von Hit zu Hit wurde sein Bedürfnis größer, sich einen der schlecht tanzenden Fettsäcke zu schnappen, ans Mitternachtsbüfett zu schleifen und das feiste, selbstzufriedene Gesicht ins Chili con Carne zu drücken. Stattdessen schraubte er die Mundwinkel hoch und ließ Kopf und Schultern mechanisch im Takt wippen. Die Geigerin schaute immer wieder rüber, sagte aber nichts mehr, und irgendwann war es drei, und sie hatten es geschafft.

Robert fuhr nach Hause.

Er versuchte gar nicht erst zu schlafen.

Unten auf der Straße vor seinem Fenster übergab sich jemand, bestimmt fünf Minuten lang.

Während er gearbeitet hatte, hatte Doreen gefeiert, in einer der wenigen Blasewitzer Villen, in denen immer noch Studenten wohnten, eine Riesenparty, zu der die halbe HfBK eingeladen war. Wahrscheinlich feierte sie immer noch. Sie hatte ihn gewarnt, er solle bloß nicht auf die Idee kommen, nach dem Ball noch bei der Party vorbeizuschauen, um zu kontrollieren, ob sie ihm auch treu sei. Sie hatte das im Tonfall einer scherzhaften Bemerkung gesagt, aber er wusste, sie meinte es ernst.

»Kommt er auch?«, hatte Robert drei Abende zuvor gefragt.

»Kann gut sein.« Doreen hatte ungeduldig geklungen. »Wahrscheinlich, ja.«

Es war ihr erstes Treffen gewesen nach dem Geständnis, wie Robert nannte, was sie ihm über Markus und sich erzählt hatte. Sie hatten die halbe Nacht gestritten, bis Doreen sich anzog und ging. Den darauffolgenden Samstag hatten sie nicht miteinander geredet, Sonntagmittag hatte Doreen angerufen und gefragt, ob er abends kommen wolle, sie würde was kochen.

Am liebsten hätte Robert von ihr verlangt, nicht zu der Party zu gehen. Weil das unmöglich war, blaffte er sie wegen ihrer Ungeduld an. »Du brauchst gar nicht so genervt zu gucken. Ist ja wohl kein Wunder, dass mich das interessiert.« Er stierte sie vorwurfsvoll an. Er schaffte es nicht, das nicht zu tun. »Und dass ich das nicht so toll finde, dass du mit ihm feierst.«

Die Gemüsesuppe stand dampfend auf dem Tisch.

Doreen knallte die Kelle daneben. »Ich habe seit damals ungefähr zehn Partys mit Markus gefeiert. Ich sehe ihn ständig in der Hochschule. Wenn ich Lust hätte, könnte ich dreimal pro Woche mit ihm vögeln, aber ich mach's nicht, weil: Einmal reicht mir! Er interessiert mich nicht! Das war ein Ausrutscher! Es! Tut! Mir! Leid! Wie oft soll ich's dir noch erklären?«

»Du hast mir selbst gebeichtet, dass du ihn scharf fandest an dem Abend.«

»Ich habe überhaupt nichts gebeichtet. Du hast mich ausgefragt, und ich war so dumm, dir zu antworten. Dabei war sonnenklar, dass du ausrastest.«

»Wo raste ich denn aus? Ich bin nur verletzt. Weil du mich betrogen hast.«

»Nein, du hast mich betrogen. Du hast gesagt, du willst die Wahrheit wissen, aber das stimmte gar nicht. Wenn hier einer einen Grund hat, verletzt zu sein, bin ich das.« Ihre tiefe Stimme bebte und wurde leiser. »Du bestrafst mich dafür, dass ich dir vertraut habe, das ist so was von unfair.«

Das war eine so perfide verdrehte Logik, dass Robert

nichts dazu einfiel. Sich vertrauen, hieß das nicht, ehrlich miteinander zu sein? Aber was, wenn rauskam, dass man allen Grund hatte, misstrauisch zu sein?

»Aber man kann doch nichts für seine Gefühle«, sagte er in seinen Tee hinein.

»Eben«, sagte Doreen, plötzlich sanft.

Sie kam zu ihm, setzte sich federleicht auf seinen Schoß, schlang die dünnen Arme um seine Schulter und vergrub ihr blasses, kleines Gesicht an seinem Hals. So saßen sie da, während in Robert die Hoffnung keimte, dass doch alles wieder gut werden könnte, aber dann nahm sie sein Gesicht in beide Hände und küsste ihn, als wollte sie die Eifersucht aus seinem vergifteten Herzen saugen, und das machte ihn nicht heiß, sondern sauer.

»Nee, lass mal.« Er drückte sie weg.

Erst am nächsten Morgen war er bereit, mit ihr zu schlafen, und gestern Abend noch einmal. Das war geil gewesen, aber beide Male hatte seine Lust weniger mit ihr zu tun gehabt als mit dem Verlangen, sie zu besitzen, das hatte dem Sex etwas unterschwellig Aggressives verliehen, das ihn total anmachte und gleichzeitig beschämte. Und nun lag er allein in seinem Bett und hoffte gegen jede Wahrscheinlichkeit, dass es in der Blasewitzer Villa langweilig gewesen und Doreen schon zu Hause war und genauso allein wie er in ihrem Bett lag und an ihn dachte; aber wie die Party gewesen war, würde er erst am nächsten Abend erfahren.

Er schlief schlecht, obwohl er todmüde war.

Sie waren im Blue Note verabredet, *unserem Wohnzimmer*, wie Doreen es nannte. Das Blue Note hatte erst im Frühjahr aufgemacht. Fast jeden Abend fanden Livekonzerte statt, die nie vor zehn begannen, und wenn die anderen Kneipen und Clubs zugemacht hatten, kamen viele auf einen Absacker vorbei. Vor halb zehn ging dort eigentlich niemand hin, aber Robert hatte darauf bestanden, dass sie sich schon um neun trafen. Er brauchte Zeit zu zweit, zum Reden. Sobald die Band spielte, wurde das Publikum im Blue Note still, aus Respekt vor der Musik und weil man sonst einen Anraunzer riskierte von Mirko, dem Wirt.

Doreen war schon da.

Sie saß an einem der wenigen kleinen Tische, neben dem Stuhl lag ihr Rucksack, vor ihr ein neuer Taschenkalender, in den sie etwas eintrug. Sie machte keine Anstalten aufzustehen, sondern schaute nur hoch und lächelte schwach. Robert beugte sich zu ihr und küsste sie, trocken und kurz. Mirko brachte ein Branik und fragte: »Noch eins?« Robert nickte, Doreen klappte den Kalender zu. Sie sah genauso übernächtigt aus wie das Gesicht, in das er eben im Badezimmerspiegel geguckt hatte.

»Na, wie war's gestern?«, fragte sie.

»Furchtbar. Und furchtbar anstrengend. Und bei dir?«

»Ganz gut.«

»Waren viele Leute da?«

»Ja, richtig viele.«

»Und, hattet ihr Spaß?«

»Ja, hat gefetzt, wir haben richtig viel getanzt.«

»Und wann warst du zu Hause?«

»Viertel fünf oder so? Ich bin ziemlich durch, ich hab ganz schön was getrunken.«

»Ich habe auch kaum geschlafen.« Robert schlief schon seit Freitag zu wenig. »Bis Samstag bin ich hoffentlich wieder fit.«

»Was ist denn da?«

»Brunos Geburtstag. Kommst du auch?«

»Geht nicht, da habe ich schon was vor.«

»Was denn?«

»Ich bin schon eingeladen.«

»Bei wem?«

»Bei Grit.«

»Grit? Von der habe ich ja noch nie was gehört.«

»Die kenne ich ja auch erst seit gestern, die war auf der Party, eine Schauspielstudentin.« Doreen runzelte die Stirn. »Was soll das werden? Das nächste Verhör?«

Sie stand auf und ging zur Toilette.

Auf dem Tisch lag ihr Kalender, klein, rot, nagelneu: *1998*.

Robert schlug die erste Woche auf.

Donnerstag, 1. Januar: 21 Uhr Robert

Freitag, 2. Januar: Geb. Tante Christel

Samstag, 3. Januar: M + D

Dahinter drei Herzen.

Als Doreen zurückkam, rauschte es in Roberts Kopf.

Er konnte nicht mehr denken, er konnte nur noch reden.

»Du bist Samstag mit Markus verabredet.«

»Wie bitte? Spinnst du?«

»Ich hab's gesehen, du hast es doch da reingeschrieben.«

»Du hast in meinen Kalender geguckt?«

Das ließ sich nicht leugnen.

»Du schnüffelst mir hinterher?«

Jetzt klappte auch das Sprechen nicht mehr.

Doreen schob ihm den aufgeschlagenen Kalender hin.

»Mein Gott, meinst du echt, ich würde M plus D mit drei Herzchen da reinschreiben, wenn ich was mit Markus hätte? Für wie blöd hältst du mich eigentlich?« Sie tippte wütend auf dem Samstag herum. »Das hier sind Momo und Dicki, die Meerschweinchen von meinen Brüdern, die haben Sonnabend nämlich auch Geburtstag. Also, jedenfalls denken die Zwillinge das, weil sie unbedingt wollten, dass Momo und Dicki einen Geburtstag haben. Und ich habe versprochen, ihnen eine Glückwunschkarte zu schicken, darum steht das da, du Arschloch.«

Doreen steckte den Kalender ein, zog ihre Jacke an und ging.

Diese Nacht schlief Robert wie jemand, der keinen Grund hatte, jemals wieder wach zu werden. Am späten Vormittag weckte ihn das Klingeln des Telefons im Flur, er zog sich die Decke über die Ohren, aber dann klopfte es an der Tür. Bruno steckte den Kopf ins Zimmer.

»Robert? Da ist so ein Typ am Telefon, der will dich sprechen, aus Berlin, glaube ich, irgendeine Plattenfirma.«

März 1998

Die letzte, nicht mal halbe Zigarette

Der März war der überschätzteste Monat des Jahres, fand Frie.

Er gab vor, den Frühling einzuleiten, dabei war er nur die Verlängerung des Winters, kalt, grau, nass und windig. Ihre Jeans waren feucht vom Sprühregen, und ihre Hände froren, als sie wie jeden Tag seit gut zwei Wochen die Max-Brauer-Allee entlangfuhr – morgens im Dunkeln in die Rothenbaumchaussee, abends im Dunkeln zurück nach Ottensen. Jedes Mal kam sie an Roberts alter Wohnung vorbei, aber inzwischen empfand sie nur noch einen Hauch von Wehmut. Ein Auto überholte sie viel zu schnell und viel zu dicht, sodass sie einer tiefen Pfütze nicht ausweichen konnte. Wasser spritzte, Frie fluchte.

Sie war müde, hungrig und glücklich.

Tony hatte versprochen, es früh genug von der Arbeit zu schaffen, um gegen sieben das Abendessen fertig zu haben. Anfang Februar waren sie zusammengezogen. Es war immer noch etwas Besonderes, in eine Wohnung zu kommen, in der der Mann auf sie wartete, den sie liebte. Jedes Mal, wenn Tony ankündigte, zu kochen, freute sich Frie den ganzen Tag darauf, obwohl sie fand, dass er auch mal etwas anderes machen könnte als irgendein *meat and 3 veg*. Egal. Sicher würde sich bald die Gelegenheit ergeben, ihm Nachhilfe zu geben, aber erst mal musste sie ihre Examenshausarbeit schaffen.

Es gab überbackenes Hähnchenbrustfilet mit Kartoffelpüree, Möhren und Porree. Als Frie den Tisch abräumen wollte, nahm Tony ihr den Teller ab.

»Geh ruhig, ich räum auf. Brauchst du noch einen Kaffee?«

»So gern.« Frie schmiegte sich an ihn und gähnte in seinen Pulli hinein.

»Mit ohne Milch?« Sein Vater stammte aus Perth, seine Mutter aus Heilbronn. Sein Deutsch war fast fehlerfrei, hatte aber einen deutlichen australischen Akzent und einen leicht schwäbischen Einschlag.

Frie nickte, küsste ihn, ging in ihr Zimmer und machte sich daran, das Handgeschriebene von heute auf dem PC ins Reine zu tippen. Noch praktischer als ein PC wäre ein Laptop, aber der war zu teuer, hatte Vater entschieden.

Frie lag mit der Hausarbeit gut in der Zeit.

Das aber nur, weil sie nichts anderes mehr tat, als daran zu arbeiten. Täglich, auch am Wochenende, saß sie ab acht Uhr morgens in der Rechtshausbibliothek, wälzte Aufsätze und Kommentare, machte sich Gedanken und Notizen und schrieb. Mittags ging sie mit Eva ins Curiohaus. Alle zwei, drei Stunden holte sie sich im Café Pause ein Snickers und einen Kaffee und setzte sich zu den anderen Rauchern auf die Rechtshaustreppe, um zu schwatzen und zwei oder sogar drei Zigaretten nacheinander anzuzünden. Zum Abendessen fuhr sie nach Hause, danach zog sie sich in ihr Zimmer zurück, um noch ein paar Stunden zu schreiben. Nach der Hausarbeit standen im Sommer die Klausuren an, im November folgte die mündliche Prüfung, erst danach war sie durch mit dem ersten Staatsexamen. Allerdings, die heiße Phase der Examensvorbereitung mit dreimal Repetitorium pro Woche und den ständigen Probeklausuren hatte schon vor über einem Jahr begonnen.

Wegen des Stresses rauchte sie noch mehr als früher.

Die Erste rauchte sie, bevor sie morgens das Rechtshaus betrat.

Die Letzte rauchte sie nach der Nachtschicht.

Besonders viel rauchte sie an den seltenen Abenden, an denen sie ausging, weil selbst Examensstudenten mal auf andere Gedanken kommen oder es zumindest versuchen mussten. Manchmal kam sie auf zwei Schachteln, fast zehn Mark am Tag für Zigaretten, ein Wahnsinn. Aber weniger schaffte sie einfach nicht, und um ganz aufzuhören, war gerade nicht der richtige Zeitpunkt, sondern der schlechteste, allerdings hatte sie neuerdings Angst vor den Folgen. Nicht nur, dass sie sich mit sechzehn die erste Schachtel Marlboro gekauft hatte. Seit sie achtzehn war, schluckte sie an einundzwanzig Tagen im Monat eine Marvelon.

Anthony und sie waren über Weihnachten bei ihren Eltern gewesen, im Wohnzimmer hatte die *BRIGITTE* gelegen. Sie hatte sie durchgeblättert, bis sie an einem Artikel hängen geblieben war, in dem Raucherinnen davor gewarnt wurden, die Pille zu nehmen. In der folgenden Nacht lag sie in ihrem alten Kinderzimmer wach und fragte sich, warum ihr Herz in letzter Zeit manchmal unregelmäßig und zu schnell schlug oder ob sie sich das nur einbildete. Bei ihren Eltern gab es kein breites Gästebett, sie teilte sich mit Tony die Neunzig-Zentimeter-Matratze ihres Jugendbetts. Wahrscheinlich war das der Grund, warum ihr plötzlich so heiß wurde und so eng in der Brust, aber was, wenn nicht?

So kann es nicht weitergehen, dachte Frie.

Wenn sie dieses Examen überstehen wollte, musste sie so viel rauchen dürfen, wie sie wollte, ohne eine Panikattacke zu bekommen. Auf dem Heimweg erklärte sie Anthony, dass sie nach der mündlichen Prüfung mit dem Rauchen aufhören würde.

»Dann kann ich auch wieder die Pille nehmen, aber jetzt setze ich sie erst mal ab, damit geht's mir besser.«

Er war nicht begeistert gewesen.

Aber er hatte auch nicht versucht, sie davon abzubringen, das wäre ja noch schöner. Außerdem würden sie in nächster Zeit bestimmt sowieso seltener miteinander schlafen. Schon vor den Semesterklausuren war sie immer so gestresst gewesen, dass sie weniger Lust gehabt hatte als sonst; während des Examens würde das sicher nicht besser werden. Aber das waren diese ganz normalen Phasen, die man locker überstand, wenn man ein richtig gutes Paar war, ein so gutes Paar wie Tony und sie.

Ihre Liebe hatte mit einem Brief begonnen, gewissermaßen.

Alfie hatte diesen Brief geschrieben, der Physikstudent, mit dem sie als Au-pair in Sydney zusammen gewesen war. Sie hatten einander nie ganz aus den Augen verloren, und als Alfie, der inzwischen in Melbourne an der Uni arbeitete, im Herbst vierundneunzig anlässlich eines Kongresses nach Deutschland gekommen und zwei Wochen geblieben war, hatte er nicht nur Schloss Neuschwanstein, Bamberg und Berlin besucht, sondern auch einen Abstecher nach Hamburg gemacht und zwei Nächte bei Frie geschlafen. Ein paar Wochen später kam sein Brief, in dem er von der Stadt und Fries Gastfreundschaft schwärmte und mitteilte, dass einer seiner Studienfreunde nach Hamburg ziehe und sich melden werde, er habe ihm ihre Nummer gegeben, das sei hoffentlich in Ordnung. *I'm absolutely sure you're the right person to help my mate find his feet and show him around. His name is Tony Park and he's a top bloke.*

Alfie hatte nicht übertrieben.

Anthony Park war ein wirklich netter, dazu gut aussehender Mann, der das Thema, zu dem er am DESY erst als

Doktorand und inzwischen als Postdoc forschte, so mitreißend erklären konnte, dass Frie sich jedes Mal einbildete, wenigstens ein bisschen verstanden zu haben, auch wenn sie schon eine halbe Stunde später nichts mehr davon hätte wiedergeben können als: »Die schießen in einer riesigen unterirdischen Anlage Atomteilchen aufeinander und gucken, was dann passiert.«

Immerhin konnte sie sich merken, dass DESY die Abkürzung für Deutsches Elektronen-Synchrotron und ein weltweit führendes Institut für die Erforschung von Materie war, unter anderem mittels eines Teilchenbeschleunigers namens HERA.

Es beeindruckte sie sehr, dass jemand seine Arbeitstage mit Dingen verbrachte, die das Verständnis der allermeisten Menschen heillos überstieg. Jeder wusste, was Gesetze, Gerichte und Anwälte waren und warum man sie brauchte. Aber niemand, den Frie kannte, hatte eine auch nur ansatzweise Vorstellung davon, wie Quarks entstanden und wozu sie gut waren. Außer Tony. Mit das Beste aber an ihm war, dass er sich nicht nur für seine Arbeit interessierte, sondern genauso für sie. Für ihr Studium, ihre Freunde, ihre Lieblingsfarben, ihre Versagensängste vor Klausuren, für ihre Pläne und ihre Vergangenheit, ihre Eltern, ihre Kindheit, für die Männer, mit denen sie vor ihm was gehabt hatte.

»Ja, klar weiß ich das mit Alfie«, hatte Tony gelacht. »Aber ihr passt doch gar nicht zusammen, du hast eine viel zu freche Gosch. Und seit du hier bist, da hast du noch nie einen Boyfriend gehabt?«

Frie hatte verneint wie jemand, der zugeben musste, in einer dringlichen Angelegenheit erfolglos geblieben zu sein.

»Nee, nur ab und zu mal so kurze Geschichten, nie was Richtiges, weil, es war etwas kompliziert mit meinem damals besten Freund.«

Nach dem Bruch mit Robert hatte sie Monate gebraucht, um zu verwinden, dass ihre Freundschaft vorbei war, und noch länger, um sich davon zu erholen, wie demütigend dieses Ende gewesen war. Fast am schlimmsten war die Reue gewesen, die hartnäckig an ihr genagt hatte, auch wenn ihr bis heute nicht ganz klar war, was genau sie eigentlich bereute.

Dass sie Roberts Verliebtheit so lange nicht bemerkt hatte?

Dass sie sich ebenfalls in ihn verliebt hatte, aber zu spät?

Dass sie sich ihrer Schuldgefühle wegen von ihm hatte einschüchtern lassen und zu schnell aufgegeben hatte? Dass sie, als sie Robert mal beim Ausgehen getroffen hatte, nicht darauf bestanden hatte, mit ihm zu reden? Das war ja wohl das Mindeste, worauf ein Mensch Anspruch hatte, den man nach so vielen gemeinsamen Jahren aus seinem Leben streichen wollte.

Stattdessen war sie vor seiner Kälte geflüchtet.

Nach diesem Vorfall hatte sie in der Daniela Bar einen Mojito zu viel getrunken und sich erst wieder ins 439 getraut, nachdem sie gehört hatte, dass Robert weggezogen war. Eva hatte sie dorthin geschleift und sie genötigt, darauf anzustoßen, »dass dein Möchtegern-Jimi-Hendrix sich in die Ostzone abgesetzt hat und das 439 jetzt uns gehört«. Es war der Beginn eines ziemlich lustigen Abends gewesen, an dessen Ende Eva eine Haare-Make-up-Stylistin abgeschleppt hatte und Frie einen Arzt im Praktikum. Am nächsten Morgen musste sie sich nicht nur mit Übelkeit und Kopfschmerzen herumschlagen und mit der Frage, wie sie den Mann in ihrem Bett möglichst komplikationslos aus der Wohnung bugsieren konnte, sondern mit diesem elenden Gefühl, das sie immer wieder einholte, seit Robert sie rausgeschmissen hatte.

Ich hab's versemmelt, und deshalb muss ich mich jetzt mit so was begnügen.

Aber dann hatte sie an einem Samstagabend vor fast genau drei Jahren die Tür zum Kurhaus aufgemacht, wo das Blind Date saß, das alles verändern sollte. Tony gelang es, sie davon zu überzeugen, dass sie Besseres verdient hatte als fade One-Night-Stands und einen besten Freund, der nichts mehr von ihr wissen wollte, nämlich: ihn.

Zuerst hatte Frie nicht glauben können, dass dieser eloquente, hyperintelligente Jungwissenschaftler es ernst meinen könnte mit ihr, der Jahre jüngeren, ketterauchenden Jurastudentin, die gerade mal ihre kleinen Scheine geschafft hatte. Sie war auf der Hut gewesen, hatte ihn auf Abstand gehalten und ihm wochenlang nicht gestattet, sie kopflos werden zu lassen. Er war beharrlich geblieben, ohne aufdringlich zu werden. Souverän und verlässlich hatte er sich ihr gegenüber verhalten, auch das hatte sie mehr und mehr beeindruckt. Und dann war der Mai gekommen und hatte alle Klischees wahr werden lassen. Mit Tony auf einer Alsterwiese liegend, war der letzte Rest Vorsicht in ihr geschmolzen. Die Stadt sah in diesen Tagen geradezu lächerlich schön aus, die Häuser weiß, der Himmel hellblau, der Rasen hellgrün, die Kirschbäume rosa. Vor dieser pastellfarbenen Kulisse hatte sie kapituliert.

Sie waren ein Traumpaar, beide furchtbar verliebt und sehr ehrgeizig.

Sie stritten sich selten, aber wenn, dann darüber, dass einer von ihnen über die Arbeit etwas ebenfalls Wichtiges vergessen hatte, zum Beispiel den Wein für die Party, zu der sie eingeladen waren, oder dass der gemütliche Pärchenabend eigentlich um halb acht beginnen sollte, nicht erst um neun. Tony musste gelegentlich auch an den Wochenenden und nachts irgendwelche Daten sichern, die HERA rund um die Uhr sammelte. Wenn er besonders häufig im DESY war und danach noch mit Kollegen in die Kneipe ging, wurde Frie ein wenig eifersüchtig, aber nur auf die Teilchenphysik, von der Tony und die anderen Forscher offenbar nie genug bekamen. Frauen gab es in seiner Arbeitsgruppe keine. Meistens jedoch hatten sie große Nachsicht miteinander, wenn es darum ging, dass einer noch etwas schaffen musste. Deshalb hatte Anthony auch sofort verstanden, warum sie zögerte, als er ihr Ende letzten Jahres vorschlug, zusammenzuziehen.

»Ein Kollege zieht weg, wir könnten zum ersten Zweiten seine Wohnung in Ottensen haben, Altbau, achtzig Quadratmeter, mit Balkon.«

»Tony, das wäre so, so schön. Aber ich weiß nicht, ob wir damit nicht bis nach meinem Examen warten sollten. Das wird richtig hart, dafür muss ich wirklich ganz in Ruhe lernen können.«

»Die kriegst du, deine Ruhe. Und abends koche ich für dich, dann kannst du noch besser lernen.«

Jeder hatte sein eigenes Zimmer, mit eigenem Schreibtisch, eigenem Bücherregal und eigenen Postern an der Wand und mit einer Tür, die sie hinter sich zumachen konnten. Toni kochte nicht immer, aber ziemlich oft, so wie heute.

Virginia Woolf wäre zufrieden, dachte Frie.

In ihrem Zimmer standen ihre Stereoanlage, ein kleines Sofa und viele Kerzenständer, in Anthonys ein Sessel, ein Fernseher und ein Tischkicker. Das halbe Zimmer diente ihnen als Schlafzimmer, und in der Wohnküche war Platz für sechs Leute. Zur Not passten auch acht an den Bauerntisch, den Tony von seinem letzten Ersparten auf dem Flohmarkt gekauft hatte, aber es hatten erst ein einziges Mal Freunde an dem Tisch gesessen. Dreizehn Tage nach dem

Einzug hatte Frie das Thema für ihre Examenshausarbeit bekommen, es ging um die verfassungsrechtliche Überprüfung einer Verordnung, in der die Erfassung von Telekommunikationsdaten geregelt war. Seitdem hatte sie keine Zeit mehr für Besuch und lange Küchenabende.

Noch knapp vier Wochen bis zur Abgabe.

Um kurz nach elf konnte Frie nicht mehr. Ihr Verstand fühlte sich an wie ein durchdrehender Reifen. Er rotierte und rotierte, aber sie kam keinen Zentimeter voran.

Anthony war noch wach und las.

»Na, noch was geschafft?«

»Geht so, die letzte Stunde hätte ich mir schenken und dafür lieber früh ins Bett gehen sollen.«

»Hätte ich gut gefunden.« Tony legte Philip Roth beiseite und seine Hand auf ihren Bauch. »Aber vielleicht ist es ja noch nicht zu spät.«

Zuerst machte sie nur mit, weil das letzte Mal über zwei Wochen her war. So lange hatten sie noch nie keinen Sex gehabt. Aber immer wenn sie ins Bett gegangen war, war sie sofort eingeschlafen wie eine Tote, nicht nur, wenn Tony noch unterwegs gewesen war, auch, wenn er neben ihr gelegen hatte. Es war einfach mal wieder dran, und als sie sich darauf einließ, war es auch schön.

Ihr Körper war wie ausgehungert.

Sie lag da und tat nichts, denn nichts wurde von ihr verlangt, außer sich berühren zu lassen. Ihr Winden und Stöhnen waren Tonys Belohnung – sein Ansporn, sie immer weiter den Berg hochzutreiben, wie hatte sie nur vergessen können, wie herrlich das war? Der Orgasmus breitete sich wie ein Seebeben in ihr aus, vom Entstehungspunkt in immer neuen Wellen bis in die Spitzen ihrer Hände und Füße. Tony hielt ihr sanft den Mund zu, und als sie wieder ansprechbar war, flüsterte er: »Ist gerade gefährlich?«

Sie schüttelte den Kopf. Um kurz nach halb zwölf schliefen sie ein, nackt aneinandergeschmiegt, endlich mal wieder satt.

Als am nächsten Morgen ihr Wecker klingelte, zwang Frie sich aus dem Bett unter die Dusche und setzte Kaffee auf. Hinter der Balkontür war noch Nacht und in ihr das vage Gefühl, dass irgendetwas nicht stimmte. Das war komisch, weil doch gestern alles noch richtiger gewesen war als ohnehin. Das komische Gefühl verschwand, als sie auf dem Rad saß, und kehrte drei Tage später zurück, Montag früh, als sie gerade im Rechtshaus in ihrer Nische Platz genommen hatte und ihr einfiel, dass sie gestern ihre Tage hätte bekommen sollen.

Dann bestimmt heute.

Sie schlug den Filofax auf, aber da stand für gestern gar kein rotes Kreuz im Kalender, erst der kommende Sonntag war angekreuzt. Sie blätterte zurück, versuchte, sich zu erinnern, zählte noch einmal, an den Fingern.

Nein, sie hatte sich nicht verschrieben.

Sie hatte sich um eine Woche vertan.

Als sie Mittwoch miteinander geschlafen hatten, hatte der Beginn ihrer letzten Periode erst siebzehn Tage zurückgelegen, nicht vierundzwanzig. Teilchenphysik sei ein bisschen wie Sex, hatte Tony mal gesagt. *Zwei Teilchen prallen aufeinander, und aus der Energie, die dieser Aufprall freisetzt, entsteht etwas Neues.*

»Fuck.«

Wie hatte das passieren können? Hatte ihr erschöpftes Gehirn gestreikt? Hatte die Lust sie dumm gemacht? Hatte ihr Unterbewusstes ihr eingeflüstert, nach einer so langen Pause und einer so reifen Liebhaberleistung habe Tony es verdient, mal wieder ohne Gummi zu vögeln? Sie hatte keine Ahnung, war ja eigentlich auch nebensächlich, Hauptsache, sie war nicht schwanger.

Ich bin schwanger, dachte Frie.

Sie ging zu Eva und flüsterte: »Komm mal mit, ist dringend.«

Draußen zündete Frie sich sofort eine an. Sie hatte mal gehört, dass beschädigte Embryonen sich gar nicht erst einnisteten, vielleicht schaffte sie es ja, das Ding einfach wegzuqualmen. Noch besser wäre es wahrscheinlich, gleichzeitig möglichst viel Alkohol zu trinken, aber dafür war es nun wirklich noch zu früh am Tag, außerdem musste sie heute richtig was schaffen.

»Nun sag schon«, sagte Eva.

»Ich bin schwanger, ich weiß es. Scheiße.«

»Wie das denn?«

»Na, wie wohl?« Frie inhalierte das Nikotin wie eine Asthmatikerin ihr Asthmaspray. »Ich dachte, meine gefährlichen Tage sind längst vorbei, aber ich hatte mich verrechnet.«

»Wieso deine gefährlichen Tage? Ja wohl eher eure. Oder ist Verhütung bei euch was, wofür nur du zuständig bist?«

»Mann, Eva, jetzt geh mir nicht auf die Nerven. Für die Pille danach ist es jedenfalls zu spät. Was soll ich denn jetzt machen?«

»Einen Schwangerschaftstest?«

»Aber das geht doch noch gar nicht, so eine Scheiße.«

»Es muss ja nicht gleich was passiert sein.« Eva legte den Arm um Fries Schulter und drückte sie. »Ganz bestimmt ist nichts passiert.«

»Doch. Fuck und noch mal fuck. Wie soll ich das bloß aushalten bis zum Test und dann auch noch diese verschissene Hausarbeit schreiben?«

Sie hielt es aus. Weil sie es aushalten musste.

Sie schrieb weiter. Weil es nicht infrage kam, damit aufzuhören.

Außerdem dachte sie nicht so viel an das Ding, wenn sie sich mit Artikel 80 des Grundgesetzes, der Wesentlichkeitstheorie und der Verhältnismäßigkeit von Grundrechtseingriffen beschäftigte. Tony sagte sie nichts. Ihm etwas zu sagen, hätte es noch wirklicher werden lassen, aber solange es ihr Geheimnis blieb, gab es die Chance, dass es einfach wieder dorthin verschwand, von wo es gekommen war – ins Reich des theoretisch Möglichen, aber praktisch Unvorstellbaren, zu den Leptonen und Quarks. Ihr Schweigen war so was wie magisches Denken, das war ihr klar, aber wenn es darum ging, jetzt nicht durchzudrehen, war alles erlaubt.

Frie bekam ihre Tage nicht.

Nicht am Sonntag, auch nicht am Montag und Dienstag, und am Mittwoch waren es nur noch dreizehn Tage bis zum Ende der Abgabefrist. Wegen des Dings lag sie nicht mehr gut, sondern nur noch gerade so in der Zeit. Sie konnte jetzt keinen Schwangerschaftstest machen. Wenn der positiv war, würde sie erst mal zusammenklappen und mindestens ein, zwei Tage gar nichts auf die Reihe bekommen. Dann würde sie die Examensarbeit nicht schaffen, und die Examensarbeit war jetzt das Wichtigste. Um den ganzen Rest, um Tonys Kochkünste, um ihre Freunde, um das Ding, würde sie sich später kümmern.

Abtreiben ging ja noch bis Ende Mai.

Am Abgabetag um dreiundzwanzig Uhr fünfundfünfzig warf sie die fertige Examensarbeit in den fristwahrenden Briefkasten des Landgerichts. Sie stieß mit Eva und den anderen an, die ihr beim Schreiben beigestanden hatten, dann sagte sie, sie könne nicht mehr und müsse sofort ins Bett. Tony war mit einem Kollegen etwas trinken und noch nicht zu Hause.

Als der zweite Strich auftauchte, heulte sie kurz und heftig, dann ging sie auf den Balkon, trank Averna ohne Eis und ohne Zitrone und rauchte. Sie hatte einen leichten Schwips, als die Wohnungstür aufging. Noch bevor Tony seine Schuhe ganz ausgezogen hatte, sagte sie es ihm, im Flur stehend.

»Fuck! Du bist was?« Sein linker Fuß steckte noch im Turnschuh. »Du kriegst ein Kind?«

»Nein, ich werde es natürlich nicht bekommen.«

Tony stieß einen Laut der Erleichterung aus.

Oder der Ratlosigkeit?

Wieder begann sie zu weinen.

»Come here.« Er ging mit offenen Armen auf sie zu.

Sie fiel hinein.

»Wie kann denn das sein?«, fragte er. *»I thought …«*

»Ja, dachte ich auch, aber ich habe da was durcheinandergebracht.«

Sie unterdrückte das Bedürfnis, sich zu entschuldigen.

»Und seit wann weißt du es?«

»Seit eben, also ganz sicher. Aber eigentlich schon seit drei Wochen.«

»Aber Frie, wieso hast du denn nichts gesagt?«

»Ich konnte nicht, ich habe erst vorhin den Test gemacht. Ich musste erst mal die Hausarbeit hinter mich bringen, immerhin, das habe ich geschafft.«

»Gut. – Nee, scheiße.« Tony streichelte ihre Haare und bedeckte ihre Stirn mit Küssen. »Tapfere Frie. Dumme, kluge, tapfere Frie.«

Dass er so lieb war, machte alles besser und schlimmer, sie heulte jetzt all die Tränen, für die sie in den letzten Wochen keine Zeit gehabt hatte. Er ließ sie in seinen Armen weinen und wiegte sie hin und her–

–wie ein Baby, dachte Frie und heulte noch mehr.

Als sie sich ein wenig beruhigt hatte, zog Tony sie an der Hand durch die Küche auf den Balkon. »Jetzt brauche ich ausnahmsweise auch mal eine Zigarette.«

»Du hast noch den Schuh an«, schluchzte Frie.

Sie mussten beide ein bisschen lachen. Er zündete sich eine von ihren Marlboros an, griff nach dem Schwangerschaftstest, der auf dem Balkontisch lag, und hielt ihn ins Licht, das aus der Küche nach draußen fiel. Sie nahm sich auch eine.

»No!«, rief er.

»Hä?«

»Hast du die alle heute geraucht?« Er zeigte auf den vollen Aschenbecher.

»Ist doch egal. Wir wollen das Kind doch sowieso nicht.«

Sie erschrak, sie hatte das Ding zum ersten Mal Kind genannt.

»Schon, aber–«, sagte Tony. »Na ja, aber falls doch?«

Frie hatte ihre Zigarette noch nicht mal bis zur Hälfte geraucht.

»Ich meine, wir müssen doch wenigstens einmal in Ruhe darüber nachdenken«, sagte Tony.

Sie drückte sie trotzdem aus.

Zwei Stunden später lagen sie endlich im Bett, aber nach nur zehn Minuten fragte Tony ins Dunkle: »Kannst du schlafen?«

»Nein, keine Chance«, antwortete Frie, froh darüber, dass es ihm genauso ging. Die Nacht barg etwas extrem Großes, völlig Unbekanntes. Die Aufregung, die es in ihr auslöste, glich einer dicken Kruste aus maßloser Panik, die einen Kern aus unbändiger, fast zügelloser Neugierde umschloss. Tony schien ähnlich zu empfinden.

»Stell dir mal vor, es hätte deine Augen und meine Hände.«

»Lieber dein Gehirn.« Frie kuschelte sich enger an ihn.

Am Montag darauf gingen sie zusammen zur Gynäkologin, Frie war in der achten Woche: »Hier sehen Sie schon das Herz schlagen.« Frie starrte auf den Monitor, dann sah sie Tony an und er sie. Die Entscheidung, die sie wortlos fällten, bekräftigte Tony vor dem Ärztehaus stehend mit einem langen Kuss und den Worten: »Wir kriegen das schon hin.«

»Und wie willst du das Referendariat schaffen und das zweite Staatsexamen?«, fragte Eva. »Ich freue mich ja für dich, wenn es das ist, was du willst, aber bist du dir echt ganz sicher?«

Frie konnte und wollte sich keine Zweifel leisten, deshalb nickte sie: »Ja, bin ich. Absolut.«

Ab der neunten Woche wurde die Übelkeit jeden Morgen schlimmer. Frie übergab sich und fuhr ins Rechtshaus. Spätestens um zehn schlief sie abends ein. In den Lernpausen holte sie sich Kräutertee. Es fiel ihr erstaunlich leicht, nicht zu rauchen. Sie nahm Folsäure.

Als die zwölfte Woche vorbei war, sagte sie es ihren Eltern, am Telefon, sie hatte keine Zeit, zu ihnen zu fahren.

»Oh, Friederika, damit haben wir natürlich gar nicht gerechnet, nicht mal im Traum, so eine gute Nachricht! Und wann heiratet ihr?«, fragte Mutti.

»Glückwunsch«, sagte Vater. »Bis zum Examen zahle ich noch, dann ist Schluss. Hoffentlich habe ich das Geld für dein Studium nicht zum Fenster rausgeschmissen.«

Beim großen Ultraschall Ende Juni war alles in Ordnung.

»Wollen Sie wissen, was es wird?«, fragte die Ärztin.

»Eigentlich nicht«, sagte Tony, aber Frie wollte es plötzlich doch, unbedingt.

»Es wird also eine Emma«, sagte sie, als sie wieder vor der Praxis standen.

»Und hast du schon einen Plan B?«, fragte eine von den Jurafrauen. »Du wolltest doch Anwältin werden, aber mit Kind nimmt dich keine von den großen Kanzleien.«

Frie brauchte zwei gute Prädikatsexamen, wenn sie Richterin werden wollte. Die Arbeit am Gericht würde sich besser mit Kind vereinbaren lassen, und eigentlich war sie sogar interessanter, krisensicherer auf jeden Fall. Sie versuchte, noch mehr zu lernen, zum Glück ging es ihr blendend, allen gängigen Voraussagen zum Trotz. Seit die Morgenübelkeit weg war, war es, als hätte sie Energie für zwei. Sie hatte sogar Lust auf Sex. Tony stand total auf ihre neuerdings großen Brüste.

Im Juli schrieb sie die Examensklausuren. Es war heiß. Während sie über den Aufgaben schwitzte, spürte sie, wie Emma sich bewegte.

»Ich bleibe erst mal drei Jahre zu Hause, man kriegt ja kein Kind, um es dann gleich wegzugeben«, verkündete eine Teilnehmerin bei der Geburtsvorbereitung.

Anthony verkaufte den Tischkicker, dafür kam das Sofa in sein Zimmer, das Kinderbett und die Wickelkommode von Ikea stellten sie bei Frie auf. Bei der mündlichen Prüfung war sie im neunten Monat, die Examenskandidatin vor ihr trug Kostüm, Frie ein dunkelblaues Umstandskleid.

»Aber nicht, dass Sie hier vor unser aller Augen niederkommen, Frau Carstensen«, witzelte der eine Prüfer.

Sie schaffte ein knappes Gut. Zur Feier des Tages trank Frie einen Schluck Sekt und stieg dann auf Bionade Holunder um.

»Chapeau«, sagte Eva, die ein Vollbefriedigend bekommen hatte. »Schwanger und dann ein Gut, das packt man nur mit einem stählernen Willen.«

Frie platzte fast vor Stolz und auch sonst, sie hatte noch gut drei Wochen bis zum Stichtag und endlich Zeit. In einem der Cafés, in denen sie sich fast täglich mit Freundinnen traf, lief ziemlich laut Musik, darunter ein Song, der einem Lied ähnelte, das sie vor sehr langer Zeit zum ersten Mal und seitdem nie wieder gehört hatte.

»Sei mal eben leise«, sagte sie zu der Freundin, mit der sie dort saß. *So I guess it is love. But, hey, no chance, cause she's free.* »Das ist ja verrückt. Das Lied, das da gerade läuft, das hat mal vor Urzeiten ein Junge für mich geschrieben. Wir haben zusammen Abi gemacht.«

»Wie romantisch«, sagte die Freundin.

»Ja«, sagte Frie, aber dann wollte die Freundin mehr wissen über die Kreißsaalbesichtigung.

Wenn sie sich nicht mit Freundinnen traf, lag sie wie ein Walross an Land auf dem Bett und redete mit Emma.

»Dein Vater ist sehr intelligent, er kann nicht so gut kochen, aber sehr gut trösten und dir Englisch beibringen und erklären, woraus ein Atom besteht. Du bleibst erst mal ein Jahr bei mir, und dann suchen wir dir eine ganz liebe Tagesmutter.« Draußen prasselte ein Novemberregen. »Kann sein, dass das manchmal anstrengend wird, auch für dich. Aber wenn du groß bist, verstehst du mich, und dann bist du froh, dass du eine Mama hast, die auch noch ein eigenes Leben hat. Das geht, das werde ich dir und mir beweisen.«

Mein Gott, was rede ich da für einen Kitsch, dachte Frie und glaubte jedes Wort.

Was sie für ein Unglück gehalten hatte, hatte sich als Glück entpuppt, und diesmal hatte sie nicht gezögert, sie hatte zugegriffen. »Es passt doch nie so richtig«, hatte Tony gesagt, und sie hatte sich die Freiheit genommen, Ja dazu zu sagen.

Die Fruchtblase platzte, als Frie für Eva, Ulrike und Coco noch einen Prosecco aus dem Kühlschrank holte. Dreizehn Stunden später, am Tag nach dem siebenundzwanzigsten Geburtstag ihrer Mutter, kam Emma zur Welt, ein Sonntagskind.

Dieses winzige Leben.

Dieses Leben, das aus ihr gekommen war und nur deshalb blieb, weil sie es beschützte. Diese existenzielle Abhängigkeit, dieses bitterernste, wortwörtlich zu nehmende *Ohne dich kann ich nicht sein.* Und als Antwort darauf ihre Liebe, diese unermessliche, Tag und Nacht gehorsame Liebe. Dieses überwältigende Glück, wenn alle Fragen nach Sinn und Zweck sich in dieser Liebe auflösten.

Und die dunkle Kehrseite dieser Liebe, die Angst.

Emma war vier Monate alt, nachts schlief sie manchmal schon sieben Stunden durch. »Oh, toll! Ein richtiges Anfängerbaby. Bravo, Emma!«, sagten die Frauen bei der Rückbildung.

Wenn sie Emma stillte, fühlte Frie sich kraftvoll und würdig: Was das Kind verlangte, war genau das, was sie zu geben hatte. Auch die schlafende Emma ließ sie schier zerfließen vor Liebe. Da war das Baby, das sich hinter fedrigen Wimpern und niedlichen Grimassen ins Universum seines unausgereiften Geistes zurückgezogen hatte, und da war Frie, von der es nichts forderte, außer über seinen Schlaf zu wachen, weshalb sie es umso großherziger lieben konnte.

Und dann gab es diese vielen Momente, in denen das Kind wollte, musste, brauchte.

Es war ein freundlicher Sonntagnachmittag Anfang April.

Frie war mit Eva zum Kaffeetrinken verabredet, sie ging zu Fuß, und weil Tony ins DESY musste, nahm sie Emma mit, die sie vorher gestillt hatte. Wie erwartet waren ihr sofort die Augen zugefallen, sobald der Kinderwagen sich in Bewegung gesetzt hatte. Es war ein schöner Spaziergang, Frie wurde mit jeder Straßenecke heiterer. Ältere Damen lächelten, sie sah sich selbst, wie sie sie sahen, eine junge, hübsche Frau, die ihr Baby durch die frühlingshafte Sonne schob. Aber dann wachte Emma auf, viel früher, als Frie gehofft hatte. Sie machte auf einmal die Augen auf, ihr Mund verzog sich zu einem weinerlichen Kräuseln, in Fries Brustkorb wurde es eng. Ein Schreck, größer als angemessen angesichts der Aussicht, dass das Treffen mit Eva, auf das sie sich so gefreut hatte, nun wahrscheinlich eine krampfige Veranstaltung werden würde. Den Großteil von Fries Aufmerksamkeit würde das unausgeschlafene Baby absorbieren, während Eva sich anstrengte, so zu tun, als wäre sie nicht genervt. Das wäre schade, auch unangenehm, aber Fries Erschrecken war ein grundsätzlicheres.

Ich bin nicht mehr eins, ich bin jetzt zwei.

Emma war Teil ihres Ichs.

Wenn der winzige Mund lächelte, war alles gut. Aber wenn er sich kräuselte, wie jetzt, zog sich auch in Frie etwas zusammen, und wenn er schrie, war auch sie unglücklich. Emma war eine Erweiterung ihres Seins und Fühlens, ein zwar beeinflussbarer, aber nicht beherrschbarer Außenposten ihrer Seele, von dem maßgeblich abhing, wie es ihr ging. Alle anderen Menschen konnte man verlassen, aber nicht sein Kind, niemals.

Ich habe mein Leben aus der Hand gegeben.

Diese Angst vor der Macht des hilflosen Kindes.

Sie beugte sich über den Kinderwagen, streichelte die Pfirsichwange, säuselte Beruhigendes und stopfte den Schnuller zurück in den verzogenen Mund, der sofort zu saugen begann. Ein zufriedenes Schnaufen, die Augen fielen wieder zu.

Gerade noch mal gut gegangen.

»Die wird immer süßer!«, lobte Eva und fragte, wie es ihr ging.

Sehr gut, sagte Frie, weil es keinen Grund gab, zu klagen, und weil sie nicht viel zu berichten hatte, jedenfalls nichts, das Eva würde wissen wollen.

»Das ist ja super«, sagte Eva und erzählte vom Referendariat, von ihrer ersten Station, Staatsanwaltschaft, spannende Fälle, ihre erste Obduktion, fürs Zweite hatte sie schon zu lernen begonnen, anstrengend war das, nach so einem ganzen Arbeitstag, aber das Spannendste wusste Frie ja noch gar nicht, sie war jetzt mit Stefanie zusammen, einer *SPIEGEL*-Redakteurin.

»Wann kannst du denn mal wieder ausgehen?«

»Mal gucken, wie das mit dem Abpumpen klappt.«

»Ah ja, stimmt.« Eva sah aus, als amüsierte sie sich.

Frie fragte nach und hörte zu, zwischendurch sah sie in den Kinderwagen. Was, wenn Emma jetzt aufwachte oder in fünf Minuten? Eva würde mitten im Satz aufhören zu reden, zuschauen, wie Frie Emma auf den Arm nahm und ihr den Übergang von der Abgeschiedenheit des Schlafes zurück ins Wachsein erleichterte, und früher oder später würde sie so was sagen wie: *So eine süße Maus, aber ich glaube, ich muss jetzt mal wieder an den Schreibtisch. Wir können ja noch ein Stück zusammen gehen.*

Emma wachte nicht auf. Nach zwei Stunden kehrte Eva trotzdem in ihre Welt zurück, in die Welt der Gesetze und Prozesse, der Akten und Fristen, des Denkens und des Ehrgeizes, der Fachdiskussionen und Feierabendbiere, dorthin, wo alle anderen waren, nur Frie nicht.

Noch nicht.

Baden, stillen, wickeln, in den Schlafsack legen, in den Schlaf wiegen, bis es zuckte, das pflegeleichte Kind. Anthony machte währenddessen Abendessen beziehungsweise das, was er dafür hielt, *Sangas*, australische Sandwiches, seine Allzweckwaffe gegen Hunger. Lecker, wenn man sie nicht einmal pro Woche aß. In dieser Woche gab es sie schon zum zweiten Mal, immerhin mit Steak, Tomaten und Käse statt wie Mittwoch mit Bratwurst und gebratenen Zwiebeln. Frie schluckte eine Bemerkung runter und biss ab.

»Hast du auch manchmal so ein bisschen Angst vor Emma?«

»Ja, wenn sie schläft, dann gucke ich, ob sie noch atmet.«

»Nein, nicht Angst um sie, sondern ob du dich *vor* ihr fürchtest?«

»Nein, nie.« Tony runzelte die Stirn. »Vielleicht kriege ich ja Angst, wenn sie vierzehn ist? Aber jetzt ist sie doch nur ein Baby. Wieso fragst du?«

»Nur so«, sagte Frie und schämte sich.

Seine Gefühle für Emma kamen Frie weniger vielschichtig vor, irgendwie pragmatischer, aber vielleicht war er einfach nur der Entspanntere? Oder sie tat ihm Unrecht? Was war das Maß für Elternliebe? Wenn er da war, war er sehr süß mit ihr, er legte sie auf seine Brust, er trug sie herum, er drückte beim Windelwechseln Mundpupse auf ihren Ballonbauch, und anders als alle anderen Väter schob er den Kinderwagen mit zwei Händen. Aber wenn er nicht da war, und das war oft, weil er seit Emmas Geburt im Büro besser arbeiten konnte als zu Hause, dann schien er sich keinerlei Gedanken darüber zu machen, ob seiner Tochter etwas fehlte.

Nein? Du bist doch bei ihr?

Sie wollte nicht, dass er entbehrlicher war als sie.

Sie war sich aber sicher, dass es so war. Warum auch immer.

Weil die Natur das so entschieden hatte oder das Patriarchat oder weil Anthony und sie so tickten, im Ergebnis lief alles auf dasselbe hinaus. Die Unentbehrliche war sie, und je klarer ihr das wurde, desto weniger klar schien es ihr, wie das alles klappen sollte, was sie sich vorgenommen hatte.

Sie waren fertig mit Essen.

Anthony gähnte. Er räumte die Teller ruppiger als sonst in den Geschirrspüler ein, auch den Tisch wischte er zackig ab. Sie hatte keine Lust, ihm zu helfen; je lauter er mit der dreckigen Pfanne in der Spüle hantierte, desto weniger. Stundenlang vor dem Computer zu sitzen und danach ein Steak zu braten und zwischen zwei Brötchenhälften zu klatschen, war kein Grund, so erschöpft zu tun. Das war der pure Luxus im Vergleich dazu, sich um ein Baby zu kümmern, das einem jederzeit einen Strich durch die Rechnung machen konnte.

Nichts war anstrengender, als unentbehrlich zu sein.

Anthony nahm ein Bier aus dem Kühlschrank. »Du auch?«

Er reichte ihr ein alkoholfreies Holsten und setzte sich. Er atmete tief ein und geräuschvoll durch die Nase aus. Das machte er immer, wenn er etwas Wichtiges zu sagen hatte. Fast hätte sie *Bitte nicht!* gesagt, aber Tony war schneller.

»Ich glaube, ich guck mal, ob ich mich am Max-Planck-Institut bewerbe, in München.«

Schon wieder wurde es eng in Fries Brust.

»Wieso? Du wolltest doch erst mal hierbleiben, hast du gesagt?«

»Na, so hundertprozentig sicher ist das noch nicht, dass das klappt, und in München, da machen die auch wirklich eine sehr spannende, hochkarätige Arbeit.«

»Ich kann aber nicht nach München.«

»Nein?«

»Nein! Nun tu doch nicht so ahnungslos.«

»Kannst du dein Referendariat nicht da machen?«

»Nein, in München nehmen die nur Leute, die in der Stadt auch ihr erstes Staatsexamen gemacht haben.«

»Ach so.«

Ach so?

Als hätte sie ihm nicht schon x-mal erzählt, wie rar die Referendariatsplätze in vielen Großstädten waren und wie lang die Wartezeiten. Wahrscheinlich hatte er es vergessen. Weil er Interessanteres im Kopf hatte, die Teilchenphysik, seine eigene berufliche Zukunft. Frie drehte die fast leere Flasche auf dem Tisch langsam im Uhrzeigersinn und entwarf die bissige Ansprache, die sie gleich halten würde, aber dann kam ein Weinen aus dem Zimmer, das kein Zimmer für sie allein mehr war. Erst leise stockend, dann immer lauter und dringlicher.

»Gehst du?«, befahl Frie.

Tony kam mit dem weinenden Baby zurück. »Kann es sein, dass sie noch Hunger hat?«

In Filmen werden junge Eltern immer nur beim Sex gestört, dachte Frie, nie beim Streiten.

Wie so oft besänftigte das Stillen nicht nur Emma, sondern auch sie. Dieses kleine Leben, das nur deshalb existierte, weil sie es ernährte. Emma schmatzte, das Telefon klingelte. Anthony seufzte laut und stand wieder auf.

Wer mochte das sein?

In den ersten Monaten nach der Geburt hatten Fries Freundinnen gelernt, nicht mehr nach neun anzurufen. Tony bekam nicht so viele Anrufe und wenn, dann meistens auf seinem Nokia. Zuerst hatte er kein Handy haben wollen, aber Frie hatte darauf bestanden, dass er sich eines kaufte, um ihn überall erreichen zu können. Falls etwas mit Emma war. Um ihm zu sagen, was er im Supermarkt besorgen sollte. Um zu fragen, wann er endlich nach Hause kam.

Emma schlief beim Stillen ein, die Brustwarze noch im Mund. Frie wurde von Zärtlichkeit geflutet. Liebe war eine

Droge, und die härteste Droge von allen war die Elternliebe. Wenn man erst mal drauf war, war man verloren.

Anthony kam zurück, mit versteinertem Gesicht.

»Was ist los?« Fries Brust: nicht eng, sondern wie zugeschnürt.

»Das war Michael, er ist bei deiner Mutter.« Tony schwieg, als müsste er Anlauf nehmen für etwas, das kaum zu schaffen war. »Dein Vater, er hatte einen Herzinfarkt. Frie, *I am so sorry.*«

Die Beerdigung fand zwölf Tage später statt.

Nach der Beisetzung versammelte man sich im Vereinshaus. Der neue FRV-Vorsitzende hielt eine Ansprache, in der er Harald Carstensens unerschütterliche Gelassenheit und sein haushälterisches Geschick würdigte. Es gab Fischbrötchen, Butterkuchen, Flens und Korn. Aus den Kindern, die am fünfzigsten Geburtstag des Verstorbenen gegackert hatten, waren Teenager mit großen Nasen und langen Armen geworden, die betreten lächelten, sobald jemand das Wort an sie richtete. Heidi saß ohne Harry zwischen Gisela-und-Jürgen, Renate-und-Bertram und Klaus, dessen Frau Ella schon seit drei Jahren nicht mehr lebte, Brustkrebs. Er hatte eine neue Lebensgefährtin namens Sabine, hatte Fries Mutter erzählt. Obwohl sie ausdrücklich eingeladen worden war, hatte Klaus sie nicht mitgebracht. Niemand fragte ihn, warum nicht.

Mutti nahm sich Butterkuchen. Sie hielt sich wacker.

Frie war sofort am nächsten Morgen zu ihr gefahren. Muttis Blick hatte etwas Starres gehabt, als sie angekommen waren, auch ihr Körper in Fries Umarmung hatte sich steif angefühlt, aber begrüßt hatte sie sie wie immer.

»Emma, mein Engelchen, komm her zu deiner Omama, was bist du wieder groß geworden. Ich passe schon auf sie auf, Friederika, du kannst erst mal deine Sachen hochbringen. Keine Angst, Schätzchen, die Mutti kommt gleich wieder. Hast du Hunger, Friederika?« Erst als sie sich aufs Sofa setzten und Frie die Hand ihrer Mutter nahm, brach sie in Tränen aus und wurde von einem Weinkrampf geschüttelt. Als sie wieder reden konnte, schluchzte sie: »Neunundfünfzig, das ist doch kein Alter!« Und: »So plötzlich, Samstag hat er noch den Propeller lackiert.« Und: »Fast dreißig Jahre verheiratet, das ist schon was.« Und: »Was wird denn jetzt mit dem Geschäft?«

Was Mutti nicht gesagt hatte, bis heute nicht, waren all die Sätze, von denen Frie sich vorstellte, dass man sie sagen wollte, wenn man den Menschen verlor, mit dem man glücklich gewesen war. *Ich habe ihn so sehr geliebt. Wie soll ich nur ohne ihn weiterleben? Er fehlt mir so, er wird mir immer fehlen.*

Klaus, der schon ein paar Kurze intus hatte, flüsterte Mutti etwas ins Ohr. Sie lachte. Michael stand auf der Terrasse, rauchte und flirtete mit einer jungen Seglerin. Anthony drehte mit Emma eine Runde an der frischen Luft.

Frie fragte sich, wie sehr ihr Tony fehlen würde.

Schon sehr.

Aber neulich war er vier Tage weg gewesen, bei einem Kongress. Sie war das erste Mal über Nacht allein mit Emma und dann gleich so lange. Als Tony abreiste, war sie neidisch, aber es war nicht so anstrengend ohne ihn, wie sie befürchtet hatte. Sie wartete nicht darauf, dass er von der Arbeit kam oder den Windeleimer leerte oder von selbst darauf kam, Brot und Milch zu kaufen. Was getan werden musste, tat sie, ohne sich zu ärgern, dass kein anderer es tat, das sparte offenbar Energie.

Michael hatte genug geraucht und geflirtet. Er kam rein und setzte sich zu Frie.

Im März war er sechsundzwanzig geworden und, soweit Frie wusste, fast fertig mit BWL. In der Kirche hatte er fast durchgehend geweint, sie hatte ihm Tempos gereicht, ihm schließlich doch den Arm um die Schulter gelegt und sich mal wieder gewundert, wie viele verschiedene Personen ein einziger Mensch sein konnte – für Michi ein Vater, um den er Rotz und Wasser heulte, für sie ein Mann, den sie als Kind geliebt, als Jugendliche gefürchtet und zuletzt immer mehr verachtet hatte, und was er für ihre Mutter gewesen war, verstand sie weniger denn je.

»Ich komme dann Samstag, wenn ich mir einen groben Überblick verschafft habe, das müsste ich bis dahin schaffen«, sagte Michi. Seine Augen sahen immer noch ein wenig verquollen aus. »Danke, dass du dich um sie kümmerst.«

Frie blieb erst mal bei ihrer Mutter.

»Wie schön, mein Engelchen, du bist mein größter Trost«, hatte Mutti zu Emma gesagt.

Ihr Bruder musste zurück nach Kiel, er hatte sich bereit erklärt, den Papierkram zu sichten. Vorhin hatte er seinen alten Golf mit Aktenordnern aus Vaters Büroschrank beladen. Als Erstes wollte er den Ordner *Vorsorge* durcharbeiten, um zu klären, mit was ihre Mutter rechnen konnte.

»Tja, mit fast gar nichts leider«, teilte er eine gute Woche später mit. Sie saßen am Esstisch unter dem Gemälde ihres Urgroßvaters, Frie, Michi, Mutti und Tony. Auf dem Tisch lagen Ordner und Klarsichthüllen mit Dokumenten und Kontoauszügen darin. In der Mitte stand der Strauß Ranunkeln, den Tony seiner Quasi-Schwiegermutter mitgebracht hatte. Irgendwann würden sie heiraten, aber nicht vor nächstem Sommer.

»Das kann nicht sein«, sagte Heidi Carstensen. »Harry hatte doch eine Lebensversicherung.«

»Vater hatte eine Kapitallebensversicherung über hunderttausend, aber das ist viel zu wenig, um noch zwanzig oder dreißig Jahre davon zu leben«, sagte Michael. »Du bist ja erst dreiundfünfzig. Und es lief wohl nicht mehr so gut mit dem Geschäft, er hat letztes Jahr einen Kredit über fünfzehntausend aufgenommen und mit der Lebensversicherung abgesichert.«

Es gab noch ein Depot mit Staatsanleihen und T-Aktien für ungefähr fünfzigtausend. Man müsse schauen, wie viel Erlös die Betriebsaufgabe bringe, vielleicht gebe es auch noch irgendwelche Rücklagen, die er noch nicht entdeckt habe, aber seine Hoffnung sei gering, dass es auch nur ansatzweise reichen werde, erklärte Michi, nichts spreche dafür.

»Das kann ja wohl nicht wahr sein«, sagte Frie.

»Und was bedeutet das?« Mutti guckte so starr wie am Tag danach.

»Na ja, du wirst dir eine Arbeit suchen müssen. Oder das Haus verkaufen. Am besten beides.«

»Blbbbbblbbb«, blubberte Emma.

Fries Mutter stand auf und schaute aus dem Fenster.

»Harald Carstensen, das ist doch wirklich der Gipfel«, sagte sie, laut und fest. Sie drehte sich wieder um, griff nach der kleinen Vase mit den Ranunkeln und warf sie Asmus Carstensen an den Kopf, dem Dreiteiler tragenden Großvater ihres viel zu früh verstorbenen Mannes. Emma zuckte zusammen, ihre Unterlippe bebte.

»Entschuldige bitte, mein Engelchen.« Mutti lächelte.

An dieses bittere, beschämte Lächeln dachte Frie sofort, als Anthony sie zwei Monate später beschwor, mit ihm nach München zu gehen.

»Das ist eine Riesenchance, versteh doch, Frie. Ich kann die unmöglich sausen lassen, das würde ich mein Leben lang bereuen, und ich verdiene da genug, um uns erst mal über Wasser zu halten. Wir sind doch ein Paar, wir müssen uns gegenseitig unterstützen.«

Nie im Leben werde ich mich darauf verlassen, dass du für mich sorgst, dachte Frie, niemals.

Sie bemühte sich, ruhig zu sprechen, weil Emma dabei war; sie robbte gerade über den Küchenboden. Sie hatten das Thema schon mehrmals diskutiert, aber Anthony fing immer wieder davon an, auch tagsüber, obwohl sie vereinbart hatten, sich nur abends zu streiten, wenn Emma schlief. Frie hob sie auf den Schoß, auf ihrem blau-weiß geringelten Bauch klebten Staubflusen und Essensreste.

Die punktförmigen Elektronen wurden auf die größeren, aus Quarks und Gluonen bestehenden Protonen geschossen, hatte Anthony erklärt. *Die zwei Teilchen prallen aufeinander, und aus der Energie, die dieser Aufprall freisetzt, entsteht etwas Neues. Wobei das Proton meistens verschwindet und nur das Elektron erhalten bleibt. Du kannst es dir so ähnlich vorstellen, wie wenn eine Gewehrkugel eine Wassermelone trifft.*

»Nein, es bleibt dabei, ich bleibe hier und mache mein Referendariat«, sagte Frie. »Du kannst uns ja an den Wochenenden besuchen kommen.«

2002

Februar 2002

Weiterspielen wollen

Mit wenigen Handgriffen verwandelte Susann das zitronengelbe Sofa in ein Bett. »Das einzig richtig schicke Schlafsofa, das es gibt«, sagte sie. »Nicht gerade billig, aber dafür liegt es sich echt gut drauf. Und aus dem Immer-nur-Ikea-Alter sind wir ja allmählich mal raus.«

»Echt?«, fragte Robert. In zwei Wochen wurde er dreißig.

Susann war zweiunddreißig und arbeitete als Grafikerin in einem kleinen Verlag. Sie hielt ihm den Eckzipfel eines Spannbettlakens hin. Robert war vor eineinhalb Stunden in Hamburg gelandet, es war ein nasskalter Samstagnachmittag. Den gestrigen Freitag hatte er in Zürich verbracht wegen eines Konzerts im Moods, nächsten Sonntag war er als Aushilfe für die Operette gebucht. Bis dahin hatte er eine ganze Woche frei.

Susann bezog die Bettdecke, Robert das Kissen.

Das Zimmer, in dem das gelbe Schlafsofa stand, war mal seines gewesen, damals nach dem Abi. Es war kaum wiederzuerkennen, die Wohngemeinschaft gab es nicht mehr. Schon vor Jahren hatte Tobias den Mietvertrag übernommen und seinen Mitbewohnern gekündigt. Seitdem lebten sie hier zu zweit, Tobi und Susann, endlich offiziell.

Die beiden hatten die Dielen abgeschliffen und die Tapeten abgekratzt, die sich wie Sedimentschichten auf den Altbauwänden abgelagert hatten. Unter der Raufaser, hatte Susann erzählt, hatten sie ein geometrisches Muster in Braun und Violett gefunden und ganz unten, auf dem Putz, klein geblümte Rosenranken. Jetzt waren die Wände nackt und kalkweiß und die Dielen geölt, und aus Roberts Zimmer war das Arbeits- und Gästezimmer geworden, darin eine Designer-Schreibtischlampe, die Susann Tobi geschenkt hatte, und das gelbe Schlafsofa, auf dem Robert die nächsten zwei Nächte verbringen würde.

Heute Abend feierte Tobi seinen Doktor in Geschichte mit einem Essen in größerer Runde, der Anlass für Roberts Besuch. In der Küche gab es nun eine graue Einbauküche – gegen Susanns neue Einrichtungsprinzipien doch noch von Ikea, »weil, na ja, die kann man ja schlecht mitnehmen, wenn man mal umzieht, in was Größeres oder irgendwohin, wo es ruhiger ist«.

Die *Ab vier gibt's Bier*-Uhr war das Einzige, das an die einstige Männer-WG erinnerte. Sie hing verschämt und irgendwie trotzig in der Ecke über dem roten pollerförmigen Mülleimer, auch irgendein Einrichtungsklassiker. Nach dem Herrichten des Gästebetts ging Robert zurück in die Küche. Tobi zeigte in die Mülleimerecke.

»Schon fünf nach!« Er holte zwei Tannenzäpfle aus dem Kühlschrank. »Ich hab mit Scheidung gedroht, wenn sie die wegwirft. Prost, Alter. Schön, dass du endlich mal wieder da bist.«

Tobi und Susann waren die ersten seiner Freunde, die geheiratet hatten, Robert hatte auf dem Sektempfang im Reinbeker Schloss gespielt. Susann sprach immer öfter von einem Kind, hatte Tobi erzählt, aber er wollte erst mal das Traineeprogramm in der Unternehmensberatung absolvieren. Nun saß er vor grauen Applåd-Fronten am Küchentisch und begann mit den Vorbereitungen für *Das entspannte Schlemmermenü.* Vor ihm lag die aufgeschlagene *Essen & Trinken.* Robert assistierte.

Die anderen kamen um acht.

Um kurz vor neun stand das Essen auf dem Tisch.

Alle hatten schrecklichen Hunger und gute Laune, weil sie schon fast eine Stunde auf leeren Magen getrunken hatten: Christoph, der seit Kurzem wieder in Hamburg wohnte. Tobis große Schwester Babette, die inzwischen fast vierzig und dafür noch ziemlich cool war. Außerdem drei Leute, die Robert nicht kannte – Matthias, ein Ex-Kommilitone, Bernhard, Assistenzarzt in der Uniklinik, und eine Kollegin von Susann.

Martina war eine aparte Rothaarige, die so ulkig über ihre eigenen Witze lachte, dass Robert jedes Mal so tun musste, als fände er nicht ihre Lache komisch, sondern ihren Humor. Mit jedem Schluck Rotwein fiel ihm das leichter. Das war gut, denn Martinas Witze wurden immer mäßiger und die Geräusche, die sie machte, immer lustiger, je breiter Robert grinste und je länger sie trank, bis sie von einer Sekunde auf die andere blass und still wurde: »Mein Kreislauf schmiert mal wieder ab. Ich muss mich kurz irgendwo hinlegen.«

Die anderen tranken, diskutierten und lachten weiter und aßen die Reste vom Tiramisu direkt aus der Auflaufform.

»Und was machst du so morgen, Robert? Gleich weiter nach Hause oder bist du noch ein bisschen hier?«, fragte Christoph, als es schließlich doch ruhiger wurde in der Küche.

Susann sammelte die leeren Flaschen ein und holte die von Tobi in den Geschirrspüler gestellten Töpfe wieder heraus, um sie abzuwaschen. Es war nicht klar, was Christoph mit *gleich weiter nach Hause* meinte – nach Dresden oder nach Norden, zu seiner Mutter.

»Ich bleibe bis Montag, morgen bin ich noch verabredet.«

»Mit Frie? Was ist denn eigentlich aus der geworden?«

»Nein, mit Herrn Selk.«

»Den gibt's immer noch?«

»Die sind richtig dicke Freunde, die beiden«, sagte Tobi. »Kennen sich seit Roberts Zivildienst, Herr Selk müsste jetzt ungefähr hundertzwanzig sein.«

»Wirklich?«, fragte Bernhard.

»Er ist fünfundachtzig«, sagte Robert.

»Und morgen gehen sie ins Casino«, erzählte Tobi.

»Lustig«, fand Bernhard.

»Ach ja, der war so reich, oder?«, fragte Christoph.

»Und kinderlos«, ergänzte Tobi.

»Schon«, sagte Robert, »aber das ist nicht der Grund.«

»Kriegst du sein Haus, wenn er tot ist?«

»Tobi, jetzt halt mal den Mund oder geh ins Bett.« Babette legte die Hand auf den Unterarm ihres kleinen Bruders. »Sonst muss ich dich endlich mal wieder verprügeln.«

»Danke, Babette«, sagte Robert.

Dabei hatte er sich tatsächlich auch schon gefragt, was wohl werden würde aus dem Haus. Wie so oft hatte Herr Selk diese Frage beantwortet, ohne dass Robert sie hatte stellen müssen.

Letzten Herbst, sie saßen vor zwei Schwarzwälder-Kirsch, hatte er aus heiterem Himmel angefangen, von seinem Testament zu reden. Haus und Vermögen würde er der Deutschen Kriegsgräberfürsorge und der Aktion Sühnezeichen vermachen, jeweils zur Hälfte. Ein Gemälde und seine Armbanduhr sollte Doktor von Reckwitz bekommen und die Zugehfrau die Kerzenständer und die Weihnachtspyramide.

»Den Flügel, den kriegen natürlich Sie, mein Junge, und die Schallplatten auch, vorher habe ich jedoch noch eine Bitte. Wären Sie so gut, das Haus auszuräumen? Versprechen Sie mir das?«

»Ja, klar, versprochen«, hatte Robert sofort geantwortet, weil er nicht nachdenken wollte über den Tod und die Aufgaben, die er einem stellte, er fand sich zu jung dafür.

»Danke, das beruhigt mich sehr. Ich will nicht, dass Wildfremde in meinen Sachen wühlen. Sie können alles behalten, was Sie behalten wollen, und den Rest verkaufen oder verschenken Sie. Oder Sie schmeißen ihn weg. Gut, das wäre geklärt, hmmm, die Torte sieht ja heute köstlich aus.« Herr Selk hatte zur Kuchengabel gegriffen und wie immer zuerst die Kirsche von der Sahne gehoben.

Babette rückte vom Tisch ab. »Ich geh jetzt mal, ich bin ja nicht mehr die Jüngste«, verkündete sie und läutete damit das Ende des Abends ein. Als auch alle anderen gegangen waren, fragte Tobi: »Wo ist eigentlich Martina abgeblieben?«

Sie lag in Roberts altem Zimmer auf dem gelben Schlafsofa.

»Die Arme, die hatte aber auch so viel Stress in letzter Zeit, erst ihr Typ weg und dann letzte Woche auch noch ihr neues Rad«, flüsterte Susann. »Sie stört dich doch nicht? Warte, ich hole schnell eine Decke, und da liegt noch ein Kissen.«

Das Zimmer hatte weder Jalousie noch Vorhänge, das Straßenlicht fiel herein. Martina lag mit dem Rücken zu seiner Seite. Sie hatte nur noch ein Tanktop an, eine weiße Schulter ragte aus der Bettdecke. Robert bemerkte etwas Warmes, das ihn am Bein kitzelte. Ein Fuß. Er zog das Bein weg. Sie drehte sich zu ihm, mit geöffneten Augen.

»Na du?«, flüsterte sie und wiederholte fast wortwörtlich Susanns Frage von eben: »Ich störe dich doch nicht, oder?«

Ihre Haare flossen um und über ihr Gesicht auf Kissen und Decke. Sie strich sich eine Strähne aus der Stirn. Ihre

Lippen waren leicht geöffnet. Durchs Halbdunkel sah sie ihn an, als würden sie einander schon länger kennen.

»Hey«, hauchte sie, streckte den nackten Arm aus und fuhr mit dem Zeigefinger seine Augenbraue nach.

Jeder Sex ist anders, aber Sex ohne Liebe ist auf eine bestimmte Weise immer gleich, dachte Robert. Er war müde.

»Du bist eine echt sehr schöne Frau.« Zurückweisungen begann man lieber mit einem Kompliment, vor allem wenn man den Rest der Nacht auf einer Matratze verbringen musste, und danach erklärte man am besten sich selbst zum Problem. »Aber ich bin ziemlich betrunken, ich fürchte, du hättest keinen großen Spaß mit mir.«

»Och«, murmelte Martina und zeichnete Linien auf seinen Rücken.

»Schlaf gut.« Robert rückte ganz an den Rand.

Die Straßen waren sonntagsleer. Außer ihm waren fast nur Jogger unterwegs. Mit jedem Meter von der Bushaltestelle zu Herrn Selk wuchs Roberts Beklommenheit.

In welchem Zustand würde er den Generalmajor antreffen?

Es war ein Vierteljahr her, dass er Herrn Selk das letzte Mal besucht hatte, in der Uniklinik Eppendorf, wo er nach seinem Sturz operiert worden war. Dank Reha war Herr Selk wieder auf die Beine gekommen, aber seine Kraft reichte nur noch für ganz kurze Wege, vom Rollstuhl in den Sessel, vom Sessel in den Rollstuhl und vom Rollstuhl aufs Klo.

»Kein Grund, zu verzweifeln, mein Junge!«, hatte der Generalmajor durchs Telefon angeordnet. »Solange man es auf die Toilette schafft, ist Polen nicht verloren. Erst wenn man auch noch beim Scheißen Hilfe braucht, wird es Zeit, abzutreten.«

Die verbissene Munterkeit, mit der der Generalmajor die Durchhalteparole ausgegeben hatte, vermutlich in erster Linie an sich selbst, hatte Robert zu sehr bedrückt, um sich wegen des Polenspruchs mit ihm anzulegen. So was brachte Herr Selk sonst nie, aber vielleicht wurde er allmählich auch im Kopf klapprig. In dem Alter musste man damit rechnen.

Er hatte erklärt, endlich mal wieder Roulette spielen zu wollen.

»Gucken wir mal.« Robert hatte es sich verkniffen, den Satz zu vollenden: *Gucken wir mal, wie es Ihnen dann geht.* »Ich bringe Sakko und Krawatte mit.«

Nachdem er nach Dresden gezogen war, war die Nur-am-ersten-Sonntag-im-Monat-Regel von Herrn Selk für ungültig erklärt worden. Sie gingen ins Casino, sobald Robert Zeit dafür hatte, was nur noch zwei-, höchstens dreimal im Jahr vorkam. Ende Oktober waren sie verabredet gewesen, aber dann hatte der aktuelle Nichtsnutz Herrn Selk mit einem Oberschenkelhalsbruch in der Diele gefunden.

Als Robert wie immer erst klingelte und dann aufschloss, hatte er Angst.

Herr Selk wartete schon in der Diele.

Er trug einen Dreiteiler mit Paisley-Einstecktuch, war frisch rasiert und glatt gekämmt und wippte ungeduldig mit den Füßen. Sein Gesicht war rosig, sein Blick unternehmungslustig. Abgesehen davon, dass er im Rollstuhl saß, sah er fabelhaft aus.

»Da sind Sie ja, mein Lieber. Alles klar auf der Andrea Doria?«

»Sie sehen aber gut aus, wer hat Sie denn so schnieke zurechtgemacht?«

»Agata, meine Pflegerin, die Zugehfrau hat sie für mich organisiert. Kommen Sie, die Kaffeetafel ist schon gedeckt, sie hat sogar irgendwo Servietten gefunden.« Herr Selk hörte gar nicht mehr auf, Agata zu rühmen. »Ich hätte Sie Ihnen gern vorgestellt, aber sie musste los. Ein zauberhaftes Geschöpf, aus Danzig, schöne Stadt, waren Sie da schon mal?«

»Wollen Sie Polen jetzt doch nicht mehr erobern?«

Herrn Selks Laune verdüsterte sich schlagartig. »Soll das etwa lustig sein?«

»Nein. Das soll nur heißen, dass ich Ihren Spruch neulich ein bisschen daneben fand.«

»Helfen Sie mir auf die Sprünge, bitte?«

»Noch ist Polen nicht verloren.«

»Soso.« Herrn Selks Blick hellte sich auf. »Sie sind heute ja ganz besonders neunmalschlau. Das ist der erste Satz der polnischen Nationalhymne. Von siebzehnhundertsiebenundneunzig. Meine ich.« Er feixte. »Kein Angriff gegen einen überlegenen Gegner, bevor Sie sichergestellt haben, ihn wirklich schlagen zu können! Und jetzt: Auf geht's!«

Robert hatte sich gesorgt, es könnte kompliziert sein, Herrn Selk samt Rollstuhl ins Casino zu verfrachten, aber das Schwierigste war, ihn rückwärts die relativ steile Rollstuhlrampe auf der Haustürtreppe hinunterzubekommen. Ins Taxi schaffte er es mit etwas Hilfe fast selbstständig, und auf dem Weg zum Hotelfahrstuhl gab es keine Treppe zu überwinden.

Der Page grüßte nur noch höflich. Das InterConti sah aus wie immer, aber Udo Lindenberg war ins Atlantic gezogen, das Foyer weniger belebt als früher, der Teppich nicht mehr neu, sondern gut gepflegt. Herr Selk ließ sich davon nicht die Laune verderben.

»Zum Roulette gerollt werden – nicht schön, aber stimmig.«

Robert drückte die Neun, die Tür schloss sich, sie waren allein.

»Wussten Sie, dass das InterConti bekannt dafür ist, dass

man sein pikantes Verhältnis hier diskreter als anderswo aufs Zimmer schmuggeln kann, wegen des Casinos?«, fragte Herr Selk.

»Nein«, sagte Robert.

»Wenn Sie Hausgast sind und Ihren Zimmerschlüssel holen wollen, aber dann weist man Sie am Empfang darauf hin, dass das Zimmer nur für einen Gast gebucht ist und Ihre Begleitung noch den Meldezettel ausfüllen muss, dann sagt man, dass man mit der Dame nur die Spielbank besuchen möchte. Oder mit dem Herrn.«

»Waren Sie mit Patrick hier?«

»Nein, nein, das InterConti wurde erst zweiundsiebzig eröffnet, weit nach unserer Zeit. Aber auch in den Siebzigern war ich ja noch fast ein junger Mann und pflegte die eine oder andere Bekanntschaft, und unsereins hat sich da nach wie vor gern in mondäner Umgebung getroffen. Damit die biederen Nachbarn nicht so viel zu tuscheln hatten.« Die Fahrstuhltür ging auf. »Aber da fällt mir ein, wir haben ja das Allerwichtigste vergessen!«

Dieser Moment war immer der heikelste ihrer Casino-Ausflüge.

Robert fühlte sich jedes Mal wie einer, der sich dafür bezahlen ließ, ein Freund zu sein. Andererseits hätte er sich die Ausflüge niemals selbst leisten können, und der Generalmajor hatte ihn nicht nur einmal angewiesen, sich nicht so anzustellen.

Bescheidenheit ist die schlimmste Form der Eitelkeit, also hören Sie gefälligst auf mit dem Gejammer.

Im Umschlag lagen wie immer zwei Hunderter.

»Aber Herr Selk, das ist viel zu viel, Sie haben sich vertan. Zweihundert Euro, das sind vierhundert Mark.«

»Ich weiß. Ich bin nur aufs Bein und nicht auf den Kopf gefallen. Deshalb musste unser letzter Ausflug ja auch abgesagt werden, wir haben also was nachzuholen. Und nun bringen Sie mich lieber an die Bar, sonst werde ich grantig.«

Herr Selk war außerordentlich gut aufgelegt.

Im Barbereich rückte Robert einen der Loungesessel zur Seite, die paarweise vor niedrigen Tischchen standen, und schob stattdessen den Generalmajor dorthin. Am Tresen bestellte er zwei Glenmorangie auf Eis. Der Barmann trug Seitenscheitel und einen Clark-Gable-Bart, von dem Robert nicht wusste, ob er ihn glamourös oder affig finden sollte. Vor allem aber fiel ihm die Anmut auf, mit der er die Drinks und das Schälchen mit Nüssen auf das Tischchen stellte.

»Zum Wohl.« Clark Gable blickte von Robert zu Herrn Selk und dann wieder zu Robert. Das eine Ende seines Bärtchens hob sich zu einem feinen halben Lächeln. »Auf das Glück!«

»Danke.« Robert war verlegen.

Herr Selk erhob sein Glas. »Auf die Gunst des Zufalls!«

Der Barmann schenkte auch ihm ein Lächeln. »Aber Glück ist der schönere Name.«

»Das ist allerdings wahr, junger Mann.«

Herr Selk deutete ein Zwinkern an, der Barmann ging zurück zum Tresen.

Robert entschied, seinen Spieleinsatz auf die üblichen zweihundert Mark zu begrenzen. Die anderen hundert Euro würde er nicht anrühren, schwor er sich, sonst würde ihn am Ende der Geist von Doreen heimsuchen und wegen seiner Verschwendungssucht tadeln. Er spielte defensiv, aber nach einigem Auf und Ab waren aus den hundert Euro zweihundertzehn geworden. So viel hatte er erst einmal gewonnen und noch nie so schnell.

Zweihundertzwanzig Mark in nicht mal eineinhalb Stunden.

Fast pervers.

Beim Generalmajor lief es noch sehr viel besser.

Er hatte mutiger gespielt als Robert, aber keineswegs draufgängerisch. Gerade eben mit einem Fünfziger, ansonsten mit deutlich kleineren Einsätzen, die er erst auf einfache Chancen wie *Rouge* und *Noir* und einmal in einer kleinen Serie gesetzt hatte, und zuletzt auf die *Colonnes* und *Douzaines*, die einen Gewinn von zwei zu eins verhießen, und auf eine *Transversale*, die ihm einen fünffachen Gewinn bescherte. Vor ihm türmten sich die nach Farben sortierten Jetons wie eine vom Spielglück errichtete kleine Skyline, wobei das niedrigste Gebäude – ein eckiger blauer Flachdachbau aus Fünfzigern – soeben um zwei Stockwerke gewachsen war. Robert freute sich für Herrn Selk, und er war ein bisschen neidisch.

»Sie räumen ja richtig ab heute«, raunte er.

»Faites vos jeux!«, forderte die Croupière die Spieler auf.

»Abwarten, mein Junge«, raunte Herr Selk.

Er trug drei Zwanziger vom runden weißen Stapel ab und setzte sie in die Mitte des quadratischen Fadenkreuzes, das die vier Zahlen *14*, *15*, *17* und *18* bildeten, also auf ein *Carré*, Gewinnquote: acht zu eins.

Roulette ist genauso ungerecht wie das Leben an sich, dachte Robert. Die, die den Verlust am wenigsten fürchten mussten, weil sie am meisten hatten, konnten die größten Risiken eingehen und damit die größten Chancen nutzen.

Er schob einen Zehner und einen Fünfer auf *Pair*.

»Rien ne vas plus!«

Die *15* gewann.

Roberts Jeton wurde eingezogen, Herrn Selks Skyline um einen vierstöckigen orangenen Stapel erweitert. Zwei der Hunderterjetons annoncierte Herr Selk umgehend als Einsatz für *les trois premiers*. Falls der Zufall dem Generalmajor weiterhin wohlgesonnen war, winkte ein Gewinn von unglaublichen zweitausendzweihundert Euro, aber die Wahrscheinlichkeit, dass das passierte, stand nur eins zu elf.

Allmählich wurde der Generalmajor doch tollkühn.

Robert setzte nichts. Er war zu aufgeregt wegen Herrn Selks Verwegenheit, um auf irgendetwas anderes gespannt zu sein.

Der Generalmajor kniff nachdenklich die Augen zusammen.

»Sicher?«, flüsterte Robert.

»Nein.« Herr Selk korrigierte seine Annonce: »Madame, eine Änderung, *s'il vous plaît*. Bitte platzieren Sie für mich *Cheval* null zwei.«

Die Croupière verschob mit einer flinken Bewegung die Jetons.

»Et voilà, Cheval zéro et deux pour Monsieur. Et maintenant: Rien ne vas plus.«

»Herr Selk!« Robert fuhr den Generalmajor an, der ihm bisher, zu seiner großen Erleichterung, völlig normal vorgekommen war, aber vielleicht war das ein falscher Eindruck gewesen?

»Nun gucken Sie nicht so konsterniert«, befahl Herr Selk. »Ich bin nicht senil, ich habe heute nur ganz außerordentlich große Lust auf einen ordentlichen Nervenkitzel.«

Die Kugel blieb auf der *2* liegen.

Herr Selk lachte ausnahmsweise hörbar und schüttelte sich selbst die Hand. Robert rechnete. Zweihundert mal siebzehn waren dreitausendvierhundert. Siebentausendachthundert Mark, eine fantastische Summe, die auch dann unwirklich blieb, als sie sich vor seinen Augen in Form von Jetons manifestierte, deren Form und Farben er noch nie auf dem Spielfeld gesehen hatte. Herr Selk gab ein üppiges

Trinkgeld in den Tronc, den Rest des Gewinns setzte er auf *Rouge* und schob seelenruhig die gesamte Skyline hinterher. Robert wurde immer wütender.

Wie konnte der Generalmajor nur? Für das Geld, das er da gerade aufs Spiel setzte, musste Robert monatelang auch die scheußlichsten Muggen annehmen.

Es gewann die rote *32*.

»*Touché!*«, rief der Generalmajor.

Ein kollektives Raunen breitete sich rund um den Tisch aus.

Herr Selk sah einen Moment lang aus, als wollte er aus dem Rollstuhl aufspringen. Aber dann ballte er doch nur beide Hände, um sie sich gleich darauf ausgiebig zu reiben. Die Croupière schob ihm ein Gebirge an Jetons zu, mit so unbewegter Miene, wie sie die viel geringeren Verluste und Gewinne der anderen kassierte und zuteilte. Zwei, drei Minuten lang wurde der Generalmajor ganz davon beansprucht, seinen Besitz zu ordnen. Er sah aus wie Heiko ganz früher, wenn der beim Monopoly mal wieder die Parkstraße und die Schlossallee ergattert und sich kaum eingekriegt hatte vor Begeisterung drüber, uneinholbar mehr abzusahnen als alle anderen. »Jetzt guck doch nicht auch noch so eklig«, hatte Robert manchmal gesagt. Aber sein Kindheitsfreund Heiko, im Freudentaumel wie von Sinnen, war immun gewesen gegen solche Sprüche. Er hatte nur gelacht und weiter Scheine gezählt und Robert damit noch rasender gemacht.

Wahrscheinlich fängt Selk gleich auch noch an zu kichern.

Der Generalmajor hatte sich schon wieder gefangen.

Er schaufelte die Jetons in seinen Schoß – diese Plastikteile, die nur so taten, als wären sie Spielgeld. In Wirklichkeit machten sie aus den einen richtige Verlierer und aus wenigen anderen echte Gewinner.

Das hier war kein Spiel, sondern bitterer Ernst.

»Ich denke«, sagte der Generalmajor, »dies ist ein günstiger Zeitpunkt, um Schluss zu machen. Wären Sie so nett, mich zur Kasse zu fahren? Und danach stoßen wir an!«

Er gab ein Trinkgeld, das in den Gesichtszügen der Croupière ein dankbares Erstaunen aufflackern ließ und das Robert umgehend in Musical- und Schlagerparty-Honorare umrechnete. Er malte sich aus, wie Herr Selk reagieren würde, wenn er Nein sagte. *Sehen Sie zu, wie Sie nach Hause kommen, Sie können sich ja einen Rollstuhlschieber kaufen.* Herr Selk würde die Augenbrauen zusammenziehen und so was sagen wie: *Nun gut, mein Lieber, da Ihnen irgendeine seltsame Laus über die Leber gelaufen ist, werde ich wohl ohne Sie zurechtkommen müssen, ich wünsche noch einen schönen Abend.*

Es war nicht viel los an der Bar.

Diesmal kam der Barmann für die Bestellung an den Tisch. Mit nur einer hochgezogenen Augenbraue sah er von Herrn Selk zu Robert zu Herrn Selk. Offenbar war Clark Gable auf die Kunst der einseitigen Mimik spezialisiert.

»Nicht gut gelaufen, nein?«

»Doch, doch, sogar ganz hervorragend, jedenfalls für mich«, sagte Herr Selk.

Die Untertreibung des Jahrhunderts.

»Für mich noch ein Glenmorangie«, bat Herr Selk, »aber diesmal mit Soda.«

»Eine Cola«, sagte Robert.

Der Barmann nickte und ging. Herrn Selks Finger trommelten auf den Rollstuhllehnen. Robert tat, als gäbe es am Black-Jack-Tisch etwas Fesselndes zu beobachten. Am Nachbartisch nahmen zwei aufgebrezelte Frauen Platz und steckten kichernd die blondierten Köpfe zusammen. Solche

Tussen standen oft vor den Bühnen herum, auf denen er spielen musste, um die Miete bezahlen zu können: Leute, die unten die ganze Zeit quatschten, während sie oben ihr Bestes gaben, um das Publikum zu unterhalten oder zumindest nicht beim Gute-Laune-Haben zu stören.

»Sie sind mir böse«, stellte der Generalmajor fest.

»Ja, schon irgendwie«, sagte Robert, ohne ihn anzusehen. Er zögerte, aber sprach dann einfach aus, was er dachte. »Ich finde es echt hart, wie Sie mit Ihrem Geld umgehen. Als würde das gar nichts bedeuten. Können Sie nicht lieber was Sinnvolles damit machen?«

»Ein Glenmorangie auf Soda, eine Coca-Cola.« Der Barmann ließ erst den Whisky Soda mit einer an einen Zauberer erinnernden Geste auf dem Tischchen landen, dann das Glas mit Eis und Zitrone, in das er mit einer ebenso eleganten Bewegung ein paar Fingerbreit Cola einschenkte. Die Nüsse servierte er, als handelte es sich um Kaviar.

»Danke«, sagte Herr Selk und warf dem Barmann einen verschmitzten, fast verschwörerischen Blick zu. Für einen Augenblick wirkte er lebenslustiger, als Robert ihn jemals zuvor gesehen hatte, er konnte sich Herrn Selk als flirtenden jungen Mann vorstellen. Der hob das Glas. »Zum Wohl, auf das Glück, die Jugend und die Schönheit, die drei herrlichen Kinder der Vergänglichkeit!«

Offenbar hatte der Gewinn ihn übermütig gemacht.

Robert füllte sein Glas mit Cola auf.

Statt zu gehen, senkte Clark Gable das Kinn und erwiderte Herrn Selks Lächeln, diesmal sogar beidseitig. »Darf ich Ihnen sagen, wie schön ich es finde, wenn Großvater und Enkel sich so gut verstehen? Das sieht man nicht oft.«

»Ja, wir verstehen uns«, sagte Herr Selk, »meistens. Aber der junge Herr ist nicht mein Enkel, er ist – nun ja, ein guter Gefährte.«

Zwei Augenbrauen stiegen empor, so erstaunt wie anerkennend. Robert sah dem Generalmajor an, dass er großen Spaß hatte an der Uneindeutigkeit seiner Antwort. So schwer es ihm fiel, das zuzugeben: Es war fast schon ein bisschen lustig.

Der Barmann verschwand wieder hinter seinen Tresen, Robert wandte sich erneut dem Black-Jack-Tisch zu.

»Mein Lieber«, sagte Herr Selk, »ich versuche, das Leben zu genießen oder, genauer, das bisschen, was mir davon noch bleibt. Das halte ich für ausgesprochen sinnvoll.«

Robert tat, als hätte er ihn nicht gehört.

»Was sollte ich denn Ihrer Meinung nach machen mit meinem Geld?«, erkundigte sich Herr Selk freundlich.

»Keine Ahnung.« Robert hatte sich in die Rolle des Spielverderbers hineinmanövriert und fühlte sich auf einmal sehr unwohl darin. »Spenden?«

»Dürfte ich wissen, warum Sie so sicher sind, dass ich das nicht tue?«

Kein Angriff gegen einen überlegenen Gegner, bevor Sie sichergestellt haben, ihn wirklich schlagen zu können.

Eins zu null für Herrn Selk, schon das zweite Mal heute.

Robert nippte an der Cola und fragte sich, ob er gnädiger wäre, wenn Herr Selk ihm etwas abgeben würde von seinem unfassbaren Gewinn. Er versuchte, diese Frage so ehrlich wie möglich zu beantworten, weil er irgendwann entdeckt hatte, dass das Spannendste immer die Wahrheit war, vor allem in Bezug auf die eigene Person. Aber selbst wenn Herr Selk den Gewinn mit ihm geteilt hätte, hätte das langfristig nichts daran geändert, dass ihm zu wenig Zeit blieb für die Art von Musik, die ihn glücklich machte. In der kommenden Saison hatte er einige richtig gute Gigs, unter anderem in Burghausen und beim Sildajazz, bei dem er zum ersten Mal als Support mitspielen durfte; auf das Jazzfest

Berlin hoffte er noch. Aber immer noch überwogen die Brotjobs jene Auftritte, die Robert selbst als Erfolg verbuchte.

»Nun gucken Sie bitte nicht so angestrengt von mir weg, das hier ist doch nur ein kleiner Disput unter guten Freunden.«

Robert schaute auf.

Diesmal lag in Herrn Selks alten Augen etwas Neues, etwas Wärmeres als nur vergnügter Triumph, eine herzliche, fast liebevolle Milde. Robert musste lächeln.

»Herr Selk, ich habe echt keine Ahnung, warum ich Sie so mag. Sie sind ein sturer, eitler, selbstgefälliger Besserwisser.«

»Da haben Sie ausnahmsweise recht, mein Junge«, nickte der Generalmajor. »Aber wenigstens bin ich bereit einzuräumen, dass das eben ein wirklich nervenaufreibendes Spiel war. Womöglich etwas zu gewagt. Aber nun lassen Sie uns über Wichtigeres reden als über mich und meine Narreteien. Was macht zum Beispiel die Liebe?«

Ach, die Liebe.

Die Liebe – oder besser: das, was von ihr übrig geblieben war nach den dreieinhalb Jahren mit Doreen – war verschwunden aus Roberts Leben, wobei *verschwunden* eine ebenso beschönigende Beschreibung war wie *gescheitert, erloschen* oder *zerbrochen*.

Verfault war sie, die Liebe.

So ähnlich wie ein heruntergefallener Apfel, den man aufbewahrte, weil er bis auf eine Delle unversehrt aussah. Die Delle wurde braun, das Braun wurde matschig, man hatte immer weniger Lust auf den Apfel und behielt ihn trotzdem: »Das ist doch Sünde, den wegzuwerfen, viel zu schade, den kann man doch noch essen«, sagte Mama immer. »Oder wenigstens Kompott draus machen.«

Doreen und er hätten sich gleich nach der Sache mit Markus trennen sollen.

Stattdessen waren sie ein Paar geblieben und Meister und Meisterin darin geworden, einander zu misstrauen. Immer wieder hatten sie sich gegenseitig in Ecken getrieben, in denen sie sich nicht anders zu wehren wussten, als auf die verletzlichsten Stellen des anderen zu zielen. Warum sie sich nicht getrennt hatten, konnte sich Robert schon kaum mehr erklären. Es hatte etwas mit dem Sex zu tun, der nach Doreens Geständnis und seiner Schnüffelei in ihrem Kalender nicht schlechter, sondern noch besser geworden war.

Sex war die einzige Sprache gewesen, in der sie sich zuverlässig verständigen konnten. Je unlösbarer ihre Konflikte, desto gieriger fielen sie übereinander her, es war die einzige Form von Versöhnung, die sie kannten. Dass sie nie genug voneinander bekamen, obwohl sie es außerhalb des Betts kaum einen halben Tag schafften, nicht aneinanderzugeraten, nahmen sie als Beweis dafür, dass sie ohne einander nicht konnten, *zu schade zum Wegwerfen*. Ein Irrtum, wie Robert erst nachträglich begriff. Der Sex mit Doreen war immer wieder so geil, nicht obwohl, sondern weil sie sich so viel stritten. Aus dem, was sie verband, war zuletzt ein unappetitlich zersetztes Etwas geworden, das nur noch sehr entfernt mit dem zu tun hatte, was es mal gewesen war.

Liebe.

Noch zwei Jahre hatten sie es miteinander ausgehalten.

Darüber, wer Schluss gemacht hatte, kursierten zwei Versionen, es kam auf die Perspektive an. Doreen war die, die es ausgesprochen hatte, aber Robert musste zugeben: Nach allem, was nach der Veröffentlichung von *She's free* passiert war, war ihr keine andere Wahl geblieben.

Der Typ, der sich nach ihrem Auftritt im Frannz Club für die Easy Moves interessiert hatte, war Mitgründer von

Rouge&Raw Records, einem damals neuen, unbekannten Independent-Label. Er hieß Micky Safranski. Kurz nachdem er sich doch noch bei Robert gemeldet hatte, war die Band nach Berlin gefahren.

»Eure Stücke sind super, ganz große, frische Musik«, hatte Micky geschwärmt, »und außerdem, der Markt ist reif für eine coole ostdeutsche Band, aber wir brauchen einen Türöffner. Etwas, das die Redakteure bei den Privatsendern mögen, versteht ihr? Am besten was mit viel Gefühl. Ihr habt nicht noch irgendeinen heartbreaking Love-Song rumliegen?«

So war *She's free* auf dem gleichnamigen Debütalbum der Easy Moves gelandet, gegen den Widerstand des Bassisten, der das Stück unter seinem Niveau fand. Robert war gekränkt, obwohl er selbst gezögert hatte, es vorzuschlagen. Er war ein neunzehnjähriger Hobbygitarrist und so unsterblich wie unglücklich verliebt gewesen, als er *She's free* geschrieben hatte, das hörte man dem Song an.

Es war genau das, was Micky wollte.

Am Anfang einer Karriere müsse man Kompromisse machen, sagte Micky, ohne Kompromissbereitschaft könne es leider nichts werden mit dem Plattenvertrag. Einen Vertrag wollten sie alle, unbedingt. Sogar der Bassist, der damit besänftigt wurde, dass auf der nächsten LP sicher ein paar seiner Stücke unterkommen würden. Sie arrangierten *She's free* neu, sodass es zum Stil der Easy Moves passte, aber radiotauglich blieb.

She's free wurde tatsächlich ein Erfolg.

Aber nur ein sehr kleiner.

Der Song schaffte es in die Playlists der Radiosender, hatte aber nie den Hauch einer Chance, ein Prime- oder Drive-Time-Hit zu werden. Dann und wann wurde er im Frühnachmittags- oder Nachtprogramm gespielt, außerdem in Special-Interest-Sendungen und von Spartensendern. Kurz war er im Gespräch als möglicher Kandidat für einen C&A-Werbespot, aber das zerschlug sich schnell.

Für den Rest des Albums interessierte sich kaum jemand.

Sie spielten auf kleinen Independent-Festivals und alternativen Stadtfesten, und am besten wurde die Stimmung immer dann, wenn Robert sich zum Mikro beugte und *She's gorgeous and sharp* sang, *she's kind, smart and tough.* Je öfter er das Lied sang, desto seltener dachte er dabei an Frie, bis das Stück für ihn keine andere Bedeutung mehr hatte als die, der Nischenhit zu sein, mit dem eine junge Dresdner Band sich aus dem Stand einen zumindest kleinen Namen in der Musikbranche gemacht hatte.

Die Band war damit zufrieden, es war ja nur ein Anfang.

Nur der Bassist kam nicht darüber weg, dass das anspruchsloseste ihrer Stücke, wie von Micky vorhergesagt, das erfolgreichste geworden war. Er wurde immer bockloser, seine Kommentare wurden immer zynischer. Am Ende des Sommers teilte er mit, Robert könne gern den Rest seines Lebens damit verbringen, der kapitalistischen Musikindustrie in den Arsch zu kriechen, Schmalzsongs zu jaulen und Frauen zu vögeln, die blöd genug wären, um auf so einen Scheiß zu stehen – aber ohne ihn. Er werde jetzt wieder *richtige Musik* machen. Fast hätten sie sich geprügelt, zum Glück ging der Schlagzeuger dazwischen. Sie fanden einen neuen Bassisten, aber genau wie die Beziehung zu Doreen hatte nun auch die Band eine Delle. Immer öfter diskutierten sie über die zukünftige musikalische Ausrichtung, immer seltener waren sie sich einig.

Wenn man ehrlich war, hatte der Bassist recht.

Leider auch, was die Frauen anging.

Wenn Robert mit den Easy Moves unterwegs war, landete er immer mal wieder mit einer im Bett. Eine Weile hielten seine Bandkollegen dicht, aber irgendwann und irgendwie bekam Doreen schließlich doch etwas mit und stellte ihn zur Rede.

Er leugnete nichts.

Sie trennte sich.

Er litt, ganze Tage und halbe Nächte, bis er eines Morgens aufwachte und wusste, dass das Schlimmste geschafft war. Es war vorbei, und es war gut so.

Kurz darauf trennte sich auch die Band.

Bloß nicht noch ein Schrecken ohne Ende, dann lieber ein Ende mit Schrecken, hatte Robert sich getröstet und auch damit, dass *She's free* die Band überleben und ihm, dem Komponisten, Texter und Künstler, noch eine Weile ganz nette GEMA-Ausschüttungen bescheren würde. In dieser Hinsicht hatte sich der Ausflug in den Mainstream gelohnt. Damals schien es ihm, als wäre er zurück auf Los geschickt worden, aber nicht als Strafe, sondern als neue Chance – die er bisher nicht richtig hatte nutzen können. Und die Liebe, bei der war in letzter Zeit nun wirklich alles im Sande verlaufen.

»Abwarten«, sagte Herr Selk und trank den Whisky Soda aus.

Beim Abschied drückte er Roberts Hand mit beiden Händen und ließ sie nicht mehr los, bis er mit Reden fertig war. »Danke für den schönen Abend. Ich hoffe, Sie können mir meinen Leichtsinn und meinen Dusel vergeben. Und viel Erfolg in Burghausen. Ich bin gespannt, Sie werden berichten. Und natürlich wünsche ich eine gute Fahrt in die alte Heimat morgen. Ich hoffe sehr, Ihre Frau Mutter ist wohlauf.« Mit der Rechten stützte der Generalmajor sich auf den Stock, mit der Linken winkte er. »Bis bald, mein Junge, bis bald.«

Mama ging es besser als letztes Mal.

Robert reparierte am Montag den Badezimmerschrank, bevor sie zu Abend aßen. Dienstagabend gingen sie ins Kino, Mittwochvormittag fuhr er sie zum Arzt, nachmittags machten sie einen Ausflug an die Förde. Es war kalt und sonnig. Das Baltica sah noch heruntergekommener aus als bei ihrem letzten Besuch. Wie seltsam, dass er diese Siebzigerjahre-Betonburg mal beeindruckend gefunden hatte. Sie gingen von Bank zu Bank am Wasser spazieren und tranken Kaffee in dem ehemaligen Mutter-Kind-Heim, das von einer Vermögensverwaltung gekauft und zu einem schicken Strandhotel umgebaut worden war. Als sie nach Hause kamen, ging die Lampe im zu dunklen Flur nicht mehr an.

Die Glühbirne war kaputt, Mama hatte keinen Ersatz.

»Ich fahre gleich in die Stadt, dann bringe ich eine mit«, sagte Robert.

Er war mit seinem alten Gitarrenlehrer auf ein Feierabendbier verabredet. Er nahm Mamas uraltes Rad, das er sich letzten Sommer hergerichtet hatte, und auf dem Weg ins Porticus fuhr er bei Rossmann vorbei. Im Gang mit den Waschmitteln versperrte ihm eine Frau mit Einkaufswagen den Weg. In dem Wagen saß ein Kind, noch klein, aber schon zu groß, um noch in den Kindersitz zu passen. Das Kind hielt eine rote Tüte im Arm und glotzte ihn an. Die Frau stand halb mit dem Rücken zu Robert und schien in einer Reihe weißer Plastikfläschchen nach dem richtigen zu suchen. Sie nahm eines aus dem Regal und las, was auf dem Etikett auf der Rückseite stand.

»Mama.« Das Kind zeigte mit dem Zeigefinger auf Robert.

»Darf ich mal bitte?«, fragte er.

»Oh, ja, klar, Entschuldigung.« Die Frau drehte sich um.

Die Murmelaugen. Groß und grün.

»Robert! Das ist ja ein Ding.«

»Mama, wer ist der Mann?« Das Kind presste die rote Tüte so fest an sich, als hätte es Angst, dass er sie klauen wollte.

»Das ist Robert.«

Wie lang er seinen Namen nicht mehr aus ihrem Mund gehört hatte. Ihre Stimme: vollkommen unverändert.

»Ein ganz alter Freund. Emma, wenn du die Kekse so doll drückst, gehen die alle kaputt, leg die Tüte lieber hin.«

Wenn einem etwas zustieß, das zu groß war, um es sofort zu begreifen, dann machte die Psyche erst mal die Schotten dicht und gaukelte einem vor, es sei nichts passiert, dereetwegen man die Fassung verlieren müsse.

Keep calm and carry on.

Robert war sich nicht ganz sicher, ob es eher gut oder eher schlecht war, dass Frie vor ihm stand. Er nahm nur wahr, dass sein Verstand das Steuer übernommen hatte, weil seine Seele akut überfordert war. Ihm ratterten lauter unangemessene, auch komische Fragen durch den Kopf.

Ist das etwa *deine* Tochter?

Er hatte so was gehört, aber er hatte sie sich als Mutter nicht vorstellen können, ihm war kein Bild eingefallen, mit dem er die alte – die junge, kinderlose – Frie hätte übermalen können.

Wieso hast *du* ein Kind?

Was ist bloß alles passiert bei dir in den letzten Jahren?

Wer ist der Vater?

Bist du glücklich?

Warum hast du so eine schreckliche grüne Wetterjacke an?

Was denkst du gerade?

Was *fühlst* du gerade?

Weißt du noch, letztes Mal im 439, wie scheiße ich da war?

Wie schaffst du das, gleichzeitig so fertig und so hübsch auszusehen?

»Mensch, Frie, was machst du denn hier?«

»Ich kaufe Fleckenentferner, meine Lieblingssorte. Blut, Eiter, Sperma.« Frie lachte. Ihr Humor und die Zahnlücke, sie waren immer noch da.

»Was ist Eiter und Sperma, Mama?«

»Erkläre ich dir später, Emma, lass mich mal kurz mit Robert reden, ja? Soll ich dir die Kekse schon mal aufmachen?«

Frie riss die rote Tüte auf, auf der unter dem Sesamstraßen-Logo Ernie und Bert zu sehen waren.

»Aber die gehören dem Laden«, sagte Emma.

»Und du so?«, fragte Frie.

»Ich suche Glühbirnen, für meine Mutter.« Als ginge es darum, sich gegenseitig über den jeweiligen Einkaufsbedarf zu informieren.

Ich Depp.

»Besuchst du sie öfter?«

»In letzter Zeit ja, ihr geht's nicht so gut.«

»Ach, das tut mir leid.«

»Schon okay, ich war vorher in Hamburg, bei Tobi und Susann. Und bei Herrn Selk. Weißt du? Der alte Herr, bei dem ich damals immer Klavier geübt habe.«

Damals. Als wir – wie schön, dich wiederzusehen.

Allmählich begannen die Gefühle durchzusickern.

Zuerst die bittersüßen, dann die warmen.

»Stimmt, der Generalmajor«, sagte Frie. »Ihr habt immer noch Kontakt?«

»Ja, wir telefonieren regelmäßig, und wenn ich Mama besuche, gucke ich auf dem Hin- oder Rückweg meistens auch bei ihm vorbei, meine Kümmerreisen quasi.«

»Aber hoffentlich keine Kummerreisen.«

Sie war immer noch dieselbe, auch wenn ihr Blick anders war, älter, erwachsener. Ihre Tochter aß die Kekse, als wäre Kekse-Essen eine sehr ernst zu nehmende Vollzeitbeschäftigung.

»Besuchst du auch gerade deine Eltern?«, fragte Robert.

»Nein, wir waren bei Anneke und sind jetzt auf dem Heimweg. Mein Vater lebt gar nicht mehr.«

»Oh, mein Beileid.« Robert suchte nach dem logischen Zusammenhang zwischen Anneke und dem Tod von Fries Vater.

»Danke, ist schon fast drei Jahre her, dass er gestorben ist. Herzinfarkt.«

»Und deine Mutter?«

»Die hat sich ganz gut berappelt. Sie musste das Haus verkaufen, und ich wohne jetzt auch wieder hier.«

Ihre Sätze waren die Eck- und Randteile eines gerade begonnenen Puzzles. Sie umrissen das große Ganze, das sich Fries Leben nannte, aber Robert hatte nicht die geringste Ahnung, wohin genau sie gehörten und wie sie am Ende zusammenhängen würden.

»Weiter, Mama!«

»Gleich.«

»Und du bist fertig mit Jura?«, fragte Robert.

»Nein. Also, nicht richtig.« Sie nahm Emma die rote Tüte weg und fischte einen Bert heraus. »Das ist der letzte, gleich gibt's noch Abendbrot.« Dann schaute sie wieder zu Robert. »Ich habe nur das erste Staatsexamen gemacht, und dann – na ja, siehst du ja.« Frie streichelte die Wange ihrer Tochter. »Dann ist mir was Kleines dazwischengekommen. Aber wir müssen jetzt mal dringend zu den Windeln und dann nach Hause, sonst–«

«–sonst werde ich böse«, sagte das Mädchen.

Robert musste ein bisschen lachen, Frie auch.

»Aber sag noch mal schnell. Wie geht es dir?«

»Gut«, sagte Robert.

In Wahrheit war es ihm bis gerade eben nur »geht so« gegangen, aber nach den warmen Gefühlen bahnten sich nun die überschwänglichen ihren Weg. Was für ein Zufall, dass die Glühbirne durchgebrannt war. Was für ein Glück, zwischen Waschmitteln einen Menschen wiederzutreffen, den man sofort in den Arm schließen wollte, obwohl man ihn ewig nicht gesehen hatte. Was für ein Wunder, dass die alte Vertrautheit all die Jahre überlebt hatte.

»Mamamamamamamamamamammm.«

»Das freut mich, dass es dir gut geht, wirklich«, sagte Frie. »So, und jetzt–«

Wenn er sie jetzt gehen ließ, würde er ihr wahrscheinlich niemals sagen, dass ihm die Freundschaft mit ihr damals nicht gereicht hatte und dass sie trotzdem mit das Beste gewesen war an seiner Jugend.

»Ich bin noch bis Sonntag hier. Hast du Lust, was essen zu gehen?«

»MA! MA!«

»Oder geht das nicht so gut?« Robert lächelte Emma an, aber das kleine weißblonde Mädchen zog eine Schnute.

»Doch, doch, ich kann meine Mutter bitten, dass sie aufpasst.«

Emma hatte aufgegeben und ließ Spuckeblasen platzen.

Sie tauschten Nummern, dann schob Frie den Einkaufswagen bis zum Ende des Ganges, wo sie links abbiegen und Robert geradeaus zur Kasse musste.

»Na dann, man sieht sich.« Sie lächelte.

Die Minigrübchen gab es auch noch.

Februar 2002

Märtyrerin und Teufelin

Anneke hatte ihr zu Weihnachten wieder ein Buch geschenkt, ein englisches. Sie hatte es aus London mitgebracht, wo sie sich hochschwanger mit ihrem Cousin und dessen Frau getroffen hatte. Zum Glück war sie ohne neuen Weihnachtspulli zurückgekommen. Es hieß *A Life's Work: On Becoming a Mother,* von einer britischen Schriftstellerin namens Rachel Cusk. Frie hatte noch nie von ihr gehört, aber anscheinend hatte *A Life's Work* sie in England berühmt gemacht. Cusk schrieb darin über sich selbst und darüber, wie es für sie gewesen war, Mutter zu werden.

Das Buch lag seit zwei Monaten auf Fries Nachttisch, ungelesen.

Es war Samstagnachmittag. Draußen fiel der Regen senkrecht. In der Wohnung herrschte die exklusive Art von Stille, die sich nur dort ausbreiten kann, wo sich normalerweise ein kleiner Mensch aufhält. Erster Stock, zweiundsechzig Quadratmeter, Schlaf-, Wohn-, Kinderzimmer, Küche, Bad, WC, ein Balkon nach hinten, zum alten Garten raus, in dem ein großer Apfelbaum stand und eine verwitterte Schaukel, die Emma benutzen durfte, wenn die Vermieter nicht auf der Terrasse saßen.

Sie war bis morgen bei Oma.

Frie lag auf dem Bett. Sie atmete die kinderlose Stille ein und schlug das Buch auf. Um halb acht war sie mit Robert verabredet. Es war erst halb fünf, das hieß: zwei Stunden nur für Rachel Cusk und sie. Falls sie nicht wieder einnickte beim Lesen. Vorsichtshalber stellte sie den Wecker auf halb sieben.

»Bring sie doch gleich nach dem Mittagsschlaf, dann können wir noch zusammen einen Kuchen backen«, hatte Mutti angeboten.

Frie hatte sofort eingewilligt, dankbar, einen Nachmittag für sich allein zu bekommen, und mit schlechtem Gewissen. Sie hatte sowieso zu wenig Zeit für Emma, nun gab sie von dem wenigen auch noch etwas weg. Mit Kind kriegte man immer das ganze Paket, hatte Frie in den letzten dreieinhalb Jahren oft gedacht, die richtig guten und die richtig miesen Gefühle. Dabei war sie noch gut dran, viel besser als andere Alleinerziehende.

Sie hatte ihre Mutter.

Mutti schien es nie zu viel zu werden mit ihrem einzigen Enkelkind, so wie Emma nie genug bekam von Oma, die unermüdlich Einkaufsladen spielte, Bügelperlenbilder nicht nur bügelte, sondern auch aufhängte und bei der Emma auf dem Schoß sitzen und Schokopudding essen durfte, während sie zwei Folgen *Augsburger Puppenkiste* nacheinander guckten. Harry Carstensen, wenn er noch lebte, hätte das nie erlaubt.

Frie auch nicht.

Anthony wohnte seit letztem Sommer in Brisbane. Seine Mitteilung, er werde zurück nach Australien gehen, hatte Frie um Emmas willen geschmerzt, aber nicht sonderlich überrascht. Schon als Tony noch in München lebte, hatte er seine Tochter immer seltener besucht. Dass er nun von dem Vater, der er zumindest ganz am Anfang für Emma gewesen war, endgültig zum Phantom wurde, war nur konsequent. Tony zahlte den Unterhalt, den er auf Grundlage der Düsseldorfer Tabelle selbst berechnet hatte, und er hatte zu Emmas drittem Geburtstag und zu Weihnachten ein Päckchen geschickt und ihr Postkarten geschrieben, die Frie mit Wäscheklammern an der Kordel befestigte, die über Emmas ehemaliger Wickelkommode hing. Als Erstes war ein Känguru im Briefkasten gelandet, danach ein Koala, dann ein Kakadu, ein Emu, ein Dingo und ein Wombat. Seit dem Wombat war keine neue Postkarte mehr angekommen. Frie hoffte, dass Tony die Tiere ausgegangen waren, aber wahrscheinlich war es der Elan.

Frie las nie ohne griffbereiten Bleistift.

Seit dem ersten Buch, das sie von Anneke bekommen hatte, hatte sie nicht mehr damit aufgehört, Sätze zu unterstreichen, die ihr wichtig erschienen. Bei Rachel Cusk fand sie einen solchen Satz gleich auf den ersten Seiten: *As a mother you learn what it is to be both martyr and devil.* Sie zog zwei Striche unter diese Worte, schrieb drei Ausrufezeichen an den Rand und fügte ein viertes hinzu.

Als Mutter erfährst du, wie es ist, Märtyrerin und zugleich Teufelin zu sein.

Der Satz traf sie mitten ins Herz. Seit dem Vorfall mit dem Lätzchen wusste sie, dass neben aller selbstlosen Liebe auch das Böse in ihr lauerte. Das Lätzchen war der Tiefpunkt gewesen. Das Ende einer Talfahrt, die mit Tonys Bewerbung beim Max-Planck-Institut begonnen hatte.

Sie hatte ihm immer wieder gesagt, dass sie nicht nach München ziehen konnte. Trotzdem hatte Tony die Bewerbung abgeschickt, war eingeladen worden und hingefahren.

»Das wird eh nichts«, hatte er argumentiert, »aber ist eine super Gelegenheit, sich denen mal vorzustellen und Bewerbungssituationen zu üben.« Mit demselben Argument erklärte er, warum er den Job annehmen musste, den er angeblich nie bekommen würde: »Das ist so eine einmalige

Chance, Friederika, dazu kann man einfach nicht Nein sagen!«

Vermutlich hatte Tony gehofft, dass sie nachgeben würde, wenn er sie vor vollendete Tatsachen stellte. Und wirklich, sie erkundigte sich, ob es nicht doch eine realistische Aussicht gab, zeitnah ein Referendariat im Oberlandesgerichtsbezirk München zu absolvieren.

»Nein«, sagte die Frau am Telefon der Referendargeschäftsstelle.

Es entstand eine unangenehme Pause, die Frie mit den Worten »Ja, dann danke für die Auskunft« beendete.

Im Hintergrund brabbelte eine vergnügte Emma.

Von wegen Pest und Cholera, sie hatte gleich drei beschissene Optionen, unter denen sie sich für die am wenigsten beschissene entscheiden musste:

Erstens konnte sie versuchen, Tony derart unter Druck zu setzen, dass er doch noch absagte. Aber falls dieser Job tatsächlich eine einmalige Chance war, wollte sie sich nicht vorwerfen müssen, ihn daran gehindert zu haben. Sie wollte eine Beziehung, in der man freiwillig verzichtete, aus Überzeugung, aus Liebe. Zweitens konnte sie selbst verzichten – auf den Referendariatsplatz in Hamburg, um mit Tony nach München zu gehen. Aber wenn sie ihr Studium nicht jetzt beendete, wann dann? Womöglich nie? Ohne zweites Staatsexamen konnte sie nicht Richterin oder Anwältin werden, damit konnte man höchstens in Behörden oder Unternehmen arbeiten oder als juristische Mitarbeiterin in einer Kanzlei. Das ging nicht, sie trug auch Verantwortung für ihre eigene Zukunft.

Es blieb nur die Option Nummer drei: Zähne zusammenbeißen, mit Emma in Hamburg bleiben, das Referendariat durchziehen, das zweite Staatsexamen machen. Nur an den Wochenenden eine Familie sein und von montags bis freitags alleinerziehend. Darauf hoffen, dass das nur die nächste ganz normale, harte Phase war, die man schon irgendwie wuppte, wenn man ein gutes Paar war – wahrscheinlich nicht gerade locker, sondern nur mit sehr viel Kraft und Disziplin, aber dann kämen auch wieder bessere Tage.

Leider waren Tony und sie kein so gutes Paar, wie sie gedacht hatte. Vielleicht waren die Umstände auch einfach zu schlecht gewesen, um ein gutes Paar zu bleiben. Das war die mildere Betrachtungsweise, zu der Frie sich umso häufiger aufraffen konnte, je länger die Trennung von Tony zurücklag. Aber nur an den guten Tagen.

Genau eine Woche nach Emmas erstem Geburtstag, am ersten Dezember, hatte die Eingewöhnungsphase in der Kita begonnen. Am zweiten Januar hatte Tony seinen ersten Arbeitstag in München gehabt. Am ersten Februar begann Fries Referendariat – in Vollzeit. Teilzeitreferendariate waren nicht erlaubt, auch nicht mit sehr kleinem Kind.

Frie brachte Emma morgens um halb neun in die Krippe, wo das immer noch pflegeleichte Kind auf O-Beinen und mit dickem Windelpo Richtung Duplo-Ecke schwankte oder auf dem Arm der Erzieherin *Mama-tschüss!* winkte. Emma schien sich in der Kita wohlzufühlen. Trotzdem hatte Frie jedes Mal einen Kloß im Hals, wenn sie sie dort *abgab* – ein Wort, das ihr immer wieder rausrutschte, obwohl es nach Gepäckaufbewahrung klang. Dienstags und mittwochs bezahlten sie eine Studentin dafür, Emma um vier abzuholen und bei ihnen zu Hause auf Frie zu warten, die mal um halb sieben kam, mal um halb acht, wenn Emma schon schlief. Oft arbeitete sie an diesen Tagen nach, was sie montags und donnerstags nicht schaffte, weil sie Emma selbst abholen musste, spätestens um halb sechs, dann machte die Kita zu.

Freitags kam Tony aus München, mit dem Zug, der um drei Uhr Hamburg erreichte, und holte Emma ab, während Frie bis abends Akten bearbeitete. Wenn er es irgendwie einrichten konnte, kam er auch angereist, wenn Emma krank war. Er hatte flexiblere Arbeitszeiten als Frie, und er hatte sich einen Laptop gekauft, um während der Bahnfahrten und am Küchentisch in Hamburg arbeiten zu können. Wenn Tony nicht oder nicht schnell genug einspringen konnte, musste Frie sich krankmelden. Das war nicht gern gesehen, sie hörte es an dem Tonfall, in dem die Geschäftsstellensekretärin *Na, dann mal gute und vor allem schnelle Besserung!* wünschte.

Die Kollegen fragten nie danach, wie sie Beruf und Kind unter einen Hut bekam. Offenbar hielten sie Emma für eine Art Fantasiegestalt, die sich in Nichts auflöste, sobald ihre Bedürfnisse mit der Realität der Arbeitswelt kollidierten. Ein einziges Mal traute sich Frie zu fragen, ob es möglich sei, einen Gesprächstermin vorzuverlegen, damit sie ihre Tochter pünktlich von der Kita abholen könne. »Aber liebe Frau Carstensen«, sagte der Staatsanwalt, »Sie verstehen sicher, dass wir hier nicht auf die Privatleben Einzelner Rücksicht nehmen können?«

Anfangs versuchten Tony und sie, die Wochenenden zu nutzen, um *auch mal etwas Schönes* zu machen. Sie schoben Emma durch Hagenbecks Tierpark. Sie spazierten durch Planten un Blomen zum großen Spielplatz und aßen Pommes. Ab und zu zahlten sie der Studentin nochmals Geld, um Samstagabend ausgehen zu können. An ihrem fünften Jahrestag gönnten sie sich ein Essen im Nil, danach gingen sie ins Kurhaus, um auf ihr erstes Treffen anzustoßen, aber als der Caipi vor ihr stand, fing Frie an zu heulen, weil sie zu müde war, um ihn zu trinken. Sie wollte keine *Paarzeit* oder *Zeit zu zweit* oder wie immer die Elternmagazine es nannten. Sie wollte nach Hause, einen Tee und ins Bett – und dass Tony morgen allein etwas unternahm mit Emma, damit sie endlich anfangen konnte, fürs zweite Staatsexamen zu lernen, bevor er Montagfrüh um sechs wieder nach München fuhr.

»Okay, na gut, wenn es das ist, was du willst«, sagte Tony.

Frie nickte stumm, weil sie nicht mal mehr die Kraft hatte zu sagen, dass es nicht das war, was sie wollte, sondern nur das, was sein musste.

Im Laufe der folgenden Monate wurde das ihre übliche Wochenendgestaltung. Frie ging in die Bibliothek und lernte, Tony kümmerte sich um Emma. Abends aßen sie etwas Schnelles und tranken ein Glas Wein, dann brachte Frie Emma ins Bett, schlief beim Vorlesen neben ihr ein oder setzte sich noch einmal an den Schreibtisch, je nachdem, wie hart die Woche gewesen war.

Zu Beginn des Hochsommers wurde sie ein wenig entspannter.

Die Morgen waren hell und freundlich, die Abende lang und lau, das erleichterte das Aufstehen und Aufbleiben. Wenn Tony da war, gab es kaum noch Diskussionen darum, wer welche Aufgaben übernahm. Jeder wusste, was er zu tun hatte, damit die Wochenenden so funktionierten, wie es notwendig war. Und Ende August würde sie drei Wochen Urlaub am Stück haben. Die ersten vierzehn Tage wollte Frie zum Lernen nutzen und anschließend ins Allgäu nachreisen. Tony hatte eine Ferienwohnung auf einem Bauernhof gebucht, in die er mit Emma vorfahren würde, so der Plan – zusammen mit seinem Vater, der aus Melbourne zu Besuch kam.

Der Arme, er war genauso urlaubsreif wie sie.

Von Wochenende zu Wochenende wirkte er abwesender und angespannter, irgendein immens wichtiger Förderantrag, der vor dem Urlaub eingereicht werden musste. An den letzten beiden Juliwochenenden konnte er erst Samstagmittag aus München kommen und musste Sonntagnachmittag schon wieder zurück. Dann rief er an einem Donnerstag an und sagte, er schaffe es in dieser Woche gar nicht.

»Tut mir leid, Frie«, er hustete so hingebungsvoll, dass es sie nervte, »aber ich habe echt gerade einen totalen Megastress hier und dann noch einen Infekt.«

Am darauffolgenden Wochenende kam er wie üblich am Freitagnachmittag, aber sobald Emma eingeschlafen war, stellte er sich neben Fries Schreibtisch, starrte sie an, als wäre sie ein sehr großes Unglück, und sagte:

»Ich habe mich verliebt.«

Unnötigerweise fügte er hinzu: »In eine andere.«

Und schließlich: »In eine Kollegin.«

In eine Italienerin, war das Erste, was Frie dachte, weil er mal erwähnt hatte, dass es in Italien viel mehr Physikerinnen gebe als in Deutschland.

Es war eine Ungarin.

Die Wochen danach waren in Fries Erinnerung verschwommen zu einem schwarzen Ozean – mittendrin sie, sich mit letzter Kraft über Wasser haltend in dem Wissen, dass sie früher oder später sowieso untergehen würde.

Es gab einzelne Bilder, die wie Treibgut aus der uferlosen Schwärze auftauchten, Bruchstücke von hoffnungsvollen, banalen und niederschmetternden Momenten aus dieser Zeit: Tonys verblüffter Gesichtsausdruck, als ihr Schlüsselbund ihn an der Stirn traf. Der ekelhafte Geschmack, wenn sie vor lauter Kummer das Müsli auskotzte, das sie sich zwanzig Minuten vorher reingezwungen hatte, weil man doch etwas essen musste, auch wenn man morgens nicht mehr aufstehen wollte. Ihr Wunsch, Eva zu ohrfeigen dafür, wie vielsagend sie »tja« seufzte, als sie ihr von der Ungarin erzählte. Die malerische Almwiese vor den stoischen Bergen, deren Anblick sie für ein paar köstliche Sekunden beruhigte. Die Altmännerstimme von Tonys Vater, die *»Come on, little Emma, let's have a look at the cows in the barn!«* sagte, als er merkte, dass die Stimmung kippte. Emmas kleine Hand, die sich tröstend auf ihr Haar legte, nachdem sie schluchzend auf dem Küchenfußboden zusammengesackt war. Der auberginefarbene Zweireiher, den Dr. Meyer trug, als er sich zu einem Lob durchrang, erstaunlich genug, und dann tatsächlich fragte: »Ist alles in Ordnung?« Und natürlich Tony. Tony, wie er schwor. Tony, wie er leugnete. Wie sie sich anschrien. Wie sie verstummten.

Der Augenblick Ende Oktober, in dem sie begriff, dass sie es nicht hinbekommen würden. Dass die Ungarin gewonnen hatte und sie verloren.

Und dann, ein paar Wochen später, kurz nach Emmas zweitem Geburtstag: Ihre Hand, wie sie wutentbrannt an dem alten Frotteelätzchen mit den rosa Fischen auf hellblauem Hintergrund riss, das sie selbst getragen hatte als kleines Mädchen.

Mutti hatte das Lätzchen aufbewahrt und nach Emmas Geburt wieder hervorgeholt.

Dieser Donnerstag, das hatte Frie nicht vergessen, war noch schrecklicher gewesen als die meisten anderen Tage, die vergangen waren, seit sie von der Ungarin erfahren hatte. Frie sprach ihren Namen nie aus, manchmal nannte sie sie *die Schlampe*.

In der Nacht zuvor hatte sie kaum geschlafen vor lauter Gedankenkreisen und im Büro vor Zeugen einen heftigen Rüffel bekommen wegen einer verpassten Frist. Auf ihrem Schreibtisch stauten sich die Akten. Mittags war sie mit einer anderen Referendarin in der Kantine gewesen, die ihr mit einer schier endlosen Abfolge von beruflichen und privaten Erfolgsgeschichten endgültig den Appetit verdorben hatte. Sie hatte zu lang gearbeitet und es nicht rechtzeitig zur Kita geschafft. Sie war nur sieben Minuten zu spät, aber die Gepäckausgabe schloss unerbittlich um Punkt halb sechs, darum saß die Erzieherin mit Emma draußen auf der Eingangstreppe, startklar und stinksauer. »So geht das nicht weiter, Frau Carstensen, wir haben doch neulich darüber gesprochen.«

Emma war müde und quengelig, kein Wunder nach neun Stunden Kita, Frie durfte nicht darüber nachdenken. Im Supermarkt bekam sie einen Trotzanfall, als Frie ihr nicht erlaubte, in eine ungeschälte Banane zu beißen. Und auf dem Weg vom Supermarkt schlief sie hinten im Kindersitz ein, eine Katastrophe, weil das bedeutete, dass Emma nicht vor neun Ruhe geben würde.

Ich will nicht mehr, dachte Frie, ich kann auch nicht mehr.

Und am Samstag und Sonntag würde sie wieder nicht kinderfrei haben, Tony kam jetzt nur noch jedes zweite Wochenende. Trotzdem war es die Pflicht der Unentbehrlichen, immer weiter zu können, also trug sie Emma und die Einkäufe hoch in die Wohnung.

Zum Abendessen wollte Emma weder Brot noch Gurke noch Joghurt. Im Kühlschrank fand Frie einen Rest vom Kartoffelbrei, den die Studentin gemacht hatte, weil Emma Kartoffelbrei liebte. Aber selbst den wollte sie nicht, sie warf den Löffel zu Boden.

»Emma, bitte, du musst was essen.« Frie gab ausnahmsweise Ketchup auf den Brei und versuchte, sie zu füttern.

»Bah!« Emma verzog das Gesicht und drehte den Kopf weg.

»Emma, aber den magst du doch so gern!«, fuhr Frie sie an.

Sie schmuggelte einen vollen Löffel in den geöffneten Mund.

Emma spuckte und pustete und hustete alles wieder aus, der Brei landete auf Emma, auf dem TrippTrapp, an der Wand, in Fries Gesicht, Emma bog den Oberkörper zurück und schrie, und da schrie auch Frie.

»Na gut, dann gehst du eben hungrig ins Bett!«

Sie löste die Schleife in Emmas Nacken, um ihr das Lätzchen vom Hals zu reißen, aber mit dem Lätzchen riss sie an der ganzen Emma, sie hatte vor Rage den Knoten vergessen, den es auch noch gab. Fast wie der Dummy beim Crashtest schleuderte Emma nach vorn und schnellte wieder zurück, der schwere Kopf jeweils ein bisschen langsamer als der Oberkörper. Sie hörte augenblicklich auf zu schreien und schaute Frie mit riesigen Augen an, erschrocken, entgeistert, als könnte sie es nicht glauben.

Schlimm genug, aber das Allerschlimmste war der Moment danach.

Einen Wimpernschlag lang hatte sie ihre fassungslose kleine Tochter angeschaut und kein Mitleid, keine Scham und Reue empfunden, sondern Genugtuung – das Gefühl, es jemandem heimgezahlt zu haben, der es verdient hatte. Erst dann war sie in Tränen ausgebrochen und Emma mit ihr. Frie hatte sie aus dem TrippTrapp gezogen, an sich gedrückt und Küsse, Entschuldigungen und Liebeserklärungen ins weiche weißblonde Haar geschluchzt.

Aber trotzdem.

Noch nie hatte Frie jemandem davon erzählt.

Auch ihrer Mutter erzählte sie nichts, als sie sie am nächsten Abend anrief. Sie werde das Referendariat abbrechen, zurück in ihre Geburtsstadt ziehen und sich irgendeinen Job suchen, von dem sie leben konnten. Wenn Emma älter sei, werde sie weitersehen, vielleicht konnte sie das Referendariat dann nachholen. Aber vorerst, man müsse realistisch sein, sei das die beste, die einzige Lösung, jetzt, wo Tony sie verlassen habe.

»Kannst du ab und zu auf sie aufpassen, wenn ich arbeiten bin? Oder auch mal so?«

»Aber, Liebling, natürlich helfe ich dir, ich freue mich doch immer, wenn mein Sonnenschein bei mir ist«, sagte Mutti. »Das wäre ja ganz wunderbar, euch um die Ecke zu haben, ich weiß gar nicht, was ich sagen soll, so eine Freude! Aber ist das denn wirklich das Richtige für dich? Du wolltest doch dein Studium unbedingt fertig machen?«

»Ich hab's mir gut überlegt, es ist das Richtige.«

Emma brauchte jemanden, der sie vor ihr beschützte, wenn sie nicht mehr konnte. Emma brauchte ihre Oma. Sie, Frie, brauchte ihre Mutter.

Und so war sie wie eine Besiegte zurückgezogen in diese weder große noch kleine Stadt ganz oben am äußersten Rand der Deutschlandkarte, in der sie niemals wieder hatte leben wollen, und hatte dort eine Stelle als juristische Mitarbeiterin angenommen, in einer großen Kanzlei mit mehreren Anwälten und einer Anwältin, denn das waren die Opfer, die man bringen musste, um die Teufelin zu besänftigen.

»Und du?« Frie winkte dem Kellner, um noch ein Bier zu bestellen.

Das erste hatte sie getrunken, während sie Robert erzählt hatte, wie die letzten Jahre bei ihr gelaufen waren. Den Lätzchenmoment hatte sie wie immer ausgelassen oder genauer: in einem harmlos klingenden Satz zusammengefasst. »Und dann ist mir halt klar geworden, dass das alles nicht so hinhaut, wie ich es mir mal vorgestellt hatte.«

»Für mich bitte auch noch eins«, bat Robert. »Und ich?«

»Ja, du«, wiederholte Frie. »Jetzt bist du dran.«

Seine Haare waren noch lang genug, um Wellen zu werfen, aber nicht mehr kinnlang. Er war etwas kräftiger als früher, aber nach wie vor schlank. Früher hatte er nur T-Shirts angehabt, heute Abend trug er ein dunkelgraues Hemd, mit aufgekrempelten Ärmeln. Er sah nicht mehr jungenhaft aus, sondern wie ein junger Mann, aber immer noch wie Robert.

Er sieht gut aus, dachte Frie, und nicht nur das.

Er hatte es wieder verlernt, spöttisch zu lächeln.

Während sie von sich erzählte, hörte er ihr zu, ohne ihr das Gefühl zu geben, sie für ihre Kapitulation zu verachten. Dabei konnte er nicht wissen, was ein Kind mit einem machte – wie die Verantwortung einen in die Knie zwang und dazu brachte, schillernde Pläne ins Handhabbare zu ändern. Was das anging, hatte er sich in den Robert von ganz früher zurückverwandelt. Es erinnerte sie daran, wie leicht es gewesen war, mit ihm Zeit zu verbringen und zu reden, als sie noch zur Schule gegangen waren.

Bevor es kompliziert geworden war.

Als das Essen kam, erzählte Robert ihr von seiner Studienzeit inklusive Amerika und Doreen und von dem Gesundheitszustand seiner Mutter. Gerade war er bei seinem ersten und einzigen Plattenvertrag angekommen, einer der Songs war wohl so etwas wie ein Achtungserfolg gewesen. Er nahm eine Pommes vom Teller.

»Mit ein bisschen Glück konnte man ihn im Radio hören.«

»Ich weiß. Ich glaube, ich habe ihn damals gehört, zufällig. Ich war mit einer Freundin Kaffee trinken, kurz vor Emmas Geburt.« Als sie noch dachte, sie könnte alles schaffen, weil sie schwanger das Staatsexamen geschafft hatte, vielleicht die glücklichsten Wochen ihres Lebens. »Mitte November achtundneunzig muss das gewesen sein. Haut das hin?«

»Ja.« Robert nickte, offenbar überrascht, dass sie es so genau wusste. »Das ist ja verrückt.«

»Genau das habe ich auch gesagt, zu der Freundin, mit der ich in dem Café war. Ich hatte es ja vorher nur einmal gehört, aber ich hab's sofort erkannt, das Lied.«

Robert sah aus, als errötete er, ohne rot zu werden.

»Der Plattentyp wollte unbedingt ein – also, etwas Romantisches, und das war das Einzige, was wir auf die Schnelle–«

»Ich bitte dich.« Frie ließ die Gabel sinken, sie war gerührt, weil er das Bedürfnis hatte, sich zu rechtfertigen. »Du kannst mit deiner Musik doch machen, was du willst.«

»Stimmt schon, aber der Song war ja eigentlich mal für dich.«

Ein paar Sekunden lang wurden sie beide wieder sehr jung.

»Ich freue mich, dass ihr ausgerechnet damit durchgestartet seid«, sagte Frie, »etwas Besseres hätte dem Lied doch gar nicht passieren können.«

Wo es von ihnen nicht mehr gebraucht worden war.

»Der Bassist fand's allerdings richtig scheiße, war ihm zu primitiv. Er ist sogar ausgestiegen deshalb.«

»Arschloch.«

Frie war ein bisschen beleidigt, weil jemand etwas ihr Gewidmetes nicht mochte, und beeindruckt davon, dass Robert das so offen erzählte. Sie waren erwachsen. Sie konnten über alles reden, noch nicht völlig unbefangen, aber das konnte man üben, zum Beispiel indem man anfing, die Dinge beim Namen zu nennen.

»Ist halt ein Liebeslied. Sind die nicht immer ein bisschen kitschig, wenn sie gut sind? Aber sag mal, bist du denn immer noch mit dieser – wie hieß sie?«

»Doreen. Nein. Schon länger nicht mehr.«

Sie wartete darauf, dass er weiterredete und von der Frau oder den Frauen nach Doreen erzählte, aber er wechselte das Thema und fragte nach Anneke.

»Siehst du sie oft?«

»Ja, bestimmt einmal die Woche. Sie ist verheiratet, mit einem Kollegen, also, der ist auch Lehrer. Und sie hat gerade ihr zweites Kind bekommen, ein Mädchen, sie heißt Beeke.«

»Und deshalb seid ihr wieder Freundinnen?« Robert guckte nun doch ein wenig spöttisch.

»Nein, natürlich nicht, ich meine, nicht wegen Beeke. Aber schon auch deshalb, weil Anneke auch ein Kind hat, also jetzt ja zwei.«

Robert sah aus, als hielte er ihre Erklärung weiterhin für unzulänglich. Das gefiel Frie nicht. Sie wollte, dass er sie verstand, auch das war wie früher.

»Na ja, es war nicht so leicht, wieder hierherzuziehen. Ich meine nicht die Wohnungssuche oder einen Job zu finden. Aber ich kannte kaum noch jemanden, und wenn man ein kleines Kind hat und nur zur Arbeit und nicht oft ausgeht, ist es nicht gerade einfach, Leute kennenzulernen. Ich hatte wirklich Angst davor, hier einsam zu sein. Die meisten aus der Schule sind ja inzwischen woanders, und zu den anderen hatte ich keinen Kontakt mehr, außer zu Anneke. Die hat sich halt immer wieder mal gemeldet.«

»Frie.« Er umfasste ihre Hand. Bei jedem anderen Mann, mit dem sie erst seit einer Stunde zusammensaß, hätte sie das übergriffig gefunden. Bei Robert kam es ihr normal vor. »Du sagst, ich muss mich nicht rechtfertigen dafür, was ich mit meiner Musik mache, dann musst du ja wohl erst recht nicht erklären, warum du mit wem befreundet bist.«

Er zog die Hand zurück.

»Doch«, sagte Frie. »Weil ich nicht will, dass du denkst, dass Anneke so was wie ein Notnagel für mich ist. Ist sie nicht.«

Anneke hatte Frie gleich am ersten Abend in ihrer neuen Wohnung besucht, unangekündigt. Sie hatte Brot, Salz und ein in Felix-Papier eingeschlagenes Geschenk für Emma überreicht und einen großen Blumentopf, den sie mit Rosenprimeln und Schlüsselblumen bepflanzt hatte: »Für euren neuen Balkon.«

Außerdem hatte sie eine Flasche Sekt mitgebracht.

Emma war nicht da gewesen, sie übernachtete bei Oma, damit Frie in Ruhe Möbel aufbauen und Sachen einräumen konnte, aber der Karton mit den besseren Gläsern stand noch unausgepackt irgendwo herum. Frie hatte als Erstes das Alltags- und Kochgeschirr in die Küchenschränke gestellt und dann Emmas Kinderzimmer eingerichtet. Eigentlich wollte sie gleich ihr Bett zusammenbauen, aber nun war Anneke da und zog auch noch zwei Sektgläser aus ihrer riesigen Tasche. Im Umzugschaos auf dem Sofa sitzend, stießen sie an.

»Auf die alte Heimat.« Frie fiel nichts Besseres ein.

»Nein, auf dich«, sagte Anneke. »Auf deinen Mut und darauf, dass er belohnt wird. Ich weiß, du wolltest immer weg von hier, aber jetzt hast du dich getraut, es dir anders zu überlegen, obwohl dir das bestimmt schwergefallen ist. Das finde ich bewundernswert.«

»Danke«, sagte Frie, weil sie mehr nicht herausbekam.

Anneke umarmte sie.

»Ich freue mich jedenfalls riesig, dass du wieder da bist. Wenn du Lust hast, kommt uns doch bald mal besuchen, aber jetzt sag mir erst mal, wie ich dir helfen kann.«

Mit dem Sekt in der Hand hatte sie sich in der Wohnung

umgesehen. »Schön. Sollen wir dein Bett aufbauen? Ich habe einen Akkubohrer dabei, falls du keinen hast.«

Frie faltete die benutzte Papierserviette zweimal und legte sie auf den fast leeren Teller.

»Es tut mir total leid, dass ich in der Oberstufe so gemein zu ihr gewesen bin. Man ist schon oft auch noch richtig dämlich mit siebzehn, achtzehn. Ich habe ziemlich viel nicht gerafft damals, aber das weißt du ja.«

»Ja, das weiß ich noch ziemlich genau.«

Robert holte eine neue Packung American Spirit aus der Jackentasche, zog die Plastikfolie ab und hielt ihr die offene Schachtel hin.

»Nein, danke, ich habe aufgehört.«

Er tat, als hätte nur sie sich blöd benommen, das wurmte Frie. Außerdem war ihr das zweite Bier zu Kopf gestiegen, sie trank nur noch selten.

»Später in Hamburg«, sagte sie, »da hast du aber auch nicht unbedingt alles kapiert.«

»Was habe ich nicht kapiert?«

»Dass ich mich doch noch in dich verliebt hatte.«

»Doch«, antwortete er. »Natürlich habe ich das gemerkt. Also, so richtig erst nach dem Abend im Kir, aber da schon.«

»Wirklich? Aber wieso hast du dann–?«

»Weil ich Schiss hatte, dass du es dir wieder anders überlegst. Ich wollte mich von dir nicht noch mal so unglücklich machen lassen wie nach dem Abi.«

»Aber man kann sich doch nie sicher sein.«

»Nein, kann man nicht. Und nach dem Kuss wäre ich ja auch sofort mit zu dir gekommen.«

»Aber?«

»Aber dann musstest du plötzlich noch mal ganz in Ruhe

nachdenken, ob du das wirklich willst, und da ist es mir wieder eingefallen.«

»Was?«

»Dass dir deine Unabhängigkeit schon immer das Allerwichtigste war.«

Unreife Liebe sagt: »Ich liebe dich, weil ich dich brauche.« Reife Liebe sagt: »Ich brauche dich, weil ich dich liebe.« Sie hätte sagen können, dass ihre Begeisterung für Erich Fromm eine jugendliche Spinnerei gewesen war, aber das wäre ihr illoyal vorgekommen gegenüber ihrem eigenen, jüngeren Ich.

»Ist Freiheit dir denn nicht wichtig?«, fragte sie.

»Ich glaube nicht, nein. Jedenfalls nicht das Wichtigste.«

»Was denn? Sicherheit?«

»Nein, das klingt so – so eng. Ich weiß nicht, wie man das am besten ausdrückt. Zugehörigkeit? In dem Sinne, dass es jemanden gibt, von dem ich weiß, dass er zu mir gehört und ich zu ihm.«

»Und? Hast du so jemanden?«

»Nein.« Robert schüttelte den Kopf. »Du?«

»Ja. Ich habe Emma.«

Gespräche konnten einem davonrennen wie kleine Kinder. Kurz passte man nicht auf, schon waren sie irgendwohin unterwegs, wo es unübersichtlich oder sogar gefährlich wurde.

»Aber sag mal, die Konzerte und Veranstaltungen, auf denen du überall spielst – das viele Reisen bringt bestimmt Spaß, oder?«, fragte Frie.

»Kommt drauf an.«

»Worauf?«

»Was mich am Ziel erwartet.«

»Mensch, nun erzähl doch mal.«

Es musste großartig sein, immer neue Orte und Menschen kennenzulernen und sein Geld mit etwas zu verdienen, wofür man brannte, in Roberts Fall: mit Musik.

»Sagen wir mal so«, sagte Robert, »wenn ich auf einer Bühne stehe und die Art von Musik mache, die ich wirklich liebe, und dann auch noch mit Leuten, die ich mag oder bewundere, und das Publikum findet es gut, dann bin ich glücklich. Dann vergesse ich alles andere, auch den ganzen Mist.«

»Toll.«

Frie freute sich für ihn und bedauerte es, ihn nie so erlebt zu haben – oder nur ein einziges Mal: An jenem Abend im Kir vor zehn Jahren, als er ihr Lied gesungen und sie für ein paar Stunden gehofft hatte, sie könnte Teil seines Glücks werden. Wie sähe ihr Leben aus, wenn sich ihre Hoffnung erfüllt hätte? Aber es war anders gekommen, und so hatte sie ihre eigene Variante von Glück gefunden: groß, oft herzzerreißend, aber niemals selbstvergessen, sondern immer auf jemanden bezogen, auf Emma. Dass Robert und sie wieder an einem Tisch saßen und redeten, war noch viel schöner als erwartet. Aber es änderte nichts daran, dass sie an den entgegengesetzten Enden einer fast unendlichen Galaxie lebten, und das machte sie plötzlich traurig, was ein wenig seltsam war, schließlich hatte sie ihn zwischendurch fast vergessen.

»Das Problem ist nur«, Robert zündete sich noch eine an, »das kommt leider nicht so wahnsinnig oft vor, dass ich Auftritte habe, die genau das sind, was ich mal wollte.«

Er rauchte einen perfekten Kringel.

Wie sehr sie ihn immer darum beneidet hatte, dass er das konnte.

»Also, es ist jetzt auch nicht alles schrecklich, was ich mache, aber sehr oft–« Als müsste er sich überwinden, das auszusprechen. »Also, ein bisschen zu oft fühlt es sich an wie ein stinknormaler Job – etwas, das man halt machen muss, weil man Geld braucht. Und für so was permanent unterwegs zu sein, ist in erster Linie ziemlich anstrengend.«

Sie schwiegen.

»Verstehst du?« Seine melancholischen Augen hatten die Farbe von Vollmilchschokolade.

»Ja.« Natürlich verstand sie ihn.

Es tat ihr leid, dass es so war. Es machte sie froh, dass sie sich geirrt hatte. Robert war doch nicht weit weg. Sie rügte sich selbst für ihre Freude. Diesmal war sie es, die ihre Hand auf seine legte.

»Wenn ich das nächste Mal komme«, sagte Robert, »machen wir dann wieder was Schönes, ja?«

»Wenn du magst?«

»Klar. Wollen wir gleich noch woandershin? Warst du mal wieder in der Bärenhöhle?«

»Das letzte Mal, als ich da war, ist Todde rausgeflogen, weil er die Gläser der anderen Gäste ausgetrunken hat, warst du da mit? Sag mal, kann ich vielleicht doch eine?«

Frie zeigte auf die Zigaretten.

Ihr war, als hätte sie unerwartet etwas wiedergefunden, von dem sie längst vergessen hatte, dass es ihr verloren gegangen war.

Als sie sich das nächste Mal trafen, an einem Donnerstag Ende März, gingen sie noch einmal essen.

Zwei Wochen später war Robert schon wieder in der Stadt.

»Ich dachte, ich komme noch mal übers Wochenende, bevor die Festivalsaison so richtig in Gang kommt.«

Diesmal landeten sie im Roxy. Sie tanzten bis drei Uhr morgens zu Achtziger- und Neunzigerjahre-Hits und sangen ausgelassen mit, und anders als mit sechzehn und mit einundzwanzig war es Frie völlig egal, dass sie selten den richtigen Ton traf. Das war nicht das, worauf es ankam, es ging nur um das Zusammen.

»Gott, du singst wirklich mies«, bestätigte Robert, als sie kurz Pause machten.

Frie lachte.

»Aber dafür tanzt du immer noch sehr gut«, schrie er und zog sie auf die Tanzfläche.

Aus seinen dunklen Augen war alle Melancholie verschwunden, er sah wieder jünger aus als bei ihrer letzten, ersten Verabredung, und wenn er sie anschaute, kribbelte es ganz leicht in Fries Bauch. Zum ersten Mal seit Langem war sie mal wieder so richtig ins Leben verknallt. Sie tranken Cola-Rum und rauchten zusammen fast eine ganze Schachtel, obwohl Frie sich nach ihrem ersten Treffen vorgenommen hatte, bloß nicht wieder damit anzufangen. Als sie Emma Sonntagmittag abholte, fühlte sie sich elend und hatte prächtige Laune.

»Alte Freunde sind durch nichts zu ersetzen«, sagte ihre Mutter. »Bring ihn doch mal mit, das war immer so ein Netter.«

Je wärmer die Tage wurden, desto größer wurden die Abstände zwischen Roberts Besuchen. Meist kam er direkt von irgendwelchen Veranstaltungen, mal in Süddeutschland, mal in irgendeiner Hauptstadt, manchmal genervt, selten beseelt, dann erzählte er von großartigen Bands und Begegnungen mit von ihm verehrten Musikern, die ihr nichts sagten. Für sie blieb er der Robert, der es bis nach Hamburg zur Newcomer Night im Kir geschafft hatte, das war großartig genug, fand Frie.

»Und was ist so bei dir gelaufen?«, fragte er.

»Ich war ebenfalls extrem erfolgreich. Ich habe hundert

Schriftsätze diktiert, Fenster geputzt und meinen ersten Maulwurfkuchen gebacken, fürs Frühjahrsfest in der Kita.«

Robert lachte. Was auch sonst?

Im Juli war er für zwei Tage in der Stadt, wobei er eigentlich keine Zeit hatte, Frau Haase ging es nicht gut. Abends besuchte er Frie, sie aßen Nudeln mit Pesto auf ihrem Balkon. Robert erzählte von früher, was für große Sorgen er sich als Schüler um seine Mutter gemacht hatte und wie sehr es ihn immer wieder, auch heute noch, frustrierte, dass sie nicht einfach gesund und normal sein konnte, so wie andere Mütter auch.

»Deine zum Beispiel.«

Frie hörte zu, voller Verständnis und mit einer gewissen Befriedigung. Mit dieser Sorte Liebe – diesem Hin-und-her-gerissen-Sein zwischen Fürsorge und Fluchtfantasien – kannte sie sich aus, und zwar besser als er, zumindest hatte sie schon mehr darüber nachgedacht. Während sie redeten und Rotwein tranken, steckten sie sich eine nach der anderen an. Frie hatte mit sich selbst abgemacht, nur in Roberts Beisein zu rauchen und nur die Zigaretten, die er mitbrachte. Sie kaufte sich niemals eigene.

Es gab eine längst tot geglaubte, undisziplinierte und unvernünftige Frie, die sie auferstehen ließ, wenn sie mit Robert zusammen war. Sobald er weg war, schickte sie sie in die Bedeutungslosigkeit zurück – bis sie sich wiedersahen.

Im August konnte er gar nicht, aber dann wurde der Osten von einer Flutkatastrophe heimgesucht, auch die Dresdner Innenstadt stand unter Wasser. Das Stadtfest, auf dem Robert spielen sollte, wurde abgesagt, er erfuhr es auf dem Rückweg von Gent und rief vom Bahnhof Osnabrück aus an.

»Bei euch soll das Wetter toll werden, lass uns Sonntag ans Wasser fahren!«

»Aber dann mit Emma«, sagte Frie.

Es war das erste Mal, dass sie Zeit zu dritt verbrachten. Sie fuhren nach Pottloch, wo sie einen Strandkorb ergatterten und wo Robert einmal ihr *Jugulum* bewundert hatte. *Jugulum* war eines dieser Fremdwörter, die man, wenn überhaupt, nur einmal im Leben brauchte, sie hatte diese Bezeichnung trotzdem nie wieder vergessen. Diesmal machte er ihr nur Komplimente für die Frikadellen, die sie als Proviant eingepackt hatte. Es war Emmas erstes Strandpicknick, vor lauter Aufregung ließ sie ihren Teller in den Sand fallen. Robert schenkte ihr seine letzte Frikadelle. Er buddelte Emma ein, er hielt sie an Hand und Fuß und ließ sie über das blaugraue Ostseewasser fliegen. Danach sah Emma ihn an, als wäre sie in ihn verschossen.

»Mama, der ist lieb«, flüsterte sie Frie ins Ohr.

Frie kitzelte und küsste sie und sagte: »Ja, das ist er.«

Zum Abendbrot fuhren sie zu ihrer Mutter. Sie hatte mit Aprikosen gefülltes Schweinefilet mit Rahmwirsing gemacht, weil Robert dieses Essen irgendwann um neunzehnhundertneunzig besonders lecker gefunden hatte. Mutti behandelte ihn, als wäre er immer noch achtzehn und vorletzte Woche das letzte Mal da gewesen. Sie duzte ihn und ließ sich weiterhin von ihm siezen, schickte ihn Salz und Pfeffer holen und fragte, was er denn später mal machen wolle. Frie befürchtete, Robert könnte genervt sein, aber wie immer ließ er nichts auf ihre Mutter kommen.

Am nächsten Abend rief Anneke an, um zu fragen, wie es gewesen war.

»Sehr schön«, sagte Frie.

»Ist da eigentlich wieder was zwischen euch?«

»Nö«, sagte Frie, ebenfalls wahrheitsgemäß.

Robert und sie waren nach zwei Exkursionen ins Komplizierte endlich wieder dort angekommen, von wo aus sie auf dem Gymnasium gestartet waren: Sie waren Freunde. Und diesmal waren sie sich einig, es bleiben zu wollen.

Neulich hatte sie ihm erzählt, wie sie letzten Herbst mit einem Mann ausgegangen war, einem Anwalt. Es war das erste Mal seit der Trennung von Tony gewesen, dass sie geknutscht hatte – wie ein Teenager, im Stehen, an eine Hauswand gelehnt. Es war herrlich, aber dann fragte der Anwalt, was sie am nächsten Tag vorhätte, falls noch nichts, könnten sie ja ins Kino gehen. Bei dieser Frage verging Frie mit einem Schlag alles Interesse an mehr. Der Anwalt wusste, dass sie ein Kind hatte, sie hatte es ihm erzählt. Anscheinend hatte er es gleich wieder vergessen, oder er hatte sich null Gedanken gemacht, was es praktisch bedeutete, Mutter zu sein.

»Jedenfalls dachte ich: Nein. Ich hätte gern mal wieder Sex, aber den ganzen Rest, den will ich eigentlich gar nicht, und erst recht kann ich keinen Mann gebrauchen, dem ich ständig erklären muss, dass und warum ich keine Zeit habe. Ich brauche einen funktionierenden Alltag und gute Freunde.«

»So einen wie mich?«, fragte Robert.

»Genau. Und wie Anneke. Und wann hast du das letzte Mal geknutscht?«

Robert tat, als müsste er nachdenken. »Vorgestern.«

Frie lachte.

Erst abends beim Einschlafen kam ihr in den Sinn, dass das womöglich kein Scherz gewesen war.

Ende September nahm Frie sich einen halben Tag Urlaub, weil Robert da war und das Wetter noch mal alles gab. Sie liefen auf der Birk, fast allein, es war kein Wochenende und die Hauptsaison schon wieder vorbei.

Der Himmel sah aus wie auf den Bildern der Kita-Kinder:

weiße Wattebäusche auf hellblau getuschtem Grund. Zwischen Blattgrün trumpfte das Rot der Hagebutten, der Weißdornbeeren und Pfaffenhütchen auf. Die Wildpferde waren nirgendwo zu sehen, aber die Galloways standen im hohen strohgelben Gras, und aus den Salzwiesen und Schilfsümpfen stiegen klagend Vogelschwärme auf. Über all der Schönheit lag eine Wehmut, die mild stimmte – bereit, sich selbst und anderen zu verzeihen. Vielleicht deshalb gestand Robert, als sie aus einem schattigen Hohlweg in die Herbstsonne traten:

»Ich habe mal heimlich in deinem Tagebuch gelesen, also, als wir noch zur Schule gegangen sind.«

»Wie kommst du denn jetzt darauf?«, fragte Frie.

»Weiß nicht. Wollte ich dir schon immer mal erzählen.«

»Und was soll ich jetzt dazu sagen?«

»Wie wäre es mit: *Absolvo te*?«

»Je te pardonne.«

»Danke«, sagte Robert.

»Und? Hat sich's wenigstens gelohnt?«, fragte Frie.

»Nein, gar nicht, war auch nur ein Satz, und danach habe ich mich mies gefühlt. Auch weil ich mir eigentlich geschworen hatte, so was nie wieder zu machen.« Sie gingen einen Weg entlang mit Blick auf das glitzernde Wasser. »Als wir uns in der Elften kennengelernt haben, habe ich immer in den Sachen meiner Mutter rumgeschnüffelt, es war wie ein Zwang.«

Wie wenig sie von ihm gewusst hatte, obwohl sie sicher gewesen war, ihm nah zu sein, dachte Frie, wahrscheinlich weil man sich so jung kaum selbst durchschaute.

»Ich glaube, jeder macht mal was, wofür er sich hinterher hasst.«

Sie hakte sich bei ihm ein und erzählte ihm von der Sache mit dem Lätzchen. Wie sie Bekenntnisse austauschten, ähnelte einem Geschenkritual, mit dem sie ihre Freundschaft besiegelten.

Nach der Wanderung waren sie müde und hungrig.

Zwischen letzten Seglern und Dauercampern sitzend, aßen sie in Wackerballig Deutsches Beefsteak à la Meyer und Matjes Hausfrauenart, tranken Alster und rauchten. Vierzig Kilometer weiter westlich wurde Emma von Oma ins Bett gebracht, während die Sonne auf ihrem Weg ins Meer zu glühen begann. Das Abendlicht war von dieser Sorte, die einen glücklich und gesund aussehen ließ, egal, wie müde man war.

»Wann sehen wir uns wieder?«, fragte Frie beim Abschied.

Sie telefonierten selten und nur, wenn es etwas Konkretes zu klären gab. Frie hatte in letzter Zeit manchmal Lust, ihn nur so anzurufen, aber sie ließ es jedes Mal. Er war am Telefon immer ziemlich kurz angebunden. Man konnte nie wissen, wo oder bei was man ihn gerade erwischte und ob man ihn störte. Ihre Freundschaft war kein Zustand, sie war etwas, das stattfand, wenn sie Zeit füreinander hatten, und es war in Ordnung so.

»Ich fürchte, das dauert«, sagte Robert. »Vor Mitte November schaffe ich es nicht.«

»Dann kann ich ja ganz lange nicht rauchen«, sagte Frie.

Anfang November rief Robert an und sagte, es seien noch zwei Jobs reingekommen, er könne doch nicht vor Dezember kommen.

»Aber wenn wir uns wiedersehen, feiern wir deinen Geburtstag nach, okay? Was machst du denn?«

»Nichts, nur ein bisschen Kaffeetrinken bei meiner Mutter«, sagte Frie. »Ist ja ein Donnerstag. Ich muss arbeiten, und Anneke kann auch nicht. Vielleicht feiere ich Samstagabend nach.«

Sie wurde einunddreißig.

Emma sang den Text noch immer so, wie sie ihn anfangs missverstanden hatte. »Wie schön, dass du gestorben bist, wir hätten dich sonst sehr vermisst.«

Frie drückte Mund und Nase in ihren Hals, der bettwarm war und nach Kinderschlaf duftete.

»Und weißt du, was mein schönstes Geschenk ist?«

Emma schüttelte den Kopf, mit gespannt aufgerissenen Augen.

»Du bist mein allerschönstes Geschenk.«

»Ich bin doch nicht dein Geschenk!«, gackerte Emma. »Ich bin doch dein Kind!«

»Na gut, aber jetzt müssen wir uns beeilen, sonst komme ich zu spät zur Arbeit. Wir feiern nachher bei Oma, ja?«

»Aber morgen habe *ich* Geburtstag, da feiern wir noch mal.«

»Na klar, morgen feiern wir sowieso. Komm, willst du die Ringelstrumpfhose anziehen?«

Als Frie vor der Kanzlei ihr Rad anschloss, rief Robert an, eher einsilbig, so wie immer, aber sie war sowieso spät dran. Auf ihrem Schreibtisch stand ein Blumenstrauß, die Kolleginnen schenkten ihr einen Douglas-Gutschein, der Chef gratulierte und legte ihr zwei Akten hin, die Chefin bemerkte nur dank der Blumen und erst, als sie zu einem Gerichtstermin aufbrach, dass Frie Geburtstag hatte. Ansonsten war es ein normaler, eher ruhiger Arbeitstag. Um fünf verließ Frie die Kanzlei und fuhr zu ihrer Mutter, die einen Apfelstreuselkuchen gebacken hatte. Frie bekam die Sofakissen, die sie sich gewünscht hatte. Emma hatte die Kaffeetafel mit Girlanden und Herzkonfetti geschmückt, die überall herumflogen. Sie überreichte das Bild eines Igels, der statt Stacheln Herbstblätter trug, und einen Salzstreuer in Eiform, den Oma mit ihr besorgt hatte. Um sieben fing sie an, sich die Augen zu reiben.

»Oh je«, sagte Fries Mutter mit Grabesstimme. »Ich habe kein Brot gekauft, wie dumm von mir. Soll ich schnell los und Piccolini holen?«

Frie verneinte. »Lass mal, wir gehen jetzt lieber. Morgen wacht Emma bestimmt wieder um fünf auf.«

»Bis morgen, Prinzessin«, sagte Oma und drückte Emma. Dann streichelte sie Fries Wange, so als wäre auch sie noch ein Kind. »Ich wünsche dir einen schönen Abend, Liebes. Viel Sp–« Als wäre ihr fast etwas Dummes rausgerutscht, brach sie mitten im Wort ab.

Zu Recht.

»Backen ist jetzt nicht so meine Lieblingsbeschäftigung«, sagte Frie. »Bis morgen.«

Seit sie Mutter war, war ihr eigener Geburtstag nur der Auftakt für einen noch viel wichtigeren, für Emmas Geburtstag. Frie freute sich auf ein Käsebrot und aufs Sofa, aber vorher musste sie noch die Muffins für die Kita machen. Vielleicht gab es etwas Gutes im Spätprogramm.

»Oma vergisst sonst nie das Abendbrot«, beschwerte sich Emma auf der Treppe zu ihrer Wohnung.

»Nein.« Auch Frie hatte sich gewundert. Ausgerechnet heute.

»Mama, ich mach auf. Ich bin schon fast vier.«

Emma versuchte ewig, den Schlüssel ins Schloss zu bekommen, und schaffte es dann doch nicht. In der Wohnung sang irgendein Italiener, aber nicht Paolo Conte. Es roch nach etwas Leckerem, aus der Küche fiel Licht in den Flur.

»Überraschung!« Robert kam ihnen mit zwei gefüllten Weingläsern entgegen und küsste Frie auf die Wange. »Glückwunsch. Wenn es sich irgendwie verhindern lässt, sollte man an seinem Geburtstag nicht allein sein, habe ich gedacht.«

»Mama ist nicht allein. Ich bin doch da«, berichtigte Emma.

Frie war sprachlos.

»Da hast du natürlich recht. Aber ich dachte, sie freut sich vielleicht trotzdem über Besuch.«

»Wie bist du reingekommen?«, fragte Frie.

»Deine Mutter. Hat sie dichtgehalten? Sie hat mir die Schlüssel gegeben.«

»Ach, deshalb. Aber ich dachte, du kannst nicht?«

»Tja, ich hatte mich geirrt. Ich hoffe, du hast noch ein bisschen Hunger?«

»Was gibt es?«, fragte Emma.

Frie war so überrumpelt, dass sie ein paar Minuten brauchte, um sich zu freuen, aber nachdem sie erst mal damit angefangen hatte, konnte sie gar nicht mehr aufhören. Sie saß am schon gedeckten Tisch, trank Wein und sah Robert zu, wie er auffüllte. Vor ihrem Teller brannte auf einer Untertasse ein großes Teelicht. Auf ihrem Teller lag sein Geschenk, eine CD, irgendwas Altes, aber sie kannte die Band nicht. Emma wollte die Nudeln nur mit Ketchup und Käse, ohne Lachs und Erbsen. Sie aß nur die Hälfte und sah plötzlich aus, als würde sie im Sitzen einschlafen. Frie trug sie erst aufs Klo und dann ins Bett und zog ihr im Liegen den Schlafanzug an.

»Zähne putzen«, nuschelte Emma, mit halb geschlossenen Augen.

»Der Abend, bevor man vier wird, ist der einzige im Leben, an dem man keine Zähne zu putzen braucht. Schlaf gut, träum was Schönes, und weißt du, was?«, flüsterte Frie.

»Wenn ich wieder aufwache, bin ich ein Jahr älter.«

»Das stimmt. Und ich habe dich ganz, ganz, ganz, ganz lieb.«

Robert stand auf dem Balkon und rauchte.

Frie nahm sich auch eine. »Du bist echt verrückt.« Sie fror. »Bist du etwa extra meinetwegen gekommen?«

»Na ja. Meine Mutter hat sich schon auch gefreut.« Er sah dem Rauch hinterher. »Ich habe aber keinen Nachtisch.«

»Zum Glück.« Frie schaute ihn von der Seite an, ihren ältesten, guten Freund Robert mit der großen Nase, die ihm besser stand, seit sein Gesicht nicht mehr ganz so jugendliche Züge trug.

Toller Mann, dachte Frie.

Sie verstand nicht, warum er keine Freundin hatte, und sie verstand nicht, warum er das getan hatte für sie. So ein großer Aufwand, nur wegen eines einunddreißigsten Geburtstages. Kurz schoss ihr durch den Kopf, dass das eine womöglich mit dem anderen zu tun hatte. Es war ein Gedanke, den ihr Herz mit einem sanften Flattern beantwortete und den sie sich deshalb sofort verbat. Wegen Robert aufgeregt zu sein, war totaler Unsinn – unpassend, sogar gefährlich. Trotzdem war dieser Abend das Schönste, das ihr seit Langem passiert war, und er erinnerte sie daran, wie gut es tat, umsorgt zu werden von jemandem, der nicht die eigene Mutter war. Frie drückte ihre Zigarette aus.

Wie sehr ihr das fehlte.

Wie sehr sie sich danach sehnte.

Sie lehnte sich an ihn und legte ihre Hand auf seinen Rücken.

»Danke, Robert, echt.«

»Bitte, Frie, gern geschehen.«

Er umfasste ihren Nacken und streichelte ihn, und was dann geschah, war gleichermaßen überraschend und zwangsläufig. Es war der schönste zweite Kuss, den zwei Menschen sich jemals gegeben hatten, der Anfang von etwas, das womöglich nicht klug war, aber es zu beenden, stand nicht in ihrer Macht, und das war gut so. Es war gut, dass Robert den dünnen Stoff der Bluse aus ihrer Bürohose zog und ihre Haut unter seinen Fingern Funken schlug. Es war richtig, das leicht kratzige Gesicht mit der großen Nase in beide Hände zu nehmen. Es war nichts anderes möglich. Ihr Atem war zu einem Lied verschmolzen, und sein Mund schmeckte nach Zigarette und Weißwein, nach früher, nach Leben, nach immer weiter.

November 2002

Ein Befehl und die Verhältnisse

Die Haut unter ihrer Bluse war wärmer und glatter als erwartet. Frie roch wie immer – schwach nach Parfum und vor allem nach sich selbst. Am fremdesten waren ihre Laute, die wie stille Schluchzer klangen. Er hatte gefürchtet, dass so was passieren könnte. Er hatte es gehofft, als er sie vorhin im Flur hatte stehen sehen, in einer schwarzen Stoffhose und einer eisblauen Hemdbluse, unter der sich der BH abzeichnete. So hatte er sie noch nie gesehen, in so einem Anwältinnenlook, das war überhaupt nicht sein Geschmack, trotzdem fand er sie darin wahnsinnig aufregend. Ihre Hände ließen sein Gesicht nicht los, seine Hand hielt sich an der Weichheit ihrer Taille fest, um nicht zu ihrer Brust zu wandern. Er hörte, dass sie das genauso herbeisehnte wie er, aber er hatte sich diese Berührung zu oft ausgemalt, um sie bei fünf Grad auf einem Balkon stehend wahr werden zu lassen. Diesen Körper hatte er schon so oft mit den Augen verschlungen, ohne ihn haben zu können; nun, wo es so weit war, durfte er ihn nicht vorschnell, nur mit den Händen begreifen. Er wollte ihn behutsam entkleiden und angemessen würdigen, bevor er darin versank.

Sie ließ sein Gesicht los und zog ihn vom Balkon.

Sie nahm die Untertasse mit dem brennenden Teelicht vom Tisch und zog ihn weiter, ins Schlafzimmer. Sie stellte das Teelicht auf dem Nachtschrank ab. Ihre Lippen schimmerten, ihre Murmelaugen glänzten, ihre Bluse hing aus der

Hose, die drei oberen Knöpfe standen offen, gleich würde er alle aufknöpfen.

»Ich schau noch mal eben nach Emma.«

Er hörte, wie sie erst ins Kinderzimmer und dann ins Bad ging, und zählte die Sekunden, bis sie wieder da war. Sechsundsiebzig. Sie stellte sich vor ihn, sah ihn an und lächelte, komplizenhaft.

»Wollen wir?«

Als Antwort küsste er sie.

Es war genau so, wie er es sich vorgestellt hatte, und ganz anders, es war alles, was sein konnte. Es war laut, und es war leise, es war weich, und es war grob. Es war eine Expedition, die nach Hause führte. Es war ein großer, ernster, nein, *heiliger* Spaß. Ein paarmal lachten sie, zwischendurch sah Frie aus, als würde sie gleich weinen. Es war wie ganz von selbst und unbeholfen, schmutzig, zärtlich und peinlich, beim ersten Mal kam er viel zu schnell. Frie tröstete ihn: »Macht doch nichts, dafür brauche ich immer viel zu lang«, aber schließlich gelang es ihm doch, auch sie zum Höhepunkt zu bringen.

Man brauchte Zeit, die hatten sie. Und man brauchte Finger wie Schmetterlingsflügel, das fand er heraus. Ihr Gesicht schmolz im Kerzenschein, ihr Körper zuckte, und solange es dauerte, war es der größte Erfolg seines Lebens. Dann seufzte sie, küsste ihn wie zum Dank und drehte sich um. Das Teelicht war gerade erloschen.

Robert wachte auf. Es war stockdunkel, und er lag allein im Bett. Er tastete nach seinem Handy, dann fiel ihm ein, dass er es in der Küche hatte liegen lassen. Frie hatte den Wecker gestern zur Wand gedreht, damit die leuchtenden Zahlen nicht dem Teelicht Konkurrenz machten, Robert stellte ihn richtig hin. Zehn nach fünf. Hinter der Schlafzimmertür hörte er ein Geräusch, von dem er nicht wusste, was es war, nur dass es nicht zu dieser Uhrzeit passte. Er zog Unterhose und T-Shirt an. Frie war in der Küche, sie rührte mit einem Handmixer in einer Teigschüssel. Neben der Schüssel standen zwei Packungen Dr. Oetker Schoko-Muffins, der Ofen war angestellt, trotzdem fragte er:

»Was machst du da?«

»Mach die Tür zu, sonst wird Emma noch wach.« Frie stellte den Mixer aus und kam ihn kurz küssen, Leidenschaft in Eile. »Du bist schuld, ich habe vergessen, die Muffins zu backen. Kannst du die Backförmchen auf den Blechen verteilen? Kaffee?«

Frie hatte sich einen stummeligen, unordentlichen Pferdeschwanz gebunden, er hätte gern in die feinen blonden Haare in ihrem Nacken geatmet, aber sie hatte zu tun.

»Wofür brauchst du denn die ganzen Muffins?«

»Emma braucht die, für die Kita.«

»Für die Kita?« Er gähnte. Der Küchenboden war kalt.

»Als Geburtstagskind bringt man was mit.«

Er hatte Emmas Geburtstag vergessen.

»Ich hoffe, sie schläft wenigstens bis halb sechs.« Frie füllte den Teig in die Papierförmchen. »Sie kriegt den Playmo-Bauernhof, ich habe auch noch den Leiterwagen besorgt, sicherheitshalber, für den Fall, dass Tony nichts schickt, aber vorgestern ist doch noch was von ihm gekommen, den kannst du ihr schenken, wenn du willst, dann hast du auch was für sie.«

»Kann sie nicht einfach was vom Bäcker mitnehmen? Kann ich auch gleich kaufen.«

»No way!« Frie spielte die strenge Lehrerin, er war der dumme Schuljunge. »Schlimm genug, dass ich eine Backmischung benutze.«

Als die Bleche im Ofen waren, schlang sie die Arme um

seinen Hals. Sie trug Jogginghose, T-Shirt und eine offene Kapuzenjacke, diesmal gab es kein Hindernis zwischen ihrer Haut und seiner Hand. Er hätte sie gern auf den Küchentisch gehoben, aber der war voll mit Backkram, außerdem sah er ein, dass dafür nicht der richtige Zeitpunkt war. Sie widmeten sich einander mit etwas mehr Muße, aber dann beendete Frie den Kuss.

»Ich würde so gern, aber es geht jetzt nicht, und – ich weiß nicht, vielleicht müssen wir ja auch mal reden? Aber heute–«

Der Ofen meldete, dass er fertig war mit Aufheizen.

Um zwanzig vor sechs rief Emma nach *Mama!*

Frie bat Robert, alle Lampen auszumachen und die Kerzen anzuzünden. Sie steckten neben einer Vier in den Waggons einer kleinen Holzeisenbahn, die vor den Geschenken und einem kleinen Blumenstrauß auf dem Tisch standen. Sie kam mit Emma an der Hand zurück, die einen viel zu großen hellblauen Bademantel mit roten Herzen trug und Frie plötzlich sehr ähnlich sah. Sie sangen *Viel Glück und viel Segen,* es tat ihm leid, dass er die Gitarre nicht mithatte. Emma lutschte verlegen und aufgeregt an ihrer Hand.

»Mama? – Hat Robert bei uns geschlafen?«

»Ja«, sagte Frie.

»Warum?«

»Weil er ein ganz lieber Freund ist.«

Emma riss in Windeseile das Papier von den Päckchen.

Frie kommentierte, was zum Vorschein kam. »Das ist von Papa. – Guck mal, das passt dazu!«

Robert saß daneben, trank Kaffee, aß einen der Muffins, die über waren, weil Emma nur neunzehn der Küchlein für die Kita brauchte, und versuchte, diese Szene mit den Bildern der letzten Nacht in Einklang zu bringen.

»Wann musst du denn eigentlich wieder fahren?«, fragte Frie.

Emma war darin vertieft, den Bauernhof auf dem Wohnzimmerfußboden aufzubauen.

»Irgendwann heute.« Morgen Mittag musste er in Görlitz spielen, Unternehmensjubiläum, fettes Honorar.

Aber null Bock, dachte Robert.

»Schade. Und wann spätestens? Um acht muss ich in der Kanzlei sein, aber um zwölf, halb eins kann ich Mittagspause machen, vielleicht können wir die noch miteinander verbringen?«

Diesmal war er mit dem Auto gekommen. Nach Dresden dauerte es mindestens siebeneinhalb Stunden – mit Pinkelpause und sofern auf dem Berliner Stadtring kein Stau war. Wenn er gegen zwei losfuhr, wäre er gegen zehn zu Hause. Viel später wäre nicht gut, er hatte kaum geschlafen und musste morgen früh raus. Das würde gehen. Aber es bedeutete, dass ihm keine Zeit blieb, um noch nach Hamburg reinzufahren und Herrn Selk Hallo zu sagen.

Er würde dem Generalmajor absagen müssen.

»Mama, guck mal, ein Rosenkohl.«

»Toll, aber das ist ein Blumenkohl, Schätzchen, der gehört in die Kiste da, und die kann man mit dem Pferdewagen transportieren, probier doch mal aus. Wir könnten spazieren gehen.« Sie nahm auch einen Muffin. »Oder wir treffen uns hier, ich brauche nur zehn Minuten mit dem Rad.«

Noch einmal allein sein mit Frie hinter einer geschlossenen Tür, bevor sie sich wochenlang nicht mehr sahen? Es wäre sowieso nicht ideal gewesen, nur eine Stippvisite zu machen bei Herrn Selk, schließlich hatten sie sich seit dem Sommer nicht mehr gesehen. Lieber besuchte er ihn beim nächsten Mal in Ruhe, eigentlich wäre auch mal wieder ein Casinobesuch dran.

»Kann ich hierbleiben?«

Er hätte Frie so gern berührt oder wenigstens ihre Hand gehalten. Er traute sich nicht, vor dem Kind.

Als Frie und Emma gegangen waren, räumte Robert die Küche auf und legte sich noch mal hin, das Kissen roch nach ihr. Er schlief unruhig, er träumte wirres Zeug, wachte um Viertel vor zehn von allein auf und duschte. Er überlegte, ob er erst einkaufen und dann bei Herrn Selk anrufen sollte, aber es gab keinen Grund, der für diese Reihenfolge sprach, außer dem, dass er keine Lust hatte auf das Gespräch.

»Selk?« Wenn der Generalmajor sich am Telefon meldete, klang es immer so, als würde er seinen eigenen Nachnamen raten.

»Hallo, Herr Selk, ich bin's, Robert. Wie geht es Ihnen?«

»Sie rufen sicher an, um zu sagen, wann genau Sie da sind? Sind Sie schon auf dem Sprung, oder kann ich Sie noch um einen kleinen Gefallen bitten? Sie könnten mir einen Johannsen Rum–«

»Entschuldigung, wenn ich Sie unterbreche, aber ich bin immer noch hier, und ich komme auch nicht vor heute Nachmittag los. Deshalb kann ich Sie leider doch nicht besuchen, das wollte ich Ihnen eigentlich sagen.«

»Wie bedauerlich«, sagte der Generalmajor. »Aber was sein muss, muss sein.«

»Ja. Aber ich gucke mal, dass wir es nächstes Mal ins Casino schaffen.«

»Ach nein, das mit dem Roulette, ich glaube, das ist vorbei, mein Junge.«

»Wieso das denn?«

»Das erzähle ich Ihnen in Ruhe bei einem schönen Gläschen Cognac, das ist nichts fürs Telefon. Ich hoffe, es ist nichts Unerfreuliches, das Ihnen heute dazwischengekommen ist?«

»Nein, also – gar nicht.« Robert hatte es nicht erzählen wollen, nun erzählte er es doch. »Es ist – also, es ist Frie.«

Neulich hatte er erwähnt, dass sie sich wiedergetroffen hatten. »Soso. Gute Freunde sind Sie also wieder, wie schön«, hatte der Generalmajor gesagt.

»Verstehe, die Liebe ist Ihnen dazwischengekommen, die geht natürlich vor!«

»Na ja, Liebe.« Ein zu großes Wort, um es leichtfertig zu benutzen.

»Ich habe es immer gesagt!«, triumphierte der Generalmajor.

Robert konnte sich genau vorstellen, wie er gerade aussah. »Wir haben noch gar keine Ahnung, wie es weitergeht.«

»Das wird sich ergeben. Wo ein Wille ist, da ist ein Weg. Alles Gute für Sie beide, ich freue mich auf unser nächstes Wiedersehen, da haben Sie sicher viel zu berichten.«

»Und Sie?«, fragte Robert. »Was ist bei Ihnen so los?«

»Ach, Agata hat einen kranken Igel im Garten gefunden, ansonsten nichts von Belang.«

»Und was haben Sie mit dem gemacht?«

»Sie hat ihn irgendwohin gebracht, wo man sich um ihn kümmert.«

»Gute Agata. Also, ich ruf an. Tschüss, Herr Selk, wir sehen uns irgendwann Weihnachten.«

Er musste los und Brot und Käse besorgen. Die ganze Zeit – auf dem Weg zum Supermarkt, an der Käsetheke und in der Kassenschlange wartend – hatte er er Frie vor Augen. Er versuchte, an sie zu denken, ohne nachzudenken, es würde sich schon ergeben, hatte Herr Selk behauptet.

Um fünf nach zwölf kam Frie. Trotz der Kälte war sie erhitzt und außer Atem. »Ich bin so schnell gefahren.« Sie warf die Handtasche in den Flur und Mütze, Schal, Handschuhe und Mantel hinterher. Ineinander verschlungen stolperten sie ins Schlafzimmer und zogen sich gegenseitig aus, stumm und effizient. Der Sex war schnörkellos und schnell – zu schnell für Frie. Kaum war er fertig, raffte sie ihre Kleider zusammen und ging ins Bad.

Als sie angezogen und gekämmt vor ihm stand, deutete nichts mehr an ihr darauf hin, dass sie sich eben noch nackt unter ihm gewunden hatte, außer einem Lächeln: »Nächstes Mal habe ich was gut.« Wie selbstverständlich sie miteinander waren, obwohl nichts selbstverständlich war. Ein Schwall Verliebtheit schoss ihm ins Blut. »Apropos nächstes Mal«, sagte sie, als sie am Küchentisch saßen und kaum etwas aßen. Sie legte ihre Hand auf seine und sah ihn an, unsicher.

»Wie geht's denn eigentlich weiter mit uns?«

»Müssen wir das jetzt entscheiden?«

Er wusste nicht, wie er es bis dahin ohne sie aushalten sollte, aber vor Weihnachten würde er es nicht schaffen, wiederzukommen. Der ganze Dezember war voll mit Adventskonzerten, erst im Januar hatte er wieder mehr als drei Tage am Stück frei. Ab März wurde es schon wieder eng, allerdings auch wegen ein paar Terminen, auf die er sich richtig freute.

»Na ja. Ich wollte nur wissen–« Frie zögerte.

Wann wir uns wiedersehen?

Was das hier zwischen uns ist?

Was daraus werden kann?

»Bereust du es?«

»Nein, gar nicht.« Er hob ihre Hand zum Mund und küsste sie.

»Ich auch nicht. Aber wir sehen uns erst mal ziemlich lange nicht, oder?«

Sie sah jetzt schon sehnsüchtig aus.

Er holte seinen Kalender und begann, alle Dezembertermine aufzuzählen. Wahrscheinlich gab es einige Kollegen, die ihn um so viele Muggen beneideten. »Nur am Elften/Zwölften steht hier noch nichts, aber das ist Mittwoch auf Donnerstag. Am Dienstag spiele ich in der Operette und Freitag muss ich nach Cottbus, und Sonntag habe ich schon wieder eine Vertretung.«

»Ich habe noch drei Tage Urlaub.« Frie rollte einen Fetzen Krume zu einer kleinen Kugel. »Ich könnte kommen am Elften und bis Freitag bleiben.«

Früher hatten sie immer nur miteinander telefoniert, um sich zu verabreden. Jetzt meldete Frie sich spätestens jeden zweiten Tag und fragte:

»Hey, wie geht's?«

»Ganz okay, aber ich vermisse dich.«

»Ich dich auch.« Ein Zögern. »Du rufst nie an.«

»Du bist halt immer schneller als ich.«

»Eben.«

»Ich telefoniere nicht so gern.«

»Ich auch nicht, aber besser als nichts, oder?«

Robert traute sich nicht zu sagen, dass er mit nichts schlechter zurechtkam als mit zu wenig. Sie nur hören und nicht sehen, riechen und anfassen zu können, war schwer zu ertragen. Auch weil auf seine Stimme allein kein Verlass war. Was er nicht in Worte fassen konnte, blieb beim Telefonieren ungesagt, das erzeugte Verwirrungen.

»Was machst du gerade?«, wollte Frie wissen.

»Nichts Besonderes, ich packe nur das Zeug für morgen zusammen.«

»Ich liege auf dem Sofa und trinke Wein, Emma ist heute zum Glück schnell eingeschlafen.«

»Das ist gut.«

»Bist du irgendwie genervt?«

»Ich? Nein, wieso?«

»Weiß nicht, du klingst ein bisschen so.«

»Nein, überhaupt nicht. Ich habe nur nichts zu erzählen.«

»Ich auch nicht.«

Als hätte jemand ein Glas Stille umgeschüttet.

»Ich wäre jetzt so gern bei dir, das wollte ich dir eigentlich nur sagen«, sagte Frie.

»Ich weiß. Ich habe auch Sehnsucht nach dir. Aber ehrlich gesagt, es hilft nicht, wenn du anrufst. Dann wird es nur noch schlimmer.«

»Dann habe ich ja erreicht, was ich wollte.« Sie lachte leise.

Robert stellte sich ihre Brüste vor und ihren Bauchnabel.

»Nur noch vier Mal schlafen, dann sehen wir uns«, sagte sie.

Als Robert entdeckte, wie Frie zwischen anderen Reisenden von der hinteren Zugtür des letzten Wagens ausgespien wurde, fing er an zu rennen. Sie ließ die Reisetasche fallen. Sie küssten sich, atemlos. Erst danach sahen sie einander an – zwei, die erst begreifen mussten, dass der andere nun tatsächlich da war. Sie war geschminkt, das tat sie sonst nur, wenn sie zur Arbeit ging, und ihr Lippenstift glänzte so frisch, sie musste ihn kurz vor der Ankunft nachgezogen haben. Dass die schwarze Schminke unter ihrem linken Auge ein ganz bisschen verschmiert war, war typisch für sie. Nie bekam Frie es hin, ganz genau die zu sein, die sie sich vorgenommen hatte darzustellen, genau deshalb hatte er sie so gern. »Schön siehst du aus«, sagte er, weil er wusste, wie sehr sie sich darüber freute. Frie wollte unbedingt Straßenbahn fahren und Kaffee trinken, also nahmen sie die Acht und gingen ins weihnachtlich dekorierte Café Saite. Sie aß Eierschecke und lachte plötzlich.

»Kaffee trinken? Was für eine Scheißidee. Ich will natürlich so schnell wie möglich deine Wohnung sehen.«

Bruno war zum Glück nicht zu Hause, und Robert hatte nicht vergessen, dass Frie etwas gut hatte bei ihm. Danach rauchten sie, nackt im Bett.

»Ich wünschte, du hättest mich das erste Mal mit zwanzig so gesehen«, sagte sie, »da hatte ich noch keine Schwangerschaftsstreifen.«

Er wusste nicht mal, wovon sie redete, sie musste sie ihm zeigen.

»Du spinnst«, sagte er.

Sie schliefen noch einmal miteinander, dann bekamen sie Hunger. Bevor sie losgingen, rief Frie bei ihrer Mutter an, um zu hören, wie es Emma ging.

»Sie ist ziemlich quengelig, aber sonst alles okay.«

Auf dem Weg ins Raskolnikoff erzählte Frie, was ihre Chefin sich diese Woche wieder geleistet hatte und warum sie sie immer weniger mochte. Robert dachte, dass nicht die Chefin das größte Problem war, sondern die Arbeit, die nicht das war, was Frie eigentlich wollte. Aber sie hatte schon mehrmals erklärt, warum ihr zurzeit nichts anderes übrig blieb.

Er lud sie ein, sie aßen Borschtsch mit Pelmeni.

»Und worauf hast du jetzt Lust?«, fragte Robert.

Ihre Hände hatten sich schon wieder ineinander verhakelt.

»Immer auf das Gleiche«, sagte Frie. »Aber wir müssen ja auch mal was anderes machen, vor allem, weil ich noch nie hier war. Ich war noch nie im Osten, nur in Ostberlin und auf Rügen.«

»Wir könnten morgen an der Elbe nach Loschwitz laufen? Oder ins Museum?«

Früher hatte er manchmal an sie gedacht, wenn er im Sommer auf den Elbwiesen gesessen und aufs Wasser geschaut hatte, das auf seinem Weg in die Nordsee durch Hamburg floss. Jetzt saß sie vor ihm und rührte Zucker in den Espresso.

»Gern, aber hat heute Abend dieses Blue Note offen, das du so magst?«

»Ja, da fängt aber bestimmt gleich ein Konzert an, dann darf man nicht mehr reden.«

»Macht nichts, dann gucken wir uns halt nur an.«

Im Blue Note saßen mit Sicherheit ein paar seiner Kollegen herum, er kannte immer irgendwen. Nur Bruno wusste, dass eine alte Schulfreundin bei ihm übernachten würde, ansonsten hatte er niemandem etwas erzählt. Es war alles noch zu neu.

»Wir könnten auch in die Hundert«, schlug Robert vor. »Das war eine der ersten neuen Kneipen hier nach der Wende.«

»Vielleicht morgen? Heute hätte ich erst mal Lust zu sehen, wo du am liebsten bist.«

Das Blue Note war nur selten ganz voll und so klein, dass man beim Reinkommen mit einem Blick erfasste, wer da war: Maik, Martin und Wolfgang. Das Trio, das gleich auftrat, kam aus Prag, Gitarre, Schlagzeug und Saxofon, und spielte nicht gerade das, was man Jazz für Einsteiger nannte. Robert warnte Frie vor, aber sie wollte bleiben, vielleicht weil Maik so nett war zu ihr. Er fragte sie danach aus, woher sie Robert kannte und wie ihr Dresden gefiel.

»Ich habe noch nicht viel gesehen«, sagte Frie, lobte aber den Borschtsch im Raskolnikoff und erkundigte sich danach, was er vom Hochwasser mitbekommen habe. Sie erzählte gerade, was sie morgen vorhatten, da sagte Martin: »Jetzt müssen wir zuhören, sonst gibt's Ärger.«

Frie mochte die Musik nicht. Sie sah sich ständig im Raum um statt auf die Bühne, wechselte immer wieder die Sitzposition und zog die Augenbrauen hoch, wenn sich ihre Blicke trafen.

»Willst du noch was trinken?«, flüsterte er.

»Nein, danke. Ehrlich gesagt, ich würde am liebsten los.«

»In der Pause.« Robert drückte ihre Hand.

Wenn man so dicht an der winzigen Bühne saß wie sie, konnte man nicht einfach mittendrin aufstehen und gehen. Außerdem mochte er die Musik, weil er sie verstand. Das Spiel des Gitarristen war originell, sein Rhythmus und seine Linien faszinierten Robert. Er versuchte, beim Zuhören etwas zu lernen, aber je länger das Konzert dauerte, desto schlechter konnte er sich konzentrieren, Fries Gesicht lenkte ihn ab. Sie sah von Minute zu Minute gelangweilter aus, schließlich genervt.

Das Trio spielte eine Dreiviertelstunde, dann war Pause.

Frie klatschte so übereifrig, wie man es tat, wenn es nicht die Darbietung war, für die man sich begeisterte, sondern ihr Ende.

»Ihr geht?«, wunderte Wolfgang sich.

»Wieso das denn?«, fragte Martin.

»Schade«, sagte Maik.

Auf der Straße schob Frie ihre Hand in seine linke Hosentasche. Er legte ihr den Arm um die Schulter, obwohl es sich nicht ganz richtig anfühlte. Etwas Störendes war zwischen ihnen, ein Anflug von Fremdheit. Eigenartig, dass ihm das erst jetzt aufging: Sie hatte ihn noch nie Musik machen hören, seit er Profi war. Sie hatte nicht die geringste Ahnung von dem, womit er seinen Lebensunterhalt verdiente, so wie er keine Ahnung hatte davon, was sie den ganzen Tag in der Kanzlei machte. Sie liefen die Görlitzer Straße hinunter Richtung Alaunpark. Frie fragte nicht, wohin oder ob sie woanders noch etwas trinken wollten. Es war klar, dass sie nach Hause gingen, zu ihm.

»Das war nicht so deine Musik, oder?«, fragte Robert.

»Nein, wirklich gar nicht. Ich fürchte, ich stehe eher auf kitschige Liebeslieder und auf so Sachen, wie wir sie früher gehört haben.«

»Ich hatte dich gewarnt.«

»Du hast nicht gesagt, dass man nicht gehen kann.«

»Na ja, man könnte schon.«

»Aber?«

»Es ist respektlos, den Musikern gegenüber.«

»Dann hoffen wir mal, dass ich die Musik mag, die du so machst«, lachte Frie.

»Ja«, sagte Robert und meinte es so.

Er nahm den Arm von ihrer Schulter, um den Haustürschlüssel aus der Jackentasche zu holen. Oben im Flur stellte Frie ihre Schuhe ordentlich hin, dann hängte sie ihre Jacke am Haken auf und nahm seine Hände. »Es tut mir leid, wenn ich dir den Abend verdorben habe. Aber ich kann dir doch nicht jemanden vorspielen, der ich gar nicht bin.«

»Du sollst mir nichts vorspielen. Es ging doch nur darum, anderen zuliebe ein bisschen mitzumachen. Ich meine, ich habe doch auch so getan, als wäre der Leiterwagen von mir.«

»Welcher Leiterwagen?«

»Der für Emma.«

»Ach komm, das ist ja wohl etwas völlig anderes.«

»Nein, finde ich, ehrlich gesagt, nicht.«

Sie gingen in die Küche, Robert holte zwei Bier aus dem Kühlschrank. Es war ihr erster kleiner Streit. Im Grunde genommen der allererste, seit sie sich kannten.

In der Schule hatten sie nie gestritten. In Hamburg hatte er sich geweigert, sich mit ihr zu streiten. Und nachdem sie wieder Freunde geworden waren, hatte es keinen Anlass gegeben. Freunde konnten es sich leisten, gelassen und großzügig zu sein, vermutlich deshalb. Die Liebe dagegen mit ihren großen Erwartungen neigte zu Kleinlichkeit und Perfektionismus. Robert öffnete die Biere und hielt Frie seine Zigaretten hin. Sie starrte ihn an beim Rauchen.

»Wahrscheinlich kennen wir uns gar nicht so gut, wie wir gedacht haben.«

Sie sah traurig aus, sofort wollte er sie trösten.

Robert umarmte sie. »Dann lernen wir uns halt noch mal kennen.«

Am nächsten Tag liefen sie zum Rosengarten, von dort aus zur Waldschlößchenbrücke und weiter zum Blauen Wunder. Die Luft war kalt und klar. Dresden sah fast so aus, wie die Dresdner die Stadt am liebsten sahen, wie auf einem barocken Gemälde. Die Plattenbauten der Johannstadt störten das Bild, aber selbst ihnen verlieh die Wintersonne einen zeitgeschichtlichen Charme. Kurz vor dem Blauen Wunder küssten sie sich, lang und zärtlich, bis ein Klingeln in Fries Manteltasche sie unterbrach.

»Meine Mutter.« Frie klappte das Telefon auf.

»Emma.« Sie klappte das Telefon wieder zu. »Sie ist krank.«

»Was Schlimmes?«

»Fieber und Ohrenschmerzen. Deswegen war sie gestern

so quengelig. Sie gehen gleich zum Arzt.« Frie blickte auf den Fluss. »Wieso ausgerechnet heute? Ich muss jetzt aber nicht nach Hause, oder?«

»Ich weiß nicht, also–« Er hatte kein Kind. Er wusste nur, dass er nicht wollte, dass Frie vorzeitig abfuhr. »Es ist ja nichts Ernstes, oder?«

»Eine Mittelohrentzündung, nehme ich an. Das tut schon richtig weh.«

»Aber deine Mutter ist ja bei ihr.«

»Ja, aber für die tut es mir auch leid. Die wollten heute eigentlich ins Weihnachtsmärchen.«

»Hat sie dich denn gebeten zu kommen?«

»Nein, nein, sie sagt, ich soll bloß bleiben.« Frie guckte auf die Uhr. »Vor vier schaffe ich es eh nicht zum Bahnhof, und wer weiß, ob's überhaupt noch eine halbwegs gute Verbindung gibt. Na gut.« Sie straffte sich wie eine, die sich dazu durchgerungen hat, durchzuhalten. »Wo ist denn diese Seilbahn?«

Sie fuhren auf den Weißen Hirschen und liefen in großem Bogen zurück. Abends kochten sie und beschlossen, noch etwas trinken zu gehen. Bruno war so nett, sich auszuklinken. Frie gab sich Mühe, ganz bei der Sache zu sein, bei ihm. Aber es gelang nicht richtig. Noch viermal rief sie bei ihrer Mutter an. Als sie sich am nächsten Morgen am Bahnhof verabschiedeten, wirkte Frie fast froh. Er strich ihr das Haar aus dem Gesicht.

»Man sieht sich«, sagte er.

»Wann denn eigentlich genau?«, fragte Frie.

Wer Heiligabend mehr erleben wollte, als pappsatt und mit schwindendem Gesprächsstoff auf dem Sofa seiner Eltern zu sitzen, ging noch ins Kritz. Dort traf man immer irgendwelche alten Bekannten, die ebenfalls auf Heimatbesuch waren und sich von der Familie erholen mussten. Birger und Mareike zum Beispiel, mit denen Robert im letzten Jahr versackt war.

Dieses Jahr ging er zu Frie.

»Nicht wundern, wenn ich da schlafe«, sagte Robert zu seiner Mutter.

»Bist du denn zum Frühstück wieder da? So um halb elf? Ich habe extra Krabbensalat gekauft. Frie und Emma kannst du ja mitbringen.«

Mama wusste natürlich Bescheid, auch ohne dass er was gesagt hatte.

Emma war noch nicht eingeschlafen, sie hüpfte auf dem Sofa herum.

»Sie ist schrecklich aufgedreht«, erklärte Frie. »Sie wollte dich unbedingt noch sehen.«

»Hast du ein Geschenk für mich?«, rief die hüpfende Emma.

»Ja.« Robert hatte ihr ein Bilderbuch gekauft.

»Kann ich das haben? Und schläfst du wieder hier?«

»Ich glaube, ja.«

Emma lachte wie irre, fiel vom Sofa und heulte. Frie trug sie in ihr Zimmer. Robert ging auf den Balkon und rauchte. Er kam wieder rein und setzte sich. Er sah sich eines der Bücher an, die neben dem Sofa herumlagen, ein englisches. Er las ein bisschen darin herum, bis er auf eine Passage stieß, die Frie mit einem Fragezeichen markiert hatte. *The state of motherhood speaks to my native fear of achievement,* stand dort. *It is a demotion, a displacement, an opportunity to give up.* Robert musste kurz überlegen, bis ihm wieder einfiel, was *demotion* bedeutete, aber den Rest des Satzes verstand er sofort.

Hielt Frie sich für einen Menschen, der aufgegeben hatte?

»So, jetzt schläfst du aber. Gute Nacht!«, sagte Frie im Flur.

Er klappte das Buch zu. »Ich habe ein bisschen darin gelesen«, sagte er, um kein schlechtes Gewissen haben zu müssen.

Frie zündete die Reste der Adventskranzkerzen an. Er streckte die Hand nach ihr aus und fuhr unter dem Rock ihres Kleides das Bein hoch. Sie atmete tief ein und aus und nickte Richtung Kinderzimmer. »Lass mal lieber noch ein bisschen warten. Was willst du denn trinken?«

Sie sah wunderschön aus in dem Kleid, sie war klug, sie lag in seinem Arm und roch verführerisch, sie war die, die er immer gewollt hatte, aber aus irgendwelchen Gründen war er nicht so glücklich, wie er hätte sein sollen.

Am nächsten Morgen fragte er nicht, ob Frie mit ihm und seiner Mutter frühstücken wollte.

»Schade.« Mama sah ihn forschend an. »Geht es dir denn gut?«

»Sehr gut«, behauptete Robert.

Abends war er mit Todde und Andi im Porticus verabredet.

»Du und Frie, ihr seid wieder Freunde?«, fragte Andi.

»Ja.« Nur eine halbe Lüge.

Am zweiten Weihnachtstag spazierten sie zu dritt am Hafen entlang, kamen aber kaum voran, weil Emma keine Lust hatte zu laufen. Wieder zu Hause, aßen sie Abendbrot. Emma nahm die Kinderwurst vom Brot und stopfte sie sich in den Mund.

»Schläfst du schon wieder hier?«, fragte sie.

»Ja«, antwortete Frie für ihn. »Und wann willst du morgen los?«

Robert musste den Zug nehmen, der um Viertel nach elf in Hamburg war, um mittags beim Generalmajor zu sein. Sie wollten ins Funk-Eck und danach an die Alster, das hatten sie gestern am Telefon besprochen.

»So früh?«, sagte Frie. »Schade.«

»Ich muss dringend zu Herrn Selk, bevor ich nach Dresden fahre.« Kam es ihm nur so vor, oder fanden neuerdings ständig alle schade, was er tat und sagte?

Bis vor einem Monat hatte Frie sich immer nur darüber gefreut, wenn er gekommen war, statt es zu bedauern, dass er wieder abreiste. Zum Glück verlor sie kein Wort mehr darüber, und die Nacht war schön. Erst als er am nächsten Tag im Zug saß und auf nebelfeuchte Dörfer, nackte Bäume und gepflügte Äcker schaute, fing er wieder an zu grübeln. Das mit ihm und Frie war noch ganz frisch, aber es fühlte sich schon an wie ein Kompromiss, nicht wie ein zu schlichter, sondern wie ein viel zu komplizierter.

Vielleicht hatte der Generalmajor ja etwas dazu zu sagen.

Robert wusste sofort, dass etwas nicht stimmte.

Es lag an der Stille, die eine andere war als sonst, und an dem Rollstuhl, der leer vor der halb geöffneten Tür zum Bad stand.

Er lag auf dem Boden neben der Toilette und schnaufte.

Robert riss das Handtuch vom Haken und breitete es über dem entblößten Unterleib aus. Das war das Dringlichste. Noch dringlicher, als herauszufinden, ob der Generalmajor ansprechbar war. Er schnaufte noch einmal, sein Blick irrte ziellos herum.

Robert tätschelte sein stoppeliges, schlaffes Gesicht. »Herr Selk? Hören Sie mich? Was ist passiert?«

Herr Selk schnaufte lauter, dann blieben seine Augen kurz an seinem Gesicht hängen, und er brabbelte etwas Zweisilbiges, von dem Robert glaubte, dass es *Robert* hieß. Vielleicht wollte er auch nur, dass es so war. Er brachte Herrn Selk in die stabile Seitenlage, so wie man es ihm vor mehr als zehn Jahren auf dem Zivi-Lehrgang gezeigt hatte, und rief den Krankenwagen. Dann holte er Herrn Selks Portemonnaie, das immer auf seinem Schreibtisch lag und in dem sich wie erhofft sein Personalausweis befand. Der Generalmajor gab kaum noch Laute von sich und wenn, dann nur leise. Es wäre bestimmt gut, ein paar Sachen zusammenzupacken, Unterhosen, einen Pyjama, die Zahnbürste, aber dann hörte Robert ein Martinshorn lauter werden und war wie gelähmt, als würde die Aussicht auf Rettung ihn schlagartig jeder Verantwortung entheben.

»Sie sind verwandt?«, fragte der Notarzt.

»Ja.« Es war keine Zeit für Erklärungen.

»Wissen Sie, was für Medikamente der Patient nimmt?«

Die Tabletten lagen immer noch dort, wo sie zu Roberts Zivizeit gelegen hatten, im Plastikkorb neben dem Kühlschrank. Inzwischen waren es drei Schachteln.

Herr Selk war nicht mehr bei Bewusstsein, sie intubierten ihn.

»Wo bringen Sie ihn hin?«, fragte Robert.

»UKE. Falls er eine Patientenverfügung hat, bringen Sie sie mit.«

Das Martinshorn wurde so schnell leiser, wie es eben lauter geworden war.

Robert rannte ins Arbeitszimmer, aus dem die Sessel verabschiedet worden waren zugunsten eines höhenverstellbaren Bettes. Er durchwühlte den Schreibtisch, blätterte hektisch ein paar Aktenordner durch, riss die zwei Schubladen unten im Regal auf. In der linken lagen Ansichtskarten, die Herr Selk bekommen hatte, ganz oben drei aus Dresden. Neben den Karten lag ein dicker Stapel Briefe, zusammengehalten von einer ausgeblichenen blauen Schleife. Die Umschläge waren mit Füller handschriftlich adressiert: *Friedhelm Selk, Werderstraße 120, 2 Hamburg 13*. Auf der rechteckigen Briefmarke, die anlässlich eines Shakespeare-

Festivals herausgebracht worden war, waren der britische Nationaldichter und eine sehr junge Queen zu sehen. Die Briefe waren alle ungeöffnet. Robert war überrascht. Er hatte gedacht, Herr Selk hätte die Briefe von Patrick weggeworfen. Anscheinend hatte der Generalmajor das nicht übers Herz gebracht, war aber diszipliniert genug gewesen, sie niemals zu lesen. Was für ein erstaunlicher, rätselhafter Mann.

Was wohl in den Briefen stand?

Robert legte sie schnell zurück und schloss die Schublade. Im Ablagekorb auf dem Schreibtisch hatte er eine maschinengetippte Liste mit Namen und Nummern gefunden, darunter *Agata Jorzcyck*. Er steckte sie ein und bestellte ein Taxi.

»Allah steh euch bei«, sagte der Fahrer, als Robert bezahlte.

»Da kann ich leider nicht helfen, da müssen Sie mal in der Notaufnahme fragen«, sagte der Pförtner.

»Gehören Sie zur Familie?«, fragte die Schwester in der Notaufnahme.

»Er ist mein Großvater.« Robert hoffte, das würde die Dinge vereinfachen.

»Können Sie das nachweisen?«

Vielleicht half ein Scherz. »Ich habe meinen Enkelausweis leider nicht dabei.«

Die Schwester verzog keine Miene. »Dann darf ich Ihnen keine Auskunft geben.«

»Aber ich habe ihn doch gefunden.«

»Wenn er gerade erst eingeliefert wurde, lässt sich sowieso noch nichts sagen.«

»Ich warte.«

»Tun Sie, was Sie nicht lassen können.«

Robert ging raus, rauchte und rief Agata an, die auch

nichts von einer Patientenverfügung wusste. Sie versprach, Herrn von Reckwitz, die Sozialstation und die Zugehfrau zu informieren, die dem Gärtner Bescheid geben würde. Er versprach seinerseits, sie auf dem Laufenden zu halten. Dann wählte er Fries Nummer.

»Oh, wie schrecklich, das tut mir leid.« Sie hatte den Abend frei. »Aber er ist ja auch schon sehr alt, oder?«

»Ja.«

Ich wollte dringend mit ihm reden, über dich.

»Kann ich irgendwas für dich tun?«

»Nein.«

Du könntest herkommen.

Aber das ging natürlich nicht.

»Ruf an, wenn du mich brauchst.«

Robert ging zurück in die Notaufnahme. Er ging wieder raus, zum Rauchen. Er ging wieder rein. Er beobachtete die anderen Wartenden. Manche liefen nervös herum, manche rutschten auf den Plastikstühlen hin und her, einige sahen aus, als wären sie nur noch körperlich anwesend. Viele gingen wie er ständig vor die Tür, nach zwei Zigaretten kannte man sich und nickte einander zu. Rettungswagen fuhren vor. Manchmal, aber nicht immer kamen Menschen in grünen oder blauen Kasacks angerannt, so wie bei *Emergency Room*.

»Gibt es was Neues?«, fragte Robert.

»Nein«, sagte die Schwester, ohne auf den Bildschirm zu gucken.

Er rauchte, wartete und rauchte. Noch nie hatte er sich so allein gefühlt. »Gibt's inzwischen was Neues?«

»Junger Mann, ich werde Sie schon rufen, wenn was ist.«

»Aber Sie haben sich doch nicht mal meinen Namen aufgeschrieben.«

Als Robert das nächste Mal nachfragte, saß eine andere, noch ältere Krankenschwester hinter dem Tresen. »Sind Sie ein Angehöriger?«

»Nein, bin ich nicht, aber ich stehe Herrn Selk trotzdem nahe. Er hat auch keine Angehörigen mehr. Ich habe ihn gefunden, deshalb bin ich hier, also: bitte!«

Die Schwester seufzte und wiegte unschlüssig den Kopf hin und her, dann sagte sie: »Versuchen Sie Ihr Glück mal auf Station eins A, das ist die neurochirurgische Intensiv, mehr kann ich leider nicht tun für Sie.«

Robert drückte die Klingel neben der Tür zur Intensivstation.

Ein Pfleger öffnete. »Sie sind verwandt?«

Robert wiederholte, was er eben gesagt hatte.

»Tut mir leid, dann kann ich Sie nicht reinlassen.«

»Können Sie mir wenigstens sagen, wie es ihm geht?«

»Ich hole den diensthabenden Arzt.«

Ein anderer Mann öffnete die Tür.

Robert kannte ihn, aber ihm fiel nicht ein, woher.

»Robert! Mensch, was machst du denn hier, was ist los? Wie kann ich dir helfen?«

»Ich bin von der Notaufnahme hierhergeschickt worden.« Er erklärte, worum es ging.

»Ach, der Herr Selk, stimmt ja, dein uralter Kumpel. Über den haben wir bei Tobi geredet.«

Es war Bernhard, Tobis Freund, der bei dem Essen dabei gewesen war, das er anlässlich seiner Promotion gegeben hatte. An jenem Abend war Bernhard eher schweigsam gewesen, jetzt wirkte er zugewandt und sah ganz anders aus in den blauen Krankenhaussachen. Er drückte Roberts Arm und führte ihn ein Stück weiter.

»Ich darf dir offiziell nichts sagen, aber weil ich ja weiß, dass ihr so dicke miteinander seid.« Herr Selk hatte eine schwere Hirnblutung. »Kann sein, dass er sie sich bei dem Sturz zugezogen hat. Nimmt er Blutverdünner? Wenn man dann mit dem Kopf irgendwo aufschlägt, kann das schon mal passieren. Er wird gerade operiert.« Bernhard hatte freundliche Augen und Lachfältchen, obwohl er höchstens drei, vier Jahre älter war. »An deiner Stelle würde ich jetzt nach Hause fahren. Wenn du mir deine Nummer gibst, ruf ich dich an.«

Den Zug um kurz vor fünf hatte Robert verpasst, zum Glück fuhr noch einer um Viertel vor sieben. Morgen spielte er in Leipzig auf einer Matinee. Er saß fünf Stunden auf dem Boden, weil seine Sitzplatzreservierung verfallen war. Jemand schimpfte, weil er den Weg versperrte.

Bernhard rief während der Matinee an, er hinterließ eine Nachricht. Herr Selk lag auf der Intensiv und wurde immer noch beatmet.

»Wenn du noch was wissen willst, ruf mich an.«

Robert reichte, was er wusste. Er konnte sowieso nichts tun.

Dienstagmorgen, am letzten Tag des Jahres, meldete sich Bernhard noch einmal. »Im Kontroll-CT waren keine Nachblutungen zu sehen, deshalb haben wir ihn vom Beatmungsgerät genommen und die Narkosemittel abgesetzt, aber er wird nicht richtig wach. Leider kein gutes Zeichen, das spricht für einen größeren Hirnschaden.«

»Danke«, sagte Robert, »nett, dass du dich gemeldet hast.«

»Ich geb dir Bescheid, wenn es was wichtiges Neues gibt.«

»Ja, bitte. Und guten Rutsch.«

»Ruhig würde reichen, ich habe Dienst.«

Frie und Emma feierten mit Anneke und ihrem Mann Torben, mit ihren Kindern Flemming und Beeke und mit Raclette und Wunderkerzen, und Robert ertappte sich dabei, froh zu sein, dass er arbeiten musste. Es lenkte ihn ab. Er hatte große Sehnsucht nach Frie, aber nur danach, mit ihr allein zu sein. Am Neujahrstag telefonierten sie.

»Frohes neues Jahr.« Frie klang nicht besonders froh.

»Ich hoffe jedenfalls, es wird besser, als es anfängt. Hattet ihr es denn wenigstens ganz lustig?«

»Na ja, so lustig, wie Silvester mit zwei Vierjährigen und den Eltern eines Babys halt sein kann.« Sie gähnte. »Aber immer noch besser, als allein zu Hause rumzusitzen.«

Robert hörte einen vorwurfsvollen Unterton. »Ist irgendwas nicht in Ordnung?«

»Nein? Alles gut.«

»Ich dachte.«

»Ich bin nur hundemüde, Emma hat mich um halb sieben geweckt. Und wie geht es Herrn Selk?«

»Schlecht. Die Chancen sind gleich null, dass er sich wieder berappelt. Falls er überlebt, dann als totaler Pflegefall.«

»Scheiße.«

»Scheiße darf man nicht sagen.« Emmas Stimme.

»Na, dann.« Robert hätte gern seinen Kopf in Fries Schoß gelegt, aber der war sechshundertvierzig Kilometer weit weg, und wahrscheinlich saß Emma gerade darauf.

»Wir müssen auch los«, sagte Frie. »Ich denk an dich.«

»Ich auch an dich.«

Er dachte ständig an sie, aber ohne eine Lösung zu finden.

Donnerstag hatte er einen kleinen Auftritt, am Freitagmorgen machte er sich auf den Weg zu Frie, wieder mit dem Auto. Auf der Höhe von Schwerin klingelte sein Handy, es war Bernhard.

»Herr Selk ist immer noch nicht bei Bewusstsein, und er hat seit gestern Fieber, eine beginnende Lungenentzündung, nehmen wir an. Da kann man jetzt natürlich noch mal versuchen, die in den Griff zu bekommen, aber – in seiner Akte steht, es gibt keine Patientenverfügung?«

»Nein, nicht, dass ich wüsste.«

Robert steuerte mit einer Hand, auf der linken Spur raste ein Auto nach dem anderen vorbei.

»Oder hat er mal was gesagt?«, fragte Bernhard. »Hast du eine Idee, was er wollen würde?«

»Warte mal, ich ruf dich gleich zurück.«

Robert fuhr bei der nächsten Möglichkeit ab, auf einen von diesen Autobahnparkplätzen ohne Raststätte, die selbst dann trostlos aussahen, wenn kein Müll im Gras lag. Er legte die Stirn aufs Lenkrad. Alles hatte Herr Selk aufbewahrt, abgeheftet und verfügt. Die ungeöffneten Briefe einer unerfüllten Liebe. HEW-Jahresabrechungen von neunzehnhundertsiebenundachtzig. Was mit seinem Haus, mit seinem Geld, mit seinen silbernen Kerzenständern passieren sollte. Nur das Wichtigste hatte er zu regeln vergessen – wie er sterben wollte. Und er, Robert, musste das jetzt mit ausbaden, dabei waren sie nicht mal verwandt.

Herr Selk, wie er im Bad gelegen hatte.

Er verscheuchte das Bild, indem er sich in Erinnerung rief, wie der Generalmajor gewesen war, als sie sich das letzte Mal getroffen hatten – als er noch gucken, reden und Roulette spielen konnte. Wie rosig und geschniegelt er ausgesehen hatte, wie vergnügt er gewesen war, wie er mit dem Barmann flirtete, wie er Robert mal wieder belehrte, erst über die polnische Nationalhymne, dann über das Glück, und da fiel es Robert wieder ein.

Solange man es auf die Toilette schafft, ist Polen nicht

verloren. Erst wenn man auch noch beim Scheißen Hilfe braucht, wird es Zeit, abzutreten.

»Na gut, dann nehme ich das jetzt mal als Ihren letzten Befehl«, sagte Robert laut, damit Herr Selk ihn verstand.

Ganz schön pathetisch, dachte er.

Aber der Generalmajor hatte nun mal einen Hang zum Pathos gehabt, es war sein Weg gewesen, über Dinge zu sprechen, die ihn berührten. Robert starrte eine Weile auf eine Kuh, die einsam auf der an den Parkplatz angrenzenden Weide stand. Was mochte sie verbrochen haben, dass sie ganz allein an so einem Höllenort herumstehen musste?

Dann rief er Bernhard zurück.

»Wenn du ihn noch mal sehen willst, solltest du bald vorbeikommen.«

Robert wollte ihn nicht sehen, nicht so.

Er wollte einen geschniegelten, vergnügten Generalmajor im Gedächtnis behalten, und er war sich ziemlich sicher, dass das auch in dessen Sinne war.

Außerdem wartete Frie.

Kaum war Emma eingeschlafen, landeten sie im Bett.

Der Sex mit Frie war das Gegenteil von Sterben, aber kaum war er vorbei, kehrte die Beklommenheit zurück. Am nächsten Morgen wäre Robert gern im Bett liegen geblieben. Er hätte sich am liebsten mit geschlossenen Augen in Fries Arm geschmiegt, zusammengerollt wie ein Kind, das beschützt werden musste. Vor dem Bett stand das echte Kind und teilte mit, es langweile sich und habe Hunger.

»Ich komme gleich, Süße«, sagte Frie.

»Nicht gleich«, sagte Emma. »Jetzt.«

Er redete kaum beim Frühstück, Frie ließ ihn in Ruhe. Nur einmal drückte sie seine Hand.

»Er muss bestimmt nicht leiden.«

»Wer?«, wollte Emma wissen.

Er ließ Frie in dem Glauben, dass Herr Selk der Grund für seine Schweigsamkeit war, und als sie den Tisch abräumten, sagte er, es tue ihm leid, aber er müsse gleich mal raus und allein sein.

»Na gut.« Sie sah ihn bedauernd an. Er wusste nicht, ob sie ihn oder sich selbst bedauerte, beides wahrscheinlich.

»Wann kommst du wieder? Emma wollte nachher Enten füttern. Ich habe übrigens mit meiner Mutter gesprochen, sie kann morgen bei ihr schlafen.«

»Mal sehen«, sagte Robert. »Ich glaube, ich fahre ans Meer.«

Er fuhr nach Dollerupholz und lief Richtung Westerholz, rechts die segelbootleere graue Förde, links die knorrigen Bäume, die hier bis an den schmalen, steinigen Strand standen und ihre kahlen Äste Richtung Wasser streckten – in der Mitte Robert, über Findlinge und von der Zeit und dem Wetter gefällte Stämme steigend. Der Ostwind war scharf und kalt. Er trieb trockenes Laub und alles Leichte, Unbeständige vor sich her, nur das Wesentliche, Unverrückbare hielt ihm stand. Kurz hinter der Soldatentreppe setzte er sich auf einen Felsen und warf Steine ins Wasser, eine Beschäftigung, deren Nutzlosigkeit ihn besänftigte. Er versuchte, jedes Mal weiter zu werfen. Als er einsah, dass er sich kein weiteres Mal selbst besiegen konnte, gab er es auf, zündete eine Zigarette an und war bereit, den Satz zuzulassen, den er bisher nicht zu denken gewagt hatte.

Es ging nicht.

Er hatte es schon wieder vermasselt. Sie hatten aufgehört, Freunde zu sein, um ein Paar zu werden, aber nun merkte er, dass das nicht funktionierte, und das lag an ihm. Er schaffte es nicht, Frie zu teilen mit jemandem, der immer wichtiger war als er – berechtigtermaßen. Er musste an seine Mutter denken. Vielleicht könnte er es schaffen, wenn er lernen würde, Emma zu lieben wie seine eigene Tochter. Oder wenigstens wie ein Kind, in dessen Leben er eine bedeutsame Rolle spielte. Er ahnte, dass das möglich wäre, aber dafür brauchten sie einen gemeinsamen Alltag. Den hatten sie nicht.

Sie würden diesen Alltag nicht haben, nicht in absehbarer Zeit.

Mal abgesehen davon, dass er ständig auf Reisen war: Er war nicht bereit dazu, Dresden aufzugeben. Seine Freunde dort, seine beruflichen Kontakte, sein Zuhause, seine Bands – und dann auch noch für ein Projekt mit ungewissem Ausgang. *Man kann sich nie sicher sein*, das hatte Frie ja selbst gesagt. Aber wenn sie so weitermachten wie jetzt, blieb er der ewige Besucher. Der Zaungast, der darauf lauerte, dass er zwischendurch in ihr Leben schlüpfen und ein paar ungestörte Stunden abgreifen konnte. Das war nicht das, was er wollte. Es war ein andauerndes Zuwenig, und das war schlimmer als gar nichts. Er würde es ihr sagen müssen, obwohl es nur eine Sache gab, die er genauso wenig wollte, wie einfach weiterzumachen. Ihr wehzutun.

Aber es ging nicht anders.

Ihm kam ein Zitat aus der *Dreigroschenoper* in den Sinn, bei der er mal Banjo gespielt hatte: *Doch die Verhältnisse, sie sind nicht so.* Erst war es zu früh für sie gewesen, und nun war es zu spät.

Ein kleiner Schwarm Wasservögel landete auf dem Wasser, Dunkelgrau auf Blaugrau vor Hellgrau.

Frie war allein zu Hause, Emma bei einer Freundin.

Sie wirkte bedrückt. »Hat's geholfen?«

»Ja«, sagte er und dann: »Ich habe nachgedacht, Frie, wir müssen reden.«

Sie nickte. »Ich weiß. Aber heute Abend in Ruhe, okay? Ich muss Emma jetzt abholen und zu den Enten. Kommst du mit?«

»Nein, ich übe lieber ein bisschen.«

»Bis nachher.« Frie küsste ihn, als würden sie sich sehr lange nicht mehr sehen.

Als er sie fünf Stunden später im Flur »Schlaf gut, Mäuschen!« wispern hörte, hatte er gerade fertig geraucht. Er zündete sich sofort die Nächste an. Er würde gleich etwas kaputt machen, das er unbedingt hätte behalten wollen, wenn die Verhältnisse anders gewesen wären. Aber genauso wenig, wie Frie ihm einen Musikgeschmack vorspielen konnte, den sie nicht hatte, konnte er so tun, als könnte er unter diesen Umständen glücklich werden.

Er hatte Angst.

Sie war auf der Toilette, sie spülte, sie machte das Flurlicht aus. Sie nahm sich auch ein Bier aus dem Kühlschrank, sie stellte sich zu ihm.

Wenn wir beide fertig geraucht haben, dann gehen wir rein und dann, dachte Robert.

Auf der Terrasse unter ihnen wurde etwas Metallenes abgestellt, vielleicht ein Kochtopf, dann wurde die Tür wieder geschlossen.

»Robert?« Frie hatte wieder ihr bedauerndes Gesicht. »Ich glaube, wir haben uns was vorgemacht. Das klappt nicht so, wie wir gehofft haben. Oder was heißt hier, wir? Ich kann ja nur von mir reden.« Sie stockte und blickte in den dunklen Garten. Er wusste, wie schwer es ihr fiel weiterzureden, er konnte sie so gut verstehen. »Also, ich merke, ich kann das so nicht. Ich will nicht noch mal einen Mann, auf den ich immer warten muss, das habe ich schon gehabt, und das endete richtig scheiße – und wenn du dann kommst, habe ich auch noch die ganze Zeit ein schlechtes Gewissen.

Entweder dir gegenüber, weil ich mich um Emma kümmern muss, oder Emma gegenüber, weil ich das Gefühl habe, sie stört eigentlich nur.« Offenbar hatte sie sich jetzt Mut angeredet, vielleicht weil er sie weder unterbrach noch entsetzt ansah, er war nur etwas überrascht, aber vor allem unendlich erleichtert. »Wenn überhaupt, dann brauche ich jemanden, der mein Leben mit mir teilt, und zwar mit allem, was dazugehört. Ich wünschte, es wäre anders, ist es aber nicht. Es war so wunderschön, sich einzubilden, ausgerechnet du könntest dieser Jemand sein, und alles, also nicht nur der Sex mit dir, alles war–« Sie schluckte und rauchte dann weiter. Er hätte sie gern in den Arm genommen und geküsst. »Es würde mich nicht wundern, wenn mein einunddreißigster der allerschönste Geburtstag meines Lebens bleibt, aber eigentlich war natürlich die ganze Zeit klar, dass das mit uns beiden ziemlicher Quatsch ist.« Sie sah ihn jetzt wieder an. »Du hast wahrscheinlich keine Lust, hierherzuziehen?«

»Nein, stimmt, das habe ich nicht«, sagte Robert heiser.

»Dachte ich mir schon. Und ehrlich gesagt, ich kann es verstehen.«

Frie lächelte traurig, und Robert dachte, dass für das, was er ausgerechnet in diesem Augenblick für sie empfand, Liebe vielleicht doch das angemessene Wort war. Etwas flatterte durch den Garten. Eine Fledermaus?

»Sag doch auch mal was«, sagte Frie.

Sie redeten Stunden und beteuerten einander, wie magisch und zum Scheitern verurteilt gewesen war, was sie in den letzten Wochen miteinander gehabt hatten. Das Gespräch endete im Bett. Der Sex war so gut, so hingebungsvoll, gefühlvoll und dramatisch, wie er es bei glücklichen Paaren niemals sein konnte. Frie drehte sich auf die Seite und legte die Hand auf seine Wange.

»Ich glaube, es wäre besser, wenn du jetzt fährst.«

Er nickte.

»Die Wahrheit ist nämlich«, fuhr sie fort, »man kann nicht nur ein bisschen rauchen, jedenfalls nicht, wenn man schon mal richtig geraucht hat. Das geht nicht gut. Ich muss wieder aufhören.«

Er packte seine Sachen, sie brachte ihn zur Tür.

Sie küssten sich nicht noch einmal.

»Wir verpassen immer den richtigen Zeitpunkt«, sagte er.

»Wer weiß«, sagte Frie, »wenn wir fünfzig sind und alt und grau und immer noch beide allein, vielleicht ja dann.«

Die Gitarre und seine Tasche verstaute Robert im Kofferraum, seinen Rucksack mit der vollen Thermoskanne, einer frischen Wasserflasche und mit einer Packung Kinderschokolade und zwei Äpfeln, die Frie ihm mitgegeben hatte, legte er auf den Beifahrersitz. Dann setzte er sich hinters Steuer. Seine Jacke behielt er an, es war eiskalt in dem alten Polo, aber das Handy nahm er heraus. Er hatte einen Anruf verpasst, eben, als sie im Bett lagen, von Bernhard.

Als er das sah, begann Robert zu weinen.

HEUTE

JUNI 2022

Schweben

Sie teilt sich das Schlafwagenabteil mit zwei anderen Frauen. Eine ist ungefähr so alt wie sie, die andere deutlich jünger. Frie hätte auch ein Doppelabteil buchen können, aber zu dritt kann man sich besser davor drücken, mit den Mitreisenden ins Gespräch zu kommen; es sind ja noch zwei andere da, die miteinander reden könnten. Sie schlüpft unter die Decke und ist froh über ihre Wahl. Die Gleichaltrige schläft oben, sie hat sich noch in Hamburg Kopfhörer in die Ohren gedrückt und hinter ihrem iPad verschanzt. Die Jüngere hat das Bett gegenüber bezogen und bis eben gelesen, nun sitzt sie auf der Bettkante und scheint zu meditieren. Die Hände mit den feuerrot lackierten Fingernägeln ruhen auf den Oberschenkeln, sie lächelt mit geschlossenen Augen, milde, fast ein bisschen erleuchtet. Frie dreht sich auf die andere Seite und starrt gegen die Kunststoffwand des Abteils in der Gewissheit, nicht einschlafen zu können, aber das ist nicht so schlimm. Sie fährt nicht mit dem Nachtzug, um gut zu schlafen, sondern um die tausendzweihundert Kilometer bis nach Norditalien nicht mit dem Auto fahren zu müssen. Und wegen Emma, der sie versprochen hat, nicht mehr zu fliegen, wenn man auf andere Weise ans Ziel gelangen kann.

Rr-dum, rr-dum, macht der Zug.

Sie hat dieses Versprechen nicht leichtfertig gegeben. Fast jedes Versprechen kann man irgendwie umgehen oder relativieren, vor allem die, die man sich selbst gegeben hat. *Wenn Emma älter ist, hole ich das zweite Staatsexamen nach.* Aber an das, was man seinem Kind verspricht, muss man sich halten, findet Frie. Außerdem ist der Nachtzug die romantischste aller Möglichkeiten zu reisen.

Rr-dumm, rr-dum. Rr-dum, rr-dumm.

Frie ist immer noch wach oder schon wieder. Sie wälzt sich von links nach rechts und wieder zurück, im Kreuz schmerzt es ein bisschen, die Luft ist schlecht, ihr ist zu warm. Die Erleuchtete atmet gleichmäßig, von oben ist gar nichts zu hören. Bremsen kreischen, das Dunkel draußen wird von weißlicher Helligkeit unterbrochen. Frie lugt aus dem Fenster, ein von Neonlicht erhellter Bahnsteig zieht langsam vorbei, das Bahnhofsschild verkündet: *Würzburg Hbf.* Nur eine Stadt von vielen Städten, in denen sie nie gewesen ist und wahrscheinlich niemals sein wird, obwohl sich ein Besuch lohnen würde. Seit einiger Zeit wird ihr immer klarer, dass sie nicht mehr alles sehen wird, was es verdient hätte, gesehen zu werden.

Immerhin, gerade fährt sie an einen anderen Ort, den sie noch nicht kennt. Nein, besser.

Sie macht eine Reise, in die sie eingewilligt hat, fast ohne nachzudenken, aus dem Bauch heraus, und die sich deshalb anfühlt wie ein Abenteuer.

Ihr erstes seit Ewigkeiten.

»Wirklich?«, hat Anneke gefragt.

»Warum denn nicht?«, hat Frie geantwortet. »Was soll schon schiefgehen?«

Rr-dum, rr-dum.

In Nürnberg macht der Zug laut Fahrplan fast eineinhalb Stunden halt. Frie wacht auf, als er wieder anfährt. Die Nacht geht zu Ende, die Morgenröte greift mit ihren rosigen Fingern nach dem neuen Tag, und Frie wird allmählich aufgeregter, aber auf eine unaufgeregte Weise. Das klingt unlogisch, hat aber auch etwas mit den Jahren zu tun, die sie schon lebt, manchmal kann sie nicht glauben, wie viele es sind. Augsburg erreichen sie im weichen Glanz eines sehr jungen Sommermorgens, aber als der Zug sich München nähert, ist das Licht fast gleißend. Seit letztem Wochenende hat sie mehrmals täglich die Wetter-App geöffnet, jetzt öffnet sie sie wieder und bekommt noch bessere Laune. Sieben knallgelbe, nur dann und wann von Kleinstwolken begleitete Sonnen versichern:

Du tust das Richtige!

In München schließt sie den Koffer ein, sucht die Bezahltoilette und macht sich frisch. Sie besorgt sich einen Kaffee und die *Süddeutsche*, hält vor dem Bahnhof Ausschau nach einer Bank und setzt sich auf eine Treppe, die so schmutzig ist, dass sie den Wirtschaftsteil als Unterlage benutzt. In der Sonne ist es fast heiß. Wie gut es tut, unterwegs zu sein. Statt Zeitung zu lesen, beobachtet sie das Geschehen, die anderen Reisenden, die jetzt schon Betrunkenen, die Taxen, und denkt an das erste große Abenteuer ihres Lebens.

Australien. Neunzehnhunderteinundneunzig.

Einunddreißig Jahre ist das her.

Sie war vorher noch nie geflogen, und als sie in Hamburg an Bord ging, tat sie das in der Gewissheit, dass sie als ein völlig veränderter Mensch zurückkehren würde. Der Moment, in dem das Flugzeug abhob, war der Moment, in dem eine Neunzehnjährige glaubte, sie müsse nun Abschied nehmen von sich selbst. Das war beängstigend gewesen, aber auch erhebend, vor allem jedoch hatte es sich überwältigend lebendig angefühlt. Auf der Treppe in München ihren Coffee-to-Go trinkend, findet Frie in sich einen Abglanz dieser Empfindung, dabei weiß sie längst, dass man nie jemand anderes wird. Man lernt sich nur immer besser kennen.

Um halb zehn fährt ihr Anschlusszug.

Vier Stunden später ist sie endlich da. Fast.

Sie muss noch mit der Seilbahn auf den Ritten fahren, auf den Hausberg der Südtiroler Landeshauptstadt Bozen, die auf Italienisch Bolzano heißt. Vom Bahnhof zur Talstation sind es nur ein paar Hundert Meter. Die Straße, die sie laut Google Maps immer geradeaus gehen soll, ist viel befahren und von Bahnhofhotels, Parkhäusern und Bürogebäuden gesäumt, aber Frie findet alles wunderbar. Auch das *Tabacchi*-Schild vor einem der Geschäfte, das sie sofort in Urlaubsstimmung versetzt, obwohl sie seit zwanzig Jahren nicht mehr raucht.

Und natürlich wegen der Berge ringsum.

Seit dem Allgäu-Urlaub mit Anthony kurz vor ihrer Trennung ist sie nie wieder in den Bergen gewesen. Emma wollte immer irgendwohin, wo es Wasser und Gleichaltrige gab, und sie selbst wollte nirgendwo sein, wo sie fürchten musste, an die schlimmste Zeit ihres Lebens erinnert zu werden. Aber als Robert gefragt hat, ob sie ihn besuchen will, hat sie sofort Ja gesagt.

Wenn jemand imstande ist, die Berge zu rehabilitieren, dann er.

Mit ihm verbindet sie nur Schönes, was natürlich eine Verklärung ist und wahrscheinlich ungerecht gegenüber Anthony. Aber warum sollte sie gerecht sein gegenüber einem Mann, der sie mit Baby hat sitzenlassen und dann aus der Versenkung aufgetaucht ist und einen auf *Daddy* gemacht hat, als Emma alt genug war, um einer Einladung nach Brisbane nicht widerstehen und allein dorthin fliegen zu können. Er hat ihr Surfen beigebracht, der Arsch.

Frie löst am Schalter der Talstation eine Fahrkarte.

Robert hat angeboten, sie mit dem Auto in Bozen abzuholen, aber sie hat abgelehnt, weil sie unbedingt Seilbahn fahren wollte. Sie freut sich wie ein Kind darauf.

»Kein Problem, dann lass ich das Auto oben stehen und komme runter?«, hat Robert vorgeschlagen.

»Nein, lass mal. Ich find's schöner, dich oben zu treffen.«

Sie war froh, dass er das so hingenommen hat, statt sich erklären zu lassen, was sie ihm nicht erklären wollte.

Sie möchte allein sein während der letzten Etappe ihrer Anreise.

Die Fahrt nach Oberbozen dauert zwölf Minuten. Gleich hinter den letzten Häusern der Stadt beginnen die Weinberge. Auf einer Anhöhe stehen drei Zypressen wie die Grazien. Stadt und Tal, durch das ein gletschergrüner Fluss fließt und gleich daneben der Autobahnverkehr, werden kleiner. Sie schweben über eine Hotelanlage mit ausgestorbener Sonnenterrasse und leerem Pool. Frie braucht ein paar Augenblicke, um von hier oben zu verstehen, was da unten nicht stimmt: Ein Teil der Gebäude wurde unter einer Geröllawine begraben. Hinter dem Hotel liegt wie eine klaffende ockerfarbene Wunde die Felswand, von der sich die Gesteinsmassen gelöst haben. Natur schlägt Mensch, aber Frie hat keine Zeit, Mitgefühl zu empfinden mit denen, die bei diesem Unglück womöglich zu Schaden gekommen sind. Sie muss weiterstaunen über die Landschaft, die sich vor ihren Augen entfaltet.

Eine talabwärts fahrende Gondel kommt ihnen entgegen. Aus dem weiter und weiter werdenden Horizont tauchen mehr und mehr Berge auf. Die mächtige hellgraue Gipfelsilhouette gehört bestimmt schon zu den Dolomiten, die man vom Ritten aus so fantastisch sehen kann, hat Robert geschwärmt. Ein Bauernhof. Unter dem Knallblau des Himmels, dem Grau der fernen Gipfel und dem Tannenschwarz der nahen Berge: alle Schattierungen von Frühlingsgrün. Wald, Wiesen, Weiden, auf denen winzige Kühe grasen, von Rebstockreihen oder Obstbäumen bewachsene Hänge. Eine einsam aus Baumwipfeln ragende, gotisch aussehende Kirchturmspitze. Straßen, die sich den Berg hinaufschlängeln, befahren von Matchboxautos und Spielzeugtraktoren. Draußen gleitet wie zum Greifen nah eine der stählernen Seilbahnstützen vorbei, es ruckelt. Sie schweben auf eine flache Kuppe zu, auf der ein kleiner Ort liegt, in der Mitte ein Zwiebelturm. Das muss Oberbozen sein, Soprabolzano. Frie entdeckt ein am Hang gelegenes Freibad, von dessen Becken aus man bestimmt einen fantastischen Ausblick hat. Sie möchte sofort einen Köpfer machen.

Mist, ich habe den Badeanzug gar nicht mitgenommen.

Gleich hinter dem Freibad steht ein riesiges Hotelgebäude mit Türmchen und Giebeln, das nach *Zauberberg* und Luxus aussieht, auf dem Schindeldach flattert ein rotweißer Langwimpel. Und dann fahren sie in die Bergstation ein, wo ein zweisprachiges Plakat offenbar nicht zu viel verspricht.

Ritten – Das Sonnenplateau, Renon – L'altopiano soleggiato.

Und hier hat er jetzt also ein Häuschen, denkt Frie und hebt ihren Koffer aus der Gondel, da bin ich ja mal gespannt.

Das Café, das Robert als Treffpunkt genannt hat, liegt nur wenige Schritte entfernt und sieht sehr italienisch aus mit der hellgrau-weiß gestreiften Markise, den Bistrostühlen mit den beigen Polstern und den vielen Aperol Spritz, die auf den runden Marmortischchen stehen, obwohl erst früher Nachmittag ist. Frie sucht sich einen Platz und holt die neue Sonnenbrille raus, die gerade noch rechtzeitig fertig geworden ist und die sie auf keinen Fall verlieren darf, weil sie sehr teuer war. Es geht nicht mehr ohne Gleitsichtgläser. Sie bestellt einen Cappuccino, weil sie weiß, dass er hier besser schmecken wird als die besten Cappuccinos zu Hause, und geht auf die Toilette. Nach dem Händewaschen prüft sie ihr Gesicht. Robert hat behauptet, sie sähe noch genauso aus wie früher, das war natürlich eine glatte Lüge, aber eine sehr nette. Sie zieht den Lippenstift nach und den Hemdkragen zurecht. Die Sonnenbrille ist wirklich cool, Emma hat sie mit ausgesucht, allein hätte sie sich nicht getraut, eine so auffällige zu nehmen. Als sie von der Toilette zurückkommt, stehen ein Kaffee und ein Glas Wasser auf ihrem Tisch.

Ich hätte doch einen Aperol nehmen sollen, der hätte besser zur Brille gepasst.

Noch eine gute Viertelstunde.

Sie hat behauptet, es kaum vor drei zu schaffen, aus demselben Grund, warum sie nicht abgeholt werden wollte. Sie will sich noch ein paar Minuten auf die fremde Umgebung konzentrieren, aufs Ankommen, auf sich selbst. Als junges Mädchen hat sie es gemieden, allein zu sein, inzwischen braucht sie es genauso, wie sie essen, trinken und schlafen muss. Frie gibt ein halbes Päckchen Zucker in die Tasse, schließlich ist sie im Urlaub. Auf der Straße oberhalb des Cafés kommt ein alter Mercedes angefahren, hellblau metallic, sehr schnittig, todschick, darin ein Paar. Vor der Bergstation hält eine rote Bimmelbahn und entlässt einen Bilderbuchschaffner, eine Kinderhorde und einen Haufen Wandertouristen. Anscheinend hat der Ritten es auf größtmögliche Märklinhaftigkeit abgesehen, aber der Trick scheint zu funktionieren. Frie hat den Rest der Welt da unten schon fast vergessen. Sie löffelt den Schaum vom Cappuccino, schaut noch mal nach dem Wetter und dann wieder zur Bimmelbahn, als sich eine Hand auf ihre Schulter legt.

»Herzlich willkommen.« Robert drückt einen Kuss auf ihre Wange. Es kitzelt ein bisschen. Er setzt sich zu ihr und grinst sie an. Frie hat sich schon gewöhnt an den kurzen Bart, er steht ihm eigentlich ganz gut. Seine Sonnenbrille ist auch ziemlich cool, er nimmt sie ab. Er ist gebräunter, als sie ihn jemals gesehen hat, kein Wunder, er besitzt ein *Häuschen* auf einem Sonnenplateau. Das olivgrüne Leinenhemd lässt er über die blauen Shorts hängen, wahrscheinlich weil er einen kleinen Bauch bekommen hat, dazu trägt er gelbe Turnschuhe. Frie ist froh, dass sie bei der Auswahl ihrer Reisegarderobe nicht nur auf Bequemlichkeit geachtet hat.

»Wie war die Reise?« Robert winkt der Kellnerin.

»Sehr gut. Ich habe dich gar nicht gesehen, wo kommst du so plötzlich her?«

»Ich parke da oben.«

Er dreht sich um und zeigt auf die Parkplätze vor Moni's Ladele.

Dort stehen nur zwei Wagen.

Ein Taxi und der hellblaue Mercedes.

»Der Oldtimer da, der gehört dir?«, fragt Frie.

Robert nickt. »Ein Youngtimer. Willst du auch einen Aperol Spritz?«

»Ja, bitte.« Frie forscht in seinem Gesicht. »Du hast mit einer Frau darin gesessen, deshalb habe ich dich nicht erkannt. Außerdem bist du zu früh.«

»Das war Geli, eine Nachbarin, die muss runter in die Stadt, die trifft sich dort mit ihrem Mann.« Er erwidert ihren Blick mit warmherzigem Spott. »Ich hatte gehofft, dass du schon da bist. Ich habe mich so auf dich gefreut.«

»Schickes Auto.«

»Ein SL dreihundertachtzig, Baujahr sechsundachtzig, also noch ein bisschen älter als unsere lose Bekanntschaft,

Frau Carstensen. Nun nimm doch mal die Brille ab, ich will deine Augen sehen.«

Frie rückt die Sonnenbrille auf die Nasenspitze und guckt über den Rand zum leicht unscharfen Robert. »Sagen Sie, gibt's noch mehr Überraschungen, auf die ich mich gefasst machen muss?«

Er seufzt und wiegt den Kopf, als erwarte sie eine ernsthafte Antwort. Dann dreht er das Gesicht in die Sonne, schließt die Augen und macht die Beine lang.

»Du musst ja nicht gleich alles wissen.«

Die Aperols kommen, sie schauen in die Gegend, so wie sie früher zusammen im 439 gesessen und geguckt haben, auf der Fensterbank mit den dunkelblauen Samtvorhängen. Immer noch können sie zusammen auch still sein, obwohl sie einander so viel zu erzählen hätten, aber dafür haben sie ja noch fast eine ganze Woche.

Wie gut, denkt Frie, dass sie nicht Nein gesagt hat an jenem Abend Anfang Mai.

»Was machst du denn hier?«, hat sie gefragt, nachdem sie ihr Rad vor den Brombeeren abgestellt und sich zu Robert auf die Steine an der Kaispitze gesetzt hatte. Im Hintergrund hörte man den nächsten Achtzigerjahrehit und das Rufen und Lachen ihrer ehemaligen Schulkameraden. »Sebastian hat geschrieben, du kannst nicht.«

»Du hast dich nach mir erkundigt?«

»Ja.« Als hätte sie ihn nicht vor zwanzig, sondern vor zwei Jahren das letzte Mal gesehen, bizarr.

»Das höre ich gern«, sagte Robert. »Ich konnte schon, aber ich hatte nicht so richtig Lust, jedenfalls nicht genug, um dafür über tausend Kilometer zu fahren. Aber dann musste ich sowieso nach Hamburg wegen eines Termins, und da dachte ich, dann kann ich ja doch mal vorbeischauen.«

»Soso.« Schade, dass sie ihm als Grund nicht gereicht hatte. »Hattest du einen Auftritt?«

»Nein, was anderes.« Er winkte ab. »Wenn ich nicht gekommen wäre, hätte ich dich angerufen.«

»Ich dachte, du telefonierst nicht gern.«

Aus Richtung des Abitreffens hörte man jetzt *Forever Young*, ein paar Leute sangen mit. Mittelstufenschulfest, Engtanz mit Matthias, der sie so fest an sich gedrückt hatte, dass sie das Harte in seiner Hose gespürt und sich gegruselt hatte.

»Wirklich, ich hätte angerufen, ich schwör.« Robert hob die rechte Hand. »Ich muss doch wissen, ob du allein bist oder nicht, das war die Abmachung.«

»Stimmt.« Was man halt alles so sagte, wenn man hoffnungslos verliebt war.

Irgendwann hatten sie sich auf Facebook wiedergefunden, Frie wusste nicht mehr, wer wem eine Freundschaftsanfrage geschickt hat. Per PN hatten sie ein paar Belanglosigkeiten ausgetauscht, die schnell den Unterton eines Flirts bekamen, was Frie im ersten Augenblick prickelnd, dann aber schnell so abgeschmackt gefunden hatte, dass sie wieder verstummt war. Auch Robert hatte nicht mehr geschrieben. Als sie in ihrer Timeline ein Foto von ihm und einer attraktiven Frau sah, hatte sie gewusst, warum. Kurz darauf hatte sie ihren Account gelöscht. Nicht seinetwegen, aber es war ein willkommener Nebeneffekt gewesen, nichts von ihm sehen und lesen zu müssen, das sie nichts mehr anging.

»Also, bist du allein?«, fragte Robert noch einmal.

»Ob ich Single bin? Ja, schon seit vier Jahren wieder. Und du?«

»Seit drei.«

»Du bist aber gar nicht so richtig alt. Und ganz grau auch nicht.«

»Und du auch nicht. Du siehst immer noch genauso aus.«

»Von wegen.« Frie lachte. »Die grauen Haare sieht man nur nicht so bei mir.«

»Was ist denn nun? Wollen wir was essen gehen?«

»Sehr gern.« Obwohl sie gedacht hatte, er wäre nicht bei dem Klassentreffen, war sie eigentlich nur seinetwegen gekommen, wurde ihr auf einmal klar.

»Aber du musst sagen, wohin. Ich kenne mich nicht mehr aus.«

»In die Hafenküche? Das ist ein ziemlich neues Fischrestaurant, richtig gut, so langsam holen wir hier auf. Gleich neben deinem Hotel. Da bist du doch, im Hafenhotel, oder?«

Sie zeigte nach hinten, auf das perlweiße Leihfahrrad.

»Prima«, sagte Robert, »ich lade dich ein.«

Während sie in der Hafenküche saßen und aßen, erzählte Robert von sich. Er machte immer noch Musik, aber nur noch solche, die er wirklich mochte. Seine Mutter war Anfang zweitausendzwanzig gestorben, »gerade noch rechtzeitig«, ihre letzten Jahre hatte sie in seiner Nähe verbracht, in einem Pflegeheim in Hamburg, wo er schon lange wieder lebte. Fast zwölf Jahre war er mit einer Anne zusammen gewesen, vor drei Jahren haben sie sich getrennt. Robert deutete an, dass im Bett nichts mehr lief, sie seien aber noch gute Freunde.

»Vielleicht«, meinte er, »ist das ja einfacher, wenn man keine Kinder hat.«

Frie glaubte nicht, dass man das so sagen konnte. Götz und sie hatten auch keine Kinder, jedenfalls keine gemeinsamen, aber ihre Trennung war alles andere als einvernehmlich verlaufen. Er redete nicht mehr mit ihr und mied Feste, zu denen auch sie eingeladen war. Robert wohnte, auch das erzählte er an dem Abend in der Hafenküche, in dem Haus, das früher diesem Herrn Selk gehörte. Der Generalmajor, wie Robert ihn häufig nannte, hatte es ihm vererbt.

»Ist ja irre. Hast du damit gerechnet?«

»Nein, keine Sekunde.«

Schon nach einer Stunde waren sie wieder so vertraut miteinander, dass sie wusste, dass das die Wahrheit war. Frie hatte das Haus nie gesehen, aber es lag in einer sehr guten Gegend, und es musste sehr groß sein. Robert hatte vier Zimmer an Musikstudenten vermietet. Er selbst war seit dem Tod seiner Mutter wohl eher selten in Hamburg, sondern immer noch viel auf Reisen oder auf dem Ritten, in seinem »Häuschen in den Bergen«.

»Hast du dieses Häuschen auch geerbt?«

»Nein.« Er schüttelte den Kopf.

Frie wechselte das Thema und erzählte von Emma und von ihrer Arbeit. Es war einfacher, über Sex, Beziehungen und andere Probleme zu reden als über Geld, denn das eine hatten fast alle und das andere nicht. Als Robert die Rechnung bezahlte, fand sie das nicht nur nett, sondern richtig, weil einem, der eine Villa in Hamburg und ein *Häuschen* in Südtirol besaß, hundertfünfzig Euro nicht wehtaten, anders als ihr. Seit Emma studierte, musste sie ihr einen Teil des Unterhalts zahlen, aber die Miete für ihre Dreizimmerwohnung war nicht billiger geworden, und jetzt auch noch die gestiegenen Heizkosten. Als Büroleiterin in einer Großkanzlei verdiente man gar nicht so wenig, aber am Ende des Monats war trotzdem meistens alles weg, auch weil sie immer schlechter im Verzichten wurde.

»Danke für die Einladung«, sagte Frie, als sie vor der Hafenküche standen.

»Sehr gern«, antwortete Robert.

»Gut, dass du doch gekommen bist.«

»Ja, das finde ich auch.«

Die hundert Meter bis zum Hafenhotel gingen sie nebeneinander. Sie schob ihr Rad, er legte den Arm um ihre Schultern. Es fühlte sich nach Bruder an. Nach allem, was passiert war, gab es eine unauslöschliche Verbundenheit zwischen ihnen, auch wenn ihre gemeinsame Zeit sehr, sehr lang zurücklag. So lange, dass keiner von ihnen es nötig fand, beim Essen darüber zu reden. Darüber zu reden, hätte ja nichts geändert. Es hätte, was schön war, nicht schöner gemacht, und das, was traurig war, nicht weniger traurig.

»Sehen wir uns wieder?«, fragte Frie vor dem Hoteleingang.

»Auf jeden Fall.« Robert zögerte. »Sag mal, hast du nicht Lust, mich in den Bergen zu besuchen? Vielleicht jetzt gleich im Juni, da ist es ganz besonders schön?«

Sie musterte ihn mit erstaunt hochgezogenen Augenbrauen und suchte nach Gründen, Nein zu sagen oder *Mal sehen*, fand aber auf die Schnelle keine. Auch später nicht, als sie im Bett lag und in Ruhe nachdachte – außer der Angst davor, etwas zu tun, was andere, zum Beispiel Anneke, verrückt finden könnten.

»Ja«, sagte sie. »Warum eigentlich nicht?«

»Frie, Mann, das ist ja toll.« Er nahm sie in die Arme, und als er fertig war damit, schob er sie an den Schultern von sich weg, um sie wieder angucken zu können. »Man sieht sich also in den Bergen, fantastisch.«

Da hat es das erste Mal richtig gekribbelt.

Nun sitzt sie tatsächlich neben ihm auf dem Ritten, und es kribbelt wieder oder immer noch. Es ist ein friedliches Kribbeln, das es, obwohl die Zeit knapper ist als früher, nicht eilig hat, weil es weiß, dass man vorher nicht sicher sein kann, ob das Schweben nicht schöner ist als das Landen. Frie streckt den Arm aus und legt ihre Hand auf Roberts.

»Wollen wir mal los? Ich bin müde, und ich will dein Häuschen endlich sehen.«

Es ist ihr unangenehm, in das Angeberauto zu steigen, das die Blicke der Leute auf sich zieht. Ihr Unwohlsein verschwindet, als sie Oberbozen hinter sich lassen. Robert hat Musik angemacht und sie trotz der offenen Fenster so laut aufgedreht, dass es ihre Scham verdoppeln müsste, aber wenige Takte reichen, um sie in einen Orbit zu katapultieren, von dem aus betrachtet einen die bloße Tatsache, dass man existiert, auflachen lässt.

»Wer ist das?«, fragt Frie.

»Frank Ocean«, sagt Robert.

Er holt eine orangene CD-Hülle aus der Ablage seiner Tür und reicht sie ihr. Wann hat sie aufgehört, sich für Musik zu begeistern, und warum? Zu fetten Beats fahren sie in mäßigem Tempo an frisch gemähten, mal steilen, mal geschwungenen Hängen vorbei, durch freundliche Dörfer, zwischen düsteren Tannen und lichten Laubbäumen hindurch. Hinter jeder Kurve wartet ein neuer Ausblick, einer bezaubernder als der andere. Die alten Gehöfte mit ihren weißen Steinsockeln und den oberen Stockwerken aus dunklem Holz, vor dem Balkonblumen leuchten, sehen nicht nach hartem Bergbauernleben aus, sondern nach Postkartenmotiv.

Wobei, denkt Frie, das heißt ja jetzt *instagrammable.*

Hat ihr Emma neulich erklärt.

Sie durchfahren den Rand einer Ortschaft mit Kreisverkehr, Tankstelle, Neubaugebiet und glotzenden Fußgängern.

Sollen die doch gucken.

Frie frohlockt, als das Ortsausgangsschild auftaucht, sie ist jetzt schon süchtig nach Grün. Robert fährt auf eine kleinere Straße und beschleunigt den Wagen. Die Häuser werden weniger, Wald, Wiesen, Himmel und Aussicht immer mehr. Immer seltener kommt ihnen ein anderes Fahrzeug entgegen.

»Gleich sind wir da!«

Robert biegt ab auf eine schmalere, steilere Straße, sie fahren über Schlaglöcher durch einen Tannenwald. Gleich wird sie sehen, wo sie die nächsten sechs Nächte einschläft und aufwacht, und diesen Moment des Ankommens findet sie fast so aufregend wie die Tatsache, dass sie den Urlaub mit ihm verbringen wird. Hinter einer scharfen Linkskurve endet der Wald, sie fahren zurück ins Licht und sind am Ziel.

Das *Häuschen* ist gar kein Häuschen.

Es ist ein richtiges, gar nicht mal so kleines Haus.

Frie hat sich schon so was gedacht, als sie Robert fragte, ob es ein eigenes Schlafzimmer für sie gebe, und er antwortete, sie könne sich zwischen zwei Zimmern entscheiden. Und selbstverständlich ist das Haus ein Traum. Was sonst, nach dieser Ouvertüre?

»Da wären wir.« Robert holt den Koffer aus dem Auto.

»Nicht schlecht.«

Er stellt den Koffer ab und führt sie in den seitlich gelegenen Garten, in dem eine alte Eiche Schatten spendet. Unter der Eiche steht ein Tisch mit vier Stühlen, alles aus mattem rotem Metall, in der Sonne ein passender Schaukelstuhl mit Beistelltisch, auf dem auf einer angelesenen Zeitung ein Glas steht, daneben liegt eine Lesebrille. Gleich hinter der talwärts gerichteten Seite des Gartens, also gleich hinter dem Haus, beginnt eine abfallende Wiese, auf der Wildblumen blühen, links und rechts eingerahmt von sanft emporsteigendem Tannenwald, dahinter im dunstigen Graublaugrün die weit entfernten Berge.

Absurd schön, denkt Frie.

Mindestens so absurd ist es, dass das hier Robert gehören soll.

»Willst du dein Zimmer sehen? Oder erst mal was trinken?«

»Ich möchte ganz schnell duschen.«

Vielleicht wird sie dann wieder wach.

Sie nimmt das Zimmer mit Aussicht, also das neben Roberts Schlafzimmer. Er muss damit gerechnet haben: Auf dem Bett liegen Handtücher. Auf dem Nachttisch steht eine Vase mit Bergblumen.

»Hast du die etwa gepflückt?«, fragt Frie.

»Eigenhändig. Du magst doch so gern Blumen.«

»Alle Frauen mögen Blumen.«

»Eben, und irgendwann habe ich's mir gemerkt. Schlimm?«

»Nein, aber–« Frie überlegt. »Noch eine Überraschung, du Streber.«

»Überraschungen konnte ich schon immer gut«, sagt Robert. »Wir sehen uns im Garten.«

Nachdem sie sich geföhnt und nur leicht geschminkt hat, zieht Frie das lange Sommerkleid an, nimmt die Strickjacke und ihr Buch und erkundet das Haus.

Ganz oben unterm Dach befindet sich Roberts Übungsraum mit mehreren Gitarren, Keyboard und einem Panoramafenster. Im Erdgeschoss gibt es außer dem Gäste-WC und einem Hauswirtschaftsraum ein kleines Wohnzimmer. Die moderne, offene Küche geht in eine gemütliche Bauernstube über, ohne dass das misslungen wirkt. Alles hier hat Stil und Charme. Frie denkt an die Wohnung, in der Robert mit seiner Mutter gelebt hat, und an seine Zimmer in Hamburg und Dresden. Entweder man kann doch ein völlig anderer Mensch werden oder Anne hatte ihre Hand im Spiel und einen erlesenen Geschmack. Oder Robert hat jemanden bezahlt dafür, ihm das Haus einzurichten.

Mit so was hat sie nicht gerechnet, aber nun. Es gibt Unangenehmeres als eine zu schicke Unterkunft.

Sie blickt aus dem Fenster in den Garten.

Robert sitzt im Schaukelstuhl und schaut ins Tal. Er sieht nicht so zufrieden aus, wie sie erwartet hat, sondern wie jemand, der in den Arm genommen werden muss. Frie ist es, als würde sie ihn bei etwas beobachten, was niemand sehen soll, deshalb ruft sie seinen Namen, als sie über den Rasen geht. Er springt hoch wie ein Ertappter und schaltet ein Lächeln für sie an.

»Alles in Ordnung?«, fragt Frie.

»Alles wunderbar. Möchtest du dein Kleid nachher ausführen? Oder willst du lieber hierbleiben?«

»Hast du denn was zu essen?«

»Spaghetti Arrabbiata, schon fertig.«

»Dann lass uns doch hierbleiben. Ich bin ja gerade erst angekommen und ziemlich fertig.«

Sie rücken Tisch und Stühle in die Sonne. Robert geht ins Haus und kehrt mit einem Tablett zurück, auf dem Erdbeeren, ein Brett mit Brot, Speck und Käse und eine Wasserkaraffe stehen. Was das Wesentliche angeht, seine Fürsorglichkeit und wie er sie anschaut, ist Robert sich treu geblieben.

»Möchtest du noch was anderes trinken? Noch einen Aperol Spritz? Ein Bier?«

»Nein, danke.« Sie verträgt nicht mehr so viel.

»Was liest du gerade?« Robert steckt sich eine Erdbeere in den Mund.

Frie zeigt ihm das Buch. »*Das Vorkommnis*, von Julia Schoch.«

»Und wie findest du es?«

»Sehr gut.«

»Unterstreichst du immer noch Sätze?«

Sie ist nicht die Einzige, die Damals und Jetzt ständig miteinander abgleicht. Frie zieht einen Bleistiftstummel aus der Tasche ihres Kleides.

»Liest du mir einen vor?«, fragt Robert.

»Einen Satz, den ich unterstrichen habe?«

»Irgendeinen, nimm einfach den erstbesten.«

Frie schlägt das Buch auf und blättert, bis sie eine Unterstreichung findet.

»Ich willigte ein, merkte aber schnell, dass mein Tanzen nur noch ein Zitat war«, liest sie laut. *»Das Zitat eines Vergnügens aus einer Zeit, die mir unwirklich erschien, so weit lag sie zurück.«*

»Oha.«

Robert lässt sich das Buch geben und schaut es sich an. Frie nimmt sich auch eine Erdbeere und merkt dann, dass sie richtig Hunger hat. Sie säbelt eine Scheibe vom Speck ab. Das Brot schmeckt nach Kümmel und Fenchel, die Luft nach frisch gemähtem Gras und Fichten.

»Das mit uns kommt mir auch schon fast unwirklich vor«, sagt Robert. »Aber du bist trotzdem kein Zitat.«

»Woher weißt du das?«

»Zitate riechen nicht so gut.«

Frie lacht. Sie ist verlegen und genießt es, weil das nicht mehr oft vorkommt. Die eine Sorte Männer schafft es nicht mehr, sie in Verlegenheit zu bringen; die anderen wollen es anscheinend immer seltener. Sie plaudern. Wenn sie nachher den dunkelroten Rotwein trinken, den er bereits geöffnet hat, wird ihr Gespräch mehr Gewicht bekommen, da ist sie sich sicher. Aber jetzt, in der Sonne sitzend, reden sie erst mal über Dinge, die so hell und einfach sind wie dieser späte Sommernachmittag. Sie unterhalten sich darüber, was sie in den nächsten Tagen unternehmen könnten, über Roberts letzte Auftritte, über Fries Mutter und deren *Mädchen-*

clique, wie die vier alten Damen sich selbst nennen, und über Emmas Freund, mit dem sie schon seit dem ersten Semester zusammen ist.

»Liam heißt er?«

»Nein, Liem, mit e«, sagt Frie. »Seine Eltern sind aus Vietnam.«

»Und kann er gut kochen? Ich liebe Vietnamesisch.«

»Sehr gut sogar.«

Sie hat Emma mal gesagt, einen potenziellen Mann fürs Leben erkenne man daran, dass er kochen könne. Und bügeln. Liem kann beides. Ihre Unterhaltung plätschert dahin, dann tröpfelt sie nur noch, schließlich versiegt sie ganz. Das Vogelgezwitscher nimmt zu, die Sonne wird goldener, der Wind weniger, die Welt fühlt sich gut an.

Frie liest *Das Vorkommnis*.

Robert liest die Zeitung.

Ab und zu schaut sie zu ihm hinüber, er sieht wieder entspannt aus. Vielleicht hat sie sich getäuscht, als sie vorhin dachte, es stimme etwas nicht.

Irgendwann sagt er: »Zum Essen gehen wir am besten rein.« Er schiebt sich die Brille auf den Kopf und faltet die Zeitung. »Es ist zwar lange hell, aber abends wird es noch ziemlich kühl hier oben.«

Robert setzt Wasser auf und macht einen Salat.

Frie deckt den Tisch.

Weil sie keine Lust hat, ihn andauernd nach etwas zu fragen, weil sie das Haus kennenlernen möchte und den Mann, dem es gehört, und weil sie sicher ist, dass Robert nichts dagegen hat, öffnet sie alle möglichen Küchenschränke und Schubladen auf der Suche nach Tellern, Gläsern und Besteck. Robert konzentriert sich aufs Schnippeln und gibt nur manchmal einen schwammigen Tipp.

»Guck mal da oben.«

»Nein, die Rotweingläser sind weiter rechts.«

Sie entdeckt Alkoholvorräte, Gewürze und Frischhaltefolie. Hinter einer Schranktür stehen Kochbücher, darunter ein schwarzer Band, dessen Titel ihr einen kleinen Stich versetzt, was sie selbst albern findet: *Schneller Teller – Ein Kochbuch für zwei.* Es gibt eine Grabbelschublade, in der eine angebrochene Schachtel Lucky Strike, Klebezettel und zwei Tablettenpackungen liegen, Ibuprofen und Folsäure. Sie wundert sich ein bisschen, das nehmen doch sonst nur Schwangere.

Nach und nach findet sie, was sie sucht.

»Rauchst du doch noch? Oder wieder?«, fragt sie, als sie die Salatschälchen auf den Tisch stellt.

»Nein, nur ganz, ganz selten mal, abends, wenn ich was trinke.«

»Führe mich bloß nicht in Versuchung.«

»Wir werden sehen.« Robert rührt die Arrabbiata um.

Sie flirten so offensichtlich und routiniert, dass es genauso gut gar nichts bedeuten könnte, außer dass sie beide seit Jahrzehnten Übung darin haben.

»Auf uns«, sagt Robert. »Auf alles, was schon war und was noch kommt.«

»Seit wann bist du so pathetisch?«, lacht Frie.

Wie immer nach einer kräftezehrenden Reise hat sie einen Heißhunger auf Gesundes, deshalb isst sie zuerst ihren Salat. Der Rotwein ist so gut wie alles andere, samtig und erdig. Es ist noch nicht ganz dunkel draußen, trotzdem hat Frie die Kerze angezündet, die sie auf einer der Wohnzimmerfensterbänke gefunden und auf den Esstisch gestellt hat, weil sie nicht nur Blumen mag, sondern auch Kerzenlicht.

Emma hat ihr neulich mit dem strengen Eifer einer dreiundzwanzigjährigen Studentin erläutert, diese ganzen typisch weiblichen Vorlieben seien nicht angeboren, sondern das Ergebnis eines genderstereotypen Sozialisationsprozesses. Frie musste einräumen, dass es wenig Argumente dagegen gibt. Es können ja tatsächlich weder die Gene oder der Zufall schuld daran sein, dass wirklich alle Frauen, die sie kennt, Blumen und Kerzen lieben. Trotzdem war sie vage verstimmt. Sie möchte weiter Blumen kaufen und Kerzen anzünden dürfen, ohne sich deshalb Vorträge über das Patriarchat anhören zu müssen. Nichts lässt sie sich älter fühlen als derlei Diskussionen mit Emma.

In Roberts Gegenwart fühlt sie sich jung.

Hinter den Sprossenfenstern ist es schwarz, Fries Weinglas ist schon wieder fast leer, die Kerze verbreitet eine so wohlige Stimmung, dass sie sich traut zu fragen, was ihr schon die ganze Zeit auf der Zunge liegt.

»Sag mal, Robert, dieses Haus hier, dein Auto und so – wie viel Geld hast du eigentlich?«

»Genug.«

»Genug wofür?«

»Genug, um zu machen, was ich will.«

»Und was genau ist das, außer Musik zu machen?«

»Festivals besuchen. Gitarren bauen.«

»Du kannst Gitarren bauen? Seit wann das denn?«

»Seit ich eine Ausbildung bei einem tschechischen Gitarrenbauer gemacht habe. Ich habe eine kleine Werkstatt hier, im Keller.«

Bevor sie fragen kann, an wen er die von ihm gebauten Instrumente verkauft, redet Robert schon weiter.

»Und natürlich: In den Bergen sein. Wandern. Lesen. Mit dir hier sitzen und Nudeln essen?«

Da begreift sie. »Du musst gar nicht mehr arbeiten?«

»Ich muss mit meiner Arbeit kein Geld verdienen.«

Was von dem, was er da gerade aufgezählt hat, soll bitte schön Arbeit sein?

»Und woher hast du so viel Geld?«

»Von Herrn Selk.«

»Du hast mehr geerbt als nur sein Haus?«

»Ja.« Er schenkt seelenruhig Wein nach, Frie wird ungeduldig.

»Robert? Ich bin's, Frie! Die Frau, die dich schon kannte, als du noch Teller gespült und Aldi-Feinbrot gegessen und auf Schlagerfesten gespielt hast.«

Es sollte lustig klingen, klingt aber ungehalten.

Er wirkt trotzdem amüsiert. »Stimmt, ich habe ja mal Teller gespült.«

Sie würde am liebsten *Nun, sag schon!* sagen. Dabei geht sie das alles doch gar nichts an, und warum freut sie sich nicht einfach für ihn? Sie steht auf, um Wasser zu holen.

»Herr Selk hat mir auch noch Mietshäuser vermacht und Geld und Aktien«, sagt Robert hinter ihrem Rücken und wartet ein wenig. »Bist du jetzt geschockt?«

»Nein, wieso sollte ich?« Frie guckt dem Wasser dabei zu, wie es aus dem Hahn in die Karaffe läuft.

»Na ja, ein bisschen«, räumt sie ein, als sie sich wieder setzt.

Er guckt ihr durch die Augen ins Herz, sie kapituliert mit einem lauten Ausatmen.

»Ja. Aber ich weiß selbst nicht, warum. Kann ich vielleicht einen Schnaps?«

Robert holt zwei kleine Gläser und eine ovale Flasche und schenkt ihnen etwas ein, das wie flüssige Sonne aussieht. Gold-Marille, wie passend. Sie lassen die Gläser gegeneinanderklackern und kippen das Zeug hinunter. Es brennt und ist köstlich, obwohl Frie weiß, dass sie es morgen bereuen wird, es getrunken zu haben. Robert guckt sie schon wieder so an, so eindringlich, nein, bedürftig und ein bisschen verloren – wie vorhin im Schaukelstuhl.

»Geld ist nicht alles, Frie.«

»Ich bitte dich, hör auf mit dem Unsinn.«

»Entschuldigung.« Er beugt sich über den Holztisch, nimmt mit beiden Händen ihre Hände und versucht es mit einem Dackelblick und der nächsten Binse. »Aber ich bin immer noch Robert.«

»Nein, Robert, das bist du nicht.« Sie muss lachen, es ist alles noch viel verrückter, als sie gedacht hat. Sie spricht aus, was sie denkt, weil es eben doch auch immer noch ihr alter Freund ist, der vor ihr sitzt. Vielleicht auch ein wenig wegen des Marillenbrands. »Ey, du bist der Märchenprinz!«

»Quatsch. Ich habe gar keinen Schimmel.«

»Schimmel sind out, Youngtimer sind der heiße Scheiß.«

»In Hamburg habe ich nur einen Ford.«

»Zählt nicht, sorry, das ist doch Tarnung.«

»Na gut.« Er lacht jetzt auch. Es beginnt, lustig zu werden, und das ist die beste Art, über das hier zu reden, vielleicht die einzig mögliche. »Märchenprinzen sind jung und schön. Ich bin fünfzig und kriege ein Doppelkinn und jeden Tag mehr graue Haare.«

»Wenn sie genug Immobilien haben, dürfen sie auch schneeweiß und über siebzig sein. Ich meine, wo lebst du? Guck dich um!«

»Und eine Wampe?« Robert reibt sich den Bauch, über dem das olivgrüne Leinenhemd spannt.

»Kommt auf Anzahl und Lage an.«

»Bestlagen. Eppendorf und Winterhude.«

Frie winkt ab. »Dann geht sogar ein richtiger Bierbauch plus Halbglatze. Aber ein Erhaltungsgrad wie deiner ist natürlich besser.«

»Erhaltungsgrad? Wo hast du das denn her?«

»Bau- und Mietrecht.« Sie trinkt ihr Wasser aus in der Hoffnung, es könnte die Wirkung des Marillenbrands verdünnen, er gießt ihr aus der Karaffe nach. Ihnen sind die Witze ausgegangen. Wenn sie nicht reden, schauen sie sich an. So geht das schon den ganzen Abend.

Ich würde ihn gern küssen.

Ihr Kopf spricht es das erste Mal aus.

»Jetzt mal im Ernst.« Sie legt freundlich lächelnd den Kopf schief, um klarzustellen, dass nichts von dem, was sie gleich sagen wird, hämisch gemeint ist. »Du bist immer noch sehr attraktiv. Du machst eine sehr gute Arrabbiata und eine fantastische Salatsoße. Und wenn du einen romantischen Städtetrip nach Rom machst, kannst du die ganzen Inschriften übersetzen.«

»Nein.« Robert sieht fast aus wie der schüchterne Schuljunge, der er einmal war. »Ich habe fast alles vergessen, schrecklich.«

»Ich bin noch nicht fertig. Du bist klug und lustig. Du lachst sogar über dich selbst, das ist selten bei Männern in deinem Alter, glaub mir, ich kenne mich aus. Und soweit ich mich erinnere, bist du ein ganz passabler Liebhaber.« Frie hebt den Zeigefinger. »Und dann bist du auch noch Musiker! Du spielst göttlich Gitarre und kannst den Frauen kitschige Liebeslieder vorsingen.«

»Göttlich nun wirklich nicht, nur ganz okay«, sagt Robert und fügt leise hinzu: »Aber wer weiß, wie lange noch.«

»Nun sei doch nicht so melodramatisch, wir sind ja noch nicht neunzig. Also, du bist ein Traumtyp, und jetzt hast du auch noch ausgesorgt. Männer wie du können echt jede haben. Also, sag mal, wieso hast du keine? Ich meine, keine feste Beziehung?«

Frauen hat er ab und zu, so viel hat sie rausgehört.

»Weiß nicht«, sagt Robert.

Wenn sie nicht reden, gucken sie sich an.

Sie gucken sich an, um nicht reden zu müssen.

»Na gut«, sagt Frie schließlich. »Ich glaube, ich muss mal ins Bett.«

Er nimmt sie in den Arm und küsst ihren Kopf. Sie löst sich von ihm und lächelt ihn an, diesen Menschen, den sie nicht loswird. Egal, wie weit sie ihn hinter sich gelassen hat, er holt sie immer wieder ein.

»Jetzt haben wir aber nur über mich geredet«, sagt Robert.

»Nee«, sagt Frie, »ich glaube, das stimmt so nicht.«

Montagmorgen

Fallen

Robert beobachtet, wie Frie sich eine Scheibe Brot nimmt.

Sie hat ihre Wandersachen schon an, ein blau-weiß gestreiftes T-Shirt und eine kurze beige Trekkinghose, an der Seite hing noch das Herstellerschild, als sie vor zehn Minuten um einen Kaffee gebeten hat. Robert hat eine Schere geholt und es abgetrennt. Um diese Uhrzeit ist der Garten noch schattig, deshalb hat er den Frühstückstisch in der Küche gedeckt. Er trinkt einen Schluck Kaffee, stellt den Becher nicht ab und versucht, sich vorzustellen, was für eine Frau er sähe, wenn er Frie nicht schon kennen würde, seit sie sechzehn sind.

Er sieht, dass die Frau nicht mehr jung ist.

Was für eine verklemmte Umschreibung, denkt Robert.

Sie sind nicht nicht mehr jung. Sie sind dabei, alt zu werden. Er sieht, dass die Frau früher schöner gewesen ist, wobei sie nie die klassische Schönheit war, die sie gern gewesen wäre, es war nur so, dass er sie trotzdem immer schön fand. Einmal, als sie damals kurz ein Paar waren, hat sie ihn gefragt, warum eigentlich, und war ein bisschen beleidigt, als er es nicht so richtig erklären konnte. Robert sieht die Falten der Frau und dass alles an ihr runder und weicher geworden ist, so wie bei ihm. Er sieht die grauen Strähnen, die aus ihrem Blond ein Aschblond gemacht haben, aber vor allem sieht er Frie. Sie blickt zwischen Käse und Schinken hin und her, und dann ertappt sie ihn.

»Was guckst du so?«

Die grünen Augen jedenfalls sind immer noch sechzehn. Was sonst sollte er in dieser Frau sehen als Frie?

»Nur so. Möchtest du noch Kaffee?«

»Ja, bitte.« Sie schiebt ihm den Becher hin.

Er überschlägt, wie oft sie schon zusammen gefrühstückt haben. Nicht sehr oft gemessen daran, wie lange sie sich kennen. Wären sie damals für immer zusammengeblieben, wäre es heute das zigtausendste Mal. Er wüsste, ob sie morgens lieber Käse, Schinken oder Süßes isst. Oder ob sie vor ein paar Jahren gern Aufschnitt aß und inzwischen nur noch Käse und auf Marmelade ganz verzichtet, so ist es ja bei vielen Frauen. Frie nimmt sich zwei Tomaten und Heukäse und dann noch vom Schinken. Robert ist froh, ihn besorgt zu haben. Seit zwei Monaten kauft er so was nicht mehr, obwohl er oft Heißhunger darauf hat. Frie beißt ab und hört auf zu kauen, sie lacht und hält sich die Hand vor den Mund, sodass er ihre Zahnlücke nicht sehen kann, wie schade.

»Ich kann nicht essen, wenn du so glotzt. Guck raus, wenn du unbedingt irgendwohin gucken musst.«

Sie schauen beide zum geöffneten Fenster, hinter dem der nächste makellose Frühsommertag in Fahrt kommt.

»Mein Gott, was haben wir für ein Glück«, sagt Frie.

Er hat gründlich darüber nachgedacht, welche Wanderung er als Erstes machen soll mit ihr. Sie hätten von zu Hause aus loslaufen können bis zu dem Hofschank, vor dem man draußen an Holztischen sitzen und Kaiserschmarrn mit Preiselbeeren und Panoramablick essen kann. Aber er hat sich in den Kopf gesetzt, ihr am ersten Tag eine spektakulärere, die perfekte Wanderung zu bieten; abwechslungsreich und nicht zu anstrengend, aber auch nicht zu leicht, sonst denkt sie noch, dass er ihr nichts zutraut, und auf jeden Fall mit Aussicht auf die Dolomiten, also von Lengstein nach Barbian. Das dauert mit Pausen viereinhalb, fünf Stunden, und zurück von Barbiano nach Longostagno können sie den Wanderbus nehmen.

Robert trägt den Rucksack, Frie die Wanderschuhe, in denen sie, das hat sie beim Anziehen gesagt, erst ein einziges Mal gelaufen ist, einmal um die Birk. Hoffentlich bekommt sie keine Blasen. Sie laufen vom Dorfkern aus los, wo der Mercedes parkt, erst mal den Wiesenhang hinauf bis zum Waldsaum. An der Bank, die dort steht, zieht Frie ihre Jacke aus. Robert schnallt sie auf seinen Rucksack und zeigt auf den Berg, der sich mächtig und unverwechselbar hinter dem Dorf erhebt.

»Der riesige dicke, platte Kerl da, das ist der Schlern.« Die Berge gehören nur sich selbst, trotzdem ist es ein bisschen so, als würde er sie ihr schenken, indem er sie ihr erklärt. »Und rechts dahinter, das lange Massiv mit den spitzen Zacken, das ist der Rosengarten, und noch weiter rechts der Latemar.«

Die Sonne steht schon hoch hinter den Gipfeln, ihre Silhouetten heben sich scharf wie Scherenschnitte vom Himmel ab.

»Wow«, sagt Frie. »Die sind ja fast ein bisschen unverschämt.«

»Wer?«

»Die Berge hier. So protzig. Können wir da auch noch rauf, auf einen von denen?«

»Klar«, sagt Robert, »alles, was du willst. Aber heute laufen wir uns erst mal warm.«

Sie gehen immer weiter bergauf bis zu dem Haus mit den Kaninchenställen, dann wieder in den Wald hinein und am Hexenbödele vorbei, bis sie nach einer Stunde die kleine Straße mit den einsamen Häusern und dem Holzzaun erreichen, hinter der der anstrengendste Teil des Aufstiegs beginnt. Frie bleibt stehen, die Hände in die Seiten gestützt, leicht aus der Puste, ein wenig verschwitzt.

»Alles okay?« Robert holt eine Wasserflasche aus dem Rucksack.

»Ja.« Sie trinkt und bewundert noch mal ausführlich die Fernsicht.

Von der Straße aus schickt der Wegweiser sie wieder in den Wald hinein, wo es noch steiler wird. Frie läuft langsam, aber entschlossen. Robert bleibt hinter ihr, sonst würde er ihr versehentlich weglaufen. Nur manchmal bleibt sie stehen, um kurz durchzuatmen und sich umzuschauen. Oft lächelt sie, und ein- oder zweimal sagt sie so etwas wie: »Oh Mann, ist das toll.«

Das findet Robert auch.

Mit Frie ist er beim Laufen ganz bei sich und trotzdem nicht allein, das macht das Wandern angenehmer als mit Anne, die immer zu viel gequatscht hat. Ihr Wanderglück wird unterbrochen, als vor ihnen eine Schneise aus Totholz auftaucht. Wo vorletzten Sommer dichter Wald stand, sieht man nun nur noch Braun: abgesägte Baumstümpfe, die aus einer Wüste aus vertrockneten Ästen und Tannenzweigen ragen, der Weg darunter ist kaum noch zu erkennen. Rechts fällt der Hang ziemlich steil ab. Schweigend und vorsichtig arbeiten sie sich Meter für Meter durch die Verwüstung. Einmal rutscht Frie fast aus, im letzten Moment hält sie sich am Aststummel eines Baumstumpfes fest.

»Brauchst du Hilfe?«, fragt Robert.

Sein linkes Knie tut ein bisschen weh.

»Nein, geht schon.« Frie schüttelt den Kopf.

Sie wollte noch nie, dass man auf sie aufpasst.

»Weißt du, was hier passiert ist?«, fragt sie. »Eine Lawine?«

»Glaube ich nicht, dann wären die Bäume nicht so ordentlich gefällt, und wo soll eine Lawine auch herkommen?«, sagt Robert. »Wahrscheinlich der Borkenkäfer.«

Sie reden nicht weiter darüber.

Heute soll alles gut sein.

Zweieinhalb Stunden, nachdem sie gestartet sind, erreichen sie die von hohen, schlanken Lärchen bewachsene Almwiese, auf der Robert immer Rast macht, wenn er diesen Weg läuft. Frie setzt sich auf ihre Fleecejacke und zieht Stiefel und Strümpfe aus. Es gibt Käsebrote mit Kaminwurzen für Frie und fleischlose Frikadellen für ihn, Kohlrabi und Mohrrüben und zum Nachtisch Toffifees, die weich, aber nicht geschmolzen sind.

»Bist du jetzt Vegetarier?«, fragt Frie.

»Nein. Ich mag die nur lieber als Wurst«, lügt er.

»Ist ja ein Ding«, sagt sie und nimmt sich noch eine.

Sie brechen die zweite Flasche Wasser an. Nachdem sie allen Proviant gegessen haben, streckt Frie sich auf ihrer Jacke aus. Robert bricht einen langen Grashalm ab.

»Lass das.« Sie fuchtelt den Halm aus ihrem Gesicht.

Oben am Himmel segelt ein Raubvogel, unten auf der Erde benimmt sich ein Fünfzigjähriger wie ein Teenager. Robert legt sich neben Frie. Aus dem Tal steigt leise das stetige Rauschen der Brennerautobahn, weit entfernt läuten Kuhglocken, ein Specht klopft, das Zirpen einer Heuschrecke, der Ruf eines Eichelhähers. Oder eine Elster? Er könnte es sich wirklich mal merken. Eben beim Laufen hatte Robert keine Lust zu reden, jetzt im Liegen schon. Vielleicht weil er gern seine Hand unter Fries atmungsaktives Ringelshirt schieben würde, aber sie sind hier ja nicht in einem schlechten Liebesfilm, sondern auf dem Weg Nummer 34 kurz vor dem Saubacher Schritzenholz, also muss er ihr mit Worten näherkommen. Und er ist sich auch noch nicht ganz sicher, ob sie das wirklich wollen würde.

»Wie geht es dir?«

»Sehr gut«, sagt Frie.

»Es ist schön mit dir.«

»Mit dir auch.«

»Erzähl mal ein bisschen mehr.«

»Was denn?«

»Keine Ahnung, irgendwas. Ich weiß immer noch so wenig über dich, also aus der Zeit, in der wir uns nicht gesehen haben.«

Das Surren eines Flugzeugs. Man sieht es kaum, aber es zeichnet einen Kondensstreifen ins Hellblau. Eben noch scharf umrissen, löst er sich nach und nach in Nichts auf.

»Du weißt doch schon alles«, sagt Frie. »Mein Leben ist nicht so spannend wie deins. Ich habe nicht geerbt und gehe deshalb jeden Tag ins Büro. Um acht fange ich an, um fünf hör ich auf, abends gehe ich schlafen oder was trinken oder ins Kino, sonntags mache ich meistens was mit meiner Mutter, und ansonsten warte ich darauf, dass ich anfange, auf meine Rente und das erste Enkelkind zu warten. Was man halt so macht mit fünfzig.«

»Ach, komm.« Wieso redet sie immer so über sich?

»Aber so isses nun mal.«

Er glaubt ihr nicht, dass das alles ist. »Es gibt doch immer irgendwas, was man erst mal nicht erzählt.« Auch Frie weiß noch nicht alles, was es über ihn zu wissen gibt.

»Was denn?«, fragt sie die frischen, zartnadeligen Lärchenzweige hoch über ihnen. »Was muss ich denn noch wissen über dich?«

Später, heute Abend oder morgen, wird er es ihr sagen. Vielleicht auch gar nicht, mal gucken, es kommt drauf an.

»Nun lenk nicht schon wieder von dir ab.«

»Dann frag mich doch.«

»Egal, was?«

»Egal, was.«

Der Himmel sieht inzwischen wieder aus, als wäre er nie von einem Flugzeug versehrt worden. Robert schließt die Augen. Wenn man ins eigene Dunkel spricht, ist es ein bisschen so, als würde man jemand anderem beim Fragen zuhören, man traut sich dann mehr.

»Wann hattest du das letzte Mal was mit einem Mann?«

Frie stößt ihm den Ellbogen in die Seite, so zaghaft, dass er weiß, sie ist nicht sauer. Es ist nur ein Spiel, flirrend wie die Mittagssonne, es lässt ihn alles vergessen, was er vergessen will.

»Das geht dich ja wohl gar nichts an.«

»Du hast gesagt, ich darf alles fragen.«

»Das nehme ich zurück.«

»Na gut. Dann überlege ich mir was anderes.«

Sie bewegt sich, er macht die Augen auf. Sie liegt jetzt auf dem Bauch, das Kinn auf den gekreuzten Armen. Auf einmal ist es bis auf das Rauschen der Autobahn schlagartig still, so als wären die Geräusche des Waldes eine Schallplatte, die an ihr Ende gelangt ist, aber nach zwei Sekunden legt die Natur die Platte von vorn auf.

»Ist schon ein bisschen her«, sagt Frie.

Man sollte keine Fragen stellen, ohne zu wissen, was man mit der Antwort anfängt. Mal wieder klingt alles verkehrt, was ihm dazu einfällt, *Schuljunge reloaded.*

»Nachdem ich mich von Götz getrennt hatte, wollte ich erst mal meine Ruhe«, erzählt Frie den Grashalmen vor ihren Augen. »Schon wieder irgendwem von meiner Kindheit und dem ganzen Rest erzählen und dass ich keinen Rosenkohl mag und idiotischerweise meine Bettwäsche bügele – bitte nicht, habe ich gedacht.«

»Kenne ich.« Robert legt sich auf die Seite, damit er sie betrachten kann. Die Sonnenbrille verleiht ihr etwas Mondänes, sogar in den Wanderklamotten. Sie guckt weiter ins Gras.

»Aber dann habe ich mich irgendwann doch bei Parship angemeldet, gleich für ein ganzes Jahr, und wenn ich schon so viel bezahle, habe ich mir vorgenommen, dann muss ich mich auch richtig reinhängen. Hab ich auch. Ich kann ja sehr diszipliniert sein, wie du weißt.«

»Ja«, sagt Robert, »das weiß ich.«

Er bricht einen neuen langen Halm ab.

Am Ende, erzählt Frie, kannte sie im Umkreis von zweihundert Kilometern alle Singlemänner zwischen fünfundvierzig und sechzig, die größer als eins fünfundsiebzig waren und gern Rad fuhren und lasen. Ab und zu hatte sie ein bisschen Spaß, aber es war keiner dabei, der sie ernsthaft interessierte. »Und dann habe ich aufgegeben und lieber darauf gewartet, dass mich jemand findet. Aber anscheinend sucht keiner mehr nach mir.«

Doch.

Es wäre so billig, das zu sagen, deshalb kitzelt er Frie lieber weiter mit dem Grashalm, diesmal ihren Hals. Sie entreißt ihm den Halm.

»Ich wünschte, ich würde mich trauen, abends loszugehen und mir einen zu schnappen, den ich mit nach Hause nehmen kann, aber so bin ich nicht. Ich konnte das mal ganz gut, aber ich hab's irgendwie verlernt.«

Sie dreht den Kopf zu ihm, ihr Blick sagt das Gleiche wie gestern Abend: *Es reicht vollkommen aus, wenn du mich anguckst.* Was sollte er auch sonst tun? Würde er sie jetzt küssen, sähe es so aus, als würde er glauben, sie hätte es nötig. Er will sie. Aber nicht, um sie zu trösten.

»Bis zu dir ist mir tatsächlich zu weit«, sagt er, »aber

vielleicht können wir ja zu mir? Aber dann müssen wir mal los, der Bus fährt um Viertel nach vier.«

Da lacht sie, endlich wieder.

Für den sehr steilen Abstieg brauchen sie länger als gedacht, mit jedem Schritt abwärts schmerzt Roberts Knie ein bisschen mehr. Als sie den Oberen Wasserfall erreichen, tut auch das rechte weh. Fängt es da jetzt etwa auch schon an? Vielleicht liegt es daran, dass er untrainiert ist. Der Sommer hat gerade erst begonnen, und in diesem Frühling war er nicht so viel wandern wie sonst.

Er ist heilfroh, als sie Barbian erreichen – gerade noch pünktlich, aber zu spät, um im Lamm Kaffee oder ein Bier zu trinken, so wie er es sich vorgestellt hat. Die Knie sehen normal aus, obwohl sie sich dick anfühlen. Er würde sich gern setzen, aber an der Bushaltestelle warten schon andere Wanderer, auf der Bank ist nur noch ein Platz frei.

»Setz dich doch«, sagt er, dabei wirkt Frie nicht besonders erschöpft.

»Nein, danke.«

Also bleibt auch er stehen. Er lehnt sich gegen eine der Säulen vor dem Eingang der Kirche.

»Alles okay?«

Frie guckt ihn mit diesem besorgten Stirnrunzeln an, vor dem er sich schon immer gefürchtet hat, weil es wirkt, als könnte sie in ihn hineinschauen. Er zwingt sich zu lächeln.

»Ja, ja, ich bin nur ein bisschen müde.«

»Ich auch. Das war ganz schön viel Sonne auf dem Kopf für den ersten Tag. Aber du müsstest das eigentlich gewohnt sein, oder wirst du doch allmählich alt?«

Im Bus sitzt Frie am Fenster und schaut raus. Robert sitzt am Gang und horcht in sich hinein. Die Knie haben sich im Sitzen sofort beruhigt, aber er ist erschöpfter als sonst nach dieser Strecke, und seine Hände fühlen sich auch komisch an, kann aber genauso gut die Hitze sein. Er macht sie auf und zu und dehnt die Finger.

Mein Gott, wie so ein Tattergreis.

Er zwingt sich, die Hände ruhig zu halten.

»Robert?« Frie sieht aus wie ein kleines Mädchen mit einer tollen Idee. »Wollen wir gleich noch ins Freibad?«

»Ins Freibad?«

»Ja, ich habe eins von der Seilbahn aus gesehen, das sah traumhaft aus, es wäre bestimmt herrlich, da jetzt reinzuspringen.«

»Aber wir haben doch gar keine Badesachen mit. Und erst zu mir und dann noch mal nach Oberbozen lohnt nicht, glaube ich. Das Freibad macht um sieben zu.«

»Gibt's nicht irgendwo einen Laden? Ich muss sowieso einen Badeanzug besorgen, ich habe keinen eingepackt.«

Er konnte noch nie gut Nein sagen, wenn sie unbedingt etwas wollte. Eigentlich, denkt er, hat er das nur ein einziges Mal geschafft, und rückblickend war das ein Fehler, wahrscheinlich, vielleicht, er wird es niemals wissen.

Bei Gamper gibt es vermutlich auch Badesachen.

Das letzte Mal ist er im April hier gewesen.

Robert parkt auf demselben Parkplatz, auf dem er damals geparkt hat – als er noch dachte, er wäre ein kerngesunder Mann in seinen letzten besten Jahren. Sie gehen denselben Weg, den er gegangen ist – damals nicht zu Gamper, sondern ein Stück weiter zu der Hausärztin, bei der er bis dahin erst ein einziges Mal gewesen war, als er für Salzburg einen negativen PCR-Test brauchte. Diesmal hatte er wegen seiner linken Hand einen Termin in der Praxis gemacht. Sie schmerzte seit ein paar Tagen, ein brennendes Ziehen unterhalb des Daumens, er machte sich Sorgen, das Jazzfest Bonn absagen zu müssen. Eine beginnende Sehnenscheidenentzündung, diagnostizierte die Ärztin und verschrieb ihm Schonung und Ibuprofen.

Robert bleibt stehen, weil Frie stehen geblieben ist, vor der *Macelleria*, an deren Tür ein Schild verkündet: *MONTAGNACHMITTAG GESCHLOSSEN – LUNEDÌ POMERIGGIO CHIUSO.* Durchs Schaufenster begutachten sie Speckseiten, Wurstwaren und Fleischstücke.

»Schade, dass die zuhaben. Brauchen wir noch was zum Abendessen?«

»Eigentlich nicht.« *Auf jeden Fall ist es gut, weniger Fleisch und Wurst zu essen*, steht im Internet. Er hat alles gelesen, was er dazu gefunden hat. *Klinische Tests zeigen: 800 Gramm Fisch pro Woche können zu leichten Verbesserungen führen.* »Ich dachte, wir gehen essen, ansonsten habe ich noch Salat und Lachs.«

»Auch gut.«

Frie läuft weiter. Ihre Beine und Arme haben Farbe bekommen. Robert geht hinter ihr, er spürt seine Knie jetzt wieder, besonders das linke. Er denkt daran, wie er das zweite Mal binnen zehn Tagen im Wartezimmer der Hausärztin saß, weil die Hand trotz Schiene nicht besser, sondern schlimmer geworden war, und überlegte, wen er notfalls für Bonn als Ersatzmann organisieren könnte. Unter den anderen Wartenden war eine Mutter mit ihrem fast erwachsenen Sohn, der höchstens halbe Sätze sprach.

»Wie spät?«

»Gib mal.«

»Eigentlich nicht.«

Wer von den beiden wohl der Patient war? Vermutlich der Sohn. Aber ließen sich Siebzehn-, höchstens Neunzehnjährige noch von ihrer Mutter zum Arzt begleiten? Als er so alt gewesen war, hatte Mama ihn an derlei Termine höchstens erinnert, hingehen musste er immer ohne sie. Oder war es die Mutter, die den Beistand ihres Sohnes brauchte?

»Herr Haase?« Die Sprechstundenhilfe führte ihn in ein Untersuchungszimmer. »A Momentl bitte, die Frau Doktor kimp glei.«

Die Hausärztin untersuchte die Hand erneut und schaute sich dann auch noch seine rechte an. Die Fragen, die sie ihm stellte, beantwortete er mit dem mulmigen Gefühl, sagen zu müssen, was gegen ihn verwendet werden könnte. Die Ärztin rollte auf ihrem Stuhl zum Computer, tippte, rollte zu ihm zurück.

»Eine Sehnenscheidenentzündung kann auch Anzeichen einer rheumatischen Erkrankung sein, das würde ich gern ausschließen.«

»Rheuma? Meine Mutter hatte das.«

Er meinte damit: Das kann nicht sein, das war ihre Krankheit, nicht meine. Sie war mit siebenundsiebzig gestorben, an einem schweren Schlaganfall. Am Ende hatte sie nicht mal mehr die Schnabeltasse halten können.

Plötzlich wünschte Robert sich, jemand wäre bei ihm.

»Umso wichtiger, dass wir uns das genauer anschauen«, sagte die Ärztin. »Es gibt da eine genetische Disposition. Bitte kommen Sie morgen zur Blutabnahme, auf nüchternen Magen.«

Drei Tage später saß er das dritte Mal bei der Hausärztin, wieder fühlte er sich sehr allein. Die Entzündungswerte und der Rheumafaktor waren deutlich erhöht.

»Das ist aber nicht mein Fachgebiet«, sagte die Ärztin. »Das Beste wäre, wenn Sie sich an einen Spezialisten wenden, je früher, desto besser. Falls es tatsächlich Rheuma ist, sollten Sie so schnell wie möglich mit der Behandlung beginnen, das ist günstiger für den Verlauf. Brauchen Sie eine Empfehlung?«

»Nein, danke«, entgegnete Robert. »Ich weiß schon, wo ich hingehe.«

Frie und er sind jetzt bei *Gamper Outdoor and Sports* angekommen. »Badeanzug kaufen, mein größter Albtraum«, seufzt sie. »Blumensucht, Kerzenliebe und abgrundtiefer Badeanzugeinkaufhass, alles die gleiche Soße, Emma hat völlig recht.«

Robert versteht nicht, was Emma damit zu tun hat.

»Aber was sein muss, muss sein.«

Frie drückt die Ladentür auf, es bimmelt. Sie steuert eine Verkäuferin an und lässt sich die richtige Ecke zeigen. Es ist eine sehr kleine Ecke, Robert braucht nur eine Minute, um sich für eine Badeshorts in einer Art männlichem Rosa zu entscheiden, es ist die einzige in seiner Größe und ohne lustiges Delfinmuster. Frie braucht länger, obwohl die Auswahl auch für sie nicht groß ist. Sie angelt nur Dunkelblau und Schwarz von der Stange.

»Wieso nicht den hier?«, fragt Robert.

»Passe ich nicht rein.«

»Und der?«

»Das Muster macht dick.«

»Und der Bikini?«

Der Vorschlag ist ihr nicht mal eine Antwort wert, nur eine entsetzte Grimasse.

Diese Meise hat sie also immer noch.

Die Verkäuferin lächelt Robert zu, mitfühlend und irgendwie anerkennend, er kann sich denken, was sie denkt: *Was für ein nettes Paar, was für ein sympathischer Mann, der die Frau so geduldig berät!* Aber wie lange wird er noch Gitarre spielen und wandern können, und was für ein Mann ist er, wenn er das nicht mehr kann? Vermutlich nicht der, den Frie meint, wenn sie ihn für die Spanne eines Atemzugs so ansieht, dass er nie wieder woanders hinschauen will. Sie verschwindet mit zwei Badeanzügen in der Umkleidekabine. Robert setzt sich auf den Stuhl zwischen den Outdoorklamotten.

Eigentlich wollte er etwas essen gehen nach dem Termin bei der Hausärztin, stattdessen ist er Richtung Parkplatz gegangen, in ihm eine umfassende, taube Leere, so als wären Denken und Fühlen gleichzeitig abgestorben. Neben der *Chiesa di Sant'Antonio* steht unter einer Trauerweide ein Trinkwasserbrunnen, daneben eine Bank, auf der er ebenso ferngesteuert Platz nahm, wie seine Beine eben noch gelaufen waren. Er googelte die Nummer der Fachärztin, bei der seine Mutter in Hamburg in Behandlung gewesen war. *Dr. Anneliese Wurst-Wichmann* – ein Name, den man sich merkt.

»Wir haben aber erst im September wieder Termine.«

»Ich bin privat versichert.«

Bis dahin war es ihm immer peinlich gewesen, das zu sagen, diesmal zog er den Satz so skrupellos aus dem Ärmel wie das rettende Ass.

»Ah, gut, dann lassen Sie mich noch mal gucken. Freitag, sechster Mai, acht Uhr dreißig?«

Der Tag vor dem Abitreffen.

Er beschloss, doch hinzugehen, um auch noch einen nicht beschissenen Anlass zu haben für die weite Reise nach Hamburg. Er begann, sich auf das Treffen zu freuen. Auf Frie sowieso, aber auch auf die anderen. Die Vorfreude, der Frühling und dass es seiner Hand schon von ganz allein wieder besser ging, hatten die Angst in Schach gehalten, aber als er vor der Praxis der Rheumatologin stand, fühlte er sich wie ein Angeklagter vor der Urteilsverkündigung.

Frau Dr. Wurst-Wichmann nahm sich Zeit und war bemüht, ihn zu beruhigen. Ja, es sei eine chronische Krankheit, aber jeder Verlauf individuell, falls nötig, gebe es heutzutage hochwirksame Medikamente. Die Medizin habe große Fortschritte gemacht, es sei sehr unwahrscheinlich, dass er so werde leiden müssen wie seine Mutter, man könne damit sehr gut alt werden. Robert verließ die Praxis mit einem Rezept für Methotrexat und Folsäure, mit einem Folgetermin und einer Broschüre für Rheumapatienten. Er ging Kaffee trinken. Er versuchte, sich die guten Nachrichten aufzusagen, aber wie in einem löchrigen Sieb waren in seinem Kopf nur die groben, Furcht einflößenden Begriffe hängen geblieben.

Chronisch! Medikamente! Leiden! Wie Ihre Mutter!

Frie ist immer noch in der Umkleidekabine.

Die Verkäuferin kommt mit einem dunkelblauen Badeanzug in der Hand, hängt ihn zurück auf die Stange, durchsucht die Modelle weiter rechts, wählt einen braun-hellblau geblümten und geht wieder weg. Robert folgt ihr.

»Soll ich mal gucken?«, fragt er durch den Vorhang.

»Spinnst du?«, fragt Frie. »Gib mir noch zwei Minuten.«

Es ist schon kurz nach halb sechs, so allmählich müsste sie sich mal entscheiden.

Robert setzt sich wieder.

Dr. Wurst-Wichmann hat ihm geraten, sich nicht lähmen zu lassen von der Diagnose, es gebe keinen Grund, in Panik zu verfallen. Auch deshalb hielt er es noch auf der Fahrt vom Hotel zur Kaispitze für eine gute Idee, zum Abitreffen zu gehen. Erst als er die anderen von Weitem lachen, schwatzen und feiern sah, war ihm auf einmal jede Lust vergangen – nicht so sehr auf die Leute, aber auf ihre Fragen. *Hey, Robert, Alter, wie geht's? Alles klar bei dir? Was macht die Musik? Was macht die Gesundheit?*

Erst mal eine rauchen, hätte er früher gedacht.

Erst mal hinsetzen und durchatmen.

Und dann war plötzlich Frie hinter ihm aufgetaucht.

Ich dachte, du kommst nicht.

Ich musste sowieso nach Hamburg.

Ein Auftritt?

Nein, was anderes, ist egal.

Keine zwei Minuten, nachdem sie sich das erste Mal seit zwanzig Jahren in die Augen geschaut haben, hat er sie belogen. Oder ihr zumindest die Wahrheit verschwiegen, was ungefähr auf dasselbe hinausläuft. Aber was hätte er auch sagen sollen? *Hallo, Frie, schön, dich zu sehen! Du hast nicht zufällig Lust, mich davor zu retten, mich wie ein alter, kranker Mann zu fühlen?* Am Ende jenes Abends in der Hafenküche hat er es dann doch gesagt, allerdings mit sehr anderen Worten: *Sag mal, hast du nicht Lust, mich in meinem Häuschen zu besuchen?*

Wenigstens hat er nicht gelogen, als er sagte, dass er sie angerufen hätte. Das hatte er sich schon vor Jahren vorgenommen und genauso lang hinausgezögert, fast abergläubisch. *Wenn wir fünfzig sind, vielleicht dann.* Ihr Abschiedssatz damals war wie ein magischer Schwur gewesen, an den man sich exakt zu halten hatte, um nicht vom Schicksal bestraft zu werden.

Frie kommt aus der Umkleide.

»Lass mal, ich zahle«, sagt er, obwohl sie ihre EC-Karte schon in der Hand hält.

»Danke, mein Prinz.« Sie lacht.

Robert nimmt die Tüte, in der ihr Badeanzug und seine Badehose liegen, als gehörten sie zusammen. Es fühlt sich an wie die nächste Unwahrheit, er trägt sie zum Auto.

Und dann hat sie einfach Ja gesagt.

Bis zuletzt konnte er nicht glauben, dass Frie wirklich kommen würde. Aber nun ist sie hier, und er weiß nicht, wann und wie er ihr sagen soll, was er nicht sofort gesagt hat. Er ist ein reicher Mann, ein Feigling, vielleicht bald ein Ex-Gitarrist oder sogar irgendwann ein Krüppel, oder er ist einfach nur ein wehleidiger Jammerlappen. Aber ganz sicher kein Märchenprinz.

»Aber in a Dreiviertl Stund tian mir zua«, warnt die Frau an der Kasse.

»Macht nichts.« Frie legt einen Zwanzigeuroschein auf den Münzteller. »Und danach«, sagt sie zu Robert, »will ich ein Eis.«

Es ist schon ziemlich leer. Zwei Familien sammeln bibbernde Kinder, tropfende Badesachen und verstreutes Spielzeug ein. Eine Gruppe Teenager lungert auf einer Insel aus Badelaken herum, auf der sie füreinander posieren, miteinander tuscheln und einander necken, als wären sie die einzigen Menschen auf Erden. Ansonsten sind nur ein paar ältere Paare da, die sich sonnen oder im Wasser damit beschäftigt sind, den Kopf hochzuhalten, um nicht doch noch nasse Haare zu bekommen.

Robert ist sehr selten im Freibad und zum ersten Mal in dieser Saison. Er geht sonst nur im Hochsommer her, wenn es so heiß ist, dass sein Bedürfnis nach Abkühlung über seinen latenten Widerwillen gegen diesen Ort siegt, und immer nur ganz kurz. Einmal rein ins Wasser, ein paar Bahnen schwimmen, dann wieder raus und nach Hause. Er weiß gar nicht so genau, warum. Vielleicht hat es etwas mit der surrealen Perfektion der Szenerie zu tun. Mit dem kristallklaren Chlorwasser, das auf den türkisenen Grund schattige Kräusel malt, mit der Kulisse aus Dolomiten und Sommerhimmel, die wirkt, als wäre sie am Computer designt. Alles hier strahlt, blitzt und glitzert, ohne dass Platz wäre für auch nur einen Hauch von Vergeblichkeit. Dabei weiß jeder, der mal jung und unsicher war, dass alle Freibäder dieser

Welt auch eine dunkle Seite haben aus Verklemmtheit, Demütigungen und unerfülltem Begehren – genauso wie jeder malerische Strand. Robert jedenfalls erinnert sich noch ganz genau daran, wie er auf seinem alten, kratzigen Handtuch gelegen und sich für seinen weißen, dünnen Körper geschämt und Frie, die Unerreichbare, mit den Augen nachgezeichnet hat, immer in Angst, jemand, *sie*, könnte es bemerken.

Frie gluckst vor Begeisterung.

Sie zieht den schwarzen Badeanzug aus der Tüte, beißt das Preisschild ab und läuft zu dem kleinen Holzhaus, in dem sich die Umkleiden und Duschen befinden. Robert tut es ihr nach. Zwei Minuten später treffen sie vor dem Holzhaus auf sonnenwarmem Beton wieder aufeinander. Sie geben sich Mühe, erwachsene Gesichter zu machen, während sie ihre zusammengeknüllten Wandersachen gegen den Leib pressen wie Schutzschilde und versuchen, sich nicht allzu unverhohlen zu mustern. Es ist das erste Mal, dass sie sich einander nicht ganz, aber fast nackt zeigen. Das letzte Mal, dass sie sich so gesehen haben, ist nicht bloß ewig her – es war in einem anderen Leben, in dem sie andere Körper hatten und das Jungsein für etwas hielten, das ihnen auf Lebenszeit zustand.

Robert zieht den Bauch ein und ist froh, als Frie etwas sagt.

»Wir haben gar kein Handtuch.«

»Stimmt, aber jetzt ist es zu spät.«

Sie gehen zurück zu ihrem Platz. Robert will seine Kleidung halbwegs ordentlich hinlegen, Frie wirft ihre ins Gras.

»Wer als Erstes im Wasser ist!«

Sie rennt in ihrem Sportmädchenbadeanzug zum Becken und springt hinein. Warum hat sie nicht den braun-hellblau Geblümten genommen? Er läuft hinterher, er merkt seine

Knie, aber im kühlen Wasser verschwindet jedes Missempfinden. Auch seine Hände fühlen sich wieder normal an.

»Komm!«, winkt Frie. »Wir schwimmen ein bisschen.«

Sie ist schnell, wahrscheinlich geht sie öfter baden als er, sie lebt ja am Meer. Er strengt sich an, sie zu überholen. Er genießt es, als das klappt, seine Arme und Beine sind immer noch Männerarme und Männerbeine. In dem Moment, in dem auch sie den Beckenrand erreicht, stößt er sich ab und schwimmt ihr erneut weg, sie sofort hinterher. Sie versucht, seinen Fuß zu fassen, und schafft es nicht. Sie macht so verbissen mit, als würden sie einen offiziellen Wettkampf ausfechten, bei dem Aufgeben nicht infrage kommt. Als er genug hat, schwimmt Robert mit wenigen Zügen zum langen Beckenrand, von dem aus man auf die in der Frühabendsonne liegenden Berge schauen kann. Plötzlich ist es ihm unbegreiflich, warum er nicht öfter hierherkommt, es ist ja doch ein Paradies, und da ist sie auch schon an seiner Seite, die Frau. Sie ist außer Atem, die Tropfen auf ihrer Haut und in ihren Wimpern sind kleine Perlen, in denen sich die Abendsonne spiegelt.

»Hey.« Vor zwanzig Jahren hat sie nicht so viel gelächelt. »Ich hab's echt versucht, aber ich habe dich nicht gekriegt.«

»Schade.«

»Ja. Aber ich hatte keine Chance.«

Womöglich ein letztes Mal an diesem Sommertag schubst ein Junge ein Mädchen ins Becken. Es spritzt, das Wasser schwappt über den Rand des Beckens und verschwindet gurgelnd in der Überlaufrinne.

»Ach, Frie«, sagt Robert.

»Ach, Robert«, sagt Frie.

Ihre Schultern sind rund und glatt, ihre Brüste unter dem schwarzen Badeanzugstoff so klein wie eh und je, wegen des kalten Wassers sehen sie nach Sex aus. Er würde ihr gern sagen, dass er heute Nacht von ihnen geträumt hat, stattdessen streichelt er mit den Spitzen seines Zeige- und Mittelfingers die Vertiefung zwischen ihren Schlüsselbeinen. Frie lacht nicht, sie lächelt nicht mal, weder weicht sie zurück, noch erwidert sie seine Berührung. Sie schaut ihn nur an, so viel geschwiegen haben sie noch nie miteinander.

»Das Jugulum«, sagt sie.

»Das hast du dir gemerkt?« Er hat die Hand wieder weggenommen.

»Jugulum, lateinisch, das«, sagt Frie. »Drosselgrube, Kehlgrube, Grube oberhalb des Brustbeins zwischen den Schlüsselbeinen.«

»Alle Achtung.«

»Ich hab's nachgeschlagen damals, gleich am nächsten Morgen, in dem roten Taschenbuchlexikon, das bei uns im Wohnzimmer stand. Weißt du noch? Das hatten damals alle. Ihr doch auch?«

»Stimmt. Ja.«

»Und dann habe ich es in mein Tagebuch geschrieben und auswendig gelernt.«

»Echt? Wie lustig.«

Frie deutet ein unwilliges Kopfschütteln an, ohne ihre Augen aus seinen zu nehmen.

»Sagst du's mir noch mal?«

Er ist versucht, ihr Wasser ins Gesicht zu spritzen, begreift dann aber, dass sie ihn nicht aufzieht. Er gibt sich Mühe, so ernst zu gucken wie sie.

»Du hast das schönste Jugulum, das ich jemals bei einer Frau gesehen habe.«

Sie küsst ihn. Ihre Haut ist kühl, ihr Atem ist warm, ihr Haar riecht nach Chlor. Sie küsst ihn nur auf die Lippen, aber lang genug, damit er versteht.

»Komm, lass uns nach Hause gehen. – Aber vorher will ich noch ein Eis.«

Robert lacht. Darüber, wie gern er es hört, wenn sie *Lass uns nach Hause* sagt statt *zu dir.* Über den doofen Badeanzug, den er ihr so gern ausziehen würde. Darüber, dass sie da ist, als wäre sie nie weg gewesen. Über dieses Leben, das so einsam und klein sein kann und dann wieder so riesengroß und herrlich.

Über Frie, die ein Eis will, bevor sie mit ihm schläft.

»Hat italienisches Eis immer so umständliche Namen?«, fragt sie.

Sie nimmt ein *Cono Quinque Stelle Fresco Limone* und seine Hand, als sie zum Auto gehen. Er muss erst sein *Cono Quinque Stelle Croccantino* aufessen, bevor er seine Hand beim Fahren auf ihr Knie legen kann. Er nimmt die Hand nur weg, wenn er schalten oder eine enge Kurve fahren muss, und legt sie dann sofort zurück. Es fühlt sich an, als wären sie ein lang verheiratetes Paar, dessen Alltagszärtlichkeiten mehr symbolhaft sind als Ausdruck von Verlangen. Sein Verlangen ist groß. Genauso groß und berauschend ist die Vertrautheit zwischen ihnen.

Das eine ohne das andere, das wären nicht wir, denkt Robert.

Frie und ich.

Er hat, bevor er den Motor angelassen hat, wieder Musik angemacht. Er sucht, seit sie da ist, immer nur Musik aus, von der er sicher ist, dass sie ihr gefällt, diesmal *Quiet Is The New Loud*. Das Album war noch ziemlich neu, als sie vor zwei Jahrzehnten kurz zusammen waren, Frie wollte es ständig hören. Kurz vor Oberinn nimmt sie seine Hand von ihrem Bein, legt sie in ihren Schoß, hält sie und träumt sich so friedlich und traurig aus dem Auto in die Landschaft, wie es sich gehört, wenn man Kings Of Convenience hört. Je älter man wird, desto mehr wird Glück zu etwas, das auch immer ein bisschen wehtut.

Robert schließt die Haustür auf.

Er stellt den Rucksack ab und zieht Frie die enge Treppe hoch. Durch das Sprossenfenster fällt die Abendsonne und füllt sein Schlafzimmer mit einem warmen gelben Licht, es zeichnet alles weich. Er umschließt Fries haarfeuchten Nacken mit beiden Händen und küsst sie.

»Zieh dich aus«, bittet er leise.

Frie nestelt an seinem Hemd herum.

»Robert?«, flüstert sie. »Können wir den Vorhang zumachen?«

Selbst mit geschlossenen Vorhängen ist es noch ziemlich hell.

»Weißt du.« Roberts Hand umschließt ihre Wange, mit dem Daumen streichelt er ihre Lippen, »es ist völlig unmöglich, dass du nackt weniger appetitlich aussiehst als in diesem öden Nonnenbadeanzug, den du dir da ausgesucht hast, ich weiß nicht, warum. Morgen fahren wir nach Bozen und kaufen dir einen anderen. Aber selbst in diesem langweiligen Teil wollte ich dich schon die ganze Zeit vögeln.«

»Na gut«, flüstert Frie, sie muss ein bisschen lachen.

Er weiß nicht, was Frie sieht.

Er sieht den Körper einer fünfzigjährigen Frau.

Er kann immer noch sehen, was ihr Körper einmal war und nicht wieder sein wird. Er sieht Verlegenheit darüber, dass es so ist. Er sieht den Bauch, in dem ein Kind gewachsen ist, die Brüste, die es gestillt haben, er sieht Unvollkommenheit und Narben, die sichtbaren und die unsichtbaren. Er sieht die Zeit, die vergangen ist, seit er sie das letzte Mal gesehen hat, er sieht sich selbst in ihr. Er sieht das alles, und dann fühlt und schmeckt und hört er nur noch Frie.

Montag auf Dienstag

Landen

Frie wacht im Dunkeln auf.

Vielleicht weil das Fenster geöffnet und sie nackt ist, sie fröstelt ein klein wenig unter der Sommerdecke. Oder weil sie immer ein paar Tage braucht, um sich an eine fremde Umgebung zu gewöhnen. Und weil sie es nicht mehr gewohnt ist, das Bett mit jemandem zu teilen. Es duftet nach Sex. Unten, zwischen ihren Beinen, spürt sie ein leichtes Jucken. Als sehr junge Frau fand sie das eklig, jetzt mag sie es, das Gefühl des Besudeltseins, diesen Stempel der letzten Nacht. Robert schläft. Sie küsst hauchzart seine Schulter. Sein Körper fühlt sich ein bisschen anders an als früher, weniger fest und weniger glatt. Die Haare auf seiner Brust sind mehr geworden, darunter wölbt sich sein Bauch, darüber ist sie froh; es ist, als teilten sie das gleiche Schicksal. Sein Geruch ist derselbe geblieben. Wenn sie die Augen schließt, ist sofort alles wieder da. Der erste Kuss. Der erste Sex. Die einsame, stille Verzweiflung, mit der sie sich nach diesem Geruch gesehnt hat, nachdem er für immer gegangen war, aber nun ist er hier, mit ihr in einem Bett. Es ist viel zu früh, um Glück zu sein, noch ist es nur ein Wunder. Wie jedes Wunder ist es womöglich eine Illusion.

Was es ist, wird sich erst noch zeigen.

Frie benetzt Roberts Nacken mit der Nässe ihres Mundes, bis er sich umdreht. Sie schlafen miteinander wie in Trance, ihr Wollen hat keinerlei Bedeutung mehr, ihre

Körper folgen nur noch einem Instinkt. Sie spürt, dass es ihr diesmal gelingen könnte, unter ihm zu kommen, mit ihm in ihr drin. Ihre Euphorie darüber und ihre Begierde fließen zu einem reißenden Strom zusammen, der sie unaufhaltsam in die eine, in die richtige Richtung trägt. Als sie über die Klippe stürzt, tut sie das mit einem so lauten Schrei, dass sie beide kurz lachen müssen, bevor auch er kommt.

So eine Alleinlage hat viele Vorteile.

Auch danach reden sie kein Wort. Er liegt auf dem Rücken. Sie legt ihren Kopf an seine Brust.

Als Frie das nächste Mal aufwacht, ist es Tag. Sie steht sehr leise auf und zieht behutsam die Decke über Robert zurecht, so wie sie es früher bei Emma getan hat, wenn sie vor ihrem Kinderbett stand; es ist das Einzige, was man für einen geliebten schlafenden Menschen tun kann, also tut sie es. Dann duscht sie und zieht ihr Schlaf-T-Shirt und die dünne Sommerhose an. Sie geht hinunter in die Küche, macht sich einen Kaffee und nimmt den Becher mit in den Garten, wo sie sich auf den roten Schaukelstuhl setzt und in das mit jeder Minute mehr werdende Licht schaut, voller Vorfreude auf den vor ihr liegenden Tag. Der Schaukelstuhl ist viel bequemer, als er aussieht. Sie findet ihn so schön, dass sie gestern kurz überlegt hat, sich auch so einen zu kaufen, falls er denn überhaupt auf ihren Balkon passt. Aber diese Idee hat sich in dem Augenblick erledigt, als sie den Schaukelstuhl gegoogelt hat. Er ist viel zu teuer für sie. Der Gartentisch, das hat sie auf der Seite des Herstellers gesehen, war noch viel teurer.

Unglaublich, denkt Frie, ich habe die Nacht mit Robert verbracht.

Die Luft wird schon lau, das Metall des Schaukelstuhls ist noch kühl, der Kaffee ist heiß und schwarz, sie ist allein und denkt das erste Mal ernsthaft darüber nach, was sie eigentlich will.

Was will ich eigentlich von ihm?

Sie legt die Füße auf den Beistelltisch, den Robert auch als Schemel benutzt, und fragt sich, warum sie sich diese Frage nicht schon vorher gestellt hat – bevor sie hierhergefahren ist. Auch wenn es ihr jetzt unglaublich vorkommt: War doch sonnenklar, was passieren würde.

Die Nacht war – Frie findet keine treffende Beschreibung. Alles ist auf fast unwirkliche Weise perfekt, bis auf diese eine Sache, die sie irritiert.

An sich selbst.

Es ist noch nicht sehr spät gewesen, als sie Robert am Tag ihrer Anreise Gute Nacht gesagt hat, erst Viertel vor elf. Sie war nach der langen Bahnfahrt fix und fertig – und nach dem Abendessen aufgekratzt. Sobald sie im Bett lag, beantwortete sie Annekes WhatsApp. *Und? Hast du's schön in den Bergen und mit Robert?*, hatte ihre Freundin geschrieben. *Geht ihr euch schon auf die Nerven, oder versteht ihr euch immer noch so gut?*

Es hätte mehrere mögliche Antworten gegeben.

Ja, es ist sehr schön mit Robert. (Schöner als mit jedem anderen.) Nein, wir gehen uns kein bisschen auf die Nerven. (Wir gucken uns ständig so an, du weißt schon.) Wir verstehen uns besser als je zuvor. (Ich glaube, ich bin schon wieder verliebt. Oder immer noch?) Stattdessen hat sie geschrieben: *Stell dir vor, Robert ist nicht nur reich, er ist jetzt Privatier. Vom Tellerwäscher zum Millionär! Irre, oder?* Die zwei Häkchen unter Fries Antwort wurden umgehend blau. Sie wartete darauf, dass Anneke zu tippen begann, aber die schickte nur ein *Wow*-Emoji, dann rief sie auch schon an.

»Wie jetzt? Erzähl!«

Frie hörte sich selbst reden in diesem ganz bestimmten Tonfall, in dem Freundinnen einander sensationelle Neuigkeiten darbringen.

»Wie viele Häuser hat er? Red mal lauter, ich verstehe dich ja kaum.«

»Geht nicht, nachher hört er mich noch. Aber ist ja auch egal.«

Plötzlich schämte sie sich für ihre Antwort auf Annekes WhatsApp, für ihre Tratschtantenstimme, für ihr verschwörerisches Flüstern. Dafür, dass ihr Geld offensichtlich nicht so egal war, wie sie es von sich selbst erwartet hätte. »Also, was ich dir eigentlich erzählen wollte. Es ist sehr, sehr schön mit ihm, wir reden ganz viel, über alles Mögliche, und er guckt mich ständig so an, ich fürchte, ich bin schon wieder dabei, mich zu verknallen.«

»Und Robert? Meinst du, er auch?«

»Weiß nicht genau. Glaube schon.« Jetzt wieder in normaler Lautstärke.

»Oh mein Gott, wie romantisch!«, gurrte Anneke. »Ich war ja wirklich skeptisch, aber wer weiß, vielleicht feierst du ja bald eine späte Traumhochzeit? Darf ich deine Brautjungfer sein?«

»Nun red nicht so ein bescheuertes Zeug, sonst fange ich an, mir Sorgen zu machen.« Seit Torben sie verlassen hatte und sie ganz allein lebte, weil nach dem Sohn auch die Tochter ausgezogen war, trank Anneke ziemlich viel, jedenfalls viel mehr als früher, Frie hatte immer öfter den Eindruck: auch oder gerade wenn sie abends allein zu Hause war. »Muss ich?«

»Was?«

»Mir Sorgen um dich machen?«

»Nein, nein. Alles okay«, behauptete Anneke. »Aber man

wird ja sonst nur noch zu Beerdigungen eingeladen, eine Hochzeit wäre mal eine schöne Abwechslung, finde ich.«

»Ich war noch nie verheiratet.« Frie sprach wieder leiser. »Wieso sollte ich jetzt damit anfangen?«

»Also, wenn ich einen reichen Mann liebe, und der will mich heiraten, würde ich natürlich sofort Ja sagen. Stell dir das mal vor: Nie wieder Geldsorgen!«

»Wo hast du denn Geldsorgen? Du hast dein Lehrerinnengehalt und kriegst eine super Beamtenpension, wenn es so weit ist.«

Sie selbst würde mit deutlich weniger auskommen müssen.

»Aber bis dahin dauert es noch ewig«, klagte Anneke, »und ich habe schon seit Jahren keine Lust mehr auf die ganzen schlecht erzogenen Gören und ihre verrückten Eltern, das wird echt jedes Jahr schlimmer. Ich fänds herrlich, nicht mehr arbeiten zu müssen und nur noch zu reisen und ständig essen zu gehen und alles zu machen, worauf ich schon immer Lust hatte. Du nicht?«

»Nö«, sagte Frie, etwas zu laut.

»Komm, nun tu doch nicht so.«

»Anneke, wir haben uns noch nicht mal geküsst.« Frie hörte Geräusche, die danach klangen, als würde ihre Freundin eine Flasche aus dem Kühlschrank nehmen, aber sie war sich nicht sicher. »Ich muss jetzt mal schlafen, wir wollen morgen wandern, da muss ich fit sein. Danke, dass du so spät noch Zeit für mich hattest!«

»Halt mich auf dem Laufenden!«, verlangte Anneke.

Frie hatte versucht, beim Einschlafen an Robert zu denken, an seine Blicke, an seine Stimme, daran, was noch alles geschehen würde, aber woran sie vor allem dachte, war, wie ein Leben an seiner Seite wohl aussähe.

Was dann plötzlich alles möglich wäre.

Die Sonne arbeitet sich langsam vor, inzwischen hat sie die Mitte des Hangs erreicht. Wo das Morgenlicht die Wiese berührt, nimmt sie Sommerfarben an, viel Gelb, dazwischen weiße, blaue und rosa Tupfen. Der Tag blüht auf, der Kaffee ist nur noch warm. Frie wiegt sich selbst hin und her auf dem sauteuren Schaukelstuhl. Sie ruft sich die Details der letzten Nacht in Erinnerung und die Klippe, über die er sie heute Morgen gestoßen hat, und spürt ihn sofort wieder in sich. Was will sie, außer: mehr davon? Und was will er? Es ist zu früh, um das zu wissen, aber zumindest eines ist jetzt klar. Dieser Besuch wird mit einem Entweder-Oder enden.

Entweder sie werden ein Paar.

Oder sie werden sich nicht wiedersehen.

Es gibt nichts dazwischen, was sie füreinander sein könnten. Sie haben es oft genug versucht, nur Freunde zu sein, jedes Mal sind sie krachend daran gescheitert. Für eine lose Affäre sind sie sich zu nah. Und *Freundschaft plus* ist ein Konzept, das Frie für Unsinn hält, auch wenn Emma immer so tut, als wäre es was ganz Normales und ein spießiger Boomer, wer das anders sähe.

Plötzlich steht er da, sie hat ihn nicht kommen hören.

»Guten Morgen.« Robert hat eine Jogginghose an und ein T-Shirt, auch er hat einen Kaffee dabei und sieht verschlafen aus.

»Guten Morgen«, sagt Frie.

Er stellt einen der Stühle zu ihr. Sie wartet darauf, dass er sie küsst, aber er küsst sie nur mit den Augen.

»Wie geht es dir?«

»Sehr, sehr gut«, sagt Frie. »Und dir?«

»Auch.«

Er gähnt und trinkt einen Schluck Kaffee. Dann noch einen, während er die freie Hand ein paarmal abwechselnd spreizt und ballt, das macht er öfter, eine Gitarristenmacke? Frie fragt, was sie heute unternehmen wollen und ob sie es wohl noch in die Dolomiten schaffen.

»Wir könnten die Rosengartenumrundung machen«, sagt Robert. »Aber das ist eine längere Tour, da müssten wir längst im Auto sitzen.« Er gähnt noch mal. »Und wir sollten richtig ausgeschlafen sein.«

»Ich weiß nicht, ob ich noch mal richtig ausgeschlafen sein möchte, solange ich hier bin.«

Sie wagt sich vor. Er ignoriert es.

»Ich würde dir gern Bozen zeigen. Wir könnten da abends was essen gehen?«

»Okay.«

»Ich reserviere uns um sieben einen Tisch, dann kriegen wir auf jeden Fall die letzte Gondel, die fährt um Viertel vor elf.«

Der erste Morgen danach – wenn die Grenzen, die bis dahin galten, niedergerissen worden sind und man noch keine neuen ausgehandelt hat – ist immer ziemlich komisch, findet Frie.

»Wollen wir mal was frühstücken?«, fragt Robert.

Er geht irgendwie seltsam.

»Humpelst du?«, erkundigt sich Frie.

»Nee, nur ein bisschen Muskelkater.«

Sie tragen die Kaffeetassen rein, sie trägt ihre, er seine. Erst nachdem sie sie in der Küche abgestellt haben, haben sie die Hände frei, um sie auf das Gesicht des anderen zu legen, auf ihren Rücken, um seinen Nacken. Frie ist ein bisschen erleichtert, als sie sich endlich doch küssen. Sie hat nicht ernsthaft Angst gehabt, dass – warum auch, nach dieser Nacht?

Aber ein bisschen wohl doch. Sie hat es oft genug erlebt, dass alles anders war, als sie gedacht hat. Auch mit ihm.

Auch an sich selbst. Sie schiebt die Hand in die Jogginghose, sein Po ist rund und muskulös, die Haut weich und warm, ihre Finger wandern nach vorn, um ihn endgültig aufzuwecken, aber Robert entwindet sich ihrer Gier, sanft und entschieden.

»Willst du ein Ei?«

Die Scham ergießt sich über sie wie eiskaltes Wasser. Sie hat sich benommen wie ein unersättlicher Teenager, und wie sieht sie bloß aus in diesem labberigen T-Shirt, unausgeschlafen und ungeschminkt im Tageslicht?

Robert holt einen kleinen Kochtopf aus einer Schublade.

Frie verschwindet ins Gäste-WC. Vorhin im Bad hat ihr inneres Strahlen sie blind gemacht, aber nun, wo es erloschen ist, sieht sie die Zeichen des Verfalls überdeutlich im Spiegel. Sie geht nach oben, zieht sich etwas Ordentlicheres an und föhnt sich, aber die Haare sind schon zu trocken, um sie richtig in Form zu bringen, also steckt sie sie hoch, dann schminkt sie sich, mehr und gründlicher als sonst. Als sie in die Küche zurückkommt, ist der Tisch gedeckt, schon wieder hat sie nicht geholfen. Robert muss allmählich denken, sie gehöre zu dieser Sorte Gast, die sich von vorn bis hinten bedienen lässt.

»Kann ich noch irgendwas machen?«, fragt Frie, obwohl es nichts mehr zu tun gibt. Auch die Eier stehen schon auf dem Tisch.

»Wo warst du?« Robert dreht sich um. »Du hast dich fürs Frühstück hübsch gemacht?«

»Na ja.« Genau, mit dreißig ist man hübsch, mit fünfzig muss man sich hübsch machen.

Sie löffeln Joghurt mit frischen Erdbeeren, schmieren Brote und reichen sich gegenseitig das Salz. Sie sagen Sätze, die Frie gestern für Zeichen von Vertraulichkeit gehalten hat, aber heute Morgen wirken sie wie Oberflächlichkeiten.

Als sie den Tisch abräumen, gewährt Robert ihr beiläufige Zärtlichkeiten, einen Kuss auf die Schläfe, ein Lächeln, seine Hand auf ihrem Schulterblatt. Er benimmt sich so, dass Frie sich fragt, ob sie seine Unlust womöglich überinterpretiert hat. Hinter dem Ja, mit dem sie sich diese Frage schließlich beantwortet, lauert die nächste Sorte Scham.

Fuck, wieso bin ich so?

Robert stellt den Geschirrspüler an.

Was ihr Äußeres angeht, ist ihr Selbstbewusstsein ein immer dünner werdendes Eis, anscheinend braucht es nicht mehr viel, um es krachend einbrechen zu lassen. Als Frau müsse man unrealistische Ideale ignorieren und lernen, gnädig mit sich selbst zu sein, das hat sie Emma immer gepredigt, das predigt sie ihr immer noch bei jeder Gelegenheit mit der vermeintlich weisen Gelassenheit einer Fünfzigjährigen. Dabei ist sie in dieser Hinsicht gar nicht das Vorbild, das sie so gern wäre, im Gegenteil.

Wenn Emma mitbekommen würde, wie ich mich hier aufführe.

Robert steckt seine Nase in ihre schlecht sitzende Frisur.

»Was ist?«

»Nichts.«

»Wirklich nicht?«

»Nein. Wann fahren wir denn nachher nach Bozen?«

»Nach der Siesta? So gegen halb vier hier los? Dann sind die Geschäfte wieder offen, und wir haben reichlich Zeit, um durch die Stadt zu laufen und noch irgendwo was zu trinken, bevor wir essen gehen. Wollen wir heute Vormittag noch woandershin?«

»Weiß nicht.« Frie ist plötzlich sehr müde. »Ich glaube, ich lege mich noch mal hin.«

Sie legt sich im Gästezimmer aufs Bett und kann nicht einschlafen. Sie nimmt ihr Handy, um Musik zu hören, so wie sie es früher immer getan hat, wenn sie Liebes- oder irgendeinen anderen Kummer hatte.

Der AirPod wird ihr aus dem Ohr gezogen.

»Darf ich?«, fragt Robert.

»Klar«, sagt Frie.

»Was hörst du da?«

»Eine Playlist, die Emma mit mir geteilt hat.« Frie guckt aufs Handy. »Sunny? Von Biig Piig?« Biig Piig hat fast zweieinhalb Millionen *monatliche Hörer*innen*, aber Frie hat ihren Namen nie gehört und keine Ahnung, wie man ihn ausspricht.

»Scheiße«, sagt Robert, »wir werden echt alt.«

Er legt seinen Arm um ihren Leib, zieht sie an sich und atmet ihr Haar ein, so liegen sie da, und Frie wünscht sich ausnahmsweise nicht, sie könnte die Zeit zurückdrehen. Sie würde sie gern vorspulen. In eine Zukunft, in der entschieden ist, was sie voneinander wollen. Wenn klar wäre, dass es auch diesmal keinen Sinn hat, würde sie sofort abreisen, bevor sie sich wieder richtig verliebt und ihn sich ein drittes Mal mühsam aus dem Herzen reißen muss. Dann würde sie sich nicht länger ausmalen, wie sie immer wieder mit ihm schläft oder neben ihm aufwacht, hier oder bei ihr. Oder in seiner Hamburger Villa oder in schönen Hotels.

Frie wünschte, es wäre anders, weil sie selbst gern anders wäre.

Aber sie denkt Roberts Geld immer mit, wenn sie über ihn nachdenkt. Sie kann es so wenig vergessen, wie sie es ignorieren könnte, wenn er verheiratet oder Bundeskanzler wäre oder schwerkrank.

»Was ist das für ein Restaurant, in das wir nachher gehen?«

»Lass dich überraschen.« Robert zwinkert albern.

»Ich habe aber kein kleines Schwarzes mit. Reicht das lange Kleid? Sonst muss ich absagen.«

»Nein, musst du nicht, das Kleid ist doch schön.«

Robert trägt Jeans, ein weißes Hemd, braune Lederschuhe, er sieht so gut darin aus, dass sie ihm die Sachen am liebsten gleich wieder ausziehen würde.

Sie fahren mit dem Auto nach Oberbozen. Die nächste Gondel, die kommt, spuckt mindestens ein Dutzend Passagiere aus, darunter zwei Hunde mit Maulkorb und einen alten Mann, der von seiner ebenfalls alten, viel rüstigeren Frau im Rollstuhl geschoben wird. Ins Tal hinab scheint kaum jemand zu wollen. Außer Frie und Robert steigt nur ein Paar mit Kleinkind ein, das sich die Fahrt damit vertreibt, seine Trinkflasche aus dem Kinderwagen fallen zu lassen, um mit ausgestrecktem Arm und fordernden Lauten die Rückgabe zu verlangen.

Während die Gondel abwärts fährt, liegt Roberts Hand wieder auf ihrem Bein, diesmal auf ihrem Oberschenkel, ihre Hand liegt auf seiner. Frie findet das beruhigend und seltsam zugleich. Schon den ganzen Tag fühlt sie sich von einer Unsicherheit umgeben, von der sie nicht weiß, ob es ihre oder auch Roberts ist; andererseits benehmen sie sich, als existiere zwischen ihnen etwas Selbstverständliches, aber über all das gesprochen haben sie mit noch keinem Wort.

Ist vielleicht ja auch gar nicht nötig.

Sie könnte ja, denkt Frie, auch einfach genießen, was passiert, ohne sich ständig zu fragen, was es zu bedeuten hat. Neulich erst hat sie sich mit Anneke darüber amüsiert, wie komisch verkopft die junge Generation das Thema Liebe angeht. Für jede Beziehungsphase scheint es heutzutage einen eigenen Beziehungsstatus zu geben, und anscheinend wird jede Statusänderung ausdiskutiert. So war es jedenfalls bei Annekes Sohn und seiner Freundin. Und so ähnlich ist es auch bei Emma und Liem gewesen.

Das Kleinkind hat die Flasche schon wieder fallen lassen, sie rollt vor Roberts Schuhe. Er hebt sie auf und reicht sie dem Vater. *»Grazie«*, sagt der Mann und gibt die Flasche seinem Kind, begleitet von einem Schwall Italienisch, bei dem es sich, Tonfall und Mimik nach zu urteilen, um eine so zärtliche wie absehbar zwecklose Ermahnung handelt.

Kurz nachdem sie ihr Physikstudium begonnen hatte, fing Emma an, ständig von einem Liem zu sprechen. Sie würde zu Liem gehen, um mit ihm zu lernen, sie sei mit Liem auf der Fridays-for-Future-Demo gewesen, sie hätten bei Liem *Phở* gekocht. So ging es wochenlang. Auch ihr erstes Silvester in Kiel feierte Emma: »Mit Liem und ein paar anderen.« Am Neujahrstag rief Frie sie an, Emma reagierte mit einer WhatsApp. *Bin noch bei Liem, melde mich später.* Ob sie jetzt eigentlich zusammen seien, traute Frie sich zu fragen, als Emma zurückrief. »Nein, Mama, sind wir nicht!«, sagte ihre Tochter mit der leicht verächtlichen, leicht mitleidigen Ungeduld der Jugend gegenüber denen, die zu alt sind, um zu kapieren. »Wir sind nur befreundet.« Mitte Februar war Emma erstmals nach Weihnachten wieder zu Hause und verkündete ganz nebenbei, Frie werde Liem demnächst kennenlernen.

»Bei Omas Geburtstag. Ich habe schon gefragt, ob es okay ist, wenn ich ihn mitbringe.«

»Huch, was ist denn jetzt auf einmal los?«, spottete Frie.

»Nichts«, sagte Emma. »Wir haben nur festgestellt, dass wir jetzt beide so weit sind, um uns zu committen. Was ist denn daran so komisch?«

»Weiß auch nicht, entschuldige, meine Süße. Ich kenne das nur nicht so, das war irgendwie anders früher. Nicht so kompliziert.«

»Kompliziert?«, fragte Emma. »Ist doch gut, wenn man ganz offen über so was redet, dann wissen wenigstens beide, woran sie sind.«

Mein Gott, hat Frie damals gedacht, seid ihr jungen Leute spießig.

Jetzt, während sie in der Gondel nach Bozen sitzt, Roberts Hand auf ihrem Oberschenkel spürt und sich trotzdem nach Klarheit sehnt, denkt sie auf einmal, dass sie falschlag mit ihrem Urteil. Emma und Liem haben es ausgehalten, einander Zeit zu lassen, statt voreilig Versprechungen zu machen und ihrer Beziehung sofort einen Namen geben zu müssen. Womöglich wäre es gut, mehr wie Emma zu sein, denkt Frie, cooler und gleichzeitig vernünftiger – und weiß im selben Augenblick, dass ihr das nicht gelingen wird.

»Fantastisch, oder?« Robert zeigt nach draußen.

Hinter dem großflächigen Glas der Gondel wird derselbe Film gezeigt, der sie am Anreisetag so berauscht hat, nur dass er diesmal rückwärts läuft. Längst liegt die einsame Kirchturmspitze hoch oben hinter ihnen, die fernen Gipfel versinken im enger werdenden Horizont. Bozen wird größer und größer. Wenige Sekunden, bevor sie die Talstation erreichen, fährt die Gondel so dicht an einem mehrstöckigen Apartmenthaus vorbei, dass man auf einem Balkon die Zigaretten im vollen Aschenbecher und den Dreck an den Laufschuhen erkennen kann.

»Wie furchtbar.« Frie meint: in diesem Haus zu wohnen.

»Was?«, fragt Robert.

Aber da müssen sie auch schon aussteigen, sodass keine Zeit für Erklärungen bleibt, und als sie aus der Talstation ins Freie treten, weiß Frie schon gar nicht mehr, ob sie nicht eigentlich die ganze Stadt gemeint hat, den Asphalt, den Lärm, all die Leute, die Hitze. Sie würde am liebsten gleich wieder zurückfahren, auf den Berg, in die Zweisamkeit, in

Roberts *Häuschen*, aber er zieht sie schon über die Kreuzung vor der Seilbahnstation in eine Seitenstraße, in der sich die Autos stauen.

Bozen ist dann doch sehr schön.

Sie laufen an immer mehr Cafés, Bars und Restaurants vorbei über einen zentralen Platz, zu einer großen Kirche und durch enge Gassen bis zu den mittelalterlichen Laubengängen, für die die Landeshauptstadt berühmt ist, wie Robert erklärt. Altmodische Läden wechseln sich ab mit Boutiquen und Sportgeschäften. Bozen hat nur knapp zwanzigtausend Einwohner mehr als ihre Heimatstadt, aber anders als dort könnte man sich in dieser oberitalienischen Miniaturmetropole so edel einkleiden wie in der Hamburger City. So, wie viele der Frauen hier aussehen, tun sie das auch. Angesichts der Italienerinnen in sandfarbenen Röcken und ärmellosen Seidenblusen, die mit goldenem Ohrschmuck und zu ihren Sandaletten passenden Shoppern durch die Altstadt flanieren, kommt Frie sich in ihrem langen Sommerkleid mit den flachen Sandalen fast hippiemäßig vor. Wenigstens ihre neue Sonnenbrille kann mithalten. Unter vielen der Rundbögen, die die Laubengänge zur gepflasterten Fußgängerzone hin begrenzen, stehen gläserne Schaukästen, in denen die Einzelhändler ihre Waren ausstellen. Rührschüsseln, Hüte und Strümpfe, Kindertrachten, Eisenwaren, Wanderstiefel. Robert macht vor einem bodentiefen Glaskasten halt, in dem zwei weiße Schaufensterpuppen auf zwei weißen Kuben sitzen. Beide tragen Badeanzüge mit auffälligen Mustern, feminin geschwungenen Ausschnitten und raffinierten Nähten. Die Vitrine gehört zu einem Fachgeschäft, das außer Bademoden auch Dessous und Nachtwäsche führt. Frie betrachtet das Schaufenster mit den Herrensachen.

»Wollen wir da mal rein?«, fragt Robert.

»Brauchst du einen Morgenmantel aus Kaschmir und Seide?«

»Wir wollten dir doch einen anderen Badeanzug kaufen.«

Sie hatte es für einen Scherz gehalten.

»Nicht wir. Du wolltest das.«

»Ja, ich weiß. Ich wollte ihn kaufen.«

Als ginge es ihr darum, wer zahlt.

»Aber ich brauche nicht noch einen Badeanzug.«

Und selbst wenn sie einen wollte: Ganz sicher würde sie nicht in diesem überkandidelten Laden danach suchen, hinter dessen Glastür zwei sich kerzengerade haltende Verkäuferinnen wie grazile, langbeinige Spinnen auf Kunden lauern – und dann auch noch in Roberts Beisein.

»Nein?«, fragt Robert.

»Nein. Ich habe mir doch gestern gerade einen gekauft.« Wobei. »Oder besser gesagt, du hast ihn gekauft.«

»Frie, das ist doch völlig egal, wer ihn gekauft hat. Ich dachte nur – die hatten doch gestern gar keine Auswahl, du hast was Schöneres verdient.«

»Aber der von gestern reicht völlig. Und zu Hause habe ich noch einen, ich brauche wirklich keinen dritten.«

Diese sowieso dämliche Unterhaltung wird immer bescheuerter, denkt Frie, sie ist ein Labyrinth, in dem sie sich zu verlaufen drohen. Wenn sie nicht gleich den Ausgang finden, wird sie schlechte Laune bekommen.

»Na gut.« Robert nimmt ihre Hand. »Aber dann lass mich dir wenigstens ein Eis spendieren.«

»Du musst mich nicht immer einladen.«

»Doch.«

»Nein, das Eis zahle ich.«

Robert führt sie aus der Altstadt über eine breite, einen Fluss querende Brücke um einen belebten Verkehrskreisel herum zu seiner Lieblingseisdiele. Frie nimmt *Pistacchio* und *Cioccolato*, Robert *Amarena* und *Mandorla*. Mit den Eisbechern laufen sie zurück zum Fluss. In der Mitte des Kreisels steht ein Bauwerk, das so ähnlich aussieht wie das Brandenburger Tor, viel kleiner zwar und trotzdem zu monumental für diese nicht sehr große Stadt. Unter irgendeiner Kriegs- oder Siegesgöttin prangt zwischen zwei Männerköpfen mit Soldatenhelmen eine Inschrift. *HIC PATRIAE FINES SISTE SIGNA – HINC CETEROS EXCOLUIMUS LINGUA LEGIBUS ARTIBUS.*

»Was bedeutet das?«, fragt Frie.

»Hier an den Grenzen des Vaterlandes lass uns ein Zeichen setzen. Von hier aus bildeten wir die Übrigen durch Sprache, Gesetze und Künste.«

»Ich dachte, du kannst kein Latein mehr.«

»Na, das ist ja einfach«, sagt Robert. »Außerdem bist du nicht die Erste, die mich fragt, was das heißt. Du brauchst nicht beeindruckt zu sein.«

Frie ist es trotzdem.

»Mit *Wir* ist übrigens Italien gemeint und mit *die Übrigen* die angeblich barbarischen Einheimischen«, fährt Robert fort. »Südtirol gehörte ja bis zum Ersten Weltkrieg zu Österreich. Mussolini hat den Triumphbogen Ende der Zwanziger errichten lassen, die Südtiroler haben sich jahrzehntelang darum gestritten. Es gibt in Bozen noch jede Menge andere faschistische Architektur. Das ist hier beileibe keine reine Idylle.«

»Ist es ja leider nie.«

Am Fluss setzen sie sich unter einem Ahorn auf eine steinerne Bank und reden mit Blick auf das *Monumento alla Vittoria* darüber, dass sie früher im Geschichtsunterricht viel zu wenig aufgepasst haben und welche Lehrer sie mochten und wen sie aus welchen Gründen nicht leiden konnten.

Von da kommen sie auf Anneke, die Grundschullehrerin, zu sprechen und auf ihren Mann, der Schulleiter an einer Gemeinschaftsschule ist. Seine Eröffnung, er werde sich trennen, kam für Anneke wie aus heiterem Himmel.

»Hatte Torben eine andere, oder was war der Grund?«, fragt Robert.

»Angeblich nicht. Ihm wäre einfach nur klar geworden, dass er nicht mehr glücklich mit ihr ist, hat er gesagt.«

»Und das hat sie ihm geglaubt?«

»Was blieb ihr anderes übrig? Und er hat immer noch keine Neue, jedenfalls keine, von der jemand was wüsste.«

»Wie lang waren die zusammen?«

»Über zwanzig Jahre. Dreiundzwanzig oder so. Fast ihr halbes Leben.«

»Krass.« Robert kratzt seinen Eisbecher aus; ihrer ist längst alle. »Das kriegen wir nicht mehr hin, ein halbes Leben mit demselben Menschen, selbst dann nicht, wenn wir gleich heute damit anfangen würden.«

Seine Bemerkung ist das perfekte Stichwort, aber das Thema kann sie nicht allen Ernstes jetzt ansprechen, nachher verschreckt sie ihn noch, so wie sie ihn heute Morgen verschreckt hat, und dann wäre der Tag verdorben, der gerade wieder schön zu werden verspricht.

Mann, hör auf zu denken, denkt Frie, genieß jetzt den verdammten Augenblick!

»Sehr leckeres Eis«, sagt sie.

»Ja, oder?« Robert schaut aufs Handy. »Wollen wir mal so langsam zurück und noch was trinken, bevor wir essen gehen?«

Sie werfen die leeren Eisbecher in einen Mülleimer.

»Warte mal«, sagt Robert.

Er umschließt sie mit seinen Armen. Sie legt ihren Kopf an seine Schulter. Solange die Umarmung dauert, scheint es ganz und gar unnötig, reden zu wollen, aber kaum laufen sie weiter, fragt Frie sich erneut, ob das ihre Zukunft sein könnte: Hand in Hand mit Robert. Ihr Kopf ist ein verschissenes Perpetuum mobile.

In der Spätnachmittagssonne gehen sie zurück in die Altstadt, wieder an den Marktständen vorbei, wo sie getrocknete Steinpilze, Parmesan und Erdbeeren kaufen, Nachschub für morgen. Dann biegen sie ab in eine kleine Straße, wo massenhaft Menschen vor Cafés und Bars sitzen. Robert steuert einen freien Tisch an, sie ordern zwei Pinot Grigio.

»Auf heute.« Robert hebt das Glas.

»Auf uns!« Was, wenn das hier nicht nur ein Urlaub wäre? »Robert?«

Sie will etwas gestehen, auch wenn sie nicht genau weiß, was.

»Gleich. Warte mal kurz.«

Er hat hinter ihrem Rücken jemanden entdeckt.

»Ciao, Roberto!«, ruft eine Männerstimme. *»Come stai?«*

Der Mann zieht einen freien Stuhl herbei, er erinnert Frie entfernt an Marcello Mastroianni, aber vielleicht nur, weil Mastroianni außer Adriano Celentano und Silvio Berlusconi der einzige berühmte Italiener ist, den sie auf Fotos erkennen würde. Er ist ein bisschen älter und wirkt wie das männliche Pendant zu den sandfarbenen Sandaletten-Seidenblusen-Trägerinnen, elegant, weltläufig, selbstbewusst.

Lebt Adriano Celentano eigentlich noch?

»Frie, das ist Mauro, ihm gehört hier eine Kunstgalerie«, sagt Robert. »Mauro, das ist Frie, eine alte Freundin, wir sind schon zusammen zur Schule gegangen, sie ist gerade zu Besuch.«

Die alte Freundin zuckt innerlich zusammen, dabei weiß sie selbst nicht, welche Beschreibung ihr besser gefallen würde. *Das ist meine Ex-Freundin, aber aktuell wieder plus?* Wozu muss er überhaupt sagen, in welchem Verhältnis sie zueinander stehen? Er hätte es ja auch ganz einfach halten können.

Das ist Frie.

Mauro ist leider in Plauderlaune. Er bestellt sich ebenfalls einen Weißwein, zündet eine Zigarette an, lehnt sich zurück und erkundigt sich, ob ihr die Stadt und der Ritten gefallen. Er fragt, was sie schon alles gesehen und gemacht habe: sehr wenig. Er gibt Ratschläge, was sie alles noch sehen und machen müsse: sehr viel. Als er fertig ist mit der Aufzählung seiner Tipps, ist er offenbar auch mit Frie fertig.

Jetzt ist Robert an der Reihe.

»Letzte Woche sind zwei neue Bilder gekommen, *Roberto*, die musst du dir anschauen, *assolutamente*! Komm doch gleich mit, bevor sie dir jemand wegschnappt, für das eine interessiert sich schon jemand, *sai*.«

»Das wird knapp, um sieben haben wir einen Tisch im Laimer.«

»Ah, *perfetto*! Kennst du?«, fragt Mauro Frie. »Das Laimer?«

Sie haben doch eben darüber gesprochen, dass sie heute das erste Mal in Bozen ist.

»Nein, ich bin schon sehr gespannt«, antwortet Frie, aber Mauro redet schon wieder mit Robert.

Der Galerist beschreibt und preist die neuen Bilder, skizziert die Biografie des Künstlers, irgendein Südtiroler Maler, beteuert dessen Bedeutung, er berichtet, auf welchem Weg er an diese Schätze gekommen ist, und legt dar, warum *Roberto* sie lieben wird und welche anderen interessanten Kunstwerke er ihm anbieten könne für den sehr unwahrscheinlichen Fall, dass er sich irrt. Während des Redens zündet er sich eine nach der anderen an. Frie beneidet ihn. Nicht ums Rauchen, aber darum, dass er all die dazugehörigen Handbewegungen machen, dass er nach der Schachtel greifen, eine Zigarette herausziehen und sie anzünden kann.

Der Anfang war beim Rauchen immer das Allerbeste, wie so oft, auch bei anderen Dingen.

Robert nippt am Weißwein und nickt immer wieder.

Genauso gut könnte er eine Dampfwalze abnicken, die ihn gerade unter sich begräbt.

Frie holt das Handy aus der Handtasche und googelt *Adriano Celentano*. Er lebt noch, sie ist ein bisschen erleichtert. Celentano ist Jahrgang 1938, ein Jahr älter als ihr Vater, der dieses Jahr dreiundachtzig geworden wäre. Mauro erinnert sie an ihn, auch wenn er ganz anders aussieht, aber sein Auftreten ist dem ihres Vaters ähnlich – das eines Mannes, der keinerlei Fragen hat und rundum einverstanden ist mit sich und dem Platz, den er in dieser Welt einnimmt.

»Aber wirklich nur ganz kurz«, sagt Robert.

Anscheinend hat sie irgendwas nicht mitbekommen.

»Na, dann komm, Eli wird sich freuen, dich mal wieder zu sehen, *di sicuro*.« Mauro winkt nach der Kellnerin wie ein König nach seinem Leibdiener. *»Faccio io!«*

Robert lächelt Frie eine Entschuldigung zu.

Bis zur Galerie sind es nur wenige Minuten. Diesmal nimmt Robert nicht ihre Hand, er wird vollständig von Mauro in Beschlag genommen. Als die Türglocke läutet, kommt eine Frau aus einem hinteren Raum. Sie ist groß, schlank und nett und begrüßt Robert wie einen lang Vermissten, dann wendet sie sich Frie zu.

»Ich bin Elisa, Mauros Frau. Eigentlich wollte er nur Zigaretten kaufen, *eh sì*, aber ich sehe, ihm ist mal wieder was dazwischengekommen, *come spesso*. Ich hoffe, er hat euch nicht entführt, *eh*?«

»So ähnlich.«

Eigentlich hat Mauro Robert entführt, und sie ist nebenhergelatscht.

»Das tut mir leid, *veramente*.« Elisa tätschelt Fries Arm. »Ja, mein Mann kann ein bisschen überwältigend sein. Er liebt die Kunst – manchmal denke ich, mehr als mich. Nur seine Kinder liebt er noch viel mehr, *senza dubio*.«

Sie spricht mit dieser Art von Frauenstimme, die Frie wahnsinnig macht, weil sie aus nichts als Gleichmut und Nachsicht besteht. Wahrscheinlich hebt die auch alles auf, was er fallen lässt, und zwar lächelnd.

»Kann ich dir was anbieten? Wasser? Einen *Caffè doppio*?«

»Gern einen Kaffee, danke.«

Frie merkt, dass sie Kopfschmerzen bekommt vom zu vielen Denken, von Mauros Ego und Elisas Lächeln. Die Männer sind in einen Nebenraum verschwunden, sie betrachtet die Bilder im vorderen Verkaufsraum. Berge, Dorfansichten, bäuerliche Szenen, zwei Blumenbilder, ein fast abstraktes Porträt, manches gefällt ihr sehr – das meiste aus der Mitte des zwanzigsten Jahrhunderts, schätzt Frie, aber sie versteht nicht viel von Kunst. Elisa kommt mit einem Espresso zurück. Frie will sie gerade nach einer sehr modern wirkenden Winterlandschaft fragen, da taucht Robert auf.

»Hier bist du. Willst du auch mal gucken?«

Frie will nicht zickig wirken.

»Tausendzweihundert«, sagt Mauro, *»ottimo prezzo.«*

Es geht um zwei nicht allzu große Ölbilder, die verschiedene Bergmassive zeigen. Einer der Gipfel kommt Frie bekannt vor, aber sie hat den Namen schon wieder vergessen. Die Bilder würden tatsächlich gut in Roberts *Häuschen* passen.

»Wie findest du sie?«, fragt er.

»Ganz schön«, antwortet Frie und denkt an ihre Waschmaschine und dass sie eine neue bräuchte, die alte schleudert nicht mehr richtig.

»Zweitausend für beide«, sagt Mauro.

Robert überlegt, schließlich schüttelt er den Kopf. »Nein, Mauro, das kann ich nicht so aus dem Stegreif entscheiden, und wir müssen jetzt auch mal los.«

»Mit uns gehst du aber irgendwann auch mal wieder ins Laimer, *vero*?«, lächelt Elisa.

Kurz hat Frie Angst, Robert könnte fragen, ob sie und Mauro nicht mitkommen wollen.

Draußen nimmt er wieder ihre Hand. Die Kopfschmerzen sind nicht schlimmer geworden, es ist bei einem leichten, dumpfen Druck hinter der Stirn geblieben, aber auch der schlägt ihr auf die Stimmung. Dieser Tag hat einen fulminanten Start hingelegt, dann ist er ins Schlingern geraten, hat sich aber zum Glück gefangen, gerade dachte sie, er könnte doch noch richtig gut werden, aber seit Mauros Auftritt ist es, als wären sie kurz vor dem Ziel falsch abgebogen.

»Seid ihr befreundet, Mauro, Elisa und du?«, fragt Frie.

»Nein, nicht so richtig.« Als könnte man auch falsch befreundet sein. »Die sind eher Freunde von guten Freunden, und ich habe ihm mal zwei Bilder abgekauft, der Holzschnitt im Flur und das Stillleben über dem Esstisch, weißt du? Seitdem versucht er jedes Mal, mir noch was anzudrehen, wenn wir uns sehen. Er kann eine ziemliche Nervensäge sein.«

Was sind das für Freunde, die solche Freunde haben?

»Aber eigentlich ist er ein ganz netter Kerl.«

Frie denkt an die gerahmten Poster, Fotos und Kinderbilder, die bei ihr zu Hause hängen. Das eine Blumenbild, das bei Mauro hing, würde sich bestimmt gut machen in ihrem Wohnzimmer.

Das Laimer ist ein altes Grand Hotel mit hellgelber Fassade, weißen Fensterläden und schmiedeeisernen Balkonen. Sie betreten es durch den von Flaggen gekrönten Haupteingang, über den Terrassen links und rechts des Portals sind die dunkelgrünen Markisen herabgelassen. In der Hotellobby steht ein riesiges blutrotes Samtsofa, unter der Decke hängt etwas, das wohl keine Leuchte mehr ist, sondern das, was man eine Lichtinstallation nennt. Der Boden ist aus grünlichem Stein, wobei Frie nicht sagen könnte, ob es Marmor oder Terrazzo ist.

»Als das Laimer neunzehnhundertelf eröffnet wurde, war es eines der angesagtesten Hotels in Europa.« Robert, der Reiseführer. »Und guck mal, das musst du sehen.«

Er zeigt ihr die Bar. Decke und Boden sind aus Holz, auch die Wände sind vertäfelt, Sessel und Sofas aus braunem Leder stehen zwischen Säulen auf dicken Teppichen. In einem großen offenen Kamin brennt kein Feuer, an der halbrunden Jugendstilbar könnten sich F. Scott Fitzgerald und Zelda Sayre sinnlos betrunken und gestritten haben.

»Großartig«, sagt Frie.

Als Schülerin hat sie die Bücher von Fitzgerald geliebt, besonders *Der große Gatsby*, nur *Zärtlich ist die Nacht* hat sie seltsamerweise nie gelesen, das muss sie endlich mal nachholen.

»Im Herbst und Winter finden hier jeden Donnerstag Jazzkonzerte statt«, sagt Robert. »Aber zum Glück haben wir Sommer, da wird das Restaurant nach draußen verlegt, hier entlang.«

Ein Kellner in weißem Hemd mit schwarzer Krawatte und Kellnerschürze führt sie über knirschenden Kies zu ihrem Platz. Sie sitzen auf Korbstühlen unter einem Sonnensegel, vor ihnen weißer Stoff, Silberbesteck, poliertes Glas und ein kleiner Blumenstrauß, um sie herum laue Luft, plaudernde Menschen und ein erstaunlich weitläufiger Park. Gestutzte Buchsbäume, Palmen, englischer Rasen, mächtige Baumkronen und efeubewachsene Stämme, ein ausladender Nadelbaum, von dem Frie vermutet, dass es eine Zeder ist. Es ist nicht so, dass sie noch nie in einem so guten Restaurant war, aber noch nicht sehr oft und nie einfach so – an einem ganz normalen Dienstagabend, ohne jeden Grund. Der Kellner bringt das Mineralwasser, das Robert sofort bestellt hat, und einen Brotkorb. Das Schüttelbrot ist aromatisch und knusprig, aber nicht zu hart, das Krustenbrot außen kross und innen wattig.

»Chapeau«, sagt Frie, »das ist eine wirklich schöne Überraschung. Gibt es einen Anlass?«

»Nein.« Robert schaut von der Weinkarte hoch und sagt nur mit den Augen: *Du bist der Anlass, Frie.*

Das Kribbeln wird prickelnder. Dieser Tag ist eine Achterbahn. Frie ist fast ein bisschen übel, vor Verliebtheit und vor Hunger, sie hat seit dem Frühstück nichts Richtiges gegessen, vielleicht kommt der Kopfschmerz auch daher. Die Speisekarte liest sich, als wäre sie im Schlaraffenland geschrieben worden. Sie zwingt sich, nicht so viel Brot zu essen.

»Wie viele Gänge nimmst du?«, fragt sie.

Ihre Mutter hat mal erzählt, dass es früher in sehr guten Restaurants Damenkarten gab, aber natürlich wüsste sie auch ohne die Zahlen neben den Gerichten, dass der *Gegrillte Hummer auf getrüffeltem Safranrisotto* teurer ist als das *Süppchen vom grünen Spargel mit Jakobsmuschel und einer Haube aus Kerbelschaum.*

»Mindestens drei. Such dir aus, worauf immer du Lust hast, ja?«

Sie hat Lust darauf, endlich mit dem Denken aufzuhören.

»Lieber Rot oder Weiß?«, fragt Robert.

Er hat sie hierhergeführt – jener Mann, der sie seit dreißig Jahren durcheinanderbringt, für den sie tausendzweihundert Kilometer gefahren ist und der eben darüber nachgedacht hat, zweitausend Euro für eine sehr nette Wanddeko auszugeben. Offenbar ist Robert gewillt, aus diesem Abend ein Fest zu machen.

Warum zögert sie noch?

Sie wird jetzt einfach sagen, wonach ihr zumute ist.

»Ehrlich gesagt, ich hätte ja Lust auf Champagner.«

Dienstagabend

Wehtun

An die Tage zwischen Herrn Selks Tod und der Beerdigung kann Robert sich nach all den Jahren kaum noch erinnern. Was er noch weiß: dass er meistens zu Hause war, in seiner WG in Dresden, wo er sich hauptsächlich von Nudeln mit Pesto ernährte und alle *Seinfeld*-Staffeln guckte, die er bei seinem Mitbewohner Bruno im DVD-Regal finden konnte.

Es waren die letzten Tage seines alten Lebens.

Er hatte zwei Menschen an einem Tag verloren. Die Trauer lastete auf ihm wie ein dunkelgrauer, viel zu schwerer Mantel, aber wie viel davon galt Frie und wie viel dem Generalmajor? Durfte Liebeskummer einen verzweifelter machen als der Tod? Und wenn es so war, dass der Abschied von der lebendigen Frie ihn trauriger machte als der vom toten Herrn Selk – und so war es, wie er sich schnell eingestand: Musste er ein schlechtes Gewissen haben?

Worüber er sich keinerlei Gedanken machte, war, ob er sich in Sachen Beerdigung um irgendetwas kümmern, ob er zum Beispiel anbieten müsste, auf der Trauerfeier zu spielen.

Er hätte auch gar nicht gewusst, bei wem er sich melden sollte.

Er hatte Herrn Selk gefunden, er war der Letzte gewesen, der ihm in die Augen geschaut hatte, er hatte den Rettungswagen gerufen und bang sein Sterben verfolgt. Robert fand, dass er genug getan hatte. Und er würde noch sehr viel mehr tun müssen, falls dem Generalmajor das Versprechen nicht entfallen war, das er ihm letzten Winter abgeluchst hatte.

Es sollen keine Wildfremden in meinen Sachen wühlen. Wären Sie so gut, das Haus auszuräumen?

Den Rest mussten andere erledigen, wer auch immer das war.

Irgendwann lag in der Küche ein frankierter Umschlag aus feinem, dickem Papier mit schwarz eingeprägter Umrandung, auf dem in dunkler Tinte handgeschrieben sein Name stand. Bruno musste ihn aus dem Briefkasten geholt haben. Als Traueranschrift war die Adresse eines Hamburger Notariats angegeben, was Robert mit so viel Trostlosigkeit überschwemmte, dass er den Rest des Tages dachte, weinen zu müssen. Es wäre das erste Mal gewesen, seit er vor Fries Haus in Tränen ausgebrochen war, aber das Weinen versickerte auch diesmal auf dem Weg in die Augen und drückte spitz und hart in seiner Brust wie Steinchen im Schuh. Robert notierte den Termin in seinem Kalender, suchte für die Mugge am Vorabend der Trauerfeier einen Ersatzmann und kaufte die Bahnfahrkarte nach Hamburg – und gleich wieder zurück. Er hätte Zeit gehabt, übers Wochenende weiterzufahren in den Norden, aber auch das war ja vorbei.

»Wann kommst du denn mal wieder?«, fragte seine Mutter am Telefon.

»Weiß nicht«, antwortete er.

An die Beerdigung erinnert er sich in allen Einzelheiten.

Als er im Zug saß, überfiel ihn die Sehnsucht nach Frie wie ein hohes Fieber, das ihn mit aller Macht in den Sitz drückte. Fast die ganze Fahrt lang starrte er aus dem Fenster auf die platten, winteröden Riesenfelder Brandenburgs und Mecklenburg-Vorpommerns und hörte Elvis Costello. Seine Oma war gestorben, als er zwölf gewesen war, mehr

Erfahrung hatte er nicht mit dem Tod. Dies war die erste Beerdigung, die er als Erwachsener besuchte, und er fürchtete sich davor, allein hinzugehen. Tobi und Susann, bei denen er übernachtete, waren so taktvoll, ihn nicht auf Frie anzusprechen. Sie begnügten sich damit, ein warmes Abendessen und eine Flasche Wein auf den Tisch zu stellen. Er trank sich gleichgültig und ging früh ins Bett. Am nächsten Morgen war das Wetter genauso trostlos wie am Tag zuvor, zwei Grad, Nieselregen. Diese Stadt konnte einfach keinen Winter, nie schaffte sie es unter null, monatelang trug sie fast nur Grau. Die Trauerfeier fand um elf auf dem Ohlsdorfer Friedhof statt, der noch sehr viel weitläufiger war, als Robert sich hatte vorstellen können. Vom S-Bahnhof bis zur Kapelle 9 brauchte er eine knappe halbe Stunde, aber nur, weil er die letzten Minuten fast rannte. Als er ankam, war es kurz nach elf. Er war verschwitzt, nass geregnet und zu gestresst, um sich zu schämen. Herr Selk hasste Unpünktlichkeit.

Er hatte sie gehasst.

Der Kapellenraum war klein und wirkte trotzdem leer. Robert setzte sich in die letzte Reihe. Vorn standen der Sarg, vier Stelen, auf denen Kerzen brannten, und der Mann, der die Feier abhielt – offenbar ein Trauerredner, er trug keinen Talar, sondern einen Anzug. Über Religiöses hatten sie nie geredet, aber nun, wo er darüber nachdachte, kam es Robert sehr wahrscheinlich vor, dass der Generalmajor nicht viel von Gott gehalten hatte. Der Blumenschmuck war so bescheiden, dass Robert glaubte, Herrn Selk sagen zu hören: *Bloß nicht zu viel Grünzeugs, das kostet nur und vergammelt dann!* Vor dem Sarg lag ein Gesteck mit schwarz-rot-goldener Schleife. Gesicht und Tonfall des Trauerredners trieften vor professioneller Andacht, seine Rede bestand aus Plattitüden. Robert war sich ziemlich sicher, dass Herr Selk ihn hochkant rausgeworfen hätte, wenn er ihn hätte hören können.

Er ertrug es kaum, den Mann anzusehen.

In einer der vorderen Reihen entdeckte er Doktor von Reckwitz und die Zugehfrau, die er zunächst nicht erkannte, so viel älter sah sie aus. Gleich daneben saßen eine billig blondierte Frau, die sich immer wieder schnäuzte, und ein sehr junger Mann in schwarzer Jeans und grauem Anorak – vermutlich Agata und der letzte Nichtsnutz. Der Gärtner fehlte. Ansonsten waren über den Raum verstreut nur noch fünf andere Gäste anwesend. Eine alte Dame mit unbewegter Miene, ein sehr hanseatisch aussehendes Paar im Alter seiner Mutter, ein Mann in Bundeswehruniform und ein älterer Herr mit randloser Brille, Halbglatze und einer ledernen Aktenmappe, der Robert dezent zugenickt hatte, als er verspätet in die Kapelle geschlichen war. Als die Trauerfeier zu Ende war, erschienen die Sargträger. Es war ein kläglicher Trauerzug, der ihnen folgte, vorn der Trauerprofi, hinten Robert und der Herr mit der Aktenmappe.

Im Vorraum der Kapelle, als der Zug kurz stockte, flüsterte er von der Seite: »Manfred Kleinschmied, guten Tag. Sie sind Herr Haase?«

»Ja«, sagte Robert.

»Haben Sie nach der Beisetzung noch ein paar Minuten? Ich muss Sie kurz sprechen.«

Der Herr zog einen Knirps aus seiner Manteltasche, spannte ihn draußen auf und lud Robert wortlos ein, mit unter den Schirm zu kommen. Schulter an Schulter schlichen Sie mit den anderen zum Selk'schen Familiengrab, während Robert sich fragte, was der Mann von ihm wollte. Ihn daran erinnern, dass er die Villa ausräumen sollte? Hoffentlich würden seine Freunde ihm helfen. Eine halbe Stunde später war der Sarg versenkt. Doktor von Reckwitz und die

Zugehfrau begrüßten Robert freundlich, bevor sie gingen, auch der Rest der Trauergemeinde zerstreute sich schnell. Herr Kleinschmied blieb.

»Mein Beileid, Herr Haase.«

»Danke.« Robert ließ sich die Hand schütteln wie einer, der etwas annahm, das ihm nicht zustand. Weder war er ein Angehöriger, noch hatte er während der Trauerfeier geweint, und in diesem Augenblick war er so erleichtert, die Sache hinter sich zu haben, dass es schon fast an gute Laune grenzte.

»Ich bin Manfred Kleinschmied«, sagte Manfred Kleinschmied noch einmal. »Ich bin, oder vielmehr ich war, Friedhelm Selks Notar, und zudem war ich ihm freundschaftlich verbunden. Herr Selk hat mir eine postmortale Vollmacht erteilt, unter anderem hat er mich damit beauftragt, nach seinem Ableben etwas an Sie zu übergeben, möglichst persönlich.«

Es war ein Brief.

Diesmal kannte Robert die Handschrift. Der geschlossene Umschlag flößte ihm Furcht ein, noch viel mehr als die Beerdigung. Der Brief war wie die Hand im Horrorfilm, die sich durch die lockere Erde des frischen Grabs bohrt, um nach den Lebenden zu greifen. Während der Heimfahrt lag er wie ein pochendes Herz in seinem Rucksack. Erst als er spätabends zu Hause war, riss er den Briefumschlag auf, er saß dabei auf dem Bett und rauchte. Als Erstes wurde er davon überrascht, dass er zu heulen begann, noch bevor er den Briefbogen entfaltet hatte.

Hamburg-Harvestehude, den 26. Mai 2002

Mein lieber Robert,
wie Sie wissen, bin ich kein Freund großer Worte.

Robert musste lachen.

Sehen Sie es mir also bitte nach, dass dies ein recht knapper Brief wird, zumindest gemessen an der Bedeutung, die er für Ihre Zukunft hat.

Alt zu werden, ist ein langer, aussichtsloser Kampf. Dabei nicht den Mut zu verlieren, ist ungleich leichter, wenn man nicht ganz allein kämpft. Trotz Ihrer Jugend und manch persönlicher Differenzen sind Sie mir mein treuester Kamerad geworden, dafür möchte ich Ihnen danken. Nicht nur mit Worten, so habe ich nach reiflicher Überlegung beschlossen, sondern mit allem, was ich Ihnen nach meinem Tod werde geben können. Daher habe ich Sie als Alleinerben eingesetzt, davon möchte ich Sie mit diesen Zeilen in Kenntnis setzen. Alle Details werden Sie beizeiten erfahren, sobald das Nachlassgericht tätig geworden ist und die Testamentseröffnung stattfinden kann. Mein Notar, Herr Dr. Kleinschmied, wird Sie bei allem, was im Zusammenhang mit dieser Erbschaft auf Sie zukommt, beraten. Sein Honorar ist mit dem in meinem Testament zu seinen Gunsten vermerkten Vermächtnis bereits abgegolten.

Falls sich, wie von mir befürchtet, ein Ihrer Jugend und Ihrem Charakter gemäßer innerer Protest regt gegen den Wohlstand, den Ihnen aufzubürden ich mir mit meinem Letzten Willen gestatte, ohne Sie um Ihr Einverständnis gebeten zu haben, so lassen Sie sich von Ihrem alten Freund gesagt sein: Robert, mein Lieber, Sie sind ein Hornochse! Tun Sie mir den Gefallen, nehmen Sie, worum Sie nie gebeten haben, und machen Sie sich damit ein gutes Leben, was auch immer das für Sie bedeutet. (Und rauchen Sie maßvoller, sonst haben Sie womöglich nicht allzu lange etwas davon.)

Es grüßt Sie in aufrichtiger Verbundenheit
Ihr Friedhelm A. Selk

Normalerweise ist es das Unglück, das zuschlägt. Bei Robert war es das Glück. Er fühlte sich so benommen, als hätte ihm jemand einen ordentlichen Kinnhaken versetzt. Er verstand nichts, außer dass etwas Ungeheuerliches passiert war oder, genauer, im Begriff war zu passieren. Schon während des Lesens hatte er aufgehört zu weinen, das fiel ihm jetzt auf. Er wischte sich das Gesicht trocken, putzte die Nase und zündete sich noch eine an. Während er rauchte, trat aus dem Nebel in seinem Kopf ein einsamer Satz und drehte sich eine Weile um sich selbst.

Alter, willst du mich verarschen?

»Und dann?«, fragt Frie.

Der Kellner hat gerade den Zwischengang abgeräumt, Champagner und Wasser nachgeschenkt und das Windlicht entzündet. Es wird allmählich dunkel, die Lampions unterm Sonnensegel sind angegangen. Sie will alles ganz genau wissen: Wem hat er davon erzählt? Erst mal niemandem. Warum nicht? Es war so unwirklich, es gab ja bis zur Testamentseröffnung nur diesen Brief. Wie lange hat es gedauert bis dahin? So fünf, sechs Wochen müssen es gewesen sein, vielleicht auch zwei Monate. Und ist er in dieser Zeit nicht fast gestorben vor Aufregung? Nein, eigentlich nicht. Warum nicht? Hm, wahrscheinlich, weil man das Unglaubliche am besten verdrängt, bis es wahr geworden ist. Ist das dann wie im Fernsehen, dass der Notar an einem großen Tisch sitzt und laut vorliest, was man alles kriegt? Nein, man geht ins Nachlassgericht, zu einem Rechtspfleger. Und außer ihm hat niemand was bekommen? Doch, das Testament enthielt auch ein paar Vermächtnisse, unter anderem an Agata und die Zugehfrau. Und die Erbschaftssteuer? Er hat eines der Zinshäuser verkauft, die Herr Selk ihm vererbt hatte, und sie davon bezahlt, so wie es ihm vom Notar geraten worden war – und von dem Aktienpaket, das auch noch zum Vermögen gehörte, Herr Selk hatte an alles gedacht.

»Ist das nicht total seltsam, plötzlich so reich zu sein?«, fragt Frie.

»Allerdings«, sagt Robert. »Aber man gewöhnt sich ziemlich schnell daran.«

»Das glaube ich.« Sie trinkt vom Champagner.

Ihre Neugierde überrascht ihn nicht.

Nach der Vorspeise, als der Kellner das erste Mal nachgeschenkt hat, wollte Frie Genaueres dazu wissen, wie es so ist, sich ein Haus mit vier Studenten zu teilen. So sind sie irgendwie auf dieses Thema gekommen, und nun fragt sie ihn aus. Sie darf das, weil sie Friederika ist, die Entenkönigin mit der Zahnlücke, den Murmelaugen und den Minigrübchen. Sie fragt alles, was seine Freunde bestimmt auch gern gefragt hätten, obwohl er immer nur mit dem Offensichtlichen rausrückte.

Damit, dass er auf einmal Geld hatte.

»Herzlichen Glückwunsch«, hatten sie gesagt. »Das ist ja der Hammer!« Oder auch: »Neid!« Mehr trauten sie sich nicht. Dass etwas anders war, merkte er nur daran, dass manche seiner Freunde nun ein, zwei Sekunden länger als sonst zögerten, wenn sie ausgingen und die Bedienung am Ende des Abends fragte: »Getrennt oder zusammen?« Bei anderen kam es ihm vor, als würden sie öfter als früher betonen, was sie sich alles nicht leisten konnten. Den Dresdner Freunden verschwieg er, dass zu seinem Erbe auch mehrere Immobilien gehörten, und Tobi und Susann erzählte er nur, dass die Selk'sche Stadtvilla von nun an seine war. Tobi wollte wissen, ob er plane, dort einzuziehen. Mal schauen, sagte Robert, für ihn allein sei das Haus viel zu groß, er hätte es erst mal an Studenten der nahe gelegenen Musikhochschule vermietet. »Da hättest du aber auch erst mal uns fragen können«, entfuhr es Susann, dabei hatten sie doch gerade erst die neue Küche für ihre Wohnung gekauft.

Am meisten traf ihn die Reaktion seiner Mutter.

»Grundgütiger, was für ein unerwarteter Segen!«, flüsterte sie. »Aber du hattest doch – du hattest doch kein– Also, ihr hattet doch nicht so was, wie – hattet ihr ein Verhältnis?«

»Mama!? Nein! Er war über achtzig! Was denkst du denn?«

Sie rieb sich beschämt die Hände.

Womöglich dachten andere Ähnliches. Er gewöhnte sich an, das Thema zu meiden oder kleinzureden, was leichter geworden war, nachdem er doch nach Hamburg zurückgezogen war, wo es nicht als anrüchig galt, vermögend zu sein.

Aus Richtung der Freiluftlounge, die sich weiter hinten im Park befindet, hört man leise Amy Winehouse klagen, die Liebe sei ein verlorenes Spiel. Der Hauptgang kommt. Frie isst Fleisch, er isst Fisch. Er mag es, wie andächtig sie kaut. Mit das Beste, was man mit Geld anfangen kann, ist, andere glücklich zu machen. Außerdem tut es gut, so offen über das Geld zu reden wie über jedes andere Thema.

Jetzt gibt es nur noch eine Sache, von der sie nichts weiß.

Heute Morgen vor dem Frühstück, als er sich gleich nach dem Aufstehen mal wieder wie eingerostet fühlte, wie ein sehr alter Mann, hätte er es ihr fast gesagt, aber dann hat er gedacht:

Lieber mal abends.

Abends fallen Geständnisse leichter als tagsüber, vielleicht weil der Mensch wie alle Rudeltiere näher zusammenrückt, wenn es dunkel wird. Frie isst in sehr kleinen Bissen und immer langsamer, so als wäre sie schon satt oder hätte den Appetit verloren. Schließlich legt sie das Besteck nieder und tupft mit der Serviette ihren Mund ab. Ihre Augen sind leicht zusammengezogen, sie sieht aus wie eine angriffslustige Katze. Gleich, ahnt Robert, wird sie die letzte, eine wichtige Frage stellen.

»Und hast du danach – also, als alles klar und geregelt war –, hast du da überlegt, ob du dich doch noch mal bei mir meldest?«

Er ist so überrascht, dass er so ehrlich antwortet wie zuvor. »Nein. Nicht ernsthaft.« *Die effektivste Methode, um eine Liebe zu vergessen.* Er hatte schon Übung darin.

»Und warum nicht?« Frie fragt nicht vorwurfsvoll.

»Na ja, wir hatten uns getrennt, weil wir uns einig gewesen waren, dass das keine Zukunft hat mit uns.« Warum hat er das Gefühl, sich verteidigen zu müssen? »Du warst doch sogar die, die das zuerst ausgesprochen hat, dass unsere Leben nun mal nicht zusammenpassen. Und du hast dich ja auch nicht wieder gemeldet.«

»Ich wusste ja auch nicht, dass bei dir auf einmal alles anders war.«

»Es war nicht alles ganz anders. Ich hatte nur plötzlich Geld.«

»Eben.«

»Was meinst du?« Frie antwortet nicht. »Dass du es dir noch mal anders überlegt hättest, wenn du davon gewusst hättest?«

»Robert, bitte.« Sie spricht sanft. »Nun versteh mich doch nicht absichtlich falsch.«

»Ich verstehe dich nicht absichtlich falsch. Ich verstehe nur nicht, was du mir sagen willst.«

»Okay.« Sie sammelt sich. »Ich war schon vorher in dich verliebt, das weißt du genau. Aber mit Geld ist ja immer alles einfacher, vielleicht hätte es eine Lösung gegeben, also für uns.«

Sie wünscht sich, er würde sie auch ohne Erklärungen verstehen, das sieht er. Es gelingt ihm nicht.

»Was für eine Lösung?«

»Ich meine, vielleicht hättest du weniger Auftritte machen müssen und mehr Zeit gehabt, oder ich hätte nach Hamburg ziehen können, zu dir, und mein Referendariat – also nicht, dass ich das erwartet hätte, aber vielleicht hast du ja mal – schließlich hast du an unserem letzten Abend behauptet, ich wäre die – weißt du noch?«

»Ja, klar weiß ich das noch. Und dann hast du mich geküsst und gesagt: Ich glaube, es ist besser, wenn du jetzt gehst.«

»Entschuldigung, das war eine doofe Frage, vergiss es.«

»Das ist keine doofe Frage, vielleicht ist es ja sogar eine völlig berechtigte.«

Der Kellner. »Darf ich abräumen?«

Sie hat nicht aufgegessen, obwohl die Portionen klein sind und sie keinen Zwischengang hatte. Der Champagner ist leer.

»Möchten die Herrschaften noch etwas trinken?«

»Nein, danke«, sagt Frie. »Nur ein neues Wasser, bitte.«

»Und für mich einen Espresso«, sagt Robert. »Du auch?« Er versucht, so sanft zu klingen wie sie eben.

»Ich habe dich schrecklich vermisst, aber ich habe dich trotzdem nicht angerufen, weil es was gab, das nun mal nicht zu ändern war, auch nicht mit Geld.« Es ist zu spät, um es nicht auszusprechen. »Du hattest Emma.«

»Und?«

»Und du brauchtest jemanden, der richtig für euch beide da ist, hast du gesagt, und das konnte ich absolut nachvollziehen, aber ich war nun mal weiter ständig unterwegs, und plötzlich konnte ich alles machen, worauf ich Lust hatte, und zwar nur noch das. Wir waren doch noch so jung, erst dreißig, und ich war auf einmal völlig frei.«

»Verstehe.«

Versteht sie, was er gerade gesagt hat?

Oder versteht sie den Robert von damals?

Frie rührt sehr gewissenhaft Zucker in ihren Espresso. Sie trinken den Kaffee in winzigen Schlückchen und mit Pausen zwischendurch, so als wollten sie nicht, dass diese Aufgabe erledigt ist und sie sich wieder miteinander beschäftigen müssten.

Das mit Doreen erzählt er ihr lieber nicht.

Doreen war ein paar Wochen nach der Trennung von Frie nach einem Konzert in Leipzig backstage aufgetaucht. Sie arbeitete am Schauspiel und war kurz zuvor verlassen worden, wie sie beim ersten Bier erzählte. Den Rest der Nacht schlugen sie sich zusammen um die Ohren und landeten im Morgengrauen bei Doreen, wo sie eine *Selbsthilfegruppe für gebrochene Herzen* gründeten, wie sie es nannte. Man traf sich alle zwei, drei Wochen oder bei dringendem Bedarf, um den Liebeskummer kleinzuvögeln, ansonsten gab es keine Verpflichtungen. Nie hatten Doreen und er sich besser verstanden als in diesen Monaten, in denen sie nicht mehr voneinander wollten als das, was sie wirklich gut miteinander konnten. Als sie über das Schlimmste hinweg waren, hatten sie einander nicht mehr gebraucht.

Der Kellner serviert den Nachtisch und nimmt die leeren Espressotassen mit.

»Aber jetzt sind wir ja keine dreißig mehr, und wir sind beide frei.« Er legt seine Hand auf ihre.

Frie schweigt, lässt sich streicheln und lächelt schwach.

»Emma ist erwachsen«, sagt Robert. »Jetzt ist doch wieder ganz viel möglich.«

Dass ihr Nicken und Lächeln ironisch gemeint sind, begreift er erst, als sie weiterspricht.

»Du hast recht. Ich kann jetzt von meinen sechs Wochen Jahresurlaub auch mal wieder ein paar Tage ganz spontan nehmen, statt meine Urlaube ein halbes Jahr im Voraus planen zu müssen. Und wenn ich nach neun Stunden aus dem Büro komme, kann ich einfach so was trinken gehen, falls ich nicht zu fertig bin von diesem Job, der mich an den allerbesten Tagen nicht total nervt.«

»Warum suchst du dir nicht was anderes?«

Frie pustet ungehalten und macht sich über ihr Sorbet her wie über einen Feind. Ihre Reaktion ärgert ihn. Warum darf sie ihn alles fragen und er sie nicht?

»Nee, sag doch mal«, sagt Robert.

»Weil ich eine Miete und Emmas Studium bezahlen muss? Weil gut bezahlte Jobs für fünfzigjährige Frauen nicht gerade auf der Straße herumliegen? Weil ich auch nicht einfach sonstwohin ziehen kann? Meine Mutter hat mein Kind mit großgezogen, jetzt bin ich dran, für sie da zu sein. Reicht das?« Kurz wirkt sie abwesend. »Man merkt immer öfter, dass sie allmählich richtig alt wird.« Dann fasst sie sich und kehrt zu ihm zurück. »Wie geht's denn deinem Vater?«

»Keine Ahnung, wir haben schon ewig keinen Kontakt mehr.«

Robert hat ihn sofort enterbt.

Frie hat das Sorbet aufgegessen. Robert kann wieder ihre Hand streicheln, sie lässt es sich gefallen. Es ist Zeit, aufzubrechen, dorthin, wo er sie in den Arm nehmen und den Riss zwischen ihnen wegküssen kann, die letzten zwanzig Jahre. Er gibt dem Kellner seine Bankkarte und legt in bar das Trinkgeld ins Rechnungsmäppchen. Frie sitzt still und mit gefalteten Händen da, den Blick auf ihn und jede seiner Bewegungen geheftet. Im Sitzen schiebt er das Portemonnaie in seine Hosentasche.

»Wollen wir?«

Erst da regt sie sich wieder. Sie nimmt Handtasche und Strickjacke, steht auf, sagt: »Danke sehr.«

Hinter ihrem vordergründig freundlichen Blick schimmert etwas Trotziges, das ihn an die ganz junge Frie erinnert. So ähnlich sah sie aus, wenn sie sich mal wieder *tierisch* aufregte über irgendeinen Missstand, er fand sie dann immer nervig und bewundernswert zugleich. Er schafft es nie, sich so zu ereifern.

Vorhin sind sie durchs Hotel gekommen, aber man kann den Park während der Öffnungszeiten des Restaurants auch durch ein Gartentor verlassen. Robert legt den Arm um Fries Schulter, sie gehen unter Bäumen über den Kies und dann durch die nächtlichen Straßen zur Talstation. Es ist immer noch warm. Von seiner Umarmung gehalten, läuft Frie mit wie ein Kind, dem die Augen zufallen und das darauf vertrauen muss, schon sicher nach Hause gebracht zu werden. Sie erwischen die vorletzte Gondel und sind die Einzigen, die mitfahren. Frie setzt sich ans Fenster. Nachts liegt Bozen im Talkessel wie ein fluoreszierendes Tiefseewesen, das seine leuchtenden Tentakel nach den dunklen Nachbartälern ausstreckt. Keiner sagt etwas.

Für heute gibt es nichts mehr zu sagen.

Es gäbe viel zu viel zu sagen, um das noch heute zu tun.

Er küsst sie, sie lässt sich küssen, sie küssen sich. Küssen ist viel einfacher, als es das Reden eben war. Er küsst sie leidenschaftlicher, bis Küssen nicht mehr genügt, er will mehr Vorfreude, Haut, er will sie laut atmen hören. Er schiebt den Saum des Kleides hoch und die Hand unter den Stoff und die Fingerspitzen in den Beinausschnitt ihres Slips. Sie trägt Spitze, das macht ihn noch geiler.

Sie hält seine Hand fest. »Lass mal, nicht hier.«

Er ist es, der laut atmet.

Na gut, sie haben ja noch die ganze Nacht.

Sie rückt ein winziges Stück ab. Den Rest der Fahrt halten sie Händchen, während er sich ausmalt, was sie tun werden, sobald sich die Haustür hinter ihnen geschlossen hat und nicht mal mehr die Berge und Sterne sie sehen können. Heute Morgen hatte er keine Lust, jetzt hat sie ihn umso stürmischer überfallen. Während er durch die Dunkelheit fährt auf Straßen, deren Kurven und Steigungen er in- und auswendig kennt, zählt er.

Nur noch drei Tage, aber noch vier Nächte.

»Nicht so schnell«, mahnt Frie.

Kaum hat er die Haustür zugezogen, küsst er sie wieder, aber sie küsst anders, so als wäre es nur ihr Mund, der küsst, die Hände machen ein bisschen mit, aber der Rest von Frie tut nur so, als wäre er da.

»Hey«, sagt Robert.

Sie schiebt ihn weg, ohne ihn anzusehen.

»Willst du dich lieber noch mal hinsetzen, ein Glas trinken oder einen Tee?«

Frie schüttelt den Kopf. »Ich habe Kopfschmerzen, das war irgendwie ein anstrengender Tag.«

»Dann lass uns einfach schlafen gehen.«

Wenn sie erst mal im Bett liegen.

»Sei nicht böse, aber ich schlafe heute lieber allein.«

Die Frie, die er ausziehen, anfassen, nehmen kann, hat sich in etwas Vages, Verschwommenes verwandelt. Gleich wird sie endgültig durchscheinend werden und verschwinden, nichts kann sie halten, begreift Robert, auch er nicht.

»Ist es wegen eben?« Er will es wenigstens verstehen. »Das, worüber wir zuletzt geredet haben?«

»Nicht direkt.« Ein mattes Lächeln, ein Gutenachtkuss. »Ich erkläre es dir morgen, ja? Wann wollen wir frühstücken? So wie heute?«

In der Küchenspüle steht benutztes Geschirr vom Tag, zwei Tassen, ein Glas und das Schüsselchen, aus dem Frie Obst gegessen hat. Robert räumt es weg, dann schenkt er sich einen Cognac ein, holt die angebrochene Packung Luckys aus der Schublade und geht raus, in die vom fast vollen Mond versilberte Dunkelheit. Mit vierzig hat er aufgehört zu rauchen und acht Jahre lang keinen einzigen Zug mehr genommen. Inzwischen raucht er wieder ab und zu, aber nur ganz selten, höchstens alle paar Wochen, wenn er mit anderen zusammen und die Atmosphäre besonders intensiv oder ausgelassen ist. Er setzt sich in den Schaukelstuhl und zündet eine an, obwohl er weiß, dass dies keine gute, sondern eine gefährliche Zigarette ist. Ein älterer Kollege, der Kette raucht und es aufgegeben hat, aufhören zu wollen, hat mal gesagt, die Zigaretten seien seine besten Freunde, immer da, wenn er sie brauche, immer hilfreich. Mit Fluppe im Mund würde er sich sofort weniger allein fühlen, oder, auch das könne sein, die Einsamkeit ergebe mehr Sinn, solange man rauche.

Es ist die erste seit zehn Jahren, die Robert raucht, weil er unglücklich ist. Sie ist viel zu schnell abgebrannt. Er widersteht der Versuchung, die nächste anzuzünden, aber ohne Zigarette im nächtlichen Garten zu sitzen, kommt ihm sinnlos vor. Er geht wieder rein und sieht, dass im Flur Fries Handy liegt, auf dem Schränkchen neben den Kleiderhaken. Er nimmt es, um es auf den Küchentisch zu legen, damit sie es morgen früh nicht suchen muss. Das iPhone liegt schwer in seiner Hand, weil es viel mehr ist als ein Telefon, es ist die Tür zu ihrem Inneren. Neunundzwanzig, elf, achtundneunzig, lautet ihr Sperrcode, Emmas Geburtstag.

Gestern beim Wandern lag sein Handy ganz unten im Rucksack, deshalb hat er Frie gebeten, ihres benutzen zu dürfen, als er schnell was nachgucken wollte. Sie tippt öfter mal darauf rum. Bestimmt hat sie sich in den letzten Tagen auch mit Anneke geschrieben oder mit anderen Freundinnen, bestimmt auch über ihn. Aber sein Mund schmeckt nach Zigarette, das ist eklig genug. Er legt das iPhone auf den Tisch, löscht das Licht in Küche und Flur und steigt die Treppe hoch. Als er oben ankommt, fühlt er sich nicht gut, aber ein bisschen besser. Vor der Tür zum Gästezimmer überlegt er, ob er klopfen soll. Vielleicht ist Frie noch wach. Vielleicht ist sie auch einsam. Vielleicht sagt sie wieder Ja, wenn er fragt, ob er sich neben sie legen darf. Er horcht und hört nichts. Er drückt den Lichtschalter neben der Zimmertür, die Türritze am Boden bleibt schwarz.

Robert hat schlecht geschlafen, er fühlt sich wie gerädert.

Frie sieht auch nicht gerade erholt aus, und sie ist sehr still.

Sie sitzen zu dritt am Küchentisch. Sie, er und es.

Sie hat gestern Abend versprochen, *es* ihm zu erklären. Er wartet darauf, schon seit fast einer Stunde. Draußen ist die nächste strahlende Sonne aufgegangen, aber hier am Tisch ist es düster. Frie hat sich schon wieder zurechtgemacht, als wäre das Frühstück ein Geschäftstermin. Noch nie war sie gleichzeitig bei ihm und so weit weg. Es ist schwer auszuhalten, und es ist unerklärlich. Er hat bemerkt, dass sie Mauro und Elisa nicht mochte, aber sie waren ja höchstens zwanzig Minuten in der Galerie. Am ehesten hat es etwas mit Emma zu tun, mit seiner Antwort auf ihre letzte Frage. Aber wenn es das ist, warum hat sie nicht gleich was gesagt? Sie hat so getan, als wäre alles in Ordnung, und dann auf einmal Kopfschmerzen bekommen – eine Ausrede, die einer Verhöhnung gleichkommt.

Es ist noch Kaffee da.

»Möchtest du noch?«, fragt Robert.

»Ja, bitte«, sagt Frie.

Sie will Milch in ihren Kaffee geben, aber das Kännchen ist leer. Robert steht auf, aus der Tüte tröpfelt es nur.

»Tut mir leid, wir haben keine Milch mehr.«

»Macht nichts«, sagt Frie.

»Sind die Kopfschmerzen besser?«

»Ja.« Es wird größer und größer, es füllt schon die ganze Küche aus. »Was machst du da immer mit deinen Fingern?«

Er hat die vom Kaffeebecher warmen Hände ein paarmal auf und zu gemacht und gedehnt, er macht diese Bewegungen wohl häufiger, ohne es zu merken, und jetzt stellt sie ihm die nächste ungenierte Frage, dabei ist eindeutig sie es, die dran ist mit Antworten. Plötzlich hat er Lust, ihr etwas an den Kopf zu werfen, warum nicht die Wahrheit?

»Ich habe jetzt auch Rheuma, wie meine Mutter.«

»Echt?« Frie wirkt nicht schockiert, eher interessiert.

»Meine Hände sind oft morgens ein bisschen steif, deshalb.«

»Und seit wann?«

»Ich weiß es seit April. Das ist der Grund, warum ich doch zum Abitreffen gekommen bin. Ich hatte am Tag davor in Hamburg einen Arzttermin.«

»Wie doof.« Immerhin schaut sie ihn nun an und spricht mit ihm. »Und wie geht es dir?«

»Ich nehme ein Medikament, das hilft.«

»Hat deine Mutter das auch genommen?«

»Nein, das gab's damals noch nicht.«

»Na, das ist doch schon mal gut. Oder wird es trotzdem irgendwann schlimmer?«

»Kann sein.« Er tut hoffnungsloser, als er ist. Sie soll seinetwegen leiden, so wie er es ihretwegen tut. »Und die Nebenwirkungen sind nicht so lustig, einem kann ziemlich übel werden von dem Zeug.«

»Musst du das jeden Tag nehmen?«

»Einmal in der Woche.«

»Das geht ja. Wie gut, dass es inzwischen was dagegen gibt.«

Nach all den Gedanken, die er sich gemacht hat, sollte er sich freuen, dass sie so gelassen damit umgeht, stattdessen ist er gekränkt. An diesem Frühstückstisch zählt nur ihr Kummer. »Die Diagnose hat mir zwischendurch ziemlich die Laune verhagelt. Mit so was fühlt man sich plötzlich so alt.«

»Ja, das kann ich verstehen.« Es ist das, was er hören wollte, aber sie neigt den Kopf ganz leicht zur Seite und hat jetzt wieder die Katzenaugen. »Und ich bin auch so was wie ein Gegenmittel?«

»Wogegen?«

»Gegens Altfühlen?«

»Genau, Frie, du bist mein Gegenmittel«, sagt Robert, eisig, um sie und sich selbst darüber hinwegzutäuschen, dass an ihrer Bemerkung etwas dran ist, wobei. Es stimmt, aber es stimmt auch nicht. Frie ist das wirksamste Gegenmittel gegen alles Ungute in seinem Leben, jedenfalls war sie es bis gestern Abend.

»Mann, Robert.« Sie guckt genervt. »Das war ein Witz.«

»Sehr lustig.« Das hier könnte so was wie ihr allererster richtiger Streit werden, und er fängt sehr schlecht an, aber wo sie schon mal dabei sind, kann er ja gleich weitermachen, dann haben sie es hinter sich. »Frie, ich warte seit einer Stunde darauf, dass du mir endlich sagst, was los ist.«

Sie seufzt, verschränkt die Arme und guckt ihn nachdenklich an.

»Na gut. Es klingt wahrscheinlich komisch, aber–« Sie braucht einen ziemlich langen Anlauf. »Du bist mir irgendwie zu reich.«

Wenn er lacht, ist es vielleicht ein Witz.

»Robert, ich meine es ernst.«

Sein Lachen wird bissig. »Davon hat man aber gestern Abend nicht viel gemerkt.«

»Siehst du, das meine ich. *Frie, such dir aus, was dir gefällt!* Und wenn ich das dann wirklich mache, hältst du es mir hinterher vor.«

Was redet sie da, um Himmels willen?

»Ich werfe dir gar nichts vor, du hast damit angefangen. Du hast dich gerade beschwert, dass ich zu viel Geld habe, und ich sage nur, dass ich diesen Vorwurf ziemlich überraschend finde, nachdem du gestern Champagner bestellt hast.«

»Ich habe doch gesagt, dass es nicht so leicht zu erklären ist.«

»Dann musst du dir halt mehr Mühe geben.«

Sie brauchen eine Pause, bevor es in die nächste Runde geht.

»Also, was hast du gegen mein Geld?«

»Gar nichts«, sagt Frie. »Ich finde dein Geld total geil.«

»Und wo ist dann das Problem?«

»Es macht mich klein, dein vieles Geld. Das ist das Problem.«

Er zwingt sich, »inwiefern?« statt *so ein Quatsch!* zu sagen.

»Als wir gestern nach dem Essen zur Seilbahn gegangen sind, war ich ziemlich mies gelaunt, weil du nicht verstanden hast, warum ich nicht einfach so den Job wechseln kann. Der hat gut reden, habe ich gedacht, der kann tun und lassen, was er will, und jetzt tut er auch noch so, als könnten das alle anderen auch. Und ich war verletzt.« Sie faltet ihre Serviette. »Ich wusste natürlich die ganze Zeit, dass du keine Lust auf Kind und Familie hattest damals, und ich kann das sogar verstehen. Aber es noch mal so deutlich aus deinem Mund zu hören, war hart.« Sie stockt und wird leise. »Es war mein Leben, und du wolltest es nicht.«

Sie hat recht.

Er streckt die Hand über den Tisch nach ihr aus, aber sie kommt ihm nicht entgegen, sondern lehnt sich zurück. »Schon gut, ich wollte nur sagen: Ich war auf dem Heimweg echt nicht in Stimmung, aber darum geht es eigentlich gar nicht.«

»Worum dann?«

»Darum, dass ich trotzdem erst mal so getan habe, als wäre ich. Also, in Stimmung. Ich dachte-«

Sein Handy klingelt. Anne. Er drückt sie weg.

»Entschuldigung.«

Sie entfaltet die Serviette wieder, um sie aufzurollen.

»Ich hatte keine Lust auf dich, aber ich dachte zuerst: Ich muss trotzdem. Robert hat mich so schick und teuer ausgeführt, so hat es sich angefühlt, der ist die ganze Zeit so großzügig, er hat dieses tolle Leben, von dem alle träumen, ich zum Beispiel, und wer weiß, keine Ahnung, vielleicht will er ja, dass ich auch dazugehöre, aber dann sollte ich ihm jetzt lieber nicht mit meiner schlechten Laune auf die Nerven gehen, sondern mitmachen, wenn er so gern möchte.«

Robert ahnt, was sie ihm sagen will.

Er will es nicht hören.

»In der Gondel und dann zuerst auch zu Hause, da hatte ich das Gefühl, ich müsste mit dir schlafen, weil ich dir das quasi schulde nach dem schönen–«

»Frie, was redest du da?«

»Ich spreche nur aus, wie es ist.«

»Was meinst du?«

»Wer das Geld hat, hat die Macht.« Sie spießt ihn mit kalten, schmalen Augen auf.

»Aber ich will doch keine Macht über dich!«

Ich will dich nur lieben.

»Hast du aber, ob du willst oder nicht.«

Der Trotz in Fries Augen ist jetzt unverdünnt, fast triumphierend, so wie es immer war, wenn sie glaubte, irgendeine unbestreitbare Gesetzmäßigkeit entdeckt zu haben, nur dass sie diesmal nicht über *die Gesellschaft* urteilt oder über *die Frauen* und *die Männer*, sondern über ihn.

»Hör mir mal zu, Frie, ich erwarte gar nichts von dir. Ich kann nichts dafür, wenn du dir so was einbildest. Das ist totaler Unsinn.«

»Das ist kein Unsinn, das ist eine Tatsache. Wir sind nicht ebenbürtig, und ich bin die Unterlegene. Ich müsste dir ständig dankbar sein, wenn ich dein schönes Leben mit dir leben würde, das ist demütigend für mich, das kann und will ich nicht.«

Robert hat sich in den letzten drei Tagen ständig vorgestellt, wie einer von ihnen es ausspricht: *Wie wäre es, wenn wir es noch mal miteinander versuchen?* Nun hat Frie es getan, aber mit verschränkten Armen, und sie scheint sich diese Frage schon allein beantwortet zu haben, ohne ihn.

Bevor er dazu gekommen ist, ihr das Wichtigste zu sagen.

»Nein, du müsstest mir doch nicht dankbar sein«, sagt er. »Ich habe nun wirklich genug für uns zwei, mehr als genug, mach damit, was du willst. Du könntest auch weniger arbeiten oder ganz kündigen, und das mit Emmas Studium – mach dir darüber keine Gedanken.«

»Und dann?« Sie schaut ihn an, als wäre er ein begriffsstutziger Idiot. »Gucke ich dir dabei zu, wie du dir Ölschinken und schicke alte Autos kaufst, und lasse mich von dir aushalten und beschenken und einladen, und ab und zu revanchiere ich mich mit zwei Kugeln Eis? Ich wäre total abhängig von dir. Du könntest jederzeit gehen, ich nicht!«

»Nicht, wenn ich bis dahin im Rollstuhl sitze.«

Aber Frie lacht nicht, sie schweigt.

»Was willst du mir denn nun eigentlich ganz genau sagen? Komm schon, sprich es aus!«

Ihre Miene wird noch undurchdringlicher.

Robert wird selten wütend, jetzt wird er es.

Die Wut breitet sich wie glühendes Blitzeis in ihm aus. Er kann nichts tun, also tut er wenigstens das, was getan werden muss, er beginnt, den Tisch abzuräumen. Frie sitzt und guckt, ihr verdammtes Schweigen lässt erst seinen Kiefer zittern, dann seine Hände, dann beginnt alles zu wanken, die Küche, seine Hoffnung, seine Selbstbeherrschung.

»Frie!«, schreit Robert, »du hast echt nicht mehr alle Tassen im Schrank!«

»Schreien hilft auch nicht weiter«, sagt Frie.

»Doch!«, schreit Robert. »Und wie!«

Er wusste nicht, dass er so laut werden kann, aber Frie lässt ihm keine Wahl. Er muss schreien, weil sie nur dasitzt und guckt. Sein unverschämtes, unverdientes Glück ist ihm noch nie sinnvoller vorgekommen als in diesen Tagen, in denen er dachte, er könnte es mit ihr teilen, aber jetzt macht sie einen Fluch daraus. Seit er sechzehn ist, hat er versucht, sie zu bekommen, jetzt dachte er, er hätte sie endlich, aber nun ist sie schon wieder dabei, ihm zu entkommen. Eben hat er den Käse in den Kühlschrank geknallt, er zittert immer noch. Mit zitternder Hand nimmt er das leere Milchkännchen vom Tisch.

»Na, los«, sagt sie. »Wirf ruhig, wenn's dir hilft.«

Sie legt die jetzt wieder gefaltete Serviette auf den Tisch, steht auf und geht aus der Küche.

Er stürzt ihr nach und schreit: »Friederika, hör mir gut zu! Ich bin nicht dein Vater!«

Sie dreht sich auf der Treppe um. »Und ich bin nicht meine Mutter.«

Er geht zurück in die Küche und macht die Black Keys an, das ganz neue Album, aber es ist nicht ruppig genug, also wechselt er zu *El Camino*. Er stellt die Musik so laut, dass sie jeden Schmerz und jeden Gedanken wegfegt, sie ist das Einzige, was ihn ein bisschen beruhigen kann, vielleicht. Als er fertig ist mit Aufräumen, steht Frie in der Tür, hinter ihr ihr Koffer. Er macht die Musik nur leise, nicht aus, ihm doch egal, wenn sie sie scheiße findet.

»Um halb eins fährt der nächste Zug nach München. Kannst du mich zur Seilbahn bringen?«

»Klar«, sagt Robert.

Er wird dieser Frau nie wieder hinterherlaufen.

Selbst wenn das bedeutet, dass er *Lonely Boy* hören muss, bis er taub ist.

Sie fahren und reden kein Wort.

Der Mercedes brummt zum flatterhaften Wind, der durch die offenen Fenster hindurch Fries Haar aufwirbelt. Robert hält mit beiden Händen das Lenkrad, er ist froh, auf die Straße gucken zu müssen. Frie schaut weg, in die Natur oder ins Leere. Das Wetter ist so herrlich wie Sonntag, als er sie in Oberbozen abgeholt hat. Wie Montag, als sie ihrer ersten gemeinsamen Nacht entgegenfuhren. Wie gestern, als sie nach Bozen aufbrachen und er noch hoffte, es gäbe eine zweite, dritte, vierte Nacht und noch mehr, noch viele, noch unzählige. Er hat sich geirrt. Die Welt ringsum ist nicht mehr magisch, sie ist nur noch: ein Haufen schöner Berge an einem sonnigen Junitag. Nur einmal, kurz vor Wolfsgruben, schaut Frie ihn eine Weile an.

Robert tut, als bemerkte er es nicht.

Ihm kommt Christoph in den Sinn, den er seit Jahren nicht mehr gesehen hat. Ihm fällt ein, wie er auf dem Rad sofort zu ihm gefahren war, nachdem er sich von Handball-Swantje getrennt hatte, und wie sein damals bester Freund entschied, das mit Frie und Robert würde nie was werden. *Entweder es knallt sofort, oder es knallt gar nicht.* Er hat das mit neunzehn nicht glauben wollen, mit fünfzig auch nicht, aber Christoph hatte recht. Entweder es klappt gleich oder nie. Damit aus zwei Menschen doch kein Paar wird, braucht es ja nicht viel. Es ist wie bei Puzzleteilen, die auf den ersten Blick zusammengehören, aber sich wegen irgendeiner Winzigkeit doch nicht miteinander verbinden lassen. Nur dass er nicht im Traum darauf gekommen wäre, dass ausgerechnet sein Geld zum Problem werden könnte – und Fries

Stolz oder das, was sie dafür hält. Robert hält es für Starrsinn oder fehlendes Selbstbewusstsein.

Nicht ich mache dich klein, du machst es selbst.

Er ist immer noch wütend. Er will es bleiben.

Sie erreichen Oberbozen. Robert parkt in Höhe des Hotels Holzner im Halteverbot. Frie steigt aus, er holt den Koffer aus dem Kofferraum.

»Na gut.« Als wäre es seine Idee gewesen, dass sie abreist.

Frie sieht gefasst besonders anziehend aus, stellt Robert mit Bedauern fest, wie eine sehr erwachsene Frau, die aus Erfahrung weiß, dass man das Unvermeidliche besser schnell und tapfer hinter sich bringt, weil man den Schmerz sonst nur verlängert.

Auch er ist erwachsen. »Und heute Nacht bleibst du in München?«

»Ja, bei Michael.« Fries Bruder lebt dort mit seiner Familie, er ist ein ziemlich hohes Tier bei Siemens, hat sie erzählt.

»Grüß mal, falls er mich noch kennt.«

»Mache ich.«

»Na dann, gute Reise.«

»Vielleicht sieht man sich irgendwann.«

»Bestimmt«, sagt er. »Wir können ja mal telefonieren.«

»Das machen wir«, sagt Frie. »Und danke, es war trotzdem sehr schön.«

Ihr Dank hat die Unschuld verloren, darum antwortet er nicht. Frie küsst ihn links und rechts. Ihre Augen glänzen noch ein bisschen mehr als sonst, dafür ist *er* ihr dankbar. Der letzte Rest Wut reicht, um ihn davon abzuhalten, sie zur Gondel zu bringen und ihr hinterherzuwinken. Er sieht ihr nach, bis sie in der Seilbahnstation verschwunden ist. Er überlegt, ob er auf dem Heimweg bei Despar halten soll, eigentlich müsste er einkaufen. Aber allein das Nachdenken darüber, was genau er braucht, überfordert ihn heillos. Irgendwas wird sich zu Hause schon zu essen finden.

Robert lässt den Motor an. Die Wut ist verflogen, leider.

Nach ein paar Minuten Fahrt schaltet er das Radio an. Es ist alt, noch mit Reglern und Tasten, aber es funktioniert tadellos. Es ist ihm egal, was läuft. Hauptsache, es ist nicht so still und leer im Auto, aber statt Plastikpop kommt sehr laut die Musik aus den Lautsprechern, die sie vorgestern auf CD gehört haben, als sie vom Freibad nach Hause gefahren sind.

Fries Lieblingsband, in jenem Winter vor zwanzig Jahren.

Robert blickt nach vorn, auf die Straße, aber was er eigentlich sieht, liegt hinter ihm. Er sieht sich mit der gestikulierenden jungen Frie in ihrer kleinen Küche sitzen, sie trinken Bier, sie lacht ihr Zahnlückenlachen, im Hintergrund läuft *Quiet Is The New Loud*, bis er behauptet, ihm würde das Abendessen wieder hochkommen, wenn sie nicht endlich mal was anderes anmacht. Er sieht sich selbst, wie er an einem regnerischen Winternachmittag auf Fries Sofa sitzt, die eine Lehne hat Emma mit bunten Filzstiften verziert. Er spielt *Toxic Girl* auf der Gitarre für sie, Frie tanzt dazu mit Emma an den Händen und singt mit, wie immer trifft sie keinen einzigen Ton, aber sie kennt alle Texte auswendig. In Klobenstein hält Robert am Kreisverkehr und wartet, bis die Straße frei ist, er Gas geben und sich einfädeln kann. An der vierten Ausfahrt muss er raus, aber er verpasst sie, weil er Frie vor sich sieht, wie sie mal wieder so lustig sauer ist, nur weil er es gewagt hat, das Wort *Mädchenmusik* in den Mund zu nehmen, dabei weiß sie doch, dass er die Kings Of Convenience auch sehr mag.

Ohne ihn würde sie sie gar nicht kennen.

In einer guten halben Stunde fährt ihr Zug.

Robert fährt drei Mal im Kreis, ohne nach Oberinn abzufahren, dann biegt er dort ab, wo er gerade hergekommen ist, in Richtung Bozen. Er könnte es gerade so schaffen. Er fährt schnell und konzentriert sich jetzt nur noch auf die Straße – und auf die Uhr. Bis Signat liegt er gut in der Zeit, dann wird der Verkehr von einem Traktor verlangsamt. Die Straße besteht hier, zwischen den Weinbergen oberhalb der Stadt, aus Haarnadelkurven, und vor ihm trödeln noch zwei weitere Wagen dem Traktor hinterher, er kann unmöglich überholen. Er versucht, Frie anzurufen, sie geht nicht ran. Sein Herz klopft. Jetzt, wo er entschieden hat, dass es nicht würdelos, sondern das einzig Wichtige ist, ihr hinterherzulaufen, ist er wieder lebendig, aber als er endlich in den Bahnhof rennt, ist es zwölf Uhr sechsunddreißig. Ihm kommen Reisende mit kleinen und großen Rollkoffern entgegen, der Bahnsteig ist leer.

Zwei Minuten zu spät.

Robert rennt weiter zum nächsten Fahrplanaushang. Von Bozen nach Brixen dauert es ungefähr eine Stunde, der EC braucht nur die Hälfte der Zeit. Er setzt sich auf eine Bank und überlegt, ob er ihr schreiben soll, aber was ist, wenn sie nicht antwortet oder das Falsche? Erst mal wieder nach Hause fahren. Vielleicht sollte er sie heute Abend noch mal anrufen, falls sie sich nicht meldet. Oder wenn sie wieder zu Hause ist. Oder er fährt bald zu ihr und klingelt an ihrer Tür. Aber was soll er dann sagen? Eben auf dem Weg zum Bahnhof hat er nicht darüber nachgedacht. Er war sich sicher, dass ihm schon etwas einfallen würde, wenn sie auf dem Bahnsteig voreinander stehen. Nun kommen ihm Zweifel, ob er jemals die richtigen Worte finden wird, vielleicht gibt es sie gar nicht. Er lässt das Radio aus. Es ist so still und leer in ihm, dass kein ätzender Chartstampf und keine norwegische Mädchenmusik daran etwas ändern können. Zum dritten Mal an diesem Tag fährt Robert in Collalbo in den Verkehrskreisel. Diesmal nimmt er die richtige Ausfahrt, fährt erst am Ansitz Kematen vorbei, zehn Minuten später durch Auna di Sopra und schließlich rechts ab in den Tannenwald.

Manchmal schleicht das Unglück sich auch an.

Und manchmal ist es das Glück, das sich angeschlichen hat, während man nicht zu Hause war. Es wippt langsam im roten Schaukelstuhl unter der uralten Eiche hin und her.

»Ich habe dich angerufen.« Glück macht nicht gerade geistreich.

»Ich weiß.«

»Warum bist du denn nicht rangegangen?«

»Ich wollte dich auch mal richtig überraschen.«

»Ich bin den ganzen Weg zum Bahnhof gefahren, nach Bozen.«

»Und ich bin mit der nächsten Gondel gleich wieder hoch und habe mir da ein Taxi genommen«, sagt Frie und wippt. »Und ich habe Milch gekauft.«

Neben den Murmelaugen, unterhalb der Schläfen, kann man das Auftauchen zweier Minigrübchen erahnen. Aber nur, wenn man sie wirklich gut kennt.

MÄRZ 2023

Bleiben

Robert schreibt irgendwelche dringenden Mails.

Frie liegt mit einem Tee unter einer dicken orangenen Wolldecke auf dem Sofa und liest *Zärtlich ist die Nacht.* Sie kommt irgendwie nicht richtig rein in die Geschichte, aber einen Satz hat sie gefunden, den sie unterstrichen hat. *Es war einer dieser ereignislosen Tage, die im Hier und Jetzt nur als Bindeglied zwischen künftigen und vergangenen Freuden erscheinen, aber im Nachhinein das Glück selbst sind.* Draußen, hinter dem großen Fenster, erinnern Schneeglöckchen und Krokusse daran, dass bald Frühling ist. Das Wetter ist scheußlich, aber ab mittags soll es besser werden.

Roberts zwei Zimmer liegen nach hinten raus im Hochparterre.

Wobei *Zimmer* die falsche Beschreibung ist, findet Frie, der Ausdruck *Räume* trifft es besser. Der sehr große Raum, in dem sie auf dem Sofa liegt und Robert am Schreibtisch vor dem Laptop sitzt, ist sein Wohnzimmer, von dem aus man über eine gemauerte Balkonterrasse in den Garten gelangt. Hier stehen auch seine Bücher, Platten und CDs. Über dem Musikregal hängt ein Poster aus den Sechzigern, das in Schwarz-Weiß für ein Jazzkonzert wirbt. Hinter der großen geschlossenen Flügeltür, in einem kleineren Raum, stehen das Bett, der Kleiderschrank, ein Sessel und die Gitarren. Überall liegt altes Parkett, die hohen Decken tragen Stuck, noch üppiger, als es der in Fries Elternhaus war. Es wurde letzten Herbst weiterverkauft. Fast ein halbes Jahr stand es leer und starrte aus seinen unbewohnten, toten Fensteraugen über den rostigen Zaun, über den Idioten ihre Kaffeebecher auf den Rasen warfen – ein Anblick, den Frie ungleich schmerzhafter fand, als sie den Einzug der neuen Eigentümerfamilie gefunden hatte. Neuerdings steht ein großes Bauschild im Vorgarten. *Hier entstehen bis Januar 2024 drei luxuriöse Altbauwohnungen.*

Der Raum vorn zur Straße hin, mit dem wunderschön verzierten Fenster, sei Herrn Selks Speisezimmer gewesen, in dem aber nie jemand gegessen habe, hat Robert erzählt. Inzwischen ist es der Gemeinschaftsraum dieser eigenwilligen WG. Im Gemeinschaftsraum stehen der Flügel und ein runder Tisch, aber wie immer sitzen alle am liebsten in der Küche. Auch die Küche ist ziemlich groß und mit Jugendstilkacheln gefliest. Wie sämtliche WG-Küchen, die Frie in ihrem Leben gesehen hat, weckt auch diese in ihr das sofortige Bedürfnis, erst mal gründlich zu putzen, aber das hat Robert ihr verboten. Im feudalen Flur hängen und liegen die Jacken und Schuhe aller WG-Bewohner wild durcheinander. Manchmal steht dort, an das Mahagoni der Kassettenwand gelehnt, auch das Achtzigerjahre-Rennrad von Peugeot, das einer von Roberts Untermieterinnen gehört, einer Querflötistin, sie hütet es wie ihren Augapfel. Das Rad ähnelt dem, das Robert ihr geliehen hatte, als sie aus Australien zurückgekehrt und auf Zimmersuche in Hamburg gegangen war.

Wie eine Touristin war sie von Altona über Eimsbüttel nach Winterhude und zurück in die Schanze geradelt und hatte alles fremd und verheißungsvoll gefunden, das Hässliche wie das Schöne. Die Welt war noch da gewesen, um entdeckt zu werden, nicht, um sich darin so bequem wie möglich einzurichten. Den Verlust dieses Lebensgefühls betrauert Frie noch mehr als den von glatter Haut und Kleidergröße achtunddreißig. Es lässt sich mit keiner noch so fernen oder verrückten Reise zurückholen.

Nicht mal mit einer neuen Liebe.

»Auch nicht mit einer aufgewärmten alten?«, hat Robert gefragt.

»Ich fürchte nicht. Dagegen hilft, wenn überhaupt, nur Emma.«

Frie liebt es, wenn Emma erzählt, was sie Aufregendes erlebt, begriffen oder vorhat – mit einer Stimme, in der mal große Begeisterung, mal aufrichtige Empörung, mal gewichtiger Erkenntnisernst mitschwingt. Dank Emma ist es ein bisschen so, als würde Frie all das Schöne und Hässliche, das Emma nach und nach entdeckt, zum zweiten ersten Mal erleben.

»Das ist mit das beste am Kinderhaben«, hat Frie gestern Abend gesagt, als sie im Vienna aßen, in Roberts und nun auch ihrem Lieblingsrestaurant, wo es wie immer herrlich laut und eng gewesen war. »Man hat später jemanden, bei dem man ein bisschen Jungsein schmarotzen kann.«

»Mist«, hat Robert gesagt, »ich habe nur die WG.«

Das Gästeklo neben der Haustür dürfen alle benutzen. Das Duschbad, das ganz früher mal ein Abstellraum war, ist Roberts. Oben, wo die vier Studenten ihre Zimmer haben, gibt es ein zweites, größeres Bad. Aber jedes Mal, wenn er länger nicht da ist, verstopfen danach verdächtig viele lange Haare den Duschabfluss, und dann und wann entdeckt Frie Spritzer an Boden und Wänden, von denen sie nicht wissen möchte, woher sie kommen.

»Ach, Frie, das hätten wir doch genauso gemacht.«

Sie liebt ihn dafür, dass er sie immer wieder daran erinnert.

Auf dem Waschtisch stehen seit ihrem letzten Geburtstag

zwei elektrische Zahnbürsten. Robert hat ihr eine eigene geschenkt. Außerdem die orangene Wolldecke, weil sie sich darüber beschwert hat, in seinem riesigen Wohnzimmer sei es immer zu kühl, und das Buch, das sie gerade liest. Sie hatte ihn gebeten, ihr bloß nichts allzu Teures zu schenken, aber die Decke ist so irre flauschig, dass sie nicht sicher ist, dass er sich daran gehalten hat.

»Sobald man eine Sonicare ProtectiveClean viertausenddreihundert bei einem Mann im Bad stehen hat, ist es was Ernstes«, hat Frie nach dem Auspacken gesagt. »Du musst endlich mit zu meiner Mutter kommen, wenn du das nächste Mal bei mir bist, sie fragt schon immer.«

Mama tätschelte Roberts Bart und duzte ihn wie eh und je. In ihrem kleinen Wohnzimmer stand der Kuchen schon auf dem Couchtisch. Als sie in ihrem Sessel saß, machte sie ihr *Dass ich das noch erleben darf*-Gesicht und verkündete ungefähr zwanzig Jahre zu spät: »Frie, ich wusste ja immer ganz genau, dass er der einzig Richtige für dich ist. Und nächstes Mal kommst du mal wieder zum Essen, Robert, dann mache ich dir Lasagne.«

»Ich liebe deine Mutter«, hat Robert später gesagt.

Frie schenkt sich Tee nach, zieht die Wolldecke hoch und versucht, nicht daran zu denken, wie alt Mutti schon ist. Bis Robert aufgetaucht ist, hat sie fast jeden Sonntag irgendwas mit ihr unternommen, Ausflüge, Kaffeetrinken, ins Kino. Jetzt fährt sie häufig nach Hamburg, meist freitags nach der Arbeit, immer mit mindestens einem Hauch von schlechtem Gewissen – auch Anneke gegenüber, die sie viel seltener sieht als früher. »So war es immer, so wird es immer bleiben«, hat Anneke gesagt. »Der Märchenprinz hebt die Prinzessin aufs Pferd und reitet mit ihr in den Sonnenuntergang, und die anderen winken hinterher. Aber weißt du was? Ich würd es ja genauso machen, und wir bleiben natürlich trotzdem Freundinnen, wir sind ja keine sechzehn mehr.« Anneke trinkt seit ein paar Monaten keinen Alkohol mehr, was Frie offiziell sehr gut findet und heimlich bedauert. An den Wochenenden, die sie ohne Robert verbringt, hat sie Sehnsucht, und an den Wochenenden, an denen sie sich sehen, ist sie sonntagmorgens schon beim Aufwachen melancholisch.

Heute Abend muss sie wieder nach Hause.

Denn morgen muss sie arbeiten.

»Frie?« Robert setzt sich zu ihr aufs Sofa. Er hält ein Bündel Briefe in der Hand, zusammengehalten von einer ausgebleichten und zerfransten blauen Schleife. »Was soll ich denn nur damit machen?«

»Du hast die immer noch?«

»Ich habe es nicht übers Herz gebracht, sie wegzuwerfen.«

Frie streckt die Hand nach dem Bündel aus und löst die Schleife. Alle Umschläge sind noch verschlossen, nur die eine oder andere Lasche beginnt sich zu lösen, weil der Klebstoff nach Jahrzehnten an Kraft verliert. Sie stellt sich einen Mann vor, der in London einen um den anderen Briefumschlag in eine rote *Royal Mail Postbox* wirft, von Mal zu Mal mit weniger Hoffnung, aber vielleicht schreibt man solche Briefe ja vor allem an sich selbst.

»Herr Selk hat behauptet, Patrick hätte ihm nur noch ein paarmal geschrieben«, sagt Robert. »Aber das sind doch ganz schön viele.«

»Hast du nie Lust gehabt, mal einen zu lesen?« Sie versucht, den Poststempel auf dem obersten Umschlag zu entziffern. »Der letzte ist von neunzehnhundertvierundsechzig.«

»Die hat ja noch nicht mal der gelesen, für den sie bestimmt waren. Sollen wir sie verbrennen?«

»Weiß nicht. Wenn Herr Selk das gewollt hätte, hätte er es doch selbst gemacht.«

»Vielleicht hatte er die Briefe vergessen?« Robert beantwortet die Frage selbst. »Kann eigentlich nicht sein, sie lagen ja gleich neben meinen Postkarten.«

Frie denkt nach.

Es klopft.

Die herrschaftliche weiße Altbautür öffnet sich ein wenig, ein junger Kopf schiebt sich durch den Spalt. Jedes Mal, wenn Frie dieses runde Gesicht unter dem kurzen linealgraden und hellblonden Pony sieht, die großen graublauen Augen hinter der sehr großen runden Brille, den fein gezeichneten, klugen, oft ein wenig spöttischen Mund, bricht ihr Herz auf wie ein bunter Knallbonbon, aus dem etwas unendlich Warmes und Weiches in sie hineinfällt.

»Störe ich?«, fragt Emma mit leicht ironischem Lächeln.

»Nein«, sagt Frie. »Komm ruhig rein. Guten Morgen. Wieso bist du denn schon wach?«

Das Parkett knarzt unter Emmas Schritten. Hinter ihr kommt ein zweiter junger Mensch ins Zimmer und sagt Guten Morgen. Frie weiß nicht, wer das ist.

»Toni und ich wollen gleich ins Zeise, einen Dokumentarfilm gucken«, sagt Emma, »über Miriam Makeba.«

»Wer ist das?«, fragt Frie.

»Eine südafrikanische Sängerin, vor ein paar Jahren gestorben, kennst du bestimmt«, sagt Robert.

Er summt eine Melodie, die Frie natürlich kennt.

Jeder kennt sie.

»Und sie war Menschenrechtsaktivistin«, ergänzt Toni. »Sie hat gegen das Apartheitsregime gekämpft.«

»Mama, das ist Toni«, sagt Emma. »Das ist meine Mama, Toni.«

»Hallo, ich bin Frie«, winkt Frie vom Sofa.

»Cooler Name«, findet Toni.

»Und ich bin Robert«, sagt Robert.

»Mamas Freund«, fügt Emma hinzu. »Er kann richtig gut Gitarre spielen.«

Anfangs hat Emma Robert gern *dein Großkapitalist* genannt, aber das sagt sie nur noch selten, seit Robert ihr angeboten hat, sie könne während ihres Praktikums beim DESY in dem Zimmer wohnen, aus dem Ende des Wintersemesters der Posaunist ausgezogen ist. Kurz vor Beginn des Praktikums hat Emma sich von Liem getrennt. Zuerst tat es Frie leid um diesen netten bügelnden Jungen, der schon so was wie ein Familienmitglied geworden war, aber seit Emma wieder Single ist, wirkt sie tatsächlich viel glücklicher als vorher.

Manchmal ist es einfach zu früh für die Liebe.

»Robert hat mal ein Lied für Mama geschrieben, als er so alt war wie wir«, sagt Emma zu Toni, »das ist fast so was wie ein Hit geworden.«

»Na ja, nee, aber nur sehr fast«, sagt Robert. »Und ich war erst neunzehn.«

»Echt? Kann ich mal hören?«, fragt Toni.

»Ach, Emma, lass mal«, sagt Frie, aber die hat ihr Handy schon mit der Anlage verbunden.

She's gorgeous and sharp. She's kind, smart and tough. With her I'm the man I should be. Robert singt leise mit, Frie pult an der Wolldecke herum. Es wäre ihr lieber, das Lied zu hören, ohne dass ihre Tochter sie dabei beobachten kann, aber Emma hat sowieso nur Augen für Toni.

»Schickst du mir das?« Toni hört nicht mehr auf, Emma anzulächeln. »Das ist hammerschön.«

»Ja, oder?« Emma gibt Frie einen zärtlichen Kuss. Sie wird dieses Jahr fünfundzwanzig, sie kann es sich wieder leisten, ihr ihre Liebe zu zeigen. »Tschüss, Mami, schönen

Tag euch und gute Fahrt, falls wir uns nachher nicht mehr sehen. Tschüss, Robert!«

Die Rückfahrt ist niemals eine gute Fahrt.

»Wer war das? Wohnt der hier«, fragt Frie. »Oder die?«

»Nein, noch nie gesehen.« Robert zieht die Augenbrauen hoch und will noch etwas sagen. Frie kennt diesen Gesichtsausdruck.

»Halt, sag am besten einfach gar nichts«, bittet sie.

Heute Abend muss sie wieder nach Hause, sie will nicht vorher mit ihm aneinandergeraten. Er hat kein Kind, das ihm immer wieder abverlangt, Gewohntes wenigstens probehalber mit anderen, jungen Augen zu sehen, das merkt sie ihm manchmal an. Zum Glück hat Robert auch keine Lust auf diese Diskussion.

Er legt seinen Kopf in ihren Schoß, sie streichelt sein Haar.

Vielleicht nimmt sie doch erst den Zug um neun.

»Was soll ich«, fragt Robert, »denn nun mit den Briefen machen?«

Die Sonne ist rausgekommen, Regentropfen glitzern an kahlen Zweigen. Überall stemmt sich die Natur mit kleinen grünen und bunten Spitzen gegen den Winter, der nicht einsehen will, dass er auch diesmal verloren hat, aber sein Ende ist längst beschlossen. Die verblühte Heide lässt sich leicht herausziehen. Die Erde ist vor Nässe schwarz und schwer. Robert buddelt das Loch, legt das Briefbündel hinein und schiebt die ausgehobene Erde zurück, in die Frie die Duftveilchen pflanzt, die sie eben bei einer Friedhofsgärtnerei gekauft haben. Auf dem schlichten grauen Stein, vor dem sie knien und in der Erde wühlen, stehen zahlreiche Namen und Daten. Die Zeilen ganz unten sind etwas dunkler und schärfer umrissen als die darüber, weil sie zuletzt eingraviert wurden. Nun, wo der Regen aufgehört hat, wagen sich nach und nach auch die Vögel vor, um den Frühling anzufeuern.

Robert und Frie klopfen sich die Hände sauber.

»Und sagt man jetzt irgendwas?«, fragt Robert.

»Keine Ahnung«, sagt Frie. »Wie wär's mit Danke?«

Robert lacht leise. »Danke, Herr Selk.«

Wenn er lacht, liebt Frie ihn am allermeisten, aber vielleicht auch nur, weil sie ihn noch nie hat weinen sehen. Sie nimmt seine Hand und lehnt sich an ihn, ihr Aschblond liegt auf seiner Schulter, sein Bart liegt auf ihrem Haar.

»Hast du große Angst vorm Sterben?«, will Fries wissen.

»Klar, wer hat das nicht? Aber noch viel mehr Angst habe ich vor dem, was davor kommt.«

»Ich auch. Zum Beispiel davor, nachher nach Hause fahren zu müssen.«

»Und ich, dass du mich nicht richtig vermisst.«

»Pfff«, macht Frie, das glaubt er ja wohl selbst nicht. »Was soll ich denn sagen? Ich sitze da den ganzen Tag in einer öden Kanzlei, während du in irgendwelchen schummrigen Jazzclubs von jungen Dingern angehimmelt wirst.«

»Die himmeln mich nicht mehr an. Du solltest lieber Angst davor haben, dass ich mit Frau Doktor Wurst-Wichmann durchbrenne.«

Jetzt lacht auch Frie. »Sieht sie so gut aus?«

»Nein, aber sie hat eine beruhigende Art.«

»Machst du dir immer noch so Sorgen?«

»Eigentlich nicht mehr, aber zwischendurch plötzlich doch, meistens nachts. Dann stelle ich mir vor, dass ich irgendwann gar nichts mehr kann und dass du mich deshalb verlässt.«

»Ich lag heute Nacht auch wach und hatte Angst.«

»Wovor?«

»Alles Mögliche. Davor, dass meine Mutter nicht mehr da ist. Davor, morgen arbeiten zu müssen. Davor, nicht mehr zu arbeiten. Davor, noch mal mit was ganz anderem anzufangen.« Frie beugt sich vor und klaubt ein paar halb vermoderte Blätter vom Grab. »Aber vielleicht sollte ich diese Mediatoren-Ausbildung trotzdem machen, habe ich mir überlegt.«

»Mein Angebot steht. Das Geld dafür leihe ich dir, sofort.«

»Aber was, wenn ich es nicht schaffe, es dir zurückzuzahlen?«

»Ach, Frie«, sagt Robert. »Dazu sage ich jetzt mal nichts. Nachher haust du dann wieder ab.«

Sie legt ihre Hand auf seine Wange.

»Immerhin haben wir endlich zusammen Angst.«

»Und das ist sehr, sehr schön.« Er küsst sie auf die Stirn. »Aber vielleicht sollten wir lieber versuchen, zusammen keine Angst zu haben.«

Dann gehen Frie und Robert zurück zum Auto.

Sie gehen Arm in Arm zwischen den von uralten Bäumen behüteten Toten, über nasses, nachgiebiges Gras.

Danke

Mein größter Dank gebührt Barbara Laugwitz für all das, was sie für dieses Buch getan hat. Völlig zu Recht eilt ihr der Ruf voraus, ihren Autorinnen und Autoren eine außergewöhnliche Verlegerin zu sein. Meinem Lektor Matthias Teiting danke ich für seine entscheidenden Einfälle, seine umfassende Sorgfalt und dafür, dass er aus einem Projekt ein Schäfchen gemacht hat. Meine Agentin Barbara Wenner hat für meinen Wunsch, etwas Neues zu wagen, den allerbesten Weg gefunden, danke. Karoline Adler und allen anderen Mitarbeiterinnen und Mitarbeitern des dtv danke ich dafür, dass sie Frie, Robert und mich so herzlich und engagiert unter ihre Fittiche genommen haben.

Christian bin ich von Herzen dankbar dafür, dass er seit 1991 alles mit mir teilt, auch seine Plattensammlung, und Anton und Ernestine verdanke ich ungezählte Knallbonbon-Momente. Ortrud, Harro, Kai und Ulrike Teichmann danke ich dafür, dass ihre Villa auf der Westlichen Höhe mir in meiner Jugend ein zweites Zuhause war.

Claudia Schmidt hat mich mit allem versorgt, was ich zu Fries Jurastudium wissen musste. Ohne Ute Meckbach und Eckart Poser wäre es mir unmöglich gewesen, Robert ein Gitarrenstudium im Dresden der 1990er anzudichten. Christine Hohwielers Urteil über meine Texte war für mich schon immer maßgeblich, und unsere Gespräche über Sehnsüchte und Sex jenseits der fünfzig hatte ich bei der Arbeit an dieser Geschichte stets im Hinterkopf. Auf Susann Pásztors Gesellschaft und Kritik möche ich beim Schreiben nicht verzichten. Iris Hannig-Pasewalds Fachwissen zum Thema Beziehunsgewalt ist in diese Geschichte mit eingeflossen. Martina Mai hat sich für mich und mit mir an unsere Schulzeit erinnert. Stevie Schmiedel ist immer da, wenn ich ihre Muttersprache brauche, etwa um einen Popsong zu texten. Anja Haegele half mir mit Südtirol-Tipps und Annette Simons damit, dass sie für ihre Band Bärchen und die Milchbubis den Song *Blondie* schrieb und bestätigte: Man ist nie zu alt, um Liebeslieder zu singen. Ebenfalls zu danken habe ich dem kollektiven Gedächtnis meiner Facebook-Freundinnen, die mir vieles von dem, was zu unserer Jugend gehörte, in Erinnerung gerufen haben.

Ich habe außerdem zu danken: Frie Kicherer für ihren Vornamen; Andrea Lübker fürs Plattdeutsch und Erinnern; Dirk Ullmann vom Archiv für Diakonie und Entwicklung für alte Telefonseelsorge-Slogans; Florian Weißler für Einblicke in die ehrenamtliche Arbeit bei der Telefonseelsorge; Judy Arndt vom Gymnasium Bondenwald, die aus Robert einen glaubwürdigen Lateinschüler gemacht hat; Stevan Paul für sein Spülküchen-Insiderwissen, das erwähnte Kochbuch *Schneller Teller – Ein Kochbuch für zwei* stammt von ihm; Birthe Kaiser vom Alten Gymnasium Flensburg für die Abiturtermine 1991; Charlotte Stapf für Antworten auf all meine Australien-Fragen; Frank Moritz vom Kritz Flensburg für die Farbberatung; Nicolaj Witt für die Lost Primroses; Steffen Hellmann, Besitzer des Nil in Hamburg, für die alten Speisekarten; Bernd Begemann dafür, dass er Geschichten liebt, egal ob gesungen oder in Buchform;

Dr. Thomas Zoufal vom DESY Hamburg für eine Einführung in die Teilchenphysik; Helma Sick für ihren Rat zu den finanziellen Risiken einer Hausfrauenehe; Rüdiger Stein, einst Mitarbeiter im 2014 abgerissenen Hotel InterConti in Hamburg, für seine Anekdoten; Corinna Elling-Audersch, Vizepräsidentin des Bundesverbands der Deutschen Rheuma-Liga, für ein langes Telefonat; Martha Oberrauch für ihre Übersetzungen ins Italienische und Südtirolerische; Anne Woywod für anwaltlichen Beistand zum Thema Erben.

QUELLENANGABEN

Seite 7: Ich möchte leben
Selma Meerbaum-Eisinger (heute wieder: Selma Merbaum), Auszug aus dem Gedicht »Poem«. Aus: *Ich gehe mit der Nacht vereint. Sämtliche Gedichte aus dem Album Blütenlese* © 2013, 2021 Philipp Reclam jun. Verlag GmbH

Seite 7: Behalte den Flug im Gedächtnis!
Forugh Farrochsād, Auszug aus dem Gedicht »Mein Herz ist bedrückt«. Aus: *Jene Tage. Gedichte*, herausgegeben und übersetzt von Kurt Scharf © 2016 Sujet Verlag

Seite 74: Spes est, quae pascat amorem.
Aus: Ovid, *Metamorphosen*

Seite 90, 310: Unreife Liebe sagt …
Seite 93: So verlieben sich zwei Menschen ineinander …
Seite 103: Es gibt kaum ein Unterfangen …
Aus: Erich Fromm, *Die Kunst des Liebens* © Nachlass- und Rechteverwaltung Erich Fromm

Seite 111: Exsitzsackbesitzertochter
Aus: Max Goldt, *Alles über die EFTA und über Sitzsäcke*, Titanic 1990

Seite 113: Aspice, ut in curru modo det fluitantia rector …
Aus: Ovid, *Ars amatoria/Liebeskunst*

Seite 115: Jener scheint mir gleich wie ein Gott …
Aus: Catull, *Carmen 51*

Seite 158: Lupus est homo homini, non homo, quo qualis sit non novit.
Aus: Plautus, *Asinaria*

Seite 200: In diesen Nächten lief ich ziellos durch die Straßen …
Musik und Text: Bernd Begemann. Verlegt bei Wintrup Musikverlag/Edition Hafenklang. Mit freundlicher Genehmigung von Wintrup Musikverlag

Seite 295: As a mother you learn what it is to be both martyr and devil.
Seite 340: The state of motherhood speaks to my native fear of achievement …
Aus: Rachel Cusk, A Life's Work: *On Becoming a Mother.* London 2019

Seite 352: Doch die Verhältnisse, sie sind nicht so.
Aus: Bertolt Brecht, *Die Dreigroschenoper*, in: Werke. Große kommentierte Berliner und Frankfurter Ausgabe, Band 2: Stücke 2. © Bertolt-Brecht-Erben/Suhrkamp Verlag 1988

Seite 378: Ich willigte ein, merkte aber schnell, dass mein Tanzen nur noch ein Zitat war …
Aus: Julia Schoch, *Das Vorkommnis* © 2022 dtv Verlagsgesellschaft mbH & Co. KG

Seite 465: Es war einer dieser ereignislosen Tage …
Aus: F. Scott Fitzgerald, *Zärtlich ist die Nacht,* deutsch von Lutz-W. Wolff © 2011 dtv Verlagsgesellschaft mbH & Co. KG

TRACKLIST

Inbetween Days
THE CURE

Mandinka
SINÉAD O'CONNOR

It's The End Of The World As We Know It (And I Feel Fine)
R.E.M.

Somebody
DEPECHE MODE

Love Is A Stranger
EURYTHMICS

I Want To Break Free
QUEEN

Pump Up The Jam
TECHNOTRONIC

Stop, Look, Listen (To Your Heart)
DIANA ROSS
MARVIN GAYE

Under The Cherry Moon
PRINCE

Song For Whoever
THE BEAUTIFUL SOUTH

Catch The Wind
RICKIE LEE JONES

Fever
MADONNA

All In The Mind
THE VERVE

Martha
TOM WAITS

I Wish I Knew How It Would Feel To Be Free
NINA SIMONE

Flavor Of The Month
THE POSIES

It's Easy To Remember
JOHN COLTRANE

Ring Ring Ring (Ha Ha Hey)
DE LA SOUL

Mein zukünftiger Ex-Freund
DIE LASSIE SINGERS

Creep
TLC

Unten am Hafen
BERND BEGEMANN, DIE ANTWORT

Your Feeling Is Mine
BUDDY MILES

Rimmel
FRANCESCO DE GREGORI

Forever Young
BERK & THE VIRTUAL BAND

Lost
FRANK OCEAN

Winning A Battle, Losing The War
KINGS OF CONVENIENCE

Sunny
BIIG PIIG

Alison
ELVIS COSTELLO

Love Is A Losing Game
AMY WINEHOUSE

Lonely Boy
THE BLACK KEYS

My Angel (Malaika)
HARRY BELAFONTE
MIRIAM MAKEBA

Blondie
BÄRCHEN UND DIE MILCHBUBIS

Der Soundtrack zum Buch:
www.dtv.de/man-sieht-sich